普通高等教育"十五"国家级规划教材

Русская литература Хрестоматия

(Для магистрантов)

俄罗斯文学名著选读

(下卷)

张建华　任光宣　编

北京大学出版社
PEKING UNIVERSITY PRESS

图书在版编目(CIP)数据

俄罗斯文学名著选读.下卷/张建华,任光宣编. —北京:北京大学出版社,2005.8

(21世纪外国文学系列教材)

ISBN 7-301-07809-9

Ⅰ.俄… Ⅱ.①张…②任… Ⅲ.文学—作品—简介—俄罗斯 Ⅳ.I512.06

中国版本图书馆 CIP 数据核字(2005)第050430号

书　　名:俄罗斯文学名著选读(下卷)

著作责任者:张建华　任光宣　编

责 任 编 辑:张　冰

标 准 书 号:ISBN 7-301-07809-9

出 版 发 行:北京大学出版社

地　　址:北京市海淀区成府路205号　100871

网　　址:http://cbs.pku.edu.cn　电子信箱:zpup@pup.pku.edu.cn

电　　话:邮购部62752015　发行部62750672　编辑部62767347

印 刷 者:北京虎彩文化传播有限公司

650毫米×980毫米　16开本　44.25印张　640千字

2005年8月第1版　2022年3月第4次印刷

定　　价:95.00元

ОТ СОСТАВИТЕЛЕЙ

Прошло шесть лет со времени первого издания учебника 《Русская литература Хрестоматия》, выпущенного в 1998-ом году. Два издания и шеститысячный тираж учебника убедительно свидетельствуют о том, что работа оказалась удачной как в отборе авторов и произведений, так и в передаче общей картины русской литературы. Время показало, что он сыграл роль незаменимого помощника в совершенствовании русской речи студентов-русистов, в углублении их знания русской литературы и жизни, в повышении их общекультурного и общеэстетического уровня. Однако в процессе его использования обнаруживаются некоторые недочеты, например, "громоздкость" книги для весьма ограниченного количества учебных часов, сложность некоторых текстов, недоступных для студентов. Их пришлось исправить составителям.

В своих основных чертах новое исправленное издание продолжает традиции прежного учебника. Но составители все же старались внести в него некоторые обновления. Новое исправленное издание включает в себя два тома: первый том предназначен для студентов, а второй—для магистрантов. Это позволяет сократить содержание каждого тома, учесть разные уровни и читательские потребности студентов и магистрантов. В первом томе произведения предоставляются главным образом по их родовым особенностям (поэзия, проза, драма) с учетом их хронологического порядка. Романы и повести большого объема даются в сокращении. В обоих томах, особенно во втором томе, определенное место уделено новейшей русской литературе. Составители стремились отразить новые явления русского языка и литературы, познакомить читателей с новыми именами и новыми произведениями.

Поскольку в 2003 году вышла в свет наша книга《История русской литературы》, в настоящем издании не даются общие сведения о писателях и их творчестве, за исключением тех, сведения о которых отсутствуют в этой книге. А после каждого художественного текста с необходимыми комментариями-сносками составители прибавили рубрику "краткий анализ произведения". Составители учебника считают нужным давать свою интерпретацию, чтобы помочь читателям составить представление об идейных и художественных ценностях произведений. Авторы, конечно, не претендуют на всесторонность и безгрешность своих взглядов, оценок и пристрастий, а рассчитывают на то, чтобы в руках читателей имелся один из вариантов истолкования, с которым можно не согласиться, поспорить. И наконец, в конце текстов даются вопросы и задания, а также список литературы для того, чтобы во время чтения и изучения читатели смогли легче обратиться к критической литературе.

Выпуская новый учебник-хрестоматию, составители весьма заинтересованы в живой реакции читателей, в их критических замечаниях, советах, конкретных предложениях, которые будут использованы при подготовке последующих изданий.

Составители выражают сердечную благодарность редактору издательства "Художественная литература" и научному сотруднику Государственного музея Л. Толстого Марине Евгеньевне Суровцевой за тщательную редакторскую работу над учебником.

СОДЕРЖАНИЕ

Александр Сергеевич Пушкин

(1799—1837)

ЕВГЕНИЙ ОНЕГИН

(роман в стихах, фрагменты)

Глава первая

И жить торопится и чувствовать спешит.

Князь Вяземский

I

"Мой дядя самых честных правил,
Когда не в шутку занемог,[1]
Он уважать себя заставил
И лучше выдумать не мог.
Его пример другим наука;
Но, боже мой, какая скука
С больным сидеть и день и ночь,
Не отходя ни шагу прочь!
Какое низкое коварство
Полуживого забавлять,
Ему подушки поправлять,
Печально подносить лекарство,
Вздыхать и думать про себя:
Когда же чёрт возьмет тебя!"

II

Так думал молодой повеса,

---

① Занемог—заболел.

Летя в пыли на почтовых,[1]
Всевышней волею Зевеса[2]
Наследник всех своих родных.
Друзья Людмилы и Руслана!
С героем моего романа
Без предисловий, сей же час
Позвольте познакомить вас:
Онегин, добрый мой приятель,
Родился на брегах Невы,
Где, может быть, родились вы
Или блистали, мой читатель;
Там некогда гулял и я:
Но вреден север для меня

III

Служив отлично-благородно,
Долгами жил его отец,
Давал три бала ежегодно
И промотался[3] наконец.
Судьба Евгения хранила:
Сперва *Madame*[4] за ним ходила,
Потом *Monsieur*[5] ее сменил.
Ребенок был резов, но мил.

---

① На почтовых—на казенных лошадях: во времена Пушкина почта перевозила не только корреспонденцию, но и пассажиров.

② Завес (Зевс)—верховный бог, царь и отец богов и людей в древнегреческой мифологии.

③ Промотался—обеднел, разорился, расточительно израсходовал свои деньги, имущество.

④ Madame—(франц.) гувернантка.

⑤ Monsieur—(франц.) гувернер.

Monsieur l'Abbé,[1] француз убогой,
Чтоб не измучилось дитя,
Учил его всему шутя,
Не докучал[2] моралью строгой,
Слегка за шалости бранил
И в Летний сад гулять водил.

IV

Когда же юности мятежной
Пришла Евгению пора,
Пора надежд и грусти нежной,
Monsieur прогнали со двора.
Вот мой Онегин на свободе;
Острижен по последней моде;
Как *dandy*[3] лондонский одет—
И наконец увидел свет.
Он по-французски совершенно
Мог изъясняться и писал;
Легко мазурку танцевал
И кланялся непринужденно;
Чего ж вам больше? Свет решил,
Что он умен и очень мил.

V

Мы все учились понемногу
Чему-нибудь и как-нибудь,
Так воспитаньем, слава богу,

---

① Monsieur l'abbé—(франц.)господин Аббе.

② Докучать—надоедать.

③ Dandy—(англ.)светский франт.

У нас немудрено блеснуть.
Онегин был, по мненью многих
(Судей решительных и строгих)
Ученый малый, но педант①:
Имел он счастливый талант
Без принужденья в разговоре
Коснуться до всего слегка,
С ученым видом знатока
Хранить молчанье в важном споре
И возбуждать улыбку дам
Огнем нежданных эпиграмм②.

VIII

Всего, что знал еще Евгений,
Пересказать мне недосуг;
Но в чем он истинный был гений,
Что знал он тверже всех наук,
Что было для него измлада③
И труд и мука и отрада,
Что занимало целый день
Его тоскующую лень,—
Была наука страсти нежной,
Которую воспел Назон④,
За что страдальцем кончил он
Свой век блестящий и мятежный

① Педант—человек чрезмерно точный и аккуратный.

② Эпиграмма — короткое шутливо-сатирическое стихотворение. Здесь остроумное замечание, насмешка, острота.

③ Измлада—здесь: с юношеских лет.

④ Овидный Назон (43г. до н. э.—17г. н. э.)—знаменитый римский поэт. Был сослан императором Августом на берег Черного моря.

В Молдавии, в глуши степей,
Вдали Италии своей.

XV

Бывало, он еще в постеле:
К нему записочки несут.
Что? Приглашенья? В самом деле,
Три дома на вечер зовут:
Там будет бал, там детский праздник.
Куда ж поскачет мой проказник①?
С кого начнет он? Все равно:
Везде поспеть немудрено.
Покамест в утреннем уборе,
Надев широкий *боливар*②,
Онегин едет на бульвар
И там гуляет на просторе,
Пока недремлющий брегет③
Не прозвонит ему обед.

XXI

Всё хлопает. Онегин входит,
Идет меж кресел по ногам,
Двойной лорнет④скосясь наводит
На ложи незнакомых дам;
Все ярусы окинул взором,

① Проказник—здесь: ветренный, легкомысленный человек.

② Боливар—мужская шляпа, названная так потому, что первым ввел ее в моду крупный латиноамериканский политический деятель Боливар (1783—1830), кумир европейских либералов 1820-х годов.

③ Брегет—часы со звоном; от имени швейцарского часовщика Луи Брегета.

④ Лорнет—очки в оправе с ручкой.

Всё видел: лицами, убором
Ужасно недоволен он;
С мужчинами со всех сторон
Раскланялся, потом на сцену
В большом рассеянье взглянул,
Отворотился— и зевнул,
И молвил: "всех пора на смену;
Балеты долго я терпел,
Но и Дидло① мне надоел".

XXXV

Что ж мой Онегин? Полусонный
В постелю с бала едет он:
А Петербург неугомонный②
Уж барабаном пробужден.
Встает купец, идет разносчик,
На биржу тянется извозчик,
С кувшином охтенка③ спешит,
Под ней снег утренний хрустит.
Проснулся утра шум приятный.
Открыты ставни; трубный дым
Столбом восходит голубым,
И хлебник, немец аккуратный,
В бумажном колпаке, не раз

---

① Дидло(1767—1837)—знаменитый балетмейстер. В примечаниях по поводу слов Онегина "Но и Дидло мне надоел" Пушкин отмечал: "Балеты Дидло исполнены живости воображения и прелести необыкновенной". Дидло поставил два балета по произведениям Пушкина "Кавказский пленник" и "Руслан и Людмила".

② Неугомонный—здесь: шумный, не успевающий затихнуть.

③ Охтенка—молочница из Охты, пригорода Петербурга.

Уж отворял свой *васисдас*[1].

XXXVI

Но, шумом бала утомленный,
И утро в полночь обратя,
Спокойно спит в тени блаженной
Забав и роскоши дитя.
Проснется за полдень, и снова
До утра жизнь его готова,
Однообразна и пестра.
И завтра то же, что вчера.
Но был ли счастлив мой Евгений,
Свободный, в цвете лучших лет,
Среди блистательных побед,
Среди вседневных наслаждений?
Вотще[2] ли был он средь пиров
Неосторожен и здоров?

XXXVII

Нет: рано чувства в нем остыли;
Ему наскучил света шум;
Красавицы не долго были
Предмет его привычных дум;
Измены утомить успели;
Друзья и дружба надоели,
Затем, что не всегда же мог

---

① Васисдас—так называли форточку в двери немецких булочных, через которую подавали хлеб.

② Вотще—(устар.)здесь: безнаказанно, без последствий.

Beef-steaks[①] и страсбургский пирог
Шампанской обливать бутылкой
И сыпать острые слова,
Когда болела голова;
И хоть он был повеса пылкой,
Но разлюбил он наконец
И брань[②], и саблю, и свинец.

XXXVIII

Недуг, которого причину
Давно бы отыскать пора,
Подобный английскому *сплину*[③],
Короче: русская *хандра*[④]
Им овладела понемногу;
Он застрелиться, слава богу,
Попробовать не захотел,
Но к жизни вовсе охладел.
Как *Child-Harold*[⑤], угрюмый, томный
В гостиных появлялся он;
Ни сплетни света, ни бостон[⑥],
Ни милый взгляд, ни вздох нескромный,
Ничто не трогало его,
Не замечал он ничего.
...

---

① Beef-steaks—бифштекс, жаркое, обжаренное мясо.

② Брань — (устар.)бой.

③ Сплин—тоска, уныние.

④ Хандра—мрачное, тоскливое состояние, скука.

⑤ Child-Harold—герой знаменитой поэмы Байрона《Путешествие Чайльд—Гарольда》, разочарованный в жизни.

⑥ Бостон—карточная игра.

LII

Вдруг получил он в самом деле
От управителя доклад,
Что дядя при смерти в постеле
И с ним проститься был бы рад.
Прочтя печальное посланье,
Евгений тотчас на свиданье
Стремглав по почте поскакал
И уж заранее зевал,
Приготовляясь, денег ради,
На вздохи, скуку и обман
(И тем я начал мой роман);
Но, прилетев в деревню дяди,
Его нашел уж на столе①,
Как дань готовую земле②.

LIV

Два дня ему казались новы
Уединенные поля,
Прохлада сумрачной дубровы③,
Журчанье тихого ручья;
На третий роща, холм и поле
Его не занимали боле;
Потом уж наводили сон;
Потом увидел ясно он,

① Нашел на столе — в России умершего клали на стол, чтобы священный прочитал над ним молитвы, прежде чем его похоронят.

② Как дань готовую земле—мертвого.

③ Дуброва—дубовая роща.

Что и в деревне скука та же,
Хоть нет ни улиц, ни дворцов,
Ни карт, ни балов, ни стихов.
Хандра ждала его на страже,
И бегала за ним она,
Как тень иль верная жена.

Глава вторая

O rus! Hor. О русь!

IV

Один среди своих владений,
Чтоб только время проводить,
Сперва задумал наш Евгений
Порядок новый учредить.
В своей глуши мудрец пустынный,
Ярем① он барщины② старинной
Оброком③ легким заменил;
И раб судьбу благословил.
Зато в углу своем надулся,
Увидя в этом страшный вред,
Его расчетливый сосед.
Другой лукаво улыбнулся,
И в голос все решили так,

---

① Ярем — (устар.) ярмо, иго, гнет.

② Барщина—пригудительный труд крестьян на помещичьей земле.

③ Оброк—при крепостном праве: принудительный натуральный или денежный сбор с крестьян, взимавшийся помещиком или государством.

Что он опаснейший чудак.

. . .

XXIII

Всегда скромна, всегда послушна,
Всегда как утро весела,
Как жизнь поэта простодушна,
Как поцелуй любви мила,
Глаза как небо голубые;
Улыбка, локоны льняные,
Движенья, голос, легкий стан,
Всё в Ольге... но любой роман
Возьмите и найдете верно
Ее портрет: он очень мил,
Я прежде сам его любил,
Но надоел он мне безмерно.
Позвольте мне, читатель мой,
Заняться старшею сестрой.

XXV

Итак, она звалась Татьяной.
Ни красотой сестры своей,
Ни свежестью ее румяной
Не привлекла б она очей.
Дика, печальна, молчалива,
Как лань[①] лесная боязлива,
Она в семье своей родной
Казалась девочкой чужой.
Она ласкаться не умела

① Лань—животное из семейства оленей, отличается стройностью и быстротой бега.

К отцу, ни к матери своей;
Дитя сама, в толпе детей
Играть и прыгать не хотела
И часто целый день одна
Сидела молча у окна.

XXVI

Задумчивость, ее подруга
От самых колыбельных дней,
Теченье сельского досуга
Мечтами украшала ей.
Ее изнеженные пальцы
Не знали игл; склонясь на пяльцы①,
Узором шелковым она
Не оживляла полотна.
Охоты властвовать примета,
С послушной куклою дитя
Приготовляется шутя
К приличию, закону света,
И важно повторяет ей
Уроки маминьки своей.

XXVII

Но куклы даже в эти годы
Татьяна в руки не брала;
Про вести города, про моды
Беседы с нею не вела.
И были детские проказы
Ей чужды: страшные рассказы

① Пяльцы—рама на подставке для натягивания ткани, по которой вышивают.

Зимою в темноте ночей
Пленяли больше сердце ей.
Когда же няня собирала
Для Ольги на широкий луг
Всех маленьких ее подруг,
Она в горелки[①] не играла,
Ей скучен был и звонкий смех,
И шум их ветреных утех.

XXVIII

Она любила на балконе
Предупреждать зари восход,
Когда на бледном небосклоне
Звезд исчезает хоровод,
И тихо край земли светлеет,
И, вестник утра, ветер веет,
И всходит постепенно день.
Зимой, когда ночная тень
Полмиром доле обладает,
И доле в праздной тишине,
При отуманенной луне,
Восток ленивый почивает,
В привычный час пробуждена
Вставала при свечах она.

XXIX

Ей рано нравились романы;
Они ей заменяли все;

① Горелки—народная игра, в которой стоящий впереди ловил других, убегающих от него.

Она влюблялася в обманы
И Ричардсона[1] и Руссо[2].
Отец ее был добрый малый,
В прошедшем веке запоздалый;
Но в книгах не видал вреда;
Он, не читая никогда,
Их почитал пустой игрушкой
И не заботился о том,
Какой у дочки тайный том
Дремал до утра под подушкой.
Жена ж его была сама
От Ричардсона без ума.

Глава третья

Elle était fille, élle etait amoureuse.
Malfilatre. [3]

VI

Меж тем Онегина явленье
У Лариных произвело
На всех большое впечатленье
И всех соседей развлекло.
Пошла догадка за догадкой.
Все стали толковать украдкой,
Шутить, судить не без греха,

---

① Ричардсон (1689—1761)—английский писатель.

② Руссо Жан—Жак (1712—1778)—французский писатель и мыслитель.

③ Она была двушекой, она была влюблена. Мальфилатр (Франц.)

Татьяне прочить жениха;
Иные даже утверждали,
Что свадьба слажена совсем,
Но остановлена затем,
Что модных колец не достали.
О свадьбе Ленского давно
У них уж было решено.

VII

Татьяна слушала с досадой
Такие сплетни; но тайком
С неизъяснимою отрадой
Невольно думала о том;
И в сердце дума заронилась;
Пора пришла, она влюбилась.
Так в землю падшее зерно
Весны огнем оживлено.
Давно ее воображенье,
Сгорая негой и тоской,
Алкало① пищи роковой;
Давно сердечное томленье
Теснило ей младую грудь;
Душа ждала... кого-нибудь,
...

XVII

"Не спится, няня: здесь так душно!
Открой окно да сядь ко мне"
—Что, Таня, что с тобой? — "Мне скучно,

① Алкало—жаждало.

Поговорим о старине".
—О чем же, Таня? Я, бывало,
Хранила в памяти немало
Старинных былей, небылиц
Про злых духов и про девиц;
А нынче всё мне тёмно, Таня:
Что знала, то забыла. Да,
Пришла худая череда!
Зашибло... —"Расскажи мне, няня,
Про ваши старые года:
Была ты влюблена тогда?"

XVIII

—И, полно, Таня! В эти лета
Мы не слыхали про любовь;
А то бы согнала со света[1]
Меня покойница свекровь. —
"Да как же ты венчалась, няня?"
—Так, видно, бог велел. Мой Ваня
Моложе был меня, мой свет,
А было мне тринадцать лет.
Недели две ходила сваха
К моей родне, и наконец
Благословил меня отец.
Я горько плакала со страха,
Мне с плачем косу расплели
Да с пеньем в церковь повели.

---

① Согнала со света—замучила, свела в могилу.

XIX

И вот ввели в семью чужую...
Да ты не слушаешь меня... —
“Ах, няня, няня, я тоскую,
Мне тошно, милая моя:
Я плакать, я рыдать готова!..”
—Дитя мое, ты нездорова;
Господь помилуй и спаси!
Чего ты хочешь, попроси...
Дай окроплю① святой водою,
Ты вся горишь... — “Я не больна:
Я... знаешь, няня... влюблена”
—Дитя мое, господь с тобою! —
И няня девушку с мольбой
Крестила дряхлою рукой.

XXI

...
“Поди, оставь меня одну.
Дай, няня, мне перо, бумагу,
Да стол подвинь; я скоро лягу;
Прости”. И вот она одна.
Всё тихо. Светит ей луна.
Облокотясь, Татьяна пишет.
И всё Евгений на уме,
И в необдуманном письме
Любовь невинной девы дышет.
Письмо готово, сложено...

---

① Окропить—слегка обрызгать.

Татьяна! для кого ж оно?

XXXI

. . .

Письмо

Татьяны к Онегину

Я к вам пишу— чего же боле?
Что я могу еще сказать?
Теперь, я знаю, в вашей воле
Меня презреньем наказать.
Но вы, к моей несчастной доле
Хоть каплю жалости храня,
Вы не оставите меня.
Сначала я молчать хотела;
Поверьте: моего стыда
Вы не узнали б никогда,
Когда б надежду я имела
Хоть редко, хоть в неделю раз
В деревне нашей видеть вас,
Чтоб только слышать ваши речи,
Вам слово молвить, и потом
Все думать, думать об одном
И день и ночь до новой встречи.
Но говорят, вы нелюдим,
В глуши, в деревне всё вам скучно,
А мы... ничем мы не блестим,
Хоть вам и рады простодушно.

Зачем вы посетили нас?
В глуши забытого селенья

Я никогда не знала б вас,
Не знала б горького мученья.
Души неопытной волненья
Смирив со временем (как знать?),
По сердцу я нашла бы друга,
Была бы верная супруга
И добродетельная мать.

Другой!.. Нет, никому на свете
Не отдала бы сердца я!
То в вышнем суждено совете...
То воля неба: я твоя;
Вся жизнь моя была залогом
Свиданья верного с тобой;
Я знаю, ты мне послан богом,
До гроба ты хранитель мой...
Ты в сновиденьях мне являлся,
Незримый, ты мне был уж мил,
Твой чудный взгляд меня томил,
В душе твой голос раздавался
Давно... нет, это был не сон!
Ты чуть вошел, я вмиг узнала,
Вся обомлела[①], запылала
И в мыслях молвила: вот он!
Не правда ль? я тебя слыхала:
Ты говорил со мной в тиши,
Когда я бедным помогала
Или молитвой услаждала
Тоску волнуемой души?

---

① Обомлела—оцепенела, обессилела.

И в это самое мгновенье
Не ты ли, милое виденье,
В прозрачной темноте мелькнул,
Приникнул тихо к изголовью?
Не ты ль, с отрадой и любовью,
Слова надежды мне шепнул?
Кто ты, мой ангел ли хранитель,
Или коварный искуситель:
Мои сомненья разреши.
Быть может, это всё пустое,
Обман неопытной души!
И суждено совсем иное...
Но так и быть! Судьбу мою
Отныне я тебе вручаю,
Перед тобою слезы лью,
Твоей защиты умоляю...
Вообрази: я здесь одна,
Никто меня не понимает,
Рассудок мой изнемогает,
И молча гибнуть я должна.
Я жду тебя: единым взором
Надежды сердца оживи,
Иль сон тяжелый перерви,
Увы, заслуженным укором!

Кончаю! Страшно перечесть...
Стыдом и страхом замираю...
Но мне порукой[1] ваша честь,

---

① Порукой—залогом, ручательством.

И смело ей себя вверяю①...

...

XXXVIII

И между тем душа в ней ныла,
И слез был полон томный взор.
Вдруг топот!.. кровь ее застыла.
Вот ближе! скачут... и на двор
Евгений! "Ах!"—и легче тени
Татьяна прыг в другие сени,
С крыльца на двор, и прямо в сад,
Летит, летит; взглянуть назад
Не смеет; мигом обежала
Куртины②, мостики, лужок,
Аллею к озеру, лесок,
Кусты сирень переломала,
По цветникам летя к ручью,
И задыхаясь на скамью

XXXIX

Упала...
《Здесь он! Здесь Евгений!
О боже! Что подумал он!》
В ней сердце, полное мучений,
Хранит надежды темный сон.
Она дрожит и жаром пышет,
И ждет: нейдет ли? Но не слышит....

---

① Себя вверяю—отдаю в ваше распоряжение, в вашу волю.

② Куртины—клумбы.

XLI

Но наконец она вздохнула
И встала со скамьи своей;
Пошла, но только повернула
В аллею, прямо перед ней,
Блистая взорами, Евгений
Стоит подобно грозной тени,
И, как огнем обожжена,
Остановилася она...
Но следствия нежданной встречи
Сегодня, милые друзья,
Пересказать не в силах я;
Мне должно после долгой речи
И погулять и отдохнуть:
Докончу после как-нибудь.

Глава седьмая

XVI

Ее сомнения смущают:
“Пойду ль вперед, пойду ль назад?..
Его здесь нет. Меня не знают...
Взгляну на дом, на этот сад”.
И вот с холма Татьяна сходит,
Едва дыша; кругом обводит
Недоуменья полный взор...
И входит на пустынный двор.
К ней, лая, кинулись собаки.

На крик испуганный ея[1]
Ребят дворовая семья
Сбежалась шумно. Не без драки
Мальчишки разогнали псов,
Взяв барышню под свой покров.

XVII

"Увидеть барский дом нельзя ли?"—
Спросила Таня. Поскорей
К Анисье дети побежали
У ней ключи взять от сеней;
Анисья тотчас к ней явилась,
И дверь пред ними отворилась,
И Таня входит в дом пустой,
Где жил недавно наш герой.
Она глядит: забытый в зале
Кий на бильярде отдыхал,
На смятом канапе[2] лежал
Манежный хлыстик[3]. Таня дале;
Старушка ей: "а вот камин;
Здесь барин сиживал один."

XX

Татьяна долго в келье модной
Как очарована стоит.
Но поздно. Ветер встал холодный.
Темно в долине. Роща спит

① Ея—(устар.) её.
② Канапе—диван.
③ Манежный хлыстик—хлыстик для верховой езды.

Над отуманенной рекою;
Луна сокрылась за горою,
И пилигримке[1] молодой
Пора, давно пора домой.
И Таня, скрыв свое волненье,
Не без того, чтоб не вздохнуть,
Пускается в обратный путь.
Но прежде просит позволенья
Пустынный замок навещать,
Чтоб книжки здесь одной читать.

XXI

Татьяна с ключницей простилась
За воротами. Через день
Уж утром рано вновь явилась
Она в оставленную сень,
И в молчаливом кабинете,
Забыв на время всё на свете,
Осталась наконец одна,
И долго плакала она.
Потом за книги принялася.
Сперва ей было не до них,
Но показался выбор их
Ей странен. Чтенью предалася
Татьяна жадною душой;
И ей открылся мир иной.

XXII

Хотя мы знаем, что Евгений

---

① Пилигримка—странница.

Издавна чтенье разлюбил,
Однако ж несколько творений
Он из опалы исключил:
Певца Гяура и Жуана[1]
Да с ним еще два-три романа,
В которых отразился век,
И современный человек
Изображен довольно верно
С его безнравственной душой,
Себялюбивой и сухой,
Мечтанью преданной безмерно,
С его озлобленным умом,
Кипящим в действии пустом.

XXIII

Хранили многие страницы
Отметку резкую ногтей;
Глаза внимательной девицы
Устремлены на них живей.
Татьяна видит с трепетаньем,
Какою мыслью, замечаньем
Бывал Онегин поражен,
В чем молча соглашался он.
На их полях она встречает
Черты его карандаша.
Везде Онегина душа
Себя невольно выражает
То кратким словом, то крестом,
То вопросительным крючком.

---

[1] Певец Гяура и Жуана—Байрон, автор поэм《Гяур》и《Дон—Жуан》.

XXIV

И начинает понемногу
Моя Татьяна понимать
Теперь яснее— слава богу—
Того, по ком она вздыхать
Осуждена судьбою властной:
Чудак печальный и опасный,
Созданье ада иль небес,
Сей ангел, сей надменный бес,
Что ж он? Ужели подражанье,
Ничтожный призрак, иль еще
Москвич в Гарольдовом плаще①,
Чужих причуд истолкованье,
Слов модных полный лексикон?..
Уж не пародия ли он?
...

XLIV

И вот: по родственным обедам
Развозят Таню каждый день
Представить бабушкам и дедам
Ее рассеянную лень.
Родне, прибывшей издалеча,
Повсюду ласковая встреча,
И восклицанья, и хлеб-соль.
"Как Таня выросла! Давно ль
Я, кажется, тебя крестила?

① Москвич в Гарольдовом плаще—русский помещик, разыгрывающий из себя разочарованного героя байроновской поэмы «Странствия Чайльд—Гарольда».

А я так на руки брала!
А я так за уши драла!
А я так пряником кормила!"
И хором бабушки твердят:
"Как наши годы-то летят!"
. . .

LI

Ее привозят и в Собранье[1].
Там теснота, волненье, жар,
Музыки грохот, свеч блистанье,
Мельканье, вихорь быстрых пар,
Красавиц легкие уборы[2],
Людьми пестреющие хоры,
Невест обширный полукруг,
Всё чувства поражает вдруг.
. . .

LIII

Шум, хохот, беготня, поклоны,
Галоп, мазурка, вальс... Меж тем,
Между двух теток, у колоны,
Не замечаема никем,
Татьяна смотрит и не видит,
Волненье света ненавидит;
Ей душно здесь... она мечтой
Стремится к жизни полевой,

---

① Собранье—Московское дворянское собранье, клуб, в котором обычно устраивались дворянские балы.

② Уборы—здесь: наряды.

В деревню, к бедным поселянам,
В уединенный уголок,
Где льется светлый ручеек,
К своим цветам, к своим романам
И в сумрак липовых аллей,
Туда, где *он* являлся ей.

LIV

Так мысль ее далече бродит:
Забыт и свет и шумный бал,
А глаз меж тем с нее не сводит
Какой-то важный генерал.
Друг другу тетушки мигнули
И локтем Таню враз толкнули,
И каждая шепнула ей:
—Взгляни налево поскорей. —
"Налево? где? что там такое?"
—Ну, что бы ни было, гляди...
В той кучке, видишь? впереди,
Там, где еще в мундирах двое...
Вот отошел... вот боком стал...
"Кто? толстый этот генерал?"

Глава восьмая

XII

...
Онегин (вновь займуся им),
Убив на поединке друга,
Дожив без цели, без трудов
До двадцати шести годов,

Томясь в бездействии досуга
Без службы, без жены, без дел,
Ничем заняться не умел.

XIII

Им овладело беспокойство,
Охота к перемене мест
(Весьма мучительное свойство,
Немногих добровольных крест[①]).
Оставил он свое селенье,
Лесов и нив уединенье,
Где окровавленная тень
Ему являлась каждый день,
И начал странствия без цели,
Доступный чувству одному;
И путешествия ему,
Как всё на свете, надоели;
Он возвратился и попал,
Как Чацкий, с корабля на бал[②].

XIV

Но вот толпа заколебалась,
По зале шепот пробежал...
К хозяйке дама приближалась,
За нею важный генерал.
Она была нетороплива,

---

① Немногих добровольных крест—здесь: немногие по своей воле меняют местожительство.

② Чацкий, с корабля на бал—герой знаменитой комедии Грибоедова «Горе от ума». Он приплывший на корабле из Англии, где он долго жил, попадает сразу на бал.

Не холодна, не говорлива,
Без взора наглого для всех,
Без притязаний на успех,
Без этих маленьких ужимок[1],
Без подражательных затей...
Всё тихо, просто было в ней...

XV

К ней дамы подвигались ближе;
Старушки улыбались ей;
Мужчины кланялися ниже,
Ловили взор ее очей;
Девицы проходили тише
Пред ней по зале: и всех выше
И нос и плечи подымал
Вошедший с нею генерал...

XVII

"Ужели,— думает Евгений,—
Ужель она? Но точно... Нет...
Как! из глуши степных селений..."
И неотвязчивый лорнет
Он обращает поминутно
На ту, чей вид напомнил смутно
Ему забытые черты.
"Скажи мне, князь, не знаешь ты,
Кто там в малиновом берете
С послом испанским говорит?"
Князь на Онегина глядит.

---

① Ужимка—гримаса.

—Ага! давно ж ты не был в свете.
Постой, тебя представлю я. —
“Да кто ж она?”— Жена моя. —

XVIII

“Так ты женат! не знал я ране!
Давно ли?”— Около двух лет. —
“На ком?”— На Лариной. — “Татьяне!”
—Ты ей знаком? — “Я им сосед”.
—О, так пойдем же. — Князь подходит
К своей жене и ей подводит
Родню и друга своего.
Княгиня смотрит на него...
И что ей душу ни смутило,
Как сильно ни была она
Удивлена, поражена,
Но ей ничто не изменило:
В ней сохранился тот же тон,
Был также тих ее поклон.

XX

Ужель та самая Татьяна,
Которой он наедине,
В начале нашего романа,
В глухой, далекой стороне,
В благом пылу нравоученья
Читал когда-то наставленья,
Та, от которой он хранит
Письмо, где сердце говорит,
Где всё наруже, всё на воле,
Та девочка... иль это сон?..

Та девочка, которой он
Пренебрегал в смиренной доле,
Ужели с ним сейчас была
Так равнодушна, так смела?

XXI

Он оставляет раут[1] тесный,
Домой задумчив едет он;
Мечтой то грустной, то прелестной
Его встревожен поздний сон.
Проснулся он; ему приносят
Письмо: князь N. покорно просит
Его на вечер. "Боже! к ней!..
О, буду, буду!" и скорей
Марает он ответ учтивый.
Что с ним? в каком он странном сне!
Что шевельнулось в глубине
Души холодной и ленивой?
Досада? суетность[2]? иль вновь
Забота юности— любовь?

XXX

Сомненья нет: увы! Евгений
В Татьяну как дитя влюблен;
В тоске любовных помышлений
И день и ночь проводит он.
Ума не внемля строгим пеням,
К ее крыльцу, стеклянным сеням

① Раут—торжественный званый вечер, прием.
② Суетность—здесь: пустое увлечение.

Он подъезжает каждый день.
За ней он гонится как тень.
Он счастлив, если ей накинет
Боа пушистый① на плечо,
Или коснется горячо
Ее руки, или раздвинет
Пред нею пестрый полк ливрей ②,
Или платок подымет ей.

XXXI

Она его не замечает,
Как он ни бейся, хоть умри.
Свободно дома принимает,
В гостях с ним молвит слова три,
Порой одним поклоном встретит,
Порою вовсе не заметит:
Кокетства в ней ни капли нет—
Его не терпит высший свет.
Бледнеть Онегин начинает:
Ей иль не видно, иль не жаль;
Онегин сохнет, и едва ль
Уж не чахоткою страдает.
Все шлют Онегина к врачам,
Те хором шлют его к *водам*.

XXXII

...
А он упрям, отстать не хочет,

① Боа пушистый—длинный узкий шарф из пушистого меха или перьев.

② Пестрый полк ливрей—здесь: толпа слуг, одетых в ливреи-форменную одежду.

Еще надеется, хлопочет;
Смелей здорового, больной
Княгине слабою рукой
Он пишет страстное посланье.
. . .

Письмо
Онегина к Татьяне

Предвижу всё: вас оскорбит
Печальной тайны объясненье.
Какое горькое презренье
Ваш гордый взгляд изобризит!
Чего хочу? с какою целью
Открою душу вам свою?
Какому злобному веселью,
Быть может, повод подаю!
Случайно вас когда-то встретя,
В вас искру нежности заметя,
Я ей поверить не посмел:
Привычке милой не дал ходу;
Свою постылую[①] свободу
Я потерять не захотел.
Еще одно нас разлучило...
Несчастной жертвой Ленской пал...
Ото всего, что сердцу мило,
Тогда я сердце оторвал;
Чужой для всех, ничем не связан,
Я думал: вольность и покой
Замена счастью. Боже мой!
Как я ошибся, как наказан!

---

① Постылую—надоевшую, вызывающую отвращение.

Нет, поминутно видеть вас,
Повсюду следовать за вами,
Улыбку уст, движенье глаз
Ловить влюбленными глазами,
Внимать вам долго, понимать
Душой всё ваше совершенство,
Пред вами в муках замирать,
Бледнеть и гаснуть... Вот блаженство!

И я лишен того: для вас
Тащусь повсюду наудачу;
Мне дорог день, мне дорог час.
А я в напрасной скуке трачу
Судьбой отсчитанные дни.
И так уж тягостны они.
Я знаю: век уж мой измерен;
Но чтоб продлилась жизнь моя,
Я утром должен быть уверен,
Что с вами днем увижусь я...

Боюсь: в мольбе моей смиренной
Увидит ваш суровый взор
Затем хитрости презренной—
И слышу гневный ваш укор.
Когда б вы знали, как ужасно
Томиться жаждою любви,
Пылать—и разумом всечасно
Смирять волнение в крови;
Желать обнять у вас колени
И, зарыдав, у ваших ног
Излить мольбы, признанья, пени,

Всё, всё, что выразить бы мог,
А между тем притворным хладом
Вооружать и речь и взор,
Вести спокойный разговор,
Глядеть на вас веселым взглядом!...

Но так и быть: я сам себе
Противиться не в силах боле;
Всё решено: я в вашей воле
И предаюсь моей судьбе.

XXXIII

Ответа нет. Он вновь посланье:
Второму, третьему письму
Ответа нет. В одно собранье
Он едет; лишь вошел... ему
Она навстречу. Как сурова!
Его не видят, с ним ни слова;
У! Как теперь окружена
Крещенским холодом она!
Как удержать негодование
Уста упрямые хотят!
Вперил Онегин зоркий взгляд:
Где, где смятенье, сострадание?
Где пятна слёз?... Их нет, их нет!
На сем лице лишь гнева след...

XXXIV

...

Надежды нет! Он уезжает,
Свое безумство проклинает—

И, в нем глубоко погружен,
От света вновь отрекся он.
И в молчаливом кабинете
Ему припомнилась пора,
Когда жестокая хандра
За ним гналася в шумном свете,
Поймала, за ворот взяла
И в темный угол заперла.

XL

Примчался к ней, к своей Татьяне
Мой неисправленный чудак.
Идет, на мертвеца похожий.
Нет ни одной души в прихожей.
Он в залу; дальше: никого.
Дверь отворил он. Что ж его
С такою силой поражает?
Княгиня перед ним, одна,
Сидит, не убрана, бледна,
Письмо какое-то читает
И тихо слезы льет рекой,
Опершись на руку щекой.

XLI

О, кто б немых ее страданий
В сей быстрый миг не прочитал!
Кто прежней Тани, бедной Тани
Теперь в княгине б не узнал!
В тоске безумных сожалений
К ее ногам упал Евгений;
Она вздрогнула и молчит,

И на Онегина глядит
Без удивления, без гнева...
Его больной, угасший взор,
Молящий вид немой укор,
Ей внятно всё. Простая дева,
С мечтами, сердцем прежних дней,
Теперь опять воскресла в ней.

XLII

Она его не подымает
И, не сводя с него очей,
От жадных уст не отымает
Бесчувственной руки своей...
О чем теперь ее мечтанье?
Проходит долгое молчанье,
И тихо наконец она:
"Довольно, встаньте. Я должна
Вам объясниться откровенно.
Онегин, помните ль тот час,
Когда в саду, в аллее нас
Судьба свела, и так смиренно
Урок ваш выслушала я?
Сегодня очередь моя.

XLIII

"Онегин, я тогда моложе,
Я лучше, кажется, была,
И я любила вас; и что же?
Что в сердце вашем я нашла?
Какой ответ? Одну суровость.
Не правда ль? Вам была не новость

Смиренной девочки любовь?
И нынче— боже— стынет кровь,
Как только вспомню взгляд холодный
И эту проповедь... Но вас
Я не виню: в тот страшный час
Вы поступили благородно.
Вы были правы предо мной:
Я благодарна всей душой...

XLV

"Я плачу... если вашей Тани
Вы не забыли до сих пор,
То знайте: колкость вашей брани,
Холодный, строгий разговор,
Когда б в моей лишь было власти,
Я предпочла б обидной страсти
И этим письмам и слезам.
К моим младенческим мечтам
Тогда имели вы хоть жалость,
Хоть уважение к летам...
А нынче! — что К моим ногам
Вас привело? Какая малость!
Как с вашим сердцем и умом
Быть чувства мелкого рабом?

XLVI

"А мне, Онегин, пышность[①] эта,
Постылой жизни мишура[②],

① Пышность—здесь: богатство.

② Мишура, ветошь маскарада—здесь: показной блеск.

Мои успехи в вихре света,
Мой модный дом и вечера,
Что в них? Сейчас отдать я рада
Всю эту ветошь маскарада,
Весь этот блеск, и шум, и чад
За полку книг, за дикий сад,
За наше бедное жилище,
За те места, где в первый раз,
Онегин, встретила я вас,
Да за смиренное кладбище,
Где нынче крест и тень ветвей
Над бедной нянею моей...

XLVII

"А счастье было так возможно,
Так близко!.. Но судьба моя
Уж решена. Неосторожно,
Быть может, поступила я:
Меня с слезами заклинаний[①]
Молила мать; для бедной Тани
Все были жребии равны...
Я вышла замуж. Вы должны,
Я вас прошу, меня оставить;
Я знаю: в вашем сердце есть
И гордость, и прямая честь.
Я вас люблю (к чему лукавить?),
Но я другому отдана;
Я буду век ему верна".
...

(1823—1830)

① Заклинание—здесь: настойчивая просьба.

Краткий анализ произведения:

Роман в стихах 《Евгений Онегин》—“поэтический паспорт” Пушкина, уникальное произведение, не имеющее жанровых аналогий ни в русской, ни в мировой литературе.

Как “энциклопедия” современной Пушкину русской жизни, роман воспроизводит её пестроту: жизнь высшего света и трудового населения Петербурга, картины действительности патриархального уездного помещичества, нравы столичной и деревенской России, нравственно-психологический облик и быт героев.

Онегин—молодой русский дворянин, “забав и роскоши дитя”. Он ведет праздную, суетную, бессодержательную жизнь. Его фальшивое и искусственное существование является порождением определенной среды: петербургской аристократии, ведущей светский образ жизни, беспорядочного, поверхностного, оторванного от народной почвы воспитания. Но Онегин не может раствориться в жизни, какую ему предлагает свет и которая не может удовлетворить его запросы. Преждевременная усталость души, разочарование в жизни, в людях и в самом себе свойственны только людям, которые, желая многого, не удовлетворяются ничем. Светская жизнь не убила в Онегине чувства, а только охладила его к бесплодным страстям и мелочным развлечениям. По инерции образа мышления светского повесы Онегин отверг любовь Татьяны, убивает друга Ленского, что еще сильнее усугубило его духовный кризис. Итак, дожив до двадцати шести лет, он остался “без службы, без жены, без дела”, стал лишним человеком. Духовное пробуждение Онегина произошло только после путешествия и встречи с Татьяной, ставшей знатной княгиней светского общества. Равнодушный Онегин превратился в пылкого влюбленного. Он полюбил Татьяну чисто и полностью, не взирая ни на что. Любовь стала для него духовной опорой, единственным условием продолжения жизни. Даже отказ Татьяны нисколько не ослабляет пылкий огонь его любви. В лице Онегина Пушкин запечатлел трагическую судьбу лучшего представителя дворянства, и тем самым создал первый образ лишнего человека в русской литературе.

Татьяна—провинциальная дворянская барышня. Она живет на природе, выросла в глуши забытого селения, в близости с народом, в атмосфере сказок, песен, преданий простонародной старины. Детство сопровождалось уединенной сосредоточенностью, отчуждением от забав, от детских игр и шалостей. В отличие от "науки страсти нежной", от любви светских красавиц чувство Татьяны к Онегину возвышенно и одухотворенно. Она выражает любовь Онегину безоглядно, смело, не боясь ничьих суждений. В ней нет ни тени той любовной игры, которой отдал дань Онегин. В её глазах любовь—это святыня, —это выход из одиночества, из низких желаний и интересов, в которых погрязли люди, окружающие её. В любви и союзе с Онегиным она видит перспективы духовного роста, нравственное самосовершенствование. Отказ Онегина приводит Татьяну к самообладанию, духовному возмужанию. Будучи знатной дамой светского общества, Татьяна сумела сохранить верность себе. Она рассматривает свет как ветошь маскарада, ей душевно близки природа, деревенская жизнь, ей дороги воспоминания о прошлом. И жива по-прежнему в ней любовь к Онегину. В рамках светских приличий она сказала все, что хотела и могла сказать. Но она отказывается от Онегина, с честью исполняет долг не только перед мужем, обществом, самой собой, но и перед любимым человеком. В ней воплощены авторский идеал русской женщины и русского народа, их верность самому себе, своей национальной сущности, в которой заключается залог русского характера.

《Евгений Онегин》 прежде всего роман, потому что в нем явны

все черты романа: изображение общества и создание образов героев. Но роман должен читаться как лирическое стихотворение. Для лексики романа характерна стилистическая полифония, то есть гармонизированнное сочетание слов с различной речевой окраской. Поэтому роман в стихах есть синтез различных стилей: высокого стиля, стиля элегии, разговорного и книжного стилей... Роман в стихах содержит 8 глав и 5541 строку, создан строгой "строфой Онегина". "Онегинская строфа" написана четырехстопным ямбом с женскими и мужскими рифмами. Каждая строфа состоит из 14 строк и рифмуется по перекрестной, парной и кольцевой рифмам: АБАБ ВВГГ ДЕЕД ЖЖ.

Вопросы и задания:

1. Какова духовная эволюция Евгения Онегина? (Почему Онегин сначала отверг Татьяну, а потом возбудилась у него страстная жажда любви? В чем заключается решающий фактор в духовной эволюции героя? В состоянии ли Онегин зажить другой более достойной жизнью? Почему?)

2. Почему в глазах автора Татьяна является "милым", "верным идеалом"? Какой увидел Онегин Татьяну в Петербурге? Что нового в ней появилось и что остается неизменным? Почему Татьяна отвергла Онегина?

3. В чем трагедии Онегина и Татьяны, в чем смысл их антитезы?

4. Чем характеризуется "Онегинская строфа"?

Литература:

1) А. С. Пушкин, Евнений Онегин роман в стихах Рисунки Пушкина, Комментарий Ю. М. Лотмана, Культ Информ Пресс, Летний сад, Санкт-Петербург, 1999.

2) Н. Л. Бродский, Евнений Онегин роман А. С. Пушкина, Учпедгиз, 1957.

3) Белинский В. Г. Сочинения Александра Пушкина, статьи 8 и 9, любое издание.

4) История русской литературы, в четырех томах, АН СССР, Ленинград, “Наука”, Ленинградское отделение, 1981.

5) А. С. Пушкин, начало всех начал..., жизнь, творчество, эпоха, Смоленск, “Русич”, 1999.

Николай Васильевич Гоголь

(1809—1851)

МЕРТВЫЕ ДУШИ

(Роман, фрагменты)

Глава шестая

... Покамест Чичиков думал и внутренно посмеивался над прозвищем, отпущенным мужиками Плюшкину, он не заметил, как въехал в средину обширного села со множеством изб и улиц. Скоро, однако же, дал заметить ему это препорядочный толчок, произведенный бревенчатою мостовою, пред которою городская каменная была ничто. Эти бревна, как фортепьянные клавиши, подымались то вверх, то вниз, и необерегшийся ездок приобретал или шишку на затылок, или синее пятно на лоб, или же случалось своими собственными зубами откусить пребольно хвостик собственного же языка. Какую-то особенную ветхость заметил он на всех деревенских строениях: бревно на избах было темно и старо; многие крыши сквозили, как решето; на иных оставался только конек вверху да жерди по сторонам в виде ребр. Кажется, сами хозяева снесли с них дранье и тес, рассуждая, и, конечно, справедливо, что в дождь избы не кроют, а в ведро[①] и сама не каплет, бабиться[②] же в ней незачем, когда есть простор и в кабаке, и на большой дороге, —словом, где хочешь. Окна в избенках были без стекол, иные были заткнуты тряпкой или зипуном[③]; балкончики под крышами с перилами, неизвестно для каких

---

① Ведро—хорошая солнечная погода.

② Бабиться—здесь: сидеть в избе с бабами.

③ Зипун—крестьянская одежда.

причин делаемые в иных русских избах, покосились и почернели даже не живописно. Из-за изб тянулись во многих местах рядами огромные клади хлеба, застоявшиеся, как видно, долго; цветом походили они на старый, плохо выжженный кирпич, на верхушке их росла всякая дрянь, и даже прицепился сбоку кустарник. Хлеб, как видно, был господский. Из-за хлебных кладей и ветхих крыш возносились и мелькали на чистом воздухе, то справа, то слева, по мере того как бричка делала повороты, две сельские церкви, одна возле другой: опустевшая деревянная и каменная, с желтенькими стенами, испятнанная, истрескавшаяся. Частями стал выказываться господский дом и наконец глянул весь в том месте, где цепь изб прервалась и наместо их остался пустырем огород или капустник, обнесенный низкою, местами изломанною городьбою. Каким-то дряхлым инвалидом глядел сей странный замок, длинный, длинный непомерно. Местами был он в один этаж, местами в два; на темной крыше, не везде надежно защищавшей его старость, торчали два бельведера①, один против другого, оба уже пошатнувшиеся, лишенные когда-то покрывавшей их краски. Стены дома ощеливали② местами нагую штукатурную решетку и, как видно, много потерпели от всяких непогод, дождей, вихрей и осенних перемен. Из окон только два были открыты, прочие были заставлены ставнями или даже забиты досками. Эти два окна, с своей стороны, были тоже подслеповаты; на одном из них темнел наклеенный треугольник из синей сахарной бумаги...

Сделав один или два поворота, герой наш очутился наконец перед самым домом, который показался теперь еще печальнее. Зеленая плесень уже покрыла ветхое дерево на ограде и воротах.

---

① Бельведер—красивая, в античном духе небольшая постройка.

② Ощеливать—здесь: обнажать щель в стене.

Толпа строений: людских[1], амбаров, погребов, видимо ветшавших,—наполняла двор; возле них направо и налево видны были ворота в другие дворы. Все говорило, что здесь когда-то хозяйство текло в обширном размере, и все глядело ныне пасмурно. Ничего не заметно было оживляющего картину: ни отворявшихся дверей, ни выходивших откуда-нибудь людей, никаких живых хлопот и забот дома! Только одни главные ворота были растворены, и то потому, что въехал мужик с нагруженною телегою, покрытою рогожею, показавшийся как бы нарочно для оживления сего вымершего места; в другое время и они были заперты наглухо, ибо в железной петле висел замок-исполин. У одного из строений Чичиков скоро заметил какую-то фигуру, которая начала вздорить с мужиком, приехавшим на телеге. Долго он не мог распознать, какого пола была фигура: баба или мужик. Платье на ней было совершенно неопределенное, похожее очень на женский капот, на голове колпак, какой носят деревенские дворовые бабы, только один голос показался ему несколько сиплым для женщины. "Ой, баба! —подумал он про себя и тут же прибавил:—Ой, нет!"—"Конечно, баба!"—наконец сказал он, рассмотрев попристальнее. Фигура с своей стороны глядела на него тоже пристально. Казалось, гость был для нее в диковинку, потому что она обсмотрела не только его, но и Селифана, и лошадей, начиная с хвоста и до морды. По висевшим у ней за поясом ключам и по тому, что она бранила мужика довольно поносными словами, Чичиков заключил, что это, верно, ключница[2].

—Послушай, матушка,—сказал он, выходя из брички,—что

---

① Людская—(устар.)помещение для слуг в барском доме.

② Ключница—крепостная служанка, отвечавшая за сохранность всего, что находися в кладовых барского дома.

барин?..

—Нет дома,—прервала ключница, не дожидаясь окончания вопроса, и потом, спустя минуту, прибавила:—А что вам нужно?

—Есть дело!

—Идите в комнаты! —сказала ключница, отворотившись и показав ему спину, запачканную мукою, с большой прорехою[①] пониже.

Он вступил в темные широкие сени, от которых подуло холодом, как из погреба. Из сеней он попал в комнату, тоже темную, чуть-чуть озаренную светом, выходившим из-под широкой щели, находившейся внизу двери. Отворивши эту дверь, он наконец очутился в свету и был поражен представшим беспорядком. Казалось, как будто в доме происходило мытье полов и сюда на время нагромоздили всю мебель. На одном столе стоял даже сломанный стул, и рядом с ним часы с остановившимся маятником, к которому паук уже приладил паутину. Тут же стоял прислоненный боком к стене шкаф с старинным серебром[②], графинчиками и китайским фарфором. На бюре[③], выложенном перламутною мозаикой, которая местами уже выпала и оставила после себя одни желтенькие желобки, наполненные клеем, лежало множества всякой всячины: куча исписанных мелко бумажек, накрытых мраморным позеленевшим прессом с яичком наверху, какая-то старинная книга в кожаном переплете с красным обрезом, лимон, весь высохший, ростом не более лесного ореха, отломленная ручка кресел, рюмка с какою-то жидкостью и тремя мухами, накрытая письмом, кусочек сургучика, кусочек где-то поднятой тряпки, два пера, запачканные чернилами, высохшие,

---

① Прореха—дыра.

② Серебро—здесь:изделия из серебра:вилки,ложки и пр.

③ Бюро—здесь:стол для занятия и хранения бумаг.

как в чахотке[1], зубочистка, совершенно пожелтевшая, которою хозяин, может быть, ковырял в зубах своих еще до нашествия на Москву французов...

С середины потолка висела люстра в холстинном мешке, от пыли сделавшаяся похожею на шелковый кокон, в котором сидит червяк. В углу комнаты была навалена на полу куча того, что погрубее и что недостойно лежать на столах. Что именно находилось в куче, решить было трудно, ибо пыли на ней было в таком изобилии, что руки всякого касавшегося становились похожими на перчатки; заметнее прочего высовывался оттуда отломленный кусок деревянной лопаты и старая подошва сапога. Никак бы нельзя было сказать, чтобы в комнате сей обитало живое существо, если бы не возвещал его пребыванье старый, поношенный колпак, лежавший на столе. Пока он рассматривал все странное убранство, отворилась боковая дверь и взошла та же самая ключница, которую встретил он на дворе. Но тут увидел он, что это был скорее ключник, чем ключница: ключница по крайней мере не бреет бороды, а этот, напротив того, брил, и, казалось, довольно редко, потому что весь подбородок с нижней частью щеки походил у него на скребницу из железной проволоки, какою чистят на конюшне лошадей. Чичиков, давши вопросительное выражение лицу своему, ожидал с нетерпеньем, что хочет сказать ему ключник. Ключник тоже с своей стороны ожидал, что хочет ему сказать Чичиков. Наконец последний, удивленный таким странным недоумением, решился спросить:

—Что ж барин? у себя, что ли?

—Здесь хозяин,—сказал ключник.

—Где же? —повторил Чичиков.

—Что, батюшка, слепы-то, что ли? —спросил ключник.—

① Чахотка—так называли в XIX туберкулез.

Эхва! А вить хозяин-то я!

Здесь герой наш поневоле отступил назад и поглядел на него пристально. Ему случалось видеть немало всякого рода людей, даже таких, какие нам с читателем, может быть, никогда не придется увидать; но такого он еще не видывал. Лицо его не представляло ничего особенного; оно было почти такое же, как у многих худощавых стариков, один подбородок только выступал очень далеко вперед, так что он должен был всякий раз закрывать его платком, чтобы не заплевать; маленькие глазки еще не потухнули и бегали из-под высоко выросших бровей, как мыши, когда, высунувши из темных нор остренькие морды, насторожа уши и моргая усом, они высматривают, не затаился ли где кот или шалун мальчишка, и нюхают подозрительно самый воздух. Гораздо замечательнее был наряд его: никакими средствами и стараньями нельзя бы докопаться, из чего состряпан был его халат: рукава и верхние полы до того засалились и залоснились, что походили на юфть, какая идет на сапоги; назади вместо двух болталось четыре полы, из которых охлопьями лезла хлопчатая бумага. На шее у него тоже было повязано что-то такое, которого нельзя было разобрать: чулок ли, подвязка ли, или набрюшник, только никак не галстук. Словом, если бы Чичиков встретил его, так принаряженного, где-нибудь у церковных дверей, то, вероятно, дал бы ему медный грош. Ибо к чести героя нашего нужно сказать, что сердце у него было сострадательно и он не мог никак удержаться, чтобы не подать бедному человеку медного гроша. Но пред ним стоял не нищий, пред ним стоял помещик. У этого помещика была тысяча с лишком душ, и попробовал бы кто найти у кого другого столько хлеба зерном, мукою и просто в кладях, у кого бы кладовые, амбары и сушилы загромождены были таким множеством холстов, сукон, овчин выделанных и сыромятных, высушенными рыбами и всякой овощью, или губиной[1]. Заглянул бы кто-нибудь к нему на рабочий двор, где наготовлено было на запас всякого дерева и посуды, никогда не употреблявшейся,—ему бы показалось, уж не попал ли он как-нибудь в Москву на щепной двор[2], куда ежедневно отправляются расторопные тещи и свекрухи, с кухарками позади, делать свои хозяйственные запасы и где горами белеет всякое дерево... На что бы, казалось, нужна была Плюшкину такая гибель[3] подобных изделий? во всю жизнь не пришлось бы их употребить даже на два таких имения, какие были у него,—но ему и этого казалось мало. Не довольствуясь сим, он ходил еще каждый день по улицам своей деревни, заглядывал под мостики, под перекладины и все, что ни попадалось ему: старая подошва, бабья тряпка, железный гвоздь, глиняный черепок,—все тащил к себе и складывал в ту кучу, которую Чичиков заметил в углу комнаты. "Вон уже рыболов пошел на охоту!"—говорили мужики, когда видели его, идущего на добычу. И в самом деле, после него незачем было мести улицу: случилось проезжавшему офицеру потерять шпору, шпора эта мигом отправилась в известную кучу; если баба, как-нибудь зазевавшись у колодца, позабывала ведро, он утаскивал и ведро. Впрочем, когда приметивший мужик уличал его тут же, он не спорил и отдавал похищенную вещь; но если только она попадала в кучу, тогда все кончено: он божился, что вещь его, куплена им тогда-то, у того-то или досталась от деда. В комнате своей он подымал с пола все, что ни видел: сургучик, лоскуток бумажки, перышко, и все это клал на бюро или на окошко.

---

① Губина—грибы.

② Щепной двор—место изготовления и продажи мелких резных деревянных изделий.

③ Гибель—десь: очень много.

А ведь было время, когда он только был бережливым хозяином! был женат и семьянин, и сосед заезжал к нему пообедать, слушать и учиться у него хозяйству и мудрой скупости. Все текло живо и совершалось размеренным ходом: двигались мельницы, валяльни[1], работали суконные фабрики, столярные станки, прядильни; везде во все входил зоркий взгляд хозяина и, как трудолюбивый паук, бегал хлопотливо, но расторопно, по всем концам своей хозяйственной паутины. Слишком сильные чувства не отражались в чертах лица его, но в глазах был виден ум; опытностию и познанием света была проникнута речь его, и гостю было приятно его слушать; приветливая и говорливая хозяйка славилась хлебосольством; навстречу выходили две миловидные дочки, обе белокурые и свежие, как розы; выбегал сын, разбитной[2] мальчишка, и целовался со всеми, мало обращая внимания на то, рад ли, или не рад был этому гость...

Но добрая хозяйка умерла; часть ключей, а с ними мелких забот, перешла к нему. Плюшкин стал беспокойнее и, как все вдовцы, подозрительнее и скупее. На старшую дочь Александру Степановну он не мог во всем положиться, да и был прав, потому что Александра Степановна скоро убежала с штабс-ротмистром, бог весть какого кавалерийского полка, и повенчалась с ним где-то наскоро в деревенской церкви, зная, что отец не любит офицеров по странному предубеждению, будто бы все военные картежники и мотишки[3]. Отец послал ей на дорогу проклятие, а преследовать не заботился. В доме стало еще пустее. Во владельце стала заметнее обнаруживаться скупость, сверкнувшая в жестких волосах его седина, верная подруга ее, помогла ей еще более развиться;

---

① Валяльня—мастерская для изготовления валенок и других изделий из шерсти.

② Разбитной—подвижный, ловкий, ничем не смущающийся.

③ Мотишки—от слова“мот”, расточительный человек.

учитель-француз был отпущен, потому что сыну пришла пора на службу; мадам была прогнана, потому что оказалась не безгрешною в похищении Александры Степановны; сын, будучи отправлен в губернский город, с тем чтобы узнать в палате, по мнению отца, службу существенную, определился вместо того в полк и написал к отцу уже по своем определении, прося денег на обмундировку; весьма естественно, что он получил на это то, что называется в простонародии шиш. Наконец последняя дочь, остававшаяся с ним в доме, умерла, и старик очутился один сторожем, хранителем и владетелем своих богатств. Одинокая жизнь дала сытную пищу скупости, которая, как известно, имеет волчий голод и чем более пожирает, тем становится ненасытнее; человеческие чувства, которые и без того не были в нем глубоки, мелели ежеминутно, и каждый день что-нибудь утрачивалось в этой изношенной развалине. Случись же под такую минуту, как будто нарочно в подтверждение его мнения о военных, что сын его проигрался в карты; он послал ему от души свое отцовское проклятие и никогда уже не интересовался знать, существует ли он на свете, или нет. С каждым годом притворялись окна в его доме, наконец остались только два, из которых одно, как уже видел читатель, было заклеено бумагою; с каждым годом уходили из вида более и более главные части хозяйства, и мелкий взгляд его обращался к бумажкам и перышкам, которые он собирал в своей комнате; неуступчивее становился он к покупщикам, которые приезжали забирать у него хозяйственные произведения; покупщики торговались, торговались и наконец бросили его вовсе, сказавши, что это бес, а не человек; сено и хлеб гнили, клади и стоги обращались в чистый навоз, хоть разводи на них капусту, мука в подвалах превратилась в камень, и нужно было ее рубить, к сукнам, холстам и домашним материям страшно было притронуться: они обращались в пыль. Он уже позабывал сам, сколько у него было чего, и помнил только, в каком месте стоял у него в шкафу графинчик с остатком какой-нибудь настойки, на котором он сам сделал наметку, чтобы никто воровским образом ее не выпил, да где лежало перышко или сургучик. А между тем в хозяйстве доход собирался по-прежнему: столько же оброку должен был принесть мужик, таким же приносом орехов обложена была всякая баба, столько же поставов[①] холста должна была наткать ткачиха,—все это сваливалось в кладовые, и все становилось гниль и прореха, и сам он обратился наконец в какую-то прореху на человечестве. Александра Степановна как-то приезжала раза два с маленьким сынком, пытаясь, нельзя ли чего-нибудь получить; видно, походная жизнь с штабс-ротмистром не была так привлекательна, какою казалась до свадьбы. Плюшкин, однако же, ее простил и даже дал маленькому внучку поиграть какую-то пуговицу, лежавшую на столе, но денег ничего не дал. В другой раз Александра Степановна приехала с двумя малютками и привезла ему кулич к чаю и новый халат, потому что у батюшки был такой халат, на который глядеть не только было совестно, но даже стыдно. Плюшкин приласкал обоих внуков и, посадивши их к себе одного на правое колено, а другого на левое, покачал их совершенно таким образом, как будто они ехали на лошадях, кулич и халат взял, но дочери решительно ничего не дал; с тем и уехала Александра Степановна.

Итак, вот какого рода помещик стоял перед Чичиковым! Должно сказать, что подобное явление редко попадается на Руси, где все любит скорее развернуться, нежели съежиться, и тем поразительнее бывает оно, что тут же в соседстве подвернется

---

① Постав—кустарный ткацкий станок; здесь: кусок холста.

помещик, кутящий[1] во всю ширину русской удали и барства, прожигающий, как говорится, насквозь жизнь...

Уже несколько минут стоял Плюшкин, не говоря ни слова, а Чичиков все еще не мог начать разговора, развлеченный как видом самого хозяина, так и всего того, что было в его комнате. Долго не мог он придумать, в каких бы словах изъяснять причину своего посещения. Он уже хотел было выразиться в таком духе, что, наслышась о добродетели и редких свойствах души его, почел долгом принести лично дань уважения[2], но спохватился и почувствовал, что это слишком. Искоса бросив еще один взгляд на все, что было в комнате, он почувствовал, что слово "добродетель" и "редкие свойства души" можно с успехом заменить словами "экономия" и "порядок"; и потому, преобразивши таким образом речь, он сказал, что, наслышась об экономии его и редком управлении имениями, он почел за долг познакомиться и принести лично свое почтение. Конечно, можно было бы привести иную, лучшую причину, но ничего иного не взбрело тогда на ум.

На это Плюшкин что-то пробормотал сквозь губы, ибо зубов не было, что именно, неизвестно, но, вероятно, смысл был таков: "А побрал бы тебя черт с твоим почтением!" Но так как гостеприимство у нас в таком ходу, что и скряга не в силах преступить его законов, то он прибавил тут же несколько внятнее: "Прошу покорнейше садиться!"

—Я давненько не вижу гостей,—сказал он,—да, признаться сказать, в них мало вижу проку. Завели пренеприличный обычай ездить друг к другу, а в хозяйстве-то упущения... да и лошадей их корми сеном! Я давно уж отобедал, а кухня у меня низкая,

---

① Кутящий—от слова "кутить", развлекаться, есть, пить, веселиться и тратить деньги.

② Принести дань уважения—выразить уважение.

прескверная, и труба-то совсем развалилась: начнешь топить, еще пожару наделаешь.

“Вон оно как! —подумал про себя Чичиков. —Хорошо же, что я у Собакевича перехватил ватрушку да ломоть бараньего бока”.

—И такой скверный анекдот, что сена хоть бы клок в целом хозяйстве! —продолжал Плюшкин. —Да и в самом деле, как приберетесь его? землишка маленькая, мужик ленив, работать не любит, думает, как бы в кабак... того и гляди, пойдешь на старости лет по миру[①]!

—Мне, однако же, сказывали, —скромно заметил Чичиков, —что у вас более тысячи душ.

—А кто это сказывал? А вы бы, батюшка, наплевали в глаза тому, который это сказывал! Он, пересмешник видно, хотел пошутить над вами. Вот, бают[②], тысячи душ, а поди-тка сосчитай, а и ничего не начтешь! Последние три года проклятая горячка выморила у меня здоровенный куш[③] мужиков.

—Скажите! и много выморила? —воскликнул Чичиков с участием.

—Да, снесли многих.

—А позвольте узнать: сколько числом?

—Душ восемьдесят.

—Нет?

—Не стану лгать, батюшка.

—Позвольте еще спросить: ведь эти души, я полагаю, вы считаете со дня подачи последней ревизии[④]?

---

① Пойдешь по миру—будешь нищим, станешь собирать милостыню.

② Бают—(прост.) говорят.

③ Здоровенный куш—очень много, большое количество.

④ Ревизия—проверка. Здесь: проверка, сколько крепостных крестьян, принадлежавших помещику, умерло и родилось со дня последней ревизии.

—Это бы еще слава богу,—сказал Плюшкин,—да лих-то[1], что с того времени до ста двадцати наберется.

—Вправду? Целых сто двадцать? —воскликнул Чичиков и даже разинул несколько рот от изумления.

—Стар я, батюшка, чтобы лгать: седьмой десяток живу! —сказал Плюшкин. Он, казалось, обиделся таким почти радостным восклицанием. Чичиков заметил, что в самом деле неприлично подобное безучастие к чужому горю, и потому вздохнул тут же и сказал, что соболезнует.

—Да ведь соболезнование в карман не положишь,—сказал Плюшкин. —Вот возле меня живет капитан; черт знает его, откуда взялся, говорит—родственник: "Дядюшка, дядюшка!"—и в руку целует, а как начнет соболезновать, вой такой подымет, что уши береги. С лица весь красный: пеннику, чай, насмерть придерживается[2]. Верно, спустил денежки, служа в офицерах, или театральная актриса выманила, так вот он теперь и соболезнует!

Чичиков постарался объяснить, что его соболезнование совсем не такого рода, как капитанское, и что он не пустыми словами, а делом готов доказать его и, не откладывая дела далее, без всяких обиняков, тут же изъявил готовность принять на себя обязанность платить подати за всех крестьян, умерших такими несчастными случаями. Предложение, казалось, совершенно изумило Плюшкина. Он, вытаращив глаза, долго смотрел на него и наконец спросил:

—Да вы, батюшка, не служили ли в военной службе?

—Нет,—отвечал Чичиков довольно лукаво,—служил по

---

① Лих-то—горе-то.

② Пеннику, чай, насмерть придерживается—пьет, наверно, до одурения; пенник—крепкое хлебное вино.

статской.

—По статской? —повторил Плюшкин и стал жевать губами, как будто что-нибудь кушал. —Да ведь как же? Ведь это вам самим-то в убыток?

—Для удовольствия вашего готов и на убыток.

—Ах, батюшка! ах, благодетель мой! —вскрикнул Плюшкин, не замечая от радости, что у него из носа выглянул весьма некартинно табак, на образец густого копия, и полы халата, раскрывшись, показали платье, не весьма приличное для рассматриванья. —Вот утешили старика! Ах, господи ты мой! ах, святители вы мои!.. —Далее Плюшкин и говорить не мог. Но не прошло и минуты, как эта радость, так мгновенно показавшаяся на деревянном лице его, так же мгновенно и прошла, будто ее вовсе не бывало, и лицо его вновь приняло заботливое выражение Он даже утерся платком и, свернувши его в комок, стал им возить себя по верхней губе.

—Как же, с позволения вашего, чтобы не рассердить вас, вы за всякий год беретесь платить за них подать[①]? и деньги будете выдавать мне или в казну?

—Да мы вот как сделаем: мы совершим на них купчую крепость[②], как бы они были живые и как бы вы их мне продали.

—Да, купчую крепость...—сказал Плюшкин, задумался и стал опять кушать губами. —Ведь вот купчую крепость—все издержки. Приказные[③] такие бессовестные! Прежде, бывало, полтиной меди отделаешься да мешком муки, а теперь пошли целую подводу круп, да и красную бумажку[④] прибавь, такое

---

① Подать—налог.

② Купчая крепость—договор о купке-продаже, зарегистрованный специальными чиновниками.

③ Приказные—чиновники, работающие в государственных учреждениях.

④ Красная бумажка—десятирублевая ассигнация.

сребролюбие! Я не знаю, как священники-то не обращают на это внимание; сказал бы какое-нибудь поучение: ведь что ни говори, а против слова-то божия не устоишь.

"Ну, ты, я думаю, устоишь!"—подумал про себя Чичиков и произнес тут же, что, из уважения к нему, он готов принять даже издержки по купчей на свой счет.

Услыша, что даже издержки по купчей он принимает на себя, Плюшкин заключил, что гость должен быть совершенно глуп и только прикидывается, будто служил по статской, а, верно, был в офицерах и волочился за актерками. При всем том он, однако ж, не мог скрыть своей радости и пожелал всяких утешений не только ему, но даже и деткам его, не спросив, были ли они у него, или нет. Подошел к окну, постучал он пальцами в стекло и закричал: "Эй, Прошка!" Чрез минуту было слышно. что кто-то вбежал впопыхах в сени, долго возился там и стучал сапогами, наконец дверь отворилась и вошел Прошка, мальчик лет тринадцати, в таких больших сапогах, что, ступая, едва не вынул из них ноги. Почему у Прошки были такие большие сапоги, это можно узнать сейчас же: у Плюшкина для всей дворни, сколько ни было ее в доме, были одни только сапоги, которые должны были всегда находиться в сенях. Всякий призываемый в барские покои обыкновенно отплясывал через весь двор босиком, но, входя в сени, надевал сапоги и таким уже образом являлся в комнату. Выходя из комнаты, он оставлял сапоги опять в сенях и отправлялся вновь на собственной подошве. Если бы кто взглянул из окошка в осеннее время и особенно когда по утрам начинаются маленькие изморози, то бы увидел, что вся дворня делала такие скачки, какие вряд ли удастся выделать на театрах самому бойкому танцовщику.

—Вот посмотрите, батюшка, какая рожа! —сказал Плюшкин Чичикову, указывая пальцем на лицо Прошки. —Глуп ведь как дерево, а попробуй что-нибудь положить, мигом украдет! Ну, чего ты пришел, дурак, скажи, чего? —Тут он произвел небольшое молчание, на которое Прошка отвечал тоже молчанием. —Поставь самовар, слышишь, да вот возьми ключ да отдай Мавре, чтобы пошла в кладовую: там на полке есть сухарь из кулича, который привезла Александра Степановна, чтобы подали его к чаю!.. Постой, куда же ты? Дурачина! эхва, дурачила! Бес у тебя в ногах, что ли, чешется?.. ты выслушай прежде: сухарь-то сверху, чай, поиспортился, так пусть соскоблит его ножом да крох не бросает, а снесет в курятник. Да смотри ты, ты не входи, брат, в кладовую, не то я тебя, знаешь! березовым-то веником, чтобы для вкуса-то! Вот у тебя теперь славный аппетит, так чтобы еще был получше! Вот попробуй-ка пойти в кладовую, а я тем временем из окна стану глядеть. Им ни в чем нельзя доверять,—продолжал он, обратившись к Чичикову, после того как Прошка убрался вместе с своими сапогами. Вслед за тем он начал и на Чичикова посматривать подозрительно. Черты такого необыкновенного великодушия стали ему казаться невероятными, и он подумал про себя: "Ведь черт его знает, может быть, он просто хвастун, как все эти мотишки; наврет, наврет, чтобы поговорить да напиться чаю, а потом и уедет!" А потому из предосторожности и вместе желая несколько поиспытать его, сказал он, что недурно бы совершить купчую поскорее, потому что-де в человеке не уверен: сегодня жив, а завтра и бог весть.

Чичиков изъявил готовность совершить ее хоть сию же минуту и потребовал только списка всем крестьянам.

Это успокоило Плюшкина. Заметно было, что он придумывал что-то сделать, и точно, взявши ключи, приблизился к шкафу и, отперши дверцу, рылся долго между стаканами и чашками и наконец произнес:

—Ведь вот не сыщешь, а у меня был славный ликерчик, если

только не выпили! народ такие воры! А вот разве не это ли он? — Чичиков увидел в руках его графинчик, который был весь в пыли, как в фуфайке[1]. —Еще покойница делала, —продолжал Плюшкин, —мошенница ключница совсем было его забросила и даже не закупорила, каналья! Козявки и всякая дрянь было напичкались туда, но я весь сор-то повынул, и теперь вот чистенькая; я вам налью рюмочку.

Но Чичиков постарался отказаться от такого ликерчика, сказавши, что он уже и пил и ел.

—Пили уже и ели! —сказал Плюшкин. —Да, конечно, хорошего общества человека хоть где узнаешь: он не ест, а сыт; а как эдакой какой-нибудь воришка, да его сколько ни корми... Ведь вот капитан—приедет: "Дядюшка, говорит, дайте чего-нибудь поесть!" А я ему такой же дядюшка, как он мне дедушка. У себя дома есть, верно, нечего, так вот он и шатается! Да, ведь вам нужен реестрик[2] всех этих тунеядцев[3]? Как же, я, как знал, всех их списал на особую бумажку, чтобы при первой подаче ревизии всех их вычеркнуть.

Плюшкин надел очки и стал рыться в бумагах. Развязывая всякие связки, он попотчевал своего гостя такою пылью, что тот чихнул. Наконец вытащил бумажку, всю исписанную кругом. Крестьянские имена усыпали ее тесно, как мошки. Были там всякие: и Парамонов, и Пименов, и Пантелеймонов, и даже выглянул какой-то Григорий Доезжай-не-доедешь; всех было сто двадцать с лишком. Чичиков улыбнулся при виде такой многочисленности. Спрятав ее в карман, он заметил Плюшкину, что ему нужно будет для совершения крепости приехать в город.

---

① Фуфайка—рубашка.

② Реестрик—списочек.

③ Тунеядцы—бездельники.

—В город? Да как же?.. а дом-то как оставить? Ведь у меня народ или вор, или мошенник: в день так оберут[①], что и кафтана не на чем будет повесить.

—Так не имеете ли кого-нибудь знакомого?

—Да кого же знакомого? Все мои знакомые перемерли или раззнакомились. Ах, батюшка! как не иметь, имею! —вскричал он. —Ведь знаком сам председатель, езжал даже в старые годы ко мне, как не знать! однокорытниками[②] были, вместе по заборам лазили! как не знакомый? уж такой знакомый! так уж не к нему ли написать?

—И, конечно, к нему.

—Как же, уж такой знакомый! в школе были приятели.

И на этом деревянном лице вдруг скользнул какой-то теплый луч, выразилось не чувство, а какое-то бледное отражение чувства, явление, подобное неожиданному появлению на поверхности вод утопающего, произведшему радостный крик в толпе, обступившей берег. Но напрасно обрадовавшиеся братья и сестры кидают с берега веревку и ждут, не мелькнет ли вновь спина или утомленные бореньем руки,—появление было последнее. Глухо все, и еще страшнее и пустыннее становится после того затихнувшая поверхность безответной стихии. Так и лицо Плюшкина вслед за мгновенно скользнувшим на нем чувством стало еще бесчувственней и еще пошлее.

—Лежала на столе четвертка чистой бумаги,—сказал он,—да не знаю, куда запропастилась: люди у меня такие негодные! —Тут стал он заглядывать и под стол и на стол, шарил везде и наконец закричал:—Мавра! а Мавра!

На зов явилась женщина с тарелкой в руках, на которой

---

① Оберут—обкрадут.

② Однокорытники—буквально: ели у одного корыта, т. е. друзья с детства.

лежал сухарь, уже знакомый читателю. И между ними произошел такой разговор:

—Куда ты дела, разбойница, бумагу?

—Ей-богу, барин, не видывала, опричь[1] небольшого лоскутка, которым изволили прикрыть рюмку.

—А вот я по глазам вижу, что подтибрила[2].

—Да на что ж бы я подтибрила? Ведь мне проку с ней никакого; я грамоте не знаю.

—Врешь, ты снесла пономаренку[3]: он маракует[4], так ты ему и снесла.

—Да пономаренок, если захочет, так достанет себе бумаги. Не видал он вашего лоскутка!

—Вот погоди-ка: на страшном суде черти припекут тебя за это железными рогатками! вот посмотришь, как припекут!

—Да за что же припекут, коли я не брала и в руки четвертки? Уж скорее другой какой бабьей слабостью, а воровством меня еще никто не попрекал.

—А вот черти-то тебя и припекут! скажут: "А вот тебе, мошенница, за то, что барина-то обманывала!", да горячими-то тебя и припекут!

—А я скажу: "Не за что! ей-богу, не за что, не брала я..." Да вон она лежит на столе. Всегда понапраслиной попрекаете!

Плюшкин увидел, точно, четвертку и на минуту остановился, пожевал губами и произнес:

—Ну, что ж ты расходилась так? Экая занозистая! Ей скажи только одно слово, а она уж в ответ десяток! Поди-ка принеси

---

① Опричь—(устар, прост.) кроме.

② Подтибрила—утащила, своровала.

③ Пономаренок—сын пономаря, низшего служителя при церкви.

④ Маракует—умеет немного читать и писать.

огоньку запечатать письмо. Да стой, ты схватишь сальную свечу, сало дело топкое: сгорит—да и нет, только убыток, а ты принеси-ка мне лучинку!

Мавра ушла, а Плюшкин, севши в кресла и взявши в руку перо, долго еще ворочал на все стороны четвертку, придумывая: нельзя ли отделить от нее еще осьмушку, но наконец убедился, что никак нельзя; всунул перо в чернильницу с какою-то заплесневшею жидкостью и множеством мух на дне и стал писать, выставляя буквы, похожие на музыкальные ноты, придерживая поминутно прыть руки, которая расскакивалась по всей бумаге, лепя скупо строка на строку и не без сожаления подумывая о том, что все еще останется много чистого пробела.

И до такой ничтожности, мелочности, гадости мог снизойти человек! мог так измениться! И похоже это на правду? Все похоже на правду, все может статься с человеком. Нынешний же пламенный юноша отскочил бы с ужасом, если бы показали ему его же портрет в старости. Забирайте же с собою в путь, выходя из мягких юношеских лет в суровое ожесточающее мужество, забирайте с собою все человеческие движения, не оставляйте их на дороге, не подымете потом! Грозна страшна грядущая впереди старость, и ничего не отдает назад и обратно! Могила милосерднее ее, на могиле напишется: "Здесь погребен человек!", но ничего не прочитаешь в хладных, бесчувственных чертах бесчеловечной старости.

—А не знаете ли вы какого-нибудь вашего приятеля,—сказал Плюшкин, складывая письмо,—которому бы понадобились беглые души[①]?

—А у вас есть и беглые? —быстро спросил Чичиков, очнувшись.

① Беглые души—крестьяне, убежавшие от своих помещиков.

—В том-то и дело, что есть. Зять делал выправки[①]: говорит, будто и след простыл, но ведь он человек военный: мастер притопывать шпорой, а если бы хлопотать по судам...

—А сколько их будет числом?

—Да десятков до семи тоже наберется.

—Нет?

—А ей-богу так! Ведь у меня что год, то бегают. Народ-то больно прожорлив, от праздности завел привычку трескать[②], а у меня есть и самому нечего... А уж я бы за них что ни дай взял бы. Так посоветуйте вашему приятелю-то: отыщись ведь только десяток, так вот уж у него славная деньга. Ведь ревизская душа стоит в пятистах рублях.

"Нет, этого мы приятелю и понюхать не дадим",—сказал про себя Чичиков и потом объяснил, что такого приятеля никак не найдется, что одни издержки по этому делу будут стоить более, ибо от судов нужно отрезать полы собственного кафтана да уходить подалее; но что если он уже действительно так стиснут, то, будучи подвигнут участием[③], он готов дать... но что это такая безделица, о которой даже не стоит и говорить.

—А сколько бы вы дали? —спросил Плюшкин и сам ожидовел[④]: руки его задрожали, как ртуть.

—Я бы дал по двадцати пяти копеек за душу.

—А как вы покупаете, на чистые?

—Да, сейчас деньги.

—Только, батюшка, ради нищеты-то моей, уже дали бы по сорока копеек.

---

① Делал выправки—наводил справки.

② Трескать—(груб.)есть.

③ Будучи подвигнут участием—желая помочь.

④ Ожидовел—затрясся от жадности.

—Почтеннейший! —сказал Чичиков,—не только по сорока копеек, по пятисот рублей заплатил бы! с удовольствием заплатил бы, потому что вижу—почтенный, добрый старик терпит по причине собственного добродушия.

—А ей-богу, так! ей-богу, правда! —сказал Плюшкин, свесив голову вниз и сокрушительно покачав ее. —Всё от добродушия.

—Ну, видите ли, я вдруг постигнул ваш характер. Итак, почему ж не дать бы мне по пятисот рублей за душу, но... состоянья нет; по пяти копеек, извольте, готов прибавить, чтобы каждая душа обошлась, таким образом, в тридцать копеек.

—Ну, батюшка, воля ваша, хоть по две копейки пристегните.

—По две копеечки пристегну, извольте. Сколько их у вас? Вы, кажется, говорили семьдесят?

—Нет. Всего наберется семьдесят восемь.

—Семьдесят восемь, семьдесят восемь, по тридцати копеек за душу, это будет... —здесь герой наш одну секунду, не более, подумал и сказал вдруг:—это будет двадцать четыре рубля девяносто шесть копеек! —он был в арифметике силен. Тут же заставил он Плюшкина написать расписку и выдал ему деньги, которые тот принял в обе руки и понес их к бюро с такою же осторожностью, как будто бы нес какую-нибудь жидкость, ежеминутно боясь расхлестать ее. Подошедши к бюро, он переглядел их еще раз и уложил, тоже чрезвычайно осторожно, в один из ящиков, где, верно, им суждено быть погребенными до тех пор, покамест отец Карп и отец Поликарп, два священника его деревни, не погребут его самого, к неописанной радости зятя и дочери, а может быть, и капитана, приписавшегося ему в родню. Спрятавши деньги, Плюшкин сел в кресла и уже, казалось, больше не мог найти материи, о чем говорить.

—А что, вы уж собираетесь ехать? —сказал он, заметив

небольшое движение, которое сделал Чичиков для того только, чтобы достать из кармана платок.

Этот вопрос напомнил ему, что в самом деле незачем более мешкать[①].

—Да, мне пора! —произнес он, взявшись за шляпу.

—А чайку?

—Нет, уж чайку пусть лучше когда-нибудь в другое время.

—Как же, а я приказал самовар. Я, признаться сказать, не охотник до чаю: напиток дорогой, да и цена на сахар поднялась немилосердная. Прошка! не нужно самовара! Сухарь отнеси Мавре, слышишь: пусть его положит на то же место, или нет, подай его сюда, я ужо снесу его сам. Прощайте, батюшка, да благословит вас бог, а письмо-то председателю вы отдайте. Да! пусть прочтет, он мой старый знакомый. Как же! были с ним однокорытниками!

Засим это странное явление, этот съежившийся старичишка проводил его со двора, после чего велел ворота тот же час запереть, потом обошел кладовые, с тем чтобы осмотреть, на своих ли местах сторожа, которые стояли на всех углах, колотя деревянными лопатками в пустой бочонок, наместо чугунной доски; после того заглянул в кухню, где под видом того чтобы попробовать, хорошо ли едят люди, наелся препорядочно щей с кашею и, выбранивши всех до последнего за воровство и дурное поведение, возвратился в свою комнату. Оставшись один, он даже подумал о том, как бы ему возблагодарить гостя за такое в самом деле беспримерное великодушие. “Я ему подарю,—подумал он про себя,—карманные часы: они ведь хорошие, серебряные часы, а не то чтобы какие-нибудь томпаковые или бронзовые; немножко поиспорчены, да ведь он себе переправит; он человек еще молодой, так ему нужны

① Мешкать—задерживаться.

карманные часы, чтобы понравиться своей невесте! Или нет,—прибавил он после некоторого размышления,—лучше я оставлю их ему после моей смерти, в духовной[1], чтобы вспоминал обо мне".

Но герой наш и без часов был в самом веселом расположении духа. Такое неожиданное приобретение было сущий подарок. В самом деле, что ни говори, не только одни мертвые души, но еще и беглые, и всего двести с лишком человек! Конечно, еще подъезжая к деревне Плюшкина, он уже предчувствовал, что будет кое-какая пожива, но такой прибыточной никак не ожидал. Всю дорогу он был весел необыкновенно, посвистывал, наигрывал губами, приставивши во рту кулак, как будто играл на трубе, и наконец затянул какую-то песню, до такой степени необыкновенную, что сам Селифан слушал, слушал и потом, покачав слегка головой, сказал: "Вишь ты, как барин поет!" Были уже густые сумерки, когда подъехали они к городу...

(1841)

Краткий анализ произведения:

Сюжет《Мертвых душ》подсказал Гоголю Пушкин. Однажды при их встрече Пушкин рассказал о мошеннике, который скупал у провинциальных помещиков умерших крепостных крестьян. Конечно, мошеннику не нужны были сами умершие крестьяне,《души》. Ему нужны были только имена и фамилии тех недавно умерших, которых еще считали живыми до официальной регистрации их смерти. Мошенник, купивший много таких《мертвых душ》, хотел , всех обманув, стать богатым. Однако обман был раскрыт, и его арестовали.

Гоголь назвал своего главного героя Павлом Ивановичем

[1] Духовная—духовное завещание.

Чичиковым, и из смешного рассказа о его мошенничестве создал большое по обьему и значительное по содержанию произведение, в котором высмеял сонную провинциальную Россию. С целью покупки мертвых душ и создания себе репутации богача, Чичиков разъезжает по большим и малым имениям в окрестностях вымышленного губернского города.

Будучи человеком умным, хитрым и пронырливым, а также обладая немалым жизненным опытом, Чичиков сумел к каждому помещику найти свой подход. Он играл прежде всего на корыстности этих людей, догадываясь, что честных среди них не найти. Бесчестное предприятие потому и удается Чичикову, что вокруг него люди так же заняты только своими материальными интересами.

Гоголь описывал то, что знал и видел в России. Но он хотел высмеять смешные и нелепые, с его точки зрения, явления, поэтому создал ситуации и характеры гротескные, в которых заострял и преувеличивал неприятные черты. Таковы прежде всего помещики: пустой фантазер, слащавый и фальшивый Манилов, мелочная и упрямая «дубинноголовая» Коробочка (как назвал ее в сердцах Чичиков), лгун и хвастун Ноздрев—«тип неугомонной бойкости и юркости характера», хитрый и практичный при всей своей внешней неуклюжести Собакевич, скряга Плюшкин, который от беспредельной скупости теряет все человеческое.

Не желая этого, Гоголь создает страшный и абсурдный мир нелюдей, в котором жить и смешно и страшно—так восприняли его поэму современники. Но Гоголь любил Россию, он высмеивал ее «кривую рожу» для того, чтобы его герои увидели себя «в зеркале его поэмы» и, испугавшись своего облика, захотели стать лучше. Писатель верил в русский народ, в историческое будущее России, чему свидетельства—лирические отступления, посвященные родине: «птицей—тройкой», несущейся в светлое будущее называет ее Гоголь.

《Мертвые души》Гоголь не случайно назвал поэмой, хотя написаны они прозой. Сквозь《видимые миру смех》, видны в《Мертных душах》《невидимые миру слезы》автора. Все произведение Гоголя проникнуто лирическим чувством.

Гоголь до сих пор читаемый во всем мире писатель, показал《странность》человеческого мира, его бессмысленную погоню за наживой, его пошлость, бездуховность—черты до сих пор свойственные человеческому роду. И манера изображения у него своя, особенная: необычайно выразительный, только Гоголю свойственный, богатый русский язык, чувство юмора, умение очертить гротескный характер и тонкий лиризм.

Вопросы и задания:

1. Дайте общую характеристику помещика Плюшкина, в чём проявляются признаки его нравственного вырождения?

2. Как вы понимаете слова "Мертвые души"? Является ли Плюшкин "мертвой душой", почему ?

3. Каким предстает в поэме образ России?

4. В чем заключается роль авторских отступлений в поэме?

Литература:

1. Золотусский И. П. Гоголь. М. ,1984.

2. Вересаев В. В. Гоголь в жизни. М. ,1990.

3. Смирнова Е. А. Поэма Гоголя《Мертвые души》. Л. ,1987.

4. Машинский С.《Мертвые души》Н. В. Гоголя. М. ,1978.

Лев Николаевич Толстой

(1828—1910)

АННА КАРЕНИНА

(Роман, фрагменты)

Часть первая

XVIII

Вронский пошел за кондуктором в вагон и при входе в отделение остановился, чтобы дать дорогу выходившей даме. С привычным тактом светского человека, по одному взгляду на внешность этой дамы, Вронский определил ее принадлежность к высшему свету. Он извинился и пошел было в вагон, но почувствовал необходимость еще раз взглянуть на нее—не потому, что она была очень красива, не по тому изяществу и скромной грации, которые видны были во всей ее фигуре, но потому, что в выражении миловидного лица, когда она прошла мимо его, было что-то особенно ласковое и нежное. Когда он оглянулся, она тоже повернула голову. Блестящие, казавшиеся темными от густых ресниц, серые глаза дружелюбно, внимательно остановились на его лице, как будто она признавала его, и тотчас же перенеслись на подходившую толпу, как бы ища кого-то. В этом коротком взгляде Вронский успел заметить сдержанную оживленность, которая играла в ее лице и порхала между блестящими глазами и чуть заметной улыбкой, изгибавшею ее румяные губы. Как будто избыток чего-то так переполнял ее существо, что мимо ее воли выражался то в блеске взгляда, то в улыбке. Она потушила умышленно свет в глазах, но он светился против ее воли в чуть заметной улыбке.

Вронский вошел в вагон. Мать его, сухая старушка с черными глазами и букольками[①], щурилась, вглядываясь в сына, и слегка улыбалась тонкими губами. Поднявшись с диванчика и передав горничной мешочек, она подала маленькую сухую руку сыну и, подняв его голову от руки, поцеловала его в лицо.

—Получил телеграмму? Здоров? Слава Богу.

—Хорошо доехали? —сказал сын, садясь подле нее и невольно прислушиваясь к женскому голосу из-за двери. Он знал, что это был голос той дамы, которая встретилась ему при входе.

—Я все-таки с вами не согласна, —говорил голос дамы.

—Петербургский взгляд, сударыня.

—Не петербургский, а просто женский, —отвечала она.

—Ну-с, позвольте поцеловать вашу ручку.

—До свиданья, Иван Петрович. Да посмотрите, не тут ли брат, и пошлите его ко мне, —сказала дама у самой двери и снова вошла в отделение.

—Что ж, нашли брата? —сказала Вронская, обращаясь к даме.

Вронский вспомнил теперь, что это была Каренина.

—Ваш брат здесь, —сказал он, вставая. —Извините меня, я не узнал вас, да и наше знакомство было так коротко, —сказал Вронский, кланяясь, —что вы, верно, не помните меня.

—О, нет, —сказала она, —я бы узнала вас, потому что мы с вашею матушкой, кажется, всю дорогу говорили только о вас, —сказала она, позволяя, наконец, просившемуся наружу оживлению выразиться в улыбке. —А брата моего все-таки нет.

—Позови же его, Алеша, —сказала старая графиня.

Вронский вышел на платформу и крикнул:

—Облонский! Здесь!

---

① Букольки—(уменьш. от букли) завитые спиралями пряди волос, локоны.

Но Каренина не дождалась брата, а, увидев его, решительным легким шагом вышла из вагона. И, как только брат подошел к ней, она движением, поразившим Вронского своею решительностью и грацией, обхватила брата левою рукой за шею, быстро притянула к себе и крепко поцеловала. Вронский, не спуская глаз, смотрел на нее и, сам не зная чему, улыбался. Но вспомнив, что мать ждала его, он опять вошел в вагон.

—Не правда ли, очень мила? —сказала графиня про Каренину. —Ее муж со мною посадил, и я очень рада была. Всю дорогу мы с ней проговорили. Ну, а ты, говорят... vous filez le parfait amour. Tant mieux, mon cher, tant mieux①.

—Я не знаю, на что вы намекаете, maman②, —отвечал сын холодно. —Что ж, maman, идем.

Каренина опять вошла в вагон, чтобы проститься с графиней.

—Ну вот, вы, графиня, встретили сына, а я брата, —весело сказала она. —И все истории мои истощились; дальше нечего было бы рассказывать.

—Ну нет, милая, —сказала графиня, взяв ее за руку, —я бы с вами объехала вокруг света и не соскучилась бы. Вы одна из тех милых женщин, с которыми и поговорить и помолчать приятно. А о сыне вашем, пожалуйста, не думайте: нельзя же никогда не разлучаться.

Каренина стояла неподвижно, держась чрезвычайно прямо, и глаза ее улыбались.

—У Анны Аркадьевны, —сказала графиня, объясняя сыну, —есть сынок восьми лет, кажется, и она никогда с ним не разлучалась и все мучается, что оставила его.

---

① Vous filez le parfait amour. Tant mieux, mon cher, tant mieux—(франц.) у тебя все еще тянется идеальная любовь. Тем лучше, мой милый, тем лучше.

② Maman—(франц.) мама.

—Да, мы все время с графиней говорили, я о своем, она о своем сыне, —сказала Каренина, и опять улыбка осветила ее лицо, улыбка ласковая, относившаяся к нему.

—Вероятно, это вам очень наскучило, —сказал он, сейчас, на лету, подхватывая этот мяч кокетства, который она бросила ему. Но она, видимо, не хотела продолжать разговора в этом тоне и обратилась к старой графине:

—Очень благодарю вас. Я и не видала, как провела вчерашний день. До свиданья, графиня.

—Прощайте, мой дружок, —отвечала графиня. —Дайте поцеловать ваше хорошенькое личико. Я просто, по-старушечьи, прямо говорю, что полюбила вас.

Как ни казенна была эта фраза, Каренина, видимо, от души поверила и порадовалась этому. Она покраснела, слегка нагнулась, подставила свое лицо губам графини, опять выпрямилась и с тою же улыбкой, волновавшеюся между губами и глазами, подала руку Вронскому. Он пожал маленькую ему поданную руку и, как чему-то особенному, обрадовался тому энергическому пожатию, с которым она крепко и смело тряхнула его руку. Она вышла быстрою походкой, так странно легко носившею ее довольно полное тело.

—Очень мила, —сказала старушка.

То же самое думал ее сын. Он провожал ее глазами до тех пор, пока не скрылась ее грациозная фигура, и улыбка остановилась на его лице. В окно он видел, как она подошла к брату, положила ему руку на руку и что-то оживленно начала говорить ему, очевидно о чем-то не имеющем ничего общего с ним, с Вронским, и ему это показалось досадным.

—Ну что, maman, вы совершенно здоровы? —повторил он, обращаясь к матери.

—Все хорошо, прекрасно. Alexandre[1] очень был мил. И Marie[2] очень хороша стала. Она очень интересна.

И опять начала рассказывать о том, что более всего интересовало ее, о крестинах внука, для которых она ездила в Петербург, и про особенную милость государя к старшему сыну.

—Вот и Лаврентий, —сказал Вронский, глядя в окно, — теперь пойдемте, если угодно.

Старый дворецкий, ехавший с графиней, явился в вагон доложить, что все готово, и графиня поднялась, чтоб идти.

—Пойдемте, теперь мало народа, —сказал Вронский.

Девушка взяла мешок и собачку, дворецкий и артельщик другие мешки. Вронский взял под руку мать; но когда они уже выходили из вагона, вдруг несколько человек с испуганными лицами пробежали мимо. Пробежал и начальник станции в своей необыкновенного цвета фуражке. Очевидно, что-то случилось необыкновенное. Народ от поезда бежал назад.

—Что?.. Что?.. Где?.. Бросился!.. задавило!.. — слышалось между проходившими.

Степан Аркадьич с сестрой под руку, тоже с испуганными лицами, вернулись и остановились, избегая народ, у входа в вагон.

Дамы вошли в вагон, а Вронский со Степаном Аркадьичем пошли за народом узнавать подробности несчастия.

Сторож, был ли он пьян или слишком закутан от сильного мороза, не слыхал отодвигаемого задом поезда, и его раздавили.

Еще прежде чем вернулись Вронский и Облонский, дамы узнали эти подробности от дворецкого.

Облонский и Вронский оба видели обезображенный труп.

---

① Alexandre—(франц.) Александр.

② Marie—(франц.) Мария.

Облонский, видимо, страдал. Он морщился и, казалось, готов был плакать.

—Ах, какой ужас! Ах, Анна, если бы ты видела! Ах, какой ужас! —приговаривал он.

Вронский молчал, и красивое лицо его было серьезно, но совершенно спокойно.

—Ах, если бы вы видели, графиня, —говорил Степан Аркадьич. —И жена его тут... Ужасно видеть ее... Она бросилась на тело. Говорят, он один кормил огромное семейство. Вот ужас!

—Нельзя ли что-нибудь сделать для нее? —взволнованным шепотом сказала Каренина.

Вронский взглянул на нее и тотчас же вышел из вагона.

—Я сейчас приду, maman, —прибавил он, обертываясь в дверях.

Когда он возвратился через несколько минут, Степан Аркадьич уже разговаривал с графиней о новой певице, а графиня нетерпеливо оглядывалась на дверь, ожидая сына.

—Теперь пойдемте, —сказал Вронский входя. Они вместе вышли. Вронский шел впереди с матерью. Сзади шла Каренина с братом. У выхода к Вронскому подошел догнавший его начальник станции.

—Вы передали моему помощнику двести рублей. Потрудитесь обозначить, кому вы назначаете их?

—Вдове, —сказал Вронский, пожимая плечами. —Я не понимаю, о чем спрашивать.

—Вы дали? —крикнул сзади Облонский и, прижав руку сестры, прибавил: —Очень мило, очень мило! Не правда ли, славный малый? Мое почтение, графиня.

И он с сестрой остановились, отыскивая ее девушку.

Когда они вышли, карета Вронских уже отъехала.

Выходившие люди все еще переговаривались о том, что случилось.

—Вот смерть-то ужасная! —сказал какой-то господин, проходя мимо. —Говорят, на два куска.

—Я думаю, напротив, самая легкая, мгновенная, —заметил другой.

—Как это не примут мер, —говорил третий.

Каренина села в карету, и Степан Аркадьич с удивлением увидал, что губы ее дрожат и она с трудом удерживает слезы.

—Что с тобой, Анна? —спросил он, когда они отъехали несколько сот сажен.

—Дурное предзнаменование, —сказала она.

—Какие пустяки! —сказал Степан Аркадьич. —Ты приехала, это главное. Ты не можешь представить себе, как я надеюсь на тебя.

—А ты давно знаешь Вронского? —спросила она.

—Да. Ты знаешь, мы надеемся, что он женится на Кити.

—Да? —тихо сказала Анна. —Ну, теперь давай говорить о тебе, —прибавила она, встряхивая головой, как будто хотела физически отогнать что-то лишнее и мешавшее ей. —Давай говорить о твоих делах. Я получила твое письмо и вот приехала.

—Да, вся надежда на тебя, —сказал Степан Аркадьич.

—Ну, расскажи мне все.

И Степан Аркадьич стал рассказывать.

Подъехав к дому, Облонский высадил сестру, вздохнул, пожал ее руку и отправился в присутствие[①].

XIX

Когда Анна вошла в комнату, Долли сидела в маленькой

---

① Присутствие—здесь: адмиистративное здание, где служил Облонский. Отправиться в присутствие—пойти на службу.

гостиной с белоголовым пухлым мальчиком, уж теперь похожим на отца, и слушала его урок из французского чтения. Мальчик читал, вертя в руке и стараясь оторвать чуть державшуюся пуговицу курточки. Мать несколько раз отнимала руку, но пухлая ручонка опять бралась за пуговицу. Мать оторвала пуговицу и положила ее в карман.

—Успокой ты руки, Гриша, —сказала она и опять взялась за свое одеяло, давнишнюю работу, за которую она всегда бралась в тяжелые минуты, и теперь вязала нервно, закидывая пальцем и считая петли. Хотя она и велела вчера сказать мужу, что ей дела нет до того, приедет или не приедет его сестра, она все приготовила к ее приезду и с волнением ждала золовку.

Долли была убита своим горем, вся поглощена им. Однако она помнила, что Анна, золовка, была жена одного из важнейших лиц в Петербурге и петербургская grande dame①. И благодаря этому обстоятельству она не исполнила сказанного мужу, то есть не забыла, что приедет золовка. "Да, наконец, Анна ни в чем не виновата, —думала Долли. —Я о ней ничего, кроме самого хорошего, не знаю, и в отношении к себе я видела от нее только ласку и дружбу". Правда, как она могла запомнить свое впечатление в Петербурге у Карениных, ей не нравился самый дом их; что-то было фальшивое во всем складе их семейного быта. "Но за что же я не приму ее? Только бы не вздумала она утешать меня! —думала Долли. —Все утешения и увещания, и прощения христианские —все это я уж тысячу раз передумала, и все это не годится".

Все эти дни Долли была одна с детьми. Говорить о своем горе она не хотела, а с этим горем на душе говорить о постороннем она не могла. Она знала, что, так или иначе, она Анне выскажет все,

① Grande dame—(франц.) важная дама.

и то ее радовала мысль о том, как она выскажет, то злила необходимость говорить о своем унижении с ней, его сестрой, и слышать от нее готовые фразы увещания и утешения.

Она, как часто бывает, глядя на часы, ждала ее каждую минуту и пропустила именно ту, когда гостья приехала, так что не слыхала звонка.

Услыхав шум платья и легких шагов уже в дверях, она оглянулась, и на измученном лице ее невольно выразилось не радость, а удивление. Она встала и обняла золовку.

—Как, уж приехала? —сказала она, целуя ее.

—Долли, как я рада тебя видеть!

—И я рада, —слабо улыбаясь и стараясь по выражению лица Анны узнать, знает ли она, сказала Долли. "Верно, знает", — подумала она, заметив соболезнование на лице Анны. —Ну, пойдем, я тебя проведу в твою комнату, —продолжала она, стараясь отдалить сколько возможно минуту объяснения.

—Это Гриша? Боже мой, как он вырос! —сказала Анна и, поцеловав его, не спуская глаз с Долли, остановилась и покраснела. —Нет, позволь никуда не ходить.

Она сняла платок, шляпу и, зацепив ею за прядь своих черных, везде вьющихся волос, мотая головой, отцепляла волоса.

—А ты сияешь счастьем и здоровьем! —сказала Долли почти с завистью.

—Я?.. Да, —сказала Анна. —Боже мой, Таня! Ровесница Сереже моему, —прибавила она, обращаясь ко вбежавшей девочке. Она взяла ее на руки и поцеловала. —Прелестная девочка, прелесть! Покажи же всех.

Она называла их и припоминала не только имена, но года, месяцы, характеры, болезни всех детей, и Долли не могла не оценить этого.

—Ну, так пойдем к ним, —сказала она. —Вася спит теперь,

жалко.

Осмотрев детей, они сели, уже одни, в гостиной, пред кофеем. Анна взялась за поднос и потом отодвинула его.

—Долли, —сказала она, —он говорил мне.

Долли холодно посмотрела на Анну. Она ждала теперь притворно-сочувственных фраз; но Анна ничего такого не сказала.

—Долли, милая! —сказала она, —я не хочу ни говорить тебе за него, ни утешать; это нельзя. Но, душенька, мне просто жалко, жалко тебя всею душой!

Из-за густых ресниц ее блестящих глаз вдруг показались слезы. Она пересела ближе к невестке и взяла ее руку своею энергическою маленькою рукой. Долли не отстранилась, но лицо ее не изменяло своего сухого выражения. Она сказала:

—Утешить меня нельзя. Все потеряно после того, что было, все пропало!

И как только она сказала это, выражение лица ее вдруг смягчилось. Анна подняла сухую, худую руку Долли, поцеловала ее и сказала:

—Но, Долли, что же делать, что же делать? Как лучше поступить в этом ужасном положении? —вот о чем надо подумать.

—Все кончено, и больше ничего, —сказала Долли. —И хуже всего то, ты пойми, что я не могу его бросить; дети, я связана. А с ним жить я не могу, мне мука видеть его.

—Долли, голубчик, он говорил мне, но я от тебя хочу слышать, скажи мне все.

Долли посмотрела на нее вопросительно. Участие и любовь непритворные видны были на лице Анны.

—Изволь, —вдруг сказала она. —Но я скажу сначала. Ты знаешь, как я вышла замуж. Я с воспитанием maman не только была невинна, но я была глупа. Я ничего не знала. Говорят, я знаю, мужья рассказывают женам свою прежнюю жизнь, но

Стива... —она поправилась, —Степан Аркадьич ничего не сказал мне. Ты не поверишь, но я до сей поры думала, что я одна женщина, которую он знал. Так я жила восемь лет. Ты пойми, что я не только не подозревала неверности, но что я считала это невозможным, и тут, представь себе, с такими понятиями узнать вдруг весь ужас, всю гадость... Ты пойми меня. Быть уверенной вполне в своем счастии, и вдруг... —продолжала Долли, удерживая рыданья, —и получить письмо... письмо его к своей любовнице, к моей гувернантке. Нет, это слишком ужасно! —Она поспешно вынула платок и закрыла им лицо. —Я понимаю еще увлечение, —продолжала она, помолчав, —но обдуманно, хитро обманывать меня... с кем же?.. Продолжать быть моим мужем вместе с нею... это ужасно! Ты не можешь понять...

—О нет, я понимаю! Понимаю, милая Долли, понимаю, — говорила Анна, пожимая ее руку.

—И ты думаешь, что он понимает весь ужас моего положения? —продолжала Долли. —Нисколько! Он счастлив и доволен.

—О, нет! —быстро перебила Анна. —Он жалок, он убит раскаяньем...

—Способен ли он к раскаянью? —перебила Долли, внимательно вглядываясь в лицо золовки.

—Да, я его знаю. Я не могла без жалости смотреть на него. Мы его обе знаем. Он добр, но он горд, а теперь так унижен. Главное, что меня тронуло (и тут Анна угадала главное, что могло тронуть Долли) —его мучают две вещи: то, что ему стыдно детей, и то, что он, любя тебя... да, да, любя больше всего на свете, — поспешно перебила она хотевшую возражать Долли, —сделал тебе больно, убил тебя. "Нет, нет, она не простит", все говорит он.

Долли задумчиво смотрела мимо золовки, слушая ее слова.

—Да, я понимаю, что положение его ужасное; виноватому

хуже, чем невинному, —сказала она, —если он чувствует, что от вины его все несчастие. Но как же простить, как мне опять быть его женою после нее? Мне жить с ним теперь будет мученье, именно потому, что я любила его, как любила, что я люблю свою прошедшую любовь к нему...

И рыдания перервали ее слова.

Но как будто нарочно, каждый раз, как она смягчалась, она начинала опять говорить о том, что раздражало ее.

—Она ведь молода, ведь она красива, —продолжала она. —Ты понимаешь ли, Анна, что у меня моя молодость, красота взяты кем? Им и его детьми. Я отслужила ему, и на этой службе ушло все мое, и ему теперь, разумеется, свежее пошлое существо приятнее. Они, верно, говорили между собою обо мне или, еще хуже, умалчивали, —ты понимаешь? —Опять ненавистью зажглись ее глаза. —И после этого он будет говорить мне... Что ж, я буду верить ему? Никогда. Нет, уж кончено все, все, что составляло утешенье, награду труда, мук... Ты поверишь ли? я сейчас учила Гришу: прежде это бывало радость, теперь мученье. Зачем я стараюсь, тружусь? Зачем дети? Ужасно то, что вдруг душа моя перевернулась, и вместо любви, нежности у меня к нему одна злоба, да, злоба. Я бы убила его и...

—Душенька, Долли, я понимаю, но не мучь себя. Ты так оскорблена, так возбуждена, что ты многое видишь не так.

Долли затихла, и они минуты две помолчали.

—Что делать, придумай, Анна, помоги. Я все передумала и ничего не вижу.

Анна ничего не могла придумать, но сердце ее прямо отзывалось на каждое слово, на каждое выражение лица невестки.

—Я одно скажу, —начала Анна, —я его сестра, я знаю его характер, эту способность все, все забыть (она сделала жест пред лбом), эту способность полного увлечения, но зато и полного раскаяния. Он не верит, не понимает теперь, как он мог сделать то, что сделал.

—Нет, он понимает, он понимал! —перебила Долли. —Но я... ты забываешь меня... разве мне легче?

—Постой! Когда он говорил мне, признаюсь тебе, я не понимала еще всего ужаса твоего положения. Я видела только его и то, что семья расстроена; мне его жалко было, но, поговорив с тобой, я, как женщина, вижу другое; я вижу твои страдания, и мне, не могу тебе сказать, как жаль тебя! Но, Долли, душенька, я понимаю твои страдания вполне, только одного я не знаю: я не знаю... я не знаю, насколько в душе твоей есть еще любви к нему. Это ты знаешь, —настолько ли есть, чтобы можно было простить. Если есть, то прости!

—Нет, —начала Долли; но Анна прервала ее, целуя еще раз ее руку.

—Я больше тебя знаю свет, —сказала она. —Я знаю этих людей, как Стива, как они смотрят на это. Ты говоришь, что он с ней говорил об тебе. Этого не было. Эти люди делают неверности, но свой домашний очаг и жена —это для них святыня. Как-то у них эти женщины остаются в презрении и не мешают семье. Они какую-то черту проводят непроходимую между семьей и этим. Я этого не понимаю, но это так.

—Да, но он целовал ее...

—Долли, постой, душенька. Я видела Стиву, когда он был влюблен в тебя. Я помню это время, когда он приезжал ко мне и плакал, говоря о тебе, и какая поэзия и высота была ты для него, и я знаю, что чем больше он с тобой жил, тем выше ты для него становилась. Ведь мы смеялись, бывало, над ним, что он к каждому слову прибавлял: "Долли удивительная женщина". Ты для него божество всегда была и осталась, а это увлечение не души его...

—Но если это увлечение повторится?

—Оно не может, как я понимаю...

—Да, но ты простила бы?

—Не знаю. Я не могу судить... Нет, могу, —сказала Анна, подумав; и, уловив мыслью положение и свесив его на внутренних весах, прибавила: —Нет, могу, могу, могу. Да, я простила бы. Я не была бы тою же, да, но простила бы, и так простила бы, как будто этого не было, совсем не было.

—Ну, разумеется, —быстро прервала Долли, как будто она говорила то, что не раз думала, —иначе бы это не было прощение. Если простить, то совсем, совсем. Ну пойдем, я тебя проведу в твою комнату, —сказала она, вставая, и по дороге Долли обняла Анну. —Милая моя, как я рада, что ты приехала, как я рада. Мне легче, гораздо легче стало.

XX

Весь день этот Анна провела дома, то есть у Облонских, и не принимала никого, так как уж некоторые из ее знакомых, успев узнать о ее прибытии, приезжали в этот же день. Анна все утро провела с Долли и с детьми. Она только послала записочку к брату, чтоб он непременно обедал дома. "Приезжай, Бог милостив", писала она.

Облонский обедал дома; разговор был общий, и жена говорила с ним, называя его "ты", чего прежде не было. В отношениях мужа с женой оставалась та же отчужденность, но уже не было речи о разлуке, и Степан Аркадьич видел возможность объяснения и примирения.

Тотчас после обеда приехала Кити. Она знала Анну Аркадьевну, но очень мало, и ехала теперь к сестре не без страху пред тем, как ее примет эта петербургская светская дама, которую все так хвалили. Но она понравилась Анне Аркадьевне, —это она увидела сейчас. Анна, очевидно, любовалась ее красотою и молодостью, и не успела Кити опомниться, как она уже чувствовала себя не только под ее влиянием, но чувствовала себя влюбленною в нее, как способны влюбляться молодые девушки в замужних и старших дам. Анна непохожа была на светскую даму или на мать восьмилетнего сына, но скорее походила бы на двадцатилетнюю девушку по гибкости движений, свежести и установившемуся на ее лице оживлению, выбивавшемуся то в улыбку, то во взгляд, если бы не серьезное, иногда грустное выражение ее глаз, которое поражало и притягивало к себе Кити. Кити чувствовала, что Анна была совершенно проста и ничего не скрывала, но что в ней был другой какой-то высший мир недоступных для нее интересов, сложных и поэтических.

После обеда, когда Долли вышла в свою комнату, Анна быстро встала и подошла к брату, который закуривал сигару.

—Стива, —сказала она ему, весело подмигивая, крестя его и указывая глазами на дверь. —Иди, и помогай тебе Бог.

Он бросил сигару, поняв ее, и скрылся за дверью.

Когда Степан Аркадьич ушел, она вернулась на диван, где сидела окруженная детьми. Оттого ли, что дети видели, что мама любила эту тетю, или оттого, что они сами чувствовали в ней особенную прелесть, но старшие два, а за ними и меньшие, как это часто бывает с детьми, еще до обеда прилипли к новой тете и не отходили от нее. И между ними составилось что-то вроде игры, состоящей в том, чтобы как можно ближе сидеть подле тети, дотрагиваться до нее, держать ее маленькую руку, целовать ее, играть с ее кольцом или хоть дотрагиваться до оборки ее платья.

—Ну, ну, как мы прежде сидели, —сказала Анна Аркадьевна, садясь на свое место.

И опять Гриша подсунул голову под ее руку и прислонился головой к ее платью и засиял гордостью и счастьем.

—Так теперь когда же бал? —обратилась она к Кити.

—На будущей неделе, и прекрасный бал. Один из тех балов, на которых всегда весело.

—А есть такие, где всегда весело? —с нежною насмешкой сказала Анна.

—Странно, но есть. У Бобрищевых всегда весело, у Никитиных тоже, а у Межковых всегда скучно. Вы разве не замечали?

—Нет, душа моя, для меня уж нет таких балов, где весело, —сказала Анна, и Кити увидела в ее глазах тот особенный мир, который ей не был открыт. —Для меня есть такие, на которых менее трудно и скучно...

—Как может быть вам скучно на бале?

—Отчего же мне не может быть скучно на бале? —спросила Анна.

Кити заметила, что Анна знала, какой последует ответ.

—Оттого, что вы всегда лучше всех.

Анна имела способность краснеть. Она покраснела и сказала:

—Во-первых, никогда; а во-вторых, если б это и было, то зачем мне это?

—Вы поедете на этот бал? —спросила Кити.

—Я думаю, что нельзя будет не ехать. Вот это возьми, —сказала она Тане, которая стаскивала легко сходившее кольцо с ее белого, тонкого в конце пальца.

—Я очень рада буду, если вы поедете. Я бы так хотела вас видеть на бале.

—По крайней мере, если придется ехать, я буду утешаться мыслью, что это сделает вам удовольствие... Гриша, не тереби, пожалуйста, они и так все растрепались, —сказала она, поправляя выбившуюся прядь волос, которою играл Гриша.

—Я вас воображаю на бале в лиловом.

—Отчего же непременно в лиловом? —улыбаясь, спросила Анна. —Ну, дети, идите, идите. Слышите, мисс Гуль зовет чай пить, —сказала она, отрывая от себя детей и отправляя их в столовую.

—А я знаю, отчего вы зовете меня на бал. Вы ждете много от этого бала, и вам хочется, чтобы все тут были, все принимали участие.

—Почем вы знаете? Да.

—О! как хорошо ваше время, —продолжала Анна. —Помню и знаю этот голубой туман, вроде того, что на горах в Швейцарии. Этот туман, который покрывает все в блаженное то время, когда вот-вот кончится детство, и из этого огромного круга, счастливого, веселого, делается путь все уже и уже и весело и жутко входить в эту анфиладу①, хотя она и светлая и прекрасная... Кто не прошел через это?

Кити молча улыбалась. "Но как же она прошла через это? Как бы я желала знать весь ее роман", —подумала Кити, вспоминая непоэтическую наружность Алексея Александровича, ее мужа.

—Я знаю кое-что. Стива мне говорил, и поздравляю вас, он мне очень нравится, —продолжала Анна, —я встретила Вронского на железной дороге.

—Ах, он был там? —спросила Кити, покраснев. —Что же Стива сказал вам?

—Стива мне все разболтал. И я очень была бы рада. Я ехала вчера с матерью Вронского, —продолжала она, —и мать, не умолкая, говорила мне про него; это ее любимец; я знаю, как матери пристрастны, но...

—Что ж мать рассказывала вам?

---

① Анфилада—система парадных комнат, расположенных друг за другом так, что из первой комнаты через открытые двери остальные видны насквозь до последней.

—Ах, много! И я знаю, что он ее любимец, но все-таки видно, что это рыцарь... Ну, например, она рассказывала, что он хотел отдать все состояние брату, что он в детстве еще что-то необыкновенное сделал, спас женщину из воды. Словом, герой, —сказала Анна, улыбаясь и вспоминая про эти двести рублей, которые он дал на станции.

Но она не рассказала про эти двести рублей. Почему-то ей неприятно было вспоминать об этом. Она чувствовала, что в этом было что-то касающееся до нее и такое, чего не должно было быть.

—Она очень просила меня поехать к ней, —продолжала Анна, —и я рада повидать старушку и завтра поеду к ней. Однако, слава Богу, Стива долго остается у Долли в кабинете, —прибавила Анна, переменяя разговор и вставая, как показалось Кити, чем-то недовольная.

—Нет, я прежде! нет, я! —кричали дети, окончив чай и выбегая к тете Анне.

—Все вместе! —сказала Анна и, смеясь, побежала им навстречу и обняла и повалила всю эту кучу копошащихся и визжащих от восторга детей.

XXI

К чаю больших Долли вышла из своей комнаты. Степан Аркадьич не выходил. Он, должно быть, вышел из комнаты жены задним ходом.

—Я боюсь, что тебе холодно будет наверху, —заметила Долли, обращаясь к Анне, —мне хочется перевести тебя вниз, и мы ближе будем.

—Ах, уж, пожалуйста, обо мне не заботьтесь, —отвечала Анна, вглядываясь в лицо Долли и стараясь понять, было или не было примирения.

—Тебе светло будет здесь, —отвечала невестка.

—Я тебе говорю, что я сплю везде и всегда как сурок.

—О чем это? —сказал Степан Аркадьич, выходя из кабинета и обращаясь к жене.

По тону его и Кити и Анна сейчас поняли, что примирение состоялось.

—Я Анну хочу перевести вниз, но надо гардины перевесить. Никто не сумеет сделать, надо самой, —отвечала Долли, обращаясь к нему.

“Бог знает, вполне ли помирились?” —подумала Анна, услышав ее тон, холодный и спокойный.

—Ах, полно, Долли, все делать трудности, —сказал муж. —Ну, хочешь, я все сделаю...

“Да, должно быть, помирились”, —подумала Анна.

—Знаю, как ты все сделаешь, —отвечала Долли, —скажешь Матвею сделать то, чего нельзя сделать, сам уедешь, а он все перепутает, —и привычная насмешливая улыбка морщила концы губ Долли, когда она говорила это.

“Полное, полное примиренье, полное, —подумала Анна, —слава Богу!” —и, радуясь тому, что она была причиной этого, она подошла к Долли и поцеловала ее.

—Совсем нет, отчего ты так презираешь нас с Матвеем? —сказал Степан Аркадьич, улыбаясь чуть заметно и обращаясь к жене.

Весь вечер, как всегда, Долли была слегка насмешлива по отношению к мужу, а Степан Аркадьич доволен и весел, но настолько, чтобы не показать, что он, будучи прощен, забыл свою вину.

В половине десятого особенно радостная и приятная вечерняя семейная беседа за чайным столом у Облонских была нарушена самым, по-видимому, простым событием, но это простое событие почему-то всем показалось странным. Разговорившись об общих петербургских знакомых, Анна быстро встала.

—Она у меня есть в альбоме, —сказала она, —да и кстати я покажу моего Сережу, —прибавила она с гордою материнскою улыбкой.

К десяти часам, когда она обыкновенно прощалась с сыном и часто сама, пред тем как ехать на бал, укладывала его, ей стало грустно, что она так далеко от него; и о чем бы ни говорили, она нет-нет и возвращалась мыслью к своему кудрявому Сереже. Ей захотелось посмотреть на его карточку и поговорить о нем. Воспользовавшись первым предлогом, она встала и своею легкою, решительною походкой пошла за альбомом. Лестница наверх, в ее комнату, выходила на площадку большой входной теплой лестницы.

В то время, как она выходила из гостиной, в передней послышался звонок.

—Кто это может быть? —сказала Долли.

—За мной рано, а кому-нибудь поздно, —заметила Кити.

—Верно, с бумагами, —прибавил Степан Аркадьич, и, когда Анна проходила мимо лестницы, слуга взбегал наверх, чтобы доложить о приехавшем, а сам приехавший стоял у лампы. Анна, взглянув вниз, узнала тотчас же Вронского, и странное чувство удовольствия и вместе страха чего-то вдруг шевельнулось у нее в сердце. Он стоял, не снимая пальто, и что-то доставал из кармана. В ту минуту как она поравнялась с серединой лестницы, он поднял глаза, увидал ее, и в выражении его лица сделалось что-то пристыженное и испуганное. Она, слегка наклонив голову, прошла, а вслед за ней послышался громкий голос Степана Аркадьича, звавшего его войти, и негромкий, мягкий и спокойный голос отказывавшегося Вронского.

Когда Анна вернулась с альбомом, его уже не было, и Степан Аркадьич рассказывал, что он заезжал узнать об обеде, который они завтра давали приезжей знаменитости.

—Он ни за что не хотел войти. Какой-то он странный, — прибавил Степан Аркадьич.

Кити покраснела. Она думала, что она одна поняла, зачем он приезжал и отчего не вошел. "Он был у нас, —думала она, —и не застал и подумал, я здесь; но не вошел, оттого что думал — поздно, и Анна здесь".

Все переглянулись, ничего не сказав, и стали смотреть альбом Анны.

Ничего не было ни необыкновенного, ни странного в том, что человек заехал к приятелю в половине десятого узнать подробности затеваемого обеда и не вошел; но всем это показалось странно. Более всех странно и нехорошо это показалось Анне.

Часть пятая

XXIX

Одна из целей поездки в Россию для Анны было свидание с сыном. С того дня, как она выехала из Италии, мысль об этом свидании не переставала волновать ее. И чем ближе она подъезжала к Петербургу, тем радость и значительность этого свидания представлялись ей больше и больше. Она и не задавала себе вопроса о том, как устроить это свидание. Ей казалось натурально и просто видеть сына, когда она будет в одном с ним городе; но по приезде в Петербург ей вдруг представилось ясно ее теперешнее положение в обществе, и она поняла, что устроить свидание было трудно.

Она уж два дня жила в Петербурге. Мысль о сыне ни на минуту не покидала ее, но она еще не видала сына. Поехать прямо в дом, где можно было встретиться с Алексеем Александровичем[①], она чувствовала, что не имела права. Ее могли не пустить и оскорбить. Писать и входить в сношения с мужем ей было мучительно и подумать: она могла быть спокойна, только когда не думала о муже. Увидать сына на гулянье, узнав, куда и когда он выходит, ей было мало: она так готовилась к этому свиданию, ей столько нужно было сказать ему, ей так хотелось обнимать, целовать его. Старая няня Сережи могла помочь ей и научить ее. Но няня уже не находилась в доме Алексея Александровича. В этих колебаниях и в разыскиваньях няни прошло два дня.

Узнав о близких отношениях Алексея Александровича к графине Лидии Ивановне[②], Анна на третий день решилась написать ей стоившее ей большого труда письмо, в котором она умышленно говорила, что разрешение видеть сына должно зависеть от великодушия мужа. Она знала, что, если письмо покажут мужу, он, продолжая свою роль великодушия, не откажет ей.

Комиссионер[③], носивший письмо, передал ей самый жестокий и неожиданный ею ответ, что ответа не будет. Она никогда не чувствовала себя столь униженною, как в ту минуту, когда, призвав комиссионера, услышала от него подробный рассказ о том, как он дожидался и как потом ему сказали: “Ответа никакого не будет”. Анна чувствовала себя униженною, оскорбленною, но она видела, что с своей точки зрения графиня Лидия Ивановна права. Горе ее было тем сильнее, что оно было одиноко. Она не могла и не хотела поделиться им с Вронским. Она знала, что для него, несмотря на то, что он был главною причиной ее несчастья, вопрос

---

① Алексей Александрович—имя и отчество Каренина, мужа Анны.

② Лидия Ивановна—светская дама, друг и покровительница Алексея Александровича Каренина—мужа Анны после того, как Анна ушла от него к Воронскому.

③ Комиссионер—человек, выполняющий коммисию—поручение.

о свидании ее с сыном покажется самою неважною вещью. Она знала, что никогда он не будет в силах понять всей глубины ее страданья; она знала, что за его холодный тон при упоминании об этом она возненавидит его. И она боялась этого больше всего на свете и потому скрывала от него все, что касалось сына.

Просидев дома целый день, она придумывала средства для свиданья с сыном и остановилась на решении написать мужу. Она уже сочиняла это письмо, когда ей принесли письмо Лидии Ивановны. Молчание графини смирило и покорило ее, но письмо, все то, что она прочла между его строками, так раздражило ее, так ей возмутительна показалась эта злоба в сравнении с ее страстною законною нежностью к сыну, что она возмутилась против других и перестала обвинять себя.

“Эта холодность —притворство чувства! —говорила она себе. —Им нужно только оскорбить меня и измучать ребенка, а я стану покоряться им! Ни за что! Она хуже меня. Я не лгу по крайней мере”. И тут же она решила, что завтра же, в самый день рожденья Сережи, она поедет прямо в дом к мужу, подкупит людей, будет обманывать, но во что бы то ни стало увидит сына и разрушит этот безобразный обман, которым они окружили несчастного ребенка.

Она поехала в игрушечную лавку, накупила игрушек и обдумала план действий. Она приедет рано утром, в восемь часов, когда Алексей Александрович еще, верно, не вставал. Она будет иметь в руках деньги, которые даст швейцару и лакею, с тем чтоб они пустили ее, и, не поднимая вуаля, скажет, что она от крестного отца Сережи приехала поздравить и что ей поручено поставить игрушки у кровати. Она не приготовила только тех слов, которые она скажет сыну. Сколько она ни думала об этом, она ничего не могла придумать.

На другой день, в восемь часов утра, Анна вышла одна из

извозчичьей кареты и позвонила у большого подъезда своего бывшего дома.

—Поди посмотри, чего надо. Какая-то барыня, —сказал Капитоныч, еще не одетый, в пальто и калошах, выглянув в окно на даму, покрытую вуалем, стоявшую у самой двери.

Помощник швейцара, незнакомый Анне молодой малый, только что отворил ей дверь, как она уже вошла в нее и, вынув из муфты трехрублевую бумажку, поспешно сунула ему в руку.

—Сережа... Сергей Алексеич, —проговорила она и пошла было вперед. Осмотрев бумажку, помощник швейцара остановил ее у другой стеклянной двери.

—Вам кого надо? —спросил он.

Она не слышала его слов и ничего не отвечала.

Заметив замешательство неизвестной, сам Капитоныч вышел к ней, пропустил в двери и спросил, что ей угодно.

—От князя Скородумова к Сергею Алексеичу, —проговорила она.

—Они[①] не встали ещe, —внимательно приглядываясь к ней, сказал швейцар.

Анна никак не ожидала, чтобы та, совершенно не изменившаяся, обстановка передней того дома, где она жила девять лет, так сильно подействовала на нее. Одно за другим, воспоминания, радостные и мучительные, поднялись в ее душе, и она на мгновенье забыла, зачем она здесь.

—Подождать изволите? —сказал Капитоныч, снимая с нее шубку.

Сняв шубку, Капитоныч заглянул ей а лицо, узнал ее и молча низко поклонился ей.

---

① Они—(устар.) об одном человеке мужского или женского пола (употребляется в подобострастно—почтительной речи).

—Пожалуйте, ваше превосходительство, —сказал он ей.

Она хотела что-то сказать, но голос отказался произнести какие-нибудь звуки; с виноватою мольбой взглянув на старика, она быстрыми легкими шагами пошла на лестницу. Перегнувшись весь вперед и цепляясь калошами о ступени, Капитоныч бежал за ней, стараясь перегнать ее.

—Учитель там, может, раздет. Я доложу.

Анна продолжала идти по знакомой лестнице, не понимая того, что говорил старик.

—Сюда, налево пожалуйте. Извините, что нечисто. Они теперь в прежней диванной, —отпыхиваясь, говорил швейцар. —Позвольте, повремените①, ваше превосходительство, я загляну, —говорил он и, обогнав ее, приотворил высокую дверь и скрылся за нею. Анна остановилась, ожидая. —Только проснулись, —сказал швейцар, опять выходя из двери.

И в ту минуту, как швейцар говорил это, Анна услыхала звук детского зеванья. По одному голосу этого зеванья она узнала сына и как живого увидала его пред собою.

—Пусти, пусти, поди! —заговорила она и вошла в высокую дверь. Направо от двери стояла кровать, и на кровати сидел, поднявшись, мальчик в одной расстегнутой рубашечке и, перегнувшись тельцем, потягиваясь, доканчивал зевок. В ту минуту, как губы его сходились вместе, они сложились в блаженно-сонную улыбку, и с этой улыбкой он опять медленно и сладко повалился назад.

—Сережа! —прошептала она, неслышно подходя к нему.

Во время разлуки с ним и при том приливе любви, который она испытывала все это последнее время, она воображала его четырехлетним мальчиком, каким она больше всего любила его.

---

① Повременить—(разг.) подождите.

Теперь он был даже не таким, как она оставила его; он еще дальше стал от четырехлетнего, еще вырос и похудел. Что это! Как худо его лицо, как коротки его волосы! Как длинны руки! Как изменился он с тех пор, как она оставила его! Но это был он, с его формой головы, его губами, его мягкою шейкой и широкими плечиками.

—Сережа! —повторила она над самым ухом ребенка.

Он поднялся опять на локоть, поводил спутанною головой на обе стороны, как бы отыскивая что-то, и открыл глаза. Тихо и вопросительно он поглядел несколько секунд на неподвижно стоявшую пред ним мать, потом вдруг блаженно улыбнулся и, опять закрыв слипающиеся глаза, повалился, но не назад, а к ней, к ее рукам.

—Сережа! Мальчик мой милый! —проговорила она, задыхаясь и обнимая руками его пухлое тело.

—Мама! —проговорил он, двигаясь под ее руками, чтобы разными местами тела касаться ее рук.

Сонно улыбаясь, все с закрытыми глазами, он перехватился пухлыми ручонками от спинки кровати за ее плечи, привалился к ней, обдавая ее тем милым сонным запахом и теплотой, которые бывают только у детей, и стал тереться лицом об ее шею и плечи.

—Я знал, —открывая глаза, сказал он. —Нынче мое рожденье. Я знал, что ты придешь. Я встану сейчас.

И, говоря это, он засыпал.

Анна жадно оглядывала его; она видела, как он вырос и переменился в ее отсутствие. Она узнавала и не узнавала его голые, такие большие теперь, ноги, выпроставшиеся[①] из одеяла, узнавала эти похуделые щеки, эти обрезанные короткие завитки волос на затылке, в который она так часто целовала его. Она ощупывала все

---

① Выпроставшиеся—(устар.) высунувшиеся.

это и не могла ничего говорить; слезы душили ее.

—О чем же ты плачешь, мама? —сказал он, совершенно проснувшись. —Мама, о чем ты плачешь? —прокричал он плаксивым голосом,

—Я? не буду плакать... Я плачу от радости. Я так давно не видела тебя. Я не буду, не буду, —сказала она, глотая слезы и отворачиваясь. —Ну, тебе одеваться теперь, —оправившись, прибавила она, помолчав, и, не выпуская его руки, села у его кровати на стул, на котором было приготовлено платье.

—Как ты одеваешься без меня? Как... —хотела она начать говорить просто и весело, но не могла и опять отвернулась.

—Я не моюсь холодною водой, папа не велел. А Василия Лукича ты не видала? Он придет. А ты села на мое платье! —и Сережа расхохотался.

Она посмотрела на него и улыбнулась.

—Мама, душечка, голубушка! —закричал он, бросаясь опять к ней и обнимая ее. Как будто он теперь только, увидав ее улыбку, ясно понял, что случилось. —Это не надо, —говорил он, снимая с нее шляпу. И, как будто вновь увидав ее без шляпы, он опять бросился целовать ее.

—Но что же ты думал обо мне? Ты не думал, что я умерла?

—Никогда не верил.

—Не верил, друг мой?

—Я знал, я знал! —говорил он свою любимую фразу и, схватив за руку, которая ласкала его волосы, стал прижимать ее ладонью к своему рту и целовать ее.

XXX

Василий Лукич между тем, не понимавший сначала, кто была эта дама, и узнав из разговора, что это была та самая мать, которая бросила мужа и которую он не знал, так как поступил в дом уже после нее, был в сомнении, войти ли ему, или нет, или сообщить Алексею Александровичу. Сообразив наконец то, что его обязанность состоит в том, чтобы поднимать Сережу в определенный час и что поэтому ему нечего разбирать, кто там сидит, мать или другой кто, а нужно исполнять свою обязанность, он оделся, подошел к двери и отворил ее.

Но ласки матери и сына, звуки их голосов и то, что они говорили, —все это заставило его изменить намерение. Он покачал головой и, вздохнув, затворил дверь. "Подожду еще десять минут", —сказал он себе, откашливаясь и утирая слезы.

Между прислугой дома в это же время происходило сильное волнение. Все узнали, что приехала барыня, и что Капитоныч пустил ее, и что она теперь в детской, а между тем барин всегда в девятом часу сам заходит в детскую, и все понимали, что встреча супругов невозможна и что надо помешать ей. Корней, камердинер, сойдя в швейцарскую, спрашивал, кто и как пропустил ее, и, узнав, что Капитоныч принял и проводил ее, выговаривал старику. Швейцар упорно молчал, но когда Корней сказал ему, что за это его согнать следует, Капитоныч подскочил к нему и, замахав руками пред лицом Корнея, заговорил:

—Да, вот ты бы не впустил! Десять лет служил, кроме милости, ничего не видал, да ты бы пошел теперь да и сказал: пожалуйте, мол, вон! Ты политику-то тонко понимаешь! Так-то! Ты бы про себя помнил, как барина обирать да енотовые шубы таскать!

—Солдат! —презрительно сказал Корней и повернулся ко входившей няне. —Вот судите, Марья Ефимовна: впустил, никому не сказал, —обратился к ней Корней. —Алексей Александрович сейчас выйдут, пойдут в детскую.

—Дела, дела! —говорила няня. —Вы бы, Корней Васильевич, как-нибудь задержали его, барина-то, а я побегу, как-нибудь ее уведу. Дела, дела!

Когда няня вошла в детскую, Сережа рассказывал матери о том, как они упали вместе с Наденькой, покатившись с горы, и три раза перекувырнулись. Она слушала звуки его голоса, видела его лицо и игру выражения, ощущала его руку, но не понимала того, что он говорил. Надо было уходить, надо было оставить его, — только одно это и думала и чувствовала она. Она слышала и шаги Василия Лукича, подходившего к двери и кашлявшего, слышала и шаги подходившей няни; но сидела, как окаменелая, не в силах ни начать говорить, ни встать.

—Барыня, голубушка! —заговорила няня, подходя к Анне и целуя ее руки и плечи. —Вот Бог привел радость имениннику. Ничего-то вы не переменились.

—Ах, няня, милая, я не знала, что вы в доме, —на минуту очнувшись, сказала Анна.

—Я не живу, я с дочерью живу, я поздравить пришла, Анна Аркадьевна, голубушка!

Няня вдруг заплакала и опять стала целовать ее руку.

Сережа, сияя глазами и улыбкой и держась одною рукой за мать, другою за няню, топотал по ковру жирными голыми ножками. Нежность любимой няни к матери приводила его в восхищенье.

—Мама! Она часто ходит ко мне, и когда придет... —начал было он, но остановился, заметив, что няня шепотом что-то сказала матери и что на лице матери выразился испуг и что-то похожее на стыд, что так не шло к матери.

Она подошла к нему.

—Милый мой! —сказала она.

Она не могла сказать *прощай*, но выражение ее лица сказало это, и он понял. —Милый, милый Кутик! —проговорила она имя, которым звала его маленьким, —ты не забудешь меня? Ты...

—но больше она не могла говорить.

Сколько потом она придумывала слов, которые она могла сказать ему! А теперь она ничего не умела и не могла сказать. Но Сережа понял все, что она хотела сказать ему. Он понял, что она была несчастлива и любила его. Он понял даже то, что шепотом говорила няня. Он слышал слова: “Всегда в девятом часу”, и он понял, что это говорилось про отца и что матери с отцом нельзя встречаться. Это он понимал, но одного он не мог понять: почему на ее лице показались испуг и стыд?.. Она не виновата, а боится его и стыдится чего-то. Он хотел сделать вопрос, который разъяснил бы ему это сомнение, но не смел этого сделать: он видел, что она страдает, и ему было жаль ее. Он молча прижался к ней и шепотом сказал:

—Еще не уходи. Он не скоро придет.

Мать отстранила его от себя, чтобы понять, то ли он думает, что говорит, и в испуганном выражении его лица она прочла, что он не только говорил об отце, но как бы спрашивал ее, как ему надо об отце думать.

—Сережа, друг мой, —сказала она, —люби его, он лучше и добрее меня, и я пред ним виновата. Когда ты вырастешь, ты рассудишь.

—Лучше тебя нет!.. —с отчаянием закричал он сквозь слезы и, схватив ее за плечи, изо всех сил стал прижимать ее к себе дрожащими от напряжения руками.

—Душечка, маленький мой! —проговорила Анна и заплакала так же слабо, по-детски, как плакал он.

В это время дверь отворилась, вошел Василий Лукич. У другой двери послышались шаги, и няня испуганным шепотом сказала:

—Идет, —и подала шляпу Анне.

Сережа опустился в постель и зарыдал, закрыв лицо руками.

Анна отняла эти руки, еще раз поцеловала его мокрое лицо и быстрыми шагами вышла в дверь. Алексей Александрович шел ей навстречу. Увидав ее, он остановился и наклонил голову.

Несмотря на то, что она только что говорила, что он лучше и добрее ее, при быстром взгляде, который она бросила на него, охватив всю его фигуру со всеми подробностями, чувства отвращения и злобы к нему и зависти за сына охватили ее. Она быстрым движением опустила вуаль и, прибавив шагу, почти выбежала из комнаты.

Она не успела и вынуть и так и привезла домой те игрушки, которые она с такой любовью и грустью выбирала вчера в лавке.

Часть седьмая

XXVIII

Погода была ясная. Все утро шел частый, мелкий дождик, и теперь недавно прояснило. Железные кровли, плиты тротуаров, голыши[1] мостовой, колеса и кожи, медь и жесть экипажей — все ярко блестело на майском солнце. Было три часа и самое оживленное время на улицах.

Сидя в углу покойной коляски, чуть покачивавшейся своими упругими рессорами на быстром ходу серых[2], Анна, при несмолкаемом грохоте колес и быстро сменяющихся впечатлениях на чистом воздухе, вновь перебирая события последних дней, увидала свое положение совсем иным, чем каким оно казалось ей дома. Теперь и мысль о смерти не казалась ей более так страшна и ясна, и самая смерть не представлялась более неизбежною. Теперь она упрекала себя за то унижение, до которого она спустилась. "Я

① Голыши—большие гладкие камни, которыми мостили улицы.

② Серые—имеются в виду лошади серого цвета.

умоляю его простить меня. Я покорилась ему. Признала себя виноватою. Зачем? Разве я не могу жить без него?" И, не отвечая на вопрос, как она будет жить без него, она стала читать вывески. "Контора и склад. Зубной врач. Да, я скажу Долли все. Она не любит Вронского. Будет стыдно, больно, но я все скажу ей. Она любит меня, и я последую ее совету. Я не покорюсь ему; я не позволю ему воспитывать себя. Филиппов, калачи. Говорят, что они возят тесто в Петербург. Вода московская так хороша. А мытищинские колодцы и блины". И она вспомнила, как давно, давно, когда ей было еще семнадцать лет, она ездила с теткой к Троице. "На лошадях еще. Неужели это была я, с красными руками? Как многое из того, что тогда мне казалось так прекрасно и недоступно, стало ничтожно, а то, что было тогда, теперь навеки недоступно. Поверила ли бы я тогда, что я могу дойти до такого унижения? Как он будет горд и доволен, получив мою записку! Но я докажу ему... Как дурно пахнет эта краска. Зачем они все красят и строят? Моды и уборы",—читала она. Мужчина поклонился ей. Это был муж Аннушки. "Наши паразиты,—вспомнила она, как это говорил Вронский. —Наши? Почему наши? Ужасно то, что нельзя вырвать с корнем прошедшего. Нельзя вырвать, но можно скрыть память о нем. И я скрою". И тут она вспомнила о прошедшем с Алексеем Александровичем, о том, как она изгладила его из своей памяти. "Долли подумает, что я оставляю второго мужа и что я поэтому, наверное, неправа. Разве я хочу быть правой! Я не могу!"—проговорила она, и ей захотелось плакать. Но она тотчас же стала думать о том, чему могли так улыбаться эти две девушки. "Верно, о любви? Они не знают, как это невесело, как низко... Бульвар и дети. Три мальчика бегут, играя в лошадки. Сережа! И я все потеряю, и не возвращу его. Да, все потеряю, если он не вернется. Он, может быть, опоздал на поезд и уже вернулся теперь. Опять хочешь унижения! —сказала она самой себе. —Нет, я войду к Долли и прямо скажу ей: я несчастна, я стою того, я виновата, но я все-таки несчастна, помоги мне. Эти лошади, эта коляска —как я отвратительна себе в этой коляске—все его; но я больше не увижу их".

Придумывая те слова, в которых она все скажет Долли, и умышленно растравляя свое сердце, Анна вошла на лестницу.

—Есть кто-нибудь? —спросила она в передней.

—Катерина Александровна Левина,—отвечал лакей.

"Кити! Та самая Кити, в которую был влюблен Вронский,—подумала Анна,—та самая, про которую он вспоминал с любовью. Он жалеет, что не женился на ней. А обо мне он вспоминает с ненавистью и жалеет, что сошелся со мной".

Между сестрами, в то время как приехала Анна, шло совещание о кормлении. Долли одна вышла встретить гостью, в эту минуту мешавшую их беседе.

—А, ты не уехала еще? Я хотела сама быть у тебя,—сказала она,—нынче я получила письмо от Стивы.

—Мы тоже получили депешу,—отвечала Анна, оглядываясь, чтоб увидать Кити.

—Он пишет, что не может понять, чего именно хочет Алексей Александрович, но что он не уедет без ответа.

—Я думала, у тебя есть кто-то. Можно прочесть письмо?

—Да, Кити,—смутившись, сказала Долли,—она в детской осталась. Она была очень больна.

—Я слышала. Можно прочесть письмо?

—Я сейчас принесу. Но он не отказывает; напротив, Стива надеется,—сказала Долли, останавливаясь в дверях.

—Я не надеюсь, да и не желаю,—сказала Анна.

"Что ж это, Кити считает для себя унизительным встретиться со мной? —думала Анна, оставшись одна. —Может быть, она и права. Но не ей, той, которая была влюблена в Вронского, не ей показывать мне это, хотя это и правда. Я знаю, что меня в моем положении не может принимать ни одна порядочная женщина. Я знаю, что с той первой минуты я пожертвовала ему всем! И вот награда! О, как я ненавижу его! И зачем я приехала сюда? Мне еще хуже, еще тяжелее, —Она слышала из другой комнаты голоса переговаривавшихся сестер. —И что ж я буду говорить теперь Долли? Утешать Кити тем, что я несчастна, подчиняться ее покровительству? Нет, да и Долли ничего не поймет. И мне нечего говорить ей. Интересно было бы только видеть Кити и показать ей, как я всех и все презираю, как мне все равно теперь".

Долли вошла с письмом. Анна прочла и молча передала его.

—Я все это знала, —сказала она. —И это меня нисколько не интересует.

—Да отчего же? Я, напротив, надеюсь, —сказала Долли, с любопытством глядя на Анну. Она никогда не видела ее в таком странном раздраженном состоянии. —Ты когда едешь? —спросила она.

Анна, сощурившись, смотрела пред собой и не отвечала ей.

—Что ж Кити прячется от меня? —сказала она, глядя на дверь и краснея.

—Ах, какие пустяки! Она кормит, и у нее не ладится дело, я ей советовала... Она очень рада. Она сейчас придет, —неловко, не умея говорить неправду, говорила Долли. —Да вот и она.

Узнав, что приехала Анна, Кити хотела не выходить; но Долли уговорила ее. Собравшись с силами, Кити вышла и, краснея, подошла к ней и подала руку.

—Я очень рада, —сказала она дрожащим голосом.

Кити была смущена тою борьбой, которая происходила в ней, между враждебностью к этой дурной женщине и желанием быть снисходительною к ней; но как только она увидала красивое, симпатичное лицо Анны, вся враждебность тотчас же исчезла.

—Я бы не удивилась, если бы вы и не хотели встретиться со мною. Я ко всему привыкла. Вы были больны? Да, вы переменились,—сказала Анна.

Кити чувствовала, что Анна враждебно смотрит на нее. Она объясняла эту враждебность неловким положением, в котором теперь чувствовала себя пред ней прежде покровительствовавшая ей Анна, и ей стало жалко ее.

Они поговорили про болезнь, про ребенка, про Стиву, но, очевидно, ничто не интересовало Анну.

—Я заехала проститься с тобой,—сказала она, вставая.

—Когда же вы едете?

Но Анна опять, не отвечая, обратилась к Кити.

—Да, я очень рада, что увидала вас,—сказала она с улыбкой. —Я слышала о вас столько со всех сторон, даже от вашего мужа. Он был у меня, и он мне очень понравился,—очевидно, с дурным намерением прибавила она. —Где он?

—Он в деревню поехал,—краснея, сказала Кити.

—Кланяйтесь ему от меня, непременно кланяйтесь.

—Непременно! —наивно повторила Кити, соболезнующе глядя ей в глаза.

—Так прощай, Долли! —И, поцеловав Долли и пожав руку Кити, Анна поспешно вышла.

—Все такая же и так же привлекательна. Очень хороша! —сказала Кити, оставшись одна с сестрой. —Но что-то жалкое есть в ней! Ужасно жалкое!

—Нет, нынче в ней что-то особенное,—сказала Долли. —Когда я ее провожала в передней, мне показалось, что она хочет плакать.

XXIX

Анна села в коляску в еще худшем состоянии, чем то, в каком она была, уезжая из дома. К прежним мучениям присоединилось теперь чувство оскорбления и отверженности, которое она ясно почувствовала при встрече с Кити.

—Куда прикажете? Домой? —спросил Петр.

—Да, домой,—сказала она, теперь и не думая о том, куда она едет.

"Как они, как на что-то страшное, непонятное и любопытное, смотрели на меня. О чем он может с таким жаром рассказывать другому? —думала она, глядя на двух пешеходов.—Разве можно другому рассказывать то, что чувствуешь? Я хотела рассказывать Долли, и хорошо, что не рассказала. Как бы она рада была моему несчастью! Она бы скрыла это; но главное чувство было бы радость о том, что я наказана за те удовольствия, в которых она завидовала мне. Кити, та еще бы более была рада. Как я ее всю вижу насквозь! Она знает, что я больше, чем обыкновенно, любезна была к ее мужу. И она ревнует и ненавидит меня. И презирает еще. В ее глазах я безнравственная женщина. Если б я была безнравственная женщина, я бы могла влюбить в себя ее мужа... если бы хотела. Да я и хотела. Вот этот доволен собой,—подумала она о толстом, румяном господине, проехавшем навстречу, принявшем ее за знакомую и приподнявшем лоснящуюся шляпу над лысою лоснящеюся головой и потом убедившемся, что он ошибся.—Он думал, что он меня знает. А он знает меня так же мало, как кто бы то ни было на свете знает меня. Я сама не знаю. Я знаю свои аппетиты, как говорят французы. Вот им хочется этого грязного мороженого. Это они знают наверное,—думала она, глядя на двух мальчиков, остановивших мороженника, который снимал с головы кадку и утирал концом полотенца потное лицо.—Всем нам хочется сладкого, вкусного. Нет конфет, то грязного мороженого. И Кити так же: не Вронский, то Левин. И она завидует мне. И ненавидит меня. И все мы ненавидим друг друга. Я Кити, Кити меня. Вот это правда. Тютькин, coiffeur. Je me fais coiffer par Тютькин... [1] Я это скажу ему, когда он приедет,—подумала она и улыбнулась. Но в ту же минуту она вспомнила, что ей некому теперь говорить ничего смешного. —Да и ничего смешного, веселого нет. Все гадко. Звонят к вечерне, и купец этот как аккуратно крестится! —точно боится выронить что-то. Зачем эти церкви, этот звон и эта ложь? Только для того, чтобы скрыть, что мы все ненавидим друг друга, как эти извозчики, которые так злобно бранятся. Яшвин говорит: он хочет меня оставить без рубашки, а я его. Вот это правда!"

На этих мыслях, которые завлекли ее так, что она перестала даже думать о своем положении, ее застала остановка у крыльца своего дома. Увидав вышедшего ей навстречу швейцара, она только вспомнила, что посылала записку и телеграмму.

—Ответ есть? —спросила она.

—Сейчас посмотрю,—отвечал швейцар и, взглянув на конторке, достал и подал ей квадратный тонкий конверт телеграммы. "Я не могу приехать раньше десяти часов. Вронский", прочла она.

—А посланный не возвращался?

—Никак нет,—отвечал швейцар.

"А, если так, то я знаю, что мне делать,—сказала она, и, чувствуя поднимающийся в себе неопределенный гнев и потребность мести, она взбежала наверх. —Я сама поеду к нему. Прежде чем навсегда уехать, я скажу ему все. Никогда никого не ненавидела

---

[1] coiffeur. Je me fais coiffer par Тютькин... —(франц.) парикмахер. Меня причесывает Тютькин.

так, как этого человека!"—думала она. Увидав его шляпу на вешалке, она содрогнулась от отвращения. Она не соображала того, что его телеграмма была ответ на ее телеграмму и что он не получал еще ее записки. Она представляла его себе теперь спокойно разговаривающим с матерью и с Сорокиной и радующимся ее страданиям. "Да, надобно ехать скорее",—сказала она себе, еще не зная, куда ехать. Ей хотелось поскорее уйти от тех чувств, которые она испытывала в этом ужасном доме. Прислуга, стены, вещи в этом доме—все вызывало в ней отвращение и злобу и давило ее какою-то тяжестью.

"Да, надо ехать на станцию железной дороги, а если нет, то поехать туда и уличить его". Анна посмотрела в газетах расписание поездов. Вечером отходит в восемь часов две минуты. "Да, я поспею". Она велела заложить других лошадей и занялась укладкой в дорожную сумку необходимых на несколько дней вещей. Она знала, что не вернется более сюда. Она смутно решила себе в числе тех планов, которые приходили ей в голову, и то, что после того, что произойдет там на станции или в именье графини, она поедет по Нижегородской дороге до первого города и останется там.

Обед стоял на столе; она подошла, понюхала хлеб и сыр и, убедившись, что запах всего съестного ей противен, велела подавать коляску и вышла. Дом уже бросал тень чрез всю улицу, и был ясный, еще теплый на солнце вечер. И провожавшая ее с вещами Аннушка, и Петр, клавший вещи в коляску, и кучер, очевидно недовольный,—все были противны ей и раздражали ее своими словами и движениями.

—Мне тебя не нужно, Петр.

—А как же билет?

—Ну, как хочешь, мне все равно,—с досадой сказала она.

Петр вскочил на козлы и, подбоченившись, приказал ехать на

вокзал.

XXX

“Вот она опять! Опять я понимаю все”,—сказала себе Анна, как только коляска тронулась и, покачиваясь, загремела по мелкой мостовой, и опять одно за другим стали сменяться впечатления.

“Да, о чем я последнем так хорошо думала? —старалась вспомнить она. —Тютькин, coiffer? Нет, не то. Да, про то, что говорит Яшвин: борьба за существование и ненависть—одно, что связывает людей. Нет, вы напрасно едете,—мысленно обратилась она к компании в коляске четверней, которая, очевидно, ехала веселиться за город. —И собака, которую вы везете с собой, не поможет вам. От себя не уйдете”. Кинув взгляд в ту сторону, куда оборачивался Петр, она увидала полумертвопьяного фабричного с качающеюся головой, которого вез куда-то городовой. “Вот этот—скорее,—подумала она. —Мы с графом Вронским также не нашли этого удовольствия, хотя и много ожидали от него”. И Анна обратила теперь в первый раз тот яркий свет, при котором она видела все, на свои отношения с ним, о которых прежде она избегала думать. “Чего он искал во мне? Любви не столько, сколько удовлетворения тщеславия”. Она вспоминала его слова, выражение лица его, напоминающее покорную легавую собаку, в первое время их связи. И все теперь подтверждало это. “Да, в нем было торжество тщеславного успеха. Разумеется, была и любовь, но большая доля была гордость успеха. Он хвастался мной. Теперь это прошло. Гордиться нечем. Не гордиться, а стыдиться. Он взял от меня все, что мог, и теперь я не нужна ему. Он тяготится мною и старается не быть в отношении меня бесчестным. Он проговорился вчера—он хочет развода и женитьбы, чтобы сжечь свои корабли.

Он любит меня—но как? The zest is gone[①]. Этот хочет всех удивить и очень доволен собой,—подумала она, глядя на румяного приказчика, ехавшего на манежной лошади. —Да, того вкуса уже нет для него во мне. Если я уеду от него, он в глубине души будет рад".

Это было не предположение,—она ясно видела это в том пронзительном свете, который открывал ей теперь смысл жизни и людских отношений.

"Моя любовь все делается страстнее и себялюбивее, а его все гаснет и гаснет, и вот отчего мы расходимся,—продолжала она думать. —И помочь этому нельзя. У меня все в нем одном, и я требую, чтоб он весь больше и больше отдавался мне. А он все больше и больше хочет уйти от меня. Мы именно шли навстречу до связи, а потом неудержимо расходимся в разные стороны. И изменить этого нельзя. Он говорит мне, что я бессмысленно ревнива, и я сама говорила себе, что я бессмысленно ревнива; но это неправда. Я не ревнива, а я недовольна. Но...—Она открыла рот и переместилась в коляске от волнения, возбужденного в ней пришедшею ей вдруг мыслью. —Если б я могла быть чем-нибудь, кроме любовницы, страстно любящей одни его ласки; но я не могу и не хочу быть ничем другим. И я этим желанием возбуждаю в нем отвращение, а он во мне злобу, и это не может быть иначе. Разве я не знаю, что он не стал бы обманывать меня, что он не имеет видов на Сорокину, что он не влюблен в Кити, что он не изменит мне? Я все это знаю, но мне от этого не легче. Если он, не любя меня, из долга будет добр, нежен ко мне, а того не будет, чего я хочу,—да это хуже в тысячу раз даже, чем злоба! Это—ад! А это-то и есть. Он уж давно не любит меня. А где кончается любовь, там начинается ненависть. Этих улиц я совсем не знаю. Горы какие-то,

① The zest is gone—(англ.) интерес притупился.

и все дома, дома... И в домах все люди, люди... Сколько их, конца нет, и все ненавидят друг друга. Ну, пусть я придумаю себе то, чего я хочу, чтобы быть счастливой. Ну? Я получаю развод, Алексей Александрович отдает мне Сережу, и я выхожу замуж за Вронского". Вспомнив об Алексее Александровиче, она тотчас с необыкновенною живостью представила себе его, как живого, пред собой, с его кроткими, безжизненными, потухшими глазами, синими жилами на белых руках, интонациями и треском пальцев, и, вспомнив то чувство, которое было между ними и которое тоже называлось любовью, вздрогнула от отвращения. "Ну, я получу развод и буду женой Вронского. Что же, Кити перестанет так смотреть на меня, как она смотрела нынче? Нет. Сережа перестанет спрашивать или думать о моих двух мужьях? А между мною и Вронским какое же я придумаю новое чувство? Возможно ли какое-нибудь не счастье уже, а только не мученье? Нет и нет! — ответила она себе теперь без малейшего колебания. —Невозможно! Мы жизнью расходимся, и я делаю его несчастье, он мое, и переделать ни его, ни меня нельзя. Все попытки были сделаны, винт свинтился. Да, нищая с ребенком. Она думает, что жалко ее. Разве все мы не брошены на свет затем только, чтобы ненавидеть друг друга и потому мучать себя и других? Гимназисты идут, смеются. Сережа? —вспомнила она. —Я тоже думала, что любила его, и умилялась над своею нежностью. А жила же я без него, променяла же его на другую любовь и не жаловалась на этот промен, пока удовлетворялась той любовью". И она с отвращением вспомнила про то, что называла той любовью. И ясность, с которою она видела теперь свою и всех людей жизнь, радовала ее. "Так и я, и Петр, и кучер Федор, и этот купец, и все те люди, которые живут там по Волге, куда приглашают эти объявления, и везде, и всегда",—думала она, когда уже подъехала к низкому строению Нижегородской станции и к ней навстречу выбежали артельщики.

—Прикажете до Обираловки? —сказал Петр.

Она совсем забыла, куда и зачем она ехала, и только с большим усилием могла понять вопрос.

—Да,—сказала она ему, подавая кошелек с деньгами, и, взяв в руку маленький красный мешочек, вышла из коляски.

Направляясь между толпой в залу первого класса, она понемногу припоминала все подробности своего положения и те решения, между которыми она колебалась. И опять то надежда, то отчаяние по старым наболевшим местам стали растравлять раны ее измученного, страшно трепетавшего сердца. Сидя на звездообразном диване в ожидании поезда, она, с отвращением глядя на входивших и выходивших (все они были противны ей), думала то о том, как она приедет на станцию, напишет ему записку и что' она напишет ему, то о том, как он теперь жалуется матери (не понимая ее страданий) на свое положение, и как она войдет в комнату, и что' она скажет ему. То она думала о том, как жизнь могла бы быть еще счастлива, и как мучительно она любит и ненавидит его, и как страшно бьется ее сердце.

XXXI

Раздался звонок, прошли какие-то молодые мужчины, уродливые, наглые и торопливые и вместе внимательные к тому впечатлению, которое они производили; прошел и Петр через залу в своей ливрее и штиблетах, с тупым животным лицом, и подошел к ней, чтобы проводить ее до вагона. Шумные мужчины затихли, когда она проходила мимо их по платформе, и один что-то шепнул об ней другому, разумеется что-нибудь гадкое. Она поднялась на высокую ступеньку и села одна в купе на пружинный испачканный, когда-то белый диван. Мешок, вздрогнув на пружинах, улегся. Петр с дурацкой улыбкой приподнял у окна в знак прощания свою шляпу с галуном, наглый кондуктор захлопнул дверь и щеколду.

Дама, уродливая, с турнюром (Анна мысленно раздела эту женщину и ужаснулась на ее безобразие), и девочка ненатурально смеясь, пробежали внизу.

—У Катерины Андреевны, все у нее, ma tante[①]! —прокричала девочка.

"Девочка—и та изуродована и кривляется",—подумала Анна. Чтобы не видать никого, она быстро встала и села к противоположному окну в пустом вагоне. Испачканный уродливый мужик в фуражке, из-под которой торчали спутанные волосы, прошел мимо этого окна, нагибаясь к колесам вагона. "Что-то знакомое в этом безобразном мужике",—подумала Анна. И, вспомнив свой сон, она, дрожа от страха, отошла к противоположной двери. Кондуктор отворял дверь, впуская мужа с женой.

—Вам выйти угодно?

Анна не отвечала. Кондуктор и входившие не заметили под вуалем ужаса на ее лице. Она вернулась в свой угол и села. Чета села с противоположной стороны, внимательно, но скрытно оглядывая ее платье. И муж, и жена казались отвратительны Анне. Муж спросил: позволит ли она курить, очевидно не для того, чтобы курить, но чтобы заговорить с нею. Получив ее согласие, он заговорил с женой по-французски о том, что ему еще менее, чем курить, нужно было говорить. Они говорили, притворяясь, глупости, только для того, чтобы она слыхала. Анна ясно видела, как они надоели друг другу и как ненавидят друг друга. И нельзя было не ненавидеть таких жалких уродов.

Послышался второй звонок и вслед за ним передвижение багажа, шум, крик и смех. Анне было так ясно, что никому нечему было радоваться, что этот смех раздражил ее до боли, и ей

① Ma tante—(франц.)Моя тетя.

хотелось заткнуть уши, чтобы не слыхать его. Наконец прозвенел третий звонок, раздался свисток, визг паровика, рванулась цепь, и муж перекрестился. “Интересно бы спросить у него, что он подразумевает под этим”,—с злобой взглянув на него, подумала Анна. Она смотрела мимо дамы в окно на точно как будто катившихся назад людей, провожавших поезд и стоявших на платформе. Равномерно вздрагивая на стычках рельсов, вагон, в котором сидела Анна, прокатился мимо платформы, каменной стены, диска, мимо других вагонов; колеса плавнее и маслянее, с легким звоном зазвучали по рельсам, окно осветилось ярким вечерним солнцем, и ветерок заиграл занавеской. Анна забыла о своих соседях в вагоне и, на легкой качке езды вдыхая в себя свежий воздух, опять стала думать.

“Да, на чем я остановилась? На том, что я не могу придумать положения, в котором жизнь не была бы мученьем, что все мы созданы затем, чтобы мучаться, и что мы все знаем это и все придумываем средства, как бы обмануть себя. А когда видишь правду, что же делать?”

—На то дан человеку разум, чтобы избавиться от того, что его беспокоит,—сказала по-французски дама, очевидно довольная своею фразой и гримасничая языком.

Эти слова как будто ответили на мысль Анны.

“Избавиться от того, что беспокоит”,—повторяла Анна. И, взглянув на краснощекого мужа и худую жену, она поняла, что болезненная жена считает себя непонятою женщиной и муж обманывает ее и поддерживает в ней это мнение о себе. Анна как будто видела их историю и все закоулки их души, перенеся свет на них. Но интересного тут ничего не было, и она продолжала свою мысль.

“Да, очень беспокоит меня, и на то дан разум, чтоб избавиться; стало быть, надо избавиться. Отчего же не потушить свечу, когда смотреть больше не на что, когда гадко смотреть на все это? Но как? Зачем этот кондуктор пробежал по жердочке, зачем они кричат, эти молодые люди в том вагоне? Зачем они говорят, зачем они смеются? Все неправда, все ложь, все обман, все зло!.."

Когда поезд подошел к станции, Анна вышла в толпе других пассажиров и, как от прокаженных, сторонясь от них, остановилась на платформе, стараясь вспомнить, зачем она сюда приехала и что намерена была делать. Все, что ей казалось возможно прежде, теперь так трудно было сообразить, особенно в шумящей толпе всех этих безобразных людей, не оставлявших ее в покое. То артельщики подбегали к ней, предлагая ей свои услуги; то молодые люди, стуча каблуками по доскам платформы и громко разговаривая, оглядывали ее, то встречные сторонились не в ту сторону. Вспомнив, что она хотела ехать дальше, если нет ответа, она остановила одного артельщика и спросила, нет ли тут кучера с запиской к графу Вронскому.

—Граф Вронский? От них сейчас тут были. Встречали княгиню Сорокину с дочерью. А кучер какой из себя?

В то время как она говорила с артельщиком, кучер Михайла, румяный, веселый, в синей щегольской поддевке и цепочке, очевидно гордый тем, что он так хорошо исполнил поручение, подошел к ней и подал записку. Она распечатала, и сердце ее сжалось еще прежде, чем она прочла.

"Очень жалею, что записка не застала меня. Я буду в десять часов",—небрежным почерком писал Вронский.

"Так! Я этого ждала!"—сказала она себе с злою усмешкой.

—Хорошо, так поезжай домой,—тихо проговорила она, обращаясь к Михайле. Она говорила тихо, потому что быстрота биения сердца мешала ей дышать. "Нет, я не дам тебе мучать себя",—подумала она, обращаясь с угрозой не к нему, не к самой себе, а к тому, кто заставлял ее мучаться, и пошла по платформе мимо станции.

Две горничные, ходившие по платформе, загнули назад головы, глядя на нее, что-то соображая вслух о ее туалете: "Настоящие",—сказали они о кружеве, которое было на ней. Молодые люди не оставляли ее в покое. Они опять, заглядывая ей в лицо и со смехом крича что-то ненатуральным голосом, прошли мимо. Начальник станции, проходя, спросил, едет ли она. Мальчик, продавец квасу, не спускал с нее глаз. "Боже мой, куда мне?"—все дальше и дальше уходя по платформе, думала она. У конца она остановилась. Дамы и дети, встретившие господина в очках и громко смеявшиеся и говорившие, замолкли, оглядывая ее, когда она поравнялась с ними. Она ускорила шаг и отошла от них к краю платформы. Подходил товарный поезд. Платформа затряслась, и ей показалось, что она едет опять.

И вдруг, вспомнив о раздавленном человеке в день ее первой встречи с Вронским, она поняла, что ей надо делать. Быстрым, легким шагом спустившись по ступенькам, которые шли от водокачки к рельсам, она остановилась подле вплоть мимо ее проходящего поезда. Она смотрела на низ вагонов, на винты и цепи и на высокие чугунные колеса медленно катившегося первого вагона и глазомером старалась определить середину между передними и задними колесами и ту минуту, когда середина эта будет против нее.

"Туда! —говорила она себе, глядя в тень вагона, на смешанный с углем песок, которым были засыпаны шпалы,—туда, на самую середину, и я накажу его и избавлюсь от всех и от себя".

Она хотела упасть под поравнявшийся с ней серединою первый вагон. Но красный мешочек, который она стала снимать с руки, задержал ее, и было уже поздно: середина миновала ее. Надо было ждать следующего вагона. Чувство, подобное тому, которое она испытывала, когда, купаясь, готовилась войти в воду, охватило ее, и она перекрестилась. Привычный жест крестного знамения вызвал в душе ее целый ряд девичьих и детских воспоминаний, и вдруг мрак, покрывавший для нее все, разорвался, и жизнь предстала ей на мгновение со всеми ее светлыми прошедшими радостями. Но она не спускала глаз с колес подходящего второго вагона. И ровно в ту минуту, как середина между колесами поравнялась с нею, она откинула красный мешочек и, вжав в плечи голову, упала под вагон на руки и легким движением, как бы готовясь тотчас же встать, опустилась на колена. И в то же мгновение она ужаснулась тому, что делала. "Где я? Что я делаю? Зачем?" Она хотела подняться, откинуться; но что-то огромное, неумолимое толкнуло ее в голову и потащило за спину. "Господи, прости мне все!"—проговорила она, чувствуя невозможность борьбы. Мужичок, приговаривая что-то, работал над железом. И свеча, при которой она читала исполненную тревог, обманов, горя и зла книгу, вспыхнула более ярким, чем когда-нибудь, светом, осветила ей все то, что прежде было во мраке, затрещала, стала меркнуть и навсегда потухла.

(1877)

Краткий анализ произведения:

《Анна Каренина》—второй большой роман Льва Толстого после 《Войны и мира》. Если 《Война и мир》 принес Толстому всероссийскую славу, то 《Анна Каренина》—славу всемирную. И до сих пор этот роман считается его лучшим произведением. "В 《Войне и мире》 я любил мысль народную, вследствие войны 1812 года, в 《Анне Карениной》—мысль семейную", —говорил писатель.

После 《Войны и мира》 Толстой задумал написать роман 《о женщине, потерявшей себя, но жалкой и невиноватой》, потерявшей себя, т. е. разрушившей свою семью, невиноватой—потому что, будучи замужем, она полюбила другого человека и не смогла оставаться с мужем. Как говорит в народе—сердцу не прикажешь.

Анна, героиня романа, была выдана замуж своей теткой, желавшей устроить племяннице обеспеченную жизнь, когда была еще юной девушкой и не знала, что такое любовь. Она была уже несколько лет замужней петербургской дамой, имевшей сына, когда любовь неожиданно пришла. Женщина страстная, полная жизни (Толстой подчеркивал ее сдержанную оживленность, 《как будто избыток чего-то так переполнял ее существо, что мимо ее воли выражался то в блеске взгляда, то в улыбке》), Анна не могла противостоять своему чувству к Вронскому: муж—скучный безжизненный человек, 《министерская машина》, как называет его Анна—делается ей отвратителен. Быть женой одного и любовницей другого—противно правдивой натуре Анны. Но остаться жить с нелюбимым мужем, разве это не значит убить в себе все живое? "А я живая"—говорит о себе Анна.

Да, Анна не виновата в том, что уходит к любимому человеку, и первое время их совместной жизни она "непростительно счастлива"—признается она Долли. Но время идет, и все больше препятствий оказывается на пути Анны к счастью. Первое—это разлука с сыном Сережей, рожденным в браке с Карениным. Она признается себе, что больше всех любит на свете двух человек: сына и Вронского. Но соединить их в своей жизни нельзя—Каренин категорически против развода. И Анна живет в состоянии вечной раздвоенности—одна ее часть принадлежит сыну, другая Вронскому. Ее душа как бы разорвана пополам.

И еще одно делает ее несчастной: высший свет, который по ее положению жены крупного петербургского чиновника, является ее единственной жизненной средой, осуждает Анну как непорядочную женщину, у которой два мужа: один—это Каренин, с которым она обвенчана церковью (а браки, как говорит христианская религия, совершаются на небесах), другой (незаконные)—Вронский, с которым она живет. Анна оказывается в полной изоляции от общества. Все, что ей было дорого прежде—ее друзья, ее образ жизни, уважение окружающих—оказывается для нее недоступным. Она одна, наедине с Вронским, и вся ее страстная натура сосредоточилась на нем. Вронский же, человек заурядный, неспособен (по своей природе) ответить ей таким же сильным чувством. Ей кажется, что он перестает ее любить—она все более чувствует себя несчастной.

В последней сцене романа Анна пересматривает всю свою жизнь и приходит к выводу, что жизнь для нее слишком мучительна, что из ситуации, в которой она оказалась, нет выхода. И главная причина этой безвыходности в том, что общественная мораль того времени, когда написан роман, законы о браке, о ребенке, рожденном в браке, не дают женщине самой построить свое счастье. Обстоятельства сильнее ее, и Анна кончает с собой.

Отрывок из романа, помещенный в Хрестоматии дает представление о величайшем психологическом мастерстве Толстого, его умении проникнуть в женскую душу, почувствовать ее страдания. Он рисует спутанное сознание Анны перед самоубийством, когда мысли перепрыгивают с одного на другое, когда вдруг в резком ярком свете предстает перед ней невозможность нормальной жизни в будущем. Для изображения такого психологического состояния уже в XX веке западными литературоведами был создан термин 《поток сознания》. В европейской литературе XX века появилось много знаменитых писателей, использовавших такой способ изображения человеческой психологии, какой впервые открыл Толстой в 《Анне Каренниной》 (наиболее значительный из них английский писатель Джеймс Джойс).

Роман 《Анна Каренина》 не ограничивается одной сюжетной линией Анны. 《Мысль семейная》 отражена и в истории несчастной семьи Долли, и в семейном счастье другого главного героя романа—Константина Левина, история духовных исканий которого составляет вторую сюжетную линию романа. История Левина—это не только история его любви и семейного счастья. Левин ищет смысла жизни в том, чтобы не быть счастливым одному—надо сделать так, чтобы счастливы были все, весь народ.

Время, когда писалась《Анна Кареннина》, было сложным временем для России. 《У нас теперь все переворотилось и только укладывается》, ——говорит Левин. Отменено крепостное право, страна становится на капиталический путь, происходят изменения в экономике, возникает《женский вопрос》на повестку дня, выходит вопрос о том, имеет ли право женщина учиться и работать, как мужчина, нужно ли уважать ее женские и материнские чувства. Трагедия Анны разворачивается на этом фоне и приобретает общественное значение. И Анна, и Левин ищут новых форм жизни: Анна—в семье, Левин—на общественном поприще.

Вопросы и задания

1. Почему замужество не принесло счастье Анне? Что привело ее к самоубийству?

2. Найдите отрывки, где даются пространные внутренние монологи Анны, которые обьясняют причину ее трагедии.

3. Как понимать первую фразу романа "Все счастливые семьи похожи друг на друга, каждая несчастливая семья несчастлива по-своему."

4. Как связаны между собой две сюжетные линии романа—линия Анны и линия Левина? Является ли роман《Анна Каренина》цельным художественным произведением или в ней《два романа в романе》, как писали современные Толстому критики?

Литература:

1. Бабаев Э. Г. 《Анна Каренина》Л. Н. Толстого . М. ,1978.

2. Горная В. А. Мир читает《Анну Каренину》. М. ,1979.

3. Курляндская Г. Б. 《Нравственный идеал героев Л. Толстого и Достоевского》. М. ,1986.

Антон Павлович Чехов

(1860-1904)

ВИШНЕВЫЙ САД

(Комедия в четырех действиях, фрагменты)

ДЕЙСТВУЮЩИЕ ЛИЦА:

Раневская Любовь Андреевна, помещица.

Аня, ее дочь, 17 лет.

Варя, ее приемная дочь, 24 лет.

Гаев Леонид Андреевич, брат Раневской.

Лопахин Ермолай Алексеевич, купец.

Трофимов Петр Сергеевич, студент.

Симеонов-Пищик Борис Борисович, помещик.

Шарлотта Ивановна, гувернантка.

Епиходов Семен Пантелеевич, конторщик.

Дуняша, горничная.

Фирс, лакей, старик 87 лет.

Яша, молодой лакей.

Прохожий.

Начальник станции.

Почтовый чиновник.

Гости, прислуга.

Действие происходит в имении
Л. А. Раневской.

Действие первое

Комната, которая до сих пор называется детскою. Одна из дверей ведет в комнату Ани. Рассвет, скоро взойдет солнце. Уже май, цветут вишневые деревья, но в саду холодно, утренник. Окна в комнате закрыты. Входят Дуняша со свечой и Лопахин с книгой в руке.

Лопахин. Пришел поезд, слава богу. Который час?

Дуняша. Скоро два. (Тушит свечу.) Уже светло.

Лопахин. На сколько же это опоздал поезд? Часа на два по крайней мере. (Зевает и потягивается.) Я-то хорош, какого дурака свалял! Нарочно приехал сюда, чтобы на станции встретить, и вдруг проспал... Сидя уснул. Досада... Хоть бы ты меня разбудила.

Дуняша. Я думала, что вы уехали. (Прислушивается.) Вот, кажется, уже едут.

Лопахин (прислушивается). Нет... Багаж получить, то да се...

Пауза.

Любовь Андреевна прожила за границей пять лет, не знаю, какая она теперь стала... Хороший она человек. Легкий, простой человек. Помню, когда я был мальчонком лет пятнадцати, отец мой, покойный — он тогда здесь на деревне в лавке торговал — ударил меня по лицу кулаком, кровь пошла из носу... Мы тогда вместе пришли зачем-то во двор, и он выпивши был. Любовь Андреевна, как сейчас помню, еще молоденькая, такая худенькая, подвела меня к рукомойнику, вот в этой самой комнате, в детской. "Не плачь, говорит, мужичок, до свадьбы заживет..."

Пауза.

Мужичок... Отец мой, правда, мужик был, а я вот в белой жилетке, желтых башмаках. Со свиным рылом в калашный ряд[①]... Только что вот богатый, денег много, а ежели подумать и разобраться, то мужик мужиком... (Перелистывает книгу.) Читал вот книгу и ничего не понял. Читал и заснул.

Пауза.

Дуняша. А собаки всю ночь не спали, чуют, что хозяева едут.

Лопахин. Что ты, Дуняша, такая...

Дуняша. Руки трясутся. Я в обморок упаду.

Лопахин. Очень уж ты нежная, Дуняша. И одеваешься как барышня, и прическа тоже. Так нельзя. Надо себя помнить[②].

Входит Епиходов с букетом; он в пиджаке и в ярко вычищенных сапогах, которые сильно скрипят; войдя, он роняет букет.

---

① Со свиным рылом в калашный ряд—русская поговорка. Буквальное значение: свинья лезет на базаре туда, где продают калачи (белые вкусные булки). Здесь: мужик попал в помещичий дом, как равый.

② Надо себя помнить—здесь: помнить, что ты горничная, а не барыня.

Епиходов (поднимает букет). Вот садовник прислал, говорит, в столовой поставить. (Отдает Дуняше букет.)

Лопахин. И квасу мне принесешь.

Дуняша. Слушаю. (Уходит.)

Епиходов. Сейчас утренник, мороз в три градуса, а вишня вся в цвету. Не могу одобрить нашего климата. (Вздыхает.) Не могу. Наш климат не может способствовать в самый раз①. Вот, Ермолай Алексеич, позвольте вам присовокупить②, купил я себе третьего дня сапоги, а они, смею вас уверить, скрипят так, что нет никакой возможности. Чем бы смазать?

Лопахин. Отстань. Надоел.

Епиходов. Каждый день случается со мной какое-нибудь несчастье. И я не ропщу③, привык и даже улыбаюсь.

Дуняша входит, подает Лопахину квас.

Я пойду. (Натыкается на стул, который падает.) Вот... (Как бы торжествуя.) Вот видите, извините за выражение, какое обстоятельство, между прочим... Это просто даже замечательно! (Уходит.)

Дуняша. А мне, Ермолай Алексеич, признаться, Епиходов предложение сделал.

Лопахин. А!

Дуняша. Не знаю уж как... Человек он смирный, а только иной раз как начнет говорить, ничего не поймешь. И хорошо, и чувствительно, только непонятно. Мне он как будто и нравится.

---

① Наш климат не может способствовать в самый раз—безграмотная фраза свидетельствует о том, что малообразованный Епиходов хочет выглядеть и говорить, как господа.

② Присовокупить—добавить к сказанным словам.

③ Роптать—жаловаться.

Он меня любит безумно. Человек он несчастливый, каждый день что-нибудь. Его так и дразнят у нас: двадцать два несчастья...

Лопахин (прислушивается). Вот, кажется, едут...

Дуняша. Едут! Что ж это со мной... похолодела вся.

Лопахин. Едут, в самом деле. Пойдем встречать. Узнает ли она меня? Пять лет не видались.

Дуняша (в волнении). Я сейчас упаду... Ах, упаду!

Слышно, как к дому подъезжают два экипажа. Лопахин и Дуняша быстро уходят. Сцена пуста. В соседних комнатах начинается шум. Через сцену, опираясь на палочку, торопливо проходит Фирс, ездивший встречать Любовь Андреевну; он в старинной ливрее[①] и в высокой шляпе; что-то говорит сам с собой, но нельзя разобрать ни одного слова. Шум за сценой все усиливается. Голос: "Вот, пройдемте здесь..." Любовь Андреевна, Аня и Шарлотта Ивановна с собачкой на цепочке, одеты по-дорожному, Варя в пальто и платке, Гаев, Симеонов-Пищик, Лопахин, Дуняша с узлом и зонтиком, прислуга с вещами— все идут через комнату.

Аня. Пройдемте здесь. Ты, мама, помнишь, какая это комната?

Любовь Андреевна (радостно, сквозь слезы). Детская!

Варя. Как холодно, у меня руки закоченели (Любови Андреевне.) Ваши комнаты, белая и фиолетовая, такими же и остались, мамочка.

Любовь Андреевна. Детская, милая моя, прекрасная комната... Я тут спала, когда была маленькой... (Плачет.) И теперь я как маленькая... (Целует брата, Варю, потом опять

---

① Ливрея—форменная одежда слуг.

брата.) А Варя по-прежнему все такая же, на монашку похожа. И Дуняшу я узнала... (Целует Дуняшу.)

Гаев. Поезд опоздал на два часа. Каково? Каковы порядки?

Шарлотта (Пищику). Моя собака и орехи кушает.

Пищик (удивленно). Вы подумайте!

Уходят все, кроме Ани и Дуняши.

Дуняша. Заждались мы... (Снимает с Ани пальто, шляпу.)

Аня. Я не спала в дороге четыре ночи... теперь озябла очень.

Дуняша. Вы уехали в великом посту, тогда был снег, был мороз, а теперь? Милая моя! (Смеется, целует ее.) Заждались вас, радость моя, светик... Я скажу вам сейчас, одной минутки не могу утерпеть...

Аня (вяло). Опять что-нибудь...

Дуняша. Конторщик Епиходов после святой мне предложение сделал.

Аня. Ты все об одном... (Поправляя волосы.) Я растеряла все шпильки... (Она очень утомлена, даже пошатывается.)

Дуняша. Уж я не знаю, что и думать. Он меня любит, так любит!

Аня (глядит в свою дверь, нежно). Моя комната, мои окна, как будто я не уезжала. Я дома! Завтра утром встану, побегу в сад... О, если бы я могла уснуть! Я не спала всю дорогу, томило меня беспокойство.

Дуняша. Третьего дня Петр Сергеич приехали.

Аня (радостно). Петя!

Дуняша. В бане спят, там и живут. Боюсь, говорят, стеснить. (Взглянув на свои карманные часы.) Надо бы их разбудить, да Варвара Михайловна не велела. Ты, говорит, его не буди.

Входит Варя, на поясе у нее вязка ключей.

Варя. Дуняша, кофе поскорей... Мамочка кофе просит.

Дуняша. Сию минуточку. (Уходит.)

Варя. Ну, слава богу, приехали. Опять ты дома. (Ласкаясь.) Душечка моя приехала! Красавица приехала!

Аня. Натерпелась я.

Варя. Воображаю.

Аня. Выехала я на страстной неделе[1], тогда было холодно, Шарлотта всю дорогу говорит, представляет фокусы. И зачем ты навязала мне Шарлотту...

Варя. Нельзя же тебе одной ехать, душечка. В семнадцать лет!

Аня. Приезжаем в Париж, там холодно, снег. По-французски говорю я ужасно. Мама живет на пятом этаже, прихожу к ней, у нее какие-то французы, дамы, старый патер[2] с книжкой, и накурено, неуютно. Мне вдруг стало жаль мамы, так жаль, я обняла ее голову, сжала руками и не могу выпустить. Мама потом все ласкалась, плакала...

Варя (сквозь слезы). Не говори, не говори...

Аня. Дачу свою около Ментоны она уже продала, у нее ничего не осталось, ничего. У меня тоже не осталось ни копейки, едва доехали. И мама не понимает! Сядем на вокзале обедать, и она требует самое дорогое и на чай лакеям дает по рублю. Шарлотта тоже. Яша тоже требует себе порцию, просто ужасно. Ведь у мамы лакей Яша, мы привезли его сюда...

Варя. Видела подлеца.

---

① Страстная неделя—последная неделя перед христианским праздником Пасхи.

② Патер—католический священник.

Аня. Ну что, как? Заплатили проценты?

Варя. Где там.

Аня. Боже мой, боже мой...

Варя. В августе будут продавать имение...

Аня. Боже мой...

Лопахин (заглядывает в дверь и мычит). Ме-е-е... (Уходит.)

Варя (сквозь слезы). Вот так бы и дала ему... (Грозит кулаком.)

Аня (обнимает Варю, тихо). Варя, он сделал предложение? (Варя отрицательно качает головой.) Ведь он же тебя любит... Отчего вы не объяснитесь, чего вы ждете?

Варя. Я так думаю, ничего у нас не выйдет. У него дела много, ему не до меня... и внимания не обращает. Бог с ним совсем, тяжело мне его видеть... Все говорят о нашей свадьбе, все поздравляют, а на самом деле ничего нет, все как сон... (Другим тоном.) У тебя брошка вроде как пчелка.

Аня (печально). Это мама купила. (Идет в свою комнату, говорит весело, по-детски.) А в Париже я на воздушном шаре летала!

Варя. Душечка моя приехала! Красавица приехала!

Дуняша уже вернулась с кофейником и варит кофе.

(Стоит около двери.) Хожу я, душечка, цельный день по хозяйству и все мечтаю. Выдать бы тебя за богатого человека, и я бы тогда была покойной, пошла бы себе в пустынь①, потом в Киев... в Москву, и так бы все ходила по святым местам... Ходила бы и ходила. Благолепие!..

---

① Пустынь—монастырь.

Аня. Птицы поют в саду. Который теперь час?

Варя. Должно, третий... Тебе пора спать, душечка. (Входя в комнату к Ане.) Благолепие!

Входит Яша с пледом, дорожной сумочкой.

Яша (идет через сцену, деликатно). Тут можно пройти-с?

Дуняша. И не узнаешь вас, Яша. Какой вы стали за границей.

Яша. Гм... А вы кто?

Дуняша. Когда вы уезжали отсюда, я была этакой... (Показывает от пола.)

Дуняша, Федора Козоедова дочь. Вы не помните!

Яша. Гм... Огурчик! (Оглядывается и обнимает ее; она вскрикивает и роняет блюдечко.)

Яша быстро уходит.

Варя (в дверях, недовольным голосом). Что еще тут?

Дуняша (сквозь слезы). Блюдечко разбила.

Варя. Это к добру.

Аня (выйдя из своей комнаты). Надо бы маму предупредить: Петя здесь...

Варя. Я приказала его не будить.

Аня (задумчиво). Шесть лет тому назад умер отец, через месяц утонул в реке брат Гриша, хорошенький семилетний мальчик. Мама не перенесла, ушла, ушла без оглядки... (Вздрагивает.) Как я ее понимаю, если бы она знала!

Пауза.

А Петя Трофимов был учителем Гриши, он может напомнить.

Входит Фирс, он в пиджаке и белом жилете.

Фирс (идет к кофейнику, озабоченно). Барыня здесь будут кушать... (Надевает белые перчатки.) Готов кофий? (Строго, Дуняше.) Ты! А сливки?

Дуняша. Ах, боже мой... (Быстро уходит.)

Фирс (хлопочет около кофейника). Эх ты, недотепа[1]... (Бормочет про себя.) Приехали из Парижа... И барин когда-то ездил в Париж... на лошадях... (Смеется.)

Варя. Фирс, ты о чем?

Фирс. Чего изволите? (Радостно.) Барыня моя приехала! Дождался! Теперь хоть и помереть... (Плачет от радости.)

Входят Любовь Андреевна, Гаев, Лопахин и Симеонов-Пищик, Симеонов-Пищик в поддевке— из тонкого сукна и шароварах[2]. Гаев, входя, руками и туловищем делает движения, как будто играет на бильярде.

Любовь Андреевна. Как это? Дай-ка вспомнить... Желтого в угол! Дуплет в середину!

Гаев. Режу в угол[3]! Когда-то мы с тобой, сестра, спали вот в этой самой комнате, а теперь мне уже пятьдесят один год, как это ни странно...

Лопахин. Да, время идет.

---

① Недотепа—человек, который ничего не умеет сделать как следует.

② Поддевка—одежда типа пиджака. Шаровара—широкие штаны.

③ Желтого в угол! Дуплет в середину! Режу в угол—выражения, которые употребляются во время игры в бильярд.

Гаев. Кого?

Лопахин. Время, говорю, идет.

Гаев. А здесь пачулями пахнет.

Аня. Я спать пойду. Спокойной ночи, мама. (Целует мать.)

Любовь Андреевна. Ненаглядная дитюся моя. (Целует ей руки.) Ты рада, что ты дома? Я никак в себя не приду.

Аня. Прощай, дядя.

Гаев (целует ей лицо, руки). Господь с тобой. Как ты похожа на свою мать! (Сестре.) Ты, Люба, в ее годы была точно такая.

Аня подает руку Лопахину и Пищику, уходит и затворяет за собой дверь.

Любовь Андреевна. Она утомилась очень.

Пищик. Дорога небось длинная.

Варя (Лопахину и Пищику). Что ж, господа? Третий час, пора и честь знать.

Любовь Андреевна (смеется). Ты все такая же, Варя. (Привлекает ее к себе и целует.) Вот выпью кофе, тогда все уйдем. (Фирс кладет ей под ноги подушечку.) Спасибо, родной. Я привыкла к кофе. Пью его и днем и ночью. Спасибо, мой старичок. (Целует Фирса.)

Варя. Поглядеть, все ли вещи привезли... (Уходит.)

Любовь Андреевна. Неужели это я сижу? (Смеется.) Мне хочется прыгать, размахивать руками. (Закрывает лицо руками.) А вдруг я сплю! Видит бог, я люблю родину, люблю нежно, я не могла смотреть из вагона, все плакала. (Сквозь слезы.) Однако же надо пить кофе. Спасибо тебе, Фирс, спасибо, мой старичок. Я так рада, что ты еще жив.

Фирс. Позавчера.

Гаев. Он плохо слышит.

Лопахин. Мне сейчас, в пятом часу утра, в Харьков ехать. Такая досада! Хотелось поглядеть на вас, поговорить... Вы все такая же великолепная.

Пищик (тяжело дышит). Даже похорошела... Одета по-парижскому... пропадай моя телега, все четыре колеса①...

Лопахин. Ваш брат, вот Леонид Андреевич, говорит про меня, что я хам②, я кулак③, но это мне решительно все равно. Пускай говорит. Хотелось бы только, чтобы вы мне верили по-прежнему, чтобы ваши удивительные, трогательные глаза глядели на меня, как прежде. Боже милосердный! Мой отец был крепостным у вашего деда и отца, но вы, собственно вы, сделали для меня когда-то так много, что я забыл все и люблю вас, как родную... больше, чем родную.

Любовь Андреевна. Я не могу усидеть, не в состоянии... (Вскрикивает и ходит в сильном волнении.) Я не переживу этой радости... Смейтесь надо мной, я глупая... Шкафик мой родной... (Целует шкаф.) Столик мой.

Гаев. А без тебя тут няня умерла.

Любовь Андреевна (садится и пьет кофе). Да, царство небесное. Мне писали.

Гаев. И Анастасий умер. Петрушка Косой от меня ушел и теперь в городе у пристава живет. (Вынимает из кармана коробку с леденцами, сосет.)

Пищик. Дочка моя, Дашенька... вам кланяется...

Лопахин. Мне хочется сказать вам что-нибудь очень приятное, веселое. (Взглянув на часы.) Сейчас уеду, некогда

---

① Пропадай моя телега, все четыре колеса—русская поговорка, означающая: пропал я.

② Хам—грубый простой человек.

③ Кулак—разбогатевший крестьянин.

разговаривать... ну, да я в двух-трех словах. Вам уже известно, вишневый сад ваш продается за долги, на двадцать второе августа назначены торги, но вы не беспокойтесь, моя дорогая, спите себе спокойно, выход есть... Вот мой проект. Прошу внимания! Ваше имение находится только в двадцати верстах от города, возле прошла железная дорога, и если вишневый сад и землю по реке разбить на дачные участки и отдавать потом в аренду под дачи, то вы будете иметь самое малое двадцать пять тысяч в год дохода.

Гаев. Извините, какая чепуха!

Любовь Андреевна. Я вас не совсем понимаю, Ермолай Алексеич.

Лопахин. Вы будете брать дачников самое малое по двадцать пять рублей в год за десятину[1], и если теперь же объявите, то, я ручаюсь чем угодно, у вас до осени не останется ни одного свободного клочка, все разберут. Одним словом, поздравляю, вы спасены. Местоположение чудесное, река глубокая. Только, конечно, нужно поубрать, почистить... например, скажем, снести все старые постройки, вот этот дом, который уже никуда не годится, вырубить старый вишневый сад...

Любовь Андреевна. Вырубить? Милый мой, простите, вы ничего не понимаете. Если во всей губернии есть что-нибудь интересное, даже замечательное, так это только наш вишневый сад.

Лопахин. Замечательного в этом саду только то, что он очень большой. Вишня родится раз в два года, да и ту девать некуда, никто не покупает.

Гаев. И в “Энциклопедическом словаре” упоминается про этот сад.

---

① Десятина—русская единица земельной площади до введения метрической системы мер, равна 1,092 гектара.

Лопахин (взглянув на часы). Если ничего не придумаем и ни к чему не придем, то двадцать второго августа и вишневый сад и все имение будут продавать с аукциона. Решайтесь же! Другого выхода нет, клянусь вам. Нет и нет.

Фирс. В прежнее время, лет сорок-пятьдесят назад, вишню сушили, мочили, мариновали, варенье варили, и, бывало...

Гаев. Помолчи, Фирс.

Фирс. И, бывало, сушеную вишню возами отправляли в Москву и в Харьков. Денег было! И сушеная вишня тогда была мягкая, сочная, сладкая, душистая... Способ тогда знали...

Любовь Андреевна. А где же теперь этот способ?

Фирс. Забыли. Никто не помнит.

Пищик (Любови Андреевне). Что в Париже? Как? Ели лягушек?

Любовь Андреевна. Крокодилов ела.

Пищик. Вы подумайте...

Лопахин. До сих пор в деревне были только господа и мужики, а теперь появились еще дачники. Все города, даже самые небольшие, окружены теперь дачами. И можно сказать, дачник лет через двадцать размножится до необычайности. Теперь он только чай пьет на балконе, но ведь может случиться, что на своей одной десятине он займется хозяйством, и тогда ваш вишневый сад станет счастливым, богатым, роскошным...

Гаев (возмущаясь). Какая чепуха!

Входят Варя и Яша.

Варя. Тут, мамочка, вам две телеграммы. (Выбирает ключ и со звоном отпирает старинный шкаф.) Вот они.

Любовь Андреевна. Это из Парижа. (Рвет телеграммы, не прочитав.) С Парижем кончено...

Гаев. А ты знаешь, Люба, сколько этому шкафу лет? Неделю назад я выдвинул нижний ящик, гляжу, а там выжжены цифры. Шкаф сделан ровно сто лет тому назад. Каково? Можно было бы юбилей отпраздновать. Предмет неодушевленный, а все-таки как-никак книжный шкаф.

Пищик (удивленно). Сто лет... Вы подумайте!...

Гаев. Да... Это вещь... (Ощупав шкаф.) Дорогой, многоуважаемый шкаф! Приветствую твое существование, которое вот уже больше ста лет было направлено к светлым идеалам добра и справедливости; твой молчаливый призыв к плодотворной работе не ослабевал в течение ста лет, поддерживая (сквозь слезы) в поколениях нашего рода бодрость, веру в лучшее будущее и воспитывая в нас идеалы добра и общественного самосознания.

Пауза.

Лопахин. Да...

Любовь Андреевна. Ты все такой же, Леня.

Гаев (немного сконфуженный). От шара направо в угол! Режу в среднюю!

Лопахин (поглядев на часы). Ну, мне пора.

Яша (подает Любови Андреевне лекарства). Может, примете сейчас пилюли...

Пищик. Не надо принимать медикаменты, милейшая... от них ни вреда, ни пользы... Дайте-ка сюда... многоуважаемая. (Берет пилюли, высыпает их себе на ладонь, дует на них, кладет в рот и запивает квасом.) Вот!

Любовь Андреевна (испуганно). Да вы с ума сошли!

Пищик. Все пилюли принял.

Лопахин. Экая прорва[1].

Все смеются.

Фирс. Они были у нас на святой, полведра огурцов скушали... (Бормочет.)

Любовь Андреевна. О чем это он?

Варя. Уж три года так бормочет. Мы привыкли.

Яша. Преклонный возраст.

Шарлотта Ивановна в белом платье, очень худая, стянутая[2], с лорнеткой на поясе проходит через сцену.

Лопахин. Простите, Шарлотта Ивановна, я не успел еще поздороваться с вами. (Хочет поцеловать у нее руку.)

Шарлотта (отнимает руку). Если позволить вам руку, то вы потом пожелаете в локоть, потом в плечо...

Лопахин. Не везет мне сегодня.

Все смеются.

Шарлотта Ивановна, покажите фокус!

Любовь Андреевна. Шарлотта, покажите фокус!

Шарлотта. Не надо. Я спать желаю. (Уходит.)

Лопахин. Через три недели увидимся. (Целует Любови Андреевне руку.) Пока прощайте. Пора. (Гаеву.) До свидания. (Целуется с Пищиком.) До свидания. (Подает руку Варе, потом Фирсу и Яше.) Не хочется уезжать. (Любови Андреевне.) Ежели

---

① Прорва—(груб.) очень жадный, ненасытный человек.

② Стянутая—одета в тугой корсет, который сильно стягивает талию.

надумаете насчет дач и решите, тогда дайте знать, я взаймы тысяч пятьдесят достану. Серьезно подумайте.

Варя (сердито). Да уходите же наконец!

Лопахин. Ухожу, ухожу... (Уходит.)

Гаев. Хам. Впрочем, пардон... Варя выходит за него замуж, это Варин женишок.

Варя. Не говорите, дядечка, лишнего.

Любовь Андреевна. Что ж, Варя, я буду очень рада. Он хороший человек.

Пищик. Человек, надо правду говорить... достойнейшей... И моя Дашенька... тоже говорит, что... разные слова говорит. (Храпит, но тотчас же просыпается.) А все-таки, многоуважаемая, одолжите мне... взаймы двести сорок рублей... завтра по закладной проценты платить...

Варя (испуганно). Нету, нету!

Любовь Андреевна. У меня в самом деле нет ничего.

Пищик. Найдутся. (Смеется.) Не теряю никогда надежды. Вот, думаю, уж все пропало, погиб, ан, глядь, железная дорога по моей земле прошла, и... мне заплатили. А там, гляди, еще что-нибудь случится не сегодня-завтра... Двести тысяч выиграет Дашенька... у нее билет есть.

Любовь Андреевна. Кофе выпит, можно на покой.

Фирс (чистит щеткой Гаева, наставительно). Опять не те брюки надели. И что мне с вами делать!

Варя (тихо). Аня спит. (Тихо отворяет окно.) Уже взошло солнце, не холодно. Взгляните, мамочка: какие чудесные деревья! Боже мои, воздух! Скворцы поют!

Гаев (отворяет другое окно). Сад весь белый. Ты не забыла, Люба? Вот эта длинная аллея идет прямо, прямо, точно протянутый ремень, она блестит в лунные ночи. Ты помнишь? Не забыла?

Любовь Андреевна (глядит в окно на сад). О мое детство, чистота моя! В этой детской я спала, глядела отсюда на сад, счастье просыпалось вместе со мною каждое утро, и тогда он был точно таким, ничто не изменилось. (Смеется от радости.) Весь, весь белый! О сад мой! После темной ненастной осени и холодной зимы опять ты молод, полон счастья, ангелы небесные не покинули тебя... Если бы снять с груди и с плеч моих тяжелый камень, если бы я могла забыть мое прошлое!

Гаев. Да и сад продадут за долги, как это ни странно...

Любовь Андреевна. Посмотрите, покойная мама идет по саду... в белом платье! (Смеется от радости.) Это она.

Гаев. Где?

Варя. Господь с вами, мамочка.

Любовь Андреевна. Никого нет, мне показалось. Направо, на повороте к беседке, белое деревцо склонилось, похоже на женщину...

Входит Трофимов в поношенном студенческом мундире, в очках.

Какой изумительный сад! Белые массы цветов, голубое небо...

Трофимов. Любовь Андреевна!

Она оглянулась на него.

Я только поклонюсь вам и тотчас же уйду. (Горячо целует руку.) Мне приказано было ждать до утра, но у меня не хватило терпения...

Любовь Андреевна глядит с недоумением.

Варя (сквозь слезы). Это Петя Трофимов...

Трофимов. Петя Трофимов, бывший учитель вашего Гриши... Неужели я так изменился?

Любовь Андреевна глядит
на него и тихо плачет.

Гаев (смущенно). Полно, полно, Люба.

Варя (плачет). Говорила ведь, Петя, чтобы погодили до завтра.

Любовь Андреевна. Гриша мой... мой мальчик... Гриша... сын...

Варя. Что же делать, мамочка. Воля божья.

Трофимов (мягко, сквозь слезы). Будет, будет...

Любовь Андреевна (тихо плачет). Мальчик погиб, утонул... Для чего? Для чего, мой друг? (Тише.) Там Аня спит, а я громко говорю... поднимаю шум... Что же, Петя? Отчего вы так подурнели? Отчего постарели?

Трофимов. Меня в вагоне одна баба назвала так: облезлый барин.

Любовь Андреевна. Вы были тогда совсем мальчиком, милым студентиком, а теперь волосы негустые, очки. Неужели вы все еще студент? (Идет к двери.)

Трофимов. Должно быть, я буду вечным студентом.

Любовь Андреевна (целует брата, потом Варю). Ну, идите спать... Постарел и ты, Леонид.

Пищик (идет за ней). Значит, теперь спать... Ох, подагра[1] моя. Я у вас останусь. Мне бы, Любовь Андреевна, душа моя, завтра утречком... двести сорок рублей...

Гаев. А этот все свое.

Пищик. Двести сорок рублей... проценты по закладной платить.

Любовь Андреевна. Нет у меня денег, голубчик.

Пищик. Отдам, милая... Сумма пустяшная...

Любовь Андреевна. Ну, хорошо, Леонид даст... Ты дай, Леонид.

Гаев. Дам я ему, держи карман[2].

Любовь Андреевна. Что же делать, дай... Ему нужно... Он отдаст.

Любовь Андреевна, Трофимов,
Пищик и Фирс уходят.

Пауза.

Остаются Гаев, Варя и Яша.

Гаев. Сестра не отвыкла еще сорить деньгами[3]. (Яше.) Отойди, любезный, от тебя курицей пахнет.

Яша (с усмешкой). А вы, Леонид Андреич, все такой же, как были.

Гаев. Кого? (Варе.) Что он сказал?

---

① Подагра—болезнь.

② Держи карман—не жди, что получишь.

③ Сорить деньгами—(разг.)тратить безрассудно, легкомысленно.

Варя (Яше). Твоя мать пришла из деревни, со вчерашнего дня сидит в людской, хочет повидаться... вчерашнего дня сидит в людской, хочет повидаться...

Яша. Бог с ней совсем!

Варя. Ах, бесстыдник!

Яша. Очень нужно. Могла бы и завтра прийти. (Уходит.)

Варя. Мамочка такая же, как была, нисколько не изменилась. Если бы ей волю, она бы все раздала.

Гаев. Да... (Пауза.) Если против какой-нибудь болезни предлагается очень много средств, то это значит, что болезнь неизлечима. Я думаю, напрягаю мозги, у меня много средств, очень много и, значит, в сущности, ни одного. Хорошо бы получить от кого-нибудь наследство, хорошо бы выдать нашу Аню за очень богатого человека, хорошо бы поехать в Ярославль и попытать счастья у тетушки-графини. Тетка ведь очень, очень богата.

Варя (плачет). Если бы бог помог.

Гаев. Не реви. Тетка очень богата, но нас она не любит. Сестра, во-первых, вышла замуж за присяжного поверенного, не дворянина...

Аня показывается в дверях.

Вышла за не дворянина и вела себя, нельзя сказать, чтобы очень добродетельно. Она хорошая, добрая, славная, я ее очень люблю, но, как там ни придумывай смягчающие обстоятельства, все же, надо сознаться, она порочна. Это чувствуется в ее малейшем движении.

Варя (шепотом). Аня стоит в дверях.

Гаев. Кого?

Пауза.

Удивительно, мне что-то в правый глаз попало... плохо стал видеть. И в четверг, когда я был в окружном суде...

Входит Аня.

Варя. Что же ты не спишь, Аня?

Аня. Не спится. Не могу.

Гаев. Крошка моя. (Целует Ане лицо, руки.) Дитя мое... (Сквозь слезы.) Ты не племянница, ты мой ангел, ты для меня все. Верь мне, верь...

Аня. Я верю тебе, дядя. Тебя все любят, уважают... но, милый дядя, тебе надо молчать, только молчать. Что ты говорил только что про мою маму, про свою сестру? Для чего ты это говорил?

Гаев. Да, да... (Ее рукой закрывает себе лицо.) В самом деле, это ужасно! Боже мой! Боже, спаси меня! И сегодня я речь говорил перед шкафом... как глупо! И только когда кончил, понял, что глупо.

Варя. Правда, дядечка, вам надо бы молчать. Молчите себе, и все.

Аня. Если будешь молчать, то тебе же самому будет покойнее.

Гаев. Молчу. (Целует Ане и Варе руки.) Молчу. Только вот о деле. В четверг я был в окружном суде, ну, сошлась компания, начался разговор о том о сем, пятое-десятое, и, кажется, вот можно будет устроить заем под векселя[①], чтобы заплатить

---

① Заем под векселя—взять деньги под расписку.

проценты в банк.

Варя. Если бы господь помог!

Гаев. Во вторник поеду, еще раз поговорю. (Варе.) Не реви. (Ане.) Твоя мама поговорит с Лопахиным; он, конечно, ей не откажет... А ты, как отдохнешь, поедешь в Ярославль к графине, твоей бабушке. Вот так и будем действовать с трех концов— и дело наше в шляпе[1]. Проценты мы заплатим, я убежден... (Кладет в рот леденец.) Честью моей, чем хочешь, клянусь, имение не будет продано! (Возбужденно.) Счастьем моим клянусь! Вот тебе моя рука, назови меня тогда дрянным, бесчестным человеком, если я допущу до аукциона! Всем существом моим клянусь!

Аня (спокойное настроение вернулось к ней, она счастлива). Какой ты хороший, дядя, какой умный! (Обнимает дядю.) Я теперь покойна! Я покойна! Я счастлива!

Входит Фирс.

Фирс (укоризненно). Леонид Андреич, бога вы не боитесь! Когда же спать?

Гаев. Сейчас, сейчас. Ты уходи, Фирс. Я уж, так и быть, сам разденусь. Ну, детки, бай-бай... Подробности завтра, а теперь идите спать. (Целует Аню и Варю.) Я человек восьмидесятых годов... Не хвалят это время, но все же могу сказать, за убеждения мне доставалось немало в жизни. Недаром меня мужик любит. Мужика надо знать! Надо знать, с какой...

Аня. Опять ты, дядя!

Варя. Вы, дядечка, молчите.

Фирс (сердито). Леонид Андреич!

Гаев. Иду, иду... Ложитесь. От двух бортов в середину!

---

① Дело в шляпе—все в порядке.

Кладу чистого... (Уходит, за ним семенит Фирс.)

Аня. Я теперь покойна. В Ярославль ехать не хочется, я не люблю бабушку, но все же я покойна. Спасибо, дяде. (Садится.)

Варя. Надо спать. Пойду. А тут без тебя было неудовольствие. В старой людской, как тебе известно, живут одни старые слуги: Ефимьюшка, Поля, Евстигней, ну и Карп. Стали они пускать к себе ночевать каких-то проходимцев— я промолчала. Только вот, слышу, распустили слух, будто я велела кормить их одним только горохом. От скупости, видишь ли... И это все Евстигней... Хорошо, думаю. Коли так, думаю, то погоди же. Зову я Евстигнея... (Зевает.) Приходит... Как же ты, говорю, Евстигней... дурак ты этакой... (Поглядев на Аню.) Анечка!..

Пауза.

Заснула!.. (Берет Аню под руку.) Пойдем в постельку... Пойдем!... (Ведет ее.) Душечка моя уснула! Пойдем...

Идут.

Далеко за садом пастух играет на свирели. Трофимов идет через сцену и, увидев Варю и Аню, останавливается.

Тсс... Она спит... спит... Пойдем, родная.

Аня (тихо, в полусне). Я так устала... все колокольчики... Дядя... милый... и мама и дядя...

Варя. Пойдем, родная, пойдем... (Уходит в комнату Ани.)

Трофимов (в умилении). Солнышко мое! Весна моя!

Занавес.

(1899)

Краткий анализ произведения:

Чехов, замечательный русский писатель, в основном, —автор малых эпических форм: рассказа и повести. В молодости он написал небольшие юмористические рассказы, позднее—грустные повести, героями которых чаще всего были русские интеллигенты, слабые, душевно неустроенные люди. В последние годы жизни Чехов увлекся театром, тем более, что в 90-е годы в Москве возник новый театр—Московский Художественный Общедоступный под руководством замечательного актера и режиссера К. Станиславского, для которого Чехов и стал писать пьесы. Последняя его пьеса—《Вишневый сад》. В ней 4 действия, в Хрестоматию включено только 1-ое.

Действие пьесы происходит в имении помещицы Раневской, куда она возвращается из Парижа, где она провела последние 5 лет со своим любовником. В имении живет ее брат Гаев, имение заложено, то есть за него получены деньги, за что надо каждый год вносит в банк определенную сумму. Но и брат, и сестра живут в иллюзорном мире, ничего не понимая в денежных вопросах. Раневская, привыкшая сорить деньгами, растратила в Париже все, что у нее было. Гаев, живя в имении, целиком положился на приемную дочь Раневской Варю, которая ведет хозяйство, экономя каждую копейку. Но ситуация ясна для них обоих: если не выплатить деньги в банк вовремя, имение будет продано. У Гаева немало проектов спасения имении, но все они фантастичны, невыполнимы.

Свою помощь предлагает Лопахин, сын бывшего крепостного

Раневской, а ныне богатый и практичный купец. Лопахин вовсе не корыстный и жесткий человек, думающий только о собственном обогащении. Он благодарен Раневской за ее доброту к нему в то время, когда он был всего лишь крестьянским мальчиком—маленьким 《мужичком》. Он бескорыстно готов помочь ей и ее брату спасти имение. Но за счет старого огромного вишневого сада, который так любят и которым так гордятся брат и сестра. Лопахин предлагает срубить сад, давно не приносящий дохода, а землю сдать дачникам за хорошие деньги—это единственный выход из положения. Но ни Раневская, ни Гаев не желают даже слыщать о гибели вишневого сада—он для них символ красоты. Символ родной земли, напоминание об их барском детстве. Они не понимают, что старое дворянство с его бездельной и роскошной жизнью, с его бесхозяйственностью ушло в прошлое. Будущее за Лопахиными—деловыми людьми.

На первый взгляд, сентиментальные хозяева инения кажутся добрыми и чуткими людьми. Но все это видимость. На самом деле они холодны и равнодушны. Раневская плачет счастливыми слезами при виде комнаты, где прошло ее детство, но бесчувственно принимает известие о смерти старой няни, ее воспитавшей. И Раневская, и Гаев легкомысленны и, в сущности, равнодушны к близким людям.

Сад продан, и Раневская отправляется снова в Париж к любовнику. В конце пьесы забыт сад, где уже раздается стук топора, забыт в опустевшем доме старый слуга Фирс, всю жизнь верой и правдой прослуживший своим господам.

Неудивительно, что Чехов свою пьесу назвал комедией: именно комедию разыгрывают фактически Гаев и Раневская, проливая слезы о гибели вишневского сада и пальцем не пошевельнув ради его спасения. На первый взгляд, эти люди вызывают сочувствие зрителя, но, когда рядом с ним появляются их слуги, пытающиеся неумело подражать хозяевам—видишь манерность горничной Дуняши, изображающей из себя неженку-барышню, неуклюжесть и глупость Епиходова(пародия на Гаева), бесчувсвенность Яши, соответствующую равнодушию к людям его хозяйки Раневской—то понимаешь, что на самом деле перед нами все персонажи—комические.

И Аня, дочь Раневской, и Петя Трофимов, бывший учитель ее погибшего сына, а ныне недоучившийся студент, несмотря на свои решительные и смелые речи о светлом будущем, так же легковесны, как Раневская и Гаев. Они вовсе не люди будущего, как это кажется на первый взгляд.

Чехову не свойственно резко критиковать людей, открыто их высмеивать, разоблачать общественные пороки. Чехов писатель мягкий и тонкий. Он убирает в подтекст, в авторские ремарки свою оценку людей. Поэтому может показаться, что в его пьесах нет четкой композиции, отсутсвует резко очерченный драматургический конфликт... Пьесы Чехова лиричны и поэтичны, потому что душа писателя страдает при виде бессильных и равнодушых его современников.

Вопросы и задания:

1. Какой смысл вложил Чехов в понятие《Вишневый сад》?
2. Какова проблематика пьесы《Вишневый сад》?
3. Дайте обобщенную характеристику главной героини Раневской.

Литература:

1. Лакшин В. Я. К творческой истории《Вишневого сада》// Чеховские чтения в Ялте. М., 1973.

2. Раскин А. А. Чехов и театр. М., 1981.

3. Сухих И. Н. Проблемы поэтики Чехова. Л. ,1987.

4. Громов М. П. Чехов. М. ,1993.

5. Катаев А. Б. Сложность и простота: Рассказы и пьесы Чехова. М. ,1998.

Максим Горький

(Алексей Максимович Пешков)

(1868—1936)

ДВАДЦАТЬ ШЕСТЬ И ОДНА

(Рассказ)

Нас было двадцать шесть человек— двадцать шесть живых машин, запертых в сыром подвале, где мы с утра до вечера месили тесто, делая крендели и сушки. Окна нашего подвала упирались в яму, вырытую пред ними и выложенную кирпичом, зеленым от сырости; рамы были заграждены снаружи частой железной сеткой, и свет солнца не мог пробиться к нам сквозь стекла, покрытые мучной пылью. Наш хозяин забил окна железом для того, чтоб мы не могли дать кусок его хлеба нищим и тем из наших товарищей, которые, живя без работы, голодали, —наш хозяин называл нас жуликами и давал нам на обед вместо мяса—тухлую требушину[1]...

Нам было душно и тесно жить в каменной коробке под низким и тяжелым потолком, покрытым копотью и паутиной. Нам было тяжело и тошно в толстых стенах, разрисованных пятнами грязи и плесени... Мы вставали в пять часов утра, не успев выспаться, и— тупые, равнодушные—в шесть уже садились за стол делать крендели из теста, приготовленного для нас товарищами в то время, когда мы еще спали. И целый день с утра до десяти часов вечера одни из нас сидели за столом, рассучивая руками упругое тесто и покачиваясь, чтоб не одеревенеть, а другие в это время

---

① Требушина—от слова «требуха», внутренности убитых животных (легкое, печень, почки и пр.).

месили муку с водой. И целый день задумчиво и грустно мурлыкала кипящая вода в котле, где крендели варились, лопата пекаря зло и быстро шаркала о под[①] печи, сбрасывая скользкие вареные куски теста на горячий кирпич. С утра до вечера в одной стороне печи горели дрова и красный отблеск пламени трепетал на стене мастерской, как будто безмолвно смеялся над нами. Огромная печь была похожа на уродливую голову сказочного чудовища, —она как бы высунулась из-под пола, открыла широкую пасть, полную яркого огня, дышала на нас жаром и смотрела на бесконечную работу нашу двумя черными впадинами отдушин над челом. Эти две глубокие впадины были как глаза— безжалостные и бесстрастные очи чудовища: они смотрели всегда одинаково темным взглядом, как будто устав смотреть на рабов, и, не ожидая от них ничего человеческого, презирали их холодным презрением мудрости.

Изо дня в день в мучной пыли, в грязи, натасканной нашими ногами со двора, в густой пахучей духоте мы рассучивали тесто и делали крендели, смачивая их нашим потом, и мы ненавидели нашу работу острой ненавистью, мы никогда не ели того, что выходило из-под наших рук, предпочитая кренделям черный хлеб. Сидя за длинным столом друг против друга, —девять против девяти, —мы в продолжение длинных часов механически двигали руками и пальцами и так привыкли к своей работе, что никогда уже и не следили за движениями своими. И мы до того присмотрелись друг к другу, что каждый из нас знал все морщины на лицах товарищей. Нам не о чем было говорить, мы к этому привыкли и всё время молчали, если не ругались, —ибо всегда есть за что обругать человека, а особенно товарища. Но и ругались мы редко— в чем может быть виновен человек, если он полумертв, если он—

---

① Под—нижняя поверхность в печи.

как истукан, если все чувства его подавлены тяжестью труда? Но молчание страшно и мучительно лишь для тех, которые все уже сказали и нечего им больше говорить; для людей же, которые не начинали своих речей, —для них молчанье просто и легко... Иногда мы пели, и песня наша начиналась так: среди работы вдруг кто-нибудь вздыхал тяжелым вздохом усталой лошади и запевал тихонько одну из тех протяжных песен, жалобно-ласковый мотив которых всегда облегчает тяжесть на душе поющего. Поет один из нас, а мы сначала молча слушаем его одинокую песню, и она гаснет и глохнет под тяжелым потолком подвала, как маленький огонь костра в степи сырой осенней ночью, когда серое небо висит над землей, как свинцовая крыша. Потом к певцу пристает другой, и—вот уже два голоса тихо и тоскливо плавают в духоте нашей тесной ямы. И вдруг сразу несколько голосов подхватят песню, —она вскипает, как волна, становится сильнее, громче и точно раздвигает сырые, тяжелые стены нашей каменной тюрьмы...

Поют все двадцать шесть; громкие, давно спевшиеся голоса наполняют мастерскую; песне тесно в ней; она бьется о камень стен, стонет, плачет и оживляет сердце тихой щекочущей болью, бередит в нем старые раны и будит тоску... Певцы глубоко и тяжко вздыхают; иной неожиданно оборвет песню и долго слушает, как поют товарищи, и снова вливает свой голос в общую волну. Иной, тоскливо крикнув: "эх!"—поет, закрыв глаза, и, может быть, густая, широкая волна звуков представляется ему дорогой куда-то вдаль, освещенной ярким солнцем, —широкой дорогой, и он видит себя идущим по ней...

Пламя в печи всё трепещет, всё шаркает по кирпичу лопата пекаря, мурлыкает вода в котле, и отблеск огня на стене всё так же дрожит, безмолвно смеясь... А мы выпеваем чужими словами свое тупое горе, тяжелую тоску живых людей, лишенных солнца, тоску рабов. Так-то жили мы, двадцать шесть, в подвале большого каменного дома, и нам было до того тяжело жить, точно все три этажа этого дома были построены прямо на плечах наших...

Но, кроме песен, у нас было еще нечто хорошее, нечто любимое нами и, может быть, заменявшее нам солнце. Во втором этаже нашего дома помещалась золотошвейня[1], и в ней, среди многих девушек-мастериц, жила шестнадцатилетняя горничная Таня. Каждое утро к стеклу окошечка, прорезанного в двери из сеней к нам в мастерскую, прислонялось маленькое розовое личико с голубыми веселыми глазами и звонкий ласковый голос кричал нам:

—Арестантики[2]! дайте кренделечков!

Мы все оборачивались на этот ясный звук и радостно, добродушно смотрели на чистое девичье лицо, славно улыбавшееся нам. Нам было приятно видеть приплюснутый к стеклу нос и мелкие белые зубы, блестевшие из-под розовых губ, открытых улыбкой. Мы бросались открыть ей дверь, толкая друг друга, и—вот она—веселая такая, милая—входит к нам, подставляя свой передник, стоит пред нами, склонив немного набок свою головку, стоит и всё улыбается. Длинная и толстая коса каштановых волос, спускаясь через плечо, лежит на груди ее. Мы, грязные, темные, уродливые люди, смотрим на нее снизу вверх, —порог двери выше пола на четыре ступеньки, —мы смотрим на нее, подняв головы кверху, и поздравляем ее с добрым утром, говорим ей какие-то особые слова, —они находятся у нас только для нее. У нас в разговоре с ней и голоса мягче и шутки легче. У нас для нее—всё особое. Пекарь вынимает из печи лопату кренделей самых поджаристых и румяных и ловко сбрасывает их в передник Тани.

—Смотри, хозяину не попадись! —предупреждаем мы ее.

---

① Золотошвейня—мастерская, где занимаются шитьем золотыми нитями.

② Арестантик—человек, который содержится под арестом.

Она плутовато смеется, весело кричит нам:

—Прощайте, арестантики! —и исчезает быстро, как мышонок.

Только... Но долго после ее ухода мы приятно говорим о ней друг с другом—всё то же самое говорим, что говорили вчера и раньше, потому что и она, и мы, и всё вокруг нас такое же, каким оно было и вчера и раньше... Это очень тяжело и мучительно, когда человек живет, а вокруг него ничто не изменяется, и если это не убьет насмерть души его, то чем дольше он живет, тем мучительнее ему неподвижность окружающего... Мы всегда говорили о женщинах так, что порой нам самим противно было слушать наши грубо бесстыдные речи, и это понятно, ибо те женщины, которых мы знали, может быть, и не стоили иных речей. Но о Тане мы никогда не говорили худо; никогда и никто из нас не позволял себе не только дотронуться рукою до нее, но даже вольной шутки[1] не слыхала она от нас никогда. Быть может, это потому так было, что она не оставалась подолгу с нами: мелькнет у нас в глазах, как звезда, падающая с неба, и исчезнет, а может быть —потому, что она была маленькая и очень красивая, а всё красивое возбуждает уважение к себе даже и у грубых людей. И еще—хотя каторжный наш труд и делал нас тупыми волами, мы все-таки оставались людьми и, как все люди, не могли жить без того, чтобы не поклоняться чему бы то ни было. Лучше ее—никого не было у нас, и никто, кроме нее, не обращал внимания на нас, живших в подвале, —никто, хотя в доме обитали десятки людей. И наконец — наверно, это главное-все мы считали ее чем-то своим, чем-то таким, что существует как бы только благодаря нашим кренделям; мы вменили себе в обязанность давать ей горячие крендели, и это стало для нас ежедневной жертвой идолу, это

① Вольная шутка—неприличная шутка.

стало почти священным обрядом и с каждым днем всё более прикрепляло нас к ней. Кроме кренделей, мы давали Тане много советов—теплее одеваться, не бегать быстро по лестнице, не носить тяжелых вязанок дров. Она слушала наши советы с улыбкой, отвечала на них смехом и никогда не слушалась нас, но мы не обижались на это: нам нужно было только показать, что мы заботимся о ней.

Часто она обращалась к нам с разными просьбами, просила, например, открыть тяжелую дверь в погреб, наколоть дров, —мы с радостью и даже с гордостью какой-то делали ей это и всё другое, чего она хотела.

Но когда один из нас попросил ее починить ему его единственную рубаху, она, презрительно фыркнув, сказала:

—Вот еще! Стану я, как же!..

Мы очень посмеялись над чудаком и—никогда ни о чем больше не просили ее. Мы ее любили, —этим всё сказано. Человек всегда хочет возложить свою любовь на кого-нибудь, хотя иногда он ею давит, иногда пачкает, он может отравить жизнь ближнего своей любовью, потому что, любя, не уважает любимого. Мы должны были любить Таню, ибо больше было некого нам любить.

Порой кто-нибудь из нас вдруг почему-то начинал рассуждать так:

—И что это мы балуем девчонку? Что в ней такого? а? Очень мы с ней что-то возимся!

Человека, который решался говорить такие речи, мы скоро и грубо укрощали—нам нужно было что-нибудь любить: мы нашли себе это и любили, а то, что любим мы, двадцать шесть, должно быть незыблемо для каждого, как наша святыня, и всякий, кто идет против нас в этом, —враг наш. Мы любим, может быть, и не то, что действительно хорошо, но ведь нас— двадцать шесть, и поэтому мы всегда хотим дорогое нам—видеть священным для других.

Любовь наша не менее тяжела, чем ненависть... и, может быть, именно поэтому некоторые гордецы утверждают, что наша ненависть более лестна, чем любовь... Но почему же они не бегут от нас, если это так?

Кроме крендельной, у нашего хозяина была еще и булочная; она помещалась в том же доме, отделанная от нашей ямы только стеной; но булочники—их было четверо—дђержались в стороне от нас, считая свою работу чище нашей, и поэтому, считали себя лучше нас, они не ходили к нам в мастерскую, пренебрежительно подсмеивались над нами, когда встречали нас на дворе; мы тоже не ходили к ним: нам запрещал это хозяин из боязни, что мы станем красть сдобные булки. Мы не любили булочников, потому что завидовали им: их работа была легче нашей, они получали больше нас, их кормили лучше, у них была просторная, светлая мастерская, и все они были такие чистые, здоровые—противные нам. Мы же все—какие-то желтые и серые; трое из нас болели сифилисом, некоторые—чесоткой, один был совершенно искривлен ревматизмом. Они по праздникам и в свободное от работы время одевались в пиджаки и сапоги со скрипом, двое из них имели гармоники, и все они ходили гулять в городской сад, —мы же носили какие-то грязные лохмотья и опорки или лапти[①] на ногах, нас не пускала в городской сад полиция—могли ли мы любить булочников?

И вот однажды мы узнали, что у них запил[②] пекарь, хозяин рассчитал его и уже нанял другого и что этот другой—солдат, ходит в атласной жилетке и при часах с золотой цепочкой. Нам было любопытно посмотреть на такого щеголя, и в надежде увидеть

---

① Опорки или лапти—самая бедная крестьянская обувь.

② Запил—стал пьянствовать.

его мы, один за другим, то и дело стали выбегать на двор.

Но он сам явился в нашу мастерскую. Пинком ноги ударив в дверь, он отворил ее и, оставив открытой, стал на пороге, улыбаясь, и сказал нам:

—Бог на помощь! Здорово, ребята!

Морозный воздух, врываясь в дверь густым дымчатым облаком, крутился у его ног, он же стоял на пороге, смотрел на нас сверху вниз, и из-под его белокурых, ловко закрученных усов блестели крупные желтые зубы. Жилетка на нем была действительно-какая-то особенная—синяя, расшитая цветами, она вся как-то сияла, а пуговицы на ней были из каких-то красных камешков. И цепочка была...

Красив он был, этот солдат, высокий такой, здоровый, с румяными щеками, и большие светлые глаза его смотрели хорошо—ласково и ясно. На голове у него был надет белый туго накрахмаленный колпак, а из-под чистого, без единого пятнышка, передника выглядывали острые носки модных, ярко вычищенных сапог.

Наш пекарь почтительно попросил его затворить дверь; он не торопясь сделал это и начал расспрашивать нас о хозяине. Мы наперебой друг перед другом сказали ему, что хозяин наш выжига, жулик, злодей и мучитель, —всё, что можно и нужно было сказать о хозяине, но нельзя написать здесь. Солдат слушал, шевелил усами и рассматривал нас мягким, светлым взглядом.

—А у вас тут девчонок много...—вдруг сказал он.

Некоторые из нас почтительно засмеялись, иные скорчили сладкие рожи,[①] кто-то пояснил солдату, что тут девчонок—девять штук,

—Пользуетесь? —спросил солдат, подмигивая глазом.

---

① Скорчить сладкие рожи—сделать приятное выражение лица.

Опять мы засмеялись, не очень громко и сконфуженным[1] смехом... Многим бы из нас хотелось показаться солдату такими же удалыми молодцами, как и он, но никто не умел сделать этого, ни один не мог. Кто-то сознался в этом, тихо сказав:

—Где уж нам...

—Н-да, вам это трудно! —уверенно молвил солдат, пристально рассматривая нас. —Вы чего-то... не того... Выдержки у вас нет... порядочного образа... вида, значит! А женщина—она любит вид в человеке! Ей чтобы корпус[2] был настоящий... чтобы всё—аккуратно! И притом она уважает силу... Рука чтобы—во!

Солдат выдернул из кармана правую руку с засученным рукавом рубахи, по локоть голую, и показал ее нам... Рука была белая, сильная, поросшая блестящей, золотистой шерстью.

—Нога, грудь—во всем нужна твердость... И опять же—чтобы одет был человек по форме... как того требует красота вещей... Меня вот — бабы любят. Я их не зову, не маню, —сами по пяти сразу на шею лезут...

Он присел на мешок с мукой и долго рассказывал о том, как любят его бабы и как он храбро обращается с ними. Потом он ушел, и, когда дверь, взвизгнув, затворилась за ним, мы долго молчали, думая о нем и о его рассказах. А потом как-то вдруг все заговорили, и сразу выяснилось, что он всем нам понравился. Такой простой и славный— пришел, посидел, поговорил. К нам никто не ходил, никто не разговаривал с нами так, дружески... И мы всё говорили о нем и о будущих его успехах у золотошвеек, которые, встречаясь с нами на дворе, или, обидно поджимая губы, обходили нас сторонкой, или шли прямо на нас, как будто нас и не

---

① Сконфуженный—смущенный.

② Корпус—здесь: фигура.

было на их дороге. А мы всегда только любовались ими и на дворе, и когда они проходили мимо наших окон—зимой одетые в какие-то особые шапочки и шубки, а летом—в шляпках с цветами и с разноцветными зонтиками в руках. Зато между собою мы говорили об этих девушках так, что если б они слышали нас, то все взбесились бы от стыда и обиды.

—Однако как бы он и Танюшку... не испортил! —вдруг озабоченно сказал пекарь. Мы все замолчали, пораженные этими словами. Мы как-то забыли о Тане: солдат как бы загородил ее от нас своей крупной красивой фигурой. Потом начался шумный спор: одни говорили, что Таня не допустит себя до этого, другие утверждали, что ей против солдата не устоять, третьи, наконец, предлагали в случае, если солдат станет привязываться к Тане, — переломать ему ребра. И наконец все решили наблюдать за солдатом и Таней, предупредить девочку, чтобы она опасалась его... Это прекратило споры.

Прошло с месяц времени; солдат пек булки, гулял с золотошвейками, часто заходил к нам в мастерскую, но о победах над девицами не рассказывал, а все только усы крутил да смачно облизывался.

Таня каждое утро приходила к нам за "кренделечками" и, как всегда, была веселая, милая, ласковая с нами. Мы пробовали заговаривать с нею о солдате, —она называла его "пучеглазым теленком" и другими смешными прозвищами, и это успокоило нас. Мы гордились нашей девочкой, видя, как золотошвейки льнут к солдату; отношение Тани к нему как-то поднимало всех нас, и мы, как бы руководствуясь ее отношением, сами начинали относиться к солдату пренебрежительно. А ее еще больше полюбили, еще более радостно и добродушно встречали ее по утрам.

Но однажды солдат пришел к нам немного выпивши, уселся и начал смеяться, а когда мы спросили его: над чем это он смеется? —он объяснил:

—Две подрались из-за меня... Лидька с Грушкой... Ка-ак они себя изуродовали, а? Ха-ха! За волосы одна другую, да на пол ее в сенях, да верхом на нее... ха-ха-ха! Рожи поцарапали... порвались... умора![1] И почему это бабы не могут честно биться? Почему они царапаются? а?

Он сидел на лавке, здоровый, чистый такой, радостный, сидел и всё хохотал. Мы молчали. Нам он почему-то был неприятен в этот раз.

—Н-нет, как мне везет на бабу, а? Умора! Мигнешь, и—готова! Ч-чёрт!

Его белые руки, покрытые блестящей шерстью, поднялись и вновь упали на колени, громко шлепнув по ним, И он смотрел на нас таким приятно удивленным взглядом, точно и сам искренно недоумевал, почему он так счастлив в делах с женщинами. Его толстая, румяная рожа самодовольно и счастливо лоснилась, и он все смачно облизывал губы.

Наш пекарь сильно и сердито шаркнул лопатой о шесток печи и вдруг насмешливо сказал:

—Не великой силой валят елочки, а ты сосну повали...

—То есть—это ты мне говоришь? —спросил солдат.

—А тебе...

—Что такое?

—Ничего... проехало!

—Нет, ты погоди! В чем дело? Какая сосна?

Наш пекарь не отвечал, быстро работая лопатой в печи: сбросит в нее сваренные крендели, подденет готовые и с шумом швыряет на пол, к мальчишкам, нанизывающим их на мочалки. Он как бы позабыл о солдате и разговоре с ним. Но солдат вдруг

---

[1] Умора—очень смешно.

впал в какое-то беспокойство. Он поднялся на ноги и пошел к печи, рискуя наткнуться грудью на черенок лопаты, судорожно мелькавший в воздухе.

—Нет, ты скажи—кто такая? Ты меня обидел... Я? От меня не отобьется ни одна, не-ет! А ты мне говоришь такие обидные слова...

Он действительно казался искренно обиженным. Ему, должно быть, не за что было уважать себя, кроме как за свое уменье совращать женщин; быть может, кроме этой способности, в нем не было ничего живого, и только она позволяла ему чувствовать себя живым человеком.

Есть же люди, для которых самым ценным и лучшим в жизни является какая-нибудь болезнь их души или тела. Они носятся с ней всё время жизни и лишь ею живы; страдая от нее, они питают себя ею, они на нее жалуются другим и этим обращают на себя внимание ближних. За это взимают с людей сочувствие себе, и, кроме этого, —у них нет ничего. Отнимите у них эту болезнь, вылечите их, и они будут несчастны, потому что лишатся единственного средства к жизни, —они станут пусты тогда. Иногда жизнь человека бывает до того бедна, что он невольно принужден ценить свой порок и им жить; и можно сказать, что часто люди бывают порочны от скуки.

Солдат обиделся, лез на нашего пекаря и выл:

—Нет, ты скажи—кто?

—Сказать? —вдруг повернулся к нему пекарь.

—Ну?

—Таню знаешь?

—Ну?

—Ну и вот! Попробуй...

—Я?

—Ты!

—Ее? Это мне—тьфу!

—Поглядим!

—Увидишь! Х-ха!

—Она тебя...

—Месяц сроку!

—Экий ты хвальбишка, солдат!

—Две недели! Я покажу! Кто такая? Танька! Тьфу!..

—Ну, пошел прочь... мешаешь!

—Две недели—и готово! Ах ты...

—Пошел, говорю!

Наш пекарь вдруг освирепел и замахнулся лопатой. Солдат удивленно попятился от него, посмотрел на нас, помолчал и, тихо, зловеще сказав: "Хорошо же!"—ушел от нас.

Во время спора мы все молчали, заинтересованные им. Но когда солдат ушел, среди нас поднялся оживленный, громкий говор и шум.

Кто-то крикнул пекарю:

—Не дело ты затеял, Павел!

—Работай знай—свирепо ответил пекарь.

Мы чувствовали, что солдат задет за живое и что Тане грозит опасность.

Мы чувствовали это, и в то же время всех нас охватило жгучее, приятное нам любопытство —что будет? Устоит ли Таня против солдата? И почти все уверенно кричали:

—Танька? Она устоит! Ее голыми руками не возьмешь!

Нам страшно хотелось испробовать крепость нашего божка; мы напряженно доказывали друг другу, что наш божок—крепкий божок и выйдет победителем из этого столкновения. Нам наконец стало казаться, что мы мало раззадорили солдата, что он забудет о споре и что нам нужно хорошенько разбередить его самолюбие. Мы с этого дня начали жить какой-то особенной, напряженно нервной жизнью, —так еще не жили мы. Мы целые дни спорили друг с другом, как-то поумнели все, стали больше и лучше говорить. Нам казалось, что мы играем в какую-то игру с чёртом и ставка с нашей стороны—Таня, И когда мы узнали от булочников, что солдат начал "приударять за нашей Танькой", нам сделалось жутко хорошо и до того любопытно жить, что мы даже не заметили, как хозяин, пользуясь нашим возбуждением, набавил нам работы на четырнадцать пудов теста в сутки. Мы как будто даже и не уставали от работы. Имя Тани целый день не сходило у нас с языка. И каждое утро мы ждали ее с каким-то особенным нетерпением. Иногда нам представлялось, что она войдет к нам, — и уже это будет не та, прежняя Таня, а какая-то другая.

Мы, однако, ничего не говорили ей о происшедшем споре. Ни о чем не спрашивали ее и по-прежнему относились к ней любовно и хорошо. Но уже в это отношение вкралось что-то новое и чуждое прежним нашим чувствам к Тане—и это новое было острым любопытством, острым и холодным, как стальной нож...

—Братцы! Сегодня срок! — сказал однажды утром пекарь, становясь к работе.

Мы хорошо знали это и без его напоминания, но все-таки встрепенулись.

—Глядите на нее... сейчас придет! —предложил пекарь.

Кто-то с сожалением воскликнул:

—Да ведь разве глазами что увидишь!

И снова между нами разгорелся живой, шумный спор. Сегодня мы узнаем наконец, насколько чист и недоступен для грязи тот сосуд, в который мы вложили наше лучшее. В это утро мы как-то сразу и впервые почувствовали, что действительно играем большую игру, что эта проба чистоты нашего божка может уничтожить его для нас. Мы все эти дни слышали, что солдат упорно и неотвязно преследует Таню, но почему-то никто из нас не спросил ее, как она относится к нему. А она продолжала аккуратно каждое утро являться к нам за крендельками и была всё такая же, как всегда.

И в этот день мы скоро услыхали ее голос:

—Арестантики! Я пришла...

Мы поторопились впустить ее, и когда она вошла, то, против обыкновения, встретили ее молчанием. Глядя на нее во все глаза, мы не знали, о чем нам говорить с ней, о чем спросить ее. И стояли мы пред нею темной, молчаливой толпой. Она, видимо, удивилась непривычной для нее встрече, —и вдруг мы увидели, что она побледнела, забеспокоилась, как-то завозилась на месте и сдавленным голосом спросила:

—Что это вы... какие?

—А ты? —угрюмо бросил ей пекарь, не сводя с нее глаз.

—Что—я?

—Н-ничего...

—Ну, давайте скорее крендельки... Никогда раньше она не торопила нас...

—Поспеешь! —сказал пекарь, не двигаясь и не отрывая глаз от ее лица.

Тогда она вдруг повернулась и исчезла в двери. Пекарь взялся за лопату и спокойно молвил, отворотясь к печке:

—Значит—готово!.. Ай да солдат!.. Подлец!.. Мы. как стадо баранов, толкая друг друга, пошли к столу, молча уселись и вяло начали работать. Вскоре кто-то сказал:

—А может, еще...

—Ну-ну! Разговаривай! —закричал пекарь.

Мы все знали, что он человек умный, умнее нас. И окрик его мы поняли, как уверенность в победе солдата... Нам было грустно и неспокойно...

В двенадцать часов, во время обеда, пришел солдат. Он был, как всегда, чистый и щеголеватый и, как всегда, смотрел нам прямо в глаза. А нам неловко было смотреть на него.

—Ну-с, господа честные, хотите, я вам покажу солдатскую удаль? —сказал он, гордо усмехаясь. —Так вы выходите в сени и смотрите в щели... поняли?

Мы вышли и, навалившись друг на друга, прильнули к щелям в дощатой стене сеней, выходившей на двор. Мы недолго ждали... Скоро спешной походкой, с озабоченным лицом, по двору прошла Таня, перепрыгивая через лужи талого снега и грязи. Она скрылась за дверью в погреб. Потом, не торопясь и посвистывая, туда прошел солдат. Руки у него были засунуты в карманы, а усы шевелились...

Шел дождь, и мы видели, как его капли падали в лужи и лужи морщились под их ударами. День был сырой, серый—очень скучный день. На крышах еще лежал снег, а на земле уже появились темные пятна грязи, И снег на крышах тоже был покрыт бурым, грязноватым налетом. Дождь шел медленно, звучал он уныло. Нам было холодно и неприятно ждать...

Первым вышел из погреба солдат; он пошел по двору медленно, шевеля усами, засунув руки в карманы, —такой же, как всегда.

Потом —вышла и Таня. Глаза у нее... глаза у нее сияли радостью и счастьем, а губы—улыбались. И шла она. как во сне, пошатываясь, неверными шагами...

Мы не могли перенести этого спокойно. Все сразу мы бросились к двери, выскочили на двор и засвистали, заорали на нее злобно, громко, дико.

Она вздрогнула, увидав нас, и стала, как вкопанная, в грязь под ее ногами. Мы окружили ее и злорадно, без удержу, ругали ее похабными словами, говорили ей бесстыдные вещи.

Мы делали это не громко, не торопясь, видя, что ей некуда идти, что она окружена нами и мы можем издеваться над ней, сколько хотим. Не знаю почему, но мы не били ее. Она стояла среди нас и вертела головой то туда, то сюда, слушая наши оскорбления. А мы—всё больше, всё сильнее бросали в нее грязью и ядом наших слов.

Краска сошла с ее лица. Ее голубые глаза, за минуту пред этим счастливые, широко раскрылись, грудь дышала тяжело, и губы вздрагивали.

А мы, окружив ее, мстили ей, ибо она ограбила нас. Она принадлежала нам, мы на нее расходовали наше лучшее, и хотя это лучшее—крохи нищих, но нас—двадцать шесть, она —одна, и поэтому нет ей муки от нас, достойной вины ее! Как мы ее оскорбляли!.. Она всё молчала, всё смотрела на нас дикими глазами, и всю ее била дрожь.

Мы смеялись, ревели, рычали... К нам откуда-то подбегали еще люди...

Кто-то из нас дернул Таню за рукав кофты...

Вдруг глаза ее сверкнули; она, не торопясь, подняла руки к голове и, поправляя волосы, громко, но спокойно сказала прямо в лицо нам:

—Ах вы, арестанты несчастные!..

И она пошла прямо на нас, так просто пошла, как будто нас и не было пред ней, точно мы не преграждали ей дороги. Поэтому никого из нас действительно не оказалось на ее пути.

А выйдя из нашего круга, она, не оборачиваясь к нам, так же громко, гордо и презрительно еще сказала:

—Ах вы, сво-олочь... га-ады...

И—ушла, прямая, красивая, гордая.

Мы же остались среди двора, в грязи, под дождем и серым небом без солнца...

Потом и мы молча ушли в свою сырую каменную яму. Как раньше, солнце никогда не заглядывало к нам в окна, и Таня не приходила больше никогда!..

(1899)

Краткий анализ произведения:

Читая этот небольшой рассказ Горького (названный им поэмой), вначале всей душой сочувствуешь его героям, вернее одному из них—собирательному образу двадцати шести рабочих-пекарей. Потому что рассказчик, от лица которого ведется повествование (один из них), говорит о всех вместе как об одном человеке, т. к. и думают и чувствуют они почти одинаково.

Почти физическая тяжесть наваливается на душу читателя с первых же строк рассказа—так точно и ощутимо передает писатель мрачную атмосферу пекарни, где по 16—17 часов в сутки однообразной, механической работой заняты полумертвые от усталости люди. Душно и тесно было жить и работать в подвале, похожем на《каменную коробку под низким тяжелым потолком, покрытом копотью и паутиной … Изо дня в день в мучной пыли, в грязи, натасканной нашими ногами со двора, в густой пахучей духоте, мы рассучивали тесто и делали крендели, смачивая их нашим потом… 》

Пекарня была похожа на тюрьму, даже окна ее, упиравшиеся в яму, вырытую перед ними и выложенные кирпичом, хозяин заградил снаружи частой железной сеткой, чтобы пекари не могли подать кусок его хлеба нищим и безработным. Поэтому-то и называла пекарей《арестантками》молоденькая золотошвейка Таня, приходившая каждое утро за кренделями. Ей было всего 16 лет, она была маленькая и красивая, говорила ласковым голосом и казалась рабочим солнечным лучом в их мрачном царстве. Таню любили все в пекарне, она казалась идеалом. Они сделали из нее себе кумира, маленького божка, которому были добровольно готовы служить и поклоняться.

А ведь опасно делать кумир из живого человека, он может и ошибаться, у него возможны не божественные, а человеческие чувства, он может оказаться не идеалом, а просто хорошим человеком не без греха. Но рабочие не догадывались о том, что не Таня им нужна была, а вера в то, что где-то на свете существует красота и доброта. Без такой веры как можно прожить в этом ужасном мире? А если и Таня не идеал, то как вообще жить дальше?

Сомнения в себе и в своей вере подтолкнули пекарей проверить Таню《на прочность》. Произошло это в связи с появлением на горизонте нового героя—пекарем в соседнюю булочную был взят молодой солдат. Красивый《самец》, нарядный, веселый, обаятельный—весь смысл его жизни состоял в покорении женских сердец. Устоит ли против него Таня? Этот вопрос стал мучить рабочих. Они сами толкнули ее к солдату—это оказался жестокий эксперимент, проведенный на живом человеке. С точки зрения пекарей, Таня не《устояла》. А на самом деле, просто девушка полюбила впервые.

Рассказчик (один из пекарей) так же, как и все, верит в танину《божественную》природу, нечеловеческую стойкость. И так же, как все, увидев сияющую девушку, идущую через двор после свидания с солдатом, бросился к двери, выскочил на двор и засвистел со всеми. Заорал на нее злобно, громко, дико.《Мы злорадно, без удержу ругали ее похабными словами, говорили бесстыдные вещи》.

В таком поведении проявилось страшное разочарование рассказчика, захваченного общими чувствами. Это его субъективная точка зрения. Но есть еще автор, писатель, который смотрит на произошедшее шире, оценивает глубже. Горький описывает не только реакцию пекарей на поведение Тани. Писатель показывает и реакцию девушки. Таня не испытала стыда. Она не знала о споре солдата с пекарями, она его полюбила. И злобные крики рабочих оскорбили ее первое чистое чувство. Она повела себя совсем не так, как ожидали рабочие: не испугалась их, готовых избить ее. 《Ах вы, арестанты несчастные!》, гневно крикнула она им. Не нежное《арестантики》, как она говорили им прежде, жалея их, а злое и унизительное 《арестанты》, когда поняла, что они жестокие, злобные, безжалостные и завистливые.

Эти люди, показывает нам Горький, живут в тюрьме не только телом, но и душой. Их души опутаны предрассудками, слепы, дики, грубы. Сделала их такими дикая нечеловеческая жизнь, и даже мечта об ином прекрасном мире не может помочь им вырваться из плена своей внутренней тюрьмы.

Вопросы и задания:

1. Какие художественные средства использует Горький при описании тяжелой жизни пекарей?

2. В чем различия жизненных позиций пекарей и солдата? Какое авторское отношение к ним?

3. Какие жизненные и философские проблемы воплощены в бытовой ситуации рассказа《Двадцать шесть и одна》?

Литература:

1. Русская литература XIX—XIX веков, МГУ им. Ломоносова, в 2 томах, II том, М. , Аспект Пресс, 2000.

2. Русская литература XX века 11 класс, в двух частях, часть 1, М. ,《Просвещение》, 1999.

3. Русская литература XX века, В. И. Кондаков, Л. Я. Шнейберг, Пособие для поступающих в вузы, В двух книгах, Книга 1, М. ,《Новая волна》, 2003.

4. Неизвесный Горький, РАН Институт мировой литературы им. Горького,《Наследие》, М. 1995.

Иван Алексеевич Бунин

(1870—1953)

ГОСПОДИН ИЗ САН—ФРАНЦИСКО

(Рассказ)

*Горе тебе, Вавилон*①, город крепкий

*Апокалипсис*②

Господин из Сан—Франциско—имени его ни в Неаполе, ни на Капри никто не запомнил—ехал в Старый Свет③ на целых два года, с женой и дочерью, единственно ради развлечения.

Он был твердо уверен, что имеет полное право на отдых, на удовольствие, на путешествие долгое и комфортабельное, и мало ли еще на что. Для такой уверенности у него был тот резон, что, во-первых, он был богат, а во-вторых, только что приступал к жизни, несмотря на свои пятьдесят восемь лет. До этой поры он не жил, а лишь существовал, правда, очень недурно, но все же возлагая все надежды на будущее. Он работал не покладая рук④, —китайцы, которых он выписывал к себе на работы целыми тысячами, хорошо знали, что это значит! —и, наконец, увидел, что сделано уже много, что он почти сравнялся с теми, кого некогда взял себе за образец, и решил передохнуть. Люди, к

---

① Вавилон—Древний город в Месопотамии, к Юго—Западу от современного Багдада. В 19—6 вв. до н. э. столица Вавилонии.

② Апокалипсис—одна из книг Нового Завета, содержащая мистические пророчества о “конце света”.

③ Старый Свет—Старым Светом в конце XIX—начале XX в. называли Европу, Азию, Африку в отличие от Америки, открытой позже.

④ Не покладая рук—(разг.)без устали, усердно.

которым принадлежал он, имели обычай начинать наслаждения жизнью с поездки в Европу, в Индию, в Египет. Положил и он поступить так же. Конечно, он хотел вознаградить за годы труда прежде всего себя; однако рад был и за жену с дочерью. Жена его никогда не отличалась особой впечатлительностью, но ведь вое пожилые американки страстные путешественницы. А что до дочери, девушки на возрасте и слегка болезненной, то для нее путешествие было прямо необходимо—не говоря уже о пользе для здоровья, разве не бывает в путешествиях счастливых встреч? Тут иной раз сидишь за столом или рассматриваешь фрески рядом с миллиардером.

Маршрут был выработан господином из Сан—Франциско обширный. В декабре и январе он надеялся наслаждаться солнцем Южной Италии, памятниками древности, тарантеллой[①], серенадами бродячих певцов и тем, что люди в его годы чувствуют! Особенно тонко, —любовью молоденьких неаполитанок, пусть даже и не совсем бескорыстной, карнавал он думал провести в Ницце, в Монте-Карло, куда в эту пору стекается самое отборное общество—то самое, от которого зависят все блага цивилизации: и фасон смокингов, и прочность тронов, и объявление войн, и благосостояние отелей, —где одни с азартом предаются автомобильным и парусным гонкам, другие рулетке, третьи тому, что принято называть флиртом, а четвертые—стрельбе в голубей, которые очень красиво взвиваются из садков над изумрудным газоном, на фоне моря цвета незабудок, и тотчас же стукаются белыми комочками о землю; начало марта он хотел посвятить

① Тарантелла—итальянский народный танец в быстром темпе.

Флоренции, к страстям господним[1] приехать в Рим, чтобы слушать там Miserere[2]; входили в его планы и Венеция, и Париж, и бой быков в Севилье, и купанье на английских островах, и Афины, и Константинополь, и Палестина, и Египет, и даже Япония, —разумеется, уже на обратном пути... И все пошло сперва отлично.

Был конец ноября, до самого Гибралтара пришлось плыть то в ледяной мгле, то среди бури с мокрым снегом; но плыли вполне благополучно. Пассажиров было много, пароход—знаменитая "Атлантида"[3]—был похож на громадный отель со всеми удобствами, —с ночным баром, с восточными банями, с собственной газетой, —и жизнь на нем протекала весьма размеренно: вставали рано, при трубных звуках, резко раздававшихся по коридорам еще в тот сумрачный час, когда так медленно и неприветливо светало над серо-зеленой водяной пустыней, тяжело волновавшейся в тумане; накинув фланелевые пижамы, пили кофе, шоколад, какао; затем садились в мраморные ванны, делали гимнастику, возбуждая аппетит и хорошее самочувствие, совершали дневные туалеты и шли к первому завтраку; до одиннадцати часов полагалось бодро гулять по палубам, дыша холодной свежестью океана, или играть в шеффль—борд и другие игры для нового возбуждения аппетита, а в одиннадцать—подкрепляться бутербродами с бульоном; подкрепившись, с удовольствием читали газету и спокойно ждали

---

① К страстям господним—здесь имеется в виду время страстного поста перед пасхой, во время которого запрещалось употреблять мясную и молочную (скоромную) пищу, а так же вступать в брак, участвовать в увеселениях.

② Miserere—(лат.)"Смилуйся"—католическая молитва.

③ Атлантида—по древнему греческому преданию некогда существовавший огромный густонаселённый остров в Атлантическом океане и потом из-за землетрясения опустившийся на дно.

второго завтрака, еще более питательного и разнообразного, чем первый; следующие два часа посвящались отдыху; все палубы были заставлены тогда лонгшезами[1], на которых путешественники лежали, укрывшись пледами, глядя на облачное небо и на пенистые бугры, мелькавшие за бортом, или сладко задремывая; в пятом часу их, освеженных и повеселевших, поили крепким душистым чаем с печеньями; в семь повещали трубными сигналами о том, что составляло главнейшую цель всего этого существования, венец его... И тут господин из Сан—Франциско, потирая от прилива жизненных сил руки, спешил в свою богатую люкс-кабину—одеваться.

По вечерам этажи "Атлантиды" зияли во мраке как бы огненными несметными глазами, и великое множество слуг работало в поварских, судомойнях и винных подвалах. Океан, ходивший за стенами, был страшен, но о нем не думали, твердо веря во власть над ним командира, рыжего человека чудовищной величины и грузности, всегда как бы сонного, похожего в своем мундире, с широкими золотыми нашивками на огромного идола и очень редко появлявшегося на люди из своих таинственных покоев; на баке поминутно взвывала с адской мрачностью и взвизгивала с неистовой злобой сирена, но немногие из обедающих слышали сирену—ее заглушали звуки прекрасного струнного оркестра, изысканно и неустанно игравшего в мраморной двусветной зале, устланной бархатными коврами, празднично залитой огнями, переполненной декольтированными дамами и мужчинами во фраках и смокингах, стройными лакеями и почтительными метрдотелями, среди которых один, тот, что принимал заказы только на вина, ходил даже с цепью на шее, как какой-нибудь лорд—мэр. Смокинг и крахмальное белье очень молодили господина из Сан-Франциско.

---

① Лонгшез—длинные камышовые кресла.

Сухой, невысокий, неладно скроенный, но крепко сшитый, расчищенный до глянца и в меру оживленный, он сидел в золотисто-жемчужном сиянии этого чертога[1] за бутылкой янтарного иоганисберга, за бокалами и бокальчиками тончайшего стекла, за кудрявым букетом гиацинтов. Нечто монгольское было в его желтоватом лице с подстриженными серебряными усами, золотыми пломбами блестели его крупные зубы, старой слоновой костью—крепкая лысая голова. Богато, но по годам была одета его жена, женщина крупная, широкая и спокойная; сложно, но легко и прозрачно, с невинной откровенностью—дочь, высокая, тонкая, с великолепными волосами, прелестно убранными, с ароматическим от фиалковых лепешечек дыханием и с нежнейшими розовыми прыщиками возле губ и между лопаток, чуть припудренных... Обед длился больше часа, а после обеда открывались в бальной зале танцы, во время которых мужчины, —в том числе, конечно, и господин из Сан—Франциско, —задрав ноги, решали на основании последних биржевых новостей судьбы народов, до малиновой красноты накуривались гаванскими сигарами и напивались ликерами в баре, где служили негры в красных камзолах[2], с белками, похожими на облупленные крутые яйца. Океан с гулом ходил за стеной черными горами, вьюга крепко свистала в отяжелевших снастях, пароход весь дрожал, одолевая и ее, и эти горы, —точно плугом разваливая на стороны их зыбкие, то и дело вскипавшие и высоко взвивавшиеся пенистыми хвостами громады, —в смертной тоске стенала удушаемая туманом сирена, мерзли от стужи и шалели от непосильного напряжения внимания вахтенные на своей вышке, мрачным и знойным недрам преисподней, ее последнему, девятому кругу была подобна подводная утроба

① Чертог—(устар.) большое, богатое помещение.

② Камзол—старинная мужская куртка, безрукавка под верхнюю одежду.

парохода, —та, где глухо гоготали исполинские топки, пожиравшие своими раскаленными зевами груды каменного угля, с грохотом ввергаемого в них облитыми едким, грязным потом и по пояс голыми людьми, багровыми от пламени; а тут, в баре, беззаботно закидывали ноги на ручки кресел, цедили коньяк и ликеры, плавали в волнах пряного дыма, в танцевальной зале все сияло и изливало свет, тепло и радость, пары то крутились в вальсах, то изгибались в танго—и музыка настойчиво, в какой-то сладостно—бесстыдной печали молила все об одном, все о том же... Был среди этой блестящей толпы некий великий богач, бритый, длинный, похожий на прелата, в старомодном фраке, был знаменитый испанский писатель, была всесветная красавица, была изящная влюбленная пара, за которой все с любопытством следили и которая не скрывала своего счастья: он танцевал только с ней, и все выходило у них так тонко, очаровательно, что только один командир знал, что эта пара нанята Ллойдом играть в любовь за хорошие деньги и уже давно плавает то на одном, то на другом корабле.

В Гибралтаре всех обрадовало солнце, было похоже на раннюю весну; на борту "Атлантиды" появился новый пассажир, возбудивший к себе общий интерес, —наследный принц одного азиатского государства, путешествовавший инкогнито, человек маленький, весь деревянный, широколицый, узкоглазый, в золотых очках, слегка неприятный—тем, что крупные черные усы сквозили у него, как у мертвого, в общем же милый, простой и скромный. В Средиземном море снова пахнуло зимой, шла крупная и цветистая, как хвост павлина, волна, которую, при ярком блеске и совершенно чистом небе, развела весело и бешено летевшая навстречу трамонтана[1]. Потом, на вторые сутки, небо стало

---

[1] Трамонтана—сильный ветер.

бледнеть, горизонт затуманился: близилась земля, показались Иския, Капри, в бинокль уже виден был кусками сахара насыпанный у подножия чего-то сизого Неаполь... Многие леди и джентльмены уже надели легкие, мехом вверх, шубки; безответные, всегда шепотом говорящие бои—китайцы, кривоногие подростки со смоляными[1] косами до пят и с девичьими густыми ресницами, исподволь[2] вытаскивали к лестницам пледы, трости, чемоданы, несессеры[3]... Дочь господина из Сан—Франциско стояла на палубе рядом с принцем, вчера вечером, по счастливой случайности, представленным ей, и делала вид, что пристально смотрит вдаль, куда он указывал ей, что-то объясняя, что-то торопливо и негромко рассказывая; он по росту казался среди других мальчиком, он был совсем не хорош собой и странен—очки, котелок, английское пальто, а волосы редких усов точно конские, смуглая тонкая кожа на плоском лице точно натянута и как будто слегка лакирована, —но девушка слушала его и от волнения не понимала, что он ей говорит; сердце ее билось от непонятного восторга перед ним: все, все в нем было не такое, как у прочих, —его сухие руки, его чистая кожа, под которой текла древняя царская кровь, даже его европейская, совсем простая, но как будто особенно опрятная одежда таили в себе неизъяснимое очарование. А сам господин из Сан—Франциско, в серых гетрах на лакированных ботинках, все поглядывал на стоявшую возле него знаменитую красавицу, высокую, удивительного сложения блондинку с разрисованными по последней парижской моде глазами, державшую на серебряной цепочке крохотную, гнутую, облезлую собачку и все разговаривавшую с нею. И дочь, в какой-то смутной

---

① Смоляные—черные и блестящие (о волосах).

② Исподволь—(разг.) постепенно, понемножку.

③ Несессер—шкатулка, чемоданчик с набором принадлежностей для туалета.

неловкости, старалась не замечать его.

Он был довольно щедр в пути и потому вполне верил в заботливость всех тех, что кормили и поили его, с утра до вечера служили ему, предупреждая его малейшее желание, охраняли его чистоту и покой, таскали его вещи, звали для него носильщиков, доставляли его сундуки в гостиницы. Так было всюду, так было в плавании, так должно было быть и в Неаполе. Неаполь рос и приближался; музыканты, блестя медью духовых инструментов, уже столпились на палубе и вдруг оглушили всех торжествующими звуками марша, гигант—командир, в парадной форме, появился на своих мостках и, как милостивый языческий бог, приветственно помотал рукой пассажирам—и господину из Сан—Франциско, так же, как и всем прочим, казалось, что это для него одного гремит марш гордой Америки, что это его приветствует командир с благополучным прибытием. А когда "Атлантида" вошла, наконец, в гавань, привалила к набережной своей многоэтажной громадой, усеянной людьми, и загрохотали сходни, —сколько портье и их помощников в картузах с золотыми галунами, сколько всяких комиссионеров①, свистунов—мальчишек и здоровенных оборванцев с пачками цветных открыток в руках кинулось к нему навстречу с предложением услуг! И он ухмылялся этим оборванцам, идя к автомобилю того самого отеля, где мог остановиться и принц, и спокойно говорил сквозь зубы то по-английски, то по-итальянски:

—Go away!② Via!③

Жизнь в Неаполе тотчас же потекла по заведенному порядку: рано утром—завтрак в сумрачной столовой, облачное, мало обещающее небо и толпа гидов у дверей вестибюля; потом первые

① Комиссионер—посредник в деловых сделках.

② Go away! —(англ.)Прочь!

③ Via! —(итал.)Прочь!

улыбки теплого розоватого солнца, вид с высоко висящего балкона на Везувий, до подножия окутанный сияющими утренними парами, на серебристо—жемчужную рябь залива и тонкий очерк[1] Капри на горизонте, на бегущих внизу, по липкой набережной, крохотных осликов в двуколках[2] и на отряды мелких солдатиков, шагающих куда-то с бодрой и вызывающей музыкой; потом—выход к автомобилю и медленное движение по людным узким и серым коридорам улиц, среди высоких, многооконных домов, осмотр мертвенно-чистых и ровно, приятно, но скучно, точно снегом, освещенных музеев или холодных, пахнущих воском церквей, в которых повсюду одно и то же: величавый вход, закрытый тяжкой кожаной завесой, а внутри—огромная пустота, молчание, тихие огоньки семисвечника, краснеющие в глубине на престоле, убранном кружевами, одинокая старуха среди темных деревянных парт, скользкие гробовые плиты под ногами и чье-нибудь "Снятие со креста", непременно знаменитое; в час-второй завтрак на горе Сан-Мартино, куда съезжается к полудню немало людей самого первого сорта и где однажды дочери господина из Сан-Франциско чуть не сделалось дурно: ей показалось, что в зале сидит принц, хотя она уже знала из газет, что он в Риме; в пять—чай в отеле, в нарядном салоне, где так тепло от ковров и пылающих каминов; а там снова приготовления к обеду—снова мощный, властный гул гонга по всем этажам, снова вереницы шуршащих по лестницам шелками и отражающихся в зеркалах декольтированных дам, снова широко и гостеприимно открытый чертог столовой, и красные куртки музыкантов на эстраде, и черная толпа лакеев возле метрдотеля, с необыкновенным мастерством разливающего по тарелкам густой розовый суп... Обеды опять

① Очерк—здесь контур.

② Двуколка—двухколёсная повозка.

были так обильны и кушаньями, и винами, и минеральными водами, и сластями, и фруктами, что к одиннадцати часам вечера по всем номерам разносили горничные каучуковые пузыри с горячей водой для согревания желудков.

Однако декабрь выдался в тот год не совсем удачный: портье, когда с ними говорили о погоде, только виновато поднимали плечи, бормоча, что такого года они и не запомнят, хотя уже не первый год приходилось им бормотать это и ссылаться на то, что "всюду происходит что-то ужасное": на Ривьере① небывалые ливни и бури, в Афинах снег, Этна② тоже вся занесена и по ночам светит, из Палермо туристы, спасаясь от стужи, разбегаются... Утреннее солнце каждый день обманывало: с полудня неизменно серело и начинал сеять дождь, да все гуще и холоднее: тогда пальмы у подъезда отеля блестели жестью, город казался особенно грязным и тесным, музеи чересчур однообразными, сигарные окурки толстяков-извозчиков в резиновых, крыльями развевающихся по ветру накидках—нестерпимо вонючими, энергичное хлопанье их бичей над тонкошеими клячами явно фальшивым, обувь синьоров, разметающих трамвайные рельсы, ужасною, а женщины, шлепающие по грязи, под дождем, с черными раскрытыми головами, —безобразно коротконогими; про сырость же и вонь гнилой рыбой от пенящегося у набережной моря и говорить нечего. Господин и госпожа из Сан-Франциско стали по утрам ссориться; дочь их то ходила бледная, с головной болью, то оживала, всем восхищалась и была тогда и мила и прекрасна: прекрасны были те нежные, сложные чувства, что пробудила в ней встреча с некрасивым человеком, в котором текла необычная кровь, ибо ведь в конце-то концов, может быть, и не важно, что именно

---

① Ривьера—полоса побережья Средиземного моря, зона международного туризма.

② Этна—действующий вулкан на острове Сицилия.

пробуждает девичью душу—деньги ли, слава ли, знатность ли рода... Все уверяли, что совсем не то в Сорренто, на Капри—там и теплей, и солнечней, и лимоны цветут, и нравы честнее, и вино натуральней. И вот семья из Сан-Франциско решила отправиться со всеми своими сундуками на Капри, с тем, чтобы, осмотрев его, походив по камням на месте дворцов Тиверия①, побывав в сказочных пещерах Лазурного грота и послушав абруццских② волынщиков③, целый месяц бродящих перед рождеством по острову и поющих хвалы деве Марии, поселиться в Сорренто.

В день отъезда, —очень памятный для семьи из Сан-Франциско! —даже и с утра не было солнца. Тяжелый туман до самого основания скрывал Везувий, низко серел над свинцовой зыбью моря. Капри совсем не было видно—точно его никогда и не существовало на свете. И маленький пароходик, направившийся к нему, так валяло со стороны на сторону, что семья из Сан-Франциско пластом лежала на диванах в жалкой кают-компании этого пароходика, закутав ноги пледами и закрыв от дурноты глаза. Миссис страдала, как она думала, больше всех; ее несколько раз одолевало, ей казалось, что она умирает, а горничная, прибегавшая к ней с тазиком, —уже многие годы изо дня в день качавшаяся на этих волнах и в зной и в стужу и все-таки неутомимая—только смеялась. Мисс была ужасно бледна и держала в зубах ломтик лимона. Мистер, лежавший на спине, в широком пальто и большом картузе, не разжимал челюстей всю дорогу; лицо его стало темным, усы белыми, голова тяжко болела:

---

① Тиверий—то же, что Тиберий, римский император (42 г.-37 г. до нынешней эры).

② Абруццский—прил. от Абруцци , область в Италии на Апеннинском полуострове.

③ Волынщик—музыкант , играющий на волынке (волынка-народный духовой музыкальный инструмент, состоящий из трубок, вделанных в кожаный мешок) .

последние дни благодаря дурной погоде он пил по вечерам слишком много и слишком много любовался "живыми картинами" в некоторых притонах. А дождь сек в дребезжащие стекла, на диваны с них текло, ветер с воем ломил в мачты и порою, вместе с налетавшей волной, клал пароходик совсем набок, и тогда с грохотом катилось что-то внизу. На остановках, в Кастелламаре①, в Сорренто, было немного легче; но и тут размахивало страшно, берег со всеми своими обрывами, садами, пиниями②, розовыми и белыми отелями и дымными, курчаво-зелеными горами летел за окном вниз и вверх, как на качелях; в стены стукались лодки, третьеклассники азартно орали, где-то, точно раздавленный, давился криком ребенок, сырой ветер дул в двери, и, ни на минуту не смолкая, пронзительно вопил с качавшейся барки под флагом гостиницы "Royal"③ картавый мальчишка, заманивавший путешественников. И господин из Сан-Франциско, чувствуя себя так, как и подобало ему, —совсем стариком, —уже с тоской и злобой думал обо всех этих жадных, воняющих чесноком людишках, называемых итальянцами; раз во время остановки, открыв глаза и приподнявшись с дивана, он увидел под скалистым отвесом кучу таких жалких, насквозь проплесневевших каменных домишек, налепленных друг на друга у самой воды, возле лодок, возле каких-то тряпок, жестянок и коричневых сетей, что, вспомнив, что это и есть подлинная Италия, которой он приехал наслаждаться, почувствовал отчаяние... Наконец, уже в сумерках, стал надвигаться своей чернотой остров, точно насквозь просверленный у подножия красными огоньками, ветер стал мягче,

---

① Кастелламара—курорт в Италии, расположенный к юго-востоку от Неаполя на берегу Тирренского моря.

② Пиния—итальянская сосна.

③ Royal—(англ.)королевский.

теплей, благовонней, по смиряющимся волнам, переливавшимся, как черное масло, потекли золотые удавы от фонарей пристани... Потом вдруг загремел и с плеском шлепнулся в воду якорь, наперебой понеслись отовсюду яростные крики лодочников—и сразу стало на душе легче, ярче засияла кают-компания, захотелось есть, пить, курить, двигаться... Через десять минут семья из Сан-Франциско сошла в большую барку, через пятнадцать ступила на камни набережной, а затем села в светлый вагончик и с жужжанием потянулась вверх по откосу, среди кольев на виноградниках, полуразвалившихся каменных оград и мокрых, корявых, прикрытых кое-где соломенными навесами апельсиновых деревьев, с блеском оранжевых плодов и толстой глянцевитой листвы скользивших вниз, под гору, мимо открытых окон вагончика... Сладко пахнет в Италии земля после дождя, и свой, особый запах есть у каждого ее острова!

Остров Капри был сыр и темен в этот вечер. Но тут он на минуту ожил, кое-где осветился. На верху горы, на площадке фюникулера[①], уже опять стояла толпа тех, на обязанности которых лежало достойно принять господина из Сан-Франциско. Были и другие приезжие, но не заслуживающие внимания, — несколько русских, поселившихся на Капри, неряшливых и рассеянных, в очках, с бородами, с поднятыми воротниками старепьких пальтишек, и компания длинноногих, круглоголовых немецких юношей в тирольских костюмах и с холщовыми сумками за плечами, не нуждающихся ни в чьих услугах, всюду чувствующих себя как дома и совсем не щедрых на траты. Господин же из Сан-Франциско, спокойно сторонившийся и от тех и от других, был сразу замечен. Ему и его дамам торопливо помогли

① Фюникулёр—то же, что фуникулёр, железная дорога с канатной тягой, устраиваемая на крутых подъёмах.

выйти, перед ним побежали вперед, указывая дорогу, его снова окружили мальчишки и те дюжие каприйские бабы, что носят на головах чемоданы и сундуки порядочных туристов. Застучали по маленькой, точно оперной площади, над которой качался от влажного ветра электрический шар, их деревянные ножные скамеечки, по-птичьему засвистала и закувыркалась через голову орава мальчишек—и как по сцене пошел среди них господин из Сан-Франциско к какой-то средневековой арке под слитыми в одно домами, за которой покато[1] вела к сияющему впереди подъезду отеля звонкая уличка с вихром пальмы над плоскими крышами налево и синими звездами на черном небе вверху, впереди. И опять было похоже, что это в честь гостей из Сан-Франциско ожил каменный сырой городок на скалистом островке в Средиземном море, что это они сделали таким счастливым и радушным хозяина отеля, что только их ждал китайский гонг, завывший по всем этажам сбор к обеду, едва вступили они в вестибюль.

Вежливо и изысканно поклонившийся хозяин, отменно элегантный молодой человек, встретивший их, на мгновение поразил господина из Сан-Франциско: взглянув на него, господин из Сан-Франциско вдруг вспомнил, что нынче ночью, среди прочей путаницы, осаждавшей его во сне, он видел именно этого джентльмена, точь-в-точь такого же, как этот, в той же визитке с круглыми полами и с той же зеркально причесанной головою.

Удивленный, он даже чуть было не приостановился. Но как в душе его уже давным-давно не осталось ни даже горчичного семени каких-либо так называемых мистических чувств, то тотчас же и померкло его удивление: шутя сказал он об этом странном совпадении сна и действительности жене и дочери, проходя по коридору отеля. Дочь, однако, с тревогой взглянула на него в эту

---

① Покато—наклонно.

минуту: сердце ее вдруг сжала тоска, чувство страшного одиночества на этом чужом, темном острове...

Только что отбыла гостившая на Капри высокая особа—Рейс XVII. И гостям из Сан-Франциско отвели те самые апартаменты, что занимал он. К ним приставили самую красивую и умелую горничную, бельгийку, с тонкой и твердой от корсета талией и в крахмальном чепчике в виде маленькой зубчатой короны, самого видного из лакеев, угольно-черного, огнеглазого сицилийца, и самого расторопного коридорного, маленького и полного Луиджи, много переменившего подобных мест на своем веку. А через минуту в дверь комнаты господина из Сан-Франциско легонько стукнул француз-метрдотель[1], явившийся, чтобы узнать, будут ли господа приезжие обедать, и в случае утвердительного ответа, в котором, впрочем, не было сомнения, доложить, что сегодня лангуст[2], ростбиф, спаржа[3], фазаны и так далее. Пол еще ходил под господином из Сан-Франциско, —так закачал его этот дрянной итальянский пароходишко, —но он не спеша, собственноручно, хотя с непривычки и не совсем ловко, закрыл хлопнувшее при входе метрдотеля окно, из которого пахнуло запахом дальней кухни и мокрых цветов в саду, и с неторопливой отчетливостью ответил, что обедать они будут, что столик для них должен быть поставлен подальше от дверей, в самой, глубине залы, что пить они будут вино местное, и каждому его слову метрдотель поддакивал в самых разнообразных интонациях, имевших, однако, только тот смысл, что нет и не может быть сомнения в правоте желаний господина из Сан-Франциско и что все, будет

① Метрдотель—официант-распорядитель в ресторане.

② Лангуст—крупный съедобный морской рак с твердым панцирем, без клешней, с длинными усиками.

③ Спаржа—морское травянистое растение, употребляющееся в пищу.

исполнено в точности. Напоследок он склонил голову и деликатно спросил:

—Все, сэр?

И, получив в ответ медлительное "yes", прибавил, что сегодня у них в вестибюле тарантелла①—танцуют Кармелла и Джузеппе, известные всей Италии и всему миру туристов.

—Я видел ее на открытках, —сказал господин из Сан-Франциско ничего не выражающим голосом. —А этот Джузеппе—ее муж?

—Двоюродный брат, сэр, —ответил метрдотель.

И помедлив, что-то подумав, но ничего не сказав, господин из Сан-Франциско отпустил его кивком головы.

А затем он снова стал точно к венцу готовиться: повсюду зажег электричество, наполнил все зеркала отражением света и блеска, мебели и раскрытых сундуков, стал бриться, мыться и поминутно звонить, в то время как по всему коридору неслись и перебивали его другие нетерпеливые звонки—из комнат его жены и дочери. И Луиджи, в своем красном переднике, с легкостью, свойственной многим толстякам, делая гримасы ужаса, до слез смешившие горничных, пробегавших мимо с кафельными ведрами в руках, кубарем катился② на звонок и, стукнув в дверь костяшками, с притворной робостью, с доведенной до идиотизма почтительностью спрашивал:

—Ha sonato, signore③?

И из-за двери слышался неспешный и скрипучий, обидно вежливый голос:

---

① Тарантелла—итальянский народный танец в быстром темпе.

② Кубарем катиться—кубарь, детская игрушка, волчок; здесь в значении быстро явиться.

③ Ha sonato, signore? —(итал.)Вы звонили, синьор!

—Yes, come in...[1]

Что чувствовал, что думал господин из Сан-Франциско в этот столь знаменательный для него вечер? Он, как всякий испытавший качку, только очень хотел есть, с наслаждением мечтал о первой ложке супа, о первом глотке вина и совершал привычное дело туалета даже в некотором возбуждении, не оставлявшем времени для чувств и размышлений.

Выбрившись, вымывшись, ладно вставив несколько зубов, он, стоя перед зеркалами, смочил и прибрал щетками в серебряной оправе остатки жемчужных волос вокруг смугло-желтого черепа, натянул на крепкое старческое тело с полнеющей от усиленного питания талией кремовое шелковое трико[2], а на сухие ноги с плоскими ступнями—черные шелковые чулки и бальные туфли, приседая, привел в порядок высоко подтянутые шелковыми помочами черные брюки и белоснежную, с выпятившейся грудью рубашку, вправил в блестящие манжеты запонки и стал мучиться с ловлей под твердым воротничком запонки шейной. Пол еще качался под ним, кончикам пальцев было очень больно, запонка порой крепко кусала дряблую кожицу в углублении под кадыком, но он был настойчив и, наконец, с сияющими от напряжения глазами, весь сизый от сдавившего ему горло не в меру тугого воротничка, таки доделал дело—и в изнеможении присел перед трюмо, весь отражаясь в нем и повторяясь в других зеркалах.

—О, это ужасно! —пробормотал он, опуская крепкую лысую голову и не стараясь понять, не думая, что именно ужасно, потом привычно и внимательно оглядел свои короткие, с подагрическими затвердениями[3] на суставах пальцы, их крупные и выпуклые ногти

---

① Yes, come in... —(англ.) Да, входите....

② Трико—тонкий трикотажный костюм, плотно облегающий тело.

③ Подагрическое затрвердение—болезненное уплотнение суставов.

миндального цвета и повторил с убеждением: —Это ужасно...

Но тут зычно, точно в языческом храме, загудел по всему дому второй гонг. И, поспешно встав с места, господин из Сан-Франциско еще больше стянул воротничок галстуком, а живот открытым жилетом, надел смокинг[1], выправил манжеты[2], еще раз оглядел себя в зеркале. "Эта Кармелла, смуглая, с наигранными глазами, похожая на мулатку, в цветистом наряде, где преобладает оранжевый цвет, пляшет, должно быть, необыкновенно", —подумал он, бодро выйдя из своей комнаты и подойдя по ковру к соседней, жениной, громко спросил, скоро ли они?

—Через пять минут! —звонко и уже весело отозвался из-за двери девичий голос.

—Отлично, —сказал господин из Сан-Франциско.

И не спеша пошел по коридорам и по лестницам, устланным красными коврами, вниз, отыскивая читальню. Встречные слуги жались от него к стене, а он шел, как бы не замечая их. Запоздавшая к обеду старуха, уже сутулая, с молочными волосами, но декольтированная, в светло-сером шелковом платье, поспешала изо всех сил, но смешно, по-куриному, и он легко обогнал ее возле стеклянных дверей столовой, где уже все были в сборе и начали есть, он остановился перед столиком, загроможденным коробками сигар и египетских папирос, взял большую маниллу и кинул на столик три лиры; на зимней веранде мимоходом глянул в открытое окно: из темноты повеяло на него нежным воздухом, померещилась верхушка старой пальмы,

---

① Смокинг—(англ.) черный пиджак с открытой грудью и с длинными отворотами, обшитыми шелком.

② Манжет—обшлаг, отворот на конце рукава.

раскинувшая по звездам свои вайи[①], казавшиеся гигантскими, донесся отдаленный ровный шум моря... В читальне, уютной, тихой и светлой только над столами, стоя шуршал газетами какой-то седой немец, похожий на Ибсена[②], в серебряных круглых очках и с сумасшедшими, изумленными глазами. Холодно осмотрев его, господин из Сан-Франциско сел в глубокое кожаное кресло в углу, возле лампы под зеленым колпаком, надел пенсне и, дернув головой от душившего его воротничка, весь закрылся газетным листом. Он быстро пробежал заглавие некоторых статей, прочел несколько строк о никогда не прекращающейся балканской войне[③], привычным жестом перевернул газету, —как вдруг строчки вспыхнули перед ним стеклянным блеском, шея его напружилась, глаза выпучились, пенсне слетело с носа... Он рванулся вперед, хотел глотнуть воздуха—и дико захрипел; нижняя челюсть его отпала, осветив весь рот золотом пломб, голова завалилась на плечо и замоталась, грудь рубашки выпятилась коробом—и все тело, извиваясь, задирая ковер каблуками, поползло на пол, отчаянно борясь с кем-то.

Не будь в читальне немца, быстро и ловко сумели бы в гостинице замять[④] это ужасное происшествие, мгновенно, задними ходами, умчали бы за ноги и за голову господина из Сан-Франциско куда подальше—и ни единая душа из гостей не узнала бы, что натворил он. Но немец вырвался из читальни с криком, он всполошил весь дом, всю столовую и многие вскакивали из-за еды, опрокидывая стулья, многие, бледнея, бежали к читальне, на всех языках раздавалось: "Что, что случилось?" —и никто не отвечал

---

① Вайя—название пальмового листа.

② Генрик Ибсен—норвежский драматург.

③ Балканская война—война между Балканским союзом (Болгария, Сербия, Греция, Черногория) и Турцией в 1912—1913 годах.

④ Замять—прекратить, прервать.

толком, никто не понимал ничего, так как люди и до сих пор еще больше всего дивятся и ни за что не хотят верить смерти. Хозяин метался от одного гостя к другому, пытаясь задержать бегущих и успокоить их поспешными заверениями, что это так, пустяк, маленький обморок с одним господином из Сан-Франциско... Но никто его не слушал, многие видели, как лакеи и коридорные срывали с этого господина галстук, жилет, измятый смокинг и даже зачем-то бальные башмаки с черных шелковых ног с плоскими ступнями. А он еще бился. Он настойчиво боролся со смертью, ни за что не хотел поддаться ей, так неожиданно и грубо навалившейся на него. Он мотал головой, хрипел, как зарезанный, закатил глаза, как пьяный... Когда его торопливо внесли и положили на кровать в сорок третий номер, —самый маленький, самый плохой, самый сырой и холодный, в конце нижнего коридора, —прибежала его дочь, с распущенными волосами, в распахнувшемся капотике, с обнаженной грудью, поднятой корсетом, потом большая, тяжелая и уже совсем наряженная к обеду жена, у которой рот был круглый от ужаса... Но тут он уже и головой перестал мотать.

Через четверть часа в отеле все кое-как пришло в порядок. Но вечер был непоправимо испорчен. Некоторые, возвратясь в столовую, дообедали, но молча, с обиженными лицами, меж тем как хозяин подходил то к тому, то к другому, в бессильном и приличном раздражении пожимая плечами, чувствуя себя без вины виноватым, всех уверяя, что он отлично понимает, "как это неприятно", и давая слово, что он примет "все зависящие от него меры" к устранению неприятности; тарантеллу пришлось отменить, лишнее электричество потушили, большинство гостей ушло в пивную, и стало так тихо, что четко слышался стук часов в вестибюле, где только один попугай деревянно бормотал что-то возясь перед сном в своей клетке, ухитряясь заснуть с нелепо задранной на верхний шесток лапой... Господин из Сан-Франциско лежал на дешевой железной кровати, под грубыми шерстяными одеялами, на которые с потолка тускло светил один рожок. Пузырь со льдом свисал на его мокрый и холодный лоб. Сизое, уже мертвое лицо постепенно стыло, хриплое клокотанье, вырывавшееся из открытого рта, освещенного отблеском золота, слабело. Это хрипел уже не господин из Сан-Франциско, —его больше не было, —а кто-то другой. Жена, дочь, доктор, прислуга стояли и глядели на него. Вдруг то, чего они ждали и боялись, совершилось—хрип оборвался. И медленно, медленно, на глазах у всех, потекла бледность по лицу умершего, и черты его стали утончаться, светлеть, —красотой, уже давно подобавшей ему.

Вошел хозяин. "Gia e morto"[①], —сказал ему шепотом доктор. Хозяин с бесстрастным лицом пожал плечами. Миссис, у которой тихо катились по щекам слезы, подошла к нему и робко сказала, что теперь надо перенести покойного в его комнату.

—О нет, мадам, —поспешно, корректно, но уже без всякой любезности, и не по-английски, а по-французски возразил хозяин, которому совсем не интересны были те пустяки, что могли оставить теперь в его кассе приезжие из Сан-Франциско. —Это совершенно невозможно, мадам, —сказал он и прибавил в пояснение, что он очень ценит эти апартаменты, что если бы он исполнил ее желание, то всему Капри стало бы известно об этом и туристы начали бы избегать их.

Мисс, все время странно смотревшая на него, села на стул и, зажав рот платком, зарыдала. У миссис слезы сразу высохли, лицо вспыхнуло. Она подняла тон, стала требовать, говоря на своем языке и все еще не веря, что уважение к ним окончательно потеряно. Хозяин с вежливым достоинством осадил ее: если мадам

① Gia e morto—(итал.) уже умер.

не нравятся порядки отеля, он не смеет ее задерживать; и твердо заявил, что тело должно быть вывезено сегодня же на рассвете, что полиции уже дано знать, что представитель ее сейчас явится и исполнит необходимые формальности... Можно ли достать на Капри хотя бы простой готовый гроб, спрашивает мадам? К сожалению, нет, ни в каком случае, а сделать никто не успеет. Придется поступить как-нибудь иначе... Содовую английскую воду, например, он получает в больших и длинных ящиках... перегородки из такого ящика можно вынуть...

Ночью весь отель спал. Открыли окно в сорок третьем номере, —оно выходило в угол сада, где под высокой каменной стеной, утыканной по гребню битым стеклом, рос чахлый① банан, — потушили электричество, заперли дверь на ключ и ушли. Мертвый остался в темноте, синие звезды глядели на него с неба, сверчок с грустной беззаботностью запел в стене... В тускло освещенном коридоре сидели на подоконнике две горничные, что-то штопая. Вошел Луиджи с кучей платья на руке, в туфлях.

—Pronto? (Готово?)—озабоченно спросил он звонким шепотом, указывая глазами на страшную дверь в конце коридора. И легонько помотал свободной рукой в ту сторону. —Partenza②! — шепотом крикнул он, как бы провожая поезд, то, что обычно кричат в Италии на станциях при отправлении поездов, —и горничные, давясь беззвучным смехом, упали головами на плечи друг другу.

Потом он, мягко подпрыгивая, подбежал к самой двери, чуть стукнул в нее и, склонив голову набок, вполголоса, почтительнейше спросил:

—Ha sonato, signore?

---

① Чахлый—увядающий, слабый.

② Partenza! —(итал.) отправление.

И, сдавив горло, выдвинув нижнюю челюсть, скрипуче, медлительно и печально ответил сам себе, как бы из-за двери:

—Yes, come in...

А на рассвете, когда побелело за окном сорок третьего номера и влажный ветер зашуршал рваной листвой банана, когда поднялось и раскинулось над островом Капри голубое утреннее небо и озолотилась против солнца, восходящего за далекими синими горами Италии, чистая и четкая вершина Монте-Соляро, когда пошли на работу каменщики, поправлявшие на острове тропинки для туристов, —принесли к сорок третьему номеру длинный ящик из-под содовой воды. Вскоре он стал очень тяжел—и крепко давил колени младшего портье, который шибко повез его на одноконном извозчике по белому шоссе, взад и вперед извивавшемуся по склонам Капри, среди каменных оград и виноградников, все вниз и вниз, до самого моря. Извозчик, кволый① человек с красными глазами, в старом пиджачке с короткими рукавами и в сбитых башмаках, был с похмелья, —целую ночь играл в кости② в траттории③, —и все хлестал свою крепкую лошадку, по-сицилиански разряженную, спешно громыхающую всяческими бубенчиками на уздечке в цветных шерстяных помпонах и на остриях высокой медной седелки, с аршинным, трясущимся на бегу птичьим пером, торчащим из подстриженной челки. Извозчик молчал, был подавлен своей беспутностью, своими пороками, —тем, что он до последнего гроша проигрался ночью. Но утро было свежее, на таком воздухе, среди моря, под утренним небом, хмель скоро улетучивается и скоро возвращается беззаботность к человеку, да утешал извозчика и тот неожиданный заработок, что дал ему

① Кволый—(прост.) слабый, вялый.

② Играл в кости—играл в игральные пластинки, кубики, пластинки домино.

③ Траттория—итальянский трактир, маленький ресторан.

какой-то господин из Сан-Франциско, мотавший своей мертвой головой в ящике за его спиною... Пароходик, жуком лежавший далеко внизу, на нежной и яркой синеве которой так густо и полно налит Неаполитанский залив, уже давал последние гудки—и они бодро отзывались по всему острову, каждый изгиб которого, каждый гребень, каждый камень был так явственно виден отовсюду, точно воздуха совсем не было. Возле пристани младшего портье догнал старший, мчавший в автомобиле мисс и миссис, бледных с провалившимися от слез и бессонной ночи глазами. И через десять минут пароходик снова зашумел водой и снова побежал к Сорренто, к Кастелламаре, навсегда увозя от Капри семью из Сан-Франциско... И на острове снова водворились мир и покой.

На этом острове, две тысячи лет тому назад, жил человек, совершенно запутавшийся в своих жестоких и грязных поступках, который почему-то забрал власть над миллионами людей и который, сам растерявшись от бессмысленности этой власти и от страха, что кто-нибудь убьет его из-за угла, наделал жестокостей сверх всякой меры,—и человечество навеки запомнило его, и те, что в совокупности своей, столь же непонятно и, по существу, столь же жестоко, как и он, властвуют теперь в мире, со всего света съезжаются смотреть на остатки того каменного дома, где он жил на одном из самых крутых подъемов острова. В это чудесное утро все, приехавшие на Капри именно с этой целью, еще спали по гостиницам, хотя к подъездам гостиниц уже вели маленьких мышастых осликов под красными седлами, на которые опять должны были нынче, проснувшись и наевшись, взгромоздиться молодые и старые американцы и американки, немцы и немки и за которыми опять должны были бежать по каменистым тропинкам, и все в гору, вплоть до самой вершины Монте-Тиберио, нищие каприйские старухи с палками в жилистых руках. Успокоенные тем, что мертвого старика из Сан-Франциско, тоже собиравшегося ехать с ними, но вместо того только напугавшего их напоминанием о смерти, уже отправили в Неаполь, путешественники спали крепким сном, и на острове было еще тихо, магазины в городе были еще закрыты. Торговал только рынок на маленькой площади—рыбой и зеленью, и были на нем одни простые люди, среди которых, как всегда, без всякого дела, стоял Лоренцо, высокий старик лодочник, беззаботный гуляка и красавец, знаменитый по всей Италии, не раз служивший моделью многим живописцам: он принес и уже продал за бесценок[①] двух пойманных им ночью омаров, шуршавших в переднике повара того самого отеля, где ночевала семья из Сан-Франциско, и теперь мог спокойно стоять хоть до вечера, с царственной повадкой поглядывая вокруг, рисуясь своими лохмотьями, глиняной трубкой и красным шерстяным беретом, спущенным на одно ухо. А по обрывам Монте-Соляро, по древней финикийской[②] дороге, вырубленной в скалах, по ее каменным ступенькам, спускались от Анакапри два абруццских горца. У одного под кожаным плащом была волынка[③], —большой козий мех с двумя дудками, у другого—нечто вроде деревянной цевницы. Шли они—и целая страна, радостная, прекрасная, солнечная, простирались под ними: и каменистые горбы острова, который почти весь лежал у их ног, и та сказочная синева, в которой плавал он, и сияющие утренние пары над морем к востоку, под ослепительным солнцем, которое уже жарко грело, поднимаясь все выше и выше, и туманно-лазурные, еще по-утреннему зыбкие массивы Италии, ее близких и далеких гор, красоту которых бессильно выразить человеческое

---

① Бесценок—очень дёшево.

② Финикийский—от слова Финикия, древняя страна на восточном побережье Средиземного моря.

③ Волынка , цевница—народные духовные музыкальные инструменты.

слово. На полпути они замедлили шаг: над дорогой, в гроте скалистой стены Монте-Соляро, вся озаренная солнцем, вся в тепле и блеске его, стояла в белоснежных гипсовых одеждах и в царском венце, золотисто-ржавом от непогод, матерь божия, кроткая и милостивая, с очами, поднятыми к небу, к вечным и блаженным обителям трижды благословенного сына ее. Они обнажили головы, приложили к губам свои цевницы—и полились наивные и смиренно-радостные хвалы их солнцу, утру, ей, непорочной заступнице всех страждущих в этом злом и прекрасном мире, и рожденному от чрева ее в пещере Вифлеемской①, в бедном пастушеском приюте, в далекой земле Иудиной②...

Тело же мертвого старика из Сан-Франциско возвращалось домой, в могилу, на берега Нового Света. Испытав много унижений, много человеческого невнимания, с неделю пространствовав из одного портового пакгауза в другой, оно снова попало, наконец, на тот же самый знаменитый корабль, на котором так еще недавно, с таким почетом везли его в Старый Свет. Но теперь уже скрывали его от живых—глубоко спустили в просмоленном гробе в черный трюм. И опять, опять пошел корабль в свой далекий морской путь. Ночью плыл он мимо острова Капри, и печальны были его огни, медленно скрывавшиеся в темном море, для того, кто смотрел на них с острова Но там, на корабле, в светлых, сияющих люстрами и мрамором залах, был, как обычно, людный бал в эту ночь.

Был он и на другую и на третью ночь—опять среди бешеной вьюги, проносившейся над гудевшим, как погребальная месса③, и

① Пещера Вифлеемская—от слова «Вифлеем»—город в Палестине. Согласно Библии, родина царя Давида и место рождения Иисуса Христа.

② В далёкой земле Иудиной—Иудея, провинция в Южной Палестине. По преданию в Вифлееме родился Иисус Христос.

③ Месса—католическая церковная служба.

ходившим траурными от серебряной пены горами океаном. Бесчисленные огненные глаза корабля были за снегом едва видны Дьяволу, следившему со скал Гибралтара, с каменистых ворот двух миров, за уходившим в ночь и вьюгу кораблем. Дьявол был громаден, как утес, но еще громаднее его был корабль, многоярусный, многотрубный, созданный гордыней Нового Человека со старым сердцем. Вьюга билась в его снасти и широкогорлые трубы, побелевшие от снега, но он был стоек, тверд, величав и страшен. На самой верхней крыше его одиноко высились среди снежных вихрей те уютные, слабо освещенные покои, где, погруженные в чуткую и тревожную дремоту, надо всем кораблем восседал его грузный водитель, похожий на языческого идола. Он слышал тяжкие завывания и яростные взвизгивания сирены, удушаемой бурей, но успокаивал себя близостью того, в конечном итоге для него самого непонятного, что было за его стеною той большой как бы бронированной каюты, что то и дело наполнялась таинственным гулом, трепетом и сухим треском синих огней, вспыхивавших и разрывавшихся вокруг бледнолицего телеграфиста с металлическим полуобручем на голове. В самом низу, в подводной утробе "Атлантиды", тускло блистали сталью, сипели паром и сочились кипятком и маслом тысячепудовые громады котлов и всяческих других машин, той кухни, раскаляемой исподу[①] адскими топками, в которой варилось движение корабля, —клокотали страшные в своей сосредоточенности силы, передававшиеся в самый киль[②] его, в бесконечно длинное подземелье, в круглый туннель, слабо озаренный электричеством, где медленно, с подавляющей человеческую душу

① Исподу—(прост.) снизу.

② Киль—(морской термин) продольный брус, проходящий по всей длине судна в середине судна.

неукоснительностью, вращался в своем масленистом ложе исполинский вал, точно живое чудовище, протянувшееся в этом туннеле, похожем на жерло. А средина "Атлантиды", столовые и бальные залы ее изливали свет и радость, гудели говором нарядной толпы, благоухали свежими цветами, пели струнным оркестром. И опять мучительно извивалось и порою судорожно сталкивалась среди этой толпы, среди блеска огней, шелков, бриллиантов и обнаженных женских плеч, тонкая и гибкая пара нанятых влюбленных: грешно скромная, хорошенькая девушка с опущенными ресницами, с невинной прической и рослый молодой человек с черными, как бы приклеенными волосами, бледный от пудры, в изящнейшей лакированной обуви, в узком, с длинными фалдами, фраке—красавец, похожий на огромную пиявку. И никто не знал ни того, что уже давно наскучило этой паре притворно мучиться своей блаженной мукой под бесстыдно—грустную музыку, ни того, что стоит гроб глубоко, глубоко под ними, на дне темного трюма, в соседстве с мрачными и знойными недрами корабля, тяжко одолевающего мрак, океан, вьюгу...

(1915)

Краткий анализ произведения:

Господин из Сан-Франциско, о котором рассказывает Бунин, не назван по имени. И, хотя писатель дает его портрет, внешность этого человека не индивидуальна, она не запоминается. Бунин подчеркивает в нем те черты, которые определяют его социальное положение. Лощеный, строго и изысканно одетый во все самое дорогое (как и его жена и дочь), держащийся уверенно и холодно по отношению к тем, кто стоит ниже его на социальной лестнице, он—безликое воплощение богатства и жизненного успеха. Этот американец всю жизнь работал без отдыха, создавая свое богатство и высокое положение в обществе, и теперь позволил себе отдохнуть. Бунин описывает его путешествие с женой и дочерью в Европу. Все блага цивилизации, самые красивые города и лучшие музеи, самые лучшие отели—все к его услугам. Господин из Сан-Франциско принимает как должное подобострастие со стороны окружающих, исполнение малейших его желаний.

Блестяще, богатым русским языком, со всеми зримыми выразительными деталями рисует Бунин гигантский, сверкающий огнями пароход《Атлантида》—шикарный плавучий отель, созданный для услаждения верхушки общества. Этот пароход выглядит в изображении писателя, как модель буржуазного общества. Люди на пароходе делятся на две категории—те, кто на палубах наслаждаются всеми жизненными благами, и люди, обслуживающие богатых пассажиров, а, главное, те, кто обеспечивают движение парохода и его безопасность в ревущем грозном океане. Эти последние, в поту и угольной пыли, полуголые из-за страшной жары, исходящей от пароходных топок, занимаются самым тяжелым трудом. Само название парохода《Атлантида》имеет символический смысл. Атлантида—легендарный материк, сказочно богатый, погибший в волнах океана. И пароход《Атлантида》слишком перегружен богатством—высшее общество, плывущее на его палубах и в роскошных каютах, слишком любит наслаждения—оно загнивает, как перезревший фрукт, оно близко к распаду, к гибели. Так воспринимает его Бунин.

Символичен и образ водяной стихии, в которой плывет пароход:《Океан с гулом ходил за стеной черными горами, вьюга крепко свистела в отяжелевших снастях, пароход весь дрожал, одолевая и ее и эти горы, точно плугом разваливая на стороны их зыбкие, то и дело выкипавшие пенистыми хвостами громады—в смертной тоске стенала удушаемая туманом сирена.》Сирена, которая постоянно воет на пароходе во время шторма, но не слышится пассажирами, еще один символ в рассказе—символ тревоги, преддверие гибели. Стихия океана—это бушующее жизненное море, от которого искусственно ограждены пассажиры парохода.

Но до поры, до времени. Жизненный《шторм》касается и этих людей. Так, господин из Сан-Франциско неожиданно умирает в разгаре удовольствий, скорее всего, от излишеств, которыми хотели угодить богатым клиентам хозяева парохода. Ужасен контраст между смертельными судорогами американца и беспечно наслаждающейся жизнью, веселящейся толпой. Никому не нужен теперь мертвый господин из Сан-Франциско, когда он перестал платить деньги. 《Начинается обратный путь домой его тела. Но теперь уже скрывали его от живых—глубоко опустили просмоленный гроб в черный трюм》, гроб плыл обратно все на той же《Атлантиде》. Но никто из пассажиров не должен знать о случившейся на пароходе《неприятности》(смерти) и о черном гробе—это может помешать веселиться и отпугнуть богатых туристов.

В《Господине из Сан-Франциско》Бунина ощутимо влияние Льва Толстого с его обращенными к людям《вечными》вопросами о смысле жизни, неправедном устройстве общества, при котором одни купаются в богатстве, а другие умирают от голода и нищеты.

《Господин из Сан-Франциско》—один из самых совершенных рассказов Бунина. Он не только отличается глубиной содержания, но совершенен по форме: богатый язык, огромные почти на полстраницы периоды, в которых автор рисует и живописную картину жизни богатых—их вещи, роскошную обстановку кают и бальных залов, разнообразную деликатесную пищу, —и психологию главного героя, и размышляет о смысле человеческой жизни. Замечательна и кольцевая композиция рассказа. Рассказ построен так, что в начале его господин из Сан-Франциско, радостный и полный надежд на приятное путешествие, плывет на《Атлантиде》в Европу, а в конце—《Атлантида》отправляется с мертвым господином в обратный путь, в Америку. Так композиция подчеркивает замкнутость, завершенность сюжета, символизирует бессмысленное перемещение в пространстве господина из Сан-Франциско, бессмысленность его жизни в целом.

Вопросы и задания:

1. Почему господин из Сан-Франциско не имеет имени ? Дайте характеристику этого образа.

2. Расскажите временную и пространственную организацию рассказа《Господин из Сан-Франциско》.

3. Какое символическое значение имеет пароход《Атлантида》в рассказе ?

Литература :

1. Кучеровский Н. М. И. Бунин и его проза(1887—1917). Тула,1980.

2. Мальцев Ю. Иван Бунин. 1870—1953. М. , 1994.

3. Смирнова Л. А. Иван Алексеевич Бунин. Жизнь и творчество. М. ,1991.

Михаил Афанасьевич Булгаков

(1891—1940)

СОБАЧЬЕ СЕРДЦЕ

Чудовищная история

(Повесть, фрагменты)

I

У-у-у-у-у-гу-гуг-гуу! О, гляньте на меня, я погибаю. Вьюга в подворотне ревет мне отходную[1], и я вою с ней. Пропал я, пропал. Негодяй в грязном колпаке—повар столовой нормального питания служащих Центрального совета народного хозяйства — плеснул кипятком и обварил мне левый бок. Какая гадина, а еще пролетарий. Господи, боже мой—как больно! До костей проело кипяточком. Я теперь вою, вою, вою, да разве воем поможешь.

Чем я ему помешал? Неужели я обожру совет народного хозяйства, если в помойке пороюсь? Жадная тварь! Вы гляньте когда-нибудь на его рожу: ведь он поперек себя шире. Вор с медной мордой[2]. Ах, люди, люди! В полдень угостил меня колпак[3] кипятком, а сейчас стемнело, часа четыре приблизительно пополудня, судя по тому, как луком пахнет из пожарной пречистенской команды. Пожарные ужинают кашей, как вам известно. Но это—последнее дело, вроде грибов. Знакомые псы с Пречистенки, впрочем, рассказывали, будто бы на Неглинном в ресторане "Бар" жрут дежурное блюдо—грибы, соус пикан[4] по 3

---

① Отходная—(церков.) молитва, читаемая над умирающим.

② Медная морда—лицо цвета меди.

③ Колпак—имеется в виду повар в колпаке.

④ Соус пикан—острый на вкус суп, возбуждающий аппетит.

р. 75 к. порция. Это дело на любителя все равно, что калошу лизать...У-у-у-у-у...

Бок болит нестерпимо, и даль моей карьеры видна мне совершенно отчетливо: завтра появятся язвы и, спрашивается, чем я их буду лечить? Летом можно смотаться в Сокольники①, там есть особенная, очень хорошая трава, а кроме того, нажрешься бесплатно колбасных головок, бумаги жирной набросают граждане, налижешься. И если бы не грымза② какая-то, что поет на лугу при луне—"милая аида"—так, что сердце падает, было бы отлично. А теперь куда пойдешь? Не били вас сапогом? Били. Кирпичом по ребрам получали? Кушано достаточно. Все испытал, с судьбой своей мирюсь и, если плачу сейчас, то только от физической боли и холода, потому что дух мой еще не угас... Живуч собачий дух.

Но вот тело мое изломанное, битое, надругались над ним люди достаточно. Ведь главное что—как врезал он кипяточком③, под шерсть проело, и защиты, стало быть, для левого бока нет никакой. Я очень легко могу получить воспаление легких, а, получив его, я, граждане, подохну с голоду. С воспалением легких полагается лежать на парадном ходе под лестницей, а кто же вместо меня, лежащего холостого пса, будет бегать по сорным ящикам в поисках питания? Прохватит легкое, поползу я на животе, ослабею, и любой спец④ пришибет меня палкой насмерть. И дворники с бляхами ухватят меня за ноги и выкинут на телегу...

Дворники из всех пролетариев—самая гнусная мразь⑤.

---

① Сокольник—большой лесопарк (в те годы—на окраине Москвы).

② Грымза—ругательная характеристика женщины.

③ Врезал кипяточком—окатил кипятком.

④ Спец—сокращ. "специалист". Здесь: специалист по ловле бездомных собак.

⑤ Мразь—(бран.) о ком-либо презренном, дрянном, вызывающем раздражение, от сиова "мерзкий".

Человечьи очистки, самая низшая категория. Повар попадается разный. Например—покойный Влас с Пречистенки. Скольким он жизнь спас. Потому что самое главное во время болезни перехватить кус①. И вот, бывало, говорят старые псы, махнет Влас кость, а на ней с осьмушку мяса. Царство ему небесное за то, что был настоящая личность, барский повар графов Толстых, а не из совета нормального питания. Что они там вытворяют в нормальном питании — уму собачьему непостижимо. Ведь они же, мерзавцы, из вонючей солонины щи варят, а те, бедняги, ничего и не знают. Бегут, жрут, лакают!

Иная машинисточка получает по девятому разряду четыре с половиной червонца②, ну, правда, любовник ей фильдеперсовые③ чулочки подарит. Да ведь сколько за этот фильдеперс ей издевательств надо вынести. Ведь он ее не каким-нибудь обыкновенным способом, а подвергает французской любви. Прибежит машинисточка, ведь за четыре с половиной червонца в бар не пойдешь. Ей и на кинематограф не хватает, а кинематограф у женщины единственное утешение в жизни.

Дрожит, морщится, а лопает. Подумать только: сорок копеек из двух блюд, а они оба эти блюда и пятиалтынного④ не стоят, потому что остальные двадцать пять копеек завхоз уворовал. А ей разве такой стол нужен? У нее и верхушка правого легкого не в порядке и женская болезнь на французской почве, на службе с нее вычли⑤, тухлятиной в столовой накормили, вот она, вот она...

---

① Кус—(разг.) большой кусок.

② Червонец—денежный билет номиналом в десять рублей в СССР с 1922 по 1947 год.

③ Фильдеперсовый—гладкая хлопчатобумажная пряжа, из которой изготавливают трикотажные изделия, в том числе чулки, модные в 20-ые годы.

④ Пятиалтынный—15 коп. Алтын—3 коп. —старая денежная единица.

⑤ На службе вычли—вычли у заработной платы взнос в пользу государства.

Бежит в подворотню в любовниковых чулках. Ноги холодные, в живот дует, потому что шерсть на ней вроде моей, а штаны она носит холодные, одна кружевная видимость. Рвань для любовника. Надень-ка она фланелевые[1], попробуй. Он и заорет: "До чего ты неизящна! Надоела мне моя Матрена, намучился я с фланелевыми штанами, теперь пришло мое времечко. Я теперь председатель, и сколько ни накраду—все на женское тело, на раковые шейки[2], на Абрау-Дюрсо[3]. Потому что наголодался я в молодости достаточно, будет с меня, а загробной жизни не существует".

Жаль мне ее, жаль! Но самого себя мне еще больше жаль. Не из эгоизма говорю, о нет, а потому что мы действительно не в равных условиях. Ей-то хоть дома тепло, ну а мне, а мне... Куда пойду? У-у-у-у-у!..

—Куть, куть, куть! Шарик, а Шарик... Чего ты скулишь, бедняжка? А? Кто тебя обидел? ...Ух...

Ведьма сухая метель загремела воротами и помелом съездила по уху барышню. Юбчонку взбила до колен, обнажила кремовые чулочки и узкую полосочку плохо стиранного кружевного бельишка, задушила слова и замела пса.

—Боже мой... Какая погода... Ух... И живот болит. Это солонина, это солонина! И когда же это все кончится?

Наклонив голову, бросилась барышня в атаку, прорвалась в ворота, и на улице начало ее вертеть, вертеть, раскидывать, потом завинтило снежным винтом, и она пропала.

А пес остался в подворотне и, страдая от изуродованного бока, прижался к холодной стене, задохся и твердо решил, что больше

① Фланелевый—мягкая, толстая хлопчатобумажная материя.

② Раковые шейки—имеется в виду мясо рака (деликатесное блюдо).

③ Абрау-Дюрсо—Сорт шампанского, очень хороший.

отсюда никуда не пойдет, тут и сдохнет в подворотне. Отчаяние повалило его. На душе у него было до того больно и горько, до того одиноко и страшно, что мелкие собачьи слезы, как пупырыши[①], вылезали из глаз и тут же засыхали. Испорченный бок торчал свалявшимися промерзшими комьями, а между ними глядели красные зловещие пятна обвара. До чего бессмысленны, тупы, жестоки повара. —"Шарик" она назвала его... Какой он к черту "Шарик"? Шарик—это значит круглый, упитанный, глупый, овсянку жрет, сын знатных родителей, а он лохматый, долговязый и рваный, шляйка поджарая, бездомный пес. Впрочем, спасибо на добром слове.

Дверь через улицу в ярко освещенном магазине хлопнула и из нее показался гражданин. Именно гражданин, а не товарищ, и даже—вернее всего—господин. Ближе—яснее—господин. А вы думаете, я сужу по пальто? Вздор. Пальто теперь очень многие и из пролетариев носят. Правда, воротники не такие, об этом и говорить нечего, но все же издали можно спутать. А вот по глазам—тут уж и вблизи и издали не спутаешь. О, глаза значительная вещь. Вроде барометра. Все видно у кого великая сушь в душе, кто ни за что, ни про что может ткнуть носком сапога в ребра, а кто сам всякого боится. Вот последнего холуя[②] именно и приятно бывает тяпнуть за лодыжку. Боишься—получай. Раз боишься—значит стоишь... Р—р—р... Гау—гау...

Господин уверенно пересек в столбе метели улицу и двинулся в подворотню. Да, да, у этого все видно. Этот тухлой солонины лопать[③] не станет, а если где-нибудь ему ее и подадут, поднимет такой скандал, в газеты напишет: меня, Филиппа Филипповича,

① Пупырыши—здесь: мелкие капельки, пузыречки.

② Холуй—человек, который льстит власть имущему, прислуживает ему.

③ Лопать—(разг. —снижен.) кушать, есть.

обкормили.

Вот он, все ближе и ближе. Этот ест обильно и не ворует, этот не станет пинать ногой, но и сам никого не боится, а не боится потому, что вечно сыт. Он умственного труда господин, с французской остроконечной бородкой и усами седыми, пушистыми и лихими, как у французских рыцарей, но запах по метели от него летит скверный, больницей. И сигарой.

Какого же лешего, спрашивается, носило его в кооператив Центрохоза? Вот он рядом... Чего ждет? У—у—у—у... Что он мог покупать в дрянном магазинишке, разве ему мало охотного ряда[①]? Что такое? Колбасу. Господин, если бы вы видели, из чего эту колбасу делают, вы бы близко не подошли к магазину. Отдайте ее мне.

Пес собрал остаток сил и в безумии пополз из подворотни на тротуар. Вьюга захлопала из ружья над головой, взметнула громадные буквы полотняного плаката "Возможно ли омоложение?"

—Натурально, возможно. Запах омолодил меня, поднял с брюха, жгучими волнами стеснил двое суток пустующий желудок, запах, победивший больницу, райский запах рубленой кобылы с чесноком и перцем. Чувствую, знаю—в правом кармане шубы у него колбаса. Он надо мной. О, мой властитель! Глянь на меня. Я умираю. Рабская наша душа, подлая доля!

Пес пополз, как змея, на брюхе, обливаясь слезами.

—Обратите внимание на поварскую работу. Но ведь вы ни за что не дадите. Ох, знаю я очень хорошо богатых людей! А в сущности—зачем она вам? Для чего вам гнилая лошадь? Нигде, кроме такой отравы не получите, как в Моссельпроме. А вы

---

① Охотный ряд—улица в центре Москвы, где до революции находился рынок. Там продавали дичь (мясо убитых на охоте зверей).

сегодня завтракали, вы, величина мирового значения, благодаря мужским половым железам. У-у-у-у...

Что же это делается на белом свете? Видно, помирать-то еще рано, а отчаяние—и подлинно грех. Руки ему лизать, больше ничего не остается.

Загадочный господин наклонился к псу, сверкнул золотыми ободками глаз и вытащил из правого кармана белый продолговатый сверток. Не снимая коричневых перчаток, размотал бумагу, которой тотчас же овладела метель, и отломил кусок колбасы, называемой "особая краковская". И псу этот кусок. О, бескорыстная личность! У-у-у!

—Фить—фить, —посвистал господин и добавил строгим голосом: —бери! Шарик, Шарик!

—Опять Шарик. Окрестили. Да называйте как хотите. За такой исключительный ваш поступок...

Пес мгновенно оборвал кожуру, с всхлипыванием вгрызся в краковскую и сожрал ее в два счета. При этом подавился колбасой и снегом до слез, потому что от жадности едва не заглотал веревочку. Еще, еще лижу вам руку. Целую штаны, мой благодетель!

—Будет пока что... —господин говорил так отрывисто, точно командовал. Он наклонился к Шарику, пытливо глянул ему в глаза и неожиданно провел рукой в перчатке интимно и ласково по Шарикову животу.

—А-га, —многозначительно молвил он, —ошейника нету, вот и прекрасно, тебя-то мне и надо. Ступай за мной. —Он пощелкал пальцами, —Фить-фить!

За вами идти? Да на край света. Пинайте меня вашими фетровыми ботиками, я слова не вымолвлю.

По всей Пречистенке сияли фонари. Бок болел нестерпимо, но Шарик временами забывал о нем, поглощенный одной мыслью—как бы не утерять в сутолоке чудесного видения в шубе и чем-нибудь выразить ему любовь и преданность. И раз семь на протяжении Пречистенки до Обухова переулка он ее выразил. . .

Ⅱ

. . .

Окончательно пес очнулся глубоким вечером, когда звоночки прекратились, и как раз в то мгновение, когда дверь впустила особенных посетителей. Их было сразу четверо. Все молодые люди и все одеты очень скромно.

"Этим что нужно?" —удивленно подумал пес. Гораздо более неприязненно встретил гостей Филипп Филиппович. Он стоял у письменного стола и смотрел на вошедших, как полководец на врагов. Ноздри его ястребиного носа раздувались. Вошедшие топтались на ковре.

—Мы к вам, профессор, —заговорил тот из них, у кого на голове возвышалась на четверть аршина копна густейших вьющихся волос, —вот по какому делу. . .

—Вы, господа, напрасно ходите без калош в такую погоду, —перебил его наставительно Филипп Филиппович, —во-первых, вы простудитесь, а, во-вторых, вы наследили мне на коврах, а все ковры у меня персидские.

Тот, с копной, умолк и все четверо в изумлении уставились на Филиппа Филипповича. Молчание продолжалось несколько секунд и прервал его лишь стук пальцев Филиппа Филипповича по расписному деревянному блюду на столе.

—Во-первых, мы не господа, —молвил, наконец, самый юный из четверых, персикового вида.

—Во-первых, —перебил его Филипп Филиппович, —вы мужчина или женщина?

Четверо вновь смолкли и открыли рты. На этот раз опомнился

первый тот, с копной.

—Какая разница, товарищ? —спросил он горделиво.

—Я —женщина, —признался персиковый юноша в кожаной куртке и сильно покраснел. Вслед за ним покраснел почему-то густейшим образом один из вошедших—блондин в папахе.

—В таком случае вы можете оставаться в кепке, а вас, милостивый государь, прошу снять ваш головной убор, —внушительно сказал Филипп Филиппович.

—Я вам не милостивый государь, —резко заявил блондин, снимая папаху.

—Мы пришли к вам, —вновь начал черный с копной.

—Прежде всего—кто это мы?

—Мы —новое домоуправление нашего дома, —в сдержанной ярости заговорил черный. —Я—Швондер, она —Вяземская, он—товарищ Пеструхин и Шаровкин. И вот мы...

—Это вас вселили в квартиру Федора Павловича Шаблина?

—Нас, —ответил Швондер.

—Боже, пропал калабуховский дом! —в отчаянии воскликнул Филипп Филиппович и всплеснул руками.

—Что вы, профессор, смеетесь? —возмутился Швондер.

—Какое там смеюсь?! Я в полном отчаянии, —крикнул Филипп Филиппович, —что же теперь будет с паровым отоплением?

—Вы издеваетесь, профессор Преображенский?

—По какому делу вы пришли ко мне? Говорите как можно скорее, я сейчас иду обедать.

—Мы, управление дома, —с ненавистью заговорил Швондер, —пришли к вам после общего собрания жильцов нашего дома, на котором стоял вопрос об уплотнении квартир дома...

—Кто на ком стоял? —крикнул Филипп Филиппович, —потрудитесь излагать ваши мысли яснее.

—Вопрос стоял об уплотнении.

—Довольно! Я понял! Вам известно, что постановлением 12 сего августа моя квартира освобождена от каких бы то ни было уплотнений и переселений?

—Известно, —ответил Швондер, —но общее собрание, рассмотрев ваш вопрос, пришло к заключению, что в общем и целом вы занимаете чрезмерную площадь. Совершенно чрезмерную. Вы один живете в семи комнатах.

—Я один живу и работаю в семи комнатах, —ответил Филипп Филиппович, —и желал бы иметь восьмую. Она мне необходима под библиотеку.

Четверо онемели.

—Восьмую? Э-хе-хе, —проговорил блондин, лишенный головного убора, однако, это здо-о-рово!

—Это неописуемо! —воскликнул юноша, оказавшийся женщиной.

—У меня приемная—заметьте—она же библиотека, столовая, мой кабинет—три. Смотровая[①]—четыре. Операционная—пять. Моя спальня—шесть, и комната прислуги—семь. В общем, не хватает... Да, впрочем, это неважно. Моя квартира свободна, и разговору конец. Могу я идти обедать?

—Извиняюсь, —сказал четвертый, похожий на крепкого жука.

—Извиняюсь, —перебил его Швондер, —вот именно по поводу столовой и смотровой мы и пришли поговорить. Общее собрание просит вас добровольно, в порядке трудовой дисциплины, отказаться от столовой. Столовых нет ни у кого в Москве.

---

① Смотровая—комната, в которой врач осматривает больного.

—Даже у Айседоры Дункан[①], —звонко крикнула женщина.

С Филиппом Филипповичем что-то сделалось, вследствие чего его лицо нежно побагровело и он не произнес ни одного звука, выжидая, что будет дальше.

—И от смотровой также, —продолжал Швондер, —смотровую прекрасно можно соединить с кабинетом.

—Угу, —молвил Филипп Филиппович каким-то странным голосом, —а где же я должен принимать пищу?

—В спальне, —хором ответили все четверо.

Багровость Филиппа Филипповича приняла несколько сероватый оттенок.

—В спальне принимать пищу, —заговорил он слегка придушенным голосом, —в смотровой читать, в приемной одеваться, оперировать в комнате прислуги, а в столовой осматривать. Очень возможно, что Айседора Дункан так и делает. Может быть, она в кабинете обедает, а кроликов режет в ванной. Может быть. Но я не Айседора Дункан!..—Вдруг рявкнул он и багровость его стала желтой.

—Я буду обедать в столовой, а оперировать в операционной! Передайте это общему собранию и покорнейше вас прошу вернуться к вашим делам, а мне предоставить возможность принять пищу там, где ее принимают все нормальные люди, то-есть в столовой, а не в передней и не в детской.

—Тогда, профессор, ввиду вашего упорного противодействия, —сказал взволнованный Швондер, —мы подадим на вас жалобу в высшие инстанции.

—Ага, —молвил Филипп Филиппович, —так? —И голос его принял подозрительно вежливый оттенок, —одну минуточку

---

① Айседора Дункан—знаменитая американская танцовщица, которая в 20-е годы XX века жила и работала в Москве, обучая детей танцу.

попрошу вас подождать.

"Вот это парень, —в восторге подумал пес, —весь в меня. Ох, тяпнет он их сейчас, ох, тяпнет. Не знаю еще—каким способом, но так тяпнет... Бей их! Этого голенастого[1] взять сейчас повыше сапога за подколенное сухожилие... Р—р—р..."

Филипп Филиппович, стукнув, снял трубку с телефона и сказал в нее так:

—Пожалуйста... да... благодарю вас. Петра Александровича попросите, пожалуйста. Профессор Преображенский. Петр Александрович? Очень рад, что вас застал. Благодарю вас, здоров. Петр Александрович, ваша операция отменяется. Что? Совсем отменяется. Равно, как и все остальные операции. Вот почему: я прекращаю работу в Москве и вообще в России... Сейчас ко мне вошли четверо, из них одна женщина, переодетая мужчиной, и двое вооруженных револьверами и терроризировали меня в квартире с целью отнять часть ее...

—Позвольте, профессор, —начал Швондер, меняясь в лице.

—Извините... У меня нет возможности повторить все, что они говорили. Я не охотник до бессмыслиц. Достаточно сказать, что они предложили мне отказаться от моей смотровой, другими словами, поставили меня в необходимость оперировать вас там, где я до сих пор резал кроликов. В таких условиях я не только не могу, но и не имею права работать. Поэтому я прекращаю деятельность, закрываю квартиру и уезжаю в Сочи. Ключи могу передать Швондеру. Пусть он оперирует.

Четверо застыли. Снег таял у них на сапогах.

—Что же делать... Мне самому очень неприятно... Как? О, нет, Петр Александрович! О нет. Больше я так не согласен.

---

① Голенастый—длинноногий.

Терпение мое лопнуло[1]. Это уже второй случай с августа месяца. Как? Гм... Как угодно. Хотя бы. Но только условие: кем угодно, когда угодно, что угодно, но чтобы была такая бумажка, при наличии которой ни Швондер, ни кто другой не мог бы даже подойти к двери моей квартиры. Тщательная бумажка. Фактическая. Настоящая! Броня[2]. Чтобы имя даже не упоминалось. Кончено. Я для них умер. Да. Пожалуйста. Кем? Ага... Ну, это другое дело. Ага... Сейчас передаю трубку. Будьте любезны, —змеиным голосом обратился Филипп Филиппович к Швондеру, —сейчас с вами будут говорить.

—Позвольте, профессор, —сказал Швондер, то вспыхивая, то угасая, —вы извратили наши слова.

—Попрошу вас не употреблять таких выражений.

Швондер растерянно взял шапку и молвил:

—Я слушаю. Да... Председатель домкома... Нет, действовали по правилам... Так у профессора и так совершенно исключительное положение... Мы знаем об его работе. Целых пять комнат хотели оставить ему... Ну, хорошо.. Так... Хорошо...

Совершенно красный, он повесил трубку и повернулся.

"Как оплевал[3]! Ну и парень! —Восхищенно думал пес, —что он, слово, что ли, такое знает? Ну теперь меня бить—как хотите, а никуда отсюда не уйду".

Трое, открыв рты, смотрели на оплеванного Швондера.

—Это какой-то позор! —не своим голосом вымолвил тот.

—Если бы сейчас была дискуссия, —начала женщина,

---

① Терпение лопнуло—здесь: терпение кончилось.

② Броня (термин 20-40-х годов XX века)—документ, оберегающий определенные права человека, которому он выдан.

③ Оплевать—(неодобр.) незаслуженно опозорить, унизить, оскорбить.

волнуясь и загораясь румянцем, —я бы доказала Петру Александровичу...

—Виноват, вы не сию минуту хотите открыть эту дискуссию? —вежливо спросил Филипп Филиппович.

Глаза женщины загорелись.

—Я понимаю вашу иронию, профессор, мы сейчас уйдем... Только я, как заведующий культотделом дома...

—За-ве-дующая,—поправил ее Филипп Филиппович.

—Хочу предложить вам, —тут женщина из-за пазухи[1] вытащила несколько ярких и мокрых от снега журналов, —взять несколько журналов в пользу детей Германии. По полтиннику[2] штука.

—Нет, не возьму, —кратко ответил Филипп Филиппович, покосившись на журналы.

Совершенное изумление выразилось на лицах, а женщина покрылась клюквенным налетом[3].

—Почему же вы отказываетесь?

—Не хочу.

—Вы не сочувствуете детям Германии?

—Сочувствую.

—Жалеете по полтиннику?

—Нет.

—Так почему же?

—Не хочу.

Помолчали.

—Знаете ли, профессор, —заговорила девушка, тяжело

---

① Из-за пазухи, за пазухой— какая-либо вещь, спрятанная за пазухой, т. е. под одеждой.

② Полтинник—50 коп.

③ Клюквенным налетом—стала красной, как ягода клюква.

вздохнув, —если бы вы не были европейским светилом, и за вас не заступались бы самым возмутительным образом (блондин дернул ее за край куртки, но она отмахнулась) лица, которых, я уверена, мы еще разьясним, вас следовало бы арестовать.

—А за что? —с любопытством спросил Филипп Филиппович.

—Вы ненавистник пролетариата! -гордо сказала женщина.

—Да, я не люблю пролетариата, —печально согласился Филипп Филиппович и нажал кнопку. Где-то прозвенело. Открылась дверь в коридор.

—Зина, —крикнул Филипп Филиппович, —подавай обед. Вы позволите, господа?

Четверо молча вышли из кабинета, молча прошли приемную, переднюю и слышно было, как за ними закрылась тяжело и звучно парадная дверь.

Пес встал на задние лапы и сотворил перед Филиппом Филипповичем какой-то намаз[1].

V

Тетрадь доктора Ивана Арнольдовича Борменталя. Тонкая, в писчий лист форматом. Исписана почерком Борменталя. На первых двух страницах он аккуратен, уборист и четок, в дальнейшем размашист, взволнован, с большим количеством клякс[2].

22 декабря 1924 г. Понедельник.

История болезни.

Лабораторная собака приблизительно двух лет от роду. Самец. Порода дворняжка. Кличка—Шарик. Шерсть жидкая, кустами,

---

① Намаз—мусульманский религиозный обряд, состоящий из молитвы и омовения.

② Клякса—чернильное пятно на бумаге.

буроватая, с подпалинами[1]. Хвост цвета топленого молока. На правом боку следы совершенно зажившего ожога. Питание до поступления к профессору плохое, после недельного пребывания — крайне упитанный. Вес 8 килограммов (знак восклицательный).

Сердце, легкие, желудок, температура в норме.

23 декабря. В 8,30 часов вечера произведена первая в Европе операция по профессору Преображенскому: под хлороформенным наркозом[2] удалены яички Шарика и вместо них пересажены мужские яички с придатками и семенными канатиками, взятыми от скончавшегося за 4 часа 4 минуты до операции мужчины 28 лет и сохранявшимися в стерилизованной физиологической жидкости по профессору Преображенскому.

Непосредственно вслед за сим удален после трепанации[3] черепной крышки придаток мозга —гипофиз и заменен человеческим от вышеуказанного мужчины.

Введено 8 кубиков хлороформа, 1 шприц камфары[4], 2 шприца адреналина[5] в сердце.

Показание к операции: постановка опыта Преображенского с комбинированной пересадкой гипофиза и яичек для выяснения вопроса о приживаемости гипофиза, а в дальнейшем и о его влиянии на омоложение организма у людей.

Оперировал профессор Ф. Ф. Преображенский.

Ассистировал доктор И. А. Борменталь.

В ночь после операции: грозные повторные падения пульса. Ожидание смертельного исхода. Громадные дозы камфары по Преображенскому.

---

① С подпалинами—местами рыжеватого цвета.

② Хлороформенный наркоз—обезболивающий, усыпляющий укол.

③ Трепанация—вскрытие черепа.

④ Камфара—кристаллическое вещество, используемое в медицине для успокоения.

⑤ Адреналин—гормон мозгового слоя надпочечников.

24 декабря. Утром —улучшение. Дыхание учащено вдвое, температура 42. Камфара, кофеин под кожу.

25 декабря. Вновь ухудшение. Пульс еле прощупывается, похолодание конечностей, зрачки не реагируют. Адреналин в сердце, камфара по Преображенскому, физиологический раствор в вену.

26 декабря. Некоторое улучшение. Пульс 180, дыхание 92, температура 41. Камфара, питание клизмами.

27 декабря. Пульс 152, дыхание 50, температура 39,8, зрачки реагируют. Камфара под кожу.

28 декабря. Значительное улучшение. В полдень внезапный проливной пот, температура 37,0. Операционные раны в прежнем состоянии. Перевязка. Появился аппетит. Питание жидкое.

29 декабря. Внезапно обнаружено выпадение шерсти на лбу и на боках туловища. Вызваны для консультации: профессор по кафедре кожных болезней Василий Васильевич Бундарев и директор Московского ветеринарного показательного института. Ими случай признан неописанным в литературе. Диагностика осталась неустановленной. Температура нормальна.

(Запись карандашом)

Вечером появился первый лай (8 ч. 15 мин.). Обращает внимание на резкое изменение тембра и понижение тона. Лай вместо слова "гау-гау" на слоги "а-о", по окраске отдаленно напоминает стон.

30 декабря. Выпадение шерсти приняло характер общего облысения. Взвешивание дало неожиданный результат—вес 30 кило за счет роста (удлинение) костей. Пес по-прежнему лежит.

31 декабря. Колоссальный аппетит.

(В тетради—клякса. После кляксы торопливым почерком).

В 12 ч. 12 мин. дня пес отчетливо пролаял А-б-ыр!!

(В тетради перерыв и дальше, очевидно, по ошибке от

волнения написано):

1 декабря. (Перечеркнуто, поправлено) 1 января 1925 г. Фотографирован утром. Счастливо лает "абыр", повторяя это слово громко и как бы радостно. В 3 часа дня (крупными буквами) засмеялся(?), вызвав обморок горничной Зины. Вечером произнес 8 раз подряд слово "абыр-валг", "абыр".

(Косыми буквами карандашом):

Профессор расшифровал слово "абыр-валг", оно означает "Главрыба"... Что-то чудовищ...

2 января. Фотографирован во время улыбки при магнии. Встал с постели и уверенно держался полчаса на задних лапах. Моего почти роста.

(В тетради вкладной лист).

Русская наука чуть не понесла тяжелую утрату. История болезни профессора Ф. Ф. Преображенского. В 1 час 13 мин. глубокий обморок с профессором Преображенским. При падении ударился головой о ножку стула. Тинктура Валериана①.

В моем и Зины присутствии пес (если псом, конечно, можно назвать) обругал профессора Преображенского по матери.

(Перерыв в записях).

6 января. (То карандашом, то фиолетовыми чернилами).

Сегодня после того, как у него отвалился хвост, он произнес совершенно отчетливо слово "пивная". Работает фонограф②. Черт знает—что такое.

Я теряюсь.

Прием у профессора прекращен. Начиная с 5-ти часов дня из смотровой, где расхаживает это существо, слышится явственно

---

① Тинктура Валериана—настой лекарственного препарата.

② Фонограф—прибор для записи и воспроизведения звука (речи, музыки, пения и др.).

вульгарная ругань и слова "еще парочку".

7 января. Он произносит очень много слов: "извозчик", "мест нету", "вечерняя газета", "лучший подарок детям" и все бранные слова, какие только существуют в русском лексиконе[1].

Вид его странен. Шерсть осталась только на голове, на подбородке и на груди. В остальном он лыс, с дряблой кожей. В области половых органов формирующийся мужчина. Череп увеличился значительно. Лоб скошен и низок. ...

8-го января. Поздним вечером поставили диагноз. Филипп Филиппович, как истый ученый, признал свою ошибку—перемена гипофиза дает не омоложение, а полное очеловечение (подчеркнуто три раза). От этого его изумительное, потрясающее открытие не становится ничуть меньше.

Тот сегодня впервые прошелся по квартире. Смеялся в коридоре, глядя на электрическую лампу. Затем, в сопровождении Филиппа Филипповича и моем, он проследовал в кабинет. Он стойко держится на задних лапах сложенного мужчины.

Смеялся в кабинете. Улыбка его неприятна и как бы искусственна. Затем он почесал затылок, огляделся и я записал новое отчетливо произнесенное слово: "буржуи". Ругался. Ругань эта методическая, беспрерывная и, по-видимому, совершенно бессмысленная. Она носит несколько фонографический характер: как будто это существо где-то раньше слышало бранные слова, автоматически подсознательно занесло их в свой мозг и теперь изрыгает их пачками. А впрочем, я не психиатр, черт меня возьми.

На Филиппа Филипповича брань производит почему-то удивительно тягостное впечатление. Бывают моменты, когда он выходит из сдержанного и холодного наблюдения новых явлений и

---

[1] Лексикон—словарь. Здесь: общий запас слов у того или иного человека.

как бы теряет терпение. Так, в момент ругани он вдруг нервно выкрикнул:

—Перестань!

Это не произвело никакого эффекта. ...

9-го января. Лексикон обогащается каждые пять минут (в среднем) новым словом, с сегодняшнего утра, и фразами. Похоже, что они, замерзшие в сознании, оттаивают и выходят. Вышедшее слово остается в употреблении. Со вчерашнего вечера фонографом отмечены: "не толкайся", "подлец", "слезай с подножки", "я тебе покажу", "признание америки", "примус".

10-го января. Произошло одевание. Нижнюю сорочку позволил надеть на себя охотно, даже весело смеясь. От кальсон отказался, выразив протест хриплыми криками: "в очередь, сукины дети, в очередь!" Был одет. Носки ему велики.

(В тетради какие-то схематические рисунки, по всем признакам изображающие превращение собачьей ноги в человеческую).

Удлиняется задняя половина скелета стопы . Вытягивание пальцев. Когти.

Повторное систематическое обучение посещения уборной. Прислуга совершенно подавлена.

Но следует отметить понятливость существа. Дело вполне идет на лад.

11-го января. Совершенно примирился со штанами. Произнес длинную веселую фразу: "Дай папиросочку, у тебя брюки в полосочку".

Шерсть на голове слабая, шелковистая. Легко спутать с волосами. Но подпалины остались на темени. Сегодня облез последний пух с ушей. Колоссальный аппетит. С увлечением ест селедку.

В 5 часов дня событие: впервые слова, произнесенные

существом, не были оторваны от окружающих явлений, а явились реакцией на них. Именно: когда профессор приказал ему: "Не бросай обьедки на пол" —неожиданно ответил: "отлезь, гнида[1]!"

Филипп Филиппович был поражен, потом оправился и сказал:

—Если ты еще раз позволишь себе обругать меня или доктора, тебе влетит[2].

Я фотографировал в это мгновение Шарика. Ручаюсь, что он понял слова профессора. Угрюмая тень легла на его лицо. Поглядел исподлобья довольно раздраженно, но стих.

Ура, он понимает!

12-го января. Закладывание рук в карманы штанов. Отучаем от ругани. Свистал. "Ой, яблочко"[3]. Поддерживает разговор.

Я не могу удержаться от нескольких гипотез: к чертям омоложение пока что. Другое неизмеримо более важное: изумительный опыт проф. Преображенского раскрыл одну из тайн человеческого мозга. Отныне загадочная функция гипофиза—мозгового придатка—разъяснена. Он определяет человеческий облик. Его гормоны можно назвать важнейшими в организме - гормонами облика. Новая область открывается в науке: безо всякой реторты Фауста создан гомункул[4]. Скальпель[5] хирурга вызвал к жизни новую человеческую единицу. Профессор Преображенский, вы—творец. (Клякса).

Впрочем, я уклонился в сторону... Итак, он поддерживает разговор. По моему предположению дело обстоит так:

---

① Гнида—ругательное слово.

② Тебе влетит—в разговорном языке значит : ты будешь наказан.

③ "Ой, яблочко"—популярная в 20-е годы матросская песня.

④ Без всякой реторты Фауста создан гомункул—в знаменитой поэме немецкого поэта Гёте《Фауст》рассказано, как ученый Фауст искусственно создал в реторте (специальном сосуде) гомункула (человека).

⑤ Скальпель—хирургический нож.

прижившийся гипофиз открыл центр речи в собачьем мозгу и слова хлынули потоком. По-моему, перед нами оживший развернувшийся мозг, а не мозг вновь созданный. О, дивное подтверждение эволюционной теории[①]! О, цепь величайшая от пса до Менделеева[②]—химика! Еще моя гипотеза: мозг Шарика в собачьем периоде его жизни накопил бездну понятий. Все слова, которыми он начал оперировать в первую очередь, —уличные слова, он их слышал и затаил в мозгу. Теперь, проходя по улице, я с тайным ужасом смотрю на встречных псов. Бог их знает, что у них таится в мозгах.

Шарик читал! Читал!!! (три восклицательных знака). Это я догадался! По главрыбе. Именно с конца читал! И я даже знаю, где разрешение этой загадки: в перерезке зрительных нервов собаки. ...

С Филиппом Филипповичем что-то странное делается. Когда я ему рассказал о своих гипотезах и о надежде развить Шарика в очень высокую психическую личность, он хмыкнул и ответил: "вы думаете?" Тон его зловещий. Неужели я ошибся? Старик что-то придумал. Пока я вожусь с историей болезни, он сидит над историей того человека, от которого мы взяли гипофиз.

(В тетради вкладной лист.)

Клим Григорьевич Чугункин, 25 лет, холост. Беспартийный,

---

① Эволюционная теория—научное учение о том, как в течение многих миллионов лет изменялись и совершенствовались на Земле живые существа, создавали новые виды их.

② Менделеев Д. И. —знаменитый русский химик, создавший таблицу Менделеева, в которой зафиксированы все химические вещества, имеющиеся на Земле.

сочувствующий[1]. Судился 3 раза и оправдан: в первый раз благодаря недостатку улик, второй раз происхождение спасло, в третий раз —условно каторга на 15 лет. Кражи. Профессия —игра на балалайке по трактирам.

Маленького роста, плохо сложен. Печень расширена (алкоголь). Причина смерти —удар ножом в сердце в пивной “Стоп-сигнал”, у Преображенской заставы.

Старик, не отрываясь, сидит над климовской болезнью. Не понимаю в чем дело. Бурчал что-то насчет того, что вот не догадался осмотреть в паталого-анатомическом весь труп Чугункина. В чем дело—не понимаю. Не все ли равно чей гипофиз?

17-го января. Не записывал несколько дней: болел инфлюэнцей[2]. За это время облик окончательно сложился.

а) совершенный человек по строению тела;

б) вес около трех пудов;

в) рост маленький;

г) голова маленькая;

д) начал курить;

е) ест человеческую пищу;

ж) одевается самостоятельно;

з) гладко ведет разговор.

Вот так гипофиз (клякса).

Этим историю болезни заканчиваю. Перед нами новый организм; наблюдать его нужно с начала.

---

① Беспартийный, сочувственный—не член партии большевиков, но разделяющий их идеи.

② Инфлюэнца—острая вируская инфекция (грипп).

Приложение: стенограммы речи, записи фонографа, фотографические снимки.

Подпись: ассистент профессора Ф. Ф. Преображенского

Доктор Борменталь.

VI

...

Филипп Филиппович сидел у стола в кресле. Между пальцами левой руки торчал коричневый окурок сигары. У портьеры①, прислонившись к притолоке②, стоял, заложив ногу за ногу, человек маленького роста и несимпатичной наружности. Волосы у него на голове росли жесткие, как бы кустами на выкорчеванном поле③, а лицо покрывал небритый пух. Лоб поражал своей малой вышиной④. Почти непосредственно над черными кисточками раскиданных бровей начиналась густая головная щетка⑤.

Пиджак, прорванный под левой мышкой, был усеян соломой, полосатые брючки на правой коленке продраны, а на левой выпачканы лиловой краской. На шее у человека был повязан ядовито-небесного цвета галстук с фальшивой рубиновой булавкой. Цвет этого галстука был настолько бросок⑥, что время от времени, закрывая утомленные глаза, Филипп Филиппович в полной тьме то на потолке, то на стене видел пылающий факел с голубым венцом. Открывая их, слеп вновь, так как с полу, разбрызгивая веера

---

① Портьера—штора на окнах и дверях.

② Притолока—часть стены рядом с дверью.

③ Выкорчеванное поле—поле, на котором выкорчеваны (т. е. выкопаны с корнем) все деревья.

④ Вышина—высота.

⑤ Густая головная щетка—густые волосы на голове, растущие щеткой, т. е. торчащие кверху, а не лежащие плоско.

⑥ Цвет бросок—бросался в глаза.

света, бросались в глаза лаковые штиблеты[1] с белыми гетрами[2].

"Как в калошах" —с неприятным чувством подумал Филипп Филиппович, вздохнул, засопел и стал возиться с затухшей сигарой. Человек у двери мутноватыми глазами поглядывал на профессора и курил папиросу, посыпая манишку[3] пеплом.

—Что-то вы меня, папаша, больно утесняете, —вдруг плаксиво выговорил человек.

Филипп Филиппович покраснел, очки сверкнули.

—Кто это тут вам папаша? Что это за фамильярности? Чтобы я больше не слышал этого слова! Называть меня по имени и отчеству!

Дерзкое выражение загорелось в человеке.

—Да что вы все... То не плевать. То не кури. Туда не ходи... Что уж это на самом деле? Чисто как в трамвае. Что вы мне жить не даете?! И насчет "папаши"—это вы напрасно. Разве я просил мне операцию делать? —Человек возмущенно лаял—хорошенькое дело! Ухватили животную, исполосовали ножиком голову, а теперь гнушаются[4]. Я, может, своего разрешения на операцию не давал. А равно (человек завел глаза к потолку как бы вспоминая некую формулу), а равно и мои родные. Я иск, может, имею право предьявить[5]!

Глаза Филиппа Филипповича сделались совершенно круглыми, сигара вывалилась из рук. "Ну, тип", —пролетело у него в голове.

—Вы изволите быть недовольным, что вас превратили в

---

① Штиблеты—мужские полуботиннки.

② Гетры—теплые чулки, надеваемые поверх обуви.

③ Манишка—нагрудник, пристегнутый или пришитый к мужской сорочке.

④ Гнушаться—пренебрегать, презирать.

⑤ Иск... предьявить—подать в суд.

человека? —прищурившись спросил он. —Вы, может быть, предпочитаете снова бегать по помойкам? Мерзнуть в подворотнях? Ну, если бы я знал!..

—Да что вы все попрекаете—помойка, помойка. Я свой кусок хлеба добывал. А если бы я у вас помер под ножом? Вы что на это выразите, товарищ?

—Филипп Филиппович! —Раздраженно воскликнул Филипп Филиппович, —я вам не товарищ! Это чудовищно! "Кошмар, кошмар", —подумалось ему.

—Уж, конечно, как же...—иронически заговорил человек и победоносно отставил ногу, —мы понимаем-с! Какие уж мы вам товарищи! Где уж. Мы в университетах не обучались, в квартирах по 15 комнат с ванными не жили. Только теперь пора бы это оставить. В настоящее время каждый имеет свое право...

Филипп Филиппович, бледнея, слушал рассуждения человека. Тот прервал речь и демонстративно направился к пепельнице с изжеванной папиросой в руке. Походка у него была развалистая. Он долго мял окурок в раковине с выражением, ясно говорящим: "На! На!". Затушив папиросу, он на ходу вдруг лязгнул зубами и сунул нос под мышку.

—Пальцами блох ловить! Пальцами! —яростно крикнул Филипп Филиппович, —и я не понимаю—откуда вы их берете?

—Да что уж, развожу я их, что ли? —Обиделся человек, — видно, блохи меня любят, —тут он пальцами пошарил в подкладке под рукавом и выпустил в воздух клок рыжей легкой ваты.

Филипп Филиппович обратил взор к гирляндам[①] на потолке и забарабанил пальцами по столу. Человек, казнив блоху, отошел и сел на стул. Руки он при этом, опустив кисти, развесил вдоль

---

① Гирлянда на потолке—потолки в богатых домах разрисовывали гирляндами цветов.

лацканов пиджака. Глаза его скосились к шашкам паркета[1]. Он созерцал свои башмаки и это доставляло ему большое удовольствие. Филипп Филиппович посмотрел туда, где сияли резкие блики на тупых носках, глаза прижмурил и заговорил:

—Какое дело еще вы мне хотели сообщить?

—Да что ж дело! Дело простое. Документ, Филипп Филиппович, мне надо.

Филиппа Филипповича несколько передернуло.

—Хм... Черт! Документ! Действительно... Кхм... А, может быть, это как-нибудь можно... —голос его звучал неуверенно и тоскливо.

—Помилуйте, —уверенно ответил человек, —как же так без документа? Это уж извиняюсь. Сами знаете, человеку без документов строго воспрещается существовать. Во-первых, домком[2]!

—При чем тут домком?

—Как это при чем? Встречают, спрашивают—когда ж ты, говорят, многоуважаемый, пропишешься?

—Ах, ты, господи, —уныло воскликнул Филипп Филиппович, —встречаются, спрашивают... Воображаю, что вы им говорите. Ведь я же вам запрещал шляться[3] по лестницам.

—Что я, каторжный? —удивился человек, и сознание его правоты загорелось у него даже в рубине. —Как это так "шляться"?! Довольно обидны ваши слова. Я хожу, как все люди.

При этом он посучил[4] лакированными ногами по паркету.

---

① Шашки паркета—пол в богатых домах делался из деревянных квадратиков (шашек), плотно пригнанных друг другу.

② Домком—в советские времена домовой комитет, выбранный жильцами.

③ Шляться— (груб.) ходить без дела.

④ Посучил—подвигал мелкими быстрыми движениями.

Филипп Филиппович умолк, глаза его ушли в сторону. "Надо все-таки сдерживать себя", —подумал он. Подойдя к буфету, он одним духом выпил стакан воды.

—Отлично-с, —поспокойнее заговорил он, —дело не в словах. Итак, что говорит этот ваш прелестный домком?

—Что ж ему говорить... Да вы напрасно его прелестным ругаете. Он интересы защищает.

—Чьи интересы, позвольте осведомиться?

—Известно чьи—трудового элемента[①].

Филипп Филиппович выкатил глаза.

—Почему же вы—труженик?

—Да уж известно—не нэпман.

—Ну, ладно. Итак, что же ему нужно в защитах вашего революционного интереса?

—Известно что—прописать[②] меня. Они говорят—где ж это видано, чтоб человек проживал непрописанный в Москве. Это—раз. А самое главное учетная карточка. Я дезертиром быть не желаю. Опять же—союз, биржа...

—Позвольте узнать, по чему я вас пропишу? По этой скатерти или по своему паспорту? Ведь нужно все-таки считаться с положением. Не забывайте, что вы... Э... Гм... Вы ведь, так сказать, —неожиданно явившееся существо, лабораторное.—Филипп Филиппович говорил все менее уверенно.

Человек победоносно молчал.

—Отлично-с. Что же, в конце концов, нужно, чтобы вас прописать и вообще устроить все по плану этого вашего домкома?

---

① Трудовой элемент—(выражение первых лет советской власти) рабочие и крестьяне.

② Прописать—зарегистровать на определенном месте жительства (в городе, в квартире).

Ведь у вас же нет ни имени, ни фамилии.

—Это вы несправедливо. Имя я себе совершенно спокойно могу избрать. Пропечатал в газете и шабаш[1].

—Как же вам угодно именоваться?

Человек поправил галстук и ответил:

—Полиграф Полиграфович.

—Не валяйте дурака, —хмуро отозвался Филипп Филиппович, —я с вами серьезно говорю.

Язвительная усмешка искривила усишки человека.

—Что-то не пойму я, —заговорил он весело и осмысленно.—Мне по матушке нельзя[2]. Плевать—нельзя. А от вас только и слышу: "дурак, дурак". Видно только профессорам разрешается ругаться в ресефесере[3].

Филипп Филиппович налился кровью[4] и, наполняя стакан, разбил его. Напившись из другого, подумал: "Еще немного, он меня учить станет и будет совершенно прав. В руках не могу держать себя".

Он повернулся, преувеличенно вежливо склонив стан, и с железной твердостью произнес:

—Из-вините. У меня расстроены нервы. Ваше имя показалось мне странным. Где вы, интересно знать, откопали себе такое?

—Домком посоветовал. По календарю искали —какое тебе, говорят? Я и выбрал.

—Ни в каком календаре ничего подобного быть не может.

—Довольно удивительно, —человек усмехнулся, —когда у вас в смотровой висит.

---

① Шабаш—конец.

② По матушке нельзя—нельзя ругаться матерными ругательствами.

③ Ресефесер—РСФСР(российская советская социалистическая республика).

④ Налился кровью—покраснел.

Филипп Филиппович, не вставая, закинулся к кнопке на обоях, и на звонок явилась Зина.

—Календарь из смотровой.

Протекла пауза. Когда Зина вернулась с календарем, Филипп Филиппович спросил:

—Где?

—4-го марта празднуется.

—Покажите... Гм... Черт... В печку его, Зина, сейчас же.

Зина, испуганно таращa глаза, ушла с календарем, а человек покачал укоризненно головою.

—Фамилию позвольте узнать?

—Фамилию я согласен наследственную принять.

—Как? Наследственную? Именно?

—Шариков.

В кабинете перед столом стоял председатель домкома Швондер в кожаной тужурке[①]. Доктор Борменталь сидел в кресле. При этом на румяных от мороза щеках доктора (он только что вернулся) было столь же растерянное выражение, как и у Филиппа Филипповича, сидящего рядом.

—Как же писать? —нетерпеливо спросил он.

—Что же, —заговорил Швондер, —дело не сложное. Пишите удостоверение, гражданин профессор. Что так, мол, и так предьявитель сего действительно Шариков Полиграф Полиграфович, гм.. Зародившийся в вашей, мол, квартире.

Борменталь недоуменно шевельнулся в кресле. Филипп Филиппович дернул усом.

—Гм.. Вот черт! Глупее ничего себе и представить нельзя. Ничего он не зародился, а просто... Ну, одним словом...

—Это —ваше дело, —со спокойным злорадством вымолвил

① Тужурка—тип куртки.

Швондер, зародился или нет... В общем и целом ведь вы делали опыт, профессор! Вы и создали гражданина Шарикова.

—И очень просто, —пролаял Шариков от книжного шкафа. Он вглядывался в галстук, отражавшийся в зеркальной бездне.

—Я бы очень просил вас, —огрызнулся Филипп Филиппович, —не вмешиваться в разговор. Вы напрасно говорите “и очень просто”—это очень непросто.

—Как же мне не вмешиваться, —обидчиво забубнил Шариков. Швондер немедленно его поддержал.

—Простите, профессор, гражданин Шариков совершенно прав. Это его право—участвовать в обсуждении его собственной участи, в особенности постольку, поскольку дело касается документов. Документ—самая важная вещь на свете.

В этот момент оглушительный трезвон над ухом оборвал разговор. Филипп Филиппович сказал в трубку: “Да”, покраснел и закричал:

—Прошу не отрывать меня по пустякам. Вам какое дело? —И он с силой всадил трубку в рога.

Голубая радость разлилась по лицу Швондера.

Филипп Филиппович, багровея, прокричал:

—Одним словом, кончим это.

Он оторвал листок от блокнота и набросал несколько слов, затем раздраженно прочитал вслух:

—“Сим удостоверяю”... Черт знает, что такое... Гм... “Предьявитель сего—человек, полученный при лабораторном опыте путем операции на головном мозгу, нуждается в документах”... Черт! Да я вообще против получения этих идиотских документов. Подпись—“профессор Преображенский”.

...

Опять как оглашенный[①] загремел телефон. Филипп Филиппович, ничего не спрашивая, молча сбросил трубку с рогулек так, что она, покрутившись немного, повисла на голубом шнуре. Все вздрогнули. "Изнервничался старик", —подумал Борменталь, а Швондер, сверкая глазами, поклонился и вышел.

Шариков, скрипя сапожным рантом[②], отправился за ним следом.

Профессор остался наедине с Борменталем. Немного помолчав, Филипп Филиппович мелко потряс головой и заговорил.

—Это кошмар, честное слово. Вы видите? Клянусь вам, дорогой доктор, я измучился за эти две недели больше, чем за последние 14 лет! Ведь тип, я вам доложу...

В отдалении глухо треснуло стекло, затем вспорхнул заглушенный женский визг и тотчас потух. Нечистая сила шарахнула по обоям в коридоре, направляясь к смотровой, там чем-то грохнуло и мгновенно пролетело обратно. Захлопали двери, и в кухне отозвался низкий крик Дарьи Петровны. Затем завыл Шариков.

—Боже мой! Еще что-то! —Закричал Филипп Филиппович, бросаясь к дверям.

—Кот, —сообразил Борменталь и выскочил за ним вслед. Они понеслись по коридору в переднюю, ворвались в нее, оттуда свернули в коридор к уборной и ванной. Из кухни выскочила Зина и вплотную наскочила на Филиппа Филипповича.

—Сколько раз я приказывал —котов чтобы не было, —в бешенстве закричал Филипп Филиппович. —Где он?! Иван Арнольдович, успокойте, ради бога, пациентов в приемной!

—В ванной, в ванной проклятый черт сидит, —задыхаясь,

---

① Оглашенный—безумный.

② Скрипя сапожным рантом—здесь: скрипя сапогами.

закричала Зина.

Филипп Филиппович навалился на дверь ванной, но та не поддавалась.

—Открыть сию секунду!

В ответ в запертой ванной по стенам что-то запрыгало, обрушились тазы, дикий голос Шарикова глухо проревел за дверью:

—Убью на месте...

Вода зашумела по трубам и полилиась. Филипп Филиппович налег на дверь и стал ее рвать. Распаренная Дарья Петровна с искаженным лицом появилась на пороге кухни. Затем высокое стекло, выходящее под самым потолком ванной в кухню, треснуло червиной[①] трещиной и из него вывалились два осколка, а за ними выпал громаднейших размеров кот в тигровых кольцах и с голубым бантом на шее, похожий на городового[②]. Он упал прямо на стол в длинное блюдо, расколов его вдоль, с блюда на пол, затем повернулся на трех ногах, а правой взмахнул, как будто в танце, и тотчас просочился[③] в узкую щель на черную лестницу. Щель расширилась, и кот сменился старушечьей физиономией в платке. Юбка старухи, усеянная белым горохом[④], оказалась в кухне. Старуха указательным и большим пальцем обтерла запавший рот, припухшими и колючими глазами окинула кухню и произнесла с любопытством:

—О, господи Исусе!

Бледный Филипп Филиппович пересек кухню и спросил старуху грозно:

---

① Червиной—похожий на червя.

② Городовой—в старой России полицейский.

③ Просочился—здесь: пролез.

④ Юбка... усеянная белым горохом—рисунок материи, из которой сделана юбка, похожая на белые горошины.

—Что вам надо?

—Говорящую собачку любопытно поглядеть, —ответила старуха заискивающе и перекрестилась.

Филипп Филиппович еще более побледнел, к старухе подошел вплотную и шепнул удушливо:

—Сию секунду из кухни вон!

Старуха попятилась к дверям и заговорила, обидевшись:

—Что-то уж больно дерзко, господин профессор.

—Вон, я говорю! —Повторил Филипп Филиппович и глаза его сделались круглыми, как у совы. Он собственноручно трахнул черной дверью за старухой, —Дарья Петровна, я же просил вас!

—Филипп Филиппович, —в отчаяньи ответила Дарья Петровна, сжимая обнаженные руки в кулаки, —что же я поделаю? Народ целые дни ломится[1], хоть все бросай.

Вода в ванной ревела глухо и грозно, но голоса более не было слышно. Вошел доктор Борменталь.

—Иван Арнольдович, убедительно прошу... Гм... Сколько там пациентов?

—Одиннадцать, —ответил Борменталь.

—Отпустите всех, сегодня принимать не буду.

Филипп Филиппович постучал костяшкой пальца в дверь и крикнул:

—Сию минуту извольте выйти! Зачем вы заперлись?

—Гу-гу! —Жалобно и тускло ответил голос Шарикова.

—Какого черта!.. Не слышу, закройте воду.

—Гау! Гау!..

—Да закройте воду! Что он сделал—не понимаю... —Приходя в исступление, вскричал Филипп Филиппович. Зина и Дарья Петровна, открыв дверь, выглядывали из кухни. Филипп

① Народ... ломится—народ непрерывно идет к профессору.

Филиппович еще раз прогрохотал кулаком в дверь.

—Вот он! —выкрикнула Дарья Петровна из кухни.

Филипп Филиппович ринулся туда. В разбитое окно под потолком показалась и высунулась в кухню физиономия Полиграфа Полиграфовича. Она была перекошена, глаза плаксивы, а вдоль носа тянулась, пламенея от свежей крови, —царапина.

—Вы с ума сошли? —Спросил Филипп Филиппович.— Почему вы не выходите?

Шариков и сам в тоске и страхе оглянулся и ответил:

—Защелкнулся я.

—Откройте замок. Что ж, вы никогда замка не видели?

—Да не открывается, окаянный①! —испуганно ответил Полиграф.

—Батюшки! Он предохранитель защелкнул! —Вскричала Зина и всплеснула руками.

—Там пуговка есть такая! —Выкрикивал Филипп Филиппович, стараясь перекричать воду, —нажмите ее книзу... Вниз нажимайте! Вниз!

Шариков пропал и через минуту вновь появился в окошке.

—Ни пса не видно, —в ужасе пролаял он в окно.

—Да лампу зажгите. Он взбесился!

—Котяра проклятый лампу раскокал②, —ответил Шариков, —а я стал его, подлеца, за ноги хватать, кран вывернул, а теперь найти не могу.

Все трое всплеснули руками и в таком положении застыли.

Минут через пять Борменталь, Зина и Дарья Петровна сидели рядышком на мокром ковре, свернутом трубкою у подножия двери, и задними местами прижимали его к щели под дверью, а швейцар

---

① Окаянный—здесь: мерзкий, противный.

② Раскокал—разбил.

Федор с зажженой венчальной свечой Дарьи Петровны по деревянной лестнице лез в слуховое окно. Его зад в крупной серой клетке мелькнул в воздухе и исчез в отверстии.

—Ду... Гу—гу! Что-то кричал Шариков сквозь рев воды.

...

Ⅷ

Неизвестно, на что решился Филипп Филиппович. Ничего особенного в течение следующей недели он не предпринимал и, может быть, вследствие его бездействия, квартирная жизнь переполнилась событиями.

Дней через шесть после истории с водой и котом из домкома к Шарикову явился молодой человек, оказавшийся женщиной, и вручил ему документы, которые Шариков немедленно заложил в карман и немедленно после этого позвал доктора Борменталя.

—Борменталь!

—Нет, уж вы меня по имени и отчеству, пожалуйста, называйте! —Отозвался Борменталь, меняясь в лице.

Нужно заметить, что в эти шесть дней хирург ухитрился восемь раз поссориться со своим воспитанником. И атмосфера в обуховских комнатах была душная.

—Ну и меня называйте по имени и отчеству! —Совершенно основательно ответил Шариков.

—Нет! —Загремел в дверях Филипп Филиппович, —по такому имени и отчеству в моей квартире я вас не разрешу называть. Если вам угодно, чтобы вас перестали именовать фамильярно① "Шариков", и я и доктор Борменталь будем называть вас "господин Шариков".

---

① Фамильярно—фамильярное обращение возможно только к близким людям (родственникам, друзьям).

—Я не господин, господа все в Париже! —отлаял Шариков.

—Швондерова работа! —кричал Филипп Филиппович, —ну, ладно, посчитаюсь я с этим негодяем. Не будет никого, кроме господ, в моей квартире, пока я в ней нахожусь! В противном случае или я или вы уйдете отсюда и, вернее всего, вы. Сегодня я помещу в газетах обьявление и, поверьте, я вам найду комнату.

—Ну да, такой я дурак, чтобы я сьехал отсюда, —очень четко ответил Шариков.

—Как? —Спросил Филипп Филиппович и до того изменился в лице, что Борменталь подлетел к нему и нежно и тревожно взял его за рукав.

—Вы, знаете, не нахальничайте, мосье Шариков! —Борменталь очень повысил голос. Шариков отступил, вытащил из кармана три бумаги: зеленую, желтую и белую и, тыча в них пальцами, заговорил:

—Вот. Член жилищного товарищества, и площадь мне полагается определенно в квартире номер пять у ответственного сьемщика Преображенского в шестнадцать квадратных аршин—Шариков подумал и добавил слово, которое Борменталь машинально отметил в мозгу, как новое: "благоволите".

Филипп Филиппович закусил губу и сквозь нее неосторожно вымолвил:

—Клянусь, что я этого Швондера в конце концов застрелю.

Шариков в высшей степени внимательно и остро принял эти слова, что было видно по его глазам.

—Филипп Филиппович, vorsichtig[1]... —предостерегающе начал Борменталь.

—Ну, уж знаете... Если уж такую подлость!.. —Вскричал Филипп Филиппович по-русски. —Имейте в виду, Шариков...

---

[1] vorsichtig—(нем.)осторожно.

Господин, что я, если вы позволите себе еще одну наглую выходку, я лишу вас обеда и вообще питания в моем доме. 16 аршин—это прелестно, но ведь я вас не обязан кормить по этой лягушечьей бумаге!

Тут Шариков испугался и приоткрыл рот.

—Я без пропитания оставаться не могу, —забормотал он, —где же я буду харчеваться[1]?

—Тогда ведите себя прилично! —в один голос завыли оба эскулапа[2].

Шариков значительно притих и в тот день не причинил никакого вреда никому, за исключением самого себя: пользуясь небольшой отлучкой Борменталя, он завладел его бритвой и распорол себе скулы так, что Филипп Филиппович и доктор Борменталь накладывали ему на порез швы, отчего Шариков долго выл, заливаясь слезами.

Следующую ночь в кабинете профессора в зеленом полумраке сидели двое—сам Филипп Филиппович и верный, привязанный к нему Борменталь. В доме уже спали. Филипп Филиппович был в своем лазоревом халате и красных туфлях, а Борменталь в рубашке и синих подтяжках. Между врачами на круглом столе рядом с пухлым альбомом стояла бутылка коньяку, блюдечко с лимоном и сигарный ящик. Ученые, накурив полную комнату, с жаром обсуждали последние события: этим вечером Шариков присвоил в кабинете Филиппа Филипповича два червонца, лежавшие под пресс-папье, пропал из квартиры, вернулся поздно и совершенно пьяный. Этого мало. С ним явились две неизвестных личности, шумевших на парадной лестнице и изъявивших желание ночевать в гостях у

---

① Харчеваться—есть, обедать.

② Эскулап—в греческой мифологии бог, покровитель врачей, слово Эскулап стало нарицательным и употребляется в значении "врач".

Шарикова. Удалились означенные личности лишь после того, как Федор, присутствовавший при этой сцене в осеннем пальто, накинутом сверх белья, позвонил по телефону в 45 отделение милиции. Личности мгновенно отбыли, лишь только Федор повесил трубку. Неизвестно куда после ухода личностей задевалась малахитовая пепельница с подзеркальника в передней, бобровая шапка Филиппа Филипповича и его же трость, на каковой трости золотой вязью было написано: "Дорогому и уважаемому Филиппу Филипповичу благодарные ординаторы① в день...", Дальше шла римская цифра "XXV".

—Кто они такие? —наступал Филипп Филиппович, сжимая кулаки, на Шарикова.

Тот, шатаясь и прилипая к шубам, бормотал насчет того, что личности ему неизвестны, что они не сукины сыны какие-нибудь, а хорошие.

—Изумительнее всего, что ведь они же оба пьяные... Как же они ухитрились? —поражался Филипп Филиппович, глядя на место в стойке, где некогда помещалась память юбилея.

—Специалисты, —пояснил Федор, удаляясь спать с рублем в кармане.

...

Вся эта история произошла около часу, а теперь было часа 3 пополуночи, но двое в кабинете бодрствовали, взвинченные коньяком с лимоном. Накурили они до того, что дым двигался густыми медленными плоскостями, даже не колыхаясь.

...

—Филипп Филиппович, я вам говорю!.. —страстно воскликнул Борменталь, сорвался с места, плотнее прикрыл дверь, ведущую в коридор и, вернувшись, продолжал шепотом, —ведь

① Ординаторы—аспиранты-медики.

это—единственный исход. Я не смею вам, конечно, давать советы, но, Филипп Филиппович, посмотрите на себя, вы совершенно замучились, ведь так нельзя же больше работать!

—Абсолютно невозможно, —вздохнув, подтвердил Филипп Филиппович.

—Ну, вот, это же немыслимо, —шептал Борменталь, —в прошлый раз вы говорили, что боитесь за меня, если бы вы знали, дорогой профессор, как вы меня этим тронули. Но ведь я же не мальчик и сам соображаю, насколько это может получиться ужасная шутка. Но по моему глубокому убеждению, другого выхода нет.

Филипп Филиппович встал, замахал на него руками и воскликнул:

—И не соблазняйте, даже и не говорите, —профессор заходил по комнате, закачав дымные волны, —и слушать не буду. Понимаете, что получится, если нас накроют. Нам ведь с вами "принимая во внимание происхождение"—отъехать не придется, невзирая на нашу первую судимость. Ведь у нас нет подходящего происхождения, мой дорогой?

—Какой там черт! Отец был судебным следователем в Вильно, —горестно ответил Борменталь, допивая коньяк.

—Ну вот-с, не угодно ли. Ведь это же дурная наследственность. Пакостнее и представить себе ничего нельзя. Впрочем, виноват, у меня еще хуже. Отец —кафедральный протоиерей①. Мерси②. "От Севильи до Гренады③... В тихом сумраке ночей..." Вот, черт ее возьми.

—Филипп Филиппович, вы—величина мирового значения, и

---

① Кафедральный протоиерей—высокий церковный чин.

② Мерси—(франц.) спасибо.

③ От Севильи до Гренады...—начало романса на музыку Глинки.

из-за какого-то извините за выражение, сукиного сына... Да разве они могут вас тронуть, помилуйте!

—Тем более, не пойду на это, —задумчиво возразил Филипп Филиппович, останавливаясь и озираясь на стеклянный шкаф.

—Да почему?

—Потому что вы-то ведь не величина мирового значения.

...

—Вы великий ученый, вот что! —Молвил Борменталь, глотая коньяк. Глаза его налились кровью.

—Я хотел проделать маленький опыт, после того, как два года тому назад впервые получил из гипофиза вытяжку полового гормона. И вместо этого что же получилось? Боже ты мой! Этих гормонов в гипофизе, о господи... Доктор, передо мной—тупая безнадежность, я клянусь, потерялся.

Борменталь вдруг засучил рукава и произнес, кося глазами к носу:

—Тогда вот что, дорогой учитель, если вы не желаете, я сам на свой риск накормлю его мышьяком. Черт с ним, что папа судебный следователь. Ведь в конце концов—это ваше собственное экспериментальное существо.

Филипп Филиппович потух, обмяк, завалился в кресло и сказал:

—Нет, я не позволю вам этого, милый мальчик. Мне 60 лет, я вам могу давать советы. На преступление не идите никогда, против кого бы оно ни было направлено. Доживите до старости с чистыми руками.

—Помилуйте, Филипп Филиппович, да ежели его еще обработает этот Швондер, что ж из него получится?! Боже мой, я только теперь начинаю понимать, что может выйти из этого Шарикова!

—Ага! Теперь поняли? А я понял через десять дней после

операции. Ну так вот, Швондер и есть самый главный дурак. Он не понимает, что Шариков для него более грозная опасность, чем для меня. Ну, сейчас он всячески старается натравить его на меня, не соображая, что если кто-нибудь в свою очередь натравит Шарикова на самого Швондера, то от него останутся только рожки да ножки[①].

—Еще бы! Одни коты чего стоят! Человек с собачьим сердцем.

—О нет, нет, —протяжно ответил Филипп Филиппович, —вы, доктор, делаете крупнейшую ошибку, ради бога не клевещите на пса. Коты —это временно... Это вопрос дисциплины и двух-трех недель. Уверяю вас. Еще какой-нибудь месяц, и он перестанет на них кидаться.

—А почему не теперь?

—Иван Арнольдович, это элементарно... Что вы на самом деле спрашиваете да ведь гипофиз не повиснет же в воздухе. Ведь он все-таки привит на собачий мозг, дайте же ему прижиться. Сейчас Шариков проявляет уже только остатки собачьего, и поймите, что коты —это лучшее из всего, что он делает. Сообразите, что весь ужас в том, что у него уж не собачье, а именно человеческое сердце. И самое паршивое из всех, которые существуют в природе!

До последней степени взвинченный Борменталь сжал сильные худые руки в кулаки, повел плечами, твердо молвил:

—Кончено. Я его убью!

—Запрещаю это! —Категорически ответил Филипп Филиппович.

—Да помилуйте...

Филипп Филиппович вдруг насторожился, поднял палец.

---

① Останутся только рожки да ножки—ничего не останется.

—Погодите-ка... Мне шаги послышались.

Оба прислушались, но в коридоре было тихо.

—Показалось, —молвил Филипп Филиппович и с жаром заговорил по-немецки. В его словах несколько раз звучало русское слово "уголовщина"①.

—Минуточку, —вдруг насторожился Борменталь и шагнул к двери. Шаги слышались явственно и приблизились к кабинету. Кроме того, бубнил голос. Борменталь распахнул двери и отпрянул в изумлении. Совершенно пораженный Филипп Филиппович застыл в кресле.

В освещенном четырехугольнике коридора предстала в одной ночной сорочке Дарья Петровна с боевым и пылающим лицом. И врача и профессора ослепило обилие мощного и, как от страху показалось обоим, совершенно голого тела. В могучих руках Дарья Петровна волокла что-то, и это "что-то", упираясь, садилось на зад и небольшие его ноги, крытые черным пухом, заплетались по паркету. "Что-то", конечно, оказалось Шариковым, совершенно потерянным, все еще пьяненьким, разлохмаченным и в одной рубашке.

Дарья Петровна, грандиозная и нагая, тряхнула Шарикова, как мешок с картофелем, и произнесла такие слова:

—Полюбуйтесь, господин профессор, на нашего визитера② Телеграфа Телеграфовича. Я замужем была, а Зина —невинная девушка. Хорошо, что я проснулась.

Окончив эту речь, Дарья Петровна впала в состояние стыда, вскрикнула, закрыла грудь руками и унеслась.

—Дарья Петровна, извините ради бога, —опомнившись, крикнул ей вслед красный Филипп Филиппович.

---

① Уголовщина—преступление.

② Визитер—посетитель.

Борменталь повыше засучил рукава рубашки и двинулся к Шарикову.

Филипп Филиппович заглянул ему в глаза и ужаснулся.

—Что вы, доктор! Я запрещаю...

Борменталь правой рукой взял Шарикова за шиворот и тряхнул его так, что полотно на сорочке спереди треснуло.

Филипп Филиппович бросился наперерез и стал выдирать щуплого Шарикова из цепких хирургических рук.

—Вы не имеете права биться! —Полузадушенный кричал Шариков, садясь наземь① и трезвея.

—Доктор! —Вопил Филипп Филиппович.

Борменталь несколько пришел в себя и выпустил Шарикова, после чего тот сейчас же захныкал.

—Ну, ладно, —прошипел Борменталь, —подождем до утра. Я ему устрою бенефис②, когда он протрезвится.

Тут он ухватил Шарикова под мышки и поволок его в приемную спать.

...

IX

Преступление созрело и упало, как камень, как это обычно и бывает. С сосущим нехорошим сердцем вернулся в грузовике Полиграф Полиграфович. Голос Филиппа Филипповича пригласил его в смотровую. Удивленный Шариков пришел и с неясным страхом заглянул в дуло на лице Борменталя, а затем на Филиппа Филипповича. Туча ходила вокруг ассистента и левая его рука с папиросой чуть вздрагивала на блестящей ручке акушерского

---

① Наземь—на землю, на пол.

② Бенефис—(театр. термин) спектакль, где в центре внимания—один актер, для которого устраивается бенефис.

кресла.

Филипп Филиппович со спокойствием очень зловещим сказал:

—Сейчас заберите вещи: брюки, пальто, все, что вам нужно, —и вон из квартиры!

—Как это так? —искренне удивился Шариков.

—Вон из квартиры—сегодня, —монотонно повторил Филипп Филиппович, щурясь на свои ногти.

Какой-то нечистый дух вселился в Полиграфа Полиграфовича; очевидно, гибель уже караулила его и срок стоял у него за плечами. Он сам бросился в обьятия неизбежного и гавкнул злобно и отрывисто:

—Да что такое в самом деле! Что, я управы, что ли, не найду на вас? Я на 16 аршинах здесь сижу и буду сидеть.

—Убирайтесь из квартиры, —задушенно шепнул Филипп Филиппович.

Шариков сам пригласил свою смерть. Он поднял левую руку и показал Филиппу Филипповичу обкусанный, с нестерпимым кошачьим запахом шиш[①]. А затем правой рукой по адресу опасного Борменталя из кармана вынул револьвер. Папироса Борменталя упала падучей звездой, а через несколько секунд прыгающий по битым стеклам Филипп Филиппович в ужасе метался от шкафа к кушетке. На ней распростертый и хрипящий лежал заведующий подотделом очистки, а на груди у него помещался хирург Борменталь и душил его беленькой малой подушкой.

Через несколько минут доктор Борменталь с несвоим лицом прошел на передний ход и рядом с кнопкой звонка наклеил записку:

“Сегодня приема по случаю болезни профессора —нет. Просят не беспокоить звонками”.

---

① Показать шиш—сделать грубый жест, обидный для того, кому его показывают.

Блестящим перочинным ножичком он перерезал провод звонка, в зеркале осмотрел поцарапанное в кровь свое лицо и изодранные, мелкой дрожью прыгающие руки. Затем он появился в дверях кухни и настороженным голосом Зине и Дарье Петровне сказал:

—Профессор просит вас никуда не уходить из квартиры.

—Хорошо, —робко ответили Зина и Дарья Петровна.

—Позвольте мне запереть дверь на черный ход и забрать ключ, —заговорил Борменталь, прячась за дверь в стене и прикрывая ладонью лицо—это временно, не из недоверия к вам. Но кто-нибудь придет, а вы не выдержите и откроете, а нам нельзя мешать. Мы заняты.

—Хорошо, —ответили женщины и сейчас же стали бледными. Борменталь запер черный ход, запер парадный, запер дверь из коридора в переднюю и шаги его пропали у смотровой.

Тишина покрыла квартиру, заползла во все углы. Полезли сумерки, скверные, настороженные, одним словом мрак. Правда, впоследствии соседи через двор говорили, что будто бы в окнах смотровой, выходящих во двор, в этот вечер горели у Преображенского все огни, и даже будто бы они видели белый колпак самого профессора... Проверить трудно. Правда, и Зина, когда уже кончилось, болтала, что в кабинете у камина после того, как Борменталь и профессор вышли из смотровой, ее до смерти напугал Иван Арнольдович. Якобы он сидел в кабинете на корточках и жег в камине собственноручно тетрадь в синей обложке из той пачки, в которой записывались истории болезни профессорских пациентов. Лицо будто бы у доктора было совершенно зеленое и все, ну, все... Вдребезги исцарапанное. И Филипп Филиппович в тот вечер сам на себя не был похож. И еще что... Впрочем, может быть, невинная девушка из пречистенской квартиры и врет...

За одно можно поручиться: в квартире в этот вечер была полнейшая и ужаснейшая тишина.

Эпилог

Ночь в ночь через десять дней после сражения в смотровой в квартире профессора Преображенского, что в Обуховском переулке, ударил резкий звонок. Зину смертельно напугали голоса за дверью.

—Уголовная милиция и следователь. Благоволите открыть.

Забегали шаги, застучали, стали входить, и в сверкающей от огней приемной с заново застекленными шкафами оказалось масса народу. Двое в милицейской форме, один в черном пальто, с портфелем, злорадный и бледный председатель Швондер, юноша-женщина, швейцар Федор, Зина, Дарья Петровна и полуодетый Борменталь, стыдливо прикрывающий горло без галстука.

Дверь из кабинета пропустила Филиппа Филипповича. Он вышел в известном всем лазоревом халате и тут же все могли убедиться сразу, что Филипп Филиппович очень поправился в последнюю неделю. Прежний властный и энергичный Филипп Филиппович, полный достоинства, предстал перед ночными гостями и извинился, что он в халате.

—Не стесняйтесь, профессор, —очень смущенно отозвался человек в штатском, затем он замялся и заговорил.—Очень неприятно. У нас есть ордер на обыск в вашей квартире и, —человек покосился на усы Филиппа Филипповича и докончил, —и арест, в зависимости от результатов.

Филипп Филиппович прищурился и спросил:

—А по какому обвинению, смею спросить, и кого?

Человек почесал щеку и стал вычитывать по бумажке из портфеля.

—По обвинению Преображенского, Борменталя, Зинаиды Буниной и Дарьи Ивановой в убийстве заведующего подотделом очистки МКХ Полиграфа Полиграфовича Шарикова.

Рыдания Зины покрыли конец его слов. Произошло движение.

—Ничего я не понимаю, —ответил Филипп Филиппович, королевски вздергивая плечи, —какого такого Шарикова? Ах, виноват, этого моего пса... которого я оперировал?

—Простите, профессор, не пса, а когда он уже был человеком. Вот в чем дело.

—То-есть он говорил? —спросил Филипп Филиппович, —это еще не значит быть человеком. Впрочем, это не важно. Шарик и сейчас существует, и никто его решительно не убивал.

—Профессор, —очень удивленно заговорил черный человек, поднял брови, —тогда его придется предъявить. Десятый день, как пропал, а данные, извините меня, очень нехорошие.

—Доктор Борменталь, благоволите предъявить Шарика следователю, приказал Филипп Филиппович, овладевая ордером.

Доктор Борменталь, криво улыбнувшись, вышел. Когда он вернулся и посвистал, за ним из двери кабинета выскочил пес странного качества. Пятнами он был лыс, пятнами на нем отрастала шерсть. Вышел он, как ученый циркач, на задних лапах, потом опустился на все четыре и осмотрелся. Гробовое молчание застыло в приемной, как желе. Кошмарного вида пес с багровым шрамом на лбу вновь поднялся на задние лапы и, улыбнувшись, сел в кресло.

Второй милиционер вдруг перекрестился размашистым крестом и, отступив, сразу отдавил Зине обе ноги.

Человек в черном, не закрывая рта, выговорил такое:

—Как же, позвольте?.. Он служил в очистке...

—Я его туда не назначал, —ответил Филипп Филиппович, —ему господин Швондер дал рекомендацию, если я не ошибаюсь.

—Я ничего не понимаю, —растерянно сказал черный и

обратился к первому милиционеру. —Это он?

—Он, —беззвучно ответил милицейский. —Форменно он.

—Он самый, —послышался голос Федора, —только, сволочь, опять оброс.

—Он же говорил... Кхе... Кхе...

—И сейчас еще говорит, но только все меньше и меньше, так что пользуйтесь случаем, а то он скоро совсем умолкнет.

—Но почему же? —Тихо осведомился черный человек.

Филипп Филиппович пожал плечами.

—Наука еще не знает способов обращать зверей в людей. Вот я попробовал да только неудачно, как видите. Поговорил и начал обращаться в первобытное состояние. Атавизм.

—Неприличными словами не выражаться, —вдруг гаркнул пес с кресла и встал.

Черный человек внезапно побледнел, уронил портфель и стал падать на бок милицейский подхватил его сбоку, а Федор сзади. Произошла суматоха и в ней отчетливей всего были слышны три фразы:

Филиппа Филипповича: "Валерьянки! Это обморок".

Доктора Борменталя: "Швондера я собственноручно сброшу с лестницы, если он еще раз появится в квартире профессора Преображенского!"

И Швондера: "Прошу занести эти слова в протокол !".

Серые гармонии труб играли. Шторы скрыли густую пречистенскую ночь с ее одинокой звездою. Высшее существо, важный песий благотворитель сидел в кресле, а пес Шарик, привалившись, лежал на ковре у кожаного дивана. От мартовского тумана пес по утрам страдал головными болями, которые мучали его кольцом по головному шву. Но от тепла к вечеру они проходили. И сейчас легчало, легчало, и мысли в голове у пса текли складные и теплые.

"Так свезло мне, так свезло[1], —думал он, задремывая, — просто неописуемо свезло. Утвердился я в этой квартире. Окончательно уверен я, что в моем происхождении нечисто. Тут не без водолаза[2]. Потаскуха была моя бабушка, царство ей небесное, старушке. Правда, голову всю исполосовали зачем-то, но это до свадьбы заживет. Нам на это нечего смотреть".

В отдалении глухо позвякивали склянки. Тяпнутый убирал в шкафах смотровой.

Седой же волшебник сидел и напевал:

— "К берегам священным Нила..."

Пес видел страшные дела. Руки в скользких перчатках важный человек погружал в сосуд, доставал мозги, —упорный человек, настойчивый, все чего-то добивался, резал, рассматривал, щурился и пел:

—"К берегам священным Нила..."

(1925)

Краткий анализ произведения:

М. А. Булгаков—замечательный писатель-сатирик, высмеявший в своих повестях, пьесах и романе 《Мастер и Маргарита》 уродливые, абсурдные и часто страшные черты советской действительности.

Сатирическая повесть с элементами фантастики 《Собачье сердце》 была написана в 1925 году, время ее действия—начало 20-ых годов (первые послереволюционные годы), когда Лениным для оживления умиравшей после гражданской войны российской экономики был временно введена НЭП (новая экономическая политика)... НЭП, длившаяся до 1925 г., помогла справится с

① Свезло—повезло.

② Водолаз—порода собак.

голодом, подняла производство товаров потребления, оживила торговлю. Появились «нэпманы»—мелкая буржуазия, но появились временно, т. е. будущее было за новым человеком, выходцем из рабоче-крестьяских классов. Но всех этих будущих новых людей еще надо было перевоспитать из старого материала—неграмотной, духовно неразвитой серой массы.

Создать, воспитать—это была благородная задача. Что же получилось на практике? Те методы, которыми новая власть пыталась осуществить эту задачу, и высмеял Булгаков в повести «Собачье сердце».

Герой повести профессор Преображенсксй, всемирно известный врач, занимаясь научными изысканиеми в области омоложения (и, тем самым, оздоровления) человеческого организма, во время одного из экспериментов нечаянно создает из ободранного, голодного, бездомного пса Шарика—человека Шарикова! Результат эксперимента оказался совершенно неожиданным для ученого: Шариков, как само себя назвало зародившееся на операционном столе новое существо, оказался воплощением всех худших черт, которые за многие века нищеты, духовного и физического рабства выработались в характере беднейших слоев народа. Быстро выяснилось, что он цепкий и пробивной (иначе не выживешь, не пробьешься в жизни), грубый хам, невежа, грязнуля и к тому же пьяница. И при этом Шариков очень быстро научился «качать права»—отстаивать те свои привилегии, которыми наделила бедняков советская власть, и так же быстро овладел специфическими штампами новой речи—ими он стал ловко манипулировать. Поэтому так быстро удалось Шарикову на законном основании поселиться и «прописаться» в квартире профессора и перврнуть вверх ногами всю его жизнь.

Закон представляет домком и его председатель Швондер, стремящийся унизить прежних владельцев квартир на том основании, что они—бывшие《господа》и в новой жизни не имеют никаких прав. Швондер ведет настоящую атаку против этих представителей старой российской интеллигенции. Обладая большой властью, этот человек может быть страшен —в его руках судьбы людей, которыми он распоряжается по своему усмотрению.

Булгаков высмеивает и Шарикова, и Швондера, и человека домкома—всех этих《новых》людей. Но не только высмеивает—он сатирически разоблачает их, раскрывая их подлинные шкурнические интересы(у Шарикова—зацепиться за профессорскую квартиру и сытую жизнь, у Швондера—за власть).

Но сатирический план—это только первый, лежащий на поверхности пласт гениальной повести Булгакова. Есть и другие пласты.

《Собачье сердце》—это повесть-предупреждение. Еще в 1925 году, когда давление на русскую интеллигенцию со стороны нового государства только еще начинало набирать силу, писатель предвидел, во что это может вылиться, если не остановить его процесс. Булгаков тогда, конечно, не догадывался по возможности будущих политических процессов, развернувшихся в СССР в середине 30-х годов, но уже почувствовал опасность, исходящую от таких людей, как Шариков, а главное, как Швондер—людей, наделенных властью, которые будут использовать《темных》невежественных шариковых. А пока Булгаков заканчивает повесть оптимически: в конце концов профессор возвращает Шарикова в его прежнее собачье состояние.

Есть еще здесь и план философский. Профессор хотел 《улучшить человеческую породу》, надеялся в короткий срок 《сделать из зверя человека》. Но, мучительно размышляя над результатами своего эксперимента, ученый приходит к выводу, что в принципе нельзя совершать насилие над человеческой природой. Чтобы вырвать людей из звериного быта, из духовной неразвитости и подготовить их к управлению государством, нужно длительное время и большой воспитательный труд—человеческая личность должна проделать долгий эволюционный путь.

Подобные эксперименты по искусственному созданию улучшенных человеческих особей с давних пор пытались осмыслить и показать в своих произведениях многие великие писатели мира—Булгаков продолжает здесь одну из традиций мировой литературы.

Булгаков, руководствуясь своим инстинктом художника, правильно угадал ответ на вопрос о праве ученых на насильственное вмешательство в природу человека. Сейчас этот вопрос решился уже современной наукой генетикой, обьяснившей влияние наследственности на личность. В наше время этот вопрос стоит особенно остро, т. е. ученые научились клонировать человека (из живой или умершей клетки животного и человека создавать точное подобие обладателя клетки). И Булгаков своей повестью заставляет задуматься, стоит ли делать это.

Вопросы и задания:

1. Какие люди и явления советской действительности 20-х годов XX века являются предметом сатирического осмеяния Булгакова?

2. Что предвидел Булгаков в повести 《Собачье сердце》, создавая образы Шарикова и Швондера?

3. Какие философские вопросы ставит писатель в своей повести?

Литература:

1. Булгаков М. Избранные произведения в двух томах, Изд. Художественной литературы 《Анипро》, Киев, 1989.

2. Яновская Л. Творческий путь М. Булгакова, М., 1983.

3. Л. Я. Шнейберг, И. В. Кондаков, От Горького до Солженицына пособие по литературе для поступающих в вузы, М. ,《Высшая школа》, 1995.

4. Русская литература XX века 11 класс, в двух частях, часть 2, М. ,《Просвещение》, 1999.

Михаил Александрович Шолохов
(1905—1984)

СУДЬБА ЧЕЛОВЕКА
(рассказ)

Евгении Григорьевне Левицкой,
члену КПСС с 1903 *года*

Первая послевоенная весна была на Верхнем Дону на редкость дружная и напористая[1]. В конце марта из Приазовья подули теплые ветры, и уже через двое суток начисто оголились пески левобережья Дона, в степи вспухли набитые снегом лога и балки, взломав лед, бешено взыграли степные речки, и дороги стали почти совсем непроездны.

В эту недобрую пору бездорожья мне пришлось ехать в станицу Букановскую. И расстояние небольшое—всего лишь около шестидесяти километров,—но одолеть их оказалось не так-то просто. Мы с товарищем выехали до восхода солнца. Пара сытых лошадей, в струну натягивая постромки, еле тащила тяжелую бричку. Колеса по самую ступицу проваливались в отсыревший, перемешанный со снегом и льдом песок, и через час на лошадиных боках и стегнах, под тонкими ремнями шлеек, уже показались белые пышные хлопья мыла, а в утреннем свежем воздухе остро и пьяняще запахло лошадиным потом и согретым деготьком щедро смазанной конской сбруи.

Там, где было особенно трудно лошадям, мы слезали с

---

[1] Напористая—с напором, от слов “напор”, напирать.

брички, шли пешком. Под сапогами хлюпал размокший снег, идти было тяжело, но по обочинам дороги все еще держался хрустально поблескивавший на солнце ледок, и там пробираться было еще труднее. Только часов через шесть покрыли расстояние в тридцать километров, подъехали к переправе через речку Еланку.

Небольшая, местами пересыхающая летом речушка против хутора Моховского в заболоченной, поросшей ольхами пойме разлилась на целый километр. Переправляться надо было на утлой[①] плоскодонке[②], поднимавшей не больше трех человек. Мы отпустили лошадей. На той стороне в колхозном сарае нас ожидал старенький, видавший виды "виллис"[③], оставленный там еще зимою. Вдвоем с шофером мы не без опасения сели в ветхую лодчонку. Товарищ с вещами остался на берегу. Едва отчалили, как из прогнившего днища в разных местах фонтанчиками забила вода. Подручными средствами конопатили[④] ненадежную посудину и вычерпывали из нее воду, пока не доехали. Через час мы были на той стороне Еланки. Шофер пригнал из хутора машину, подошел к лодке и сказал, берясь за весло:

—Если это проклятое корыто не развалится на воде,—часа через два приедем, раньше не ждите.

Хутор раскинулся далеко в стороне, и возле причала стояла такая тишина, какая бывает в безлюдных местах только глухою осенью и в самом начале весны. От воды тянуло сыростью, терпкой горечью гниющей ольхи, а с дальних прихоперских[⑤] степей, тонувших в сиреневой дымке тумана, легкий ветерок нес извечно

① Утлая—здесь, старая, пришедшая в почти полную негодность.

② Плоскодонка—лодка с плоским дном.

③ Вилис—популярная во время 2-ой мировой войны марка автомашины, приспособленной к плохим дорогам.

④ Конопатить лодку—заделывать в ней дыры.

⑤ Прихоперские—около реки Хопер.

юный, еле уловимый аромат недавно освободившейся из-под снега земли.

Неподалеку, на прибрежном песке, лежал поваленный плетень. Я присел на него, хотел закурить, но сунув руку в правый карман ватной стеганки, к великому огорчению, обнаружил, что пачка "Беломора"[1] совершенно размокла. Во время переправы волна хлестнула через борт низко сидевшей лодки, по пояс окатила меня мутной водой. Тогда мне некогда было думать о папиросах, надо было, бросив весло, побыстрее вычерпывать воду, чтобы лодка не затонула, а теперь, горько досадуя на свою оплошность, я бережно извлек из кармана раскисшую пачку, присел на корточки и стал по одной раскладывать на плетне влажные, побуревшие папиросы.

Был полдень. Солнце светило горячо, как в мае. Я надеялся, что папиросы скоро высохнут. Солнце светило так горячо, что я уже пожалел о том, что надел в дорогу солдатские ватные штаны и стеганку. Это был первый после зимы по-настоящему теплый день. Хорошо было сидеть на плетне вот так, одному, целиком покорясь тишине и одиночеству, и, сняв с головы старую солдатскую ушанку, сушить на ветерке мокрые после тяжелой гребли волосы, бездумно следить за проплывающими в блеклой синеве белыми грудастыми облаками.

Вскоре я увидел, как из-за крайних дворов хутора вышел на дорогу мужчина. Он вел за руку маленького мальчика, судя по росту—лет пяти-шести, не больше. Они устало брели по направлению к переправе, но, поравнявшись с машиной, повернули ко мне. Высокий, сутуловатый мужчина, подойдя вплотную, сказал приглушенным баском:

—Здорово, браток!

---

① Беломора—сорт папирос.

—Здравствуй. —Я пожал протянутую мне большую, черствую руку.

Мужчина наклонился к мальчику, сказал:

—Поздоровайся с дядей, сынок. Он, видать, такой же шофер, как и твой папанька. Только мы с тобой на грузовой ездили, а он вот эту маленькую машину гоняет.

Глядя мне прямо в глаза светлыми, как небушко, глазами, чуть-чуть улыбаясь, мальчик смело протянул мне розовую холодную ручонку. Я легонько потряс ее, спросил:

—Что же это у тебя, старик, рука такая холодная? На дворе теплынь, а ты замерзаешь?

С трогательной детской доверчивостью малыш прижался к моим коленям, удивленно приподнял белесые бровки.

—Какой же я старик, дядя? Я вовсе мальчик, и я вовсе не замерзаю, а руки холодные—снежки катал потому что.

Сняв со спины тощий вещевой мешок, устало присаживаясь рядом со мною, отец сказал:

—Беда мне с этим пассажиром. Через него и я подбился. Широко шагнешь—он уже на рысь переходит, вот и изволь к такому пехотинцу приноравливаться. Там, где мне надо раз шагнуть,—я три раза шагаю, так и идем с ним враздробь, как конь с черепахой. А тут ведь за ним глаз да глаз нужен. Чуть отвернешься, а он уже по лужине бредет или леденику отломит и сосет вместо конфеты. Нет, не мужчинское это дело с такими пассажирами путешествовать, да еще походным порядком. —Он помолчал немного, потом спросил:—А ты что же, браток, свое начальство ждешь?

Мне было неудобно разуверять его в том, что я не шофер, и я ответил:

—Приходится ждать.

—С той стороны подъедут?

—Да.

—Не знаешь, скоро ли подойдет лодка?

—Часа через два.

—Порядком[1]. Ну что ж, пока отдохнем, спешить мне некуда. А я иду мимо, гляжу: свой брат-шофер загорает. Дай, думаю, зайду, перекурим вместе. Одному-то и курить, и помирать тошно. А ты богато живешь, папироски куришь. Подмочил их, стало быть? Ну, брат, табак моченый, что конь леченый, никуда не годится. Давай-ка лучше моего крепачка[2] закурим.

Он достал из кармана защитных летних штанов свернутый в трубку малиновый шелковый потертый кисет, развернул его, и я успел прочитать вышитую на уголке надпись: "Дорогому бойцу от ученицы 6-го класса Лебедянской средней школы".

Мы закурили крепчайшего самосада[3] и долго молчали. Я хотел было спросить, куда он идет с ребенком, какая нужда его гонит в такую распутицу, но он опередил меня вопросом:

—Ты что же, всю войну за баранкой[4]?

—Почти всю.

—На фронте?

—Да.

—Ну, и мне там пришлось, браток, хлебнуть горюшка по ноздри и выше[5].

Он положил на колени большие темные руки, сгорбился. Я сбоку взглянул на него, и мне стало что-то не по себе... Видали вы когда-нибудь глаза, словно присыпанные пеплом, наполненные такой неизбывной смертной тоской, что в них трудно смотреть? Вот

---

① Порядком—(разг.)довольно долго.

② Крепачок—крепкий сильный табак.

③ Самосад—табак, выращиваемый крестьянами, не из магазина.

④ За баранкой—(прост.)за рулем.

⑤ Хлебнуть горюшка по ноздри и выше—испытать много неприятного, тяжелого.

такие глаза были у моего случайного собеседника.

Выломав из плетня сухую искривленную хворостинку, он с минуту молча водил ею по песку, вычерчивая какие-то замысловатые фигуры, а потом заговорил:

—Иной раз не спишь ночью, глядишь в темноту пустыми глазами и думаешь: "За что же ты, жизнь, меня так покалечила? За что так исказнила?" Нету мне ответа ни в темноте, ни при ясном солнышке... Нету и не дождусь! —И вдруг спохватился: ласково подталкивая сынишку, сказал: —Пойди, милок, поиграйся возле воды, у большой воды для ребятишек всегда какая-нибудь добыча найдется. Только, гляди, ноги не промочи!

Еще когда мы в молчании курили, я, украдкой рассматривая отца и сынишку, с удивлением отметил про себя одно, странное на мой взгляд, обстоятельство. Мальчик был одет просто, но добротно: и в том, как сидела на нем подбитая легкой, поношенной цигейкой длиннополая курточка, и в том, что крохотные сапожки были сшиты с расчетом надевать их на шерстяной носок, и очень искусный шов на разорванном когда-то рукаве курточки—все выдавало женскую заботу, умелые материнские руки. А отец выглядел иначе: прожженный в нескольких местах ватник был небрежно и грубо заштопан, латка на выношенных защитных штанах не пришита как следует, а скорее наживлена[①] широкими, мужскими стежками; на нем были почти новые солдатские ботинки, но плотные шерстяные носки изъедены молью, их не коснулась женская рука... Еще тогда я подумал: "Или вдовец, или живет не в ладах с женой".

Но вот он, проводив глазами сынишку, глухо покашлял, снова заговорил, и я весь превратился в слух.

—Поначалу жизнь моя была обыкновенная. Сам я уроженец

---

① Наживать—о шитье, только прикрепить кое-как, а не пришить аккуратно.

Воронежской губернии, с тысяча девятьсотого года рождения. В гражданскую войну был в Красной Армии, в дивизии Киквидзе. В голодный двадцать второй год подался на Кубань, ишачить на кулаков, потому и уцелел. А отец с матерью и сестренкой дома померли от голода. Остался один. Родни—хоть шаром покати①,—нигде, никого, ни одной души. Ну, через год вернулся с Кубани, хатенку продал, поехал в Воронеж. Поначалу работал в плотницкой артели, потом пошел на завод, выучился на слесаря. Вскорости женился. Жена воспитывалась в детском доме. Сиротка. Хорошая попалась мне девка! Смирная, веселая, угодливая и умница, не мне чета. Она с детства узнала, почем фунт лиха стоит②, может, это и сказалось на ее характере. Со стороны глядеть—не так уж она была из себя видная③, но ведь я-то не со стороны на нее глядел, а в упор. И не было для меня красивее и желанней ее, не было на свете и не будет!

Придешь с работы усталый, а иной раз и злой, как черт. Нет, на грубое слово она тебе не нагрубит в ответ. Ласковая, тихая, не знает, где тебя усадить, бьется, чтобы и при малом достатке сладкий кусок тебе сготовить. Смотришь на нее и отходишь сердцем, а спустя немного обнимешь ее, скажешь: “Прости, милая Иринка, нахамил я тебе. Понимаешь, с работой у меня нынче не заладилось”. И опять у нас мир, и у меня покой на душе. А ты знаешь, браток, что это означает для работы? Утром я встаю как встрепанный, иду на завод, и любая работа у меня в руках кипит и спорится! Вот что это означает—иметь умную жену-подругу.

Приходилось кое-когда после получки и выпивать с товарищами. Кое-когда бывало и так, что идешь домой и такие

---

① Хоть шаром покати—(разг.)ничего нет, совершенно пусто.

② Почём фунт лиха стоит— (разг.)узнать сполна горе, трудности.

③ Из себя видная—внешне красивая, стройная.

кренделя ногами выписываешь[1], что со стороны, небось, глядеть страшно. Тесна тебе улица, да и шабаш, не говоря уже про переулки. Парень я был тогда здоровый и сильный, как дьявол, выпить мог много, а до дому всегда добирался на своих ногах. Но случалось иной раз и так, что последний перегон шел на первой скорости, то есть на четвереньках, однако же добирался. И опять же ни тебе упрека, ни крика, ни скандала. Только посмеивается моя Иринка, да и то осторожно, чтобы я спьяну не обиделся. Разует меня и шепчет: "Ложись к стенке, Андрюша, а то сонный упадешь с кровати". Ну, я, как куль с овсом, упаду, и все поплывет перед глазами. Только слышу сквозь сон, что она по голове меня тихонько гладит рукою и шепчет что-то ласковое, жалеет, значит...

Утром она меня часа за два до работы на ноги подымет, чтобы я размялся. Знает, что на похмелье я ничего есть не буду, ну, достанет огурец соленый или еще что-нибудь по легости, нальет граненый стаканчик водки. "Похмелись, Андрюша, только больше не надо, мой милый". Да разве же можно не оправдать такого доверия? Выпью, поблагодарю ее без слов, одними глазами, поцелую и пошел на работу, как миленький. А скажи она мне, хмельному, слово поперек, крикни или обругайся, и я бы, как бог свят[2], и на второй день напился. Так бывает в иных семьях, где жена дура; насмотрелся я на таких шалав[3], знаю.

Вскорости дети у нас пошли. Сначала сынишка родился, через год еще две девочки... Тут я от товарищей откололся. Всю получку домой несу, семья стала числом порядочная, не до выпивки. В выходной кружку пива выпью и на этом ставлю точку.

---

① Кренделя ногами выписываешь—(прост.)идешь шатаясь, пьяной походкой.

② Как бог свят—(идиома)обязательно.

③ Шалава—ругательное слово, относящееся к женщине.

В двадцать девятом году завлекли меня машины. Изучил автодело, сел за баранку на грузовой. Потом втянулся и уже не захотел возвращаться на завод. За рулем показалось мне веселее. Так и прожил десять лет и не заметил, как они прошли. Прошли как будто во сне. Да что десять лет! Спроси у любого пожилого человека—приметил он, как жизнь прожил? Ни черта он не приметил! Прошлое—вот как та дальняя степь в дымке. Утром я шел по ней, все было ясно кругом, а отшагал двадцать километров, и вот уже затянула степь дымка, и отсюда уже не отличишь лес от бурьяна, пашню от травокоса①...

Работал я эти десять лет и день и ночь. Зарабатывал хорошо, и жили мы не хуже людей. И дети радовали: все трое учились на "отлично", а старшенький, Анатолий, оказался таким способным к математике, что про него даже в центральной газете писали. Откуда у него проявился такой огромадный талант к этой науке, я и сам, браток, не знаю. Только очень мне это было лестно, и гордился я им, страсть как гордился!

За десять лет скопили мы немного деньжонок и перед войной поставили тебе домишко об двух комнатах, с кладовкой и коридорчиком. Ирина купила двух коз. Чего еще больше надо? Дети кашу едят с молоком, крыша над головою есть, одеты, обуты, стало быть, все в порядке. Только построился я неловко. Отвели мне участок в шесть соток неподалеку от авиазавода. Будь моя хибарка в другом месте, может, и жизнь сложилась бы иначе...

А тут вот она, война. На второй день повестка из военкомата②, а на третий—пожалуйте в эшелон. Провожали меня

① Травокос—место, где скосили травы.

② Повестка из военкомата—бумага-сообщение из военкомата военной комиссии о срочном призыве в армию.

все четверо моих: Ирина, Анатолий и дочери—Настенька и Олюшка. Все ребята держались молодцом. Ну, у дочерей—не без того, посверкивали слезинки. Анатолий только плечами передергивал, как от холода, ему к тому времени уже семнадцатый год шел, а Ирина моя... Такой я ее за все семнадцать лет нашей совместной жизни ни разу не видал. Ночью у меня на плече и на груди рубаха от ее слез не просыхала, и утром такая же история... Пришли на вокзал, а я на нее от жалости глядеть не могу: губы от слез распухли, волосы из-под платка выбились, и глаза мутные, несмысленные, как у тронутого умом① человека. Командиры объявляют посадку, а она упала мне на грудь, руки на моей шее сцепила и вся дрожит, будто подрубленное дерево... И детишки ее уговаривают, и я,—ничего не помогает! Другие женщины с мужьями, с сыновьями разговаривают, а моя прижалась ко мне, как лист к ветке, и только вся дрожит, а слова вымолвить не может. Я и говорю ей: "Возьми же себя в руки, милая моя Иринка! Скажи мне хоть слово на прощанье". Она и говорит, и за каждым словом всхлипывает: "Родненький мой... Андрюша... не увидимся мы с тобой... больше... на этом... свете"...

Тут у самого от жалости к ней сердце на части разрывается, а тут она с такими словами. Должна бы понимать, что мне тоже нелегко с ними расставаться, не к теще на блины собрался②. Зло меня тут взяло! Силой я разнял ее руки и легонько толкнул в плечи. Толкнул вроде легонько, а сила-то у меня была дурачья; она попятилась, шага три ступнула назад и опять ко мне идет мелкими шажками, руки протягивает, а я кричу ей: "Да разве же так прощаются? Что ты меня раньше времени заживо хоронишь?!"

---

① Тронутый умом—психически больной.

② К тёще на блины—(идиома) на приятную прогулку, в гость.

Ну, опять обнял ее, вижу, что она не в себе...

Он на полуслове резко оборвал рассказ, и в наступившей тишине я услышал, как у него что-то клокочет и булькает в горле. Чужое волнение передалось и мне. Искоса взглянул я на рассказчика, но ни единой слезинки не увидел в его словно бы мертвых, потухших глазах. Он сидел, понуро склонив голову, только большие, безвольно опущенные руки мелко дрожали, дрожал подбородок, дрожали твердые губы...

—Не надо, друг, не вспоминай! —тихо проговорил я, но он, наверное, не слышал моих слов и, каким-то огромным усилием воли поборов волнение, вдруг сказал охрипшим, странно изменившимся голосом:

—До самой смерти, до последнего моего часа, помирать буду, а не прощу себе, что тогда ее оттолкнул!..

Он снова и надолго замолчал. Пытался свернуть папиросу, но газетная бумага рвалась, табак сыпался на колени. Наконец он все же кое-как сделал крученку①, несколько раз жадно затянулся и, покашливая, продолжал:

—Оторвался я от Ирины, взял ее лицо в ладони, целую, а у нее губы как лед. С детишками попрощался, бегу к вагону, уже на ходу вскочил на подножку. Поезд взял с места тихо-тихо; проезжать мне—мимо своих. Гляжу, детишки мои осиротелые в кучку сбились, руками мне машут, хотят улыбаться, а оно не выходит. А Ирина прижала руки к груди; губы белые как мел, что-то она ими шепчет, смотрит на меня, не сморгнет, а сама вся вперед клонится, будто хочет шагнуть против сильного ветра... Такой она и в памяти мне на всю жизнь осталась: руки, прижатые к груди, белые губы и широко раскрытые глаза, полные слез... По

---

① Крученка—свернутая из бумаги (обычно газетной) папироска, наполненная табаком.

большей части такой я ее и во сне всегда вижу... Зачем я ее тогда оттолкнул? Сердце до сих пор, как вспомню, будто тупым ножом режут...

Формировали нас под Белой Церковью, на Украине. Дали мне ЗИС-5①. На нем и поехал на фронт. Ну, про войну тебе нечего рассказывать, сам видал и знаешь, как оно было поначалу. От своих письма получал часто, а сам крылатки② посылал редко. Бывало, напишешь, что, мол, все в порядке, помаленьку воюем, и хотя сейчас отступаем, но скоро соберемся с силами и тогда дадим фрицам прикурить③. А что еще можно было писать? Тошное время было, не до писаний было. Да и признаться, и сам я не охотник был на жалобных струнах играть и терпеть не мог этаких слюнявых, какие каждый день, к делу и не к делу, женам и милахам писали, сопли по бумаге размазывали. Трудно, дескать, ему, тяжело, того и гляди убьют. И вот он, сука в штанах, жалуется, сочувствия ищет, слюнявится, а того не хочет понять, что этим разнесчастным бабенкам и детишкам не слаже④ нашего в тылу приходилось. Вся держава на них оперлась! Какие же это плечи нашим женщинам и детишкам надо было иметь, чтобы под такой тяжестью не согнуться? А вот не согнулись, выстояли! А такой хлюст, мокрая душонка, напишет жалостное письмо—и трудящую женщину, как рюхой под ноги⑤. Она после этого письма, горемыка⑥, и руки опустит, и работа ей не в работу. Нет!

---

① ЗИС-5—марка автомашины.

② Крылатки—солдатские письма, которые посылались бесплатно и делались из письма, сложеного треугольником (без конверта), напоминали бумажные игрушечные самолетики.

③ Дадим прикурить—(прост.) наказать, дать взбучку.

④ Не слаже—(простонар.) не слаще.

⑤ Как рюхой под ноги—свалить с ног.

⑥ Горемыка—несчастная.

На то ты и мужчина, на то ты и солдат, чтобы все вытерпеть, все снести, если к этому нужда позвала. А если в тебе бабьей закваски больше, чем мужской, то надевай юбку со сборками, чтобы свой тощий зад прикрыть попышнее, чтобы хоть сзади на бабу был похож, и ступай свеклу полоть или коров доить, а на фронте ты такой не нужен, там и без тебя вони много!

Только не пришлось мне и года повоевать... Два раза за это время был ранен, но оба раза по легости: один раз—в мякоть руки, другой—в ногу; первый раз—пулей с самолета, другой—осколком снаряда. Дырявил немец мою машину и сверху и с боков, но мне, браток, везло на первых порах. Везло-везло, да и довезло до самой ручки①... Попал я в плен под Лозовеньками в мае сорок второго года при таком неловком случае: немец тогда здорово наступал, и оказалась одна наша стодвадцатидвухмиллиметровая гаубичная батарея почти без снарядов; нагрузили мою машину снарядами по самую завязку②, и сам я на погрузке работал так, что гимнастерка к лопаткам прикипала. Надо было сильно спешить потому, что бой приближался к нам: слева чьи-то танки гремят, справа стрельба идет, впереди стрельба, и уже начало попахивать жареным③...

Командир нашей автороты спрашивает: "Проскочишь, Соколов?" А тут и спрашивать нечего было. Там товарищи мои, может, погибают, а я тут чухаться④ буду? "Какой разговор! —отвечаю ему.—Я должен проскочить, и баста⑤!"—"Ну,—говорит,—дуй⑥! Жми на всю железку⑦!"

---

① До ручки—(прост.) до конца.

② Под завязку—(прост.) с верхом.

③ Попахивать жареным—(идиома) опасно.

④ Чухаться—медлить.

⑤ Баста—конец.

⑥ Дуй—здесь, мчись.

⑦ На всю железку—(прост.) изо всех сил, очень сильно.

Я и подул. В жизни так не ездил, как на этот раз! Знал, что не картошку везу, что с этим грузом осторожность в езде нужна, но какая же тут может быть осторожность, когда там ребята с пустыми руками воюют, когда дорога вся насквозь артогнем[①] простреливается. Пробежал километров шесть, скоро мне уже на проселок сворачивать, чтобы пробраться к балке, где батарея стояла, а тут гляжу—мать честная—пехотка наша и справа и слева от грейдера[②] по чистому полю сыплет, и уже мины рвутся по их порядкам. Что мне делать? Не поворачивать же назад? Давлю вовсю! И до батареи остался какой-нибудь километр, уже свернул я на проселок[③], а добраться до своих мне, браток, не пришлось... Видно, из дальнобойного тяжелый[④] положил он мне возле машины. Не слыхал я ни разрыва, ничего, только в голове будто что-то лопнуло, и больше ничего не помню. Как остался я живой тогда—не понимаю, и сколько времени пролежал метрах в восьми от кювета[⑤]—не соображу. Очнулся, а встать на ноги не могу: голова у меня дергается, всего трясет, будто в лихорадке, в глазах темень, в левом плече что-то скрипит и похрустывает, и боль во всем теле такая, как, скажи, меня двое суток подряд били чем попадя. Долго я по земле на животе елозил[⑥], но кое-как встал. Однако опять же ничего не пойму, где я и что со мной стряслось. Память-то мне начисто отшибло. А обратно лечь боюсь. Боюсь, что ляжу и больше не встану, помру. Стою и качаюсь из стороны в сторону, как тополь в бурю.

Когда пришел в себя, опомнился и огляделся как следует,—

---

① Артогонь—(сокращ.), от словосочетания “артиллерийский огонь”.

② Грейдер—машина, выравнивающая землю.

③ Проселок—неглавная, боковая дорога.

④ Тяжёлый—имеется в виду тяжёлый снаряд.

⑤ Кювет—ров, вырытый с двух сторон вдоль дороги.

⑥ Елозить—тереться телом обо что-то, чтобы сдвинуться с места.

сердце будто кто-то плоскогубцами сжал: кругом снаряды валяются, какие я вез, неподалеку моя машина, вся в клочья побитая, лежит вверх колесами, а бой-то, бой-то уже сзади меня идет... Это как?

Нечего греха таить①, вот тут-то у меня ноги сами собою подкосились, и я упал как срезанный, потому что понял, что я—в плену у фашистов. Вот как оно на войне бывает...

Ох, браток, нелегкое это дело понять, что ты не по своей воле в плену. Кто этого на своей шкуре не испытал, тому не сразу в душу въедешь, чтобы до него по-человечески дошло, что означает эта штука.

Ну, вот, стало быть, лежу я и слышу: танки гремят. Четыре немецких средних танка на полном газу прошли мимо меня туда, откуда я со снарядами выехал... Каково это было переживать? Потом тягачи② с пушками потянулись, полевая кухня проехала, потом пехота пошла, не густо, так, не больше одной битой роты. Погляжу, погляжу на них краем глаза и опять прижмусь щекой к земле, глаза закрою: тошно мне на них глядеть, и на сердце тошно...

Думал, все прошли, приподнял голову, а их шесть автоматчиков—вот они, шагают метрах в ста от меня. Гляжу, сворачивают с дороги и прямо ко мне. Идут молчаком. "Вот,—думаю,—и смерть моя на подходе". Я сел, неохота лежа помирать, потом встал. Один из них, не доходя шагов нескольких, плечом дернул, автомат снял. И вот как потешно③ человек устроен: никакой паники, ни сердечной робости в эту

---

① Нечего греха таить—(разг.) нужно, следует, следует признаться.

② Тягачи—тяжёлые автомашины, которые предназначены что-либо тащить за собой.

③ Потешно—смешно.

минуту у меня не было. Только гляжу на него и думаю: "Сейчас даст он по мне короткую очередь, а куда будет бить? В голову или поперек груди?" Как будто мне это не один черт①, какое место он в моем теле прострочит.

Молодой парень, собою ладный такой, чернявый, а губы тонкие, в нитку, и глаза с прищуром. "Этот убьет и не задумается",—соображаю про себя. Так оно и есть: вскинул автомат—я ему прямо в глаза гляжу, молчу, а другой, ефрейтор②, что ли, постарше его возрастом, можно сказать пожилой, что-то крикнул, отодвинул его в сторону, подошел ко мне, лопочет по-своему и правую руку мою в локте сгибает, мускул, значит, щупает. Попробовал и говорит: "О-о-о!"—и показывает на дорогу, на заход солнца. Топай, мол, рабочая скотинка, трудиться на наш райх③. Хозяином оказался, сукин сын!

Но чернявый присмотрелся на мои сапоги, а они у меня с виду были добрые, показывает рукой: "Сымай"④. Сел я на землю, снял сапоги, подаю ему. Он их из рук у меня прямо-таки выхватил. Размотал я портянки⑤, протягиваю ему, а сам гляжу на него снизу вверх. Но он заорал, заругался по-своему и опять за автомат хватается. Остальные ржут⑥. С тем по-мирному и отошли. Только этот чернявый, пока дошел до дороги, раза три оглянулся на меня, глазами сверкает, как волчонок, злится, а чего? Будто я с него сапоги снял, а не он с меня.

---

① Не один черт—не все равно.

② Ефрейтор—офицерский чин.

③ Райх—(нем.) империя. Этим словом называли фашистскую германию русские солдаты во время войны.

④ Сымай—(прост.) снимай.

⑤ Портянки—куски теплой ткани, которой солдаты обматывали ноги, одевая сапоги, употребляли для удобства вместо носок.

⑥ Ржать—(груб.) громко смеяться.

Что ж, браток, деваться мне было некуда. Вышел я на дорогу, выругался страшным кучерявым, воронежским матом и зашагал на запад, в плен!.. А ходок① тогда из меня был никудышный, в час по километру, не больше. Ты хочешь вперед шагнуть, а тебя из стороны в сторону качает, возит по дороге, как пьяного. Прошел немного, и догоняет меня колонна наших пленных, из той же дивизии, в какой я был. Гонят их человек десять немецких автоматчиков. Тот, какой впереди колонны шел, поравнялся со мною и, не говоря худого слова, наотмашь хлыстнул меня ручкой автомата по голове. Упади я, —и он пришил бы меня к земле очередью, но наши подхватили меня налету, затолкали в средину и с полчаса вели под руки. А когда я очухался②, один из них шепчет: "Боже тебя упаси падать! Иди из последних сил, а не то убьют". И я из последних сил, но пошел.

Как только солнце село, немцы усилили конвой, на грузовой подкинули еще человек двадцать автоматчиков, погнали нас ускоренным маршем. Сильно раненные наши не могли поспевать за остальными, и их пристреливали прямо на дороге. Двое попытались бежать, а того не учли, что в лунную ночь тебя в чистом поле черт-те насколько видно, ну, конечно, и этих постреляли. В полночь пришли мы в какое-то полусожженное село. Ночевать загнали нас в церковь с разбитым куполом. На каменном полу—ни клочка соломы, а все мы без шинелей, в одних гимнастерках и штанах, так что постелить и разу нечего. Кое на ком даже и гимнастерок не было, одни бязевые③ исподние рубашки④. В большинстве это были младшие командиры.

---

① Ходок—человек, который ходит.

② Очухаться—прийти в себя.

③ Бязевые—сделанные из бязы, хлобчатобумажной ткани.

④ Исподная рубашка—рубашка, одевающаяся на голое тело под верхнюю одежду.

Гимнастерки они посымали[1], чтобы их от рядовых нельзя было отличить. И еще артиллерийская прислуга была без гимнастерок. Как работали возле орудий растелешенные[2], так и в плен попали.

Ночью полил такой сильный дождь, что все мы промокли насквозь. Тут купол снесло тяжелым снарядом или бомбой с самолета, а тут крыша вся начисто побитая осколками, сухого места даже в алтаре[3] не найдешь. Так всю ночь и прослонялись мы в этой церкви, как овцы в темном котухе. Среди ночи слышу, кто-то трогает меня за руку, спрашивает: "Товарищ, ты не ранен?" Отвечаю ему: "А тебе что надо, браток?" Он и говорит: "Я—военврач, может быть, могу тебе чем-нибудь помочь?" Я пожаловался ему, что у меня левое плечо скрипит и пухнет и ужасно как болит. Он твердо так говорит: "Сымай гимнастерку и нижнюю рубашку". Я снял все это с себя, он и начал руку в плече прощупывать своими тонкими пальцами, да так, что я света не взвидел. Скриплю зубами и говорю ему: "Ты, видно, ветеринар, а не людской доктор. Что же ты по больному месту давишь так, бессердечный ты человек?" А он все щупает и злобно так отвечает: "Твое дело помалкивать! Тоже мне, разговорчики затеял. Держись, сейчас еще больнее будет". Да с тем как дернет мою руку, аж красные искры у меня из глаз посыпались.

Опомнился я и спрашиваю: "Ты что же делаешь, фашист несчастный? У меня рука вдребезги разбитая, а ты ее так рванул". Слышу, он засмеялся потихоньку и говорит: "Думал, что ты меня ударишь с правой, но ты, оказывается, смирный парень. А рука у тебя не разбита, а выбита была, вот я ее на место и поставил. Ну, как теперь, полегче тебе?" И в самом деле, чувствую по себе, что

---

① Посымали—(прост.) поснимали.

② Растелешенные—(прост.) раздетые без одежды.

③ Алтарь—место в церкви, куда нельзя заходить простой верующий.

боль куда-то уходит. Поблагодарил я его душевно, и он дальше пошел в темноте, потихоньку спрашивает: "Раненые есть?" Вот что значит настоящий доктор! Он и в плену и в потемках свое великое дело делал.

Беспокойная это была ночь. До ветру[①] не пускали, об этом старший конвоя предупредил, еще когда попарно загоняли нас в церковь. И, как на грех, приспичило одному богомольному из наших выйти по нужде. Крепился-крепился он, а потом заплакал. "Не могу, — говорит, — осквернять[②] святой храм! Я же верующий, я христианин! Что мне делать, братцы?" А наши, знаешь, какой народ? Одни смеются, другие ругаются, третьи всякие шуточные советы ему дают. Развеселил он всех нас, а кончилась эта канитель очень даже плохо: начал он стучать в дверь и просить, чтобы его выпустили. Ну, и допросился: дал фашист через дверь, во всю ее ширину, длинную очередь, и богомольца этого убил, и еще трех человек, а одного тяжело ранил, к утру он скончался.

Убитых сложили мы в одно место, присели все, притихли и призадумались: начало-то не очень веселое... А немного погодя заговорили вполголоса, зашептались: кто откуда, какой области, как в плен попал; в темноте товарищи из одного взвода или знакомцы из одной роты порастерялись, начали один одного потихоньку окликать. И слышу я рядом с собой такой тихий разговор. Один говорит: "Если завтра, перед тем как гнать нас дальше, нас выстроят и будут выкликать комиссаров, коммунистов и евреев, то ты, взводный, не прячься! Из этого дела у тебя ничего не выйдет. Ты думаешь, если гимнастерку снял, так за рядового сойдешь? Не выйдет! Я за тебя отвечать не намерен. Я первый укажу на тебя! Я же знаю, что ты коммунист и меня агитировал

---

① До ветру—(прост.) сходить в туалет, по нужде.

② Осквернять—оскорблять, пачкать.

вступать в партию, вот и отвечай за свои дела". Это говорит ближний ко мне, какой рядом со мной сидит, слева, а с другой стороны от него чей-то молодой голос отвечает: "Я всегда подозревал, что ты, Крыжнев, нехороший человек. Особенно, когда ты отказался вступать в партию, ссылаясь на свою неграмотность. Но никогда я не думал, что ты сможешь стать предателем. Ведь ты же окончил семилетку?" Тот лениво так отвечает своему взводному: "Ну, окончил, и что из этого?" Долго они молчали, потом, по голосу, взводный тихо так говорит: "Не выдавай меня, товарищ Крыжнев". А тот засмеялся тихонько. "Товарищи,—говорит,—остались за линией фронта, а я тебе не товарищ, и ты меня не проси, все равно укажу на тебя. Своя рубашка к телу ближе".

Замолчали они, а меня озноб колотит от такой подлючности①. "Нет,—думаю,—не дам я тебе, сучьему сыну, выдать своего командира! Ты у меня из этой церкви не выйдешь, а вытянут тебя, как падлу②, за ноги!" Чуть-чуть рассвело—вижу: рядом со мной лежит на спине мордатый парень, руки за голову закинул, а около него сидит в одной исподней рубашке, колени обнял, худенький такой, курносенький парнишка, и очень собою бледный. "Ну,—думаю,—не справится этот парнишка с таким толстым мерином③. Придется мне его кончать".

Тронул я его рукою, спрашиваю шепотом: "Ты—взводный?" Он ничего не ответил, только головою кивнул. "Этот хочет тебя выдать?"—показываю я на лежачего парня. Он обратно④ головою кивнул. "Ну,—говорю,—держи ему ноги, чтобы не брыкался! Да

① Подлючность—(прост.) подлость.

② Падло—(воровской жаргон) ругательство.

③ Мерин—кастрированный конь.

④ Обратно—(прост.) снова.

поживей!"—а сам упал на этого парня, и замерли мои пальцы у него на глотке. Он и крикнуть не успел. Подержал его под собой минут несколько, приподнялся. Готов предатель, и язык набоку!

До того мне стало нехорошо после этого, и страшно захотелось руки помыть, будто я не человека, а какого-то гада ползучего душил... Первый раз в жизни убил, и то своего... Да какой же он свой? Он же худее чужого, предатель. Встал и говорю взводному: "Пойдем отсюда, товарищ, церковь велика".

Как и говорил этот Крыжнев, утром всех нас выстроили возле церкви, оцепили автоматчиками, и трое эсэсовских офицеров① начали отбирать вредных им людей. Спросили, кто коммунисты, командиры, комиссары, но таковых не оказалось. Не оказалось и сволочи, какая могла бы выдать, потому что и коммунистов среди нас было чуть не половина, и командиры были, и, само собою, и комиссары были. Только четырех и взяли из двухсот с лишним человек. Одного еврея и трех русских рядовых. Русские попали в беду потому, что все трое были чернявые и с кучерявинкой в волосах. Вот подходят к такому, спрашивают: "Юде?"② Он говорит, что русский, но его и слушать не хотят. "Выходи"—и все.

Расстреляли этих бедолаг③, а нас погнали дальше. Взводный, с каким мы предателя придушили, до самой Познани возле меня держался и в первый день нет-нет да и пожмет мне руку. В Познани нас разлучили по одной такой причине.

Видишь, какое дело, браток, еще с первого дня задумал я уходить к своим. Но уходить хотел наверняка. До самой

---

① Эсэсовские офицеры—немецкие офицеры из воиск СС, элитных, особо преданных фашистской идеологии частей.

② Юде—по-немецки значит "еврей".

③ Бедолаги—(прост.) бедняги.

Познани, где разместили нас в настоящем лагере, ни разу не предоставился мне подходящий случай. А в Познанском лагере вроде такой случай нашелся: в конце мая послали нас в лесок возле лагеря рыть могилы для наших же умерших военнопленных, много тогда нашего брата мерло[1] от дизентерии; рою я познанскую глину, а сам посматриваю кругом и вот приметил, что двое наших охранников сели закусывать, а третий придремал на солнышке. Бросил я лопату и тихо пошел за куст... А потом—бегом, держу прямо на восход солнца...

Видать, не скоро они спохватились, мои охранники. А вот откуда у меня, у такого тощалого[2], силы взялись, чтобы пройти за сутки почти сорок километров,—сам не знаю. Только ничего у меня не вышло из моего мечтания: на четвертые сутки, когда я был уже далеко от проклятого лагеря, поймали меня. Собаки сыскные шли по моему следу, они меня и нашли в некошеном овсе. На заре побоялся я идти чистым полем, а до леса было не меньше трех километров, я залег в овсе на дневку. Намял в ладонях зерен, пожевал немного и в карманы насыпал про запас и вот слышу собачий брех[3], и мотоцикл трещит... Оборвалось у меня сердце, потому что собаки все ближе голоса подают. Лег я плашмя и закрылся руками, чтобы они мне хоть лицо не обгрызли. Ну, добежали и в одну минуту спустили с меня все мое рванье. Остался в чем мать родила. Катали они меня по овсу, как хотели, и под конец один кобель стал мне на грудь передними лапами и целится в глотку, но пока еще не трогает.

На двух мотоциклах подъехали немцы. Сначала сами били в полную волю, а потом натравили на меня собак, и с меня только

---

① Мерло—умирало.

② Тощалый—(прост.) тощий, худой.

③ Собачий брех—(прост.) собачий лай.

кожа с мясом полетели клочьями. Голого, всего в крови и привезли в лагерь. Месяц отсидел в карцере[1] за побег, но все-таки живой... живой я остался!..

Тяжело мне, браток, вспоминать, а еще тяжелее рассказывать о том, что довелось пережить в плену. Как вспомнишь нелюдские муки, какие пришлось вынести там, в Германии, как вспомнишь всех друзей-товарищей, какие погибли, замученные там, в лагерях,—сердце уже не в груди, а в глотке бьется, и трудно становится дышать...

Куда меня только не гоняли за два года плена! Половину Германии объехал за это время: и в Саксонии был, на силикатном заводе работал, и в Рурской области на шахте уголек откатывал, и в Баварии на земляных работах горб наживал, и в Тюрингии побыл, и черт-те где только не пришлось по немецкой земле походить. Природа везде там, браток, разная, но стреляли и били нашего брата везде одинаково. А били богом проклятые гады и паразиты так, как у нас сроду животину не бьют. И кулаками били, и ногами топтали, и резиновыми палками били, и всяческим железом, какое под руку попадется, не говоря уже про винтовочные приклады и прочее дерево.

Били за то, что ты—русский, за то, что на белый свет еще смотришь, за то, что на них, сволочей, работаешь. Били и за то, что не так взглянешь, не так ступнешь, не так повернешься. Били запросто, для того чтобы когда-нибудь да убить до смерти, чтобы захлебнулся своей последней кровью и подох от побоев. Печей-то, наверное, на всех нас не хватало в Германии.

И кормили везде, как есть, одинаково: полтораста грамм

---

① Карцер—одинокая камера с самым плохими условиями жизни, созданная в тюрьмах и лагерах для наказания виновных.

эрзац[1]-хлеба пополам с опилками и жидкая баланда[2] из брюквы[3]. Кипяток—где давали, а где нет. Да что там говорить, суди сам: до войны весил я восемьдесят шесть килограмм, а к осени тянул[4] уже не больше пятидесяти. Одна кожа осталась на костях, да и кости-то свои носить было не под силу. А работу давай, и слова не скажи, да такую работу, что ломовой лошади и то не в пору.

В начале сентября из лагеря под городом Кюстрином перебросили нас, сто сорок два человека советских военнопленных, в лагерь Б-14, неподалеку от Дрездена. К тому времени в этом лагере было около двух тысяч наших. Все работали на каменном карьере, вручную долбили, резали, крошили немецкий камень. Норма—четыре кубометра в день на душу, заметь, на такую душу, какая и без этого чуть-чуть, на одной ниточке в теле держалась. Тут и началось: через два месяца от ста сорока двух человек нашего эшелона осталось нас пятьдесят семь. Это как, браток? Лихо? Тут своих не успеваешь хоронить, а тут слух по лагерю идет, будто немцы уже Сталинград взяли и прут дальше, на Сибирь. Одно горе к другому, да так гнут, что глаз от земли не подымаешь, вроде и ты туда, в чужую, немецкую землю, просишься. А лагерная охрана каждый день пьет, песни горланят, радуются, ликуют. И вот как-то вечером вернулись мы в барак с работы. Целый день дождь шел, лохмотья на нас хоть выжми; все мы на холодном ветру продрогли как собаки, зуб на зуб не попадает. А обсушиться негде, согреться—то же самое, и к тому же голодные не то что до смерти, а даже еще хуже. Но вечером нам еды не полагалось.

Снял я с себя мокрое рванье, кинул на нары и говорю: "Им по

---

① Эрзац—(нем.) заменитель.

② Баланда—тюремная очень плохая пища.

③ Брюква—овощ.

④ Тянул—весил.

четыре кубометра выработки надо, а на могилу каждому из нас и одного кубометра через глаза хватит". Только и сказал, но ведь нашелся же из своих какой-то подлец, донес коменданту лагеря про эти мои горькие слова.

Комендантом лагеря, или, по-ихнему, лагерфюрером, был у нас немец Мюллер. Невысокого роста, плотный, белобрысый и сам весь какой-то белый: и волосы на голове белые, и брови, и ресницы, даже глаза у него были белесые, навыкате. По-русски говорил, как мы с тобой, да еще на "о" налегал, будто коренной волжанин. А матершинничать[1] был мастер ужасный. И где он, проклятый, только и учился этому ремеслу? Бывало, выстроит нас перед блоком—барак они так называли,—идет перед строем со своей сворой эсэсовцев, правую руку держит на отлете. Она у него в кожаной перчатке, а в перчатке свинцовая прокладка, чтобы пальцев не повредить. Идет и бьет каждого второго в нос, кровь пускает. Это он называл "профилактикой от гриппа". И так каждый день. Всего четыре блока в лагере было, и вот он нынче первому блоку "профилактику" устраивает, завтра второму и так далее. Аккуратный был гад, без выходных работал. Только одного он, дурак, не мог сообразить: перед тем как идти ему руки прикладывать[2], он, чтобы распалить себя, минут десять перед строем ругается. Он матершиничает почем зря[3], а нам от этого легче становится: вроде слова-то наши, природные, вроде ветерком с родной стороны подувает... Знал бы он, что его ругань нам одно удовольствие доставляет,—уж он по-русски не ругался бы, а только на своем языке. Лишь один мой приятель-москвич злился на него страшно. "Когда он ругается,—говорит,—я глаза закрою и

---

① Матершиничать—ругаться русским матом.

② Руки прикладывать—занимать рукоприкладством, т. е. бить.

③ Почем зря—(прост.) как придётся, без всякого толку.

вроде в Москве, на Зацепе, в пивной сижу, и до того мне пива захочется, что даже голова закружится".

Так вот этот самый комендант на другой день после того, как я про кубометры сказал, вызывает меня. Вечером приходят в барак переводчик и с ним два охранника. "Кто Соколов Андрей?" Я отозвался. "Марш за нами, тебя сам герр[1] лагерфюрер требует". Понятно, зачем требует. На распыл[2]. Попрощался я с товарищами, все они знали, что на смерть иду, вздохнул и пошел. Иду по лагерному двору, на звезды поглядываю, прощаюсь и с ними, думаю: "Вот и отмучился ты, Андрей Соколов, а по-лагерному—номер триста тридцать первый". Что-то жалко стало Иринку и детишек, а потом жаль эта утихла и стал я собираться с духом, чтобы глянуть в дырку пистолета бесстрашно, как и подобает солдату, чтобы враги не увидали в последнюю мою минуту, что мне с жизнью расставаться все-таки трудно...

В комендантской—цветы на окнах, чистенько, как у нас в хорошем клубе. За столом—все лагерное начальство. Пять человек сидят, шнапс[3] глушат и салом закусывают. На столе у них початая здоровенная бутыль со шнапсом, хлеб, сало, моченые яблоки, открытые банки с разными консервами. Мигом оглядел я всю эту жратву[4], и—не поверишь—так меня замутило, что за малым не вырвало. Я же голодный, как волк, отвык от человеческой пищи, а тут столько добра перед тобою... Кое-как задавил тошноту, но глаза оторвал от стола через великую силу.

Прямо передо мною сидит полупьяный Мюллер, пистолетом играется, перекидывает его из руки в руку, а сам смотрит на меня и

---

① Герр—(нем.) господин.

② На распыл—на уничтожение.

③ Шнапс—(нем.)водка.

④ Жратва—(прост.)еда.

не моргнет, как змея. Ну, я руки по швам, стоптанными каблуками щелкнул, громко так докладываю: “Военнопленный Андрей Соколов по вашему приказанию, герр комендант, явился”. Он и спрашивает меня: “Так что же, русс Иван, четыре кубометра выработки—это много?”—“Так точно,—говорю,—герр комендант, много”. —“А одного тебе на могилу хватит?”—“Так точно, герр комендант, вполне хватит и даже останется”.

Он встал и говорит: “Я окажу тебе великую честь, сейчас лично расстреляю тебя за эти слова. Здесь неудобно, пойдем во двор, там ты и распишешься”①. —“Воля ваша”,—говорю ему. Он постоял, подумал, а потом кинул пистолет на стол и наливает полный стакан шнапса, кусочек хлеба взял, положил на него ломтик сала и все это подает мне и говорит: “Перед смертью выпей, русс Иван, за победу немецкого оружия”.

Я было из его рук и стакан взял, и закуску, но как только услыхал эти слова,—меня будто огнем обожгло! Думаю про себя: “Чтобы я, русский солдат, да стал пить за победу немецкого оружия?! А кое-чего ты не хочешь, герр комендант? Один черт мне умирать, так провались ты пропадом со своей водкой!”

Поставил я стакан на стол, закуску положил и говорю: “Благодарствую за угощение, но я непьющий”. Он улыбается: “Не хочешь пить за нашу победу? В таком случае выпей за свою погибель”. А что мне было терять? “За свою погибель и избавление от мук я выпью”,—говорю ему. С тем взял стакан и в два глотка вылил его в себя, а закуску не тронул, вежливенько вытер губы ладонью и говорю: “Благодарствую за угощение. Я готов, герр комендант, пойдемте, распишете меня”.

Но он смотрит внимательно так и говорит: “Ты хоть закуси перед смертью”. Я ему на это отвечаю: “Я после первого стакана не

---

① Ты распишешься—(воен. жаргон) будешь растрелян.

закусываю". Наливает он второй, подает мне. Выпил я и второй и опять же закуску не трогаю, на отвагу бью, думаю: "Хоть напьюсь перед тем, как во двор идти, с жизнью расставаться". Высоко поднял комендант свои белые брови, спрашивает: "Что же не закусываешь, русс Иван? Не стесняйся!" А я ему свое: "Извините, герр комендант, я и после второго стакана не привык закусывать". Надул он щеки, фыркнул, а потом как захохочет и сквозь смех что-то быстро говорит по-немецки: видно, переводит мои слова друзьям. Те тоже рассмеялись, стульями задвигали, поворачиваются ко мне мордами и уже, замечаю, как-то иначе на меня поглядывают, вроде помягче.

Наливает мне комендант третий стакан, а у самого руки трясутся от смеха. Этот стакан я выпил врастяжку, откусил маленький кусочек хлеба, остаток положил на стол. Захотелось мне им, проклятым, показать, что хотя я и с голоду пропадаю, но давиться ихней подачкой не собираюсь, что у меня есть свое, русское достоинство и гордость и что в скотину они меня не превратили, как ни старались.

После этого комендант стал серьезный с виду, поправил у себя на груди два железных креста①, вышел из-за стола безоружный и говорит: "Вот что, Соколов, ты—настоящий русский солдат. Ты храбрый солдат. Я—тоже солдат и уважаю достойных противников. Стрелять я тебя не буду. К тому же сегодня наши доблестные войска вышли к Волге и целиком овладели Сталинградом. Это для нас большая радость, а потому я великодушно дарю тебе жизнь. Ступай в свой блок, а это тебе за смелость", —и подает мне со стола небольшую буханку хлеба и кусок сала.

Прижал я хлеб к себе изо всей силы, сало в левой руке держу

① Железный крест—немецкий орден времен фашисткой диктатуры в Германии.

и до того растерялся от такого неожиданного поворота, что и спасибо не сказал, сделал налево кругом, иду к выходу, а сам думаю: "Засветит он мне сейчас промеж лопаток①, и не донесу ребятам этих харчей". Нет, обошлось. И на этот раз смерть мимо меня прошла, только холодком от нее потянуло...

Вышел я из комендантской на твердых ногах, а во дворе меня развезло②. Ввалился в барак и упал на цементованный пол без памяти. Разбудили меня наши еще в потемках: "Рассказывай!" Ну, я припомнил, что было в комендантской, рассказал им. "Как будем харчи делить?"—спрашивает мой сосед по нарам, а у самого голос дрожит. "Всем поровну",—говорю ему. Дождались рассвета. Хлеб и сало резали суровой ниткой. Досталось каждому хлеба по кусочку со спичечную коробку, каждую крошку брали на учет, ну, а сала, сам понимаешь,—только губы помазать. Однако поделили без обиды.

Вскорости перебросили нас, человек триста самых крепких, на осушку болот, потом—в Рурскую область на шахты. Там и пробыл я до сорок четвертого года. К этому времени наши уже своротили Германии скулу набок③ и фашисты перестали пленными брезговать④. Как-то выстроили нас, всю дневную смену, и какой-то приезжий обер-лейтенант⑤ говорит через переводчика: "Кто служил в армии или до войны работал шофером,—шаг вперед". Шагнуло нас семь человек бывшей шоферни. Дали нам поношенную спецовку, направили под конвоем в город Потсдам. Приехали туда, и растрясли нас всех врозь. Меня определили работать в

---

① Засвестить промеж лапаток—получить пулю в спину.

② Развезло—наступило сильное опьянение.

③ Своротить скулу набок—очень сильно ударить в лицо.

④ Брезговать чем-то—т. е. смотреть на это свысока, презирать.

⑤ Обер-лейтенант—(нем.) старший лейтенант.

“Тодте”—была у немцев такая шарашкина контора[1] по строительству дорог и оборонительных сооружений.

Возил я на “оппель-адмирале”[2] немца инженера в чине майора армии. Ох, и толстый же был фашист! Маленький, пузатый, что в ширину, что в длину одинаковый и в заду плечистый, как справная баба. Спереди у него над воротником мундира три подбородка висят и позади на шее три толстючих складки. На нем, я так определял, не менее трех пудов чистого жиру было. Ходит, пыхтит, как паровоз, а жрать сядет—только держись[3]! Целый день, бывало, жует да коньяк из фляжки потягивает. Кое-когда и мне от него перепадало: в дороге остановится, колбасы нарежет, сыру, закусывает и выпивает; когда в добром духе,—и мне кусок кинет, как собаке. В руки никогда не давал, нет, считал это для себя за низкое. Но как бы то ни было, а с лагерем же не сравнить и понемногу стал я запохаживаться[4] на человека, помалу, но стал поправляться.

Недели две возил я своего майора из Потсдама в Берлин и обратно, а потом послали его в прифронтовую полосу на строительство оборонительных рубежей против наших. И тут я спать окончательно разучился: ночи напролет думал, как бы мне к своим, на родину сбежать.

Приехали мы в город Полоцк. На заре услыхал я в первый раз за два года, как громыхает наша артиллерия, и знаешь, браток, как сердце забилось? Холостой еще ходил к Ирине на свиданья, и то оно так не стучало! Бои шли восточнее Полоцка уже километрах

---

① Тарашкина контора—(идиома) предприятие или учреждение очень низкого уровня, плохо организованное.

② “Оппель-адмирал”—немецкая марка машины, высококачественная и престижная.

③ Только держись—(разг.) здесь: восклицание, указывающее на то, что он очень много ест.

④ Запохаживаться—(прост.) походить.

в восемнадцати. Немцы в городе злые стали, нервные, а толстяк мой все чаще стал напиваться. Днем за городом с ним ездим, и он распоряжается, как укрепления строить, а ночью в одиночку пьет. Опух весь, под глазами мешки повисли...

"Ну,—думаю,—ждать больше нечего, пришел мой час! И надо не одному мне бежать, а прихватить с собою и моего толстяка, он нашим сгодится!"

Нашел в развалинах двухкилограммовую гирьку, обмотал ее обтирочным тряпьем, на случай, если придется ударить, чтобы крови не было, кусок телефонного провода поднял на дороге, все, что мне надо, усердно приготовил, схоронил под переднее сиденье. За два дня перед тем как распрощался с немцами, вечером еду с заправки, вижу, идет пьяный, как грязь, немецкий унтер, за стенку руками держится. Остановил я машину, завел его в развалины и вытряхнул из мундира, пилотку с головы снял. Все это имущество тоже под сиденье сунул и был таков①.

Утром двадцать девятого июня приказывает мой майор везти его за город, в направлении Тросницы. Там он руководил постройкой укреплений. Выехали. Майор на заднем сиденье спокойно дремлет, а у меня сердце из груди чуть не выскакивает. Ехал я быстро, но за городом сбавил газ, потом остановил машину, вылез, огляделся: далеко сзади две грузовых тянутся. Достал я гирьку, открыл дверцу пошире. Толстяк откинулся на спинку сиденья, похрапывает, будто у жены под боком. Ну, я его тюкнул гирькой в левый висок. Он и голову уронил. Для верности я его еще раз стукнул, но убивать до смерти не захотел. Мне его живого надо было доставить, он нашим должен был много кое-чего порассказать. Вынул я у него из кобуры "парабеллум"②, сунул себе

---

① Был таков—исчез (убежал, уехал, спрятался).

② Парабеллум—пистолет.

в карман, монтировку вбил за спинку заднего сиденья, телефонный провод накинул на шею майору и завязал глухим узлом на монтировке. Это чтобы он не свалился на бок, не упал при быстрой езде. Скоренько напялил на себя мундир и пилотку, ну, и погнал машину прямиком туда, где земля гудит, где бой идет.

Немецкий передний край проскакивал меж двух дзотов[①]. Из блиндажа[②] автоматчики выскочили, и я нарочно сбавил ход, чтобы они видели, что майор едет. Но они крик подняли, руками махают, мол, туда ехать нельзя, а я будто не понимаю, подкинул газку и пошел на все восемьдесят. Пока они опомнились и начали бить из пулеметов по машине, а я уже на ничьей земле между воронками[③] петляю[④] не хуже зайца.

Тут немцы сзади бьют, а тут свои очертели[⑤], из автоматов мне навстречу строчат. В четырех местах ветровое стекло пробили, радиатор пропороли пулями... Но вот уже лесок над озером, наши бегут к машине, а я вскочил в этот лесок, дверцу открыл, упал на землю и целую ее, и дышать мне нечем...

Молодой парнишка, на гимнастерке у него защитные погоны, каких я еще в глаза не видал, первым подбегает ко мне, зубы скалит: “Ага, чертов фриц, заблудился?” Рванул я с себя немецкий мундир, пилотку под ноги кинул и говорю ему: “Милый ты мой губошлеп[⑥]! Сынок дорогой! Какой же я тебе фриц, когда я природный воронежец? В плену я был, понятно? А сейчас

---

① Дзот—военное укрепление.

② Блиндаж—подземное помещение для военных на фронте.

③ Воронки—ямы в земле, от папавших снарядов.

④ Петлять—ехать не прямо, а зигзагом, сворачивая то вправо, то влево. В данном случае, чтобы не попасть под пули.

⑤ Очертеть—сильно надоедать.

⑥ Губошлеп—ласковое название ребёнка.

отвяжите этого борова[1], какой в машине сидит, возьмите его портфель и ведите меня к вашему командиру". Сдал я им пистолет и пошел из рук в руки, а к вечеру очутился уже у полковника—командира дивизии. К этому времени меня и накормили, и в баню сводили, и допросили, и обмундирование выдали, так что явился я в блиндаж к полковнику, как и полагается, душой и телом чистый, и в полной форме. Полковник встал из-за стола, пошел мне навстречу. При всех офицерах обнял и говорит: "Спасибо тебе, солдат, за дорогой гостинец, какой привез от немцев. Твой майор с его портфелем нам дороже двадцати " языков ". Буду ходатайствовать перед командованием о представлении тебя к правительственной награде". А я от этих слов его, от ласки, сильно волнуюсь, губы дрожат, не повинуются, только и мог из себя выдавить: "Прошу, товарищ полковник, зачислить меня в стрелковую часть". Но полковник засмеялся, похлопал меня по плечу: "Какой из тебя вояка, если ты на ногах еле держишься? Сегодня же отправлю тебя в госпиталь. Подлечат тебя там, подкормят, после этого домой к семье на месяц в отпуск съездишь, а когда вернешься к нам, посмотрим, куда тебя определить".

И полковник, и все офицеры, какие у него в блиндаже были, душевно попрощались со мной за руку, и я вышел окончательно разволнованный, потому что за два года отвык от человеческого обращения. И заметь, браток, что еще долго я, как только с начальством приходилось говорить, по привычке невольно голову в плечи втягивал, вроде боялся, что ли, как бы меня не ударили. Вот как образовали нас в фашистских лагерях...

Из госпиталя сразу же написал Ирине письмо. Описал все коротко, как был в плену, как бежал вместе с немецким майором. И, скажи на милость, откуда эта детская похвальба у меня

---

① Боров—огромная толстая свинья мужского пола.

взялась? Не утерпел-таки, сообщил, что полковник обещал меня к награде представить...

Две недели спал и ел. Кормили помалу, но часто, иначе, если бы давали еды вволю, я бы мог загнуться[1], так доктор сказал. Набрался силенок вполне. А через две недели куска в рот взять не мог. Ответа из дома нет, и я, признаться, затосковал. Еда и на ум не идет, сон от меня бежит, всякие дурные мыслишки в голову лезут... На третьей неделе получаю письмо из Воронежа. Но пишет не Ирина, а сосед мой, столяр Иван Тимофеевич. Не дай бог никому таких писем получать!.. Сообщает он, что еще в июне сорок второго года немцы бомбили авиазавод и одна тяжелая бомба попала прямо в мою хатенку. Ирина и дочери как раз были дома... Ну, пишет, что не нашли от них и следа, а на месте хатенки—глубокая яма... Не дочитал я в этот раз письмо до конца. В глазах потемнело, сердце сжалось в комок и никак не разжимается. Прилег я на койку, немного отлежался, дочитал. Пишет сосед, что Анатолий во время бомбежки был в городе. Вечером вернулся в поселок, посмотрел на яму и в ночь опять ушел в город. Перед уходом сказал соседу, что будет проситься добровольцем на фронт. Вот и все.

Когда сердце разлезлось и в ушах зашумела кровь, я вспомнил, как тяжело расставалась со мною моя Ирина на вокзале. Значит, еще тогда подсказало ей бабье сердце, что больше не увидимся мы с ней на этом свете. А я ее тогда оттолкнул... Была семья, свой дом, все это лепилось[2] годами, и все рухнуло в единый миг, остался я один. Думаю: "Да уж не приснилась ли мне моя нескладная жизнь?" А ведь в плену я почти каждую ночь, про себя, конечно, и с Ириной, и с детишками разговаривал,

---

① Загнуться—(прост.) умереть.

② Лепилось—создавалось.

подбадривал их, дескать, я вернусь, мои родные, не горюйте обо мне, я крепкий, я выживу, и опять мы будем все вместе... Значит, я два года с мертвыми разговаривал?!

Рассказчик на минуту умолк, а потом сказал уже иным, прерывистым и тихим голосом:

—Давай, браток, перекурим, а то меня что-то удушье давит.

Мы закурили. В залитом полой водою лесу звонко выстукивал дятел. Все так же лениво шевелил сухие сережки на ольхе теплый ветер; все так же, словно под тугими белыми парусами, проплывали в вышней синеве облака, но уже иным показался мне в эти минуты скорбного молчания безбрежный мир, готовящийся к великим свершениям весны, к вечному утверждению живого в жизни. Молчать было тяжело, и я спросил:

—Что же дальше?

—Дальше-то? —нехотя отозвался рассказчик. —Дальше получил я от полковника месячный отпуск, через неделю был в Воронеже. Пешком дотопал до места, где когда-то семейно жил. Глубокая воронка, налитая ржавой водой, кругом бурьян по пояс... Глушь, тишина кладбищенская. Ох, и тяжело же было мне, браток! Постоял, поскорбел душою и опять пошел на вокзал. И часу оставаться там не мог, в этот же день уехал обратно в дивизию.

Но месяца через три и мне блеснула радость, как солнышко из-за тучи: нашелся Анатолий. Прислал письмо мне на фронт, видать, с другого фронта. Адрес мой узнал от соседа, Ивана Тимофеевича. Оказывается, попал он поначалу в артиллерийское училище; там-то и пригодились его таланты к математике. Через год с отличием закончил училище, пошел на фронт и вот уже пишет, что получил звание капитана, командует батареей “сорокапяток”[①], имеет шесть орденов и медали. Словом, обштопал[②] родителя со всех концов. И опять я возгордился им ужасно! Как ни крути, а мой родной сын—капитан и командир батареи, это не шутка! Да еще при таких орденах. Это ничего, что отец его на “студебеккере”[③] снаряды возит и прочее военное имущество. Отцово дело отжитое[④], а у него, у капитана, все впереди.

И начались у меня по ночам стариковские мечтания: как война кончится, как я сына женю и сам при молодых жить буду, плотничать и внучат нянчить. Словом, всякая такая стариковская штука. Но и тут получилась у меня полная осечка. Зимою наступали мы без передышки, и особо часто писать друг другу нам было некогда, а к концу войны, уже возле Берлина, утром послал Анатолию письмишко, а на другой день получил ответ. И тут я понял, что подошли мы с сыном к германской столице разными путями, но находимся один от одного поблизости. Жду не дождусь, прямо-таки не чаю, когда мы с ним свидимся. Ну и свиделись... Аккурат девятого мая, утром, в День Победы, убил моего Анатолия немецкий снайпер...

Во второй половине дня вызывает меня командир роты. Гляжу, сидит у него незнакомый мне артиллерийский подполковник. Я вошел в комнату, и он встал, как перед старшим по званию. Командир моей роты говорит: “К тебе, Соколов”,—а сам к окну отвернулся. Пронизало меня, будто электрическим током, потому что почуял я недоброе. Подполковник подошел ко мне и тихо говорит: “Мужайся, отец! Твой сын, капитан Соколов,

---

① Сорокапяток—род пушек.

② Обштопать—обогнать.

③ Студебеккер—немецкая марка машины.

④ Отцово дело отжитое—отец свою жизнь прожил.

убит сегодня на батарее. Пойдем со мной!"

Качнулся я, но на ногах устоял. Теперь и то как сквозь сон вспоминаю, как ехал вместе с подполковником на большой машине, как пробирались по заваленным обломками улицам, туманно помню солдатский строй и обитый красным бархатом гроб. А Анатолия вижу вот как тебя, браток. Подошел я к гробу. Мой сын лежит в нем и не мой. Мой—это всегда улыбчивый, узкоплечий мальчишка, с острым кадыком на худой шее, а тут лежит молодой, плечистый, красивый мужчина, глаза полуприкрыты, будто смотрит он куда-то мимо меня, в неизвестную мне далекую даль. Только в уголках губ так навеки и осталась смешинка прежнего сынишки, Тольки, какого я когда-то знал... Поцеловал я его и отошел в сторонку. Подполковник речь сказал. Товарищи-друзья моего Анатолия слезы вытирают, а мои невыплаканные слезы, видно, на сердце засохли. Может, поэтому оно так и болит?..

Похоронил я в чужой, немецкой земле последнюю свою радость и надежду, ударила батарея моего сына, провожая своего командира в далекий путь, и словно что-то во мне оборвалось... Приехал я в свою часть сам не свой. Но тут вскорости меня демобилизовали. Куда идти? Неужто в Воронеж? Ни за что! Вспомнил, что в Урюпинске живет мой дружок, демобилизованный еще зимою по ранению,—он когда-то приглашал меня к себе,—вспомнил и поехал в Урюпинск.

Приятель мой и жена его были бездетные, жили в собственном домике на краю города. Он хотя и имел инвалидность, но работал шофером в автороте, устроился и я туда же. Поселился у приятеля, приютили они меня. Разные грузы перебрасывали мы в районы, осенью переключились на вывозку хлеба. В это время я и познакомился с моим новым сынком, вот с этим, какой в песке играется.

Из рейса, бывало, вернешься в город—понятно, первым делом в чайную: перехватить чего-нибудь, ну, конечно, и сто грамм выпить с устатка[1]. К этому вредному делу, надо сказать, я уже пристрастился как следует... И вот один раз вижу возле чайной этого парнишку, на другой день—опять вижу. Этакий маленький оборвыш: личико все в арбузном соку, покрытое пылью, грязный, как прах, нечесаный, а глазенки—как звездочки ночью после дождя! И до того он мне полюбился, что я уже, чудное дело, начал скучать по нем, спешу из рейса поскорее его увидать. Около чайной он и кормился—кто что даст.

На четвертый день прямо из совхоза, груженный хлебом, подворачиваю к чайной. Парнишка мой там сидит на крыльце, ножонками болтает и, по всему видать, голодный. Высунулся я в окошко, кричу ему: "Эй, Ванюшка! Садись скорее на машину, прокачу на элеватор[2], а оттуда вернемся сюда, пообедаем". Он от моего окрика вздрогнул, соскочил с крыльца, на подножку вскарабкался и тихо так говорит: "А вы откуда знаете, дядя, что меня Ваней зовут?" И глазенки широко раскрыл, ждет, что я ему отвечу. Ну, я ему говорю, что я, мол, человек бывалый и все знаю.

Зашел он с правой стороны, я дверцу открыл, посадил его рядом с собой, поехали. Шустрый такой парнишка, а вдруг чего-то притих, задумался и нет-нет да и взглянет на меня из-под длинных своих загнутых кверху ресниц, вздохнет. Такая мелкая птаха, а уже научилась вздыхать. Его ли это дело? Опрашиваю: "Где же твой отец, Ваня?" Шепчет: "Погиб на фронте". —"А мама?"—"Маму бомбой убило в поезде, когда мы ехали". —"А откуда вы ехали?"—"Не знаю, не помню..."—"И никого у тебя тут родных

---

① С устатка—от усталости.

② Элеватор—здание, где хранится зерно.

нету?"—"Никого". —"Где же ты ночуешь?"—"А где придется".

Закипела тут во мне горючая слеза, и сразу я решил: "Не бывать тому, чтобы нам порознь пропадать! Возьму его к себе в дети". И сразу у меня на душе стало легко и как-то светло. Наклонился я к нему, тихонько спрашиваю: "Ванюшка, а ты знаешь, кто я такой?" Он и спросил, как выдохнул: "Кто?" Я ему и говорю так же тихо: "Я—твой отец".

Боже мой, что тут произошло! Кинулся он ко мне на шею, целует в щеки, в губы, в лоб, а сам, как свиристель, так звонко и тоненько кричит, что даже в кабинке глушно①: "Папка родненький! Я знал! Я знал, что ты меня найдешь! Все равно найдешь! Я так долго ждал, когда ты меня найдешь!" Прижался ко мне и весь дрожит, будто травинка под ветром. А у меня в глазах туман, и тоже всего дрожь бьет, и руки трясутся... Как я тогда руля не упустил, диву можно даться! Но в кювет все же нечаянно съехал, заглушил мотор. Пока туман в глазах не прошел,—побоялся ехать, как бы на кого не наскочить. Постоял так минут пять, а сынок мой все жмется ко мне изо всех силенок, молчит, вздрагивает. Обнял я его правой рукою, потихоньку прижал к себе, а левой развернул машину, поехал обратно, на свою квартиру. Какой уж там мне элеватор, тогда мне не до элеватора было.

Бросил машину возле ворот, нового своего сынишку взял на руки, несу в дом. А он как обвил мою шею ручонками, так и не оторвался до самого места. Прижался своей щекой к моей небритой щеке, как прилип. Так я его и внес. Хозяин и хозяйка в аккурат② дома были. Вошел я, моргаю им обоими глазами, бодро так говорю: "Вот и нашел я своего Ванюшку! Принимайте нас, добрые

① Глушно—(прост.) можно оглохнуть.

② В аккурат—как раз.

люди!" Они, оба мои бездетные, сразу сообразили, в чем дело, засуетились, забегали. А я никак сына от себя не оторву. Но кое-как уговорил. Помыл ему руки с мылом, посадил за стол. Хозяйка щей ему в тарелку налила, да как глянула, с какой он жадностью ест, так и залилась слезами. Стоит у печки, плачет себе в передник. Ванюшка мой увидал, что она плачет, подбежал к ней, дергает ее за подол и говорит: "Тетя, зачем же вы плачете? Папа нашел меня возле чайной, тут всем радоваться надо, а вы плачете". А той—подай бог, она еще пуще разливается, прямо-таки размокла вся!

После обеда повел я его в парикмахерскую, постриг, а дома сам искупал в корыте, завернул в чистую простыню. Обнял он меня и так на руках моих и уснул. Осторожно положил его на кровать, поехал на элеватор, сгрузил хлеб, машину отогнал на стоянку—и бегом по магазинам. Купил ему штанишки суконные, рубашонку, сандали и картуз из мочалки. Конечно, все это оказалось и не по росту, и качеством никуда не годное. За штанишки меня хозяйка даже разругала. "Ты,—говорит,—с ума спятил, в такую жару одевать дитя в суконные штаны!" И моментально—швейную машинку на стол, порылась в сундуке, а через час моему Ванюшке уже сатиновые трусики были готовы и беленькая рубашонка с короткими рукавами. Спать я лег вместе с ним и в первый раз за долгое время уснул спокойно. Однако ночью раза четыре вставал. Проснусь, а он у меня под мышкой приютится, как воробей под застрехой①, тихонько посапывает, и до того мне становится радостно на душе, что и словами не скажешь! Норовишь не ворохнуться②, чтобы не разбудить его, но все-таки не утерпишь, потихоньку встанешь, зажжешь спичку и любуешься на него...

---

① Под застрехой—под крышей.

② Ворохнуться—ворочаться.

Перед рассветом проснулся, не пойму, с чего мне так душно стало? А это сынок мой вылез из простыни и поперек меня улегся, раскинулся и ножонкой горло мне придавил. И беспокойно с ним спать, а вот привык, скучно мне без него. Ночью то погладишь его сонного, то волосенки на вихрах понюхаешь, и сердце отходит, становится мягче, а то ведь оно у меня закаменело от горя...

Первое время он со мной на машине в рейсы ездил, потом понял я, что так не годится. Одному мне что надо? Краюшку хлеба и луковицу с солью, вот и сыт солдат на целый день. А с ним—дело другое: то молока ему надо добыть, то яичко сварить, опять же без горячего ему никак нельзя. Но дело-то не ждет. Собрался с духом, оставил его на попечение хозяйки, так он до вечера слезы точил, а вечером удрал на элеватор встречать меня. До поздней ночи ожидал там. Трудно мне с ним было на первых порах. Один раз легли спать еще засветло, днем наморился я очень, и он-то всегда щебечет, как воробушек, а то что-то примолчался. Спрашиваю: "Ты о чем думаешь, сынок?" А он меня спрашивает, сам в потолок смотрит: "Папка, ты куда свое кожаное пальто дел?" В жизни у меня никогда не было кожаного пальто! Пришлось изворачиваться: "В Воронеже осталось",—говорю ему. "А почему ты меня так долго искал?" Отвечаю ему: "Я тебя, сынок, и в Германии искал, и в Польше, и всю Белоруссию прошел и проехал, а ты в Урюпинске оказался".—"А Урюпинск—это ближе Германии? А до Польши далеко от нашего дома?" Так и болтаем с ним перед сном.

А ты думаешь, браток, про кожаное пальто он зря спросил? Нет, все это неспроста. Значит, когда-то отец его настоящий носил такое пальто, вот ему и запомнилось. Ведь детская память, как летняя зарница①: вспыхнет, накоротке осветит все и потухнет. Так

---

① Зарница—молния без грома.

и у него память, вроде зарницы, проблесками работает.

Может, и жили бы мы с ним еще с годик в Урюпинске, но в ноябре случился со мной грех: ехал по грязи, в одном хуторе машину мою занесло, а тут корова подвернулась, я и сбил ее с ног. Ну, известное дело, бабы крик подняли, народ сбежался, и автоинспектор тут как тут. Отобрал у меня шоферскую книжку, как я ни просил его смилостивиться. Корова поднялась, хвост задрала и пошла скакать по переулкам, а я книжки лишился. Зиму проработал плотником, а потом списался с одним приятелем, тоже сослуживцем,—он в вашей области, в Кашарском районе, работает шофером,—и тот пригласил меня к себе. Пишет, что, мол, поработаешь полгода по плотницкой части, а там в нашей области выдадут тебе новую книжку. Вот мы с сынком и командируемся в Кашары походным порядком.

Да оно, как тебе сказать, и не случись у меня этой аварии с коровой, я все равно подался бы из Урюпинска. Тоска мне не дает на одном месте долго засиживаться. Вот уже когда Ванюшка мой подрастет и придется определять его в школу, тогда, может, и я угомонюсь, осяду на одном месте. А сейчас пока шагаем с ним по русской земле.

—Тяжело ему идти,—сказал я.

—Так он вовсе мало на своих ногах идет, все больше на мне едет. Посажу его на плечи и несу, а захочет промяться[1],—слезает с меня и бегает сбоку дороги, взбрыкивает, как козленок. Все это, браток, ничего бы, как-нибудь мы с ним прожили бы, да вот сердце у меня раскачалось, поршня надо менять[2]... Иной раз так схватит и прижмет, что белый свет в глазах меркнет. Боюсь, что

① Промяться—пройтись.

② Раскачалось сердце, поршня надо менять—у героя рассказа развилась тяжёлая болезнь сердца.

когда-нибудь во сне помру и напугаю своего сынишку. А тут еще одна беда: почти каждую ночь своих покойников дорогих во сне вижу. И все больше так, что я—за колючей проволокой, а они на воле, по другую сторону... Разговариваю обо всем и с Ириной, и с детишками, "а только хочу проволоку руками раздвинуть,—они уходят от меня, будто тают на глазах... И вот удивительное дело: днем я всегда крепко себя держу, из меня ни "оха", ни вздоха не выжмешь, а ночью проснусь, и вся подушка мокрая от слез...

В лесу послышался голос моего товарища, плеск весла по воде.

Чужой, но ставший мне близким человек поднялся, протянул большую, твердую, как дерево, руку:

—Прощай, браток, счастливо тебе!

—И тебе счастливо добраться до Кашар.

—Благодарствую. Эй, сынок, пойдем к лодке.

Мальчик подбежал к отцу, пристроился справа и, держась за полу отцовского ватника, засеменил рядом с широко шагавшим мужчиной.

Два осиротевших человека, две песчинки, заброшенные в чужие края военным ураганом невиданной силы... Что-то ждет их впереди? И хотелось бы думать, что этот русский человек, человек несгибаемой воли, выдюжит и около отцовского плеча вырастет тот, который, повзрослев, сможет все вытерпеть, все преодолеть на своем пути, если к этому позовет его Родина.

С тяжелой грустью смотрел я им вслед... Может быть, все и обошлось бы благополучно при нашем расставании, но Ванюшка, отойдя несколько шагов и заплетая куцыми① ножками, повернулся на ходу ко мне лицом, помахал розовой ручонкой. И вдруг словно мягкая, но когтистая лапа сжала мне сердце, и я поспешно

① Куцый—здесь: коротенький.

отвернулся. Нет, не только во сне плачут пожилые, поседевшие за годы войны мужчины. Плачут они и наяву. Тут главное—уметь вовремя отвернуться. Тут самое главное—не ранить сердце ребенка, чтобы он не увидел, как бежит по твоей щеке жгучая и скупая мужская слеза...

(1956—1957)

Краткий анализ произведения:

Рассказ был написан Шолоховым в 1956—1957 году в канун XX съезда партии, на котором Хрущёв подверг критике Сталина. Со дня окончания Великой Отечественной войны прошло больше 10 лет. Герой 《Судьбы человека》 Андей Соколов провёл долгое время в плену у немцев, бежал на родину и продолжал воевать. Тема пребывания советского солдата в плену до сих пор не затрагивалась в литературе, так как это была запретная тема. Солдаты, побывавшие в плену, вернувшись домой, немедленно попадали в руки СМЕРШ-а (что расшифровывается как 《Смерть шпионам》) военной организации, созданной по приказу Сталина в 1942 г. для вылавливания шпионов в русских войсках. Все, побывавшие в немецком плену, при возвращении домой автомотически считались шпионами и отправились в концлагеря, конечно, бывали и исключения—герой Шолохова принадлежит к таким единицам. Он бежал из плена, сумел привести с собой немецкого крупного 《чина》—《языка》. В реальной жизни проверке подвергали и таких героев, но Шолохов об этом не упоминает. Однако то, что автор сделал героем своего произведения бывшего пленного, уже большая заслуга писателя. Тем самым он показал, что далеко не все пленные были шпионами и предателями.

《Судьбу человека》 не отнесешь целиком к жанру рассказа—малой формы, повествующей, как правило, об отдельном эпизоде из человеческой жизни. В рассказе есть элементы более крупной формы—романа-эпопей. Но по жанру (вернее, та его часть, которая является повествованием Андрея Соколова о своей жизни) он более всего близок к народному сказу. Это проявляется и в манере повествования—передаче последовательного хода событий, без завязки, кульминации и развязки, обычных для произведений неэпопейного характера, и в охвате материала по времени и количеству фактов (прослеживается вся жизнь героя, начиная с детства, женитьбы, взросления, женитьбы и войны, и кончая послевоенным периодом, когда Андрей Соколов встречается с повествователем.) Проявляется это и в том, что центром повествования является не судьба отдельного человека, а судьба русского человека на общенародной войне.

Андрей Соколов —простой малозаметный человек, не выделяющийся из своего окружения, но он вынес на себе непомерную тяжесть войны, гибель своего дома, всей семьи, защитил родину, остался жив не только физически, но и сохранил в себе живую душу, и даже нашёл в себе силы попытаться начать жить заново—не тоько работать, но взять в сыновья сироту Ванюшку. Он настоящий герой, но не осознаёт себя героем. Скромность и терпеливость—ведущие черты его характера. Он человек нетребовательный в отношении к материальным жизненным благам. Идеал его жизни—простой, народный: есть семья, дети, дом, 《Дети едят кашу с молоком, крыша над головой есть, одеты, обуты, стало быть, все в порядке》. Да и жена его —идеал русской крестьянки: смирная, весёлая, угодливая да ласковая, живущая жизнью семьи. Есть во всем этом что-то от примитивных лубочных картинок (народных рисунков), которые продавались в дореволюционной России на ярмарках и украшали крестьянские избы. Эти картины выражали народный русский дух и народные идеалы. И язык Андрея Соколова подчёркнуто народный, изобилующий просторечными выражениями.

Есть в《Судьбе человека》и лирическая струя. Она моментами просачивается сквозь эпический рассказ Соколова о своей жизни и проявляется в сцене прощания с женой и детьми перед отъездом на фронт, в его горьких словах о своей искаленной жизни, во всплесках нежности к мальчику-сиротке Ванюшке, которого он усыновил. Но больше всего она чувствуется в отношении к Андрею Соколову повествователя, особенно в конце рассказа, когда повествователь смотрит во след уходящим-Андрею и его сынишке: 《И вдруг,словно мягкая, но когтистая лапа сжала мне сердце и я поспешно отвернулся》.

Композиция рассказа усложнена: это как бы рассказ в рассказе—повествователь, направляющийся в одну из донских станиц по своим делам, описывает весеннюю природу, свое настроение и встречу с мужчиной и маленьким мальчиком, свое первое впечатление от них. Дальше следует рассказ встреченного мужчины (Андрея Соколова) и по закону кольцевой композиции, повествователь, выслушав рассказ Соколова, возвращается к рассказу о себе, о своих впечатлениях от встреченных людей (мужчины и мальчика), о своих чувствах, которые они вызвали в нём.

Вопросы и задания:

1. Какие черты русского характера воплощены в образе Андрея Соколова?

2. Как вы понимаете название рассказа《Судьба человека》?

3. В чем художественные особенности рассказа?

Литература

1. Бирюков Ф. Художественные открытия Михаила Шолохова. М. ,1976.

2. Хватов А. Художественный мир Шолохова. 3-е изд. М., 1978.

3. Петелин В. В. Михаил Шолохов: Страницы жизни и творчества. М., 1986.

Борис Леонидович Пастернак

(1890—1960)

ДОКТОР ЖИВАГО

(роман, фрагменты)

Часть третья

Елка у Свентицких

2

В Юриной душе все было сдвинуто и перепутано, и все резко самобытно—взгляды, навыки и предрасположения. Он был беспримерно впечатлителен, новизна его восприятий не поддавалась описанию.

Но как ни велика была его тяга к искусству и истории, Юра не затруднялся выбором поприща. Он считал, что искусство не годится в призвание в том же самом смысле, как не может быть профессией прирожденная веселость или склонность к меланхолии. Он интересовался физикой, естествознанием и находил, что в практической жизни надо заниматься чем-нибудь общеполезным. Вот он и пошел по медицине.

Будучи четыре года тому назад на первом курсе, он целый семестр занимался в университетском подземелье анатомией на трупах. Он по загибающейся лестнице спускался в подвал. В глубине анатомического театра группами и порознь толпились взлохмаченные студенты. Одни зубрили, обложившись костями и перелистывая трепаные, истлевшие учебники, другие молча анатомировали по углам, третьи балагурили, отпускали шутки и гонялись за крысами, в большом количестве бегавшими по каменному полу мертвецкой. В ее полутьме светились, как фосфор, бросающиеся в глаза голизною① трупы неизвестных, молодые самоубийцы с неустановленной личностью, хорошо сохранившиеся и еще не тронувшиеся② утопленницы. Впрыснутые в них соли глинозема③ молодили их, придавая им обманчивую округлость. Мертвецов вскрывали, разнимали и препарировали, и красота человеческого тела оставалась верной себе при любом, сколь угодно мелком делении, так что удивление перед какой-нибудь целиком грубо брошенной на оцинкованный стол русалкою не проходило, когда переносилось с нее к ее отнятой руке или отсеченной кисти. В подвале пахло формалином④ и карболкой⑤, и присутствие тайны чувствовалось во всем, начиная с неизвестной судьбы всех этих простертых тел и кончая самой тайной жизни и смерти, располагавшейся здесь в подвале как у себя дома или как на своей штаб-квартире.

Голос этой тайны, заглушая все остальное, преследовал Юру, мешая ему при анатомировании. Но точно так же мешало ему многое в жизни. Он к этому привык, и отвлекающая помеха не беспокоила его.

Юра хорошо думал и очень хорошо писал. Он еще с гимназических лет мечтал о прозе, о книге жизнеописаний, куда бы он в виде скрытых взрывчатых гнезд⑥ мог вставлять самое ошеломляющее из того, что он успел увидать и передумать. Но для такой книги он был еще слишком молод, и вот он отделывался вместо нее писанием стихов, как писал бы живописец всю жизнь этюды к большой задуманной картине.

Этим стихам Юра прощал грех их возникновения за их энергию и

① Голизною—здесь видом голого тела.

② Не тронувшиеся—здесь не начинавшие гнить.

③ Глинозем—окись алюминия.

④ Формалин—вещество, применяющееся для предохранения трупов от гниения.

⑤ Карболка—раствор дезинфицирующей жидкости.

⑥ Взрывчатые гнезда—здесь углубления, для помещения в них взрывчатой смеси с целью произведения взрыва.

оригинальность. Эти два качества, энергии и оригинальности, Юра считал представителями реальности в искусствах, во всем остальном беспредметных, праздных и ненужных.

Юра понимал, насколько он обязан дяде общими свойствами своего характера.

Николай Николаевич жил в Лозанне. В книгах, выпущенных им там по-русски и в переводах, он развивал свою давнишнюю мысль об истории как о второй вселенной, воздвигаемой человечеством в ответ на явление смерти с помощью явлений времени и памяти. Душою этих книг было по-новому понятое христианство, их прямым следствием—новая идея искусства.

...

15

...

Десять лет тому назад, когда хоронили маму, Юра был совсем еще маленький. Он до сих пор помнил, как он безутешно плакал, пораженный горем и ужасом. Тогда главное было не в нем. Тогда он едва ли даже соображал, что есть какой-то он, Юра, имеющийся в отдельности и представляющий интерес или цену. Тогда главное было в том, что стояло кругом, в наружном. Внешний мир обступал Юру со всех сторон, осязательный, непроходимый и бесспорный, как лес, и оттого-то был Юра так потрясен маминой смертью, что он с ней заблудился в этом лесу и вдруг остался в нем один, без нее. Этот лес составляли все вещи на свете—облака, городские вывески, и шары на пожарных каланчах, и скакавшие верхом перед каретой с божьей Матерью служки с наушниками вместо шапок на обнаженных в присутствии святыни головах. Этот лес составляли витрины магазинов в пассажах[1] и недосягаемо высокое ночное небо со звездами, боженькой и

---

① Пассаж—здесь несколько рядов магазинов, объединенных в единый комплекс.

святыми.

Это недоступно высокое небо наклонялось низко-низко к ним в детскую макушкой в нянюшкин подол, когда няня рассказывала что-нибудь божественное, и становилось близким и ручным, как верхушки орешника, когда его ветки нагибают в оврагах и обирают орехи. Оно как бы окуналось у них в детской в таз с позолотой и, искупавшись в огне и золоте, превращалось в заутреню или обедню① в маленькой переулочной церквушке, куда няня его водила. Там звезды небесные становились лампадками②, боженька—батюшкой③ и все размещались на должности более или менее по способностям. Но главное был действительный мир взрослых и город, который подобно лесу, темнел кругом. Тогда всей своей полузвериной верой Юра верил в Бога этого леса, как в лесничего.

Совсем другое дело было теперь. Все эти двенадцать лет школы, средней и высшей, Юра занимался древностью и законом Божьим, преданиями и поэтами, науками о прошлом и о природе, как семейною хроникой родного дома, как своею родословною. Сейчас он ничего не боялся, ни жизни ни смерти, все на свете, все вещи были словами его словаря. Он чувствовал себя стоящим на равной ноге со вселенною и совсем по-другому выстаивал панихиды④ по Анне Ивановне, чем в былое время по своей маме. Тогда он забывался от боли, робел и молился. А теперь он слушал заупокойную службу как сообщение, непосредственно к нему обращенное и прямо его касающееся. Он вслушивался в эти слова и требовал от них смысла, понятно выраженного, как это требуется от всякого дела, и ничего общего с набожностью не было в его чувстве преемственности по отношению к высшим силам земли и неба, которым он поклонялся как своим великим

---

① Заутреня или обедня—утренняя или дневная церковные службы.

② Лампадка—маленький светильник возле иконы.

③ Батюшка—священник в православной церкви.

④ Панихида—христианская церковная служба, совершаемая над телом умершего и в годовщину его смерти или рождения.

предшественникам.

Часть пятая

Прощание со старым

15

. . .

Как ни хаотичен был вихрь мыслей, роившихся в его голове в течение этих долгих часов, их, собственно говоря, было два круга, два неотвязных клубка, которые то сматывались, то разматывались.

Один круг составляли мысли о Тоне, доме и прежней налаженной жизни, в которой все до мельчайших подробностей было овеяно поэзией и проникнуто сердечностью и чистотою. Доктор тревожился за эту жизнь и желал ей целости и сохранности и, летя в ночном скором поезде, нетерпеливо рвался к этой жизни обратно, после более чем двухлетней разлуки.

Верность революции и восхищение ею были тоже в этом круге. Это была революция в том смысле, в каком принимали ее средние классы, и в том понимании, какое придавала ей учащаяся молодежь девятьсот пятого года, поклонявшаяся Блоку.

В этот круг, родной и привычный, входили также те признаки нового, те обещания и предвестия, которые показались на горизонте перед войной, между двенадцатым и четырнадцатым годами, в русской мысли, русском искусстве и русской судьбе, судьбе общероссийской и его собственной, живаговской.

После войны хотелось обратно к этим веяниям, для их возобновления и продолжения, как тянуло из отлучки назад домой.

Новое было также предметом мыслей второго круга, но насколько другое, насколько отличное новое! Это было не свое, привычное, старым подготовленное новое, а непроизвольное, неотменимое, реальностью предписанное новое, внезапное, как потрясение.

Таким новым была война, ее кровь и ужасы, ее бездомность и одичание. Таким новым были ее испытания и житейская мудрость, которой война учила. Таким новым были захолустные города, куда война заносила, и люди, с которыми она сталкивала. Таким новым была революция, не по-университетски идеализированная под девятьсот пятый год, а эта, нынешняя, из войны родившаяся, кровавая, ни с чем не считающаяся солдатская революция, направляемая знатоками этой стихии, большевиками.

Таким новым была сестра Антипова, войной заброшенная Бог знает куда, с совершенно ему неведомой жизнью, никого ни в чем не укоряющая и почти жалующаяся своей безгласностью, загадочно немногословная и такая сильная своим молчанием. Таким новым было честное старание Юрия Адреевича изо всех сил не любить ее, так же как всю жизнь он старался относиться с любовью ко всем людям, не говоря уже о семье и близких.

Поезд несся на всех парах. Встречный ветер через опущенное окно трепал и пылил волосы Юрия Андреевича. На ночных остановках творилось то же самое, что на дневных, бушевала толпа и шелестели липы.

Иногда из глубины ночи к станциям со стуком подкатывали телеги и таратайки①. Голоса и гром колес смешивались с шумом деревьев.

В эти минуты казалось понятным, что заставляло шелестеть и клониться друг к другу эти ночные тени, и что они шепчут друг другу, еле ворочая сонными отяжелевшими листьями, как заплетающимися шепелявыми② языками. Это было то же самое, о чем думал, ворочаясь у себя на верхней полке, Юрий Адреевич, весть об охваченной все ширящимися волнениями России, весть о

① Таратайка—лёгкая двухколеская повозка.

② Шепелявый—произносящий свистящие звуки (“с”и “з”) как шипящие (“ш” и “ж”).

революции, весть о ее роковом и трудном часе, о ее вероятном конечном величии.

Часть шестая

Московское становище

4

В течение нескольких следующих дней обнаружилось, до какой степени он одинок. Он никого в этом не винил. Видно, сам он хотел этого и добился.

Странно потускнели и обесцветились друзья. Ни у кого не осталось своего мира, своего мнения. Они были гораздо ярче в его воспоминаниях. По-видимому, он раньше их переоценивал.

Пока порядок вещей позволял обеспеченным блажить① и чудесить② на счет необеспеченных, как легко было принять за настоящее лицо и самобытность эту блажь и право на праздность, которым пользовалось меньшинство, пока большинство терпело!

Но едва лишь поднялись низы, и льготы верхов были отменены, как быстро все полиняли③, как без сожаления расстались с самостоятельной мыслью, которой ни у кого, видно, не бывало!

Теперь Юрию Андреевичу были близки одни люди без фраз и пафоса, жена и тесть, да еще два-три врача сослуживца, скромные труженики, рядовые работники.

Вечер с уткой и со спиртом в свое время состоялся, как предполагалось, на второй или третий день его приезда, когда он

---

① Блажить—здесь капризничать.

② Чудесить—совершать непредсказуемые поступки.

③ Полинять—потерять свою окраску.

успел перевидаться со всеми приглашенными, так что это не было их первой встречей.

...

Всего же грустнее было, что вечеринка их представляла отступление от условий времени. Нельзя было предположить, чтобы в домах напротив по переулку так же пили и закусывали в те же часы. За окном лежала немая, темная и голодная Москва. Лавки ее были пусты, а о таких вещах, как дичь и водка, и думать позабыли.

И вот оказалось, что только жизнь, похожая на жизнь окружающих и среди нее бесследно тонущая, есть жизнь настоящая, что счастье обособленное не есть счастье, так что утка и спирт, которые кажутся единственными в городе, даже совсем не спирт и не утка. Это огорчало больше всего.

...

Но главным гвоздем вечера был, конечно, дядя. Антонина Александровна ошибалась, говоря, что Николай Николаевич на даче. Он вернулся в день приезда племянника и был в городе. Юрий Андреевич видел его уже два или три раза и успел наговориться с ним, наохаться, наахаться и нахохотаться①.

Первое их свидание произошло вечером серого пасмурного дня. Мелкой водяной пылью моросил дождик. Юрий Андреевич пришел к Николаю Николаевичу в номер. В гостиницу уже принимали только по настоянию городских властей. Но Николая Николаевича везде знали. У него оставались старые связи.

Гостиница производила впечатление желтого дома②, покинутого сбежавшей администрацией. Пустота, хаос, власть

---

① Наохаться, наахаться —в состоянии возбуждения много раз воскликнуть междометия ох и ах.

② Жёлтый дом—так называли дома для ума лишенных.

случайности на лестницах и в коридорах.

В большое окно неприбранного номера смотрела обширная безлюдная площадь тех сумасшедших дней, чем-то пугавшая, словно она привиделась ночью во сне, а не лежала на самом деле перед глазами под окном гостиницы.

Это было поразительное, незабываемое, знаменательное свидание! Кумир его детства, властитель его юношеских дум, живой во плоти опять стоял перед ним.

Николаю Николаевичу очень шла седина. Заграничный широкий костюм хорошо сидел на нем. Для своих лет он был еще очень моложав и смотрел красавцем.

Конечно, он сильно терял в соседстве с громадностью совершавшегося. События заслоняли его. Но Юрию Андреевичу и не приходило в голову мерить его таким мерилом.

Его удивило спокойствие Николая Николаевича, хладнокровно шутливый тон, которым он говорил на политические темы. Его умение держать себя превышало нынешние русские возможности. В этой черте сказывался человек приезжий. Черта эта бросалась в глаза, казалась старомодною и вызывала неловкость.

Ах, но ведь совсем не то, не то наполняло первые часы, их встречи, заставило бросаться друг другу на шею, плакать и, задыхаясь от волнения, прерывать быстроту и горячность первого разговора частыми паузами.

Встретились два творческих характера, связанные семейным родством, и хотя встало и второй жизнью зажило минувшее, нахлынули воспоминания и всплыли на поверхность обстоятельства, происшедшие за время разлуки, но едва лишь речь зашла о главном, о вещах, известных людям созидательного склада, как исчезли все связи, кроме этой единственной, не стало ни дяди, ни племянника, ни разницы в возрасте, а только осталась близость стихии со стихией, энергии с энергией, начала и начала.

За последнее десятилетие Николаю Николаевичу не представлялось случая говорить об обаянии авторства и сути творческого предназначения в таком соответствии с собственными мыслями и так заслуженно к месту, как сейчас. С другой стороны, и Юрию Андреевичу не приходилось слышать отзывов, которые были бы так проницательно метки и так окрыляюще увлекательны, как этот разбор.

Оба поминутно вскрикивали и бегали по номеру, хватаясь за голову от безошибочности обоюдных догадок, или отходили к окну и молча барабанили пальцами по стеклу, потрясенные доказательствами взаимного понимания.

...

Он стоял и по всем признакам, сверх собственного ожидания, говорил. Он не сразу добился тишины.

—Господа... Я хочу... Миша! Гогочка!.. Но что же делать, Тоня, когда они не слушают? Господа, дайте мне сказать два слова. Надвигается неслыханное, небывалое. Прежде чем оно настигнет нас, вот мое пожелание вам. Когда оно настанет, дай нам Бог не растерять друг друга и не потерять души. Гогочка, вы после будете кричать ура. Я не кончил. Прекратите разговоры по углам и слушайте внимательно.

На третий год войны в народе сложилось убеждение, что рано или поздно граница между фронтом и тылом сотрется, море крови подступит к каждому и зальет отсиживающихся и окопавшихся. Революция и есть это наводнение.

В течение ее вам будет казаться, как нам на войне, что жизнь прекратилась, всё личное кончилось, что ничего на свете больше не происходит, а только убивают и умирают, а если мы доживем до записок и мемуаров об этом времени, и прочтем эти воспоминания, мы убедимся, что за эти пять или десять лет пережили больше, чем иные за целое столетие.

Я не знаю, сам ли народ подымется и пойдет стеной, или всё сделается его именем. От события такой огромности не требуется драматической доказательности. Я без этого ему поверю. Мелко копаться в причинах циклопических[①] событий. Они их не имеют. Это у домашних ссор есть свой генезис, и после того как оттаскают друг друга за волосы и перебьют посуду, ума не приложат, кто начал первый. Все же истинно великое безначально, как вселенная. Оно вдруг оказывается налицо без возникновения, словно было всегда или с неба свалилось.

Я тоже думаю, что России суждено стать первым за существование мира царством социализма. Когда это случится, оно надолго оглушит нас, и, очнувшись, мы уже больше не вернем утраченной памяти. Мы забудем часть прошлого и не будем искать небывалому объяснения. Наставший порядок обступит нас с привычностью леса на горизонте или облаков над головой. Он окружит нас отовсюду. Не будет ничего другого.

8

...

Как-то в конце старого октября, часов в десять вечера Юрий Андреевич быстро шел по улице, направляясь без особой надобности к одному близко жившему сослуживцу. Места эти, обычно бойкие, были малолюдны. Встречных почти не попадалось.

Юрий Андреевич шел быстро. Порошил первый реденький снежок с сильным и все усиливающимся ветром, который на глазах у Юрия Андреевича превращался в снежную бурю.

Юрий Андреевич загибал из одного переулка в другой и уже утерял счет сделанным поворотам, как вдруг снег повалил густо-

---

① Циклопический—огромный.

густо и стала разыгрываться метель, та метель, которая в открытом поле с визгом стелется по земле, а в городе мечется в тесном тупике, как заблудившаяся.

Что-то сходное творилось в нравственном мире и в физическом, вблизи и вдали, на земле и в воздухе. Где-то, островками, раздавались последние залпы сломленного сопротивления. Где-то на горизонте пузырями вскакивали и лопались слабые зарева залитых пожаров. И такие же кольца и воронки гнала и завивала метель, дымясь под ногами у Юрия Андреевича на мокрых мостовых и панелях①.

На одном из перекрестков с криком "Последние известия!" его обогнал пробегавший мимо мальчишка газетчик с большой кипой② свежеотпечатанных оттисков③ под мышкой.

—Не надо сдачи,—сказал доктор. Мальчик еле отделил прилипший к кипе сырой листок, сунул его доктору в руки и канул в метель так же мгновенно, как из нее вынырнул.

Доктор подошел к горевшему в двух шагах от него уличному фонарю, чтобы тут же, не откладывая, пробежать главное.

Экстренный выпуск, покрытый печатью только с одной стороны, содержал правительственное сообщение из Петербурга об образовании Совета Народных Комиссаров, установлении в России советской власти и введении в ней диктатуры пролетариата. Далее следовали первые декреты новой власти и публиковались разные сведения, переданные по телеграфу и телефону.

Метель хлестала в глаза доктору и покрывала печатные строчки газеты серой и шуршащей снежной крупою. Но не это мешало его чтению. Величие и вековечность минуты потрясли его и

---

① Панель—дорожка для пешеходов, тротуар.

② Кипа—пачка.

③ Оттиски—напечатанные тексты.

не давали опомниться.

Чтобы все же дочитать сообщения, он стал смотреть по сторонам в поисках какого-нибудь освещенного места, защищенного от снега. Оказалось, что он опять очутился на своем заколдованном перекрестке и стоит на углу Серебряного и Молчановки, у подъезда высокого пятиэтажного дома со стеклянным входом и просторным, освещенным электричеством, парадным.

Доктор вошел в него и в глубине сеней под электрической лампочкой углубился в телеграммы.

Наверху над его головой послышались шаги. Кто-то спускался по лестнице, часто останавливаясь, словно в какой-то нерешительности. Действительно, спускавшийся вдруг раздумал, повернул назад и взбежал наверх. Где-то отворили дверь, и волною разлились два голоса, обесформленные гулкостью до того, что нельзя было сказать, какие они, мужские или женские. После этого хлопнула дверь, и ранее спускавшийся стал сбегать вниз гораздо решительнее.

Глаза Юрия Андреевича, с головой ушедшего в чтение, были опущены в газету. Он не собирался подымать их и разглядывать постороннего. Но, добежав донизу, тот с разбега остановился. Юрий Андреевич поднял голову и посмотрел на спускавшегося.

Перед ним стоял подросток лет восемнадцати в негнущейся оленьей дохе[①], мехом наружу, как носят в Сибири, и такой же меховой шапке. У мальчика было смуглое лицо с узкими киргизскими глазами. Было в этом лице что-то аристократическое, та беглая искорка, та прячущаяся тонкость, которая кажется занесенной издалека и бывает у людей со сложной, смешанной кровью.

Мальчик находился в явном заблуждении, принимая Юрия

① Доха—меховая шуба.

Андреевича за кого-то другого. Он с дичливою растерянностью смотрел на доктора, как бы зная, кто он, и только не решаясь заговорить. Чтобы положить конец недоразумению, Юрий Андреевич смерил его взглядом и обдал холодом, отбивающим охоту к сближению.

Мальчик смешался и, не сказав ни слова, направился к выходу. Здесь, оглянувшись еще раз, он отворил тяжелую, расшатанную дверь и, с лязгом ее захлопнув, вышел на улицу.

Минут через десять последовал за ним и Юрий Андреевич. Он забыл о мальчике и о сослуживце, к которому собирался. Он был полон прочитанного и направился домой. По пути другое обстоятельство, бытовая мелочь, в те дни имевшая безмерное значение, привлекла и поглотила его внимание.

Немного не доходя до своего дома, он в темноте наткнулся на огромную кучу досок и бревен, сваленную поперек дороги на тротуаре у края мостовой. Тут в переулке было какое-то учреждение, которому, вероятно, привезли казенное топливо в виде какого-то разобранного на окраине бревенчатого дома. Бревна не умещались во дворе и загромождали прилегавшую часть улицы. Эту гору стерег часовой с ружьем, ходивший по двору и от времени до времени выходивший в переулок.

Юрий Андреевич, не задумываясь, улучил минуту, когда часовой завернул во двор, а налетевший вихрь закрутил в воздухе особенно густую тучу снежинок. Он зашел к куче балок с той стороны, где была тень и куда не падал свет фонаря, и медленным раскачиванием высвободил лежавшую с самого низа тяжелую колоду①. С трудом вытащив ее из-под кучи и взвалив на плечо, он перестал чувствовать ее тяжесть (своя ноша не тянет) и украдкой

---

① Колода—кусок толстого бревна.

вдоль затененных стен притащил к себе в Сивцев[①].

Это было кстати, дома кончились дрова. Колоду распилили и накололи из нее гору мелких чурок. Юрий Андреевич присел на корточки растапливать печь. Он молча сидел перед вздрагивавшей и дребезжавшей дверцей. Александр Александрович подкатил к печке кресло и подсел греться. Юрий Андреевич вытащил из бокового кармана пиджака газету и протянул тестю со словами:

—Видали? Полюбуйтесь. Прочтите.

Не вставая с корточек и ворочая дрова в печке маленькой кочережкой[②], Юрий Андреевич громко разговаривал с собой.

—Какая великолепная хирургия! Взять и разом артистически вырезать старые вонючие язвы! Простой, без обиняков, приговор вековой несправедливости, привыкшей, чтобы ей кланялись, расшаркивались перед ней и приседали.

В том, что это так без страха доведено до конца, есть что-то национально близкое, издавна знакомое. Что-то от безоговорочной светоносности[③] Пушкина, от невиляющей[④] верности фактам Толстого.

—Пушкина? Что ты сказал? Погоди. Сейчас я кончу. Не могу же я сразу и читать и слушать,—прерывал зятя Александр Александрович, ошибочно относя к себе монолог, произносимый Юрием Андреевичем себе под нос[⑤].

—Главное, что гениально? Если бы кому-нибудь задали задачу создать новый мир, начать новое летоисчисление[⑥], он бы

---

① Сивцев—московский переулок.

② Кочережка—уменьшит. от слова кочерга, железная палка с крючком, которой двигали горящие дрова в печке.

③ Светоносность—несущий или излучающий свет.

④ Невилящий—прямой.

⑤ Произносить себе под нос—говорить самому себе.

⑥ Летоисчисление—эра, эпоха.

обязательно нуждался в том, чтобы ему сперва очистили соответствующее место. Он бы ждал, чтобы сначала кончились старые века, прежде чем он приступит к постройке новых, ему нужно было бы круглое число, красная строка[1], неисписанная страница.

А тут, нате пожалуйста. Это небывалое, это чудо истории, это откровение ахнуто в самую гущу продолжающейся обыденщины, без внимания к ее ходу. Оно начато не с начала, а с середины, без наперед подобранных сроков, в первые подвернувшиеся будни, в самый разгар курсирующих по городу трамваев. Это всего гениальнее. Так неуместно и несвоевременно только самое великое.

Часть девятая

Варыкино

1

Зимою, когда времени стало больше, Юрий Андреевич стал вести разного рода записи. Он записал у себя:

《Как часто летом хотелось сказать вместе с Тютчевым:

Какое лето, что за лето!
Ведь это, право, волшебство,
И как, спрошу, далось нам это,
Так, ни с того и ни с сего?

Какое счастье работать на себя и семью с зари до зари, сооружать кров, возделывать землю в заботе о пропитании, создавать свой мир, подобно Робинзону, подражая творцу в

---

① Красная строка—новая строка в тексте.

сотворении вселенной, вслед за родной матерью производя себя вновь и вновь на свет!

Сколько мыслей проходит через сознание, сколько нового передумаешь, пока руки заняты мускульной, телесной, черной или плотничьей работой: пока ставишь себе разумные, физически разрешимые задачи, вознаграждающие за исполнение радостью и удачей; пока шесть часов кряду тешешь что-нибудь топором или копаешь землю под открытым небом, обжигающим тебя своим благодатным дыханием. И то, что эти мысли, догадки и сближения не заносятся на бумагу, а забываются во всей их попутной мимолетности, не потеря, а приобретение. Городской затворник①, крепким черным кофе или табаком подхлестывающий упавшие нервы и воображение, ты не знаешь самого могучего наркотика, заключающегося в непритворной нужде и крепком здоровье.

Я не иду дальше сказанного, не проповедую Толстовского опрощения② и перехода на землю, я не придумываю своей поправки к социализму по аграрному вопросу. Я только устанавливаю факт и не возвожу нашей, случайно подвернувшейся судьбы в систему. Наш пример спорен и не пригоден для вывода. Наше хозяйство слишком неоднородного состава. Только небольшою его частью, запасом овощей и картошки, мы обязаны трудам наших рук. Все остальное—из другого источника.

Наше пользование землею беззаконно. Оно самочинно③ скрыто от установленного государственною властью учета. Наши лесные порубки—воровство, не извинимое тем, что мы воруем из

---

① Затворник—человек, закрывшийся (затворившийся) в своем доме и оторвавшийся от жизни.

② Толстовское опрощение—в последние годы жизни Толстой проповедовал отказ от собственности и призывал дворян заниматься простым крестьянским трудом.

③ Самочинно—делается без разрешения.

государственного кармана, в прошлом—крюгеровского. Нас покрывает попустительство[①] Микулицына, живущего приблизительно тем же способом, нас спасают расстояния, удаленность от города, где пока, по счастью, ничего не знают о наших проделках.

Я отказался от медицины и умалчиваю о том, что я доктор, чтобы не связывать своей свободы. Но всегда какая-нибудь добрая душа на краю света проведает, что в Варыкине поселился доктор, и верст за тридцать тащится за советом, какая с курочкой, какая с яичками, какая с маслицем или еще с чем-нибудь. Как я ни отбояриваюсь[②] от гонораров, от них нельзя отделаться, потому что люди не верят в действенность безвозмездных, даром доставшихся, советов. Итак, кое-что дает мне врачебная практика. Но главная наша и Микулицынская опора—Самдевятов.

Уму непостижимо, какие противоположности совмещает в себе этот человек. Он искренне за революцию и вполне достоин доверия, которым облек его юрятинский горсовет. Со всесильными своими полномочиями он мог бы реквизировать и вывозить варыкинский лес, нам и Микулицыным даже не сказываясь, и мы бы и бровью не повели. С другой стороны, пожелай он обкрадывать казну, он мог бы преспокойно класть в карман, что и сколько бы захотел, и тоже никто бы не пикнул. Ему не с кем делиться и некого задаривать. Так что же заставляет его заботиться о нас, помогать Микулицыным и поддерживать всех в округе, как, например, начальника станции в Торфяной? Он все время ездит и что-то достает и привозит, и разбирает и толкует《Бесов》Достоевского и Коммунистический Манифест одинаково увлекательно и, мне кажется, если бы он не осложнял своей жизни без надобности так

---

① Попустительство—снисходительное отношение к кому-чему-л.

② Отбояриваться—отделаться от кого-л., отвертеться от чего-л. нежелательного.

нерасчетливо и очевидно, он умер бы со скуки».

...

3

Ближе к весне доктор записал:

«Мне кажется, Тоня в положении. Я ей об этом сказал. Она не разделяет моего предположения, а я в этом уверен. Меня до появления более бесспорных признаков не могут обмануть предшествующие, менее уловимые.

Лицо женщины меняется. Нельзя сказать, чтобы она подурнела. Но ее внешность, раньше всецело находившаяся под ее наблюдением, уходит из-под ее контроля. Ею распоряжается будущее, которое выйдет из нее и уже больше не есть она сама. Этот выход облика женщины из-под ее надзора носит вид физической растерянности, в которой тускнеет ее лицо, грубеет кожа и начинают по другому, не так, как ей хочется, блестеть глаза, точно она всем этим не управилась и запустила.

Мы с Тоней никогда не отдалялись друг от друга. Но этот трудовой год нас сблизил еще тесней. Я наблюдал, как расторопна, сильна и неутомима Тоня, как сообразительна в подборе работ, чтобы при их смене терялось как можно меньше времени.

Мне всегда казалось, что каждое зачатие непорочно, что в этом догмате, касающемся Богоматери, выражена общая идея материнства.

На всякой рожающей лежит тот же отблеск одиночества, оставленности, предоставленности себе самой. Мужчина до такой степени не у дел сейчас, в это существеннейшее из мгновений, что точно его и в заводе не было[1] и все как с неба свалилось.

Женщина сама производит на свет свое потомство, сама

---

① В заводе не было—(идиома) еще и на свете не было.

забирается с ним на второй план существования, где тише, и куда без страха можно поставить люльку. Она сама в молчаливом смирении вскармливает и выращивает его.

Богоматерь просят: 《Молися прилежно Сыну и Богу Твоему》. Это она говорит о своем младенце, он возвеличит ее, ("Яко сотвори мне величие сильный"), он—ее слава. Так может сказать каждая женщина. Ее бог в ребенке. Матерям великих людей должно быть знакомо это ощущение. Но все решительно матери—матери великих людей, и не их вина, что жизнь потом обманывает их.

7

Как хотелось бы наряду со службой, сельским трудом или врачебной практикой вынашивать что-нибудь остающееся, капитальное, писать какую-нибудь научную работу или что-нибудь художественное.

Каждый родится Фаустом, чтобы все обнять, все испытать, все выразить. О том, чтобы Фаусту быть ученым, позаботились ошибки предшественников и современников. Шаг вперед в науке делается по закону отталкивания, с опровержения царящих заблуждений и ложных теорий.

О том, чтобы Фаусту быть художником, позаботились заразительные примеры учителей. Шаг вперед в искусстве делается по закону притяжения, с подражания, следования и поклонения любимым предтечам.

Что же мешает мне служить, лечить и писать? Я думаю, не лишения и скитания, не неустойчивость и частые перемены, а господствующий в наши дни дух трескучей фразы[①], получивший такое распространение,—вот это самое: заря грядущего, построение нового мира, светочи человечества. Послушать это, и по началу

---

① Трескучая фраза—громкие, пустые слова.

кажется,—какая широта фантазии, какое богатство! А на деле оно именно и высокопарно по недостатку дарования.

Сказочно только рядовое, когда его коснется рука гения. Лучший урок в этом отношении Пушкин. Какое славословие честному труду, долгу, обычаям повседневности! Теперь у нас стало звучать укорительно мещанин, обыватель. Этот упрек предупрежден строками из《Родословной》.

《Я мещанин, я мещанин》.
И из《Путешествия Онегина》:

Мой идеал теперь—хозяйка,
Мои желания—покой,
Да щей горшок, да сам большой.

Изо всего русского я теперь больше всего люблю русскую детскость Пушкина и Чехова, их застенчивую неозабоченность насчет таких громких вещей, как конечные цели человечества и их собственное спасение. Во всем этом хорошо разбирались и они, но куда им было до таких нескромностей,—не до того и не по чину! Гоголь, Толстой, Достоевский готовились к смерти, беспокоились, искали смысла, подводили итоги, а эти до конца были отвлечены текущими частностями артистического призвания, и за их чередованием незаметно прожили жизнь, как такую же личную, никого не касающуюся частность, и теперь эта частность оказывается общим делом и подобно снятым с дерева дозревающим яблокам сама доходит в преемственности, наливаясь все большею сладостью и смыслом》.

...

14

—Дайте руку и покорно следуйте за мной. Тут будут две

комнаты, где темно и вещи навалены до потолка. Наткнетесь и ушибетесь.

—Правда, лабиринт какой-то. Я не нашел бы дороги. Почему это? В квартире ремонт?

—О нет, нисколько. Дело не в этом. Квартира чужая. Я даже не знаю, чья. У нас была своя, казенная, в здании гимназии. Когда гимназию занял жилотдел Юрсовета[①], меня с дочерью переселили в часть этой, покинутой. Здесь была обстановка старых хозяев. Много мебели. Я в чужом добре не нуждаюсь. Я их вещи составила в эти две комнаты, а окна забелила. Не выпускайте моей руки, а то заблудитесь. Ну так. Направо. Теперь дебри[②] позади. Вот дверь ко мне. Сейчас станет светлее. Порог. Не оступитесь.

Когда Юрий Андреевич с провожатой вошел в комнату, в стене против двери оказалось окно. Доктора поразило, что он в нем увидел. Окно выходило на двор дома, на зады соседних и на городские пустыри у реки. На них паслись и точно полами расстегнутых шуб подметали пыль своей длиннорунной шерстью овцы и козы. На них, кроме того, торчала на двух столбах, лицом к окну, знакомая доктору вывеска: 《Моро и Ветчинкин. Сеялки. Молотилки》.

Под влиянием увиденной вывески доктор с первых же слов стал описывать Ларисе Федоровне свой приезд с семьей на Урал. Он забыл о том отождествлении, которое проводила молва между Стрельниковым и ее мужем, и не задумываясь, рассказал о своей встрече с комиссаром в вагоне. Эта часть рассказа произвела особенное впечатление на Ларису Федоровну.

—Вы видали Стрельникова?! —живо переспросила она. —Я пока вам больше ничего не скажу. Но как знаменательно! Просто

---

① Юрсовет—Совет города Юрятика, где в настоящий момент происходит действие.

② Дебри—не проходимый густой лес, глухое малодоступное место.

какое-то предопределение, что вы должны были встретиться. Я вам после когда-нибудь объясню, вы просто ахнете[1]. Если я вас правильно поняла, он произвел на вас скорее благоприятное, чем невыгодное впечатление?

—Да, пожалуй. Он должен был бы меня оттолкнуть. Мы проезжали места его расправ и разрушений. Я ждал встретить карателя солдафона[2] или революционного маниака[3] душителя, и не нашел ни того, ни другого. Хорошо, когда человек обманывает ваши ожидания, когда он расходится с заранее составленным представлением о нем. Принадлежность к типу есть конец человека, его осуждение. Если его не подо что подвести, если он не показателен, половина требующегося от него налицо. Он свободен от себя, крупица бессмертия достигнута им.

—Говорят, он беспартийный.

—Да, мне кажется. Чем он располагает к себе? Это обреченный. Я думаю, он плохо кончит. Он искупит зло, которое он принес. Самоуправцы[4] революции ужасны не как злодеи, а как механизмы без управления, как сошедшие с рельсов машины. Стрельников такой же сумасшедший, как они, но он помешался не на книжке, а на пережитом и выстраданном. Я не знаю его тайны, но уверен, что она у него есть. Его союз с большевиками случаен. Пока он им нужен, его терпят, им по пути. Но по первом миновении[5] надобности его отшвырнут без сожаления прочь и растопчут, как многих военных специалистов до него.

—Вы думаете?

—Обязательно.

---

① Ахнуть—от слова ах, сильно удивиться.

② Солдафон—грубый, некультурный человек из военных.

③ Маниак—маньяк, человек, одержимый манией.

④ Самоуправцы—люди, которые командуют всем по своему усмотрению.

⑤ Миновение—исчезновение.

—А нет ли для него спасения? В бегстве, например?

—Куда, Лариса Федоровна? Это прежде, при царях водилось. А теперь попробуйте.

—Жалко. Своим рассказом вы пробудили во мне сочувствие к нему. А вы изменились. Раньше вы судили о революции не так резко, без раздражения.

—В том-то и дело, Лариса Федоровна, что всему есть мера. За это время пора было прийти к чему-нибудь. А выяснилось, что для вдохновителей революции суматоха перемен и перестановок единственная родная стихия, что их хлебом не корми①, а подай им что-нибудь в масштабе земного шара. Построения миров, переходные периоды это их самоцель. Ничему другому они не учились, ничего не умеют. А вы знаете, откуда суета этих вечных приготовлений? От отсутствия определенных готовых способностей, от неодаренности. Человек рождается жить, а не готовиться к жизни. И сама жизнь, явление жизни, дар жизни так захватывающе нешуточны! Так зачем подменять ее ребяческой арлекинадой② незрелых выдумок, этими побегами чеховских школьников в Америку? Но довольно. Теперь моя очередь спрашивать. Мы подъезжали к городу в утро вашего переворота. Вы были тогда в большой переделке③?

—О, еще бы! Конечно. Кругом пожары. Сами чуть не сгорели. Дом, я вам говорила, как покачнуло! На дворе до сих пор неразорвавшийся снаряд у ворот. Грабежи, бомбардировка, безобразия. Как при всякой смене властей. К той поре мы уже были ученые, привычные. Не впервой было. А во время белых что творилось! Убийства из-за угла по мотивам личной мести,

---

① Хлебом не корми—(идиома) ничего другого не надо.

② Арлекинада—комедия с арлекином (шутом) в главной роли.

③ Переделка—здесь : сложная ситуация.

вымогательства, вакханалия[1]! Да, но ведь я главного вам не сказала. Галиуллин-то наш! Преважною шишкой[2] тут оказался при чехах. Чем-то вроде генерал-губернатора.

—Знаю. Слышал. Вы с ним видались?

—Очень часто. Скольким я жизнь спасла благодаря ему! Скольких укрыла! Надо отдать ему справедливость. Держал он себя безупречно, по-рыцарски, не то что всякая мелкая сошка[3], казачьи там есаулы и полицейские урядники[4]. Но ведь тогда тон задавала именно эта мелкота, а не порядочные люди. Галиуллин мне во многом помог, спасибо ему. Мы ведь старые знакомые. Я часто девочкой на дворе бывала, где он рос. В доме жили рабочие с железной дороги, Я в детстве близко видела бедность и труд. От этого мое отношение к революции иное, чем у вас. Она ближе мне. В ней для меня много родного. И вдруг он полковником становится, этот мальчик, сын дворника. Или даже белым генералом. Я из штатской среды и плохо разбираюсь в чинах. А по специальности я учительница историчка. Да, так вот как, Живаго. Многим я помогла. Ходила к нему. Вас вспоминали. У меня ведь во всех правительствах связи и покровители, и при всех порядках огорчения и потери. Это ведь только в плохих книжках живущие разделены на два лагеря и не соприкасаются. А в действительности все так переплетается! Каким непоправимым ничтожеством надо быть, чтобы играть в жизни только одну роль, занимать одно лишь место в обществе, значить всего только одно и то же! А, так ты здесь, оказывается?

В комнату вошла девочка лет восьми с двумя

---

① Вакханалия—крайняя степень беспорядка, разгула.

② Шишка—здесь: крупный чин.

③ Мелкая сошка—люди малозначительные по своему положению.

④ Есаулы и урядники—низкие военные должности в царской России.

мелкозаплетенными косичками. Узко разрезанные, уголками врозь поставленные глаза придавали ей шаловливый и лукавый вид. Когда она смеялась, она их приподнимала. Она уже за дверью обнаружила, что у матери гость, но показавшись на пороге, сочла нужным изобразить на лице нечаянное удивление, сделала книксен① и устремила на доктора немигающий, безбоязненный взгляд рано задумывающегося, одиноко вырастающего ребенка.

—Моя дочь Катенька. Прошу любить и жаловать.

—Вы в Мелюзееве карточки показывали. Как выросла и изменилась!

—Так ты, оказывается, дома? А я думала, —гуляешь. Я и не слышала, как ты вошла.

—Вынимаю из дыры ключ, а там вот такой величины крысина! Я закричала и в сторону! Думала, умру со страху.

Катенька говорила, корча премилые рожицы, таращa плутовские глаза и растягивая кружком ротик, как вытащенная из воды рыбка.

—Ну ступай к себе. Вот уговорю дядю к обеду остаться, выну кашу из духовой② и позову тебя.

—Спасибо, но вынужден отказаться. У нас вследствие моих наездов в город стали в шесть обедать. Я привык не опаздывать, а езды три часа с чем-то, если не все четыре. Потому-то я к вам так рано, —простите, —и скоро подымусь.

—Только полчаса еще.

—С удовольствием.

15

—А теперь, —откровенность за откровенность. Стрельников, о

① Книксен—поклон с приседанием, принятый в дворянской среде для девочек и девиц в знак приветствия и благодарности.

② Духовая—духовка в печке, в которой варят кашу.

котором вы рассказывали, это муж мой Паша, Павел Павлович Антипов, которого я ездила разыскивать на фронт, и в мнимую смерть которого с такою правотой отказывалась верить.

—Я не поражен и подготовлен. Я слышал эту басню и считаю ее вздорной. Оттого-то я и забылся до такой степени, что со всей свободой и неосторожностью говорил с вами о нем, точно этих толков не существует. Но эти слухи бессмыслица. Я видел этого человека. Как могут вас связывать с ним? Что между вами общего?

—И все же это так, Юрий Андреевич. Стрельников это Антипов, муж мой. Я согласна с общим мнением. Катенька это тоже знает и гордится своим отцом. Стрельников это его подставное имя, псевдоним, как у всех революционных деятелей. Из каких-то соображений он должен жить и действовать под чужим именем.

Вот он Юрятин брал, забрасывал нас снарядами, знал, что мы тут, и ни разу не осведомился, живы ли мы, чтобы не нарушить своей тайны. Это был его долг, разумеется. Если бы он спросил, как ему быть, мы бы ему то же посоветовали. Вы также скажете, что моя неприкосновенность, сносность жилищных условий, предоставленных горсоветом и прочая, —косвенные доказательства его тайной заботы о нас! Все равно вы мне этого не втолкуете. Быть тут рядом и устоять против искушения повидать нас! Это в моем мозгу не укладывается, это выше моего разумения. Это нечто мне недоступное, не жизнь, а какая-то римская гражданская доблесть, одна из нынешних премудростей. Но я подпадаю под ваше влияние и начинаю петь с вашего голоса. Я бы этого не хотела. Мы с вами не единомышленники. Что-то неуловимое, необязательное мы понимаем одинаково. Но в вещах широкого значения, в философии жизни лучше будем противниками. Но вернемся к Стрельникову.

Теперь он в Сибири, и вы правы, до меня тоже доходили

сведения о нареканиях[1] на него, от которых у меня холодеет сердце. Теперь он в Сибири, на одном из сильно продвинувшихся наших участков, наносит поражение своему дворовому дружку и впоследствии фронтовому товарищу, бедняжке Галиуллину, от которого не скрыт секрет его имени и моего супружества, и который по неоценимой тонкости никогда не давал мне этого почувствовать, хотя при имени Стрельникова рвет и мечет и выходит из себя. Да, так, значит, теперь он в Сибири.

А когда он тут был (он тут долго пробыл и жил все время на путях в вагоне, где вы его видели), я всё порывалась столкнуться с ним как-нибудь случайно, непредвиденно. Иногда он в штаб ездил, помещавшийся там, где прежде находилось Военное управление Комуча[2], войск Учредительного собрания[3]. И странная игра судьбы. Вход в штаб был в том же флигеле, где меня раньше Галиуллин принимал, когда я приходила за других хлопотать. Например, была нашумевшая история в кадетском корпусе[4], кадеты стали неугодных преподавателей подстерегать и пристреливать под предлогом их приверженности большевизму. Или когда начались преследования и избиения евреев. Кстати. Если мы городские жители и люди умственного труда, половина наших знакомых из их числа. И в такие погромные полосы, когда начинаются эти ужасы и мерзости, помимо возмущения, стыда и жалости, нас преследует ощущение тягостной двойственности, что

---

① Нарекания—жалобы.

② Комуч—комитет членов Учредительного собрания.

③ Учредительное собрание—представительное учреждение, созданное на основе всеобщего избирательного права для установления формы правления и выработки конституции. В 1917 году его поддерживали большевики, меньшевики, кадеты, эссеры и др. партии.

④ Кадетский корпус—в царской России военное училище для дворянских детей, который выпускал кадетов-офицеров, настроенных на конституционную монархию.

наше сочувствие наполовину головное, с неискренним неприятным осадком.

Люди, когда-то освободившие человечество от ига идолопоклонства и теперь в таком множестве посвятившие себя освобождению его от социального зла, бессильны освободиться от самих себя, от верности отжившему допотопному[1] наименованию, потерявшему значение, не могут подняться над собою и бесследно раствориться среди остальных, религиозные основы которых они сами заложили и которые были бы им так близки, если бы они их лучше знали.

Наверное, гонения и преследования обязывают к этой бесполезной и гибельной позе, к этой стыдливой, приносящей одни бедствия, самоотверженной обособленности, но есть в этом и внутреннее одряхление, историческая многовековая усталость. Я не люблю их иронического самоподбадривания, будничной бедности понятий, несмелого воображения. Это раздражает, как разговоры стариков о старости и больных о болезни. Вы согласны?

—Я об этом не думал. У меня есть товарищ, некий Гордон, он тех же взглядов.

—Так вот сюда я Пашу стеречь ходила. В надежде на его приезд или выход. Когда-то во флигеле была канцелярия генерал-губернатора. Теперь на двери табличка: "Бюро претензий"[2]. Вы, может быть, видели? Это красивейшее место в городе. Площадь перед дверью вымощена брусчаткой[3]. Перейдя площадь, городской сад. Калина, клен, боярышник. Становилась на тротуаре в кучке просителей и поджидала. Разумеется, не

---

① Допотопный—очень древний.

② Бюро претензий—учреждение, где принимались жалобы от населения.

③ Брусчатка—гладкие камни одинакового размера, которыми мостили улицы и площади.

ломилась на прием, не говорила, что жена. Фамилии-то ведь разные. Да и при чем тут голос сердца? У них совсем другие правила. Например, родной его отец Павел Ферапонтович Антипов, бывший политический ссыльный, из рабочих, где-то тут совсем недалеко на тракте в суде работает. В месте своей прежней ссылки. И друг его, Тиверзин. Члены революционного трибунала. Так что вы думаете? Сын отцу тоже не открывается, и тот принимает это как должное, не обижается. Раз сын зашифрован, значит, нельзя. Это кремни, а не люди[①]. Принципы. Дисциплина.

Да, наконец, если бы и доказала я, что жена, подумаешь, важность! До жен ли было тут? Такие ли были времена? Мировой пролетариат, переделка вселенной, это другой разговор, это я понимаю. А отдельное двуногое[②] вроде жены там какой-то, это так, тьфу, последняя блоха или вошь.

Адъютант обходил, опрашивал. Некоторых впускал. Я не называла фамилии, на вопрос о деле отвечала, что по личному. Наперед можно было сказать, что штука пропащая, отказ. Адъютант пожимал плечами, оглядывал подозрительно. Так ни разу и не видала.

И вы думаете, он гнушается нами, разлюбил, не помнит? О, напротив! Я так его знаю! У него от избытка чувств такое задумано! Ему надо все эти военные лавры[③] к нашим ногам положить, чтобы не с пустыми руками вернуться, а во всей славе, победителем! Обессмертить, ослепить нас! Как ребенок!

В комнату снова вошла Катенька, Лариса Федоровна

---

① Кремни, а не люди—кремень, очень крепкий камень, здесь: твердых , несгибаемых людей сравнивали с кремнями.

② Двуногое—здесь: человек.

③ Военные лавры—в древнем Риме лавровым венцом увенчивали победителей.

подхватила недоумевающую девочку на руки, стала раскачивать ее, щекотать, целовать и душить в объятиях.

16

Юрий Андреевич возвращался верхом из города в Варыкино. Он в несчетный раз проезжал эти места. Он привык к дороге, стал нечувствителен к ней, не замечал ее.

Он приближался к лесному перекрестку, где от прямого пути на Варыкино ответвлялась боковая дорога в рыбачью слободу Васильевское на реке Сакме. В месте их раздвоения стоял третий в окрестностях столб с сельскохозяйственной рекламою. Близ этого перепутья застигал доктора обыкновенно закат. Сейчас тоже вечерело.

Прошло более двух месяцев с тех пор, как в одну их своих поездок в город он не вернулся к вечеру домой и остался у Ларисы Федоровны, а дома сказал, что задержался по делу в городе и заночевал на постоялом дворе у Самдевятова. Он давно был на ты с Антиповой и звал ее Ларою, а она его—Живаго. Юрий Андреевич обманывал Тоню и скрывал от нее вещи, всё более серьезные и непозволительные. Это было неслыханно.

Он любил Тоню до обожания. Мир ее души, ее спокойствие были ему дороже всего на свете. Он стоял горой за ее честь, больше чем ее родной отец и чем она сама. В защиту ее уязвленной гордости он своими руками растерзал бы обидчика. И вот этим обидчиком был он сам.

Дома в родном кругу он чувствовал себя неуличенным преступником. Неведение домашних, их привычная приветливость убивали его. В разгаре общей беседы он вдруг вспоминал о своей вине, цепенел и переставал слышать что-либо кругом и понимать.

Если это случалось за столом, проглоченный кусок застревал в горле у него, он откладывал ложку в сторону, отодвигал тарелку.

Слезы душили его. 《Что с тобой?》—недоумевала Тоня. —《Ты, наверное, узнал в городе что-нибудь нехорошее? Кого-нибудь посадили? Или расстреляли? Скажи мне. Не бойся меня расстроить. Тебе будет легче》.

Изменил ли он Тоне, кого-нибудь предпочтя ей? Нет, он никого не выбирал, не сравнивал. Идеи《свободной любви》, слова вроде《прав и запросов чувства》были ему чужды. Говорить и думать о таких вещах казалось ему пошлостью. В жизни он не срывал《цветов удовольствия》, не причислял себя к полубогам и сверхчеловекам, не требовал для себя особых льгот и преимуществ. Он изнемогал под тяжестью нечистой совести.

Что будет дальше? —иногда спрашивал он себя, и не находя ответа, надеялся на что-то несбыточное, на вмешательство каких-то непредвиденных, приносящих разрешение, обстоятельств.

Но теперь было не так. Он решил разрубить узел силою. Он вез домой готовое решение. Он решил во всем признаться Тоне, вымолить у нее прощение и больше не встречаться с Ларою.

Правда, тут не всё было гладко. Осталось, как ему теперь казалось, недостаточно ясным, что с Ларою он порывает навсегда, на веки вечные. Он объявил ей сегодня утром о желании во всем открыться Тоне и о невозможности их дальнейших встреч, но теперь у него было такое чувство, будто сказал он это ей слишком смягченно, недостаточно решительно.

Ларисе Федоровне не хотелось огорчать Юрия Андреевича тяжелыми сценами. Она понимала, как он мучится и без того. Она постаралась выслушать его новость как можно спокойнее. Их объяснение происходило в пустой, необжитой Ларисой Федоровной комнате прежних хозяев, выходившей на Купеческую. По Лариным щекам текли неощутимые, несознаваемые ею слезы, как вода шедшего в это время дождя по лицам каменных статуй напротив, на доме с фигурами. Она искренне, без напускного великодушия, тихо приговаривала: 《Делай, как тебе лучше, не считайся со мною. Я всё переборю》. И не знала, что плачет, и не утирала слез.

При мысли о том, что Лариса Федоровна поняла его превратно и что он оставил ее в заблуждении, с ложными надеждами, он готов был повернуть и скакать обратно в город, чтобы договорить оставшееся недосказанным, а главное распроститься с ней гораздо горячее и нежнее, в большем соответствии с тем, чем должно быть настоящее расставание на всю жизнь, навеки. Он едва пересилил себя и продолжал путь.

По мере того, как низилось солнце, лес наполнялся холодом и темнотой. В нем запахло лиственною сыростью распаренного веника, как при входе в предбанник. В воздухе, словно поплавки на воде, недвижно распластались висячие рои комаров, тонко нывшие в унисон①, все на одной ноте. Юрий Андреевич без числа хлопал их на лбу и шее, и звучным шлепкам ладони по потному телу удивительно отвечали остальные звуки верховой езды: скрип седельных ремней, тяжеловесные удары копыт наотлет, вразмашку, по чмокающей грязи, и сухие лопающиеся залпы, испускаемые конскими кишками. Вдруг вдали, где застрял закат, защелкал соловей.

《Очнись! Очнись!》—звал и убеждал он, и это звучало почти как перед Пасхой: 《Душе моя, душе моя! Восстани, что спиши!②》

Вдруг простейшая мысль осенила Юрия Андреевича. К чему торопиться? Он не отступит от слова, которое он дал себе самому. Разоблачение будет сделано. Однако, где сказано, что оно должно

---

① В унисон—все вместе, одним общим звуком.

② Душе моя, душе моя! Восстани, что спеши—(церковно－славянский язык), душа моя, встань, почему спишь!

произойти сегодня? Еще Тоне ничего не объявлено. Еще не поздно отложить объяснение до следующего раза. Тем временем он еще раз съездит в город. Разговор с Ларой будет доведен до конца, с глубиной и задушевностью, искупающей все страдания. О, как хорошо! Как чудно! Как удивительно, что это раньше не пришло ему в голову

При допущении, что он еще увидит Антипову, Юрий Андреевич обезумел от радости. Сердце часто забилось у него. Он все снова пережил в предвосхищении.

Часть одиннадцатая

Лесное воинство

4

По международной конвенции о Красном Кресте военные врачи и служащие санитарных частей не имеют права вооруженно участвовать в боевых действиях воюющих. Но однажды доктору против воли пришлось нарушить это правило. Завязавшаяся стычка застала его на поле и заставила разделить судьбу сражающихся и отстреливаться.

Партизанская цепь, в которой застигнутый огнем доктор залег рядом с телеграфистом отряда, занимала лесную опушку. За спиною партизан была тайга, впереди—открытая поляна, оголенное незащищенное пространство, по которому шли белые, наступая.

Они приближались и были уже близко. Доктор хорошо их видел, каждого в лицо. Это были мальчики и юноши из невоенных слоев столичного общества и люди более пожилые, мобилизованные из запаса. Но тон задавали первые, молодежь, студенты первокурсники и гимназисты восьмиклассники, недавно записавшиеся в добровольцы.

Доктор не знал никого из них, но лица половины казались ему привычными, виденными, знакомыми. Одни напоминали ему былых школьных товарищей. Может статься, это были их младшие братья? Других он словно встречал в театральной или уличной толпе в былые годы. Их выразительные, привлекательные физиономии казались близкими, своими.

Служение долгу, как они его понимали, одушевляло их восторженным молодечеством, ненужным, вызывающим. Они шли рассыпным редким строем, выпрямившись во весь рост, превосходя выправкой кадровых гвардейцев и, бравируя опасностью, не прибегали к перебежке и залеганию на поле, хотя на поляне были неровности, бугорки и. кочки, за которыми можно было укрыться. Пули партизан почти поголовно выкашивали их.

Посреди широкого голого поля, по которому двигались вперед белые, стояло мертвое обгорелое дерево. Оно было обуглено молнией или пламенем костра, или расщеплено и опалено предшествующими сражениями. Каждый наступающий добровольческий стрелок бросал на него взгляды, борясь с искушением зайти за его ствол для более безопасного и выверенного прицела, но пренебрегал соблазном и шел дальше.

У партизан было ограниченное число патронов. Их следовало беречь. Имелся приказ, поддержанный круговым уговором, стрелять с коротких дистанций, из винтовок, равных числу видимых мишеней.

Доктор лежал без оружия в траве и наблюдал за ходом боя. Все его сочувствие было на стороне героически гибнувших детей. Он от души желал им удачи. Это были отпрыски[①] семейств, вероятно, близких ему по духу, его воспитания, его нравственного склада, его понятий.

---

① Отпрыски—потомки.

Шевельнулась у него мысль выбежать к ним на поляну и сдаться, и таким образом обрести избавление. Но шаг был рискованный, сопряженный с опасностью.

Пока он добежал бы до середины поляны, подняв вверх руки, его могли бы уложить с обеих сторон, поражением в грудь и спину, свои—в наказание за совершенную измену, чужие—не разобрав его намерений. Он ведь не раз бывал в подобных положениях, продумал все возможности и давно признал эти планы спасения непригодными. И мирясь с двойственностью чувств, доктор продолжал лежать на животе, лицом к поляне и без оружия следил из травы за ходом боя.

Однако созерцать и пребывать в бездействии среди кипевшей кругом борьбы не на живот[1], а на смерть было немыслимо и выше человеческих сил. И дело было не в верности стану, к которому приковала его неволя, не в его собственной самозащите, а в следовании порядку совершавшегося, в подчинении законам того, что разыгрывалось перед ним и вокруг него. Было против правил оставаться к этому в безучастии. Надо было делать то же, что делали другие. Шел бой. В него и товарищей стреляли. Надо было отстреливаться.

И когда телефонист рядом с ним в цепи забился в судорогах и потом замер и вытянулся, застыв в неподвижности, Юрий Андреевич ползком подтянулся к нему, снял с него сумку, взял его винтовку и, вернувшись на прежнее место, стал разряжать ее выстрел за выстрелом.

Но жалость не позволяла ему целиться в молодых людей, которыми он любовался и которым сочувствовал. А стрелять сдуру в воздух было слишком глупым и праздным занятием, противоречившим его намерениям. И выбирая минуты, когда

---

① Живот—(древн. рус.) жизнь.

между ним и его мишенью не становился никто из нападающих, он стал стрелять в цель по обгорелому дереву. У него были тут свои приемы.

Целясь и по мере все уточняющейся наводки незаметно и не до конца усиливая нажим собачки, как бы без расчета когда-нибудь выстрелить, пока спуск курка и выстрел не следовали сами собой как бы сверх ожидания, доктор стал с привычной меткостью разбрасывать вокруг помертвелого дерева сбитые с него нижние отсохшие сучья.

Но о ужас! Как ни остерегался доктор, как бы не попасть в кого-нибудь, то один, то другой наступающий вдвигались в решающий миг между ним и деревом, и пересекали прицельную линию, в момент ружейного разряда. Двух он задел и ранил, а третьему несчастливому, свалившемуся недалеко от дерева, это стоило жизни.

Наконец, белое командование, убедившись в бесполезности попытки, отдало приказ отступить.

Партизан было мало. Их главные силы частью находились на марше, частью отошли в сторону, завязав дело с более крупными силами противника. Отряд не преследовал отступавших, чтобы не выдать своей малочисленности.

Фельдшер Ангеляр привел на опушку двух санитаров с носилками. Доктор велел им заняться ранеными, а сам подошел к лежавшему без движения телефонисту. Он смутно надеялся, что тот, может быть, еще дышит и его можно будет вернуть к жизни. Но телефонист был мертв. Чтобы в этом удостовериться окончательно, Юрий Андреевич расстегнул на груди у него рубашку и стал слушать его сердце. Оно не работало...

На шее у убитого висела ладанка на снурке. Юрий Андреевич снял ее. В ней оказалась зашитая в тряпицу, истлевшая и стершаяся по краям сгибов бумажка. Доктор развернул ее наполовину распавшиеся и рассыпающиеся доли.

Бумажка содержала извлечения из девяностого псалма① с теми изменениями и отклонениями, которые вносит народ в молитвы, постепенно удаляющиеся от подлинника от повторения к повторению. Отрывки церковно-славянского текста были переписаны в грамотке по-русски.

В псалме говорится:《Живый в помощи Вышнего》. В грамотке это стало заглавием заговора:《Живые помощи》. Стих псалма:《Не убоишися... от срелы летящия во дни (днем)》превратился в слова ободрения:《Не бойся стрелы летящей войны》.《Яко позна имя мое》, —говорит псалом. А грамотка:《Поздно имя мое》.《С ним есмь в скорби, изму его...》② стало в грамотке《Скоро в зиму его》.

Текст псалма считался чудодейственным, оберегающим от пуль. Его в виде талисмана③ надевали на себя воины еще в прошлую империалистическую войну. Прошли десятилетия и гораздо позднее его стали зашивать в платье арестованные и твердили про себя заключенные, когда их вызывали к следователям на ночные допросы.

От телефониста Юрий Андреевич перешел на поляну к телу убитого им молодого белогвардейца. На красивом лице юноши были написаны черты невинности и все простившего страдания.《Зачем я убил его?》—подумал доктор.

Он расстегнул шинель убитого и широко раскинул ее полы. На подкладке по каллиграфической прописи, старательно и любящею рукою, наверное, материнскою, было вышито: Сережа Ранцевич, —имя и фамилия убитого.

---

① Девяностый псалм—девяностое религиозное песнопение из библейских книг Ветхого завета.

② 《С ним есмь в скорби, изму его...》—《С ним нахожусь в скорби, спасу я его...》

③ Талисман—предмет, приносящий его обладателю счастье, удачу.

Сквозь пройму[1] Сережиной рубашки вывалились вон и свесились на цепочке наружу крестик, медальон и еще какой-то плоский золотой футлярчик или тавлинка с поврежденной, как бы гвоздем вдавленной крышкой. Футлярчик был полураскрыт. Из него вывалилась сложенная бумажка. Доктор развернул ее и глазам своим не поверил. Это был тот же девяностый псалом, но в печатном виде и во всей своей славянской подлинности.

В это время Сережа застонал и потянулся. Он был жив. Как потом обнаружилось, он был оглушен легкой внутренней контузией. Пуля на излете ударилась в стенку материнского амулета[2], и это спасло его. Но что было делать с лежавшим без памяти?

Озверение воюющих к этому времени достигло предела. Пленных не доводили живыми до места назначения, неприятельских раненых прикалывали на поле.

При текучем составе лесного ополчения, в которое то вступали новые охотники, то уходили и перебегали к неприятелю старые участники, Ранцевича, при строгом сохранении тайны, можно было выдать за нового, недавно примкнувшего союзника.

Юрий Андреевич снял с убитого телефониста верхнюю одежду и с помощью Ангеляра, которого доктор посвятил в свои замыслы, переодел не приходившего в сознание юношу.

Он и фельдшер выходили[3] мальчика. Когда Ранцевич вполне оправился, они отпустили его, хотя он не таил от своих избавителей, что вернется в ряды колчаковских войск[4] и будет продолжать борьбу с красными.

...

---

① Пройму—прорез для рукава.

② Амулет—предмет, носимый с собой людьми и считаемый ими магическим средством против болезни, несчастья.

③ Выходили—заботами помочь выздороветь.

④ Колчаковские войска—белые войска под руководством военачальника Колчака.

Часть пятнадцатая

Окончание

12

Однажды утром в конце августа Юрий Андреевич с остановки на углу Газетного сел в вагон трамвая, шедший вверх по Никитской, от университета к Кудринской. Он в первый раз направился на службу в Боткинскую больницу, называвшуюся тогда Солдатенковской. Это было чуть ли не первое с его стороны должностное ее посещение.

Юрию Андреевичу не повезло. Он попал в неисправный вагон, на который все время сыпались несчастия. То застрявшая колесами в желобах рельсов телега задерживала его, преграждая ему дорогу. То под полом вагона или на крыше портилась изоляция, происходило короткое замыкание и с треском что-то перегорало.

Вагоновожатый часто с гаечными ключами в руках выходил с передней площадки остановившегося вагона и, обойдя его кругом, углублялся, опустившись на корточки, в починку машинных его частей между колесами и задней площадкой.

Злополучный вагон преграждал движение по всей линии. Улицу запружали уже остановленные им трамваи и новые, прибывающие и постепенно накапливающиеся. Их хвост достигал уже Манежа и растягивался дальше. Пассажиры из задних вагонов переходили передний, по неисправности которого все это происходило, думая этим переходом что-то выгадать. В это жаркое утро в набитом битком трамвае было тесно и душно. Над толпой перебегающих по мостовой пассажиров от Никитских ворот ползла, все выше к небу подымавшаяся, черно-лиловая туча. Надвигалась гроза.

Юрий Андреевич сидел на левой одиночной лавочке вагона, совершенно притиснутый к окну. Левый тротуар Никитской, на котором находится Консерватория, был все время на виду у него. Волей-неволей, с притупленным вниманием думающего о другом человека, он глазел на идущих и едущих по этой стороне и никого не пропускал.

Старая седая дама в шляпе из светлой соломки с полотняными ромашками и васильками, и сиреневом, туго стягивавшем ее, старомодном платье, отдуваясь и обмахиваясь плоским свертком, который она несла в руке, плелась по этой стороне. Она затянута была в корсет, изнемогала от жары и, обливаясь потом, утирала кружевным платочком мокрые брови и губы.

Ее путь лежал параллельно маршруту трамвая. Юрий Андреевич уже несколько раз терял ее из виду, когда починенный трамвай трогался с места и обгонял ее. И она несколько раз возвращалась в поле его зрения, когда новая поломка останавливала трамвай и дама нагоняла его.

Юрию Андреевичу вспомнились школьные задачи на исчисление срока и порядка пущенных в разные часы и идущих с разною скоростью поездов, и он хотел припомнить общий способ их решения, но у него ничего не вышло, и не доведя их до конца, он перескочил с этих воспоминаний на другие, еще более сложные размышления.

Он подумал о нескольких, развивающихся рядом существованиях, движущихся с разною скоростью одно возле другого, и о том, когда чья-нибудь судьба обгоняет в жизни судьбу другого, и кто кого переживает. Нечто вроде принципа относительности на житейском ристалище① представилось ему, но окончательно запутавшись, он бросил и эти сближения.

---

① Ристалище—жизненное поприще.

Сверкнула молния, раскатился гром. Несчастный трамвай в который уже раз застрял на спуске от Кудринской к Зоологическому. Дама в лиловом появилась немного спустя в раме окна, миновала трамвай, стала удаляться. Первые крупные капли дождя упали на тротуар и мостовую, на даму. Порыв пыльного ветра проволокся по деревьям, задевая листьями за листья, стал срывать с дамы шляпу и подворачивать ей юбки, и вдруг улегся.

Доктор почувствовал приступ обессиливающей дурноты. Преодолевая слабость, он поднялся со скамьи и рывками вверх и вниз за ремни оконницы стал пробовать открыть окно вагона. Оно не поддавалось его усилиям.

Доктору кричали, что рама привинчена к косякам наглухо, но, борясь с припадком и охваченный какою-то тревогою, он не относил этих криков к себе и не вникал в них. Он продолжал попытки и снова тремя движениями вверх, вниз и на себя рванул раму и вдруг ощутил небывалую, непоправимую боль внутри, и понял, что сорвал что-то в себе, что он наделал что-то роковое и что все пропало. В это время вагон пришел в движение, но проехав совсем немного по Пресне, остановился.

Нечеловеческим усилием воли, шатаясь и едва пробиваясь сквозь сгрудившийся затор стоящих в проходе между скамейками, Юрий Андреевич достиг задней площадки. Его не пропускали, на него огрызались. Ему показалось, что приток воздуха освежил его, что, может быть, еще не все потеряно, что ему стало лучше.

Он стал протискиваться через толпу на задней площадке, вызывая новую ругань, пинки и озлобление. Не обращая внимания на окрики, он прорвался сквозь толчею, ступил со ступеньки стоящего трамвая на мостовую, сделал шаг, другой, третий, рухнул на камни и больше не вставал.

(1955)

Краткий анализ произведения:

В романе 《Доктор Живаго》 (1946—1955) представлена панорама русской жизни первой трети XX века. Изображена трагическая судьба русской интеллигенции в потоке времени, выражены авторские взгляды на искусство и религию, личность и историю. Все это дается в произведении через центральный образ главного героя Ю. Живаго.

Доктор Живаго—врач по профессии и поэт по темпераменту, приверженный к христианской религии. В суровых испытаниях Первой мировой войны, в вихре революции и гражданской войны на его долю выпадает болезнь, голод, холод, бесконечные скитания по России, потеря любимого человека, семьи. С развитием и углублением революции все оскудевает его жизнь, но он способен остаться самим сабой под давлением любых обстоятельств. Приняв революцию как《великолепную хирургию》, доктор Живаго не может согласиться с тем, что величие ее целей должно утверждаться силой, кровопролитием, страданиями, выпадающими на долю неповинных и беззащитных людей. Хотя он был свидетелем жестокости и бесчеловечности гражданской войны, но сам никого не убивает, а сохраняет верность христианским заповедям. Он не терпит радикальных《преобразователей》, которые пытаются силой оружия, ценой гибели многих людей осуществить 《идеал революции》. По его мнению жизнь сама вечно себя переделывает и претворяет, а попытки насильственного преобразования жизни лишь свидетельствуют о непонимании ее духа и души. Будучи творческим интеллигентом, поэт Живаго убежден в самоценности человеческого существования и рассматривает творческое самовыражение, как естественное и необходимое условие реализации личности. Основой его мироощущения является гармоничное единство мира, человека и вселенной, общечеловеческая любовь. Счастье человека он видит в честном труде, гармоничной семейной жизни и слиянии человека с природой. Так что он, разочаровавшись в жизни, возвращается в тихое безмолвие природы, в беззвучие мирного труда. Но таким образом он всегда оказывается чуждым и находится в оппозиции к окружающей обстановке, даже к хорошим интеллцгентным друзьям, поддающимся политическому воспитанию. Жизненные обстоятельства показывают всю тщетность духовных поисков и бесплодность земного существования героя, Он опускается и погибает от удушья.

Звуча, как панорама жизни советской России первой трети XX века, роман намного шире, ибо он концентрирует философские, религиозные, эстетические представления писателя, его взгляд на взаимоотношение истории и интеллигенции, судьбу человека и путь развития культуры и др.

Вопросы и задания:

1. Расскажите о судьбе доктора Живаго и его взгляде на жизнь, войну, любовь и судьбу человека .

2. Какой характер героя и в чем особенности его духовных поисков?

3. Какие евангельские образы и сюжеты, христианские идеи наблюдаются в романе?

4. Какое метафорическое значение имеет трагический конец доктора Живаго?

Литература:

1. Русская литература XX века, Учебное пособие для учащихся 11 класса общеобразовательных учреждений, в друх частях, Часть 2, под редакцией Ф. Ф. Кузнецова, М.,

《Просвещение》, 1996.

2. Л. Я. Шнейберг, И. В. Қондаков: От Горького до Солженицына Пособие по литературе для поступающих в вузы, Издание 2-е, исправленное и дополненное, М., Высшая школа, 1995.

3. В. С. Баевский. История русской литературы XX века. 《Языки русской культуры》, М., 1999.

4. Смирнов И. Роман тайн—《Доктор Живаго》. М., 1996.

Александр Исаевич Солженицын

(1918—　)

МАТРЕНИН ДВОР

(рассказ)

. . .

1

Летом 1956 года[①] из пыльной горячей пустыни я возвращался наугад—просто в Россию. Ни в одной точке ее никто меня не ждал и не знал, потому что я задержался с возвратом годиков на десять. Мне просто хотелось в среднюю полосу—без жары, с лиственным рокотом леса. Мне хотелось затесаться и затеряться в самой нутряной России[②]—если такая где-то была, жила.

За год до того по сю сторону Уральского хребта я мог наняться разве таскать носилки. Даже электриком на порядочное строительство меня бы не взяли. А меня тянуло—учительствовать. Говорили мне знающие люди, что нечего и на билет тратиться, впустую проезжу.

Но что-то начинало уже страгиваться[③]. Когда я поднялся по лестнице Владимирского облоно[④] и спросил, где отдел кадров, то с удивлением увидел, что *кадры* уже не сидели здесь за черной

---

① Летом 1956 года—после XX сьезда КПСС, на котором Хрущевым был разоблачен Сталин.

② В нутряной России—в глубине России, где сохранились старые обычаи, традиции, чисто народные характеристики.

③ Страгиваться—трогаться с места.

④ Облоно—областной отдел народного образования.

кожаной дверью, а за остекленной перегородкой, как в аптеке. Все же я подошел к окошечку робко, поклонился и попросил:

—Скажите, не нужны ли вам математики где-нибудь подальше от железной дороги? Я хочу поселиться там навсегда.

Каждую букву в моих документах перещупали, походили из комнаты в комнату и куда-то звонили. Тоже и для них редкость была—все ведь просятся в город, да покрупней. И вдруг-таки дали мне местечко—Высокое Поле. От одного названия веселела душа.

Название не лгало. На взгорке между ложков①, а потом других взгорков, цельно-обомкнутое② лесом, с прудом и плотинкой, Высокое Поле было тем самым местом, где не обидно бы и жить и умереть. Там я долго сидел в рощице на пне и думал, что от души бы хотел не нуждаться каждый день завтракать и обедать, только бы остаться здесь и ночами слушать, как ветви шуршат по крыше —когда ниоткуда не слышно радио и все в мире молчит.

Увы, там не пекли хлеба. Там не торговали ничем съестным. Вся деревня волокла снедь③ мешками из областного города.

Я вернулся в отдел кадров и взмолился перед окошечком. Сперва и разговаривать со мной не хотели. Потом все ж походили из комнаты в комнату, позвонили, поскрипели и отпечатали мне в приказе: 《*Торфопродукт* 》.

Торфопродукт? Ах, Тургенев не знал, что можно по-русски составить такое!

На станции Торфопродукт, состарившемся временном серо-деревянном бараке, висела строгая надпись: 《На поезд садиться только со стороны вокзала!》Гвоздем по доскам было доцарапано:

---

① Ложки—небольшие овраги.

② Цельно-обомкнутое—окруженное со всех сторон.

③ Снедь—еда, продукты питания.

《И без билетов》. А у кассы с тем же меланхолическим остроумием было навсегда вырезано ножом:《Билетов нет》. Точный смысл этих добавлений я оценил позже. В Торфопродукт легко было приехать. Но не уехать .

А и на этом месте стояли прежде и перестояли революцию дремучие, непрохожие леса. Потом их вырубили—торфоразработчики и соседний колхоз. Председатель его, Горшков, свел под корень изрядно гектаров леса и выгодно сбыл в Одесскую область, на том свой колхоз и возвысив.

Меж торфяными низинами беспорядочно разбросался поселок—однообразные худо штукатуренные бараки тридцатых годов и, с резьбой по фасаду, с остекленными верандами, домики пятидесятых. Но внутри этих домиков нельзя было увидеть перегородки, доходящей до потолка, так что не снять мне было комнаты с четырьмя настоящими стенами.

Над поселком дымила фабричная труба. Туда и сюда сквозь поселок проложена была узкоколейка[①], и паровозики, тоже густодымящие, пронзительно свистя, таскали по ней поезда с бурым торфом, торфяными плитами и брикетами. Без ошибки я мог предположить, что вечером над дверьми клуба будет надрываться радиола, а по улице пображивать[②] пьяные—не без того, да подпыривать[③] друг друга ножами.

Вот куда завела меня мечта о тихом уголке России.

А ведь там, откуда я приехал, мог я жить в глинобитной хатке, глядящей в пустыню. Там дул такой свежий ветер ночами и только звездный свод распахивался над головой.

---

① Узкоколейка—железная дорога, в основном не для пассажиров, а для перевозки товаров.

② Пображивать—постоянно бродить.

③ Подпыривать—нападать друг на друга с ножами.

Мне не спалось на станционной скамье, и я чуть свет опять побрел по поселку. Теперь я увидел крохотный базарец. По рани[①] единственная женщина стояла там, торгуя молоком. Я взял бутылку, стал пить тут же.

Меня поразила ее речь. Она не говорила, а напевала умильно, и слова ее были те самые, за которыми потянула меня тоска из Азии:

—Пей, пей с душою желадной[②]. Ты, потай[③], приезжий?

—А вы откуда? —просветлел я.

И я узнал, что не все вокруг торфоразработки, что есть за полотном железной дороги—бугор, а за бугром—деревня, и деревня эта—Тальново, испокон[④] она здесь, еще когда была барыня-《цыганка》и кругом лес лихой[⑤] стоял. А дальше целый край идет деревень: Часлицы, Овинцы, Спудни, Шевертни, Шестимирово—все поглуше, от железной дороги подале, к озерам.

Ветром успокоения потянуло на меня от этих названий. Они обещали мне кондовую[⑥] Россию.

И я попросил мою новую знакомую отвести меня после базара в Тальново и подыскать избу, где бы стать мне квартирантом.

Я казался квартирантом выгодным: сверх платы сулила школа за меня еще машину торфа на зиму. По лицу женщины прошли заботы уже не умильные. У самой у нее места не было (они с мужем *воспитывали*[⑦] ее престарелую мать), оттого она повела меня к одним своим родным и еще к другим. Но и здесь не

---

① По рани—из-за того, что было рано.

② Желадный—(прост.) желанный.

③ Потай—(прост.) наверно.

④ Испокон—всегда.

⑤ Лес лихой—очень дремучий и опасный.

⑥ Кондовой—старинный, исконный.

⑦ Воспитывали. . . мать—здесь: заботились о матери. Мать приравнена к ребенкам.

нашлось комнаты отдельной, было тесно и лопотно①.

Так мы дошли до высыхающей подпруженной речушки② с мостиком. Милей этого места мне не приглянулось во всей деревне; две-три ивы, избушка перекособоченная③, а по пруду плавали утки, и выходили на берег гуси, отряхаясь.

—Ну, разве что к Матрене зайдем,—сказала моя проводница, уже уставая от меня. —Только у нее не так уборно, в запущи④ она живет, болеет.

Дом Матрены стоял тут же, неподалеку, с четырьмя оконцами в ряд на холодную некрасную сторону⑤, крытый щепою, на два ската и с украшенным под теремок чердачным окошком. Дом не низкий— восемнадцать венцов. Однако изгнивала щепа, посерели от старости бревна сруба и ворота, когда-то могучие, и поредилась их обвершка⑥.

Калитка была на запоре, но проводница моя не стала стучать, а просунула руку под низом и отвернула завертку—нехитрую затею против скота и чужого человека. Дворик не был крыт, но в доме многое было под одной связью⑦. За входной дверью внутренние ступеньки поднимались на просторные *мосты*⑧, высоко осененные крышей. Налево еще ступеньки вели вверх в *горницу* —отдельный сруб без печи, и ступеньки вниз, в подклеть. А направо шла сама изба, с чердаком и подпольем.

Строено было давно и добротно, на большую семью, а жила

---

① Лопотно—(прост.) шумно от разговора.

② Подпруженная речушка—на речке сделано место, чтобы вода держалась, как в пруде.

③ Перекособоченная избушка—с кривыми покосившимися стенами.

④ В запущи—все запущено, беспорядок.

⑤ Некрасная сторона—сторона дома, выходящая не на солнце, а на север.

⑥ Обвершка—верхняя часть ворот.

⑦ Под одной связью—под одной крышей, как единое помещение.

⑧ Мост—дощатый настил, соединяющий жилую часть дома и крыльца.

теперь одинокая женщина лет шестидесяти. Когда я вошел в избу, она лежала на русской печи, тут же, у входа, накрытая неопределенным темным тряпьем, таким бесценным в жизни рабочего человека.

Просторная изба и особенно лучшая прионконная[1] ее часть была уставлена по табуреткам и лавкам—горшками и кадками с фикусами. Они заполнили одиночество хозяйки безмолвной, но живой толпой. Они разрослись привольно, забирая небогатый свет северной стороны. В остатке света и к тому же за трубой кругловатое лицо хозяйки показалось мне желтым, больным. И по глазам ее замутненным можно было видеть, что болезнь измотала ее.

Разговаривая со мной, она так и лежала на печи ничком, без подушки, головой к двери, а я стоял внизу. Она не проявила радости заполучить квартиранта, жаловалась на черный недуг, из приступа которого выходила сейчас: недуг налетал на нее не каждый месяц, но, налетев,

— ... держит два́-дни и три́-дни, так что ни встать, ни подать я вам не приспею. А избу бы не жалко, живите.

И она перечисляла мне других хозяек, у кого будет мне покойней и угожей[2], и слала обойти их. Но я уже видел, что жребий[3] мой был—поселиться в этой темноватой избе с тусклым зеркалом, в которое совсем нельзя было смотреться, с двумя яркими рублевыми плакатами о книжной торговле и об урожае, повешенными на стене для красоты. Здесь было мне тем хорошо, что по бедности Матрена не держала радио, а по одиночеству не с кем было ей разговаривать.

---

① Прионконная часть—около окон.

② Угожей—приятней, удобней.

③ Жребий—судьба, участь.

И хотя Матрена Васильевна вынудила меня походить еще по деревне, и хотя в мой второй приход долго отнекивалась①:

—Не умемши, не варёмши—как утрафишь?② —но уж встретила меня на ногах, и даже будто удовольствие пробудилось в ее глазах оттого, что я вернулся. Поладили о цене и о торфе, что школа привезет. Я только потом узнал, что год за годом, многие годы, ниоткуда не зарабатывала Матрена Васильевна ни рубля. Потому что пенсии ей не платили. Родные ей помогали мало. А в колхозе она работала не за деньги—за палочки③. За палочки трудодней в замусленной книжке учетчика.

Так и поселился я у Матрены Васильевны. Комнаты мы не делили. Ее кровать была в дверном углу у печки, а я свою раскладушку развернул у окна и, оттесняя от света любимые Матренины фикусы, еще у одного окна поставил столик. Электричество же в деревне было—его еще в двадцатые годы подтянули от Шатуры. В газетах писали тогда 《лампочки Ильича》, а мужики, глаза таращa, говорили:《Царь Огонь!》

Может, кому из деревни, кто побогаче, изба Матрены и не казалась доброжилой④, нам же с ней в ту осень и зиму вполне была хороша: от дождей она еще не протекала и ветрами студеными выдувало из нее печное грево⑤ не сразу, лишь под утро, особенно тогда, когда дул ветер с прохудившейся стороны. Кроме Матрены и меня, жили в избе еще—кошка, мыши и тараканы. Кошка была немолода, а главное —колченога. Она из жалости была Матреной

① Отнекиваться—отказываться, говорить"нет".

② Утрафить, потрафить—(прост.) угодить.

③ Работала в колхозе за палочки—в сталинское время учет работы колхозников производился по трудодням. За трудодень ставили черточку (палочку) в книге учета. За трудодень деньгами не платят, иногда продуктами.

④ Доброжилая—удобная для жизни.

⑤ Грево—(прост.) тепло.

подобрана и прижилась.

...

По ночам, когда Матрена уже спала, а я занимался за столом, —редкое быстрое шуршание мышей под обоями покрывалось слитным, единым, непрерывным, как далекий шум океана, шорохом тараканов за перегородкой. Но я свыкся с ним, ибо в нем не было ничего злого, в нем не было лжи. Шуршанье их—была их жизнь.

И с грубой плакатной красавицей я свыкся, которая со стены постоянно протягивала мне Белинского, Панферова и еще стопу каких-то книг, но —молчала. Я со всем свыкся, что было в избе Матрены.

Матрена вставала в четыре-пять утра. Ходикам① Матрениным было двадцать семь лет, как куплены в сельпо②. Всегда они шли вперед, и Матрена не беспокоилась —лишь бы не отставали, чтоб утром не запоздниться. Она включала лампочку за кухонной перегородкой и тихо, вежливо, стараясь не шуметь, топила русскую печь, ходила доить козу (все животы③ ее были—одна эта грязно-белая криворогая коза), по воду ходила и варила в трех чугунках④: один чугунок—мне, один—себе, один—козе. Козе она выбирала из подполья самую мелкую картошку, себе—мелкую, а мне—с куриное яйцо. Крупной же картошки огород ее песчаный, с довоенных лет не удобренный и всегда засаживаемый картошкой, картошкой и картошкой,—крупной не давал.

Мне почти не слышались ее утренние хлопоты. Я спал долго, просыпался на позднем зимнем свету и потягивался, высовывая

---

① Ходики—старинные часы с маятником.

② Сельпо—сельский магазин.

③ Живот—здесь: домашний скот.

④ Чугунок—кастрюля из чугуна.

голову из-под одеяла и тулупа①. Они да еще лагерная телогрейка② на ногах, а снизу мешок, набитый соломой, хранили мне тепло даже в те ночи, когда стужа толкалась с севера в наши хилые оконца. Услышав за перегородкой сдержанный шумок, я всякий раз размеренно говорил:

—Доброе утро, Матрена Васильевна!

И всегда одни и те же доброжелательные слова раздавались мне из-за перегородки. Они начинались какии-то низким теплым мурчанием, как у бабушек в сказках:

—М-м-мм... также и вам!

И немного погодя:

—А завтрак вам приспе-ел.

Что на завтрак, она не объявляла, да это и догадаться было легко: *картовь*③ необлупленная, или суп *картонный* (так выговаривали все в деревне), или каша ячневая (другой крупы в тот год нельзя было купить в Торфопродукте, да и ячневую-то с бою—как самой дешевой ею откармливали свиней и мешками брали). Не всегда это было посолено, как надо, часто пригорало, а после еды оставляло налет на нёбе, деснах и вызывало изжогу.

Но не Матренина в том была вина: не было в Торфопродукте и масла, маргарин нарасхват, а свободно только жир комбинированный. Да и русская печь, как я пригляделся, неудобна для стряпни: варка идет скрыто от стряпухи④, жар к чугунку подступает с разных сторон неравномерно. Но потому, должно быть, пришла она к нашим предкам из самого каменного века, что, протопленная раз на досветьи⑤, весь день хранит в себе

① Тулуп—шуба и овцы мехом внутр (крестьянская одежда).

② Телогрейка—теплая матерчатая куртка с ватой внутри.

③ Картовь—картошка. Картонный—из картошки.

④ Стряпуха— повариха.

⑤ Досветьи—(древн. рус.) до восхода солнца.

теплыми корм и пойло[1] для скота, пищу и воду для человека. И спать тепло.

Я покорно съедал все наваренное мне, терпеливо откладывал в сторону, если попадалось что неурядное[2]: волос ли, торфа кусочек, тараканья ножка. У меня не хватало духу упрекнуть Матрену. В конце концов она сама же меня предупреждала: «Не умемши, не варёмши—как утрафишь?»

—Спасибо,—вполне искренне говорил я.

—На чём? На своём на добром? —обезоруживала она меня лучезарной улыбкой. И, простодушно глядя блекло-голубыми глазами, спрашивала:—Ну, а к ужоткому что вам приготовить?

К ужоткому значило—к вечеру. Ел я дважды в сутки, как на фронте. Что мог я заказать к ужоткому? Все из того же, *картовь* или суп *картонный*.

Я мирился с этим, потому что жизнь научила меня не в еде находить смысл повседневного существования. Мне дороже была эта улыбка ее кругловатого лица, которую, заработав наконец на фотоаппарат, я тщетно пытался уловить. Увидев на себе холодный глаз объектива, Матрена принимала выражение или натянутое[3], или повышенно-суровое.

Раз только запечатлел я, как она улыбалась чему-то, глядя в окошко на улицу.

В ту осень много было у Матрены обид. Вышел перед тем новый пенсионный закон, и надоумили[4] ее соседки добиваться пенсии. Была она одинокая кругом, а с тех пор, как стала сильно болеть—и из колхоза ее отпустили. Наворочено было много

---

① Пойло—вода с чистками.

② Неурядное—здесь: несъедобное.

③ Натянутое выражение—неестественное.

④ Надоумили—научили.

несправедливостей с Матреной: она была больна, но не считалась инвалидом; она четверть века проработала в колхозе, но потому что не на заводе—не полагалось ей пенсии *за себя*, а добиваться можно было только *за мужа*, то есть за утерю кормильца. Но мужа не было уже двенадцать лет, с начала войны, и нелегко было теперь добыть те справки с разных мест о его *сташе*① и сколько он там получал. Хлопоты были—добыть эти справки; и чтоб написали все же, что получал он в месяц хоть рублей триста; и справку заверить, что живет она одна и никто ей не помогает; и с года она какого; и потом все это носить в собес②; и перенашивать, исправляя, что сделано не так; и еще носить. И узнавать—дадут ли пенсию.

Хлопоты эти были тем затруднены, что собес от Тальнова был в двадцати километрах к востоку, сельский совет —в десяти километрах к западу, а поселковый—к северу, час ходьбы. Из канцелярии в канцелярию и гоняли ее два месяца—то за точкой, то за запятой. Каждая проходка—день. Сходит в сельсовет, а секретаря сегодня нет, просто так вот нет, как это бывает в селах. Завтра, значит, опять иди. Теперь секретарь есть, да печати у него нет. Третий день опять иди. А четвертый день иди потому, что сослепу они не на той бумажке расписались, бумажки-то все у Матрены одной пачкой сколоты.

—Притесняют меня, Игнатич,—жаловалась она мне после таких бесплодных проходок. —Иззаботилась я. Но лоб ее недолго оставался омраченным. Я заметил: у нее было верное средство вернуть себе доброе расположение духа—работа. Тотчас же она или хваталась за лопату и *копала картовь*. Или с мешком под мышкой шла за торфом. А то с плетеным кузовом—по ягоды в дальний лес.

---

① Сташе—(прост.) стаж, т. е. количество проработанных лет.

② Собес—социальное обеспечение.

И не столам конторским кланяясь, а лесным кустам, да наломавши спину ношей, в избу возвращалась Матрена уже просветленная, всем довольная, со своей доброй улыбкой.

—Теперича я зуб наложила①, Игнатич, знаю, где брать,— говорила она о торфе. —Ну и местечко, любота② одна!

—Да Матрена Васильевна, разве моего торфа не хватит? Машина целая.

—Фу-у! Твоего торфа! Еще столько, да еще столько—тогда, бывает, хватит. Тут как зима закрутит да *дуéль*③ в окна, так не столько топишь, сколько выдувает. Летось мы торфу натаскивали сколища④! Я ли бы и теперь три машины не натаскала? Так вот ловят. Уж одну бабу нашу по судам тягают⑤.

Да, это было так. Уже закруживалось пугающее дыхание зимы—и щемило сердца. Стояли вокруг леса, а топки взять было негде. Рычали кругом экскаваторы на болотах, но не продавалось торфу жителям, а только везли—начальству, да кто при начальстве, да по машине—учителям, врачам, рабочим завода. Топлива не было положено —и спрашивать о нем не полагалось. Председатель колхоза ходил по деревне, смотрел в глаза требовательно или мутно или простодушно и о чем угодно говорил, кроме топлива. Потому что сам он запасся. А зимы не ожидалось. Что ж, воровали раньше лес у барина, теперь тянули торф у треста. Бабы собирались по пять, по десять, чтобы смелей. Ходили днем. За лето накопано было торфу повсюду и сложено штабелями для просушки. Этим и хорош торф, что, добыв, его не могут

---

① Зуб наложила—зубы сьела, опытная.

② Любота—здесь: удовольствие.

③ Дуель—(прост.) сильный ветер (от слова “дуть”).

④ Сколище— (прост.) сколько.

⑤ По судам тягают—вызывают в суд.

увезти сразу. Он сохнет до осени, а то и до снега, если дорога не станет[①] или трест затомошился. Это-то время бабы его и брали. Зараз уносили в мешке торфин шесть, если были сыроваты, торфин десять, если сухие. Одного мешка такого, принесенного иногда километра за три (и весил он пуда два), хватало на одну протопку. А дней в зиме двести. А топить надо: утром русскую, вечером «голландку»[②].

—Да чего говорить обапол[③]! —сердилась Матрена на кого-то невидимого. —Как лошадей не стало, так чего на себе не припрешь, того и в дому нет. Спина у меня никогда не заживает. Зимой салазки на себе, летом вязанки на себе, ей-богу правда!

Ходили бабы в день—не по разу. В хорошие дни Матрена приносила по шесть мешков. Мой торф она сложила открыто, свой прятала под мостами, и каждый вечер забивала лаз доской.

—Разве уж догадаются, враги,—улыбалась она, вытирая пот со лба,—а то ни в жисть[④] не найдут. Что было делать тресту? Ему не отпускалось штатов[⑤], чтобы расставлять караульщиков по всем болотам. Приходилось, наверно, показав обильную добычу в сводках, затем списывать—на крошку, на дожди. Иногда, порывами, собирали патруль и ловили баб у входа в деревню. Бабы бросали мешки и разбегались. Иногда, по доносу, ходили по домам с обыском, составляли протокол на незаконный торф и грозились передать в суд. Бабы на время бросали носить, но зима надвигалась и снова гнала их—с санками по ночам.

Вообще, приглядываясь к Матрене, я замечал, что, помимо

---

① Дорога не станет—не установится дорога, когда приморозит и можно будет проехать.

② Голландка—голландская печь.

③ Обапол—напрасно, даром, без пользы.

④ Ни в жисть—никак, ни в коем случае.

⑤ Штат—количество работающих на предприятии людей.

стряпни и хозяйства, на каждый день у нее приходилось и какое-нибудь другое немалое дело, закономерный порядок этих дел она держала в голове и, проснувшись поутру, всегда знала, чем сегодня день ее будет занят. Кроме торфа, кроме сбора старых пеньков, вывороченных трактором на болоте, кроме брусники, намачиваемой на зиму в четвертях[①](《Поточи зубки, Игнатич》,—угощала меня), кроме копки картошки, кроме беготни по пенсионному делу, она должна была еще где-то раздобывать сенца для единственной своей грязно-белой козы.

—А почему вы коровы не держите, Матрена Васильевна?

—Э-эх, Игнатич,—разъясняла Матрена, стоя в нечистом фартуке в кухонном дверном вырезе и оборотясь к моему столу. —Мне молока и от козы хватит. А корову заведи, так она меня самою с ногами съест. У полотна[②] не скоси—там свои хозява[③], и в лесу косить нету[④]—лесничество хозяин, и в колхозе мне не велят—не колхозница, мол, теперь. Да они и колхозницы до самых белых мух[⑤] все в колхоз, а себе уж из-под снегу—что за трава?... По-бывалошному кипели с сеном в межень[⑥], с Петрова до Ильина[⑦].

Считалась трава—медовая..

Так, одной утéльной[⑧] козе собрать было сена для Матрены — труд великий. Брала она с утра мешок и серп и уходила в места,

---

① Четверть—большая бутылка.

② Полотно—имеется в виду железнодорожное полотно.

③ Хозява—хозяева.

④ Косить нету—(прост.) косить нельзя.

⑤ Белые мухи—снег.

⑥ Межень(обл.)—середина лета.

⑦ С Петрова до Ильина—Петров день (29-е июня по старому стилю) и Ильин день (20-е июля по старому стилю)—православные праздники.

⑧ Утельная—коза, родившая козленка.

которые помнила, где трава росла по обмежкам[1], по задороге, по островкам среди болота. Набив мешок свежей тяжелой травой, она тащила ее домой и во дворике у себя раскладывала пластом. С мешка травы получалось подсохшего сена—навильник[2].

Председатель новый, недавний, присланный из города, первым делом обрезал всем инвалидам огороды. Пятнадцать соток песочка оставил Матрене, а десять соток так и пустовало за забором. Впрочем, за пятнадцать соток потягивал колхоз Матрену. Когда рук не хватало, когда отнекивались бабы уж очень упорно, жена председателя приходила к Матрене. Она была тоже женщина городская, решительная, коротким серым полупальто и грозным взглядом как бы военная.

Она входила в избу и, не здороваясь, строго смотрела на Матрену. Матрена мешалась.

—Та-ак,—раздельно говорила жена председателя. —Товарищ Григорьева? Надо будет помочь колхозу! Надо будет завтра ехать навоз вывозить!

Лицо Матрены складывалось в извиняющую полуулыбку—как будто ей было совестно за жену председателя, что та не могла ей заплатить за работу.

—Ну что ж,—тянула она. —Я больна, конечно. И к делу вашему теперь не присоединена? —И тут же спешно исправлялась:—Какому часу приходить-то?

—И вилы свои бери! —наставляла председательша и уходила, шурша твердой юбкой.

—Во как! —пеняла[3] Матрена вслед. —И вилы свои бери! Ни лопат, ни вил в колхозе нету. А я без мужика живу, кто мне

---

① Обмежка—там, где проходили межи—границы участков.

② Навильник—пучок сена, который можно было подхватить на вилы.

③ Пенять—упрекать.

насадит?...

И размышляла потом весь вечер:

—Да что говорить, Игнатич! Ни к столбу, ни к перилу эта работа. Станешь, об лопату опершись, и ждешь, скоро ли с фабрики гудок на двенадцать. Да еще заведутся① бабы, счеты сводят, кто вышел, кто не вышел. Когда, бывалоча, *по себе* работали②, так никакого *звуку*③ не было, только ой-ой-ойинь-ки, вот обед подкатил, вот вечер подступил.

Все же поутру она уходила со своими вилами.

Но не колхоз только, а любая родственница дальняя или просто соседка приходила тоже к Матрене с вечера и говорила:

—Завтра, Матрена, придешь мне пособить. Картошку будем докапывать.

И Матрена не могла отказать. Она покидала свой черед дел, шла помогать соседке и, воротясь, еще говорила без тени зависти.

—Ах, Игнатич, и крупная ж картошка у нее! В охотку копала, уходить с участка не хотелось, ей-богу правда!

Тем более не обходилась без Матрены ни одна пахота огорода. Тальновские бабы установили доточно, что одной вскопать свой огород лопатою тяжеле и дольше, чем, взяв соху и вшестером впрягшись, вспахать на себе шесть огородов. На то и звали Матрену в помощь.

—Что ж, платили вы ей? —приходилось мне потом спрашивать.

—Не берет она денег. Уж поневоле ей вопрятаешь.

Еще суета большая выпадала Матрене, когда подходила ее

---

① Завестись—взволноваться.

② По себе работали—(прост.) здесь: для себя.

③ Звуку не было—не было разговора.

очередь кормить козьих пастухов: одного —здоровенного, *немоглухо́го*①, и второго—мальчишку с постоянной слюнявой цигаркой в зубах. Очередь эта была в полтора месяца раз, но вгоняла Матрену в большой расход. Она шла в сельпо, покупала рыбные консервы, расстарывалась и сахару и масла, чего не ела сама. Оказывается, хозяйки выкладывались друг перед другой, стараясь накормить пастухов получше.

—Бойся портного да пастуха,—объясняла она мне.

—По всей деревне тебя ославят②, если что им не так.

И в эту жизнь, густую заботами, еще врывалась временами тяжелая немочь. Матрена валилась и сутки-двое лежала пластом. Она не жаловалась, не стонала, но и не шевелилась почти. В такие дни Маша, близкая подруга Матрены с самых молодых годков, приходила обихаживать③ козу да топить печь. Сама Матрена не пила, не ела и не просила ничего. Вызвать на дом врача из поселкового медпункта было в Тальнове вдиво④, как-то неприлично перед соседями—мол, барыня. Вызывали однажды, та приехала злая очень, велела Матрене, как отлежится, приходить на медпункт самой. Матрена ходила против воли, брали анализы, посылали в районную больницу—да так и заглохло.

Дела звали к жизни. Скоро Матрена начинала вставать, сперва двигалась медленно, а потом опять живо.

—Это ты меня прежде не видал, Игнатич,—оправдывалась она. —Все мешки мои были, по пять пудов тижелью⑤ не считала. Свекор кричал: 《Матрена! Спину сломаешь!》 Ко мне дивирь⑥ не

① Немоглухой—глухонемой.

② Ославить—рассказать всем, какой плохой тот человек, которого ославили.

③ Обихаживать—ухаживать за . . .

④ Вдиво—здесь: большая редкость.

⑤ Тижель—(прост.) тяжесть.

⑥ Дивирь—(прост.) деверь (родственник).

подходил, чтоб мой конец бревна на передок подсадить. Конь был военный у нас Волчок, здоровый...

—А почему военный?

—А нашего на войну забрали, этого подраненного —взамен. А он *стиховóй*[①] какой-то попался. Раз с испугу сани понес в озеро, мужики отскакивали, а я, правда, за узду схватила, остановила. Овсяной[②] был конь. У нас мужики любили лошадей кормить. Которые кони овсяные, те и тижели не признают.

Но отнюдь не была Матрена бесстрашной. Боялась она пожара, боялась *молоньи*[③], а больше всего почему-то—поезда.

—Как мне в Черусти ехать, с Нечаевки поезд вылезет, глаза здоровенные свои вылупит, рельсы гудят—аж в жар меня бросает, коленки трясутся. Ей-богу правда! —сама удивлялась и пожимала плечами Матрена.

—Так, может, потому, что билетов не дают, Матрена Васильевна?

—В окошечко? Только мягкие суют. А уж поезд—трогацать[④]! Мечемся туда-сюда: да взойдите ж в сознание! Мужики—те по лесенке на крышу полезли. А мы нашли дверь незапертую, вперлись прям так, без билетов—а вагоны-то все *простые*[⑤] идут, все простые, хоть на полке растягивайся. Отчего билетов не давали, паразиты несочувственные,—не знато...

Все же к той зиме жизнь Матрены наладилась как никогда. Стали-таки платить ей рублей восемьдесят пенсии. Еще сто с лишком получала она от школы и от меня.

---

① Стиховой—(прост.) часто делал что-нибудь неожиданное.

② Овсяной—питался не сеном, а овсом.

③ Молонья—(прост.) молния.

④ Трогацать—трогаться.

⑤ Простые—здесь: в смысле "пустые".

—Фу-у! Теперь Матрене и умирать не надо! —уже начинали завидовать некоторые из соседок. —Больше денег ей, старой, и девать некуда.

—А что —пенсия? —возражали другие. —*Государство —оно минутное*. Сегодня, вишь, дало, а завтра отымет.

Заказала себе Матрена скатать новые валенки. Купила новую телогрейку. И справила пальто① из ношеной железнодорожной шинели, которую подарил ей машинист из Черустей, муж ее бывшей воспитанницы Киры. Деревенский портной-горбун подложил под сукно ваты, и такое славное пальто получилось, какого за шесть десятков лет Матрена не нашивала.

И в середине зимы зашила Матрена в подкладку этого пальто двести рублей себе на похороны. Повеселела:

—Маненько и я спокой увидала, Игнатич.

Прошел декабрь, прошел январь—за два месяца не посетила ее болезнь. Чаще Матрена по вечерам стала ходить к Маше посидеть, семечки пощелкать. К себе она гостей по вечерам не звала, уважая мои занятия. Только на крещенье, воротясь из школы, я застал в избе пляску и познакомлен был с тремя Матрениными родными сестрами, звавшими Матрену как старшую —лелька или нянька. До этого дня мало было в нашей избе слышно о сестрах —то ли опасались они, что Матрена будет просить у них помощи?

Одно только событие или предзнаменование омрачило Матрене этот праздник: ходила она за пять верст в церковь на водосвятие②, поставила свой котелок меж других, а когда водосвятие кончилось и бросились бабы, толкаясь, разбирать —Матрена не поспела средь первых, а в конце—не оказалось ее котелка. И взамен котелка

---

① Справила пальто—здесь: сшила пальто.

② Водосвятие—освящение воды (священник читал над водой, принесенной верующими, молитвы и крестил ее. Вода после этого считалась святой.

никакой другой посуды тоже оставлено не было. Исчез котелок, как дух нечистый его унес.

—Бабоньки! —ходила Матрена среди молящихся. —Не прихватил ли кто неуладкой[1] чужую воду освячённую? в котелке?

Не признался никто. Бывает, мальчишки созоровали, были там и мальчишки. Вернулась Матрена печальная. Всегда у нее бывала святая вода, а на этот год не стало.

Не сказать, однако, чтобы Матрена верила как-то истово. Даже скорей была она язычница, брали в ней верх суеверия: что на Ивана Постного[2] в огород зайти нельзя—на будущий год урожая не будет; что если метель крутит—значит, кто-то где-то удавился, а дверью ногу прищемишь —быть гостю. Сколько жил я у нее—никогда не видал ее молящейся, ни чтоб она хоть раз перекрестилась. А дело всякое начинала《с Богом!》и мне всякий раз《с Богом!》говорила, когда я шел в школу. Может быть, она и молилась, но не показно, стесняясь меня или боясь меня притеснить. Был святой угол в чистой избе[3], и икона Николая Угодника в кухоньке. Забудни стояли они темные, а во время всенощной и с утра по праздникам зажигала Матрена лампадку.

Только грехов у нее было меньше, чем у ее колченогой кошки. Та—мышей душила...

Немного выдравшись из колотной[4] своей житёнки, стала Матрена повнимательней слушать и мое радио (я не преминул поставить себе *разведку*—так Матрена называла розетку. Мой приемничек уже не был для меня бич[5], потому что я своей рукой

---

① Неуладкой—нескладный.

② Иван постный—православный праздник (конец июня, начало июля), завершающий весенние-летние обряды, время подготовки уборки урожая.

③ Чистая изба—часть избы, где стояли иконы.

④ Колотная жизнь—жизнь, полная забот.

⑤ Не был для меня бич—т. е. не мешал.

мог его выключить в любую минуту; но, действительно, выходил он для меня из глухой избы—разведкой). В тот год повелось по две—по три иностранных делегации в неделю принимать, провожать и возить по многим городам, собирая митинги. И что ни день, известия полны были важными сообщениями о банкетах, обедах и завтраках.

Матрена хмурилась, неодобрительно вздыхала:

—Ездят-ездят, чего-нибудь наездят.

Услышав, что машины изобретены новые, ворчала Матрена из кухни:

—Всё новые, новые, на старых работать не хотят, куды старые складывать будем?

Еще в тот год обещали искусственные спутники Земли. Матрена качала головой с печи:

—Ой-ой-ойиньки, чего-нибудь изменят, зиму или лето.

Исполнял Шаляпин русские песни. Матрена стояла-стояла, слушала и приговорила решительно:

—Чудно поют, не по-нашему.

—Да что вы, Матрена Васильевна, да прислушайтесь!

Еще послушала. Сжала губы:

—Не. Не так. Ладу не нашего. И голосом балует①.

Зато и вознаградила меня Матрена. Передавали как-то концерт из романсов Глинки. И вдруг после пятка камерных романсов Матрена, держась за фартук, вышла из-за перегородки растепленная, с пеленой слезы в неярких своих глазах:

—А вот это—по-нашему...—прошептала она.

2

Так привыкла Матрена ко мне, а я к ней, и жили мы

---

① Голосом балует—т. е. поет не просто.

запросто. Не мешала она моим долгим вечерним занятиям, не досаждала никакими расспросами. До того отсутствовало в ней бабье любопытство или до того она была деликатна, что не спросила меня ни разу: был ли я когда женат? Все тальновские бабы приставали к ней—узнать обо мне. Она им отвечала:

—Вам нужно—вы и спрашивайте. Знаю одно—*дальний* он.

И когда невскоре я сам сказал ей, что много провел в тюрьме, она только молча покивала головой, как бы подозревала и раньше.

А я тоже видел Матрену сегодняшнюю, потерянную старуху, и тоже не бередил① ее прошлого, да и не подозревал, чтоб там было что искать.

Знал я, что замуж Матрена вышла еще до революции, и сразу в эту избу, где мы жили теперь с ней, и сразу *к печке* (то есть не было в живых ни свекрови, ни старшей золовки незамужней, и с первого послебрачного утра Матрена взялась за ухват②). Знал, что детей у нее было шестеро и один за другим умирали все очень рано, так что двое сразу не жило. Потом была какая-то воспитанница Кира. А муж Матрены не вернулся с этой войны. Похоронного③ тоже не было. Односельчане, кто был с ним в роте, говорили, что либо в плен он попал, либо погиб, а только тела не нашли. За одиннадцать послевоенных лет решила и Матрена сама, что он не жив. И хорошо, что думала так. Хоть и был бы теперь он жив — так женат где-нибудь в Бразилии или в Австралии. И деревня Тальново, и язык русский изглаживаются из памяти его...

Раз, придя из школы, я застал в нашей избе гостя. Высокий черный старик, сняв на колени шапку, сидел на стуле, который

---

① Бередить—заставить переживать, тревожить, волновать.

② Ухват—большая палка с металлической рагулькой на конце, которой ухватывали и выстаскивали чугунок из горящей печки.

③ Похоронное или похоронная—извещение о гибели человека на фронте.

Матрена выставила ему на середину комнаты, к печке-《голландке》. Все лицо его облегали густые черные волосы, почти не тронутые сединой: с черной окладистой бородой сливались усы густые, черные, так что рот был виден едва; и непрерывные бакены[①] черные, едва выказывая уши, поднимались к черным космам, свисавшим с темени; и еще широкие черные брови мостами были брошены друг другу навстречу. И только лоб уходил лысым куполом в лысую просторную маковку. Во всем облике старика показалось мне многознание и достойность. Он сидел ровно, сложив руки на посохе, посох же отвесно уперев в пол, —сидел в положении терпеливого ожидания и, видно, мало разговаривал с Матреной, возившейся за перегородкой.

Когда я пришел, он плавно повернул ко мне величавую голову и назвал меня внезапно:

—Батюшка!... Вижу вас плохо. Сын мой учится у вас. Григорьев Антошка...

...

И теперь я терпеливо объяснял ему, что запущено у сына очень, и он в школе и дома лжет, надо дневник проверять у него почаще и круто браться с двух сторон.

—Да уж куда крутей, батюшка, —заверил меня гость. —Бью его теперь, что неделя. А рука тяжелая у меня.

В разговоре я вспомнил, что уж один раз и Матрена сама почему-то ходатайствовала за Антошку Григорьева, но я не спросил, что за родственник он ей, и тоже тогда отказал. Матрена и сейчас стала в дверях кухоньки бессловесной просительницей. И когда Фаддей Миронович ушел от меня с тем, что будет заходить—узнавать, я спросил:

—Не пойму, Матрена Васильевна, как же этот Антошка вам

---

① Бакены—бакенбарды.

приходится?

—Дивиря моего сын,—ответила Матрена суховато и ушла доить козу.

Разочтя, я понял, что черный настойчивый этот старик — родной брат мужа ее, без вести пропавшего.

И долгий вечер прошел—Матрена не касалась больше этого разговора. Лишь поздно вечером, когда я думать забыл о старике и работал в тишине избы под шорох тараканов и постук ходиков, — Матрена вдруг из темного своего угла сказала:

—Я, Игнатич, когда-то за него чуть замуж не вышла.

Я и о Матрене-то самой забыл, что она здесь, не слышал ее,— но так взволнованно она это сказала из темноты, будто и сейчас еще тот старик домогался ее.

Видно, весь вечер Матрена только об том и думала.

Она поднялась с убогой тряпичной кровати и медленно выходила ко мне, как бы идя за своими словами. Я откинулся—и в первый раз совсем по-новому увидел Матрену.

Верхнего света не было в нашей большой комнате, как лесом заставленной фикусами. От настольной же лампы свет падал кругом только на мои тетради,—а по всей комнате глазам, оторвавшимся от света, казался полумрак с розовинкой[①]. И из него выступала Матрена. И щеки ее померещились мне не желтыми, как всегда, а тоже с розовинкой.

—Он за меня первый сватался... раньше Ефима... Он был брат—старший... Мне было девятнадцать, Фаддею—двадцать три... Вот в этом самом доме они тогда жили. Ихний был дом. Ихним отцом строенный.

Я невольно оглянулся. Этот старый серый изгнивающий дом вдруг сквозь блекло-зеленую шкуру обоев, под которыми бегали

---

① Розовинка—розовый оттенок.

мыши, проступил мне молодыми, еще не потемневшими тогда, стругаными бревнами и веселым смолистым запахом.

—И вы его... ? И что же?...

—В то лето... ходили мы с ним в рощу сидеть,—прошептала она. —Тут роща была, где теперь конный двор, вырубили ее... Без малого не вышла, Игнатич. Война германская[①] началась. Взяли Фаддея на войну.

Она уронила это—и вспыхнул передо мной голубой, белый и желтый июль четырнадцатого года: еще мирное небо, плывущие облака и народ, кипящий со спелым жнивом. Я представил их рядом: смоляного богатыря с косой через спину; ее, румяную, обнявшую сноп. И—песню, песню под небом, какие давно уже отстала деревня петь, да и не споешь при механизмах.

—Пошел он на войну—пропал... Три года затаилась я, ждала. И ни весточки, и ни косточки...

Обвязанное старческим слинявшим платочком смотрело на меня в непрямых мягких отсветах лампы круглое лицо Матрены — как будто освобожденное от морщин, от будничного небрежного наряда—испуганное, девичье, перед страшным выбором.

Да. Да... Понимаю... Облетали листья, падал снег—и потом таял. Снова пахали, снова сеяли, снова жали. И опять облетали листья, и опять падал снег. И одна революция. И другая революция. И весь свет перевернулся.

—Мать у них умерла—и присватался ко мне Ефим. Мол, в нашу избу ты идти хотела, в нашу и иди. Был Ефим моложе меня на год. Говорят у нас: умная выходит после Покрова[②], а дура—

---

① Война германская—здесь: 1-ая мировая война.

② Покров день—православный праздник (1-е октября по старому стилю). После Покрова дня в деревнях обычно играли свадьбы, т. е. все сельскохозяйственные работы к этому дню кончались.

после Петрова. Рук у них не хватало. Пошла я... На Петров день повенчались, а к Миколе зимнему[①]—вернулся... Фаддей... из венгерского плена.

Матрена закрыла глаза.

Я молчал.

Она обернулась к двери, как к живой:

—Стал на пороге. Я как закричу! В колена б ему бросилась!... Нельзя... Ну, говорит, если б то не брат мой родной —я бы вас порубал обоих!

Я вздрогнул. От ее надрыва или страха я живо представил, как он стоит там, черный, в темных дверях и топором замахнулся на Матрену.

Но она успокоилась, оперлась о спинку стула перед собой и певуче рассказывала:

—Ой-ой-ойиньки, головушка бедная! Сколько невест было на деревне—не женился. Сказал: буду имечко твое искать, вторую Матрену. И привел-таки себе из Липовки Матрену, срубили избу отдельную, где и сейчас живут, ты каждый день мимо их в школу ходишь.

Ах, вот оно что! Теперь я понял, что видел ту вторую Матрену не раз. Не любил я ее: всегда приходила она к моей Матрене жаловаться, что муж ее бьет, и скаред муж, жилы из нее вытягивает, и плакала здесь подолгу, и голос-то всегда у нее был на слезе.

Но выходило, что не о чем моей Матрене жалеть—так бил Фаддей свою Матрену всю жизнь и по сей день и так зажал весь дом.

---

① Микола зимний—церковный праздник, посвященный святому Николаю угоднику.

—Меня сам[1] ни разику не бил,—рассказывала она о Ефиме. —По улице на мужиков с кулаками бегал, а меня—ни разику... То есть был-таки раз —я с золовкой поссорилась, он ложку мне об лоб расшибил. Вскочила я от стола: 《Захленуться[2] бы вам, подавиться, трутни[3]!》 И в лес ушла. Больше не трогал.

Кажется, и Фаддею не о чем было жалеть: родила ему вторая Матрена тоже шестерых детей (средь них и Антошка мой, самый младший, поскребыш[4]) —и выжили все, а у Матрены с Ефимом дети не стояли: до трех месяцев не доживая и не болея ничем, умирал каждый.

—Одна дочка, Елена, только родилась, помыли ее живую — тут она и померла. Так мертвую уж обмывать не пришлось... Как свадьба моя была в Петров день, так и шестого ребенка, Александра, в Петров день схоронила.

И решила вся деревня, что в Матрене—порча[5].

—*Порция* во мне! —убежденно кивала и сейчас Матрена. — Возили меня к монашенке одной бывшей лечиться, она меня на кашель наводила—ждала, что *порция* из меня лягушкой выбросится. Ну, не выбросилась...

И шли года, как плыла вода... В сорок первом не взяли на войну Фаддея из-за слепоты, зато Ефима взяли. И как старший брат в первую войну, так младший без вести исчез во вторую. Но этот вовсе не вернулся. Гнила и старела когда-то шумная, а теперь пустынная изба —и старела в ней беспритульная[6] Матрена.

---

① Сам—так называла жена мужа в деревне.

② Захленуться—захлебнуться.

③ Трутни—здесь: бездельники.

④ Поскребыш—последыш.

⑤ Порча—(простореч.) по суеверным представлениям, заболевание, приписываемое колдовству.

⑥ Беспритульная—бесприютная.

И попросила она у той второй забитой Матрены—чрева ее урывочек (или кровиночку Фаддея?)—младшую их девочку Киру.

Десять лет она воспитывала ее здесь как родную, вместо своих невыстоявших. И незадолго до меня выдала за молодого машиниста в Черусти. Только оттуда ей теперь и помощь сочилась: иногда сахарку, когда поросенка зарежут—сальца.

Страдая от недугов и чая недалекую смерть, тогда же объявила Матрена свою волю: отдельный сруб горницы, расположенный под общей связью с избою, после смерти ее отдать в наследство Кире. О самой избе она ничего не сказала. Еще три сестры ее метили получить эту избу.

Так в тот вечер открылась мне Матрена сполна. И, как это бывает, связь и смысл ее жизни, едва став мне видимыми, —в тех же днях пришли и в движение. Из Черустей приехала Кира, забеспокоился старик Фаддей: в Черустях, чтобы получить и удержать участок земли, надо было молодым поставить какое-нибудь строение. Шла для этого вполне Матренина горница. А другого нечего было и поставить, неоткуда лесу взять. И не так сама Кира, и не так муж ее, как за них старый Фаддей загорелся захватить этот участок в Черустях.

И вот он зачастил к нам, пришел раз, еще раз, наставительно говорил с Матреной и требовал, чтоб она отдала горницу теперь же, при жизни. В эти приходы он не показался мне тем опирающимся о посох старцем, который вот развалится от толчка или грубого слова. Хоть и пригорбленный больною поясницей, но все еще статный, старше шестидесяти сохранивший сочную, молодую черноту в волосах, он наседал с горячностью.

Не спала Матрена две ночи. Нелегко ей было решиться. Не жалко было саму горницу, стоявшую без дела, как вообще ни труда, ни добра своего не жалела Матрена никогда. И горница эта все равно была завещана Кире. Но жутко ей было начать ломать ту крышу, под которой прожила сорок лет. Даже мне, постояльцу, было больно, что начнут отрывать доски и выворачивать бревна дома. А для Матрены было это—конец ее жизни всей.

Но те, кто настаивал, знали, что ее дом можно сломать и при жизни.

И Фаддей с сыновьями и зятьями пришли как-то февральским утром и застучали в пять топоров, завизжали и заскрипели отрываемыми досками. Глаза самого Фаддея деловито поблескивали. Несмотря на то, что спина его не распрямлялась вся, он ловко лазил и под стропила и живо суетился внизу, покрикивая на помощников. Эту избу он парнишкою сам и строил когда-то с отцом; эту горницу для него, старшего сына, и рубили, чтоб он поселился здесь с молодой. А теперь он яро разбирал ее по ребрышкам, чтоб увезти с чужого двора.

Переметив номерами венцы сруба и доски потолочного настила, горницу с подклетью разобрали, а избу саму с укороченными мостами отсекли временной тесовой стеночкой. В стенке они покинули[①] щели, и все показывало, что ломатели—не строители и не предполагают, чтобы Матрене еще долго пришлось здесь жить.

А пока мужчины ломали, женщины готовили ко дню погрузки самогон[②]: водка обошлась бы чересчур дорого. Кира привезла из Московской области пуд сахару, Матрена Васильевна под покровом ночи носила тот сахар и бутыли самогонщику.

Вынесены и соштабелеваны[③] были бревна перед воротами, зять-машинист уехал в Черусти за трактором.

Но в тот же день началась метель —*дуель*, по-матрениному.

---

① Покинули—здесь: оставили.

② Самогон—домашняя водка, которую делают (гонят) сами жители деревни.

③ Соштабелеваны—сложены в штабеля.

Она кутила и кружила двое суток и замела дорогу непомерными сугробами. Потом, чуть дорогу умяли, прошел грузовик-другой—внезапно потеплело, в один день разом распустило, стали сырые туманы, журчали ручьи, прорывшиеся в снегу, и нога в сапоге увязала по все голенище.

Две недели не давалась трактору разломанная горница! Эти две недели Матрена ходила как потерянная. Оттого особенно ей было тяжело, что пришли три сестры ее, все дружно обругали ее дурой за то, что горницу отдала, сказали, что видеть ее больше не хотят,—и ушли.

И в те же дни кошка колченогая сбрела со двора—и пропала[①]. Одно к одному. Еще и это пришибло Матрену.

...

Перед сумерками, возвращаясь из школы, я увидел движение близ нашего дома. Большие новые тракторные сани были уже нагружены бревнами, но многое еще не поместилось—и семья деда Фаддея, и приглашенные помогать кончали сбивать еще одни сани, самодельные. Все работали, как безумные, в том ожесточении, какое бывает у людей, когда пахнет большими деньгами или ждут большого угощения. Кричали друг на друга, спорили.

Спор шел о том, как везти сани—порознь или вместе. Один сын Фаддея, хромой, и зять-машинист толковали, что сразу обои сани нельзя, трактор не утянет.

Тракторист же, самоуверенный толстомордый здоровяга, хрипел, что ему видней, что он водитель и повезет сани вместе. Расчет его был ясен: по уговору машинист платил ему за перевоз горницы, а не за рейсы. Двух рейсов за ночь —по двадцать пять километров да один раз назад—он никак бы не сделал. А к утру

---

① Кошка... сбрела со двора и пропала—плахая примета: если пропала домашняя кошка, то дом опустеет (т. е. хозяин может умирать).

ему надо было быть с трактором уже в гараже, откуда он увел его тайком для *левой*[①].

Старику Фаддею не терпелось сегодня же увезти всю горницу—и он кивнул своим уступить. Вторые, наспех сколоченные сани подцепили за крепкими первыми. Матрена бегала среди мужчин, суетилась и помогала накатывать бревна на сани. Тут заметил я, что она в моей телогрейке, уже измазала рукава о льдистую грязь бревен,—и с неудовольствием сказал ей об этом. Телогрейка эта была мне память, она грела меня в тяжелые годы.

Так я в первый раз рассердился на Матрену Васильевну.

—Ой-ой-ойиньки, головушка бедная! —озадачилась она.—Ведь я ее бегма[②] подхватила, да и забыла, что твоя. Прости, Игнатич. —И сняла, повесила сушиться. Погрузка кончилась, и все, кто работал, человек до десяти мужчин, прогремели мимо моего стола и нырнули под занавеску в кухоньку. Оттуда глуховато застучали стаканы, иногда звякала бутыль, голоса становились все громче, похвальба—задорнее. Особенно хвастался тракторист. Тяжелый запах самогона докатился до меня. Но пили недолго—темнота заставляла спешить. Стали выходить. Самодовольный, с жестоким лицом вышел тракторист. Сопровождать сани до Черустей шли зять-машинист, хромой сын Фаддея и еще племянник один. Остальные расходились по домам. Фаддей, размахивая палкой, догонял кого-то, спешил что-то втолковать. Хромой сын задержался у моего стола закурить и вдруг заговорил, как любит он тетку Матрену, и что женился недавно, и вот сын у него родился только что. Тут ему крикнули, он ушел. За окном зарычал трактор.

Последней торопливо выскочила из-за перегородки Матрена.

---

① Левая—левая работа, незаконная.

② Бегма—(прост.) когда побежала.

Она тревожно качала головой вслед ушедшим. Надела телогрейку, накинула платок. В дверях сказала мне:

—И что было двух не срядить? Один бы трактор занемог — другой подтянул. А теперь чего будет—Богу весть!...

И убежала за всеми.

После пьянки, споров и хождения стало особенно тихо в брошенной избе, выстуженной частым открыванием дверей. За окнами уже совсем стемнело. Я тоже влез в телогрейку и сел за стол. Трактор стих в отдалении.

Прошел час, другой. И третий. Матрена не возвращалась, но я не удивлялся: проводив сани, должно быть, ушла к своей Маше.

И еще прошел час. И еще. Не только тьма, но глубокая какая-то тишина опустилась на деревню. Я не мог тогда понять, отчего тишина—оттого, оказалось, что за весь вечер ни одного поезда не прошло по линии в полуверсте от нас. Приемник мой молчал, и я заметил, что очень уж, как никогда, развозились мыши: все нахальней, все шумней они бегали под обоями, скребли и попискивали.

Я очнулся. Был первый час ночи, а Матрена не возвращалась.

...

И вдруг скрипнула наша калитка. Я быстро вышел на мосты:

—Матрена Васильевна?

В избу, пошатываясь, вошла ее подруга Маша:

—Матрена-то... Матрена-то наша, Игнатич...

Я усадил ее, и, мешая со слезами, она рассказала. На переезде —горка, въезд крутой. Шлагбаума нет. С первыми санями трактор перевалил, а трос лопнул, и вторые сани, самодельные, на переезде застряли и разваливаться начали—Фаддей для них лесу хорошего не дал, для вторых саней. Отвезли чуток первые—за вторыми вернулись, трос ладили—тракторист и сын Фаддея хромой, и туда же, меж трактором и санями, понесло и Матрену. Что она там подсобить могла мужикам? Вечно она в мужичьи дела мешалась. И конь когда-то ее чуть в озеро не сшиб, под прорубь. И зачем на переезд проклятый пошла? —отдала горницу, и весь ее долг, рассчиталась... Машинист все смотрел, чтобы с Черустей поезд не нагрянул, его б фонари далеко видать, а с другой стороны, от станции нашей, шли два паровоза сцепленных —без огней и задом. Почему без огней —неведомо, а когда паровоз задом идет—машинисту с тендера сыплет в глаза пылью угольной, смотреть плохо. Налетели —и в мясо тех троих расплющили, кто между трактором и санями. Трактор изувечили, сани в щепки, рельсы вздыбили, и паровоза оба набок.

—Да как же они не слышали, что паровозы подходят?

—Да трактор-то заведенный орет.

—А с трупами что?

—Не пускают. Оцепили.

—А что я про скорый слышал... будто скорый?...

—А скорый десятичасовой—нашу станцию с ходу, и тоже к переезду. Но как паровозы рухнули—машинисты два уцелели, спрыгнули и побежали назад, и руками махают, на рельсы ставши—и успели поезд остановить... Племянника тоже бревном покалечило. Прячется сейчас у Клавки, чтоб не знали, что он на переезде был. А то ведь затягают свидетелем!... Незнайка на печи лежит, а знайку на веревочке ведут... А муж Киркин—ни царапины. Хотел повеситься, из петли вынули. Из-за меня, мол, тетя погибла и брат. Сейчас пошел сам, арестовался. Да его теперь не в тюрьму, его в дом безумный[1]. Ах, Матрена-Матренушка!...

Нет Матрены. Убит родной человек. И в день последний я укорил ее за телогрейку.

---

[1] Дом безумного—дом для душевнобольного.

Разрисованная красно-желтая баба с книжного плаката радостно улыбалась.

Тетя Маша еще посидела, поплакала. И уже встала, чтоб идти. И вдруг спросила:

—Игнатич! Ты помнишь... вязаночка серая была у Матрены... Она ведь ее после смерти прочила Таньке моей, верно?

И с надеждой смотрела на меня в полутьме—неужели я забыл?

Но я помнил:

—Прочила, верно.

—Так слушай, может, разреши, я ее заберу сейчас? Утром тут родня налетит, мне уж потом не получить.

И опять с мольбой и надеждой смотрела на меня —ее полувековая подруга, единственная, кто искренне любил Матрену в этой деревне...

Наверно, так надо было.

—Конечно... Берите...—подтвердил я.

Она открыла сундучок, достала вязанку, сунула под полу и ушла...

Мышами овладело какое-то безумие, они ходили по стенам ходенём, и почти зримыми волнами перекатывались зеленые обои над мышиными спинами.

Идти мне было некуда. Еще придут сами ко мне, допрашивать. Утром ждала меня школа. Час ночи был третий. И выход был: запереться и лечь спать.

Запереться, потому что Матрена не придет.

Я лег, оставив свет. Мыши пищали, стонали почти, и все бегали, бегали. Уставшей бессвязной головой нельзя было отделаться от невольного трепета—как будто Матрена невидимо металась и прощалась тут, с избой своей.

И вдруг в притемке у входных дверей, на пороге, я вообразил

себе черного молодого Фаддея с занесенным топором:

《Если б то не брат мой родной—порубал бы я вас обоих!》

Сорок лет пролежала его угроза в углу, как старый тесак[①], — а ударила—таки...

3

На рассвете женщины привезли с переезда на санках под накинутым грязным мешком—все, что осталось от Матрены. Скинули мешок, чтоб обмывать. Все было месиво —ни ног, ни половины туловища, ни левой руки. Одна женщина перекрестилась и сказала:

—Ручку-то правую оставил ей Господь. Там будет Богу молиться...

...

Деревенские приходили постоять-посмотреть. Женщины приводили и маленьких детей взглянуть на мертвую. И если начинался плач, все женщины, хотя бы зашли они в избу из пустого любопытства,—все обязательно подплакивали от двери и от стен, как бы аккомпанировали хором. А мужчины стояли молча навытяжку, сняв шапки.

...

Слетелись три сестры Матрены, захватили избу, козу и печь, заперли сундук ее на замок, из подкладки пальто выпотрошили двести похоронных рублей, приходящим всем втолковывали, что они одни были Матрене близкие. И над гробом плакали так:

—Ах, нянькя-нянькя! Ах, лёлька-лёлька! И ты ж наша единственная! И жила бы ты тихо-мирно! И мы бы тебя всегда приласкали! А погубила тебя твоя горница! А доконала тебя, заклятая! И зачем ты ее ломала? И зачем ты нас не послушала?

---

① Тесак—топор.

Так плачи сестер были обвинительные плачи против мужниной родни: не надо было понуждать Матрену горницу ломать. (А подспудный смысл был: горницу-ту вы взять-взяли, избы же самой мы вам не дадим!). Мужнина родня—Матренины золовки, сестры Ефима и Фаддея, и еще племянницы разные приходили и плакали так:

—Ах, тётанька-тётанька! И как же ты себя не берегла! И, наверно, теперь *они* на нас обиделись! И родимая ж ты наша, и вина вся твоя! И горница тут ни при чем. И зачем же пошла ты туда, где смерть тебя стерегла? И никто тебя туда не звал! И как ты умерла —не думала! И что же ты нас не слушалась?...

(И изо всех этих причитаний выпирал ответ: в смерти ее мы не виноваты, а насчет избы еще поговорим!)

Но широколицая грубая《вторая》Матрена —та подставная Матрена, которую взял когда-то Фаддей по одному лишь имечку, —сбивалась с этой политики и простовато вопила, надрываясь над гробом:

—Да ты ж моя сестричечка! Да неужели ж ты на меня обидишься? Ох-ма!... Да бывалоча мы всё с тобой говорили и говорили! И прости ты меня, горемычную! Ох-ма!... И ушла ты к своей матушке, а, наверно, ты за мной заедешь! Ох-ма-а-а!...

На этом《ох-ма-а-а》она словно испускала весь дух свой—и билась, билась грудью о стенку гроба. И когда плач ее переходил обрядные нормы, женщины, как бы признавая, что плач вполне удался, все дружно говорили: —Отстань! Отстань!

Матрена отставала, но потом приходила вновь и рыдала еще неистовее. Вышла тогда из угла старуха древняя и, положа Матрене руку на плечо, сказала строго:

—Две загадки в мире есть: как родился—не помню, как умру—не знаю.

И смолкла Матрена тотчас, и все смолкли до полной тишины.

Но и сама эта старуха, намного старше здесь всех старух и как будто даже Матрене чужая вовсе, погодя некоторое время тоже плакала:

—Ох ты, моя болезная! Ох ты, моя Васильевна! Ох, надоело мне вас провожать!

И совсем уже не обрядно—простым рыданием нашего века, не бедного ими, рыдала злосчастная Матренина приемная дочь—та Кира из Черустей, для которой везли и ломали эту горницу. Ее завитые локончики жалко растрепались. Красны, как кровью залиты, были глаза. Она не замечала, как сбивается на морозе ее платок, или надевала пальто мимо рукава. Она невменяемая ходила от гроба приемной матери в одном доме к гробу брата в другом, —и еще опасались за разум ее, потому что должны были мужа судить.

Выступало так, что муж ее был виновен вдвойне: он не только вез горницу, но был железнодорожный машинист, хорошо знал правила неохраняемых переездов—и должен был сходить на станцию, предупредить о тракторе. В ту ночь в уральском скором тысяча жизней людей, мирно спавших на первых и вторых полках при полусвете поездных ламп, должна была оборваться. Из-за жадности нескольких людей: захватить участок земли или не делать второго рейса трактором.

Из-за горницы, на которую легло проклятие с тех пор, как руки Фаддея ухватились ее ломать.

...

А в воскресенье днем—хоронили. Два гроба сошлись в середине деревни, родственники поспорили, какой гроб вперед. Потом поставили их на одни розвальни рядышком, тетю и племянника, и по февральскому вновь обсыревшему насту под пасмурным небом повезли покойников на церковное кладбище за две деревни от нас. Погода была ветреная, неприютная, и поп с дьяконом ждали в церкви, не вышли в Тальново навстречу.

До околицы народ шел медленно и пел хором. Потом—отстал.

Еще под воскресенье не стихала бабья суетня в нашей избе: старушка у гроба мурлыкала псалтырь[1], Матренины сестры сновали у русской печи с ухватом, из чела печи пышело жаром от раскаленных торфин—от тех, которые носила Матрена в мешке с дальнего болота. Из плохой муки пекли невкусные пирожки.

В воскресенье, когда вернулись с похорон, а было уж то к вечеру, собрались на поминки. Столы, составленные в один длинный, захватывали и то место, где утром стоял гроб. Сперва стали все вокруг стола, и старик, золовкин муж, прочел《Отче наш》. Потом налили каждому на самое дно миски—медовой сыты[2]. Ее, на помин души, мы выхлебали ложками, безо всего. Потом ели что-то и пили водку, и разговоры становились оживленнее. Перед киселем встали все и пели《Вечную память》(так и объяснили мне, что поют ее—перед киселем обязательно). Опять пили. И говорили еще громче, совсем уже не о Матрене. Золовкин муж расхвастался:

—А заметили вы, православные, что отпевали сегодня медленно? Это потому, что отец Михаил меня заметил. Знает, что я службу знаю. А иначе б—со святыми помоги, вокруг ноги—и все.

Наконец ужин кончился. Опять все поднялись. Спели《Достойно есть》. И опять, с тройным повторением: вечная память! вечная память! вечная память! Но голоса были хриплы,

---

① Мурлыкала псалтырь—псалтырь(церковная книга) читали по умершему над его гробом.

② Сыта—(устар.) вода, подслащенная мёдом.

розны[1], лица пьяны, и никто в эту вечную память уже не вкладывал чувства.

Потом основные гости разошлись, остались самые близкие, вытянули папиросы, закурили, раздались шутки, смех. Коснулось пропавшего без вести мужа Матрены, и золовкин муж, бья себя в грудь, доказывал мне и сапожнику, мужу одной из Матрениных сестер:

—Умер, Ефим, умер! Как бы это он мог не вернуться? Да если б я знал, что меня на родине даже повесят—все равно б я вернулся!

Сапожник согласно кивал ему. Он был дезертир и вовсе не расставался с родиной: всю войну перепрятался у матери в подполье.

Высоко на печи сидела оставшаяся ночевать та строгая молчаливая старуха, древнее всех древних. Она сверху смотрела немо, осуждающе на неприлично оживленную пятидесяти—и шестидесятилетнюю молодежь.

И только несчастная приемная дочь, выросшая в этих стенах, ушла за перегородку и там плакала.

Фаддей не пришел на поминки Матрены —потому ли, что поминал сына. Но в ближайшие дни он два раза враждебно приходил в эту избу на переговоры с Матрениными сестрами и с сапожником-дезертиром.

Спор шел об избе: кому она —сестре или приемной дочери. Уж дело упиралось писать в суд, но примирились, рассудя, что суд отдаст избу не тем и не другим, а сельсовету. Сделка состоялась. Козу забрала одна сестра, избу—сапожник с женою, а в зачет Фаддеевой доли, что он《здесь каждое бревнышко своими руками перенянчил》, пошла уже свезенная горница, и еще уступили ему

---

[1] Голоса розны—пела вразнобой, несогласно.

сарай, где жила коза, и весь внутренний забор, между двором и огородом.

И опять, преодолевая немощь и ломоту, оживился и помолодел ненасытный старик. Опять он собрал уцелевших сыновей и зятей, они разбирали сарай и забор, и он сам возил бревна на саночках, на саночках, под конец уже только с Антошкой своим из 8-го《Г》, который здесь не ленился.

Избу Матрены до весны забили, и я переселился к одной из ее золовок, неподалеку. Эта золовка потом по разным поводам вспоминала что-нибудь о Матрене и как-то с новой стороны осветила мне умершую.—Ефим ее не любил. Говорил: люблю одеваться *культурно*, а она—кое-как, всё по-деревенски. А одново мы с ним в город ездили, на заработки, так он себе там сударку[1] завел, к Матрене и возвращаться не хотел.

Все отзывы ее о Матрене были неодобрительны: и нечистоплотная она была; и за обзаводом[2] не гналась; и не бережная; и даже поросенка не держала, выкармливать почему-то не любила; и, глупая, помогала чужим людям бесплатно (и самый повод вспомнить Матрену выпал —некого было дозвать огород вспахать на себе сохою).

И даже о сердечности и простоте Матрены, которые золовка за ней признавала, она говорила с презрительным сожалением.

И только тут—из этих неодобрительных отзывов золовки — выплыл передо мною образ Матрены, какой я не понимал ее, даже живя с нею бок о бок.

В самом деле! —ведь поросенок-то в каждой избе! А у нее не было. Что может быть легче—выкармливать жадного поросенка, ничего в мире не признающего, кроме еды! Трижды в день варить

---

① Сударка—любовница.

② Обзавод (простореч.)—приобретение необходимого для жизни, хозяйства.

ему, жить для него—и потом зарезать и иметь сало.

А она не имела...

Не гналась за обзаводом... Не выбивалась, чтобы купить вещи и потом беречь их больше своей жизни.

Не гналась за нарядами. За одеждой, приукрашивающей уродов и злодеев.

Не понятая и брошенная даже мужем своим, схоронившая шесть детей, но не нрав свой общительный, чужая сестрам, золовкам, смешная, по-глупому работающая на других бесплатно, —она не скопила имущества к смерти. Грязно-белая коза, колченогая кошка, фикусы...

Все мы жили рядом с ней и не поняли, что есть она тот самый праведник[①], без которого, по пословице, не стоит село.

Ни город.

Ни вся земля наша.

(1959—1960)

Краткий анализ произведения:

Это рассказ о скудном и тяжелом быту жизни пожилой крестьянки Матрены, о ее《праведничестве》и тем самым о русском характере.

Бедно живется Матрене. Белая коза, колченогая кошка, фикусы—вот и все, что остается у Матрены на этом свете. Ее жизнь бедна не только материально, но и событиями, тем более радостями. Матрену теснит не только бедность и заброшенность, но и бюрократия, бумаготворчество, формализм, которые имели место при советской власти. И не только добывание пенсии, но и лечение

---

① Праведник—человек, строго придерживающийся заповедей, моральных предписаний какой-либо религии. Это добрый человек, любящий людей больше самого себя, как завещал Христос.

в местной больнице оборачивается для Матрены бесконечными хождениями, ожиданиями, просьбами, нередко не ведущими ни к какому результату. Матрена вне сферы героического или исключительного, она молча выносит на себе все тяжести деревенской жизни, реализует себя в самой обыденной, бытовой ситуации. Физически даже неспособная выжить в тяжелейших условиях жизни, она не теряет собственного человеческого достоинства, остается человеком с большой буквы. Писатель раскрывает этику такого выживания, и тем самым находит суть русского человека и характера. Он называет ее прирожденным ангелом, праведником, «без которого не стоит село».

Рассказ строится на противопоставлении бескорыстной, неимущей Матрены жадным до всякого имущества людям: Фаддею, черному старику, мужу её приемной дочери, Кире, ее золовкам, колхозным руководителям, меркантильным, корыстным и эгоистическим родственникам. Именно они оттеняют характерные черты героини.

Рассказ «Матренин двор» является одним из произведений, которое положило начало такому исторически значительному явлению русской литературы XX века, как деревенская проза. Рассказ документален. К этому докутентализму приводит авторское внимание к бытовой детали и повествование, которое ведется от лица сельского учителя математики, вернувшегося из отдаленных мест в 1956 году, что следует учитывать как факты биографии Солженицына.

Вопросы и задания:

1. Каковы быт и нравы советской деревни в рассказе?

2. Почему Солженицын считал Матрену «праведником»? В чем нравственный и философский смысл праведничества в понимании писателя?

Литература:

1. Чалмаев В. А. Александр Солженицын Жизнь и творчество, М., 《Просвещение》, 1994.

2. Шнейберг Л. Я., И. В. Кондаков: От Горького до Солженицына, Издание 2-е, исправленное и дополненное, М., 《Высшая школа》, 1995.

3. Русская литература XX века 11 класс, В двух частях, Часть 2, Под редакцией В. П. Журавлева, М., 《Просвещение》, 1999.

Юрий Валентинович Трифонов

(1925—1981)

ДОМ НА НАБЕРЕЖНОЙ

(повесть, фрагменты)

…

Почти четверть века назад, когда Вадим Александрович Глебов еще не был лысоватым, полным, с грудями, как у женщины, с толстыми ляжками, с большим животом и опавшими плечами, что заставляло его шить костюмы у портного, а не покупать готовые, потому что пиджак годился пятьдесят второй①, а в брюки он еле влезал в пятьдесят шестые②, а то брал и пятьдесят восьмые③; когда у него еще не было мостов④ вверху и внизу во рту, врачи не находили изменений в кардиограмме⑤, говоривших о сердечной недостаточности и начальной стадии стенокардии⑥, когда его еще не мучили изжоги по утрам, головокружения, чувство разбитости во всем теле, когда его печень работала нормально и он мог есть жирную пищу, не очень свежее мясо, пить сколько угодно вина и водки, не боясь последствий, не знал, что такое боли в пояснице, возникающие от напряжения, переохлаждения и бог знает еще отчего; когда он не боялся переплывать Москву-реку в самом широком месте, мог играть

---

①②③ Пятьдесят второй, пятьдесят шестой, пятьдесят восьмой—русские размеры одежды.

④ Мосты—здесь: зубные протезы.

⑤ Кардиограмма—запись работы сердца с помощью кардиографа.

⑥ Стенокардия—сердечное заболевание.

четыре часа без отдыха в волейбол, когда он был скор на ногу⑦, костляв, с длинными волосами, в круглых очках, обликом напоминал разночинца-семидесятника⑧; когда он часто сидел без денег, зарабатывал как грузчик на вокзале, или колол дрова в замоскворецких двориках, когда он голодал, была опасность, что начинается чахотка, его посылали в Крым, и все обошлось; когда еще были живы отец, тетя Поля и бабушка и все жили в маленьком домишке на набережной, на втором этаже, где кроме них жили еще шесть семей и в кухне стояло восемь столов; когда он любил петь песни с девчатами, когда его звали не Вадимом Александровичем, а Глебычем и Батоном; когда он только еще мечтал, томясь бессоницей и жалким юношеским бессилием, о том, что потом пришло к нему, не принеся радости, потому что отняло так много сил и того невосполнимого, что называется жизнью; в те времена, почти четверть века назад, был такой профессор Ганчук, была Соня, были Антон и Левка Шулепников, по прозвищу Шулепа, с которыми Вадим Александрович жил по соседству, были разные другие люди, понемногу исчезнувшие, и был он сам, непохожий на себя и невзрачный, как гусеница. А о Марине не было и помину.

Она где-то там на веранде под сенью берез аккуратно выцарапывает детским почерком на белых бумажных барабанчиках, натянутых на стеклянные банки и обкрученных по горлышку ниткой: 《Крыжовник 72》, 《Клубника 72》. Антона давно уже нет на земле, и Сони нет. И о профессоре Ганчуке ничего не известно, скорей всего, тоже нет, а если и есть, то все равно что

---

⑦ Скор на ногу—мог быстро бегать.

⑧ Разночинцы-семидесятники—о людях 70-х годов XIX века, вышедших не из дворянства, а из разных сословий (духовенства, купечества, мещанина, мелких чиновников) и занимающихся в основном умственным трудом.

нет. Левка Шулепников сидит во дворе мебельного магазина в тенечке, прислонясь спиною к стене, с папиросой в зубах и дремлет: все те же сны, просторные комнаты с высокими потолками, громадные оранжевые абажуры тридцатых годов...

Похоже на театр: первое явление, второе, третье, восемнадцатое. Каждый раз человек является немного другим. Но между явлениями проходят годы, десятилетия. Шулепников возник в институте—это было второе явление, он вынырнул из забвения так естественно и легко, как бывает только в первой половине жизни, когда кажется, что все происходит так, как было задумано—почему-то сразу на третьем курсе. А история с Ганчуком и со всеми остальными захватила четвертый и начало пятого. Шулепников необъяснимо быстро стал деятелем①. Впрочем, объяснимо: за кулисами стоял отчим, обладавший гигантскими возможностями. Об этом мало кто знал, но знали, конечно, Глебов и Соня, для которых Левка Шулепников остался добрым старым Шулепой. Его принимали за ловчилу②, очень изобретательного, который успешно и стремительно делал карьеру: он в бюро③, в комитете④, там, сям и лучших девиц сразу взял на крючок⑤. А на самом-то деле он был лопух⑥, зауряднейший лопух.

...

Отношения к Левке Шулепникову в те годы—тут был пик его судьбы, такой затейливой и капризной—могли выражаться только в двух формах: рабски ему служить или злобно завидовать. Глебов, самый старый Левкин приятель, никогда не был его рабом,

---

① Деятель—имеется в виду: общественный деятель.

② Ловчила—ловкий человек, который умеет устраиваться в жизни.

③ Бюро—имеется в виду: комсомольское бюро.

④ Комитет—имеется в виду: комсомольский комитет.

⑤ Взять на крючок—зацепить, завлечь,

⑥ Лопух—человек простодушный.

даже в младших классах, где так развито подхалимство одних мальчиков перед другими, сильными и богатыми, и не захотел превращаться в свитского генерала в институте, хотя бы соблазн. Вокруг шулепникова сбивались летучие[1] компании, крутилась какая-то особая жизнь: дачи, автомобили, театр, спортсмены. В те годы возник хоккей с шайбой, или, как его называли тогда, 《канадский хоккей》, просто《канада》. Увлечение было модным и, пожалуй, изысканным. На стадион приезжали дамы в цигейковых шубах[2] и мужчины в бобрах. Шулепников носился с какими-то знаменитостями из команды летчиков. Как Глебова ни тянуло прикоснуться ко всей этой увлекательной житухе, представлявшейся ему несколько призрачно и одновременно грубо, и как сам Левка ни был зазывчив и благосклонен по старой дружбе, Глебов держался вдалеке: тут было не только самолюбивое нежелание быть десятой спицей в колеснице[3], но и природная глебовская осторожность, проявлявшаяся иногда безо всяких поводов, по наитию[4]. Шулепников предлагал от своих щедрот[5]: 《Глебыч, на тебя есть заявка!》 Это значило, что какая-то из Левкиных девиц, приметив Глебова или же что-то прослышав о нем—ничего странного, девицы, по тогдашнему выражению, 《ложили на него глаз》,—желает с ним познакомиться, а может быть, Левка и привирал, заявок не было, просто хотел приобщить друга к земным радостям. Левка был человек компанейский[6]. Глебов уклонялся. Выдумывал причины. Ссылался на Соню: ждет Соня, договорился с Соней, Соня больна. На самом деле работал

① Летучие—здесь: временные.

② Цигейковая шуба—шуба из овечьего меха особой выделки, модная в те годы.

③ Десятая спеца в колеснице—(идиома) никому не нужный человек.

④ По наитию—по первой пришедшей в голову мысли.

⑤ От своих щедрот—(идиома) от всего, что человек имеет.

⑥ Компанейский—любил веселые компании.

тайный механизм самосохранения, и это было удивительно, ибо в те времена кто бы догадался о близких катастрофах! Но вот от чего Глебов не мог освободиться, что мучающе сопровождало его все годы, начиная с самых ранних, это глубоко на дне теснящая душу обида...

И ни ее побороть, ни возвыситься над нею не выходило. Как неизживаемая болезнь: то тяжело, то ничего не заметно, а то такое лихо, что нет сил терпеть. Ну почему, к примеру, ему и то, и это, и все легко, бери голыми руками, будто назначено каким-то высшим судом? А Глебову до всего тянуться, все добывать горбом, жилами, кожей. Когда добудешь, жилы полопаются, кожа окостенеет.

...

А началась эта мука—назвать ее можно страданием от несоответствия—в далекие поры, в классе, что ли, пятом или шестом, когда Шулепа поселился в доме на набережной. Глебов-то в своем двухэтажном подворье① жил с рождения. ... Серая громада висла над переулочком, по утрам застила② солнце, а вечерами сверху летели голоса радио, музыка патефона. Там, в поднебесных этажах, шла, казалось, совсем иная жизнь, чем внизу, в мелкоте③, крашенной по столетней традиции желтой краской. Вот и несоответствие! Те не замечали, другие плевать хотели, третьи полагали правильным и законным, а у Глебова с малолетства жженье в душе: то ли зависть, то ли еще что. Отец работал на старой конфетной фабрике мастером-химиком, а мать—и то, и это, а в общем-то ничего. Образования не было. То шила что-то, то по конторам, то билетершей в кинотеатре. И вот служба ее в

---

① Подворье—здесь: небольшой жилой дом с садиком или двором.

② Застить—застилать, загораживать.

③ В мелкоте—здесь в смысле: в тесноте.

кинотеатре—захудаленьком, в одном из замоскворецких переулков—составляла предмет немалой гордости Глебова и отличала его величайшей льготой: на любой фильм мог пройти без билета. А иногда в дневные часы, когда мало зрителей, мог даже товарища провести, а то и двух. Конечно, если мать была в добром расположении духа.

Эта привилегия была основой могущества Глебова в классе. Он пользовался ею расчетливо и умно: приглашал мальчиков, в дружбе которых был заинтересован, от которых чего-либо ждал взамен, иных долго кормил обещаниями, прежде чем оказывал благодеяние, а некоторых мерзавцев навсегда лишал своей милости. Так продолжалось, и глебовская власть—ну, не власть, а, скажем, авторитет—оставалась непоколебленной...

В кинотеатрике за мостом крутили старую картину «Голубой экспресс». Какие-то кровавые приключения, стрельба, убийства; все бредили этим фильмом, мечтали попасть, но детям почему-то не разрешалось. Глебова провела мать. Картина была, конечно, неслыханно хороша. Полтора часа Глебов сидел на откидном стуле, дрожа, как в ознобе. Разумеется, он должен был посмотреть картину еще не раз. Наступили дни бесспорного глебовского владычества. ...

Глебов выбирал одного, двух наиболее достойных, занимался выбором вдумчиво, после уроков объявлял решение, и они мчались опрометью через мост, торопясь к сеансу. Мать могла пропустить и четверых, пятерых. Но Глебов не разбрасывался. Спешить было некуда. Ему хотелось, чтоб Шулепа тоже попросил бы, поклянчил, как другие, но тот не проявлял интереса. Однажды сказал небрежно:

—Да я ее сто раз видел!

Это было, конечно, вранье. Глебов наслаждался во время уроков, перебирая просителей: один предлагал ему серию французских колоний с кляссером в придачу[①], Манюня обещал повести с отцом на бега[②], были другие предложения, были и угрозы. Одна девочка написала записку с обещанием поцеловать его, если он проведет ее на сеанс. Записка разволновала Глебова. Он никогда еще не получал записок от девочек и никогда не целовался. Девочку звали Дина, фамилия ее была Калмыкова. Дина Калмыкова, по прозвищу Абажур. Она была толстенькая, очень румяная, черноглазая, чернобровая, не очень красивая, Глебов не обращал на нее внимания. Но она запомнилась ему на всю жизнь. ...

...

Глебов привык к большому дому, затемнявшему переулок, привык к его подъездам, к лифтерам, к тому, что его оставляли пить чай и Алина Федоровна, мать Левки Шулепы, могла потыкать вилкою в кусок торта и отодвинуть его, сказав: «По-моему, торт несвеж»,—и торт уносили. Когда это случилось впервые, Глебов про себя поразился. Как может быть торт несвеж? Ему показалось это совершенной нелепостью. У него дома торт появлялся редко, ко дню чьего-нибудь рождения, съедали его быстро, и никому не приходило в голову выяснять, свеж он или не свеж. Он всегда был свеж, великолепно свеж, особенно такой пышный, с розовыми цветами из крема.

Глебов привык и к своей квартире, когда возвращался в нее после посещений большого дома. Первое время бывало как-то тоскливо, когда он видел вдруг, будто со стороны, свой кривоватый домишко с бурой штукатуркой; когда поднимался по темной лестнице, по которой следовало идти осторожно, потому что ступени были местами выбиты; когда подходил к двери,

---

① Серия французских колоний с кляссером в придачу—серия марок.

② Бега—соревнования лошадей в беге на скорость. Проводились на ипподроме.

обсаженной, как старое одеяло заплатами, множеством табличек, надписей и звонков; когда погружался в многослойный керосиночный запах квартиры, где всегда что-нибудь кипятилось в баке и всегда кто-нибудь варил капусту; когда мыл руки в бывшей ванной комнате, тесной от досок, закрывавших саму ванну, в которой никто не мылся и не стирал белье, а на досках стояли принадлежавшие разным жильцам тазы, корыта; когда многое другое видел, ощущал, замечал, возвращаясь от Левки Шулепникова или от кого-нибудь из большого дома, но понемногу все сглаживалось, мягчало и переставало задевать.

Однажды, когда, вернувшись из гостиной, он, возбужденный, описывал, какая люстра в столовой шулепниковской квартиры, и какой коридор, по которому можно ездить на велосипеде, и что за конфеты были к чаю—поразили не сами конфеты, а размеры коробки,—а мать и бабушка с любопытством выспрашивали про то, про другое, отец вдруг сказал, подмигивая Глебову:

—Послушайте, мне сдается, вы хотели бы жить в том доме?

—А почему бы нет? —сказала мать. —Хочу иметь собственный коридор.

—А я хочу, чтоб судками① не дренькали②, —сказала баба Нила, страдавшая оттого, что соседка, которая жила в комнате напротив и приходила с работы поздно, начинала в двенадцатом часу шастать③ из комнаты в кухню и обратно, и все почему-то с судками, которые дренькали. Баба Нила спала на сундуке у дверей, и беготня соседки, дренькание посуды ее будили. Отец посмотрел на мать и бабку с сожалением.

---

① Судки—особые кастрюли.

② Дренькать—звенеть.

③ Шастать—ходить туда сюда.

—Что вам сказать? Курочки вы рябы[1], дурочки вы бабы...

Таковы были его шутки, вполне незлобивые. Он и мать ласково называл 《курочкой рябой》. Женщины притворно возмущались, напускались[2] на него, махая руками—на самом деле мать никогда на него по-настоящему не сердилась, —а он толкал Глебова, подмигивал.

—Нет, Димыч, какие клуши... Какие колоссальные курицы... Да неужто вы не понимаете, что без собственного коридора жить куда просторней? А дреньканье судков—это же музыка! Да я за тыщу[3] двести рублей в тот дом не перееду...

Несмотря на то что отец всегда был настроен полушутливо, легкомысленно, всегда над матерью, над бабушкой и тетей Полей, маминой сестрой, немного насмешничал, разыгрывал их, попугивал и порой трудно было понять, всерьез он или дурачится, но поистине—Глебов понял это не сразу, когда повзрослел—он был человек вовсе не легкомысленный и не такой уж весельчак. Все это было понарошке[4], домашний театр. А внутри отцовской природы, скрытым стержнем, вокруг которого все навивалось, было могучее качество—осторожность. То, что он говорил, посмеиваясь, в виде шутки—《Дети мои, следуйте трамвайному правилу—не высовывайтесь!》—было не просто балагурством. Тут была потайная мудрость, которую он исподволь, застенчиво и как бы бессознательно пытался внушать. Но для чего не высовываться? Кажется, ему представлялось это важным само по себе. Может

---

① Курочка ряба—название русской народной сказки. Здесь "Курочки рябы" значит: глупые женщины.

② Напускались—здесь: начинали ругать.

③ Тыща—(разг.) тысяча. Тысяча двести рублей в описываемые годы—большие деньги.

④ Понарошке—как в игре, а не в жизни.

быть, его душил, как душит грудная жаба[①], какой-то давнишний и неизжитый страх. Он был намного старше матери, выглядел стариком, курчавым седым стариком, хотя ему было лишь около пятидесяти, да ведь эти пятьдесят—борьба, невзгоды, выбивание из сил. Он вышел из очень бедной семьи конторщика, служившего на заводе Дуксы. Брат отца, дядя Николай, был летчиком, одним из первых русских летчиков, погибших на германской войне. В семье им гордились. Больше гордиться было нечем. Портрет дяди Николая в гимназической фуражке висел на видном месте. И вот в дружбе с Левкой Шулепниковым, которая крепла—Левка непонятно почему льнул к Глебову, приглашал домой, дарил книги, к которым сам был равнодушен, ко всем книгам вообще, и было подозрение, что потаскивал из отцовской библиотеки, потому что на некоторых стояли сделанные синей печатью изображения человека с молотом, лучи солнца и надпись: 《Из книг А. В. Ш. 》, —даже в мальчишеском приятельстве отец видел какие-то опасности и предлагал 《не высовываться》. Он советовал Глебову бывать в том доме пореже, не обольщаться дружбой с Левкой, потому что 《у Шулепниковых своя линия жизни, у тебя своя и мешаться не надо》.

Почему-то ему казалось, что Глебов непременно скоро надокучит[②] Левке Шулепникову или, того хуже, его родителям и от этого произойдут неприятности. Глебов и сам чуял это нутром, ему самому не хотелось бывать в большом доме, и, однако, он шел туда всякий раз, когда звали, а то и без приглашения. Там было заманчиво, необыкновенно—о чем только не болтали с Антоном, какие только книги не показывала Соня Ганчук из отцовских шкафов и какими чудесами не похвалялся Шулепа! —а дома все

① Грудная жаба—название болезни сердца.

② Надокучит—надоест.

было знакомо до ниточки, все глушь, скукота[1].

Впрямую отец не говорил ничего, все намеками, шуточками. Глебову же хотелось услышать про Левку отчетливо.

—А почему ты так говоришь? Чем тебе Шулепа нехорош?

Ведь то, чем был Левка нехорош Глебову, вернее, что возбуждало то гадостное, свинцовое, отцу было невдомек. У отца были какие-то другие счеты. Отец уклонялся объяснять или же выставлял что-нибудь смехотворное, вроде: 《Видишь ли, в принципе, я не против твоего Левки, или Шулепки, как ты его называешь. Кстати, советую эту кличку оставить... Называй его просто Львом... Дело в том, что он скверно воспитан. Он, например, не благодарит, когда встает из-за стола после чая》.

Разумеется, это был вздор, отец хитрил. Левка не нравился ему по каким-то иным причинам, более существенным. Но когда Левка приходил в гости, отец бывал с ним приветлив, даже весьма любезен, как со взрослым, и называл его внушительно《Лев》, что Глебова смешило. Кроме того, отец в присутствии Левки становился неумеренно многословен, рассуждал на разные темы и, что Глебова коробило[2], как-то привирал и хвастал.

Однажды он, рассказывая про дядю Николая, сообщил, что тот был первый русский летчик, сбивший в одном бою три аэроплана, в том числе аэроплан знаменитого аса[3] графа фон Шверина. Аэроплан графа разбился, но граф чудом остался жив и вновь стал летать, заявив, что его мечта—встретиться в воздушном бою с тем русским и отомстить ему. Было напечатано во всех газетах.

---

① Скукота—(разг.) скука.

② Коробило Глебова—было ему неприятно.

③ Асы—так во время второй мировой войны называли лучших лётчиков, мастеров своего дела.

Глебов слушал, изнывая от неловкого чувства. Отец сказал:— Даже ты этого не знаешь. Я тебе никогда не рассказывал.

А Левка Шулепников сказал:

—Вы тогда говорили, что он сбил два аэроплана.

—Я? Не может быть! Я не мог говорить, что два. Тогда бы это не считалось рекордом. Два—это не рекорд. В том-то и дело, что он сбил три аэроплана в одном бою...

В другой раз отец рассказывал, как во время гражданской войны он служил на Кавказе под командованием товарища Кирова—какая-то служба на Кавказе имела место, это верно—и как побывал с кавалерийским отрядом в Персии, где видел огнепоклонников①. Левка Шулепников тут же наврал про своего отца: будто тот в Тифлисе собственной рукой застрелил факира②. Отец сказал, что видел в Северной Индии, как факир на глазах выращивал волшебное дерево. (В Северной Индии отец никогда не был, это уж точно.) А Левка сказал, что его отец однажды захватил шайку факиров, их посадили в подземелье и должны были расстрелять как английских шпионов, но, когда утром пришли в подземелье, там никого не оказалось, кроме пяти лягушек. Факиров было как раз пятеро.

—Надо было расстрелять лягушек? —сказал отец.

—Так и сделали, —сказал Левка.—Но знаете, как трудно расстрелять лягушек? Особенно в подземелье?

Отец смеялся, грозя лукаво и одобрительно пальцем.

—Я вижу, Лев, ты любишь фантазировать! Это хорошо, это мне по душе. Шутки шутками, а я действительно видел живых факиров... Во-первых, в Северной Индии, как я уже говорил, и, во-вторых, у нас в Москве, на Страстном бульваре...

---

① Огнепоклонники—язычники, поклоняющиеся богу солнца.

② Факир—индийский фокусник.

Они были чем-то похожи, отец и Левка Шулепников. Поэтому разговоры их так ладно и споро текли. Глебову это не нравилось. Его раздражала неправда. Не то, что отец привирал, а то, что за глаза одно, а в глаза другое. Он сказал отцу:

—Ведь Левка тебе не нравится. Зачем же ты так улыбаешься, рассказываешь... Как будто он твой начальник...

И тут отец рассердился. Он почти никогда не сердился, не кричал, а тут стал кричать:

—Молокосос[1]! Делает мне замечания, маленький нахал! —Было его любимое:《маленький нахал》. —Я улыбаюсь и что-то вам рассказываю только потому, что я воспитанный человек. Это вы привыкли: Левка! Димка! Эй! Ты! Буза[2]! Невероятное нахальство—делать замечания отцу.

Он так раскипятился, что пожаловался матери и бабе Ниле, и те тоже напали на Глебова. Но вечером Глебов подслушал, как мать и отец шептались за ширмой:

—И чего ты перед этим хлыщиком[3] турусы разводишь[4]...

—Он нахал! Учит отца!

—А ты не стелись[5], как это...

—Дураки вы! Не понимают!

Потом, поостыв, спустя день или два отец объяснял спокойно:—Кстати, насчет того, что ты давеча говорил... Будто я с твоим Левкой, как с важной персоной... А знаешь, неглупо заметил! Он и есть—ну, не Левка, скажем, а его родитель действительно персона, хотя я о том знать не знаю, ведать не

---

① Молокосос—младенец.

② Буза—(детское выражение) глупость. Бузить—сильно шалить.

③ Хлыщик, хлыщ—самоуверенный, хвастливый человек.

④ Турусы разводишь—разводить турусы на колесах (идиома) значит много разговаривать, привирая, фантазируя.

⑤ Не стелись—здесь: не унижайся.

ведаю. Потому, что все кругом перепутано, перевязано...

...

Большой дом, так много значивший в прежней жизни Глебова—тяготил, восхищал, мучил и каким-то тайным магнитом тянул неодолимо, —теперь, после конца войны, отпал в тень. Не к кому стало туда ходить. Кроме Сони Ганчук. Но и ходил-то вначале не к Соне—Соня долго оставалась как бы принадлежностью детства, спокойно и тихо отмеркшей в его душе вместе со всем прочим, что стало ненужным и забылось в тяжести лет, —ходил к ее отцу, профессору. Тут было просто совпадение, обнаруженное Глебовым легко и несуетливо, без спеха①. Прошло, наверное, уже полгода занятий в институте, когда он решился профессору сообщить: так и так, мол, мы с вами, Николай Васильевич, в некотором роде знакомы. Я дома у вас бывал. Профессор, листая книгу, протянул равнодушно:《Да что вы говорите?》И в тот, первый раз на этом кончилось. То ли не понял, то ли не захотел понять. Глебов, не конфузясь особо, решил напомнить потверже—Соня его занимала слабо, но сам Ганчук был фигурой внушительной и, как Глебов догадался, чрезвычайно ценной для него на первых порах—и как-то после занятий улучил минуту и передал привет Соне.

—А вы откуда Сонечку знаете? —удивился Ганчук.

—Я ж вам рассказывал, Николай Васильевич...

Как? Что? Ах да! Верно, вспоминаю, молодых людей у нас всегда было много, и вас вспоминаю. А бюстики②, такие маленькие, беленькие, философов, стоят в кабинете? Вот как, даже бюстики запомнились. Профессор улыбался, довольный.

---

① Без спеха—без спешки.

② Бюстики—маленькие скульптурные изображения по грудь.

Жизнь налаживалась. Пока еще по карточкам[1], но радость крепла, дружнела. Бюстики стоят! Войну перестояли, эвакуацию, невзгоды, гибель людей, идей, на то они и философы. Ганчук почему-то очень обрадовался и воспламенился, когда Глебов вспомнил про бюстики. Гораздо больше обрадовался, чем когда про Соню. И сразу стал приглашать:—Вы заходите как-нибудь на чаек, Сонечка будет рада...

Потом от Сони прилетел привет, потом приглашение. Ганчук часто болел, к нему приезжали на дом на консультацию, а то и сдавать зачеты.

Соня стала высокой бледной девушкой, несколько худоватой, с бледными полными губами, бледной голубизной в больших глазах, выражавших доброту и внимание. Она училась в институте иностранных языков.

—Вадька, что случилось? Как это понять? —были первые ее слова после шестилетней разлуки. —Почему ты так прочно исчез[2]?

Будто, расставаясь, они обещали быть друзьями навеки.

Однако отношения их и тогда, и теперь были безнадежно товарищескими, ровными, как стена. Соня была лишь добавкой к тому солнечному, многоликому, пестрому, что называлось—детство. И если бы не возник профессор Ганчук, наверное бы, навсегда канула в даль Соня. Глебов сидел в профессорском кабинете на диванчике с твердой гнутой спинкой из красного дерева—тогда такие диваны продавались, как дрова, в скупочных магазинах, а нынче попробуй найди за любые деньги—и с

① По карточкам—во время Великой Отечественной войны и некоторое время после из-за разрухи продуктов питания было мало и их выдавали ограниченно по специальным карточкам.

② Прочно исчез—здесь: надолго исчез.

наслаждением вел беседу о попутчиках, формалистах, рапповцах, Пролеткульте[1], о многом, что когда-то Глебова интересовало нешуточно. Профессор знал уйму подробностей. Особенно остро он помнил всякие изгибы и перипетии[2] литературных боев двадцатых—тридцатых годов. Речь его была четкой, решительной. 《Тут мы нанесли удар беспаловщине... Это был рецидив, пришлось крепко ударить... Мы дали им бой...》Да, то были действительно бои, а не споры. Истинное понимание вырабатывалось в кровавой рубке. Глебов слушал почтительно, представляя себе, какие сечи гремели, какие авторитеты крошились, какие книги выбрасывались за борт в кипящее море, и крепенький, толстый старичок с румяными щечками казался ему богатырем и рубакой[3], Ерусланом Лазаревичем[4]. Впрочем, так оно и было в какой-то мере. Очень нравились Глебову чаепития в кабинете, воспоминания, интимности. 《Кстати, мы обезоружили его, знаете, каким образом? Как ученый, он был совершенный нуль, но держался благодаря одной особе...》Глебову нравились запах ковров, старых книг, круг на потолке от огромного абажура настольной лампы, нравились бронированные[5] до потолка книгами стены и на самом верху стоявшие в ряд, как солдаты, гипсовые бюстики. Где там Платон, где Аристотель[6]? Снизу различить невозможно, потолки в том доме были очень высокие, не то что строят теперь, наверное, три с половиной[7], не меньше. Но Глебову

---

① Папутчики, формалисты, рапповцы, Пролеткульт—всё это разные направления в советской литературе 20-х-30-х годов.

② Перипетии—резкие изменения.

③ Рубака—в переносном смысле: отважный, храбрый борец.

④ Еруслан Лазаревич—русский фольклорный персанаж, смелый богатырь.

⑤ Бронированные стены—здесь: закрытые, как броней, без малейших щелей.

⑥ Платон, Аристотель—древнегреческие философы.

⑦ Три с половиной—3,5 метра.

казалось, что неразличимые снизу белые статуэтки—эта школьная красота была приобретена в Германии в годы инфляции, когда жадный молодой Ганчук, недавний конармеец[1], политотдельский поэт[2] и оратор на солдатских митингах, с незабытым гимназическим рвением приобщался к науке, —игрушечные мудрецы тоже принимали участие в сражениях, наносили удары, громили, разоблачали, приказывали разоружиться.

Постепенно и заново Глебов вползал в ауру[3] *большого дома*. Лифтеров в подъездах теперь не было. И жильцы как будто не те, что прежде: вид попроще и разговор не тот. Но в лифтах, однако, по-прежнему настаивались необычные запахи: шашлыков, чего-то рыбного, томатного, иногда дорогих папирос или собак. От собак Глебов отвык за годы войны. Собаки остались в детстве так же, как мороженое в круглых вафлях, купание на стрелке[4] и всякая другая чепуха. В лифте ганчуковского подъезда он впервые за долгое время увидел вблизи собаку и внимательно ее разглядывал. Это была громадная желтоватая с чернотой упитанная овчарка, которая сидела скромно, с достоинством у задней стены лифта, под зеркалом, и не менее внимательно разглядывала Глебова. Рядом с собакой, держа ее за поводок, стояла понурая старуха в платке. Воспитанность и скромность громадной овчарки удивили Глебова, и в то же время в ее немигающих ореховых глазах ему почудилось спокойное превосходство: ведь она была жильцом этого дома, а он лишь гостем. Ему захотелось погладить собаку. Непроизвольный порыв, наивное движение детской памяти. Он протянул руку, но

---

① Конармеец—революционный боец Конной армии Буденного.

② Политотдельский поэт—поэт при политическом отделе, т. е. служит своей поэзией политическим (рев.) целям.

③ Аура—атмосфера.

④ Стрелка—здесь: место при впадении одной реки в другую.

собака, заворчав, дернула мордой и клацнула[①] зубами. 《Нельзя! Стоять смирно! —было написано на черной высокомерной морде. —То, что тебя пускают в этот дом и ты ездишь в лифте, еще не значит, что ты тут свой》. Глебов вышел на площадке девятого этажа в дурном расположении духа.

—В вашем лифте воняет псиной, —сказал он Соне.

Бывали минуты, когда хотелось ее уколоть.

Он жил тогда тяжко, голодно, весело, жадно. Как многие. Вспомнить—истинная нищета. Не было лишней пары ботинок, ни рубашек, ни галстуков. И постоянно хотелось есть. Повсюду—в институте, в гостях—он ходил в старом армейском кителе[②] не только потому, что не было подходящего—из всего довоенного вырос, а нового не купить, —но и потому, что не должны были забывать, что он *побывал там*. В последний год был призван, служил в БАО[③], частях аэродромного обслуживания. Дома после смерти матери стало глухо. Отец пристрастился к вину. Баба Нила тянулась из последних сил, весь дом был на ней. Сейчас не понять, как все это крутилось, откуда бралось. Раз в неделю баба Нила, взяв кошелку, ехала трамваями на Даниловский рынок за зеленью, сухими грибами, щавелем, шиповником. А уж сколько чая из шиповника было пито! Сейчас этого пойла[④] ни за какие деньги в рот не взять. А тогда баба Нила и на опохмелку норовила холодненького полезного чайку всучить: 《Выпей, Димочка, *шипового*, полегчает...》 Какая там польза! Да, наверное, была, как и от всей той жизни в дерюгинской глушине, в потемках, в длинной комнате, похожей на склеп. Потому что одолели,

---

① Клацнула—щелкнула.

② Китель—военный мундир.

③ БАО—батальон аэродромного обслуживания.

④ Пойло—так называется вода с очистками для скота.

выжили. Баба Нила горбатилась все круче, ходила все тише, клонилась долу[1] все ниже. Отец пропадал на сверхурочных[2], за полторы ставки. Вот когда начались его хвори[3]. Да ведь не замечалось ничего! Какие-то друзья, толкотня, бег, спех, по субботам на последние шиши[4] в дешевую ресторацию или в бар на Серпуховке...

Когда приходил к Ганчукам, напускал на себя суровый, академический вид. Вначале все делалось как бы наощупь. Соня даже мешала. Хотела его оттащить от отца к своим разговорам, подругам, к ненужности.

И он тихо пугался. Неужели, думал, бедная Сонька на что-то рассчитывает? Ведь ни о каких ласках, кроме профессорских, в рамках учебной программы, он не грезил. Между тем у него утвердилось очень рано мнение о себе как о фигуре опасной и притягательной для женского сердца. Началось с той сорокалетней дамы в эвакуации. Ведь сперва казалось, что он нужен ей так же ненадолго, как она была необходима ему. Но потом разыгрались страсти, глупые угрозы. Господи, как он перетрухнул[5]! И понял, надо быть начеку. Такие игры могут кончиться плохо. Он ощущал в себе—не без самодовольства—запасы некоей радиоактивности, жертвами которой становились женщины, впрочем, не все подряд, определенного склада. Особенно губительно он действовал на женщин интеллигентных профессий и старше себя. И молодые, серьезные, не очень красивые, часто в очках, часто первые из учениц легко попадали под его чары.

И вот почему он несколько трепетал, когда замечал сияние в

---

① Долу—(древн. рус.) к низу, к земле.

② Сверхурочные—подработать сверх установленного рабочего времени.

③ Хвори—болезни.

④ На шиши—(разг.), на гроши, на последние деньги.

⑤ Перетрухнул—сильно испугался.

добрых бледно-голубых глазах Сони, слабую улыбку на полных бледных губах. Соня любила звать гостей. Приходили ее подруги по институту иностранных языков, блестящие и ярко одетые девочки, щебетуньи, хохотушки, модницы, фифы①; некоторые из них сразу и болезненно его задевали. Но он сдерживал себя, зная, что на таких женщин его излучения не действуют.

Когда Глебов сделался секретарем семинара, он стал бывать у Ганчуков чуть ли не каждую неделю. Профессор был вздорен, забывчив и, честно сказать, бестолков. Иногда возникали нелепые разговоры. Стоял в пижаме в дверях и с изумлением округлял глаза: 《Дорогой мой, я же просил в понедельник!》—《Да нет же, Николай Васильевич, в субботу...》—《Как я мог вам назначить в субботу, когда...?》《Но я помню совершенно точно!》Все это происходило на лестнице, Глебов нервничал, чувствовал себя глупо, вдруг коршуном налетала Соня: 《Отец, как не стыдно держать человека в дверях! Ты с ума сошел!》В сущности, Ганчук всегда был рад приходу Глебова и тут же находил ему применение. Особенно расположился он к Глебову после того, как тот принес всю библиографию по теме, важной Ганчуку для его собственной работы, и сделанную необыкновенно быстро. Ганчук растрогался. Глебов не сказал, что работал ночами. Он вовсе не обязан был так надрываться, да вообще не обязан был составлять библиографию, но, как оказалось, сей подвиг вышел гениально полезным.

...

И он стал бывать у Ганчуков чуть ли не каждый день. То приходил к профессору, то к Соне. Профессор раньше говорил ему 《голубчик》и《Вадим Александрович》, а теперь стал звать его Димой. Приглашал с собой на вечерние прогулки. Когда он

① Фифы—слишком модно и броско одетые, пустые, легкомысленные девушки.

надевал каракулевую[1] шапку, влезал в белые, обшитые кожей шоколадного цвета бурки[2] и в длиннополую шубу, подбитую лисьим мехом, он становился похож на купца из пьес Островского. Но этот купец, неторопливо, размеренными шажками гулявший по вечерней пустынной набережной, рассказывал о польском походе, о разнице между казачьей рубкой и офицерской, о беспощадной борьбе с мелкобуржуазной стихией и анархиствующими элементами, а также рассуждал о теоретической путанице Луначарского[3], заблуждениях Покровского[4], колебаниях Горького, ошибках Алексея Толстого: со всеми Николай Васильевич был знаком, пил чай, бывал у них на дачах. И обо всех, даже таких знаменитых, как Горький, говорил хотя и почтительно, но с оттенком тайного превосходства, как человек, обладающий каким-то дополнительным знанием. 《Если бы Алексей Максимович[5] до конца понимал...》—говорил он. Или же: 《Я как-то объяснил Алексею Николаевичу...》[6]

Глебов слушал Ганчука с большим вниманием. Все было интересно и важно. Иногда Николай Васильевич ошеломлял Глебова поразительными заявлениями. Например, рассказывая о своей даче в Брускове и связанными с нею хлопотами

---

① Каракулевый—сделанный из ценного меха с короткой вьющейся шерстью, выделваемый из шкурок ягнят каракульских овец.

② Бурки—теплые высокие сапоги из войлока или меха (мехом внутрь) на кожанной подошве.

③ Луначарский А. В. (1875—1933)—политический и государственный деятель СССР. С 1917 года нарком просвещения. С 1929 года председатель Ученого комитета при ЦИК СССР.

④ Покровский М. Н. (1868—1932)—историк, политический деятель, академик СССР (1929). С 1918 года заместитель наркома просвещения.

⑤ Алексей Максимович—имя и отчество Горького.

⑥ Алексей Николаевич—имя и отчество Алексея Толстого.

(асфальтировку дороги безбожно[1] затягивал поселковый Совет), он закончил неожиданно: «Через пять лет каждый советский человек будет иметь дачу». Глебов удивился, но возражать не стал.

Были вечера лютого, двадцатипятиградусного мороза, когда умные люди предпочитали сидеть дома, но Николай Васильевич ровно в девять закутывался шарфом, надвигал до бровей шапку, облачался в свои купеческие меха и спрашивал требовательно: «Вы идете со мной?» Как не хотелось идти на мороз! Пробежаться задними дворами к себе в переулок—это одно, но гулять по обледенелой набережной... Глебов отвечал с обреченной готовностью: «Конечно, конечно! Я готов». Дрожал и ежился в студенческом пальтеце, перешитом из старого отцовского, и сдерживал себя, чтобы не побежать, а идти размеренными шажками рядом со стариком, который сладостно сипел и отдувался в своей душегрейной шубе. «Вот ведь какой самопуп[2]! —иногда раздражался Глебов. —Ему и в голову не придет...» Было и другое соображение: а может, уводит из дома нарочно, чтобы не оставался с Соней?

...

Под Новый год, мягкой зимой, поехали студенческой оравой в Брусково, натопили дачу, устроили елку в саду с электрическими фонариками. Славно было...

Но тогда, в Брускове, когда все исчезли и Глебов с Соней остались вдвоем, наступило что-то очень важное. Мороза не было, сыпался тихий снег. Они вышли с лопатами и разгребали дорожку, стояли сумерки, весь день был сумеречный, рано зажгли огонь. Несколько часов они возились, приводя дом в порядок, устали неимоверно—Соня торопилась убрать, потому что боялась, что

---

① Безбожно—бессовестно.

② Самопуп—эгоист. Как говорится: “Кроме своего пупа ничего не видит.”

приедут родители, —потом сидели на кухне и пили чай из глиняных чашек. Родители не приехали. Чашки были тяжелые, шоколадного цвета, и чай необыкновенно вкусный. Эти глиняные чашки запомнились навсегда. И был какой-то час, когда Соня ушла на соседнюю дачу отнести посуду, а он был наверху, в мансарде, самой теплой комнатке во всей даче, окно в сад было открыто, пахло снегом, елью, откуда-то тянуло запахом горелого лапника①, и он лежал на диване, старомодном, с валиками и кистями, закинув руки за голову, смотрел на потолок, обшитый вагонкой②, потемневшей от времени, на стены мансарды с торчащим между досками войлоком, с какими-то фотографиями, с маленькой старинной гравюркой под стеклом, изображавшей сцену из русско-турецкой войны, и вдруг—приливом всей крови, до головокружения—почувствовал, что все это может стать его домом. И, может быть, уже теперь—еще никто не догадывается, а он знает—все эти пожелтевшие доски с сучками, войлок, фотографии, скрипящая рама окна, крыша, заваленная снегом, *принадлежат ему*! Была такая сладкая, полумертвая от усталости, от хмеля, от всего истома...

Захотелось немедленно что-то найти, хотя бы глоток хотя бы старого пива. Он спустился вниз, искал повсюду, ничего не нашел. Падал неслышно снег. Когда вернулась Соня, он почувствовал внезапный напор сил. Сонины глаза блестели, щеки были влажными от снега. Он целовал холодные губы, холодные пальцы, бормотал, что не может жить без нее, его охватило настоящее желание, какого никогда раньше не было с Соней, и он обрадовался. Соня заплакала и сказала:《Зачем мы потеряли целый день?》Хотя было рано, часов семь вечера, они постелили в

---

① Лапник—большие еловые ветки (лапы).

② Обшитый вагонкой—обитый гладкими ровными досками.

мансарде на диване, погасили свет и бросились нагие друг к другу, не желая ждать ни секунды. Прошло немного времени, вдруг внизу раздался стук в дверь. Стучали со стороны крыльца, потом стали барабанить в дверь на веранде. Наверное, кто-то из ребят вернулся догуливать. Стучали очень упорно, было слышно, как люди, двое или трое, ходят по снегу вокруг дачи, разговаривают и советуются. Кто-то кричал: 《Вадим! Отворяй, змей!》 И женский голос: 《Сонечка, это мы!》 Еще крикнули весело: 《Эй, что вы ночью будете делать?》 Засмеялись. Глебов не понял по голосам кто. Соня хотела пойти вниз и открыть, но Глебов не пустил: 《Лежи тихо!》 Он обнимал худое, покорное, мягкое, худые плечи, худую спину, в этом теле не было никакой тяжести, но оно принадлежало ему—вот что он чувствовал, —принадлежало ему вместе со всем—со старым домом, елями, снегом; и он целовал его, обнимал, делал с ним что хотел, но старался делать бесшумно, а внизу потолкались, погудели, выругались и ушли.

В ту ночь на даче возникла невыносимая жара. Он не знал, как обращаться с котлом, забросил слишком много угля и устроил такое пекло, что не могли спать. Все окна на даче были настежь, но это не помогало. Была еще и теплынь на воле, настоящая оттепель, с уханьем сползал подтаявший снег с крыши, и непрерывно что-то сочилось, капало, тренькало под окном. Глебов и Соня сбросили одеяло, лежали голые на простыне, стонали от духоты и разговаривали еле слышно. Они уже совсем не стыдились друг друга. Соня спрашивала: 《Когда ты меня полюбил?》 Глебов был в затруднении. Он действительно не мог ответить с точностью. Кажется, это случилось совсем недавно, но сказать так он не решился.

Он ответил:

—Какая разница? Важно, что это произошло...

—Конечно! —шептала она, счастливая. —Я спросила просто

потому, что я-то очень хорошо помню... А ты мог забыть...

—А ты, —спросил он, —когда?

И узнал удивительное: оказывается, еще в шестом классе. Когда он пришел первый раз к ней домой вместе с рыжим Яриком и Антошей Овчинниковым и рассказывал про очень умную кошку, которую нашел на улице больную, а потом кошка по утрам провожала его в школу до набережной. Они пошли смотреть кошку к Глебову домой. Глебов ничего этого не помнил.

—И еще, —сказала Соня, —помню порыв любви к тебе... Это было на секунду, но остро, болезненно и как-то сладко, я помню отчетливо... Ты пришел в коричневой курточке вот с таким поясом, она была не новая, но ты в ней никогда не ходил, поэтому я заметила. Вообще я за тобой внимательно наблюдала. И вот, когда ты стоял у окна, я увидела на курточке сзади большую, аккуратно поставленную заплату, наверное, с тетрадный лист. Ты не представляешь, как я тебя полюбила в ту секунду!

Он был задет. За что же тут полюбить?

Но не выказал задетости, лишь пробормотал:—Это бабушка умела гениально ставить заплаты...

Соня спросила с пылким интересом:—Ах, это бабушка? А я почему-то думала, что твоя мама такая рукодельница.

...

На другой день—было, кажется, воскресенье—приехали Сонины родители с Васеной. Глебов боялся, что непременно догадаются о том, что случилось с их дочкой, и приготовился к худшему. Ему казалось, что тут не нужно особой прозорливости. Но Соня держалась настолько естественно и хладнокровно, так радостно их встретила, так любовно и внимательно за ними ухаживала, что Глебов был втайне изумлен, а родители ничего не поняли. Впрочем, они были все-таки лопухи. Тут-то и объяснение. Замороченные своими делами, добрые, порядочные лопухи. Причем одного сорта оба.

... После обеда пошли с Соней гулять. А вечером старик, поспав часика два, отмяк, разговорился и объяснил, что расстроен как раз историей с Астругом. Вчера они с Юлией Михайловной не смогли приехать потому, что вдруг напросились в гости Аструги, Борис Львович с женой. Не принять их было никак нельзя. Они убиты, раздавлены, на Новый год никуда не пошли, как можно их не пригласить? Аструг рассказал подробности. Ведь Николай Васильевич не присутствовал на Ученом совете, где был устроен разгром и, по сути, определился весь дальнейший сюжет.

—Понимаете, Дима, какая пакость: я был в командировке! —говорил Ганчук, обращаясь к Глебову и все более горячась, в то время как Юлия Михайловна жестами, мимикой и досадливыми междометиями пыталась заставить его говорить спокойней и лучше бы помолчать вовсе. —Три с половиной недели, вы же помните, я был в Праге, занимался архивами, и они, воспользовавшись моим отсутствием...

—Папа, зачем им было нужно твое отсутствие? —спросила Соня.

—Как зачем? Смешно! Если б я там был, я бы выступил очень резко.

—То, что им нужно, —сказала Юлия Михайловна.

—Ах, оставь, пожалуйста! Ты не понимаешь.

—Нет, понимаю. Это ты не понимаешь, потому что бываешь там редко, а я хожу каждый день. Они были бы очень не против, если б ты влез в это дело.

—Но я и так влезу! —рявкнул Ганчук.

—Теперь уже нет смысла. Абсолютно sinnlos[1].

—Посмотрим!

---

① Sinnlos—(нем.) бессмысленно.

Он опять помрачнел, надулся, встал из-за стола, за которым пили чай, и ушел в свой кабинетик. Соня и Глебов поднялись по скрипучей лесенке в мансарду. Затворив дверь и не зажигая света, Соня бросилась к Глебову, стала целовать его, шепча: —Как мне жаль Аструга! Бедный, бедный, бедный, бедный мой Аструг... —каждое《бедный》сопровождалось поцелуем.

—Мне тоже, —шептал он, целуя нежную впадину над ключицей, —тоже очень жаль его...

—Я просто не могу выразить... Как мне жаль Аструга...

—И мне...

Она сжимала Глебова слабыми руками изо всех сил. Он гладил ее спину, лопатки, бедра, все, что теперь принадлежала ему. Было слышно, как внизу разговаривают и гремят посудой Васена и Юлия Михайловна. Потом Юлия Михайловна позвала: —Со-ня!

И Соня вдруг отшатнулась от Глебова и прошептала: —Мы дурачимся, а я вправду его жалею... Я не вру, ты не думай... Если он придет, ты познакомишься с ним ближе...

Глебов думал: это зачем? Снизу звали уже сердито: —Соня, в чем дело?

Поцеловав Глебова, она побежала, стуча каблучками, по лестнице вниз. Глебов, все еще не зажигая света, подошел к окну и ударом ладони растворил. Лесной холод и тьма опахнули его. Перед самым окном веяла хвоей тяжелая еловая ветвь с шапкой сырого—в потемках он едва светился—снега.

Глебов постоял у окна, подышал, подумал:《И эта ветвь—моя!》

На другое утро за завтраком, когда уже приехав Аникеев на машине, чтобы забрать троих в Москву—Ганчук с Васеной оставался тут на несколько дней, —опять зашел разговор об Аструге. Юлия Михайловна спросила: —Ну хорошо, а вот вы,

Дима, вы все время молчите, как оцениваете Бориса Львовича? Как преподавателя?

—Мне трудно сказать. Он читал у нас всего полгода. Спецкурс по Достоевскому...

—Вот именно то я хотела знать! —произнесла Юлия Михайловна с некоторым торжеством. —Неуверенность оценки говорит о многом. Всего полгода!

Да, полгода—это большой срок. Ганчук, ты всегда пристрастен к людям и любишь переоценить.

—Что я люблю переоценить?

—Ты любишь переоценить неприятности и несправедливости. Почему не должно быть никакой доли правды в критике Бориса? Разве он идеальный, безукоризненный человек, без недостатков? Я думаю, у него есть недостатки, и немаленькие. Я думаю, скорей, у него есть большие недостатки!

Когда Юлия Михайловна нервничала, становились заметны некоторые изъяны ее русской речи. Все было правильно, она не делала ни грамматических, ни лексических ошибок, но вдруг проскальзывала едва уловимая неточность. Нервничая, она стала объяснять недостатки Аструга: не сумел понравиться, никакого впечатления за полгода. Она сама преподает и твердо знает—может держать пари, —что завоюет молодежную аудиторию за два академических часа. Больше ей не потребуется. И они будут бежать к ней домой, звонить по телефону и дарить цветы по праздникам. За два часа!

Говоря это, Юлия Михайловна подбоченивалась и смотрела на мужа и на Глебова несколько свысока. Но говорила, кстати, чистую правду. Студенты ее любили. Затем Юлия Михайловна намекнула еще на один недостаток Аструга: любит прихвастнуть, пощеголять знаниями. Вообще и в нем, и в его жене Вере—в ней особенно—мелькало иногда некое важничанье. Они были о себе высокого мнения. Ну чего бы, спрашивается, им важничать перед Ганчуком? Это выглядело смешно. Сейчас, конечно, их жаль. Без настоящей работы он может пропасть, зачахнуть. А она зачахнет без возможности важничать...

Соня слушала мать, улыбаясь мягко и сочувственно, как слушают детскую болтовню взрослые. Николай Васильевич не желал продолжать спор. Обращаясь к стоявшему в дверях Аникееву, который нетерпеливо звенел ключами, он сказал: —Иван Григорьевич, хоть вы не гордитесь! Сядьте с нами, хлебните чайку...

Но Юлия Михайловна решила все-таки поставить точку.

—Нет, друзья мои, надо смотреть шире, шире! То, что они мечтали избавиться от Ганчука, это факт. И то, что Борис, к сожалению, уязвим для критики и представляет собой хорошую мишень, тоже факт.

—Тем не менее я влезу в это дело, —быстро произнес Николай Васильевич. —И хватит об этом!

...

Прошло лето. Наступил последний для Глебова пятый курс. И вот что случилось осенью—было уже холодно, чуть ли не снег, вероятно, ноябрь, —когда Глебов изо всей мочи гнал диплом[1].

Попросили зайти в учебную часть. Там был такой Друзяев, недавно назначенный, Глебов знал его мало. Расспрашивал о дипломе, что да как. Глебов писал о русской журналистике восьмидесятых годов. Тема неохватная, тонул в материалах, цитатах, в тысячах газетных страниц.

Друзяев расспрашивал со знанием дела. И даже стишок редкий прочитал на память: «Победоносцев для Синода, Обедоносцев при дворе...» А может, нарочно к разговору

---

[1] Гнал диплом—торопился поскорее закончить диплом.

подготовил? Глебов с удивлением поглядывал на усталого рыхлолицего человека со следами сердечной недужности и, как это часто бывает у сердечников, с какой-то вялой, таимой печалью в глазах и думал: зачем было слать курьера в аудиторию и требовать, чтоб срочно, немедленно? Друзяев был в офицерском кителе, в брюках от штатского костюма, под брюками сапоги, постоянно скрипевшие. В нем была какая-то мешанина①. Казенный скрип и китель никак не вязались с печалью в глазах и с разговорами о либеральных редакторах, с полукрамольным подмигиванием по поводу Суворина②: 《Да ведь Алексей Сергеич был, между нами говоря, мужик огого! Громадный талант!》

Но об одном, разговаривая, Глебов помнил неотвязно: еще недавно Друзяев был военным прокурором и только год назад демобилизовался. В комнату заглянул аспирант Ширейко. Просунул черную очкастую голову будто на секунду, но, увидев Глебова, решил почему-то зайти. Пришел к столу и сел легко, развязно, как дома. Глебов тогда еще прозрел: эге! Ширейко в ту пору бурно взрастал, еще будучи аспирантом. На глебовском курсе читал спецкурс по Горькому, заменив Аструга. Друзяев спросил:
—Ваш научный руководитель Николай Васильевич Ганчук?

Как в детской игре《горячо—холодно》, Глебов почуял вдруг, что тут-то и есть《тепло》. Друзяев не сказал《Ганчук》, что прозвучало бы сухо и неприязненно, и не сказал《Николай Васильевич》, что было естественней всего, если уж не дружески-фамильярное и привычное《Никвас》③, он избрал четкую, официальную формулу《Николай Васильевич Ганчук》, как при

---

① Мешанина—смесь.

② Суворин—очень известный журналист в конце XIX в., редактор журнала《Новое время》.

③ Никвас—сокращенное от “Николай Васильевич”.

вручении премии или траурном объявлении. Оно было и уважительно и чем-то неуловимо отделяло названный авторитет от некого целого. С руководителем полный контакт? Никаких проблем? Глебов подтвердил и это. Друзяев совсем иным и, как показалось, *прокурорским* взглядом сверлил Глебова, его недружность точно вмиг смыло, он выпрямился и как-то поширел в своем кителе.

—Понимаете, Глебов, дело тут щекотливое... Зачем я вас пригласил? Только, прошу, антр-ну[①], как говорят французы. Юрий Северьяныч в курсе наших забот, —Друзяев кивнул на Ширейко, который слушал внимательно, со строгим лицом.—Так что его присутствие пусть не удивляет. Мы все тут немного смущены. Вы знаете, что Николай Васильевич Ганчук включил вас в предварительный список дипломников, которые будут рекомендованы в аспирантуру? Не знаете? Для вас новость? К тому же приятная, а? Кроме того, он ваш научный руководитель. И еще, кроме того, вы его, так сказать, будущий, как это называется, зять, что ли? Вы извините, разведка донесла. А я, как военный человек, привык разведанным[②] доверять...

Друзяев опять как-то обмяк, расслабился и даже улыбнулся. Но улыбка была обращена не к Глебову, а к аспиранту Ширейко. Глебов промычал и мотнул головой неопределенно, что все же означало: данных разведки он не отрицает.

—Видите ли, Глебов, —продолжал Друзяев, —мы не против вашей аспирантуры и не против того, чтобы Ганчук был вашим руководителем в дипломной работе. И мы, конечно, совсем не против того, чтобы вы породнились с профессором. Мы также никогда не возражали против того—я тут человек новый, но мне

---

① Антр-ну—(французский язык)между нами.

② Разведданные—сведения, принесенные разведкой.

товарищи рассказали, что этот вопрос ни разу не поднимался, — чтобы супруга Ганчука, Юлия Михайловна Брюс, работала у нас на кафедре языков, руководила группой. Понимаете, в чем штука: все в отдельности превосходно, а все вместе—перебор.

—Не очень-то ароматный душок! —твердо произнес аспирант Ширейко и добавил: —С точки зрения моралитэ[①].

Глебов спросил: и что же? Какие предложения? Держался даже слегка вызывающе, потому что понял: цель—не он. Те стали объяснять, что говорить со стариком трудно, он привык быть вне критики, старые товарищи вести переговоры отказываются, но надо же как-то дать понять. Иначе будет поздно! Слух дойдет до инстанций[②]. Не согласится ли Глебов спокойно, по-родственному поговорить с Ганчуком и обрисовать ситуацию? Пусть Ганчук сам подберет руководителя для глебовского диплома. Пусть даст заявление. С указанием какой угодно причины. Все это чепуха и формальность. Вот и все тайны мадридского двора[③]. Итак? Согласен ли товарищ Глебов помочь в первую очередь самому себе?

Глебову дело показалось чрезвычайно простым и ясным, и он сказал, что согласен. И с этого дня началась морока, та, что запутала, заморочила и истерзала его вконец.

Если бы знать, куда дело загнется! Но Глебов всегда был в чем-то туг и недальновиден. Сложные ходы, которые потом обнаружились, были для него тайной за семью печатями[④]. Впрочем, никто ничего предвидеть не мог. И Друзяев, так смело и хитроумно затеявший этот дальний подкоп под крепость, огороженную мощной стеной, не догадывался, что ровно через два

---

① Моралитэ—(франц.), моральный.

② До инстанций—здесь: до вышестоящих организаций.

③ Тайны мадридского двора—(идиома) интриги.

④ Тайна за семью печатями—(идиома)большая тайна.

года он, вышибленный отовсюду и сраженный инсультом[1], будет сидеть в кресле у окна во двор и, тряся скрюченными руками, мыком[2] объяснять жене, что хотел бы закурить сигарету. А еще через год, будучи аспирантом, Глебов прочтет в газете маленькие объявления: «... с глубоким прискорбием... после тяжелой и продолжительной... »[3] Как рассказывали, на похоронах Друзяева присутствовали человек восемь, все были возбуждены недавно прошедшими другими похоронами, дело происходило в марте[4], но даже и не в том суть: Друзяев исчез стремительно, как и возник. А возник он как будто только затем, чтобы выполнить какую-то быстролетную миссию. Налетел, выполнил и исчез. Глебову казалось в первые часы, когда он обдумывал предложение Друзяева, что оно вызвано озабоченностью о его, Глебова, успешном завершении диплома. Какова была наивность! Задача лишь в том, представлялось ему, чтобы найти человека, готового подписать работу, которая будет проделана Николаем Васильевичем как руководителем. Чистая *формальность*, они боятся *формальных* неприятностей.

Он решил, что на следующий день вечером, когда пойдет к Соне, поговорит с Ганчуком. Единственное, что смущало и о чем он не подумал сразу: как объяснить старику то, о чем так грубо и прямиком ляпнул Друзяев? Хотя между ними все было решено, родителям ничего еще открыто не сказали. Намечалась несообразность: объявлять Ганчуку о столь серьезном решении одновременно и в связи с предложением Друзяева было как-то

---

① Инсульт—серьёзное заболевание кровеносной системы, при котором наступает паралич.

② Мыком—мычанием (при инсульте часто бывает поражена речь).

③ «С глубоким прискорбием... после тяжелой и продолжительной... »—стандартная формулировка, которой извещали о смерти.

④ "Другими похоронами, дело происходило в марте"—5 марта 1953 умеер Сталин.

глупо, да и в любом виде начинать такой разговор—Глебов вдруг почувствовал—было бестактностью. Это значило подгонять события, которые обязаны были развиваться плавно, своим ходом.

Лучше всего оттянуть, замотать всю эту историю. Авось забудут или же дело сделается как-то само собой. Любимый принцип: пустить на《само собой》.

На другой день он к Соне не пошел, на второй и на третий тоже. Вовсе не преднамеренно, находились причины, заботы, он кое-что делал тогда для заработка, вплоть до самого низменного—колки дров на пару с приятелем по деревянным замоскворецким закутам[①], а в ту пору, накануне зимы, был разгар таких работенок, —но подспудно руководило желание оттянуть неприятное, авось минует. Не миновало! Ширейко после семинара спросил:《Говорили?》Глебов сделал вид, что не понял:《С кем?》—《Да с вашим руководителем диплома. С будущим тестем》?《Ах да! Нет еще. Пока не говорил. Не было случая》. —《Вы уж найдите случай, пожалуйста, —сказал Ширейко холодновато. Нам надо куда-то вас записывать, туда или сюда”.

И черт его знает, что этот аспирант себе позволял! Глебов встревожился, поняв, что настроение какое-то чересчур неуступчивое и《само собой》не пройдет. Звонила Соня. Что случилось? Куда пропал? Он объяснил как есть: зарабатывал деньги. Она взволновалась:《Ты не очень надрывался? Ты не заболел?》Вечером Глебов пришел к ней и все рассказал про Друзяева и Ширейко. Ничего глупее придумать было нельзя. На какую помощь он рассчитывал? Она растерялась, замкнулась, твердила одно: —Как хочешь, как считаешь нужным...

И тогда он впервые заметил тот ее взгляд—полный изумления.

---

① Замоскворецкие закуты—здесь: замоскворецкие дворики.

—Может, мне не надо было тебе говорить? —спросил он.

—Может, и не надо было. —И опять рассматривала его, улыбаясь и с изумлением. —Тут западня[①]. На твоем месте я бы им ответила, знаешь, как?

—Как?

—Я бы сказала: послушайте, ведь это ужасно неделикатно! Вы не находите, что это неделикатно?

—Я пытался их вразумить, —соврал он.

—Откуда стало известно? Почему об этом говорят? —Голос ее дрожал, на глазах появились слезы. Он порывнулся обнять ее, но она легко и гибко, необычным для себя кокетливым движением отстранилась от его руки. —А то, что случилось с нами, касается только нас двоих.

—Честно, я был обескуражен... Я объяснял, —бормотал Глебов, продолжая врать, —о том, что бестактность...

—Ты объяснял? Сказал, что досужие вымыслы[②]? —Соня вновь улыбнулась. —Я говорю, тут замечательная западня! Нет, Дима, все это кошмар. Не надо впутывать в наши отношения отца. У мамы тоже сейчас неприятности: ее вызывал Дороднов и сказал, что ей надо сдавать экзамены. Чтобы получить диплом советского вуза и иметь право преподавать. У нее диплом Венского университета. Она двадцать лет преподает. Смешно, правда? —Соня взяла его за руку. —Дима, я хочу тебе сказать: ты абсолютно свободен. Делай так, как тебе нужно. И, ради бога, никаких насильственных поступков... Ты понимаешь меня?

Он угрюмо кивнул. За ужином Юлия Михайловна, крайне возбужденная, рассказывала о разговоре с Дородновым. О том, как Дороднов был учтив и любезен, как складывал губы сердечком,

---

① Западня—ловушка.

② Досужие вымыслы—выдумки на досуге, от безделья.

называл ее《милая Юлия Михайловна》и вообще изображал дело так, будто сам он не имеет к этой интриге никакого отношения. Будто некие люди, бюрократы, лица и имени не имеющие, требуют соблюдения формальностей. Опять формальности! Дороднов сокрушался, извинялся. Но, когда Юлия Михайловна заметила, что хотя Сима, другая преподавательница, законспектировала всю подряд《Диалектику природы》Энгельса, она все равно знает немецкий много хуже, чем Юлия Михайловна, и так это останется на веки вечные, Дроднов вдруг округлил глаза и руками всплеснул:《Юлия Михайловна, неужто вы отрицаете тот факт, что язык—явление классовое?》Юлия Михайловна смеялась, рассказывая. Ганчук тоже то смеялся, то хмурил брови. Ни о чем другом, кроме этой анекдотической новости насчет сдачи экзаменов, за столом не говорили. Было много шума, предположений, догадок, смеха, Юлия Михайловна обнаружила актерский дар и комично пародировала Дороднова, Куник рассказывал о каких-то историях, случившихся в академическом институте, сестра Юлии Михайловны Эльфрида Михайловна, тетя Элли, как называла ее Соня, совсем непохожая на сестру, полная, самоуверенная дама, крашеная блондинка, громко и возмущенно обличала бюрократизм. Эльфрида Михайловна была журналисткой, работала на радио. Она напомнила слова Ленина о том, что борьба с бюрократизмом потребует десятилетий. Что для успеха этой борьбы нужна поголовная грамотность, поголовная культурность. И что бюрократизм, конечно, есть проявление мелкобуржуазной стихии, о чем забывать нельзя. В присутствии Ганчука тетя Элли говорила поучительным, категорическим тоном, как будто профессором была она, а не он. Вообще эта женщина была Глебову несимпатична, может быть, потому, что—он чувствовал—и он был чем-то несимпатичен ей. Он платил людям той же монетой. В ней был снобизм[1]. Она иногда не замечала его приветствий или же едва кивала с подлым высокомерием. В ее манере было перебивать его за столом. А что уж так зазнаваться? Неудачная публицистка, липовая[2] международница[3]. Его не примиряло с тетей Элли даже то, что та считалась семейным героем: две недели работала корреспондентом в Барселоне во время войны. Потом за что-то отозвали. Вероятно, за глупость. Тетя Элли спросила: 《Интересно, какого происхождения этот ваш Дороднов? Готова держать пари, что не пролетарского》.

Юлия Михайловна сказала, что про Дороднова не знает, но про Друзяева известно точно: он сын мельника. 《Voila[4]! Прикрываются марксистскими фразами, а попробуй их поскреби...》 Но Ганчук сказал, чтоб не обольщались: Дороднов неплохого происхождения. Он из семьи железнодорожника. Все не так просто, дорогие мои. 《А ты не ошибаешься?》—упорствовала тетя Элли. К концу ужина все немного успокоились, смехотворность эпизода с Дородновым была исчерпана, и Юлия Михайловна с тетей Элли сели за пианино и играли в четыре руки. Ганчук с Куником ушли в кабинет работать.

И все-таки Соня была совсем другая! Она все видела иначе, не так, как родные. И втихомолку подшучивала над ними. Вдруг сообщила Глебову шепотом: 《А знаешь, кем был отец моей мамы и тети Элли? Сыном венского банкира, правда, разорившегося...》

Кажется, она одна замечала смешное в том, что смеялись над Дородновым, и в ее улыбке была грусть.

...

---

① Снобизм—высокомерие.

② Липовый—ненастоящий.

③ Международница—журналистика, пишущая на международные темы.

④ Voila—(франц.), вот.

《Что ж ты молчишь?》—спросила Соня и стала целовать Глебова. Он молчал оттого, что был несколько ошеломлен рассказом, но не настолько, чтоб говорить об этом. 《А что я должен ? Вызвать на дуэль ?》Она вдруг тихонько и как-то сквозь улыбку заплакала: "Нет, нет! Никогда, ни за что... Просто я никому не рассказывала, только тебе... 《Для нее рассказать об этом—в общем-то, о безделице, ведь ничего не произошло—было подвигом, очищением. Ни крупицы не хотела от него скрыть. Да и что уж скрывать! Ни малости не затаилось к двадцати двум годам, полудетские дружбы, чужие страдания, загадочный опыт подруг, искавших с нею поделиться и посоветоваться. Она советовала. Но, когда обрушилось на нее, она молчок, никому ни слова. Фифы-однокурсницы, когда-то лепившиеся к этому дому, к шуму, к доброте, к тортам из академического распределителя, теперь исчезли из обихода. Ни одна не была ей теперь нужна. И вовсе не из черствости, ревности или самолюбивой жадобы[1], а просто все ее существо было полно им, ни для кого иного не открывалось места. Как же можно было такую девушку сделать несчастной? Ей грозило страшное: любовь без любви...

Но надо всем этим мучившим душу нагромождением тайно светился—тогда невидимый, теперь же обрел рисунок—невзрачный скелетик, обозначавший страх. Вот ведь что было истинное. Ну, это потом, потом! Проходят десятилетия, и, когда уже все давно смыто, погребено, ничего не понять, требуется эксгумация[2], никто этим адским раскопом заниматься не будет, внезапно из темноты, серой, как грифель, выступает скелет.

Было сказано: 《В четверг прийти и выступить!》

---

① Жадоба—жадность.

② Эксгумация—извлечение уже похороненных трупов из могилы, с целью их повторного опознания или выяснения причин смерти.

Когда он, мгновенно сообразив, дернулся было что-то врать насчет того, что кто-то у него дома болен, его прервали тремя словами: *более чем обязательно*. Тогда понял, что совершил ошибку, не надо было заранее отказываться, ссылаясь на чью-то болезнь, потому что—если *более чем обязательно*—принимают меры, вызывают родственников, сиделку, а вот если хворь, будь она неладна, грянет внезапно, допустим, в среду... Но исправить было нельзя. Он сказал, что придет непременно, хотя ни секунды в это не верил. В общем-то, для него это было исключено. 《Вы должны не просто прийти, но выступить! —была сделана твердая поправка. —Повторить вкратце хотя бы то, что говорили нам. Ничего основательного от вас не требуется... Несколько реальных подробностей, но необходимо... Без этого у нас ничего не склеится...》

Эта фраза всадилась в сознание гвоздем. Много часов он раздумывал над ней, повторял ее мысленно с той интонацией, с какой произнес Друзяев, старался понять: была тут угроза или констатация①, относилась ли эта фраза к нему, к Ганчуку или к администрации? У кого《ничего не склеится》? А несколько дней назад в разговоре с Друзяевым и Ширейко—эти два были главные толкаль*щики бочки*②, остальные преподаватели подчинялись неуверенно или даже втайне ропща③—он обмолвился насчет несчастных бюстиков, стоявших на верху книжного шкафа в кабинете Ганчука. Друзяев попросил добродушно, с милой, располагающей улыбкой:《Вадим, опишите, пожалуйста, если можете, кабинет Николая Васильевича. Какие книги, какие

---

① Констатация—утверждение реальности факта.

② Толкать (или катить) бочку на кого-то—(идиома) пытаться этого человека обвинить в неблаговидных делах.

③ Роптать—изъявлять недовольство чем-нибудь.

картины на стенах, фотографии?》Это был своего рода словесный обыск, как бывает словесный портрет. Он решил не называть некоторых книг и фотографий, которые ему запомнились, например, фотографию Ганчука вместе с Демьяном Бедным[①] в гражданскую войну, оба в буденновских шлемах, и фотографию Лозовского с надписью. Тогда Лозовский был еще в полном порядке, но Глебов проявил осмотрительность. А вот о гипсовых бюстиках, стоявших в солдатском строю под потолком, он упомянул как о детали полуанекдотической. Однако аспирант Ширейко посуровел и жестким голосом спросил:《Интересно, каких философов держит профессор Ганчук на своем книжном шкафу?》Глебов не помнил всех, там было бюстиков восемь. Помнил Платона, Аристотеля и еще, кажется, Канта и Шопенгауэра[②], кого-то из немцев.《А философов материалистического направления не помните?》Глебов вспоминал, напрягаясь. Кажется, там был еще Спиноза, но это не наверняка.《Ну, Борух Спиноза[③]! Разумеется, —сказал Ширейко. —Но Спиноза не истинный материалист. А вот античных материалистов Демокрита, Гераклита не помните? Может быть, французы? А Гегель[④]? Людвиг Фейербах[⑤]?》Глебов уже догадался, что глупо всунулся с бюстиками, они могут вытянуть отсюда черт знает что, поэтому стал твердить: не помнит, не знает. Может быть, есть, кажется, есть. Потом расспрашивали о том, как осуществляется руководство дипломом, какие даются советы, замечания, рекомендации. Нет ли в методологии отголосков старых грешков? В частности,

---

① Демьян Бедный—известный советский поэт 20-30гг.

② Кант и Шопенгауэр—очень крупные немецкие философы-идеалисты.

③ Спиноза Борух—средневековый философ.

④ Гегель Фридрих—очень крупный немецкий философ, создатель диалектического метода в философии.

⑤ Фейербах Людвиг—немецкий философ материалист.

например, переверзевщины[1]? Глебов решительно отметал[2]. Но те наседали. Недоучет борьбы классов? Переучет подсознательного[3]? Замаскированный меньшевизм? От чугунов, что норовили навесить, он судорожно отбивался, понимая, что, коли уж навесят, зашатаешься. С профессором вместе. Но ведь когда человек страшно жаждет услышать *нечто*, бывает трудно не пойти навстречу полшага, не выдавить хотя бы частицу *нечто*. «Глебов, вы себе противоречите. Вы же только что говорили...»—«Ну, в какой-то степени... Самой минимальной... Я не придавал значения...»

Прощаясь, Друзяев полушутя, посмеиваясь—он все время то супил брови по-прокурорски, то улыбался, похмыкивал, тогда как Ширейко, не расслабляясь ни секундой, буравил стальным оком,—попросил все же *ради хохмы*[4] уточнить насчет бюстиков, кто там поименно. Глебов пообещал, думая про себя: вот вздор! Кретинизм высшей марки. Чего они хотят из этих бюстиков выжать? Дела у них, значит, неважнец[5], если на такое «фуфло» кидаются. «Фуфло»—словечко Паши Дембо, из игроцкого, бегового жаргона, означавшее—пустышка, чепуха. Ширейко вдруг жестким голосом: «Хочу с вами поспорить, Викентий Владимирович. Нужно не *ради хохмы*, а ради истины, чтоб узнать, каковы истинные кумиры. Тут не праздное любопытство, а реальное дело». И Друзяев, зав учебной частью, почему-то затормошился, заерзал перед

---

① Перверзев В. Ф. (1882—1968) —литературовед. Его попытки применить социологический метод к анализу литературы были подвергнуты критике в конце 20-х и начале 30-х годов.

② Отметал—отрицал.

③ Подсознательное—в психологии признанное в психике существование неосознанных человеком импульсов в советские времена считалось выдумкой буржуазной науки.

④ Ради хохмы, хохма—шутка.

⑤ Неважнец—(разг.) неважные.

аспирантом:《Нет, нет! Конечно, Юрий Северьяныч! Я полностью разделяю...》 Глебов пугался, слушая, и одновременно его разбирал смех. Кумиры! С важностью говорят о ерунде. Да с них пыль двадцать лет не смахивали, с кумиров этих. Торчат там, на верхотуре①, и понять нельзя, кто есть кто. Ну ладно, если так интересуетесь, он узнает.

Потом было чаепитие у Ганчука. Старик легким голосом спросил: верно ли сказали в ректорате, будто он, Глебов, хочет менять руководителя диплома?

—Что, что? —переспросила Юлия Михайловна в изумлении. —Дима хочет менять руководителя диплома? То есть тебя? Это замечательно! —Она засмеялась.

—Меня это тоже развеселило.

—Главное, он удачно выбрал время.

—Да, время выбрано—лучше нельзя. Кстати, в субботу или в воскресенье появится статья Ширейко—ты его не знаешь, это наш аспирант, проходимец—под названием《Беспринципность как принцип》. Мои люди мне сообщили. Целый подвал.

—О ком это? —Юлия Михайловна с выражением ужаса на лице прикрыла ладонью рот.

—Ну, не только обо мне, но я там главная фигура, ферзь②! Фигура, конечно же, дутая③ и, что особенно отвратительно, беспринципная.

—Ой...—стонала Юлия Михайловна.

Соня, побелев, смотрела пожирающим взором на Глебова, а Глебов застыл, не мог ни двинуться, ни вымолвить слово.

---

① На верхотуре—(разг.) наверху.

② Ферзь—самая сильная фигура в шахматной игре, королева.

③ Фигура, конечно же, дутая—незначительная, но выдаваемая за важную, значительную.

—Не знаю подробностей, ведь я не читал. Там что-то насчет неизжитого меньшевизма[1], что меня удивило, потому что я как раз всю жизнь с меньшевизмом боролся. Тут вышла неувязочка. Надо было хоть чуть-чуть поинтересоваться моей биографией. Но в общем и целом...

—Почему вы молчите, Дима?—вскрикнула Юлия Михайловна и стукнула ладошкой по столу.

—Я не знаю... Пусть Соня скажет...—пробормотал Глебов, вставая из-за стола. Он ушел в Сонину комнату, почти убежал.

Сони не было долго. Он ходил по комнате из угла в угол, от одной этажерки до другой, нещадно курил, клял себя за то, что не объяснился с Ганчуком загодя, и злобствовал против Друзяева. Эту пакость—преждевременно объявить ничего не подозревающему Ганчуку—те сделали нарочно. Чтоб его, Глебова, подтолкнуть к решению и заодно разорвать его отношения с Ганчуком. А что, если шиш[2]? Упереться, ухватиться за что-то? На каком основании? Кто дал право?

Вбежала Соня, бросилась к нему.

—Дима! У тебя очень плохой вид! —Стремительно положила руку ему на плечо. Это был такой школьный, пионерский ободряющий жест.—Как ты себя чувствуешь? Ты бледен. Я им все, все объяснила...—Смотрела на него с испугом, а он был поражен ее видом, ее неживой белизной и тем, как дрожала рука на его плече.—Папа понял сразу. Мама сначала не поняла, но потом тоже поняла и сказала:《Ну что ж, возможно, он прав...》

—А что ты им сказала? Про нас?

---

① Меньшевизм—ещё до революции РСДРП (Российская социал-демократическая рабочая партия), руководимая Лениным, разделилась по своимм взглядам на "большевиков" и "меньшевиков". С меньшевиками боролся Ленин, после его смерти Сталин—с пережитками меньшевизма.

② Шиш. Показать шиш—значит отказаться делать то, что от тебя требуют.

—Да. Я все сказала. И про тот разговор, про гнусную западню, как ты со мной советовался, а я не могла—нет, не хотела—тебе ничего советовать...

Потом возник багроволицый и несколько растерянный Ганчук.

—Понял, прощаю... Впрочем, не буду болтать, понять и значит простить... Но впредь о таких вещах хотелось бы заблаговременно...

Обнял Глебова, похлопывал по спине. Соня вытирала глаза. Все трое были взволнованны. Но каждый по-своему...

Ганчук объяснял—теперь уже как *своему человеку*, —отчего разразилась вся эта кампания против него. Такого оборота не ожидал никто. Конечно, повод был: он защищал Аструга, Родичевского и некоторых иных, кого критиковали в недопустимой форме. Когда людей незаслуженно унижают, он не может стоять в сторонке и молчать. А Дороднов—имейте в виду, он мотор всей этой затеи, остальные только шкивы и колесики—как раз надеялся на то, что он будет безмолвствовать, как олимпиец①. Ведь он олимпиец, членкор! Но выдержки не хватило. Впрочем, на то был расчет: чтоб его спровоцировать. Да, ввязался, писал письма, ходил по этому вопросу в инстанции... Словом, открылась война... А как же иначе? Боря Аструг—его ученик, Родичевский—большой талант, божьей милостью... Не надеялся восстановить их на работе, да они уж никогда сюда не вернутся, но хотя бы смыть клеймо: низкопоклонники, безродные②, такие-

---

① Безмолвствовать, как олимпиец—в древней Греции верили в то, что боги, живущие на горе Олимп, старались не вмешиваться в человеческие дела. Отсюда: олимпиец—человек, стоящий над схваткой.

② Низкопоклонники, безродные—после войны Сталиным была проведена политическая кампания против "низкопоклонства" перед Западом, против "безродных космополитов", т. е. людей без родины.

сякие, галиматья[1] полная. Боря Аструг всю войну прошел, боевой офицер, ордена заслужил—каков низкопоклонник! Ну, ошибки, заблуждения, у Аструга, скажем, в книге о Горьком методологические ляпсусы[2], ну и то? У кого их нет? У того Дороднова—такие вавилоны[3] нагромоздил в книге о романтизме! А книга пустейшая. Все натаскано. Но ведь не враги. Он знает, что такое рубать врагов. Рука не дрожала, когда революция приказывала—бей! В Чернигове, до того как пойти на учебу, работал в отряде особого назначения Губчека[4]. Ганчук—это звучало страшновато для врагов. Потому что ни колебаний, ни жалости. И, когда однажды отец, тогда уже совсем больной, просил за одного попа[5]—того заподозрили в связях с бандой, — Ганчук ему отказал, враг был раздавлен вкупе с бандитами, волк в овечьей шкуре, на его совести была кровь красноармейцев, а с родным отцом вышла смертельная ссора до конца жизни старика. Вот как решались тогда вопросы. А тут? Кого собрался уничтожать товарищ Дороднов? Так вот, причины гораздо глубже. И опять поражаешься гениальности Маркса, который в каждом явлении, каждом факте жизни умел увидеть диалектическую и классовую сущность. Именно этому, милый Дима, вам следует учиться, чтобы твердо стоять на ногах. В двадцатых годах Дороднову попадало крепко, он был попутчик[6], разумеется, беспартийный,

---

① Галиматья—глупость.

② Ляпсусы—грубые ошибки.

③ Вавилоны—название древней столицы Финикии, Вавилон, где построена огромная Вавилонская башня.

④ Губчека—губенская чрезвычайная комиссия, орган для борьбы с контрреволюцией в первые годы Советской власти (1918—1922).

⑤ Поп—православный священник.

⑥ Попутчик—в 20-е годы попутчиками называли людей, которые не были членами партии, но сочувствовали советской власти.

сочинял какую-то труху в духе смены вех[1], словом, типический мелкобуржуазный элемент, слегка закамуфлированный в духе времени, когда плодились всякого рода кооперативные и частные издательства, группки, журнальчики с невнятными платформами, и вот тогда мы его не добили! Он уполз, перекрасился, растворился, как многие, для того, чтобы теперь выплыть в новом качестве. Анекдот: *он меня* учит марксизму! Недопеченный гимназистик со скрытой то ли кадетской, то ли нововременской[2] психологией обвиняет меня в недооценке роли классовой борьбы... Да пусть молится богу, что не попался мне в руки в двадцатом году, я бы его разменял как контрика[3]! Вот кардинальнейшая ошибка: мелкобуржуазная стихия недодавлена. Теперь, когда строй устоялся, когда позади великое испытание и настал час жатвы, они вылезли из разных нор, в разных обличьях—недобитки тех лет... Правда, они выглядят сугубо революционно, щеголяют цитатами из Маркса, из Владимира Ильича, выдают себя за строителей нового мира, но вся их суть—их вонючая буржуазность—вылезает наружу. Они хватают, хапают, нажираются, благоустраиваются и еще сводят счеты с теми, кто их лупил в двадцатых годах. Сволочь надеется взять реванш. Но ведь бездари, неучи ! Не понимают простой истины, что буржуазия ликвидирована как класс, что ей нет и не будет места на русской земле. Между прочим, Соня сообщила нам о некоем важном решении. Это действительно имеет место? План революционного

---

① Смена вех—общественно-политическое течение в среде русской интеллигенции (главным образом эмигрантов), возникшее в 20-х годах 20 века в связи с введением НЭП. Его идеологи надеялись на возврат России к капитализму, перерождение советской власти. Печатный орган “ Смена вех”.

② Нововременский—журнал “Новое время” в конце XIX-начале XX вв. печатал людей с опредеденными политическими взглядами.

③ Контрик—здесь: противник советской власти.

преобразования семьи Ганчуков? В таком случае еще по рюмке за это хорошее дело...

《*Более чем обязательно*—сказал Друзяев. —В *четверг, послезавтра*》. Еще он сказал именно тогда же, в тот разговор—и это было слитно, не разодрать, как два разноцветных куска пластилина, скатанных в шар или в одну мягкую липкую колбасу, если раскатывать шар между ладонями, ощутил вдруг слабость и покорность детства, когда чужие руки берут тебя, как кусок пластилина, и мнут, стискивают, сжимают, плющат, делают из тебя что хотят, —он сказал как бы между прочим, в придаточном предложении, в той же фразе, что и насчет *четверга*: есть предварительное решение о стипендии Грибоедова. Ему, Глебову. По результатам зимней сессии. И Глебов промолчал, не отозвался, подхватывая ту же игру—будто случайно оброненная новость есть и в самом деле пустяк, не стоящий внимания, —хотя все внутри обдало мгновенным жаром. Стипендия Грибоедова! Пускай последние месяцы, все равно благо. Тут же сообразил, что не денежный приварок важен, а моральный импульс—вперед и вверх. Но в новости была боль—в другую секунду пришло печальное понимание, —ибо оно плотно слиплось с *четвергом*, одно от другого неотъемно. Или все вместе, комом, или же ничего.

...

Старался рассуждать спокойно: ну хорошо, четыре варианта, их и продумать. Вариант первый: прийти и выступить в защиту. Ну, не прямиком, скажем, с оговорками, указать на некоторые недостатки, но, в общем, *защитить*, хотя бы в той форме как предлагал Куник: растолковать фразу из статьи Ширейко и объяснить провокационный смысл. Что этот вариант даст? Озлобление администрации. Прости-прощай стипендия Грибоедова, аспирантура и все прочее. Ведь это значит неожиданно повернуть фронт. Они не простят. О, никогда, никогда. Сочтут предательством. Месть будет страшная, скорая. А так как у Дороднова сейчас вся власть в руках, директор месяцами отсутствует—то где-то в Корее, то в Китае, то в больнице, он сделает все по-своему. Он хочет с Ганчуком расквитаться. Каков же выигрыш от этого варианта? Благодарность Ганчука и всего ганчуковского семейства. Еще более безмерная любовь Сони. Кое-кто, вроде Марины Красниковой, будет трясти ему руку в течение полуминуты и говорить о том, какой он молодец, как здорово выступил, а Куник скажет, ухмыляясь: «Вы меня удивили! Я рад за вас!» Вот и все. Затем мелким клерком[①] неизвестно где. По субботам, нагрузившись, как мул, тащиться электричкой в Брусково. Проигрыш сокрушительный, выигрыш слабоват. Вариант второй: прийти и выступить с критикой Ганчука. То есть, проще говоря, *напасть* на него в хвосте всей своры. Разумеется, вовсе не агрессивно, не грубо, даже тепло, сочувственно, с громадным сожалением о том, что приходится констатировать, с призывом проявить чуткость и помнить о заслугах, но... В духе, как просили. Что-нибудь насчет переверзевщины или рапповщины, это, собственно, все равно. Про бюстики вскользь. А можно без бюстиков. Можно всего два, три мягко-сожалительных слова. Главное, промолчать о той фразочке ширейкинской, будто ее не было никогда, нигде. А ведь если, положа руку на сердце, совсем искренне: так ли уж Николай Васильевич как ученый, как наставник со всех сторон совершенен? Неужто нет ни грамма справедливости в тех ядрах, что обрушились на эту крепость? Признаемся перед собой секретно: есть, есть... Книги-то скучны. Ни одну нельзя дочитать до конца. Невыносимая скучища, если честно! Так писали двадцать лет назад, а теперь нужно что-то иное. Вульгарный социологизм сидит в нем неискоренимо, как

① Клерк—мелкий чиновник.

наследственная болезнь. Но об этом молчок[①]! Это только так, по секрету. Откровения перед собственной совестью. И насчет того, что властвовал на факультете, тоже не такая уж ложь. Преподаватели назначались с его санкции. В аспирантуру попасть—только через его《добро》[②]. И не такой уж он《не от мира сего》, как думают, он наблюдателен, разборчив, к людям присматривается и вовсе не эталон[③] беспристрастия, наоборот, пристрастен, одних любит, других ненавидит, и порой трудно понять, почему. Его вкусы кажутся старомодными, его пристрастия коренятся в прошлом, в десятилетиях бунтов, борьбы, схваток. Есть химеры[④], химеричность которых давно очевидна для многих, но он не может от них отпасть, как голодное дитя от сосцов. И есть явления последних лет—то, что возникло в мире перед войной и сразу после войны, —которые он не в силах вместить в сознание. А Дороднов в силах? Но ведь Николай Васильевич честнейший, порядочнейший человек, вот же в чем суть! И напасть на него—значит, напасть как бы на само знамя порядочности. Потому что всем ясно, что Дороднов—одно, а Никвас Ганчук—другое. Иногда малосведущие спрашивают: в чем, собственно, разница? Они просто временно поменялись местами. Оба размахивают шашками. Только один уже слегка притомился, а другому недавно дали шашку в руку. Поэтому, если напасть на одного, это вроде бы напасть и на другого, на всех размахивающих шашками. Но это не так. Все же они делают разные движения, как пловцы в реке: один гребет под себя, другой разводит руки в стороны. Ах, боже мой, да ведь разницы

---

① Молчок—(разг.) молчание.

② Через его "добро"—через его согласие.

③ Эталон—образец.

④ Химеры—фантастические существа.

действительно нет! Плывут-то в одной реке, в одном направлении. Тут просто вот что: навсегда расстаться с Соней. С ее любовью. А ведь это такая невозвратимость, такой горький отлом души: лишиться любви к себе хотя бы одного человека... И не только, не только! Тут будет со всех сторон: и проклятие, и держание рук за спиной, чтобы, не дай бог, не оскверниться рукопожатием. Потом кто-нибудь пришлет телеграмму: «Поздравляем с высокой наградой—тридцатью сребрениками① имени Грибоедова». На все это можно наплевать. Потому что он получит вдруг такое ускорение, что отлетит далеко-далеко, те исчезнут с его горизонта, сгинут навеки со своими улыбочками, презрением, своими прекрасными шорами на глазах②. Не видеть того, что все уже решено с Ганчуком! Спасать его—все равно что грести против течения в потоке, в котором несутся все. Выбьешься из сил, и выбросит волною на камни. Неужели один страх—оказаться вдруг на камнях, в крови, с переломанной ключицей? Тогда не догадывался о страхе. Ведь страх—неуловимейшая и самая тайная для человеческого самосознания пружина. Стальные пальцы едва ощутимо подталкивали, и был готов, окончательно и прочно готов, но какая-то сила невидимая перегораживала путь. Соня, что ли? Которую он не любил? И лучше которой не было в его жизни? Нет, не Соня, а то, что было в Соне: ее тепло, добро... Вот это Сонино, сущее в ней, легло преградой, и переступить невозможно.

Тогда, если невозможны оба варианта, остается третий. Прийти и не выступить, отмолчаться. Этим не угодишь никому. Возненавидят те и другие. Отпадает решительно! Тогда четвертый.

---

① Тридцать сребреников—В Библии («Новом Завете») рассказывается о том, как Иуда предал Христа, чем обрек его на смерть за тридцать сребреников (серебряные монеты).

② Шоры на глазах—здесь: ограниченный кругозор.

И это уж последний, больше нет ничего. *Не прийти вовсе*. Но как? Они предупредили: более чем обязательно. Значит, причина должна быть роковая, космическая. Например, идя на заседание и пересекая площадь, попасть под машину. Наброситься на уличную собаку, чтоб та укусила, чтоб немедленно отправили делать укол. Мало ли что! Все это глупости. Вот если б сердечный приступ и потеря сознания, которые случились два дня назад, произошли бы теперь. Но Друзяев, как работник юстиции, наверняка бы устроил дознание и выяснил, что причина—алкогольное отравление. Нет, не прийти невозможно. Но и прийти нельзя. Все невозможно и все нельзя. Пат①. Ни одна фигура не может ходить.

. . .

Все было, может, не совсем так, потому что он старался не помнить. То, что не помнилось, переставало существовать. Этого не было никогда. Никогда не было второго собрания, многолюдного, в марте, когда уже не имело смысла самоугрызаться, все равно надо было прийти и если не выступить самому, то хотя бы послушать других. Кажется, он там что-то сказал. Что-то очень короткое, малосущественное. Совершенно из памяти вон: что же? Не имело значения. С Ганчуком все было решено и подписано. В областной педвуз②, на укрепление периферийных кадров. Были какие-то возражения, кто-то кликушествовал③, неинтересно, забыто—*не было никогда*. В самом деле, а было ли? Но вот что безусловно: кондитерская на улице Горького. Это запомнилось на всю жизнь. Это было. А все остальное, крики, волнения, пять часов говорильни④ с паузами

---

① Пат—В шахматной игре безвыходная ситуация.

② Педвуз—педагогический вуз.

③ Кликушествовал—истерически кричал.

④ Говорильня—бесконечные разговоры.

для перекура[1], пьяная болтовня Левки, именины Ширейко—казалось, он выбивается в первые ряды, в лидеры большого калибра, но почему-то теми митингами ограничилось, дальше он не проехал—все шумное, непонятное, вздорное, что творилось вокруг Ганчука, с топотом ног и выкручиванием рук, со слезами, инфарктами, ликованием, исчезло, как болотное наваждение. Ну, не было, не было ничего. Он брел по улице с мутной и тяжелой башкой, рядом был Левка, которого вконец развезло. Там он еще держался, а на трибуне выглядел совсем молодцом. Левка бормотал: 《Скоты мы, сволочи...》 Надо было тянуть его домой, он мог упасть. Вот тогда начиналась его пагуба[2]. Несколько лет спустя, когда его жизнь перевернулась, второй его 《батя》[3], похожий на усатого запорожца[4], оказался не у дел, дом рухнул, машина исчезла, мать чудом уцепилась за что-то, оставшись в одиночестве, а Левка превратился в мелкого футбольного администратора, ездил с командой из города в город, добывал гостиницу, бутсы, мячи, 《левые》 игры и пьянствовал, за что вскоре был изгнан отовсюду, и потом занимался неизвестно чем, и, когда милиция подбирала его где-нибудь на улице, он иногда говорил, что его фамилия Глебов, и называл глебовский адрес. Наверно, называл и другие адреса. К Глебову его привозили раза два. Но и это было уже очень давно, лет четырнадцать назад. А потом волны сомкнулись над ним, и Глебов ничего не слышал о нем вплоть до теперешнего внезапного появления в мебельном магазине, когда уже сил нет ни на какие сантименты, ни на что, кроме сути дела.

---

① Перекур—перерыв, во время которого курят.

② Пагуба—гибель.

③ Второй "батя"—второй отец, т. е. второй муж матери.

④ Запорожец—казак.

Но тогда, после собрания, до потопа, когда петляли и кружили Москвой, ни о чем еще не догадывались: Левка не знал, что скоро он полетит, кувыркаясь, как пустые салазки с ледяной горы, а Глебов не знал, что настанет время, когда он будет стараться не помнить всего, происходившего с ним в те минуты, и, стало быть, не знал, что живет *жизнью*, *которой не было*. И вдруг за стеклом кондитерской на улице Горького, вблизи Пушкинской, Глебов увидел Ганчука. Тот стоял у высокого столика, за которым пьют кофе, и с жадностью ел пирожное《наполеон》, держа его всеми пятью пальцами в бумажке. Мясистое, в розовых складках лицо выражало наслаждение, оно двигалось, дергалось, как хорошо натянутая маска, вибрировало всей кожей от челюсти до бровей. Была такая поглощенность сладостью крема и тонких, хрустящих перепоночек, что Ганчук не заметил ни Глебова, который замер перед стеклом и секунду остолбенело глядел на Ганчука в упор, ни качавшегося рядом с ним Шулепникова. А ведь полчаса назад этого человека убивали. Глебов потом часто рассказывал историю с кондитерской. Да, мол, было, что говорить. Много всякого. И то, и это, и пятое, и десятое, о чем лучше не вспоминать. А все-таки стоял и ел《наполеон》с громаднейшим аппетитом!

И вот еще что отпечаталось в оттенках, в подробностях, с переливами. Тот первый после похорон бабушки приход к Ганчукам, после Ученого совета, на котором довелось не быть, но до второго, мартовского собрания. Одна из тех благоглупостей[①], на которые он способен. Ведь внутри себя он все уже разрешил. Благоглупость заключалась в том, что его тянуло хотя бы косвенно отдаленно, скрытно получить разрешение Сони. То есть он мечтал, чтобы она сказала:《Да, ты прав, милый, ты должен оставить

---

① Благоглупость—глупость, сделанная с добрыми намерениями.

меня. Так лучше для меня, для тебя, для папы, для науки, для всего и для всех». Разумеется, она этого сказать не могла. Но пусть хотя бы увидит и разделит его страдания, поймет, что выхода не было. Почему-то был убежден, что поймет. Ведь это было ее главное достоинство—все понимать.

...

Работая над книгой о двадцатых годах, я натолкнулся на фамилию Ганчука Н. В., который играл заметную роль в тогдашних дискуссиях, в особенности в спорах вокруг журнала «В литературном дозоре», гремевших в двадцать пятом и двадцать шестом. Кто-то сказал, что Ганчук еще жив. Я разыскал его с немалым трудом. Он жил одиноко в тесной однокомнатной квартирке, загроможденной книгами—стеллажи① были даже на кухне, —в блочной новостройке возле Речного вокзала. Старую квартиру, где я когда-то бывал—о чем он, разумеется, забыл, да и я помнил слабо, —он отдал добровольно, потому что жить там одному после смерти Сони стало невмоготу. А здесь, говорил он, превосходный микроклимат, пахнет бором②, можно ходить на лыжах. Ему было восемьдесят шесть. Он ссохся, согнулся, голова ушла в плечи, но на скулах еще теплился не избытый до конца ганчуковский румянец. И, когда он с усилием протягивал локтем вперед скрюченную правую руку и цепкими пальцами захватывал вашу кисть, ощущался намек на прежнюю мощь. «Аз есмь③!»—говорило рукопожатие, хотя глаза слезились, а язык ворочался через силу. В углу прихожей стояли лыжи. Востроносенькая④ старуха в седых аккуратных куделечках⑤ приходила помогать по

① Стеллаж—полки для книг.

② Бор—сосновый лес.

③ Аз есмь—древнеславянский язык, я есть.

④ Востроносенькая—с острым носом.

⑤ Куделечки—кудряшки.

хозяйству. Однажды я слышал, как она тихонько напевала на кухне.

Несколько раз я приезжал к Ганчуку с магнитофоном, стараясь выведать у него подробности, относящиеся к шуму и гаму двадцатых годов—ведь свидетелей тех полулегендарных лет почти не осталось, —но, к сожалению, выведал немного. И дело не в том, что память старца ослабла. Он не хотел вспоминать. Ему было неинтересно. Мне все происходившее тогда было гораздо интереснее, чем ему, и как-то он спросил с удивлением и даже с досадой: 《Господи, твоя воля, неужто и эта моя статья не прошла мимо вас? И охота возиться со всей этой жеребятиной①... 》 Зато с удовольствием разговаривал о какой-нибудь многосерийной муре②, передававшейся по телевизору, или о новости, вычитанной из 《Науки и жизни》③. Он выписывал восемнадцать газет и журналов.

В годовщину Сониной смерти, в октябре, мы поехали на кладбище. Соня была похоронена на территории старого крематория④, вблизи Донского монастыря. Крематорий уже полтора года был закрыт. Москва сжигала где-то в другом месте, за городом. Говорили, что далеко, неудобно, неуютно. То-то был уют здесь, у Донского! На кладбище пускали до семи вечера, а мы приехали без десяти семь. Такси остановили на площадке перед воротами. Тьма была на земле, угольно-темными стояли деревья, угольно темнела стена, но небо еще пылало сумеречно и жило—с криком летали вороны. Привратник⑤ громыхал железом,

---

① Возиться с жеребятиной—здесь: возиться с давно умершим.

② Мура—ерунда, глупость.

③ 《Наука и жизнь》—научно-популярный журнал, издававшийся в СССР несколько десятилетий.

④ Крематорий—специально оборудованное здание для сжигания трупов.

⑤ Привратник —(устар.) сторож.

собираясь запирать ворота, и в эту минуту мы подошли. Я вел старика под руку. Привратник не хотел нас пускать. Начался спор в темноте. Мы угрожали, упрашивали, пытались дать ему денег, но привратник отвечал все более грубо и неуступчиво. Ганчук упирал на то, что он персональный пенсионер, что ему восемьдесят шесть и он может умереть каждый миг, а привратник хриплым, злобным голосом орал, что он тоже человек и хочет приходить домой вовремя.

—Но вы не имеете права без десяти минут...

—А продуктовые без пятнадцати закрывают!

—Да как вы сравниваете? У вас есть совесть?

—А вы не учите! Можно сравнивать. Подумаешь, сравнивать нельзя.

—Дайте вашу фамилию! —кричал слабым голосом Ганчук. —Немедленно назовите. Я буду писать.

—Прохоров! —рявкнул привратник. —Лев, к примеру, Михайлович! Ну и что?

Куда писать будете? На тот свет?

—Шулепа...—сказал я тихо. —Пусти нас.

Человек, неразличимый во мраке, замолчал и откачнулся от проема ворот. Мы прошли. В тишине, нарушаемой криком ворон, скрипели мои каблуки и шуршали подметки Ганчука, которыми он вез по асфальту. Двигались мы очень медленно. Вот так же, наверно, он ходил на лыжах. Когда удалились от ворот шагов на двадцать, я сказал Ганчуку: —По-моему, это парень из нашего класса. Ну да шут с ним.

Обогнули черный, недышащий крематорий и стали искать могилу, что оказалось в потемках делом небыстрым. Старик наклонялся и ощупывал камни. Наконец произнес, тяжело дыша:

—Это здесь...

Он присел на корточки и долго делал что-то, сидя так: что-то стряхивал, перебирал, шелестел сухой листвой.

Я думал о том, что нет ничего страшнее мертвой смерти. Погасший крематорий—это мертвая смерть. И Левка Шулепа в воротах кладбища... Вдруг я понял старика, который не хотел вспоминать. Оглушающе орали вороны, кружась и кружась над нашими головами, очень рассерженные чем-то. Было похоже, что мы вступили в их владения. Или, может быть, начинался их час, когда мы не смели тут появляться. На деревьях вокруг было множество темных и жирных гнезд.

Старик шептал, разговаривая сам с собой: —Какой нелепый, неосмысленный мир! Соня лежит в земле, ее одноклассник не пускает нас сюда, а мне восемьдесят шесть... А? Зачем? Кто объяснит? —Он стискивал мою руку цепкой клешней. —И как не хочется этот мир покидать...

(1976)

Краткий анализ произведения:

С первых же страниц фрагмента повести《Дом на набережной》читатель знакомится с Вадимом Глебовым , находящимся в центре повествования. Это человек уже далеко не первой молодости, болезненный, с мало привлекательной внешностью—полный,《с грудями, как у женщины, с толстыми ляжками, с большим животом и опавшими плечами》. Но в той же самой огромной первой фразе фрагмента, которая начинается с этого портрета и растягивается на полторы страницы, мы видим и другого юного Вадима—худого, бедного, но сильного и стройного, недаром он нравился тогда девочкам. А между этими двумя Глебовыми прошло четверть века:《похоже на театр: первое явление , второе, третье... Каждый раз человек является немного другим. Но мужду явлениями проходят годы, десятилетия》. Так и Глебов менялся, превращаясь из подростка в того пожившего несимпатичного человека, который возникает перед нами с первых строк повести: этот человек добился того, о чем мечтал юношей, и это《пришло к нему, не принося радости, потому что отняло так много сил и того невосполнимого, что называется жизнью》.

Глебов меняется постепенно, становится другим под влиянием обстоятельств, первое и главное из которых—дом на набережной, чьим именем и названа повесть. 《Серая громада висела над переулочком, по утрам застила солнце, а вечерами оттуда летели голоса радио, музыка патефона. Там , в понебесных этажах, шла, казалось совсем иная жизнь, чем внизу》В доме на набережной жили в огромных отдельных квартирах, вкусно ели—все это за счет государства, которое предоставляло только высокопоставленным чиновникам, занимающим ведущие посты в стране, все это почти бесплатно.

Какой яркий контраст между этим домом и кривобоким домишкой с темными лестницами, выбитыми ступенями, коммунальной квартирой, где проживало шесть семей—там обитал Глебов. Обида, поселяющаяся в душе Глебова, переходит в зависть, в желание любой ценой выскочить из убожества своей жизни, пробиться туда, вверх, где жили власть имущие, и самому стать одним из них.

И он начинает свой путь—со школьных лет. Сначала , используя мать, билетершу кинотеатра, для того, чтобы завести дружбу с детьми жильцов дома на набережной, потом , когда стал студентом, —одноклассницу Соню, чтобы стать своим в квартире ее отца, профессора Ганчука, 《фигуры внушительной, ставшей необычайно ценной для Глебова на первых порах》. Взбираясь по карьерной лестнице, которая манила его к власти и обеспеченной жизни, все меньше считается Глебов с нормами порядочности и нравственности. Он не любит Соню, но готов жениться на ней и упорно желает выглядеть хорошим в глазах этой чистой, честной и чуткой девушки. Втирается в доверие со стороны Ганчука и его жены—ведущих преподавателей своего вуза. Казалось бы, его дальнейший путь гладок. И вдруг—этот путь резко развaивается. Предстоит выбор: сохранить в себе остатки порядочности—сохранить верность семье Ганчуков или предать ради собственных карьерных интересов.

И тут проявляется еще одна сущность дома на набережной. Он не только недосягаемый идеал и предмет зависти, но он и таит в себе опасность. С виду он монолитен, но изнутри зыбок, как болото. Те, кто живут в нем, казалось, поселились надолго и всегда будут оставаться у власти. На самом деле это не так: то и дело из него исчезают семьи, их тайно арестовывают и увозят по ночам. Есть и другая опасность для жильцов дома—внезапные неприятности на службе, когда от кого-либо хотят избавиться, частично убрать их с высоких постов, чтобы освободить место другим, более хищным. Но и тогда жизнь им не гарантирована. Такое случилось с Ганчуком. В верхах решили его убрать, причем руками не только партийного начальства, но и (для большой убедительности) студентов и аспирантов профессора. И вот Глебов приглянулся, как лучший и убедительный сообщник.

Глебов предает своего научного руководителя Ганчука и его семью, но не без внутренней борьбы. Побеждает не только его карьеризм, но еще и страх. Он знает, что если выступить против тех, кто решил уничтожить Ганчука, то будет уничтожен и сам он. Страх победил, потому что он был рожден всей атмосферой, которая после репрессии 1937—1938 годов сгустилась снова в стране в конце 40-х и начале 50-х годов атмосфера, воплощением которой был с самого начала своего создания дом на набережной. Трифонов глубоко и тонко проанализировал психологию Глебова и глебовых вообще. Тех, кто не родились злодеями, кто пытались бороться с собой, но были слишком слабы душою и легко сдавались обстоятельствам ради сытой и прекрасной жизни. Тех, кто теряют в конце концов то, что делает человека человеком: гуманность, совесть, нравственность, способность ценить и любить других. Тех самых слабых русских интеллигентов, о судьбе которых Чехов скорбел в своих последних произввелениях. Именно чеховскую традицию продолжал Трифонов на новом, современном материале в своих《городских повестях》.

Вопросы и задания:

1. Опираясь на текст, охарактеризуйте Вадима Глебова .

2. Как вы понимаете《московские повести》Трифонова?

3. Вдумайтесь в авторскую речь. В каких местах в ней слышится интонация героев, в каких—авторская оценка? В чем особенности авторского повествования в повести?

Литература:

1. Агеносов В. В. Русская литература XX века. Учебник для 11 класса, Ч. 2, 1996, С. 185—191.

2. Русская литература XX века в двух томах, Т. 2, 1940—1990, Под редакцией Л. П. Кременцова, М. , Academa, 2003.

3. Иванова Н. Проза Юрия Трифонова, М. , 1984.

Василий Макарович Шукшин

(1929—1974)

ЧУДИК

(рассказ)

Жена называла его—Чудик[1]. Иногда ласково.

Чудик обладал одной особенностью: с ним постоянно что-нибудь случалось. Он не хотел этого, страдал, но то и дело влипал[2] в какие-нибудь истории —мелкие, впрочем, но досадные.

Вот эпизоды одной его поездки.

Получил отпуск, решил съездить к брату на Урал: лет двенадцать не виделись.

—А где блесна такая... на-подвид битюря?! —орал Чудик из кладовой.

—Я откуда знаю?

—Да вот же все тут лежали! —Чудик пытался строго смотреть круглыми иссиня-белыми глазами. —Все тут, а этой, видите ли, нету.

—На битюря похожая?

—Ну, щучья.

—Я ее, видно, зажарила по ошибке.

Чудик некоторое время молчал.

—Ну, и как?

—Что?

—Вкусная? Ха-ха-ха!.. —Он совсем не умел острить, но ему

---

① Чудик—(разг.) чудак.

② Влипал—попадал.

ужасно хотелось. —Зубки-то целые? Она ж—дюралевая!..

...Долго собирались—до полуночи.

А рано утром Чудик шагал с чемоданом по селу.

—На Урал! На Урал! —отвечал он на вопрос: куда это он собрался? Проветриться надо! —При этом круглое мясистое лицо его, круглые глаза выражали в высшей степени плевое[①] отношение к дальним дорогам—они его не пугали. —На Урал!

Но до Урала было еще далеко.

Пока что он благополучно доехал до районного города, где предстояло ему взять билет и сесть на поезд.

Времени оставалось много. Чудик решил пока накупить подарков племяшам[②]—конфет, пряников... Зашел в продовольственный магазин, пристроился в очередь. Впереди него стоял мужчина в шляпе, а впереди шляпы—полная женщина с крашеными губами. Женщина негромко, быстро, горячо говорила шляпе:

—Представляете, насколько надо быть грубым, бестактным человеком! У него склероз[③], хорошо, у него уже семь лет склероз, однако никто не предлагал ему уходить на пенсию. А этот—без году неделя[④] руководит коллективом—и уже: "Может, вам, Александр Семеныч, лучше на пенсию?" Нах-хал!

Шляпа поддакивала.

—Да, да... Они такие теперь. Подумаешь, склероз. А Сумбатыч?.. Тоже последнее время текст не держал[⑤]. А эта, как ее?..

---

① Плевое отношение—здесь: равнодушное, безразличное отношение.

② Племяш—племянник.

③ Склероз—тяжелое возрастное заболевание кровеносных сосудов.

④ Без году неделя—(идиома) очень короткое время.

⑤ Текст не держал—не запоминал смысл текста.

Чудик уважал городских людей. Не всех, правда: хулиганов и продавцов не уважал. Побаивался.

Подошла его очередь. Он купил конфет, пряников, три плитки шоколада. И отошел в сторонку, чтобы уложить все в чемодан. Раскрыл чемодан на полу, стал укладывать... Что-то глянул на полу-то, а у прилавка, где очередь, лежит в ногах у людей пятидесятирублевая бумажка. Этакая зеленая дурочка, лежит себе, никто ее не видит. Чудик даже задрожал от радости, глаза загорелись. Второпях, чтоб его не опередил кто-нибудь, стал быстро соображать, как бы повеселее, поостроумнее сказать этим, в очереди, про бумажку.

—Хорошо живете, граждане! —сказал он громко и весело.

На него оглянулись.

—У нас, например, такими бумажками не швыряются.

Тут все немного поволновались. Это ведь не тройка, не пятерка —пятьдесят рублей, полмесяца работать надо. А хозяина бумажки—нет.

"Наверно, тот, в шляпе",—догадался Чудик.

Решили положить бумажку на видное место на прилавке.

—Сейчас прибежит кто-нибудь,—сказала продавщица.

Чудик вышел из магазина в приятнейшем расположении духа. Все думал, как это у него легко, весело получилось: "У нас, например, такими бумажками, не швыряются!" Вдруг его точно жаром всего обдало: он вспомнил, что точно такую бумажку и еще двадцатипятирублевую ему дали в сберкассе дома. Двадцатипятирублевую он сейчас разменял, пятидесятирублевая должна быть в кармане... Сунулся в карман—нету. Туда-сюда—нету.

—Моя была бумажка-то! —громко сказал Чудик. —Мать твою так-то!.. Моя бумажка-то.

Под сердцем даже как-то зазвенело от горя. Первый порыв был пойти и сказать: "Граждане, моя бумажка-то. Я их две получил в сберкассе—одну двадцатипятирублевую, другую полусотельную. Одну, двадцатипятирублевую, сейчас разменял, а другой—нету". Но только он представил, как он огорошит всех этим своим заявлением, как подумают многие "Конечно, раз хозяина не нашлось, он и решил прикарманить"[1]. Нет, не пересилить себя—не протянуть руку за проклятой бумажкой. Могут еще и не отдать.

—Да почему же я такой есть-то? —вслух горько рассуждал Чудик. —Что теперь делать?..

Надо было возвращаться домой.

Подошел к магазину, хотел хоть издали посмотреть на бумажку, постоял у входа... И не вошел. Совсем больно станет. Сердце может не выдержать.

Ехал в автобусе и негромко ругался—набирался духу, предстояло объяснение с женой.

Сняли с книжки еще пятьдесят рублей.

Чудик, убитый своим ничтожеством, которое ему опять разъясняла жена (она даже пару раз стукнула его шумовкой[2] по голове), ехал в поезде. Но постепенно горечь проходила. Мелькали за окном леса, перелески, деревеньки... Входили и выходили разные люди, рассказывались разные истории. Чудик тоже одну рассказал какому-то интеллигентному товарищу, когда стояли в тамбуре, курили.

—У нас в соседней деревне один дурак тоже... Схватил головешку[3]—и за матерью. Пьяный. Она бежит от него и кричит. "Руки, кричит, руки-то не обожги, сынок!" О нем же и заботится... А он прет, пьяная харя. На мать. Представляете,

---

① Прикарманить—положить в свой карман, взять себе.

② Шумовка—большая ложка с дырками, употребляется при приготовлении пищи.

③ Головешка—горящая палка.

каким надо быть грубым, бестактным...

—Сами придумали? —строго спросил интеллигентный товарищ, глядя на Чудика поверх очков.

—Зачем? —не понял тот. —У нас за рекой, деревня Раменское...

Интеллигентный товарищ отвернулся к окну и больше не говорил.

После поезда Чудику надо было еще лететь местным самолетом полтора часа. Он когда-то летал разок. Давно. Садился в самолет не без робости. "Неужели в нем за полтора часа ни один винтик не испортится!"—думал. Потом—ничего, осмелел. Попытался даже заговорить с соседом, но тот читал газету, и так ему было интересно, что там, в газете, что уж послушать живого человека ему не хотелось. А Чудик хотел выяснить вот что он слышал, что в самолетах дают поесть. А что-то не несли. Ему очень хотелось поесть в самолете—ради любопытства.

"Зажилили①",—решил он.

Стал смотреть вниз. Горы облаков внизу. Чудик почему-то не мог определенно сказать: красиво это или нет? А кругом говорили, что "ах, какая красота!". Он только ощутил вдруг глупейшее желание—упасть в них, в облака, как в вату. Еще он подумал. "Почему же я не удивляюсь? Ведь подо мной чуть ли не пять километров". Мысленно отмерил эти пять километров на земле, поставил их "на попа②"—чтоб удивиться, и не удивился.

—Вот человек!.. Придумал же,—сказал он соседу. Тот посмотрел на него, ничего не сказал, зашуршал опять газетой.

—Пристегнитесь ремнями! —сказала миловидная молодая женщина. —Идем на посадку.

---

① Зажилили—присвоить себе то, что нужно отдать.

② На попа)—вертикально.

Чудик послушно застегнул ремень. А сосед—ноль внимания. Чудик осторожно тронул его.

—Велят ремень застегнуть.

—Ничего,—сказал сосед. Отложил газету, откинулся на спинку сиденья и сказал, словно вспоминая что-то:—Дети—цветы жизни, их надо сажать головками вниз.

—Как это? —не понял Чудик.

Читатель громко засмеялся и больше не стал говорить.

Быстро стали снижаться. Вот уже земля—рукой подать, стремительно летит назад. А толчка все нет. Как потом объяснили знающие люди, летчик "промазал". Наконец толчок, и всех начинает так швырять, что послышался зубовный стук и скрежет. Это читатель с газетой сорвался с места, боднул Чудика лысой головой, потом приложился к иллюминатору, потом очутился на полу. За все это время он не издал ни одного звука. И все вокруг тоже молчали—это поразило Чудика. Он тоже молчал. Стали. Первые, кто опомнился, глянули в иллюминаторы и обнаружили, что самолет—на картофельном поле. Из пилотской кабины вышел мрачноватый летчик и пошел к выходу. Кто-то осторожно спросил его.

—Мы, кажется, в картошку сели?

—Что, сами не видите,—ответил летчик.

Страх схлынул, и наиболее веселые уже пробовали робко острить.

Лысый читатель искал свою искусственную челюсть. Чудик отстегнул ремень и тоже стал искать.

—Эта?! —радостно воскликнул он, и подал.

У читателя даже лысина побагровела.

—Почему обязательно надо руками трогать? —закричал он шепелявo.

Чудик растерялся.

—А чем же?..

—Где я ее кипятить буду?! Где?!

Этого Чудик тоже не знал.

—Поедемте со мной? —предложил он. —У меня тут брат живет. Вы опасаетесь, что я туда микробов занес? У меня их нету...

Читатель удивленно посмотрел на Чудика и перестал кричать.

В аэропорту Чудик написал телеграмму жене:

"Приземлились. Ветка сирени упала на грудь, милая Груша меня не забудь. Васятка".

Телеграфистка, строгая сухая женщина, прочитав телеграмму, предложила:

—Составьте иначе. Вы—взрослый человек, не в детсаде.

—Почему? —спросил Чудик. —Я ей всегда так пишу в письмах. Это же моя жена!.. Вы, наверно, подумали...

—В письмах можете писать что угодно, а телеграмма—это вид связи. Это открытый текст.

Чудик переписал.

"Приземлились. Все в порядке. Васятка".

Телеграфистка сама исправила два слова: "Приземлились" и "Васятка" Стало: "Долетели. Василий".

—"Приземлились". Вы что, космонавт, что ли?

—Ну, ладно, —сказал Чудик. —Пусть так будет.

... Знал Чудик, есть у него брат Дмитрий, трое племянников... О том, что должна еще быть сноха, как-то не думалось. Он никогда не видел ее. А именно она-то, сноха, все испортила, весь отпуск. Она почему-то сразу невзлюбила Чудика.

Выпили вечером с братом, и Чудик запел дрожащим голосом:

Тополя-а-а...

Софья Ивановна, сноха, выглянула из другой комнаты, спросила зло:

—А можно не орать? Вы же не на вокзале, верно? —И хлопнула дверью.

Брату Дмитрию стало неловко.

—Это... там ребятишки спят. Вообще-то она хорошая.

Еще выпили. Стали вспоминать молодость, мать, отца.

—А помнишь? —радостно спрашивал брат Дмитрий. —Хотя, кого ты там помнишь! Грудной был. Меня оставят с тобой, а я тебя зацеловывал. Один раз ты посинел даже. Попадало мне за это. Потом уже не стали оставлять. И все равно, только отвернутся, я около тебя—опять целую. Черт знает, что за привычка была. У самого-то еще сопли по колена, а уж... это... с поцелуями...

—А помнишь?! —тоже вспомнил Чудик. —Как ты меня...

—Вы прекратите орать? —опять спросила Софья Ивановна совсем зло, нервно. —Кому нужно слушать эти ваши разные сопли да поцелуи? Туда же —разговорились.

—Пойдем на улицу,—сказал Чудик. Вышли на улицу, сели на крылечке.

—А помнишь? —продолжал Чудик.

Но тут с братом Дмитрием что-то случилось: он заплакал и стал колотить кулаком по колену.

—Вот она, моя жизнь! Видел? Сколько злости в человеке!.. Сколько злости!

Чудик стал успокаивать брата.

—Брось, не расстраивайся. Не надо. Никакие они не злые, они—психи. У меня такая же.

—Ну чего вот невзлюбила?!! За што? Ведь она невзлюбила

тебя... А за што?

Тут только понял Чудик, что—да, невзлюбила его сноха. А за что действительно?

—А вот за то, што ты—никакой не ответственный, не руководитель. Знаю я ее, дуру. Помешалась на своих ответственных. А сама-то кто! Буфетчица в управлении, шишка на ровном месте①. Насмотрится там и начинает.. Она и меня-то тоже ненавидит—что я не ответственный, из деревни.

—В каком управлении-то?

—В этом... горно... Не выговорить сейчас. А зачем выходить было? Што она, не знала, што ли?

Тут и Чудика задело за живое.

—А в чем дело, вообще-то? —громко спросил он, не брата, кого-то еще. —Да если хотите знать, почти все знаменитые люди вышли из деревни. Как в черной рамке, так смотришь—выходец из деревни. Надо газеты читать!.. Што ни фигура, понимаешь, так—выходец, рано пошел работать.

—А сколько я ей доказывал в деревне-то люди лучше, незаносистые②.

—А Степана-то Воробьева помнишь? Ты ж знал его.

—Знал, как же.

—Уже там куда деревня!.. А—пожалуйста: Герой Советского Союза. Девять танков уничтожил. На таран шел. Матери его теперь пожизненно пенсию будут шестьдесят рублей платить. А разузнали только недавно, считали—без вести...

—А Максимов Илья!.. Мы ж вместе уходили. Пожалуйста—кавалер Славы трех степеней. Но про Степана ей не говори .. Не надо.

---

① Шишка на ровном месте—(идиома) ничтожество.

② Незаносистые—дружественные.

—Ладно. А этот-то!..

Долго еще шумели возбужденные братья. Чудик даже ходил около крыльца и размахивал руками.

—Деревня, видите ли!.. Да там один воздух чего стоит! Утром окно откроешь—как, скажи, обмоет тебя всего. Хоть пей его—до того свежий да запашистый[1], травами разными пахнет, цветами разными...

Потом они устали.

—Крышу-то перекрыл? —спросил старший брат негромко.

—Перекрыл. —Чудик тоже тихо вздохнул—Веранду построил—любо глядеть. Выйдешь вечером на веранду.. начинаешь фантазировать: вот бы мать с отцом были бы живые, ты бы с ребятишками приехал—сидели бы все на веранде, чай с малиной попивали. Малины нынче уродилось пропасть[2]. Ты, Дмитрий, не ругайся с ней, а то она хуже невзлюбит. А я как-нибудь поласковей буду, она, глядишь, отойдет.

—А ведь сама из деревни! —как-то тихо и грустно изумился Дмитрий. А вот... Детей замучила, дура одного на пианинах замучила, другую в фигурное катание записала. Сердце кровью обливается, а—не скажи, сразу ругань.

—Ммх!..—опять возбудился Чудик. —Никак не понимаю эти газеты вот, мол, одна такая работает в магазине—грубая. Эх, вы!.. а она домой придет—такая же. Вот где горе-то! И я не понимаю! —Чудик тоже стукнул кулаком по колену. —Не понимаю: почему они стали злые?

Когда утром Чудик проснулся, никого в квартире не было; брат Дмитрий ушел на работу, сноха тоже, дети, постарше, играли во дворе, маленького отнесли в ясли.

---

① Запашистый—с запахом, здесь: ароматный.

② Пропасть—очень много.

Чудик прибрал постель, умылся и стал думать, что бы такое приятное сделать снохе. Тут на глаза ему попалась детская коляска. "Эге! —подумал Чудик. —Разрисую-ка я ее". Он дома так разрисовал печь, что все дивились. Нашел ребячьи краски, кисточку и принялся за дело. Через час все было кончено; коляску не узнать. По верху колясочки Чудик пустил журавликов — стайку уголком, по низу—цветочки разные, травку-муравку, пару петушков, цыпляток... Осмотрел коляску со всех сторон—загляденье. Не колясочка, а игрушка. Представил, как будет приятно изумлена сноха, усмехнулся.

—А ты говоришь —деревня. Чудачка. —Он хотел мира со снохой. Ребеночек-то как в корзиночке будет.

Весь день Чудик ходил по городу, глазел на витрины. Купил катер племяннику, хорошенький такой катерок, белый, с лампочкой. "Я его тоже разрисую", —думал.

Часов в 6 Чудик пришел к брату. Взошел на крыльцо и услышал, что брат Дмитрий ругается с женой. Впрочем, ругалась жена, а брат Дмитрий только повторял:

—Да ну, что тут!.. Да ладно... Сонь... Ладно уж...

—Чтоб завтра же этого дурака не было здесь! —кричала Софья Ивановна. —Завтра же пусть уезжает!

—Да ладно тебе!.. Сонь...

—Не ладно! Не ладно! Пусть не дожидается—выкину его чемодан к чертовой матери, и все!

Чудик поспешил сойти с крыльца... А дальше не знал, что делать. Опять ему стало больно. Когда его ненавидели, ему было очень больно. И страшно. Казалось: ну, теперь все, зачем же жить? И хотелось куда-нибудь уйти подальше от людей, которые ненавидят его или смеются.

—Да почему же я такой есть-то? —горько шептал он, сидя в сарайчике. Надо бы догадаться: не поймет ведь она, не поймет народного творчества.

Он досидел в сарайчике дотемна. И сердце все болело. Потом пришел брат Дмитрий. Не удивился—как будто знал, что брат Василий давно уж сидит в сарайчике.

—Вот... —сказал он. —Это... опять расшумелась. Коляску-то... не надо бы уж.

—Я думал, ей поглянется[①]. Поеду я, братка.

Брат Дмитрий вздохнул... И ничего не сказал.

Домой Чудик приехал, когда шел рясный парной дождик. Чудик вышел из автобуса, снял новые ботинки, побежал по теплой мокрой земле—в одной руке чемодан, в другой ботинки. Подпрыгивал и пел громко:

Тополя-а а, тополя а...

С одного края небо уже очистилось, голубело, и близко где-то было солнышко. И дождик редел, шлепал крупными каплями в лужи; в них вздувались и лопались пузыри.

В одном месте Чудик поскользнулся, чуть не упал. Звали его—Василий Егорыч Князев. Было ему тридцать девять лет от роду. Он работал киномехаником в селе. Обожал сыщиков и собак. В детстве мечтал быть шпионом.

(1967)

ОСЕНЬЮ

(рассказ)

Паромщик Филипп Тюрин дослушал последние известия по

---

① Поглянется—(прост.) понравится.

радио, поторчал[1] еще за столом, помолчал строго...

—Никак не могут уняться! —сказал он сердито.

—Кого ты опять? —спросила жена Филиппа, высокая старуха с мужскими руками и с мужским басовитым голосом.

—Бомбят! —Филипп кивнул на репродуктор.

—Кого бомбят?

—Вьетнамцев-то.

Старуха не одобряла в муже его увлечение политикой, больше того, это дурацкое увлечение раздражало ее. Бывало, что они всерьез ругались из-за политики, но сейчас старухе не хотелось ругаться—некогда, она собиралась на базар. Филипп, строгий, сосредоточенный, оделся потеплее и пошел к парому. Паромщиком он давно, с войны. Его ранило в голову, в наклон работать—плотничать—он больше не мог, он пошел паромщиком.

Был конец сентября, дуло после дождей, наносило мразь и холод. Под ногами чавкало. Из репродуктора у сельмага звучала физзарядка, ветер трепал обрывки музыки и бодрого московского голоса. Свинячий визг по селу и крик петухов был устойчивей, пронзительней.

Встречные односельчане здоровались с Филиппом кивком головы и поспешали дальше—к сельмагу за хлебом или к автобусу, тоже на базар торопились.

Филипп привык утрами проделывать этот путь —от дома до парома, совершал его бездумно. То есть он думал о чем-нибудь, но никак не о пароме или о том, например, кого он будет переправлять целый день. Тут все понятно. Он сейчас думал, как унять этих американцев с войной. Он удивлялся, но никого не спрашивал: почему их не двинут нашими ракетами? Можно же за пару дней все решить. Филипп смолоду был очень активен. Активно включился в

---

① Поторчал—посидел.

новую жизнь, активничал с колхозами... Не раскулачивал, правда, но спорил и кричал много—убеждал недоверчивых, волновался. Партийцем он тоже не был, как-то об этом ни разу не зашел разговор с ответственными товарищами, но зато ответственные никогда без Филиппа не обходились: он им от души помогал. Он втайне гордился, что без него никак не могут обойтись. Нравилось накануне выборов, например, обсуждать в сельсовете с приезжими товарищами, как лучше провести выборы: кому доставить урну домой, а кто и сам придет, только надо сбегать утром напомнить... А были и такие, что начинали артачиться①: "Они мне коня много давали—я просил за дровами?.." Филипп прямо в изумление приходил от таких слов. "Да ты что, Егор,—говорил он мужику,—да рази можно сравнивать?! Вот дак раз! Тут политическое дело, а ты с каким-то конем: спутал телятину с..." И носился по селу, доказывал. И ему тоже доказывали, с ним охотно спорили, не обижались на него, а говорили: "Ты им скажи там..." Филипп чувствовал важность момента, волновался, переживал. "Ну народ! —думал он, весь объятый заботами большого дела.—Обормоты дремучие②". С годами активность Филиппа слабела, и тут его в голову-то шваркнуло③—не по силам стало активничать и волноваться. Но он по-прежнему все общественные вопросы принимал близко к сердцу, беспокоился. На реке ветер похаживал добрый. Стегал и толкался... Канаты гудели. Но хоть выглянуло солнышко, и то хорошо.

Филипп сплавал туда-сюда, перевез самых нетерпеливых,

---

① Артачиться—возражать, сопротивляться.

② Обмороты дремучие—(идиома) дикари.

③ Шваркнуло—сильно ударило. Здесь: неожиданно обнаружилось заболевание сосудов головы, стала сильно болеть голова.

дальше пошло легче, без нервов. И Филипп наладился было опять думать про американцев, но тут подъехала свадьба... Такая — нынешняя: на легковых, с лентами, с шарами. В деревне теперь тоже завели такую моду. Подъехали три машины... Свадьба выгрузилась на берегу, шумная, чуть хмельная... весьма и весьма показушная[①], хвастливая. Хоть и мода—на машинах-то, с лентами-то, —но еще редко, еще не все могли достать машины.

Филипп с интересом смотрел на свадьбу. Людей этих он не знал—нездешние, в гости куда-то едут. Очень выламывался[②] один дядя в шляпе... Похоже, что это он добыл машины. Ему все хотелось, чтоб получился размах, удаль. Заставил баяниста играть на пароме, первый пустился в пляс —покрикивал, дробил ногами, смотрел орлом. Только на него-то и смотреть было неловко, стыдно. Стыдно было жениху с невестой —они трезвее других, совестливее. Уж он кобенился-кобенился[③], этот дядя в шляпе, никого не заразил своим деланным весельем, устал... Паром переплыл, машины съехали, и свадьба укатила дальше.

А Филипп стал думать про свою жизнь. Вот как у него случилось в молодости с женитьбой. Была в их селе девка Марья Ермилова, красавица, Круглоликая, румяная, приветливая... Загляденье. О такой невесте можно только мечтать на полатях[④]. Филипп очень любил ее, и Марья тоже его любила—дело шло к свадьбе. Но связался Филипп с комсомольцами... И опять же: сам комсомольцем не был, но кричал и ниспровергал все наравне с ними. Нравилось Филиппу, что комсомольцы восстали против стариков сельских, против их засилья. Было такое дело: поднялся

---

① Показушная—от слова показуха, т. е. делать напоказ, чтобы похвастаться.

② Выламываться—изображать из себя напоказ важность, нужность человека.

③ Кобениться—то же самое, что и выламываться.

④ Полати—большая глубокая полка под потолком в деревенской избе, где можно было спать (там теплее и удобнее).

весь молодой сознательный народ против церковных браков. Неслыханное творилось... Старики ничего сделать не могут, злятся, хватаются за бичи[1]—хоть бичами, да исправить молокососов, но только хуже толкают их к упорству. Веселое было время. Филипп, конечно, тут как тут: тоже против венчанья. А Марья—нет, не против: у Марьи мать с отцом крепкие, да и сама она окончательно выпряглась из передовых рядов: хочет венчаться. Филипп очутился в тяжелом положении. Он уговаривал Марью всячески (он говорить был мастер, за это, наверно, и любила его Марья—искусство, редкое на селе), убеждал, сокрушал темноту деревенскую, читал ей статьи разные, фельетоны, зубоскалил с болью в сердце... Марья ни в какую: венчаться, и все. Теперь, оглядываясь на свою жизнь, Филипп знал, что тогда он непоправимо сглупил. Расстались они с Марьей, Филипп не изменился потом, никогда не жалел и теперь не жалеет, что посильно, как мог участвовал в переустройстве жизни, а Марью жалел. Всю жизнь сердце кровью плакало и болело. Не было дня, чтобы он не вспомнил Марью. Попервости было так тяжко, что хотел руки на себя наложить. И с годами боль не ушла. Уже была семья—по правилам гражданского брака—детишки были... А болело и болело по Марье сердце. Жена его, Фекла Кузовникова, когда обнаружила у Филиппа эту его постоянную печаль, возненавидела Филиппа. И эта глубокая тихая ненависть тоже стала жить в ней постоянно. Филипп не ненавидел Феклу, нет... Но вот на войне, например, когда говорили: "Вы защищаете ваших матерей, жен...", Филипп вместо Феклы видел мысленно Марью. И если бы случилось погибнуть, то и погиб бы он с мыслью о Марье. Боль не ушла с годами, но, конечно, не жгла так, как жгла первые женатые годы. Между прочим, он тогда и говорить

① Бич—ремень, которым стегали, чтобы сделать больно.

стал меньше. Активничал по-прежнему, говорил, потому что надо было убеждать людей, но все как будто вылезал из своей большой горькой думы. Задумается-задумается, потом спохватится—и опять вразумлять людей, опять раскрывать им глаза на новое, небывалое. А Марья тогда... Марью тогда увезли из села. Зазнал[①] ее какой-то (не какой-то, Филипп потом с ним много раз встречался) богатый парень из Краюшкина, приехали, сосватали и увезли. Конечно, венчались. Филипп спустя год спросил у Павла, мужа Марьи: "Не совестно было? В церкву-то поперся..." На что Павел сделал вид, что удивился, потом сказал: "А чего мне совестно-то должно быть?" —"Старикам-то поддался". —"Я не поддался,—сказал Павел,—я сам хотел венчаться". —"Вот я и спрашиваю,—растерялся Филипп,—не совестно? Старикам уж простительно, а вы-то?.. Мы же так никогда из темноты не вылезем". На это Павел заматерился. Сказал: "Пошли вы!.." И не стал больше разговаривать. Но что заметил Филипп: при встречах с ним Павел смотрел на него с какой-то затаенной злостью, с болью даже, как если бы хотел что-то понять и никак понять не мог. Дошел слух, что живут они с Марьей неважно, что Марья тоскует, Филиппу этого только не хватало: запил[②] даже от нахлынувшей новой боли, но потом пить бросил и жил так—носил постоянно в себе эту боль-змею, и кусала она его и кусала, но притерпелся.

Такие-то невеселые мысли вызвала к жизни эта свадьба на машинах. С этими мыслями Филипп еще поплавал туда-сюда, подумал, что надо, пожалуй, выпить в обед стакан водки —ветер пронизывал до костей и душа чего-то заскулила. Заныла, прямо

---

① Зазнал—(прост.) узнал, познакомился.

② Запил—стал каждый день пить водку в большом количестве, чтобы опьянеть и забыться.

затревожилась.

"Раза два еще сплаваю и пойду на обед", — решил Филипп.

Подплывая к чужому берегу (у Филиппа был свой берег, где его родное село, и чужой), он увидел крытую машину и кучку людей около машины. Опытный глаз Филиппа сразу угадал, что это за машина и кого она везет в кузове: покойника. Люди возят покойников одинаково: у парома всегда вылезут из кузова, от гроба, и так как-то стоят и смотрят на реку, и молчат, что сразу все ясно.

"Кого же это? — подумал Филипп, вглядываясь в людей. — Из какой-нибудь деревни, что вверх по реке, потому что не слышно было, чтобы кто-то поблизости помер. Только почему же — откуда-то везут? Не дома, что ли, помер, а домой хоронить везут?"

Когда паром подплыл ближе к берегу, Филипп узнал в одном из стоящих у машины Павла, Марьиного мужа. И вдруг Филипп понял, кого везут... Марью везут. Вспомнил, что в начале лета Марья ехала к дочери в город. Они поговорили с Филиппом, пока плыли. Марья сказала, что у дочери в городе родился ребенок, надо помочь пока. Поговорили тогда хорошо. Марья рассказала, что живут они ничего, хорошо, дети (трое) все пристроились, сама она получает пенсию. Павел тоже получает пенсию, но еще работает, столярничает помаленьку на дому. Скота много не держат, но так-то все есть... Индюшек наладилась держать. Дом вот перебрали[1] в прошлом году: сыновья приезжали, помогли. Филипп тоже рассказал, что тоже все хорошо пока, пенсию тоже получает, здоровьишком пока не жалуется, хотя к погоде голова побаливает. А Марья сказала, что у нее сердце чего-то. Мается сердцем. То ничего-ничего, а то как сожмет, сдавит... Ночью

---

① Перебрать дом — капитальный ремонт избы.

бывает: как заломит-заломит, хоть плачь. И вот, видно, конец Марье... Филипп как узнал Павла, так ахнул про себя. В жар кинуло,

Паром стукнулся о шаткий припоромок (причал). Вдели цепи с парома в кольца припоромка, заклячили ломиками... Крытая машина пробовала уже передними колесами бревна припоромка, бревна хлябали, трещали, скрипели...

Филипп как завороженный стоял у своего весла, смотрел на машину. Господи, господи, Марью везут, Марью... Филиппу полагалось показать шоферу, как ставить на пароме машину, потому что сзади еще заруливали две, но он как прирос к месту, все смотрел на машину, на кузов.

—Где ставить-то?! —крикнул шофер.

—А?

—Где ставить-то?

—Да ставь...—Филипп неопределенно махнул рукой. Все же никак он не мог целиком осознать, что везут мертвую Марью... Мысли вихлялись в голове, не собирались воедино, в скорбный круг. То он вспоминал Марью, как она рассказывала ему вот тут, на пароме, что живут они хорошо... То молодой ее видел, как она... Господи, господи... Марья... Да ты ли это?

Филипп отодрал наконец ноги с места, подошел к Павлу.

Павла жизнь скособочила[1]. Лицо еще свежее, глаза умные, ясные, а осанки никакой. И в глазах умных большая спокойная грусть.

—Что, Павел?...—спросил Филипп.

Павел мельком глянул на него, не понял вроде, о чем его спросили, опять стал смотреть вниз, в доски парома. Филиппу

---

① Жизнь скособочила—из-за болезни человек не может держаться прямо, а клонится на один бок.

неловко было еще спрашивать... Он вернулся опять к веслу. А когда шел, то обошел крытую машину с задка кузова, заглянул туда—гроб. И открыто заболело сердце, и мысли собрались воедино: да, Марья.

Поплыли. Филипп машинально водил рулевым веслом и все думал: "Марьюшка, Марья..." Самый дорогой человек плывет с ним последний раз... Все эти тридцать лет, как он паромщиком, он наперечет знал, сколько раз Марья переплывала на пароме. В основном все к детям ездила в город; то они учились там, то устраивались, то когда у них детишки пошли... И вот—нету Марьи.

Паром подвалил к этому берегу. Опять зазвякали цепи, взвыли моторы... Филипп опять стоял у весла и смотрел на крытую машину. Непостижимо... Никогда в своей жизни он не подумал: что, если Марья умрет? Ни разу так не подумал. Вот уж к чему не готов был, к ее смерти. Когда крытая машина стала съезжать с парома, Филипп ощутил нестерпимую боль в груди. Охватило беспокойство: что-то он должен сделать! Ведь увезут сейчас. Совсем. Ведь нельзя же так: проводил глазами, и все. Как же быть? И беспокойство все больше овладевало им, а он не трогался с места, и от этого становилось вовсе не по себе.

"Да проститься же надо было!... —понял он, когда крытая машина взбиралась уже на взвоз. —Хоть проститься-то!.. Хоть посмотреть-то последний раз. Гроб-то еще не заколочен, посмотреть-то можно же!" И почудилось Филиппу, что эти люди, которые провезли мимо него Марью, что они не должны так сделать—провезти, и все. Ведь если чье это горе, так больше всего —его горе, В гробу-то Марья. Куда же они ее?.. И опрокинулось на Филиппа все не изжитое жизнью, не истребленное временем, незабытое, дорогое до боли... Вся жизнь долгая стояла перед лицом—самое главное, самое нужное, чем он жив был... Он не замечал, что плачет. Смотрел вслед чудовищной машине, где гроб... Машина поднялась на взвоз и уехала в улицу, скрылась. Вот теперь жизнь пойдет как-то иначе: он привык, что на земле есть Марья. Трудно бывало, тяжко—он вспоминал Марью и не знал сиротства. Как же теперь-то будет? Господи, пустота какая, боль какая!

Филипп быстро сошел с парома: последняя машина, только что съехавшая, замешкалась чего-то... Филипп подошел к шоферу.

—Догони-ка крытую... с гробом,—попросил он, залезая в кабину.

—А чего?.. Зачем?

—Надо.

Шофер посмотрел на Филиппа, ничего больше не спросил, поехали, Пока ехали по селу, шофер несколько раз присматривался сбоку к Филиппу.

—Это краюшкинские, что ли? —спросил он, кивнув на крытую машину впереди. Филипп молча кивнул.

—Родня, что ли? —еще спросил шофер.

Филипп ничего на это не сказал. Он опять смотрел во все глаза на крытый кузов. Отсюда виден был гроб посередке кузова... Люди, которые сидели по бокам кузова, вдруг опять показались Филиппу чуждыми—и ему, и этому гробу. С какой стати они-то там? Ведь в гробу Марья.

—Обогнать, что ли? —спросил шофер.

—Обгони... И ссади меня.

Обогнали фургон... Филипп вылез из кабины и поднял руку. И сердце запрыгало, как будто тут сейчас должно что-то случиться такое, что всем, и Филиппу тоже, станет ясно: кто такая ему была Марья. Не знал он, что случится, не знал, какие слова скажет, когда машина с гробом остановится... Так хотелось посмотреть

Марью, так это нужно было, важно. Нельзя же, чтобы она так и уехала, ведь и у него тоже жизнь прошла, и тоже никого не будет теперь... Машина остановилась.

Филипп зашел сзади... Взялся за борт руками и полез по железной этой короткой лесенке, которая внизу кузова.

—Павел...—сказал он просительно и сам не узнал своего голоса: так просительно он не собирался говорить.—Дай я попрощаюсь с ней... Открой, хоть гляну.

Павел вдруг резко встал и шагнул к нему... Филипп успел близко увидеть его лицо... Изменившееся лицо, глаза, в которых давеча стояла грусть, теперь они вдруг сделались злые...

—Иди отсюда! —негромко, жестоко сказал Павел. И толкнул Филиппа в грудь.

Филипп не ждал этого, чуть не упал, удержался, вцепившись в кузов. —Иди!... —закричал Павел, И еще толкнул, и еще—да сильно толкал. Филипп изо всех сил держался за кузов, смотрел на Павла, не узнавал его. И ничего не понимал.

—Э, э, чего вы? —всполошились в кузове. Молодой мужчина, сын наверно, взял Павла за плечи и повлек в кузов.—Что ты? Что с тобой?

—Пусть уходит! —совсем зло говорил Павел.—Пусть он уходит отсюда!.. Я те посмотрю, Приполз... гадина какая. Уходи! Уходи!.. —Павел затопал ногой. Он как будто взбесился с горя.

Филипп слез с кузова. Теперь-то он понимал, что с Павлом. Он тоже зло смотрел снизу на него. И говорил, сам не сознавая, что говорит, но, оказывается, слова эти жили в нем готовые:

—Что, горько?.. Захапал чужое-то, а горько. Радовался тогда?..

—Ты зато много порадовался! —сказал из кузова Павел.—А то я не знаю, как ты радовался!..

—Вот как на чужом-то несчастье свою жизнь строить, —продолжал Филипп, не слушая, что ему говорят из кузова. Важно было успеть сказать свое, очень важно,—Думал, будешь жить припеваючи? Не-ет, так не бывает. Вот я теперь вижу, как тебе все это досталось...

—Много ли ты-то припевал? Ты-то... Сам-то... Самого-то чего в такую дугу согнуло? Если хорошо-то жил—чего же согнулся? От хорошей жизни?

—Радовался тогда? Вот—нарадовался... Побирушка[1]. Ты же побирушка!

—Да что вы?! —рассердился молодой мужчина. —С ума, что ли, сошли!.. Нашли время.

Машина поехала.

Павел еще успел крикнуть из кузова:

—Я побирушка!.. А ты скулил всю жизнь, как пес, за воротами! Не я побирушка-то, а ты!

Филипп медленно пошел назад.

"Марья,—думал он,—эх, Марья, Марья... Вот как ты жизнь-то всем перекосила. Полаялись вот—два дурака... Обои мы с тобой побирушки, Павел, не трепыхайся. Если ты не побирушка, то чего же злишься? Чего бы злиться-то? Отломил смолоду кусок счастья—живи да радуйся. А ты радости-то тоже не знал. Не любила она тебя, вот у тебя горе-то и полезло горлом теперь. Нечего было и хватать тогда. А то приехал—раз, два—увезли!.. Обрадовались".

Горько было Филиппу... Но теперь к горькой горечи этой приметалась еще досада на Марью.

"Тоже хороша: нет подождать—заусилась в Краюшкино! Прямо уж нетерпеж какой-то. Тоже толку-то было... И чего вот

---

① Побирушка—нищий, который выпрашивает у прохожих хлеб, деньги.

теперь?.."

—Теперь уж чего... —сказал себе Филипп окончательно.— Теперь ничего. Надо как-нибудь дожить... Да тоже собираться следом. Ничего теперь не воротишь.

(1972)

Краткий анализ произведений:

《Чудик》считается ключевым рассказом для понимания новелл Шукшина и шукшинских героев.

Три житейские ситуации—в городском магазине, на самолете, на Урале у старшего брата—раскрывают характер чудика и его 《чудачества》. Первая ситуация свидетельствует о его доброте, наивности, простоте. Биографы утверждают, что подобный случай произошел и с самим Шукшиным. Во втором эпизоде обнаруживается заложенная в натуре героя готовность помочь людям. В третьей сцене чудик сопоставляется с мещанским миром невестки, которая уважает только тех людей, которые занимают ответственные посты. Чудик не похож ни на окружающих его бюрократов (телеграфистка), озлобленных хамов (сноха-буфетчица, неблагодарных нечутких людей в самолете). Выходит , что чистые, наивные, простодушные, честные и добрые люди редки. Они кажутся окружающим странными 《чудиками》. Грустно это. Хоть и смешон порой чудик, но чаще всего—трогателен.

"Осень" —рассказ о человеческой судьбе, о смысле жизни, об ее мнимых и настоящих ценностях. Герой рассказа Филлип Тюрин по натуре добрый человек, большой активист, старающийся идти в ногу с эпохой. Убеждения не позволяли ему венчаться в церкви с любимой девушкой, но и Марья под влиянием родителей и деревенских обычаев того времени, заупрямилась: венчаться в церкви и всё. Так, хотя любовь остается, расстались влюбленные. С годами боль не ушла... У Тюрина болело сердце по Марье и после женитьбы. Жена поняла истинные причины постоянной печали и замкнутости, возненавидела его. И в семье Марьи не было лада. Марья тоскует, и муж Павел ненавидит. Судьба четырех людей исковеркана "политическим энтузиазмом" Тюрина, всей душой отстаивавшего новые формы жизни, и покорностью Марьи старым обычаям. Две семьи лишились счастья и покоя. Ему жалко, что он не убедил Марью, что Павел перехватил его счастье. Печален Тюрин, который так и не понял, в чем причины трагедии и почему он остался "побирушкой". Счастье человека достижимо, но за него надо уметь постоять, ведь оно же как птица, упустишь и не поймаешь.

Шукшин рассказывал самые простые, обыкновенные, ничем особенным не примечательные случаи из жизни. Рассказы Шукшина просты, лаконичны. Их герои—типичные русские люди, разные, часто совсем не похожие друг на друга. Но все они вместе—это русский народ со своими неповторимыми чертами, которые образуют национальный характер.

Вопросы и задания:

1. В чем проявляется чудачество Филлипа Тюрина и чем оно вызвано?

2. Каковы причины неудавшейся жизни паромщика Филлипа, его душевных страданий, несчастья его любимой Марьи, а также двух семей?

3. В чем автор видит смысл жизни? Каковы мнимые и настоящие ценности человеческой жизни с точки зрения Шукшина?

Литература

1. В. Карпова Талантливая жизнь, М., Советский писатель, 1986.

2. Русская литература XIX-XX веков, МГУ Филфак, в двух томах, Т. 2, М. , Аспект Пресс, 2000.

3. Русская литература XX века (11 класс) учебник для общеобразовательных учреждений, В двух частях, Ч. 2, под редакцией В. П. Журавлева, М. , “ Просвещение”, 1999.

Виктор Петрович Астафьев

(1924—2002)

ПАСТУХ И ПАСТУШКА

Современная пастораль

(повесть, фрагменты)

Любовь моя, в том мире давнем,
Где бездны, кущи, купола,-
Я птицей был, цветком и камнем.
И перлом—всем, чем ты была!

Теофиль Готье[1]

И брела она по дикому полю, непаханому, нехоженому, косы не знавшему. В сандалии ее сыпались семена трав, колючки цеплялись за пальто старомодного покроя, отделанного сереньким мехом на рукавах.

Оступаясь, соскальзывая, будто по наледи[2], она поднялась на железнодорожную линию, зачастила по шпалам, шаг ее был суетливый, сбивающийся.

Насколько охватывал взгляд—степь кругом немая, предзимно взявшаяся[3] рыжеватой шерсткой. Солончаки[4] накрапом[5] пятнали степную даль, добавляя немоты в ее безгласное пространство, да у

---

① Теофиль Готье (1811—1872)—французский писатель и критик, один из вдохновителей поэтического кружка 《Парнас》, основатель теории 《искусство для искусства》. Поэтов, входящих в этот кружок, стали называть《парнасцами》.

② Наледь—тонкий лёд на земле.

③ Взявшаяся—здесь: покрывавшаяся.

④ Солончаки—почвы, насыщенные солью.

⑤ Накрапом—отдельными крапинами (пятнышками).

самого неба тенью проступал хребет Урала, тоже немой, тоже недвижно усталый. Людей не было. Птиц не слышно. Скот отогнали к предгорьям. Поезда проходили редко.

Ничто не тревожило пустынной тишины.

В глазах ее стояли слезы, и оттого все плыло перед нею, качалось, как в море, и где начиналось небо, где кончалось море— она не различала. Хвостатыми водорослями шевелились рельсы. Волнами накатывали шпалы. Дышать ей становилось все труднее, будто поднималась она по бесконечной шаткой лестнице.

У километрового столба① она вытерла глаза рукой. Полосатый столбик, скорее вострый кол, порябил-порябил и утвердился перед нею. Она спустилась к линии и на сигнальном кургане, сделанном пожарными или в древнюю пору кочевниками, отыскала могилу.

Может, была когда-то на пирамидке звездочка, но, видно, отопрела②. Могилу затянуло травою-проволочником и полынью. Татарник взнимался рядом с пирамидкой-колом, не решаясь подняться выше. Несмело цеплялся он заусенцами за изветренный столбик, ребристое тело его было измучено и остисто.

Она опустилась на колени перед могилой.

—Как долго я тебя искала!

Ветер шевелил полынь на могиле, вытеребливал③ пух из шишечек карлика-татарника. Сыпучие семена чернобыла и замершая сухая трава лежали в бурых щелях старчески потрескавшейся земли. Пепельным тленом отливала предзимняя степь, угрюмо нависал над нею древний хребет, глубоко вдавшийся грудью в равнину, так глубоко, так грузно, что выдавилась из

---

① Километровый столб—небольшие столбики вдоль железной дороги, которые ставили через каждый километр пути.

② Отопрела—здесь: отвалилась от сырости.

③ Вытеребливал—выдувал.

глубин земли горькая соль, и бельма[1] солончаков, отблескивая холодно, плоско, наполняли мертвенным льдистым светом и горизонт, и небо, спаявшееся с ним.

Но это там, дальше было все мертво, все остыло, а здесь шевелилась пугливая жизнь, скорбно шелестели немощные травы, похрустывал костлявый татарник, сыпалась сохлая земля, какая-то живность—полевка-мышка, что ли, суетилась в трещинах земли меж сохлых травок, отыскивая прокорм.

Она развязала платок, прижалась лицом к могиле.

—Почему ты лежишь один посреди России?

И больше ничего не спрашивала.

Думала.

Вспоминала.

Часть вторая: Свидание

И ты пришла, заслышав ожиданье...

Я. Смеляков[2]

Солдаты пили самогонку.

Пили торопливо, молча, не дожидаясь, когда сварится картошка. Пальцами доставали прокисшую капусту из глечика, хрустели, крякали и не смотрели друг на друга.

Хозяйка дома, по имени Люся, пугливо смотрела в сторону солдат, подкладывала сухие ветви акаций и жгуты соломы в печь, торопилась доварить картошку. Корней Аркадьевич Ланцов, расстилавший солому на полу, выпрямился, отряхнул ладонями штаны, боком подсел к столу:

---

① Бельма—здесь: белые пятна.

② Я. В. Смеляков (1912—1972)—русский советский поэт.

—Налейте и мне.

Борис сидел у печки, грелся и отводил глаза от хозяйки, возившейся рядом, старшина Мохнаков поднял с пола немецкую канистру, налил полную кружку, подсунул ее Ланцову и криво шевельнул углом рта:

—Запыживай①, паря②!

Корней Аркадьевич суетливо оправил гимнастерку, будто нырять в прорубь собрался, судорожно дергаясь, всхлипывая, вытянул самогонку и какое-то время сидел оглушенный. Наконец наладилось дыхание, и Ланцов жалко пролепетал, убирая пальцем слезу:

—Ах, господи!

Скоро, однако, он приглушил застенчивость, оживился, пытаясь заговорить с солдатами, со старшиной. Но те упорно молчали и глушили самогонку. В избе делалось все труднее дышать от табачного дыма, стойкого запаха затхлой буряковой самогонки и гнетущего ожидания чего-то худого.

“Хоть бы сваливались скорее,—с беспокойством подумал взводный,—а то уже и жутко даже...”

—Вы тоже выпили бы,—обратился к нему Корней Аркадьевич,—право, выпили бы... Оказывается, помогает...

—Я дождусь еды,—отвернулся к печи Борис и стал греть руки над задымленным шестком. Труба тянула плохо, выбрасывала дым. Видать, давно нет мужика в доме.

Неустойчиво все во взводном, в голове покачивается и звенит еще с ночи. Разбил он однажды сапоги до того, что остались передки с голенищами. Подвязал их проволокой, но когда простыл и ходить вовсе не в чем сделалось, стянул сапоги с такого же, как

---

① Запыживай—здесь: пей.

② Паря—(прост.)парень.

он, молоденького лейтенанта, полегшего со взводом в балке. Стянул, надел—у него непереносимо, изводно[1] стыли[2] ноги в этих сапогах, и он поскорее сменял их.

Теперь вот у него такое ощущение, будто весь он в сапоге, стянутом с убитого человека.

—Промерзли? -спросила хозяйка.

Он потер виски ладонью, приостановил в себе обморочную качку, взглянул на нее осмысленно. "Есть маленько",—хотелось сказать ему, но он ничего не сказал, сосредоточил разбитое внимание на огне под таганком[3].

По освещенному огнем лицу хозяйки пробегали тени. И было в ее маленьком лице что-то как будто недорисованное, было оно подкопчено лампадкой или лучиной, проступали отдельные лишь черты лика. Хозяйка чувствовала на себе пристальный, украдчивый взгляд и покусывала припухшую нижнюю губу. Нос ее, ровный, с узенькими раскрылками, припачкан сажей. Овсяные, как определяют в народе, глаза, вызревшие в форме овсяного зерна, прикрыты кукольно загнутыми ресницами. Когда хозяйка открывала глаза, из-под ресниц этих обнажались темные и тоже очень вытянутые зрачки. В них метался отсвет огня, глаза в глуби делались переменчивыми: то темнели, то высветлялись и жили отдельно от лица. Но из загадочных, как бы перенесенных с другого, более крупного лица, глаз этих не исчезало выражение покорности и устоявшейся печали. Еще Борис заметил, как беспокойны руки хозяйки. Она все время пыталась и не могла найти им места.

Солома прогорела. Веточки акаций лежали горкой

---

① Изводно—здесь: мучительно.

② Стыли—мерзли.

③ Таганок—маленький котел (котелок).

раскаленных гвоздиков, от них шел сухой струйный пар. Рот хозяйки чуть приотворился, руки успокоились у самого горла. Казалось, спугни ее—и она, вздрогнув, уронит руки, схватится за сердце.

—Может быть, сварилась? —осторожно дотронулся до локтя хозяйки Борис.

—А? —хозяйка отпрянула в сторону. —Да, да, сварилась. Пожалуй, сварилась. Сейчас попробуем. —Произношение не украинское, и ничего в ней не напоминало украинку, разве что платок, глухо завязанный, да передник, расшитый тесьмою. Но немцы всех жителей, и в первую голову женщин, научили здесь затеняться①, прятаться, бояться.

Люся выдвинула кочергой чугун② на край припечка, ткнула пальцем в картофелину, затрясла рукой. Сунула палец в рот. Получилось по-детски смешно и беззащитно. Борис едва заметно улыбнулся.

Прихватив чугун чьей-то портянкой, он отлил горячую воду в лохань, стоявшую в углу под рукомойником. Из лохани ударило тяжелым паром. Хозяйка вынула палец изо рта, спрятала руку под передник. Потерянно и удивленно наблюдала за действиями командира.

—Вот теперь налейте и мне,—поставив чугун на стол, произнес лейтенант.

—Да ну-у-у? —громко удивился Мохнаков. —К концу войны, глядишь, и вы с Корнеем обстреляетесь③! —подкова рта старшины разогнулась чуть ли не до подбородка, выражая презрение, может, брезгливое многозначение иль еще какие-то

---

① Затеняться—прятаться в тень.

② Чугун—чугунный горшок.

③ Обстреляетесь—много раз побываете под пулями и привыкнете к ним.

скрытые неприязненные чувства, которыми полнился старшина всякий раз, когда пьянел. Вновь его обуревал кураж[1]—так называется это на родимой сторонушке взводного и помкомвзвода в Сибири.

Борис не смотрел на старшину, лишь сердито двинул в бок Шкалика:

—Подвинься-ка!

Шкалик ужаленно подскочил и чуть не свалился со скамейки.

—Напоили мальчишку! —Борис не обращался ни к кому, но старшина его слышал, внимал, поднял глаза к потолку, не переставая кривить рот в усмешке. —Садитесь, пожалуйста, — позвал Борис Люсю, одиноко прижавшуюся спиною к остывшему шестку и все прячущую руку под передником.

—Ой, да что вы! Кушайте, кушайте! —почему-то испугалась хозяйка и стала суетливо шарить по платку, по груди, ускользая глазами от взгляда Мохнакова, вдруг в нее уставившегося.

—Н-не, девка, не отказывайся,—распевно завел Пафнутьев,—не моргуй[2] солдатской едой. Мы худого тебе не сделаем. Мы...

—Да хватит тебе! —Борис похлопал рукой по скамейке, с которой услужливо сошел Пафнутьев. —Я вас очень прошу.

—Хорошо, хорошо! —Люся как бы застыдилась, что ее упрашивают, лейтенант даже на солдата рассердился почему-то. — Я сейчас, одну минутку...

Она исчезла в чистой половине, прикрытой створчатой дверью, и скоро возвратилась оттуда без платка, без передника. У нее была коса, уложенная на затылке. Легкий румянец выступил на бледном лице ее. Не ко времени и не к месту она тут, среди

---

① Кураж—(устар. и прост.) наигранная смелость.

② Не моргуй—(диалект.) не брезгуй.

грязных, мятых и сердитых солдат, думалось ей. Она стеснялась себя.

—Напрасно вы здесь расположились,—скованно заговорила она и пояснила Борису:—Просила, просила, чтоб проходили туда,—махнула она на дверь в чистую половину.

—Давно не мылись мы,—сказал Карышев, а его односельчанин и кум Малышев добавил:

—Натрясем трофеев[①].

—Вот уж намоемся, отстираемся, в порядок себя приведем...—завел напевно Пафнутьев.

—Тогда и в гости пожалуем,—подхватил Мохнаков, подмигивая всему застолью разом, с форсом[②] без промаха разливая всем поровну, и Люсе тоже, убойно пахнущее зелье. Он первый громко, как бы с дружеским вызовом звякнул гнутой алюминиевой кружкой о стакан, из деликатности оставленный Люсе. И все солдаты забренчали посудинами, смешанно произнесли привычное: "Будем здоровы!", "Со свиданьицем!" и так далее. Люся подождала с поднятым стаканом, не скажет ли чего командир. Он ничего не говорил.

—С возвращением вас...—потупившись, вымолвила хозяйка в ответ и отвернулась к печке, часто заморгав. —Мы так вас долго ждали. Так долго...—Она говорила с какой-то покаянностью, словно виновата была в том, что так долго пришлось ждать. Отчаянно, в один дух, Люся выпила самогонку и закрыла ладошкой рот.

—Вот это—по-нашенски! Вот видно, что рада! —загудел Карышев и потянулся к ней с американской колбасой на

① Натрясем трофеев—имеется в виду: натрясем вшей.

② С форсом—ловко, красиво.

складнике[①], с наспех ободранной картофелиной. Шкалик хотел опередить Карышева, да уронил картошку. Ему в ширинку[②] накрошилось горячее, он забился было, но тут же испуганно сжался. Взводный с досадой отвернулся. Шкалик стряхнул горячее в штанину, ему сделалось лучше.

Человек этот, Шкалик, был непьющий. Еще Борис и Корней Аркадьевич непьющие. Оттого чувствовали они себя бросовыми[③] людьми и не такими прочными бойцами, как все остальное воинство, которое хотя тоже большей частью пило "для сугрева[④]", но как-то умело внушить свою полную отчаянность и забубенность[⑤]. Вообще мужик наш, русский мужик, очень любит нагонять на себя отчаянность, а посему и привирает подчас насчет баб и выпивки. Пил сильно, но упорно не пьянел лишь старшина, добывая где-то, даже в безлюдных местах, горючку всяких видов, и возле него всегда крутился услужливый, падкий на дармовщину[⑥], кум-пожарник Пафнутьев. Малышев и Карышев пивали редко, зато уж обстоятельно. Получая свои сто граммов, они сливали их во флягу и, накопив литр, а то и более, дождавшись благой, затишной минуты, устраивались на поляне, либо в хате какой, неторопливо пили, чокаясь друг с другом, и ударялись в воспоминания, "советовались", как объясняли они свои эти беседы. Потом пели—Карышев басом, Малышев дискантом:

За ле-есом солнце зы-ва-сия-а-а-ало,

---

① Складник—складной ножик.

② Ширинка—застешка спереди на мужских брюках, чтобы их было удобно снимать и одевать.

③ Бросовый—никому ненужный.

④ Для сугрева—(прост.)для тепла.

⑤ Забубенность—человек отчаянный, увлекающийся , теряющий меру во всем.

⑥ На дармовщину—(прост.)не расходуясь, на чужой счет.

Гы-де черы-най во-е-еора-а-ан про-кы-ричи-ал.

Пы-рошли часы, пы-рошли мину-уты,

Ковды-ы зы-девче-е-онкой я-а-а гуля-а-ал... [①]

—Откель[②] будешь, дочка? —лез с вопросами к Люсе любящий всех людей на свете Карышев, раскрасневшийся от выпивки. —По обличью и говору навроде расейская[③]? —И Малышев собирался вступить в разговор, но взводный упредил его:

—Дай человеку поесть.

—Да я могу есть и говорить. —Люся радовалась, что солдаты сделались ближе и доступней. Один лишь старшина ощупывал ее потаенным взглядом. От этого все понимающего, налитого тяжестью взгляда ей все больше и больше становилось не по себе. —Я не здешняя.

—А-а. То-то я гляжу: обличие[④]... Не чалдонка[⑤] случаем? —все больше мягчея лицом, продолжал расспрашивать Карышев.

—Не знаю.

—Вот те раз! Безродная что ли?

—Ага.

—А-а. Тогда иное дело. Тогда конечно... Судьба, она, брат, такое может с человеком сотворить...

Взводный души не чаял[⑥] в этих двух алтайцах-кумовьях, которые родились, жили и работали в самой красивой на свете, по их заверению, алтайской деревне Ключи. Не сразу понял и принял

---

① За лесом солнце засияло, где черный ворон прокричал, прошли часы, прошли минуты, когда с девчонкой я гулял.

② Откель—(прост.)откуда.

③ Расейская—российская.

④ Обличие—внешний вид.

⑤ Чалдонка—народность.

⑥ Души не чаял—(разг.)очень любить.

этих солдат Борис. Поначалу, когда пришел во взвод, казались они ему тупицами, он даже раздражался, слушая подковырки и насмешки их друг над другом. Карышев был рыжий. Малышев—лысый. Эти-то два отличия они и использовали для шуток. Стоило снять Карышеву пилотку, как Малышев начинал зудеть: "Чего разболокся[①]? Взбредет в башку германцу, что русский солдат картошку варит на костре,—и зафитилит[②] из орудия!" Карышев срывал пучок травы и бросал на лысину Малышеву: "Блестишь на всю округу! Фриц усекет[③]—миномет тута—и накроет[④]!" Солдаты впокат валились[⑤], слушая перебранку алтайцев, а Борис думал: "До чего же отупеть надо, чтобы радоваться таким плоским, да и неловким для пожилых людей насмешкам". Но постепенно привык он к людям, к войне, стал их видеть и понимать по-другому, ничего уже низкого в неуклюжих солдатских шутках и подковырках не находил. Воевали алтайцы, как работали, без суеты и злобы. Воевали по необходимости, да основательно. В "умственные" разговоры встревали редко, но уж если встревали—слушай.

Как-то Карышев срубил под корень[⑥] Ланцова, впавшего в рассуждения насчет рода людского: "Всем ты девицам по серьгам отвесил[⑦]: и ученым, и интеллигентам, и рабочим в особенности, потому как сам из рабочих, главнее всех сам себе кажешься. А всех главнее на земле—крестьянин-хлебороб. У него есть все: земля! У

---

① Разболокся—(прост.) разделся.

② Зафитилит—выстрелит.

③ Усекет— (прост.) усечет, т. е. заметит.

④ Накроет—(воен. выражение) накроет огнем, т. е. застрелит.

⑤ Впокат валились—(прост.)покатом валились.

⑥ Срубить под корень—здесь: победить в споре.

⑦ Всем ты девицам по серьгам отвесил—от русской народной пословицы, раздать всем сестрам по серьгам, т. е. всем дать одинаково, всех одинаково оценить.

него и будни, и праздники—в ней. Отбирать ему ни у кого ничего не надобно. А вот у крестьянина отвеку норовят отнять хлеб. Германец, к слову, отчего воюет и воюет? Да оттого, что крестьянствовать разучился и одичал без земляной работы. Рабочий класс у него машины делает и порох. А машины и порох жрать не будешь, вот он и лезет всюду, зорит① крестьянство, землю топчет и жгет, потому как не знает цену ей. Его бьют, а он лезет. Его бьют, а он лезет!”

Карышев сидел нынче за столом широко, ел опрятно и с хитроватой мудрецой поглядывал на Корнея Аркадьевича. Гимнастерку алтаец расстегнул, пояс отвязал, был широк и домовит. Картошку он чистил брюшками пальцев, раздевши ее, незаметно подсовывал Люсе и Шкалику. Совсем уж пьяный был Шкалик, шатался на скамейке, ничего не ел. Нес капусту в рот, да не донес, всю на гимнастерку развесил. Карышев тряхнул на нем гимнастерку, ленточки капусты сбросил на пол. Шкалик тупо следил за его действиями и вдруг ни с того ни с сего ляпнул:

—А я из Чердынского району!..

—Ложился бы ты спать, из Чердынского району—заворчал отечески Карышев и показал Шкалику на солому.

—Не верите? —Шкалик жалко, по-ребячьи лупил глаза②. Да и был он еще парнишкой—прибавил себе два года, чтобы поступить в ремесленное училище и получать бесплатное питание, а его цап-царап③ в армию, и загремел Шкалик на фронт, в пехоту.

—Есть такое место на Урале,—продолжал настаивать Шкалик, готовый вспылить или заплакать. —Там, знаете, какие дома?!

---

① Зорит—(прост.) разоряет.

② Лупил глаза—широко открывал глаза.

③ Цап-царап—(разг.)схватили.

—Большие! —хмыкнул Пафнутьев, мужичонка прицепистый, всем недовольный оттого, что с хорошей службы слетел. Состоял он при особом отделе армии, но одного, осужденного в штрафную, до ветру отпустил, тот взял да в село ушел, гимнастерку променял, сапоги, пьяный и босой возвратился. За потерю бдительности Пафнутьев и оказался на передовой.

—Ры-разные, а не большие,—поправил его Шкалик,—и что тебе наличники, и что тебе ворота—все из... изрезанные, изукрашенные. И еще там купец жил—рябчиками торговал... Ми... мильены нажил...

—Он не дядей тебе случайно приходился? —продолжал расспрашивать Пафнутьев, и Люся почувствовала: не по-хорошему он парнишку подъедает. Шкалик ничего разобрать не мог, охотно беседовал.

—Не-е, мой дядя конюхом состоит.

—А тетя—конюшихой?

—Тетя? Тетя конюшихой. Смеетесь, да? —Шкалик прошелся по застолью убитыми горем глазами, часто захлопал прямыми и белыми, как у поросенка, ресницами. —У нас писатель Решетников жил! —звонко закричал Шкалик и стукнул кулачишком по столу. —“Подлиповцы” читали? Это про нас...

—Читали, читали...—начал успокаивать его Корней Аркадьевич. —Пила и Сысойка, девка Улька, которую живьем в землю закопали... Все читали. Пойдем-ка спать. Пойдем баиньки. —Он подхватил Шкалика, поволок его в угол на солому. —До чего ты ржавый, крючок! —бросил он Пафнутьеву.

—Во! —кричал Шкалик. —А они не верят! У нас еще коней разводили!.. Графья Строгановы...

—И откуль в таком маленьком человеке столько памяти? —развел руками Пафнутьев.

—Хватит! —прикрикнул Борис. —Дался он вам...

—Я сурьезно...

Все в Борисе одрябло, даже голос, в паутинистом сознании путались предметы, лица солдат, ровно бы выцветшие, подернутые зыбкой пеленой. Сонная тяжесть давила на веки, расслабляла мускулы, даже руками двигать было тяжело. "Уходился①,—вяло подумал Борис.—Больше не надо выпивать..." Он начал есть капусту с картошкой, попил холодной воды и почувствовал себя тверже.

Старшина покуривал, пуская дым в потолок, и все так же отдаленно улыбался, кривя угол рта.

—Извините,—сказал хозяйке Борис, как бы проснувшись, и пододвинул к ней банку с американской колбасой. Он все время ловил на себе убегающий взгляд ласковых, дальним скользящим светом осиянных② глаз. Будто со старой иконы или потертого экрана появились, ожили глаза и, то темнело, то прояснялось лицо женщины.—Держу при себе, как ординарца, хотя он мне и не положен,—пояснил Борис насчет Шкалика, чтобы хоть о чем-то говорить и не пялиться на хозяйку.—Горе мне с ним: ни починиться③, ни сварить... и все теряет... В запасном полку отощал, куриной слепотой④ заболел.

—Зато мягкосердечный, добренький зато,—неожиданно вставил Мохнаков, все глядя в потолок и как бы ни к кому обращаясь. Взгляд и лицо Мохнакова совсем затяжелели. А в горле появилась ржа⑤. Помкомвзвода почему-то недобро подъедал взводного. Солдаты насторожились—этого еще не было.

---

① Уходился—устал.

② Осияные—освященные.

③ Починиться—что либо зашить.

④ Куриная слепота—народное название заболевания глаз, когда человек совершенно перестанет видеть в темноте.

⑤ В горле появилась ржа—здесь: охрип.

Старшина, будто родимый тятя[1], опекал и берег лейтенанта. И вот что-то произошло между ними. Ну произошло и произошло, разбирайтесь потом, а сейчас-то в этой хате, при такой молодой и ладной хозяйке, после ночного побоища всем хотелось быть добрыми, хорошими. Ланцов, Карышев, Малышев, даже Пафнутьев с укором взирали на своих командиров.

Борис не отозвался на выпад старшины и не прикасался больше к кружке с самогонкой, хотя солдаты и насылались с выпивкой, зная, что чарка[2] всегда была верным орудием в примирении людей. Даже Ланцов разошелся и пьяно лип[3] с просьбой выпить.

Родом Ланцов из Москвы. В детстве на клиросе пел[4], потом под давлением общественности к атеистически настроенному пролетариату присоединился, работал корректором в крупном издательстве, где, не жалея времени и головы, прочел без разбора множество всяческой литературы, отчего привержен сделался к пространным рассуждениям.

—Ах, Люся, Люся! —схватившись за голову, долговязо раскачивался Ланцов и артистично замирал, прикрывая глаза. —Что мы повидали! Что повидали! Одной ночи на всю жизнь хватит...

"Прямо как на сцене,—морщился Борис. —Будто он один насмотрелся".

Пересиливая раздражение, Борис положил руку на плечо солдата:

—Корней Аркадьевич! Ну что вы, ей-богу! Давайте о чем-нибудь другом. Споемте? —нашелся взводный.

---

① Тятя—папа, отец.

② Чарка—(старин.)большая рюмка, здесь: рюмка водки.

③ Лип—приставал.

④ На клиросе пел—пел в церкви.

Звенит зва-янок насче-от па-верки-и-и[1],

Ланцов из за-я-амка у-ю-бежа-а-а-ал...-

охотно откликнувшись, заорал Пафнутьев. Но Корней Аркадьевич прикрыл его рот сморщенной ладонью.

—Насчет Ланцова потом. Говорить хочу. Я долго молчал. Я все думал, думал и молчал. —Взводный чуть заметно улыбнулся солдатам: пусть, мол, потешится человек. —Я сегодня думал. Вчера молчал. Думал. Ночью, лежа в снегу, думал: неужели такое кровопролитие ничему не научит людей? Эта война должна быть последней! Или люди недостойны называться людьми! Недостойны жить на земле! Недостойны пользоваться ее дарами, жрать хлеб, картошку, мясо, рыбу, коптить небо. Прав Карышев, сто раз прав, одна истина свята на земле—материнство, рождающее жизнь, и труд хлебопашца, вскармливающий ее...

Что-то раздражало сегодня лейтенанта, все и все раздражали, но Ланцов с его рассуждениями в особенности. И хотя Борис понимал, что пора уже всем отдыхать и самого на сон ведет, он все же подзадорил доморощенного философа в завшивленной грязной гимнастерке, заросшего реденькой, сивой бородой псаломщика:

—Так. Земля. Материнство. Пашня. Все это вещи достойные, похвальные. —Борис заметил, как начали переглядываться, хмыкать бойцы: "Ну, снова началось!"—но остановить себя уже не мог. "Неужто я так захмелел?.."—но его несло. Отличником в школе он не был, однако многие прописные истины выучил наизусть:—Ну а героизм? То самое, что вечно двигало человека к подвигам, к совершенству, к открытиям?

—Героизм! Подвиги! Безумству храбрых поем мы

---

① Поверка—солдат выстраивают и приказывают пересчитаться.

песню! [1] —с криком вознес руки к потолку Ланцов. —Не довольно ли безумства-то? Где граница между подвигом и преступлением? Где?! Вон они, герои великой Германии, отказавшиеся по велению отцов своих—командиров от капитуляции и от жизни, волками воющие сейчас на морозе, в снегах России. Кто они? Герои? Подвижники? Переустроители жизни? Благодетели человечества? Или вот открыватели Америк. Кто они? Бесстрашные мореплаватели? Первопроходцы? Обратно благодетели? Но эти благодетели на пути к подвигам и благам замордовали[2], истребили целые народы на своем героическом пути. Народы слабые, доверчивые! Это ж дети, малые дети Земли, а благодетели—по их трупам с крестом и мечом, к новому свету, к совершенству. Слава им! Памятники по всей планете! Возбуждение! Пробуждение! Жажда новых открытий, богатств. И все по трупам, все по крови! Уже не сотни, не тысячи, не миллионы, уже десятками миллионов человечество расплачивается за стремление к свободе, к свету, к просвещенному разуму! Не-эт, не такая она, правда! Ложь! Обман! Коварство умствующих ублюдков[3]! Я готов жить в пещере, жрать сырое мясо, грызть горький корень, но чтоб спокоен был за себя, за судьбу племени своего, собратьев своих и детей, чтобы уверен был, что завтра не пустит их в распыл[4] на мясо, не выгонит их во чистое поле замерзать, погибать в муках новый Наполеон, Гитлер, а то и свой доморощенный бог с бородкой иудея иль с усами джигита[5], ни разу не садившегося на коня...

—Стоп, военный! —хлопнул по столу старшина и поймал на

---

① Безумству храбрых поем мы песню—цитата из стихотворения в прозе М. Горького «Песня о буревестнике», написанного в предреволюционные годы.

② Замордовали—замучали.

③ Ублюдки—духовные уроды, не люди.

④ В распыл—на уничтожение.

⑤ С бородкой иудея иль с усами джигита—имеются в виду Троций и Сталин.

лету ложку. —Хорошо ты говоришь, но под окном дежурный с колотушкой ходит... —Мохнаков со значением глянул на Пафнутьева, сунул ложку за валенок. —Иди, прохладись, да пописять[1] не забудь—здесь светлее сделается, —похлопал он себя по лбу...

...

В хате жарко и душно. Подтопок резво потрескивал. Горели в нем сосновые добрые поленья, раздобытые где-то солдатами. Сзади подгонка, вмурованный в кирпичи, сипел по-самоварному бак с водою. Взводный поискал куда бы пристроить портянки, по все уже было завешено пожитками[2] солдат, от них расплывалась по кухне хомутная прель[3]. Люся отняла у Бориса портянки, приладила их на поленья возле дверцы подтопка.

Ланцов качался за столом, клевал носом.

—Ложились бы вы, Корней Аркадьевич. —Борис прижимался спиной к подтопку и ощущал, как распускается, вянет его нутро. —Все уже спят, и вам пора.

—Варварство! Идиотство! Дичь! —будто не слыша Бориса, философствовал Ланцов. —Глухой Бетховен для светлых душ творил, фюрер[4] под его музыку заставил маршировать своих пустоголовых убийц. Нищий Рембрандт кровью своей писал бессмертные картины! Геринг[5] их уворовал. Когда припрет[6]—он их в печку... И откуда это? Чем гениальнее произведение искусства, тем сильнее тянутся к нему головорезы[7]! Так вот и к

---

① Пописять—(прост. разг.)поссать, испустить мочу.

② Пожитки—вещи, здесь: одежда.

③ Хомутная прель—сырой запах, исходящей от нечистой мокрой ткани.

④ Фюрер—Гитлер.

⑤ Геринг—один из близких сподвижников Гитлера.

⑥ Когда припрет—здесь: когда Германия начнет проигрыть войну.

⑦ Головорезы—разбойники,которые отрезают головы.

женщине! Чем она прекрасней, тем больше хочется лапать ее насильникам...

—Может, все-таки хватит? —оборвал Борис Корнея Аркадьевича. —Хозяйке отдыхать надо. Мы и так обеспокоили.

—Что вы, что вы? Даже и не представляете, как радостно видеть и слышать своих! Да и говорит Корней Аркадьевич красиво. Мы тут отучились уж от человеческих слов.

Корней Аркадьевич поднял голову, с натужным вниманием уставился на Люсю.

—Простите старика. —Он потискал костлявыми пальцами обросшее лицо. —Напился, как свинья! И вы, Борис, простите. Ради бога! —уронив голову на стол, он пьяненько всхлипнул. Борис подхватил его под мышки, свалил на солому. Люся примчала подушку из чистой половины, подсунула ее под голову Корнея Аркадьевича. Услышав мягкое под щекою, он хлюпнул носом: —Подушка! Ах вы, дети! Как мне вас жалко! —свистнув прощально носом, он отчалил от этих берегов, задышав ровно, с пришлепом.

—Пал последний мой гренадер! —через силу улыбнулся Борис.

Люся убирала со стола. Взявшись за посудину с самогоном, она вопросительно взглянула на лейтенанта.

—Нет-нет! —поспешно отмахнулся он. —Запах от нее... В пору тараканов морить!

Люся поставила канистру на подоконник, смела со стола объедь, вытряхнула тряпку над лоханкой. Борис отыскал место среди разметавшихся, убитых сном солдат. Шкалика—мелкую рыбешку—выдавили наверх матерые осетры—алтайцы. Он лежал поперек народа, хватал воздух распахнутым ртом. Похоже было—кричал что-то во сне. Квасил губы Ланцов, обняв подушку. Храпел Малышев, и солому трепало возле его рта. Взлетали планки пяти медалей на булыжной груди Карышева. Сами медали у него в кармане: колечки соединительные, говорит, слабы—могут отцепиться или вши отъедят.

Борис швырнул на пол шинель к ногам солдат, рывком выдернул из-под них клок измочаленной соломы и начал стелить в головах телогрейку. Люся смотрела, смотрела и, на что-то решившись, взяла с полу шинель, телогрейку лейтенанта и забросила их на печь, приподнявшись на припечек, расстелила одежду, чтобы лучше просыхала, и, управившись с делом, легко спрыгнула на пол.

—Ну, зачем вы? Я бы сам...

—Идите сюда! —позвала Люся.

Стараясь ступать тихо, лейтенант боязливо и послушно поволокся за ней...

Борис переступал на холодном, щекочущем пятки полу, стыдясь грязных ног, и с подчеркнутым интересом глядел на лампочку нерусского образца—приплюснутую снизу.

Люся, тоже ровно[1] бы потерявшись в этой просторной, выветренной комнате, говорила, что селение у них везучее. За рекой вон хутор поразбили, а здесь все цело, хотя именно здесь стоял целый месяц немецкий штаб, но наши летчики, видать, не знали об этом. Локомобиль немцы поставили. В хате квартировал важный генерал, для него и свет провели, да ночевать-то ему здесь почти не довелось, в штабе и спал. Отступали немцы за реку бегом, про локомобиль забыли, вот и остался он на полном ходу.

Сбивчиво объясняя все это, хозяйка раздвинула холщовые занавески с аппликациями[2]. За узкой фанерной дверью

---

① Ровно—(простор.) словно.

② Занавески с аппликациями—занавески с нашитыми на них кусочками ткани, вырезанными так, что получается занавеска с красивым рисунком.

обнаружилась еще одна небольшая комнатка. В ней был деревянный, неровно пригнанный пол, застланный пестрой ряднинкой①, этажерка с книгами, поломанный гребень на этажерке, наперсток, ножницы, толстая хомутная игла, воткнутая в вышитую салфетку. У глухой стены против окна—чистая кровать с одной подушкой. Другую подушку, догадался Борис, хозяйка унесла Корнею Аркадьевичу.

—Вот тут и ложитесь,—показала Люся на кровать.

—Нет! —испугался взводный. —Я такой...—пошарил он себя по гимнастерке и ощутимее почувствовал под нею давно не мытое, очерствелое тело.

—Вам ведь спать негде.

—Может быть, там,—помявшись, указал Борис на дверь. — Ну, на скамье. Да и то...—он отвернулся, покраснел. —Зима, знаете. Летом не так. Летом почему-то их меньше бывает...

Хозяйке передалось его смущение, она не знала, как все уладить. Смотрела на свои руки. Борис заметил уже, как часто она смотрит на свои руки, будто пытается понять—зачем они ей и куда их девать. Неловкость затягивалась. Люся покусала губу и решительно шагнула в переднюю. Вернувшись с ситцевым халатом, протянула его.

—Сейчас же снимайте с себя все! —скомандовала она. —Я вам поставлю корыто, и вы немножко побанитесь②. Да смелей, смелей! Я всего навидалась. —Она говорила бойко, напористо, даже подмигнула ему: не робей, мол, гвардеец! Но тут же зарделась сама и выскользнула из комнаты.

Раскинув халат, Борис обнаружил на нем разнокалиберные

---

① Ряднинка—род грубой материи.

② Побанитесь—от слова баня, т. е помоетесь как в бане.

пуговицы. Одна пуговица была оловянная, солдатская, сзади пришит поясок. Смешно сделалось Борису. Он даже чего-то веселое забормотал, да опомнился, скомкал халат, толкнул дверь, чтобы выкинуть дамскую эту принадлежность.

—Я вас не пущу! —Люся держала фанерную дверь. —Если хотите, чтобы высохло к утру,—раздевайтесь!

Борис опешил.

—Во-о. Дела-а! —почесал затылок. —Д-а, да что я на самом деле—вояка или не вояка?! —решительно сбросил с себя все, надел халат, застегнул и, собрав в беремя① манатки②, вышел к хозяйке, да еще и повернулся лихо перед нею, отчего пола халата закинулась, обнажив колено с крупной чашечкой.

Люся прикрыла рот ладонью. Поглядывая украдкой на лейтенанта, она вытащила из кармана гимнастерки документы, бумаги, отвинтила орден Красной Звезды, гвардейский значок, отцепила медаль "За боевые заслуги". Осторожно отпорола желтенькую нашивку—знак тяжелого ранения. Борис щупал листья цветка, нюхал красный бутон и дивился—ничем он не пахнет. Вдруг обнаружил—цветок-то из стружек! Червонный цветок напомнил живую рану, занудило③ опять нутро взводного.

—Это что? —Люся показала на нашивку.

—Ранение,—отозвался Борис и почему-то соврал поспешно,—легкое.

—Куда?

—Да вот,—ткнул он пальцем в шею себе. —Пулей чиркнуло. Пустяки. Люся внимательно поглядела, куда он показал: чуть выше ключицы фасолиной изогнулся синеватый шрам. В ушах

---

① В беремя—(прост.) здесь: в один ком.

② Манатки—здесь: одежда.

③ Занудило—здесь: заболело.

лейтенанта земля, воспаленные глаза в темно-угольном ободке. Колючий ворот мокрой шинели натер шею лейтенанта, он словно был в галстуке. Кожей своей ощутила женщина, как саднит[①] шея, как все устало в человеке от пота, грязи, пропитанной сыростью и запахом гари военной одежды.

—Пусть все лежит на столе,—сказала Люся и снялась с места.—Немножко еще помучайтесь, и я вас побаню. "Побаню!"—подхватил взводный тутошнее слово.

—Возьмите книжку, что ли,—приоткрыв дверь, посоветовала Люся.

—Книжку? Какую книжку? Ах, книжку!

В маленькой комнатке Борис присел перед этажеркой. Халат скрипнул на спине, он скорее выпрямился, распахнув полы, оглядел себя воровато и остался недоволен: мослат[②], кожа в пупырышках от холода и страха, бесцветные полоски разбродно росли на ногах и на груди.

Книжки касались все больше непонятных ему юридических дел.

"Вот уж не подумал бы, что она какое-то отношение имеет к судам".

Среди учебников и наставлений по законодательству обнаружилась тонехонькая, зачитанная книжка в самодельной обложке.

—"Старые годы",—вслух прочел Борис. Прочел и как-то даже сам себе не поверил, что вот стоит он в беленькой, однооконной комнате, на нем халат с пояском. От халата и от кровати исходит дразнящий запах. Ну может, и нет никакого

---

① Саднит—болит, скребет.

② мослат—костляв с выпирающими суставами.

запаха, может, блазнится[1] он. Тело не чувствовало халата после многослойной зимней одежды, как бы сросшейся с кожей. Борис нет-нет да и пошевеливал плечами.

Все еще позванивало в голове, давило на уши, нудило внутри.

"Поспать бы минут двести-триста, а лучше четыреста!"—глядя на манящую чистоту кровати, зевнул Борис и скользнул глазами по книжке. "Довелось мне раз побывать в большом селе Заборье. Стоит оно на Волге. Место тут привольное..."—Борис изумленно уставился на буквы и уже с наслаждением, вслух повторил начало этой старинной, по-русски жестокой и по-русски же слезливой истории.

Музыка слов, даже шорох бумаги так его обрадовали, что он в третий раз повторил начальную фразу, дабы услышать себя и удостовериться, что все так оно и есть: он живой, по телу его пробегает холодок, пупырит кожу, в руках книжка, которую можно читать, слушая самого себя. Как будто опасаясь, что его оторвут, Борис торопливо читал слова из книжки и не понимал их, а только слушал, слушал.

—С кем вы тут?

Лейтенант смотрел на Люсю издалека.

—Да вот на Мельникова-Печерского напал,—отозвался он наконец. —Хорошая какая книжка.

—Я ее тоже очень люблю. —Люся вытирала руки холщовой тряпкой. —Идите, мойтесь. —Полизанная платком[2], она снова сделалась старше, строже, и глаза ее опять отдалились в обыденность.

Прежде чем попасть за русскую печку, в закуток, где была

---

① Блазнится—(прост.)здесь: кажется , от слова соблазнять.

② Полизанная платком—плотно надетый платок, сильно облегает, как бы прилизывает волосы к голове.

теплая лежанка, на ней-то и приспособила Люся деревянное корыто, оставила баночку со своедельным[1] мылом, мочалку, ведро и ковшик, —Борис выскреб из-под стола запинанного[2] туда озверело храпящими солдатами чердынского вояку, сводил его до лохани, подержал под мышки до тех пор, пока не перестало журчать, а журчало долго, и только после этого сказал себе бодренько:

—Крещайся, раб божий[3]! —сказал и, едва не опрокинув корыто, с трудом уселся в него.

Он мылся, подогнув под себя ноги, и чувствовал, как сходит с него не грязь, а отболелая кожа. Из-под кожи, скотской, толстой, грубой, соленой, обнажается молодое, ссудороженное[4] усталостью тело, и так высветляется, что даже кости слышны делаются, душа жить начинает, по телу медленно плывет истома, качает корыто, будто лодку на волне, и несет, несет куда-то в тихую заводь полусонного лейтенантишку.

Он старался не наплескать на пол, не обшлепать стену, печку и все же обшлепал печку, стену и наплескал на пол.

В запечье совсем сделалось душно, потянуло отсыревшей глиной, назьмом[5], в носу сделалось щекотно...

Борис подтирал за печкой пол и не торопился уходить, желая продлить нахлынувшее—этот кусочек из прошлого, в котором все теперь было исполнено особого смысла и значения.

Шкалика снова успели запинать под стол, и он там на голом прохладном полу чувствовал себя лучше. “А пусть не лезет ко

---

① Своедельный—самодельный.

② Запинанный—от слова пинать.

③ Раб божий—христианин.

④ Ссудороженное—от слова судорога.

⑤ Назьмом—(прост.) назёмом (навоз).

взрослым!”

Отжав тряпку под рукомойником, Борис сполоснул руки и вошел в комнату.

Люся сидела на скамье, отпарывала подворотничок, как бы спаявшийся с гимнастеркой плесенно-серыми наплывами.

—Воскрес раб божий! —с деланной лихостью отрапортовал Борис, слабо надеясь, что в подворотничке гимнастерки ничего нету, никаких таких зверей[①].

Отложив гимнастерку, Люся, теперь уже открытым взглядом, по-матерински близко и ласково глядела на него. Русые волосы лейтенанта, волнистые от природы, взялись кучерявинками. Глаза ровно бы тоже отмылись. Ярче алела натертая ссадина на худой шее. Весь этот парень, без единого пятнышка на лице, с безгрешным взглядом, в ситцевом халате, до того был смущен, что не угадывался в нем окопный командир.

—Ох, товарищ лейтенант! Не одна дивчина потеряет голову из-за вас!

—Глупости какие! —отбился лейтенант и тут же быстро спросил:—Почему это?

—Потому что потому,—заявила Люся, поднимаясь.—Девчонки таких вот мальчиков чувствуют и любят, а замуж идут за скотов. Ну, я исчезла! Ложитесь с богом! —Люся мимоходом погладила его по щеке, и было в ласке ее и в словах какое-то снисходительное над ним превосходство. Никак она не постигалась и не улавливалась. Даже когда смеялась, в глазах ее оставалась недвижная печаль, и глаза эти так отдельно и жили на ее лице своей строго сосредоточенной и всепонимающей жизнью.

“Но ведь она моложе меня или одногодок?”—подумал Борис, юркнув в постель, однако дальше думать ничего не сумел.

---

① Зверей—имеются в виду вши.

Веки сами собой налились тяжестью, сон медведем навалился на него.

Ординарец комроты[1] Филькина, наглый парень, гордящийся тем, что сидел два раза в тюрьме за хулиганство, ныне пододевшийся в комсоставовский полушубок[2], в чесанки[3] и белую шапку, злорадно растолкал Бориса и других командиров задолго до рассвета.

—Ой! А я выстирать-то не успела! Побоялась идти ночью по воду на речку. Утром думала...—виновато сказала хозяйка и, прислонившись к печке, ждала, пока Борис переоденется в комнате. —Вы приходите еще,—все так же виновато добавила она, когда Борис явился на кухню. —Я и выстираю тогда...

—Спасибо. Если удастся,—сонно отозвался Борис и прокашлялся, подумав: это она старшины побоялась. С завистью глянув на мертво спящих солдат, он кивнул Люсе головой и вышел из хаты.

...

...Он вздрогнул, схватился за кровать и привстал, поднятый этим взглядом.

Рядом стояла Люся.

—У вас горел свет,—заговорила она поспешно. —Я думала, вы не спите... Я выстирала верхнее. Белье бы еще постирать...

Он еще не вышел из сна, ничего не понимал. Когда он ложился спать, света не было.

—Я думала, вы...—снова начала Люся и остановилась в замешательстве. Долго стояла она над ним, склонившись,

---

① Комроты—командир роты.

② Комсоставовский полушубок—полушубок, выдававшийся командному составу войск.

③ Чесанки—валенки.

смотрела, смотрела на него и досмотрелась.

Быстро-быстро, мешая русские и украинские слова, чтобы не дать себе остановиться, она продолжала: как хорошо, что пришли ночевать снова те же военные. Она уже привыкла к ним. Жалко вот, не смогла их снова уговорить пойти в чистую половину. На кухне устроились... А на улице морозно... Хорошо, что бои кончились. Еще лучше, если бы вовсе война кончилась... А солдаты где-то раздобыли сухих дров. Сегодня они неразговорчивые, сразу спать легли, и выпивал только один пожарник-кум...

—Какой я сон видел!

Нет, он ее не слышал, не отошел еще ото сна, говорил сам с собою или за кого-то ее принимал.

—Страшный, да? Других снов сейчас не бывает...—Люся поникла головой. —Я думала, вы больше не придете...

—Почему же?

—Я думала, вдруг вас убьют... Стрельба такая была...

—Это разве стрельба? —отозвался он, протер глаза тыльной стороной руки и внезапно увидел ее совсем близко. В разрезе халата начинался исток грудей. Живой ручеек катился стремительно вниз и делался потоком. Далеко где-то, оттененное округлостями, таинственно мерцало ясное женское тело. Оттуда ударяло жаром. А рядом было ее лицо, с вытянутыми, смятенно бегающими глазами. Борис слышал, слышал—кисточки кукольно загнутых ресниц щекочут кожу на его щеке. Сердце взводного начало колотиться, укатываясь под гору. Приглушая разрастающееся в груди стучание, все ускоряющийся бег, он сглотнул слюну.

—Какая... ночь... тихая...—и минуту спустя уже ровнее:—Снилось, как мы по Барабинской степи на войну ехали... Степь, рельсы—все под разливом. Весна была. Жутко так...—Он чувствовал: надо говорить, говорить и не смотреть больше туда.

Нехорошо это, стыдно. Человек забылся, а он уже и заподглядывал, задрожал весь! —Какая ночь... глупый сон... какая ночь... тихая...—Голос его пересох, ломался, все в нем ломалось: дыхание, тело, рассудок.

—Война...—тоже с усилием выдохнула Люся. Что-то замкнулось и в ней. Слабым движением руки она показала—война откатилась, ушла дальше.

Глаза плохо видели ее, все мутилось, скользило и укатывалось куда-то на стучащих колесах. Женщина качалась безликой тенью в жарком, все сгущающемся пале[1], который клубился вокруг, испепеляя воздух в комнате, сознание, тело... Дышать нечем. Все вещее[2] в нем сгорело. Одна всесильная власть осталась, и, подавленный ею, он совсем беззащитно пролепетал:

—Мне... хорошо... здесь...—и, думая, что она не поймет его, раздавленный постыдностью намека, он показал рукой: ему хорошо здесь, в этом доме, в этой постели.

—Я рада...—донеслось издали, и он так же издалека, не слыша себя, откликнулся.

—Я тоже... рад...—И, не владея уже собой, сопротивляясь и слабея от этого сопротивления еще больше, протянул к ней руку, чтобы поблагодарить за ласку, за приют, удостовериться, что эта, задернутая жарким туманом тень, качающаяся в мерклом, как бы бредовом свету, есть та, у которой стремительно катится вниз исток грудей, и кружит он кровь, гремящее набатом сердце под ослепительно мерцающим загадочным телом. Женщина! Так вот что такое женщина! Что же это она с ним сделала? Сорвала, словно лист с дерева, закружила, закружила и понесла, понесла над землею—нет в нем веса, нет под ним тверди...

---

① Пал—огонь.

② Вещее—(устар.) мудрый.

Ничего нет. И не было. Есть только она, женщина, которой он принадлежит весь до последней кровинки, до остатнего вздоха, и ничего уж с этим поделать никто не сможет! Это всего сильнее на свете!

Далеко-далеко, где-то в пространстве он нащупал ее руку и почувствовал пупырышки под пальцами, каждую, даже невидимую глазом пушинку тела почувствовал, будто бы не было или не стало на его пальцах кожи и он прикоснулся голым нервом к ее руке. Дыхание в нем вовсе пресеклось. Сердце зашлось в яростном бое. В совсем уж бредовую темень, в совсем горячий, испепеляющий огненный вал опрокинуло взводного.

Дальше он ничего не помнил.

Обжигающий просверк света ударил его но глазам, он загнанно упал лицом в подушку.

Не сразу он осознал себя, не вдруг воспринял и ослепительно яркий свет лампочки. Но женщину, прикрывшую рукою лицо, увидел отчетливо и в страхе сжался. Ему так захотелось провалиться сквозь землю, сдохнуть или убежать к солдатам на кухню, что он даже тонко простонал.

Что было, случилось минуты назад? Забыть бы все, сделать бы так, будто ничего не было, тогда бы уж он не посмел обижать женщину разными глупостями—без них вполне можно обойтись, не нужны они совершенно...

"Так вот оно как! И зачем это?"-Борис закусил до боли губу, ощущая, как отходит загнанное сердце и выравнивается разорванное дыхание. Никакого такого наслаждения он как будто и не испытал, помнил лишь, что женщина в объятиях почему-то кажется маленькой, и от этого еще больше страшно и стыдно.

Так думал взводный и в то же время с изумлением ощущал, как давно копившийся в теле навязчивый, всегдашний груз сваливается с него, тело как бы высветляется и торжествует, познав плотскую радость.

“Скотина! Животное!”—ругал себя лейтенант, но ругань вовсе отдельно существовала от него. В уме—стыд, смятение, но в тело льется благостное, сонное успокоение.

—Вот и помогла я фронту.

Борис покорно ждал, как после этих, внятно уроненных слов женщина, влепит ему пощечину, будет рыдать, качаться по постели и рвать на себе волосы. Но она лежала мертво, недвижно, от переносицы к губе ее катилась слеза.

На него обрушились неведомые доселе слабость и вина. Не знал он, как облегчить страдание женщины, которое так вот грубо, воспользовавшись ее кротостью, причинил он ей. А она хлопотала о нем, кормила, поила, помыться дала, с портянками его вонючими возилась. И, глядя в стену, Борис повинился тем признанием, какое всем мужчинам почему-то кажется постыдным.

—У меня... первый раз это...—и, подождав немного, совсем уж тихо:—Простите, если можете.

Люся не отзывалась, ждала как будто от него еще слов или привыкала к нему, к его дыханию, запаху и теплу. Для нее он был теперь не отдаленный и чужой человек. Раздавленный стыдом и виною, которая была ей особенно приятна, он пробуждал женскую привязанность и всепрощение. Люся убрала щепотью слезу, повернулась к нему, сказала печально и просто:

—Я знаю, Боря...—и с проскользнувшей усмешкой добавила:—Без фокусов да без слез наш брат как без хлеба...—легонько дотронулась до него, ободряя и успокаивая:—Выключи свет,—в тоне ее как бы проскользнул украдчивый намек.

Все еще не веря, что не постигнет его кара за содеянное, он послушно встал, прихватив одеяло и заплетаясь в нем, прошлепал к табуретке, поднялся, повернул лампочку, потом стоял в темноте, не зная, как теперь быть. Она его не звала и не шевелилась. Борис поправил на себе одеяло, покашлял и мешковато присел на краешек кровати.

Над домом протрещал ночной самолетик, окно прочертило зеленым пятнышком. Низко прошел самолетик—не боится, летает.

За маленьким самолетиком тащились тяжелые, транспортные, с полным грузом бомб. А может, раненых вывозили. Одышливо, трудно, будто лошадиное сердце на подъеме, работали моторы самолетов, “везу-везу”—выговаривали.

Синеватый, рассеянный дальностью, луч запорошился в окне, и сразу, как нарисованная, возникла криволапая яблоня на стеклах, в комнате сделалось видно этажерку, белое что-то, скомканное на стуле, и темные глаза прямо и укорно глядящие на взводного: “Что же ты?”

Нет, уйти к солдатам на кухню нельзя. А как хотелось ему сбежать, скрыться, однако вина перед нею удерживала его здесь, требовала раскаянья, каких-то слов.

—Ложись,—обиженно и угнетенно, как ему показалось, произнесла Люся. —Ногам от пола холодно.

Он почувствовал, что ногам и в самом деле холодно, опять послушно, стараясь не коснуться женщины, пополз к стене и уже собрался вымучить из себя что-то, как услышал:

—Повернись ко мне...

Она не возненавидела его, и нет в ее голосе боли, и раскаянья нет. Далеко и умело упрятанная нежность как будто пробивалась в ее голосе.

“Как же это?..”—смятенно думал Борис. Стараясь не дотрагиваться до женщины, он медленно повернулся и скорее спрятал руки, притаился за подушкой, точно за бруствером окопа, считая, что надо лежать как можно тише, дышать неслышно, и тогда его, может быть, не заметят.

—Какой ты еще...—услышал Борис, и его насквозь прохватило жаром—она придвигалась к нему. Люся подула Борису в ухо, потрепала пальцем это же ухо и, уткнувшись лицом в шею, попросила:—Разреши мне тут,—точно показывала Люся рубец на шее,—разреши поцеловать тут,—и, словно боясь, что он откажет, припала губами к неровно заросшей ране.—Я дура?

—Нет, почему же? —не сразу нашелся он и понял, как глупо вышло. Рубец раны, казалось ему, неприятен для губ, и вообще блажь это какая-то. Но уступать надо—виноват он кругом.—Если хочешь...—обмирая, начал лейтенант.—Можно... еще...

Она тронула губами его ключицу, губами же нашла рубец и прикоснулась к старой ране еще раз, еле ощутимо, трепетно.

Дыхание Бориса вновь пресеклось. Кровь прилила к вискам, надавила на уши и усилила все еще не унявшийся шум. Горячий туман снова начал наплывать, захлестывать разумение, звуки, слух, глаза, а шелест слов обезоруживал его, ввергая в гулкую пустоту.

—Мальчик ты мой... Кровушка твоя лилась, а меня не было рядом... Милый мой мальчик... Бедный мальчик...—она целовала его вдруг занывшую рану. Удивительно было, что слова ее не казались глупыми и смешными, хотя какой-то частицей сознания он понимал, что они и глупы, и смешны.

Преодолевая скованность, захлестнутый ответной нежностью, Борис неуверенно тронул рукой ее волосы—она когда-то успела расплести косу,—зарылся в них лицом и ошеломленно спросил:

—Что это?

—Я не знаю.—Люся блуждала губами по лицу Бориса, нашла его губы и уже невнятно, как бы проваливаясь куда-то, повторила:—Я не знаю...

Горячее срывающееся дыхание ее отдавалось неровными толчками в нем, неожиданно для себя он припал к ее уху и сказал слово, которое пришло само собою из его расслабленного, отдалившегося рассудка:

—Милая...

Он почти простонал это слово и почувствовал, как оно, это слово, током ударило женщину и тут же размягчило ее, сделало совсем близкой, готовой быть им самим, и, уже сам готовый быть ею, он отрешенно и счастливо выдохнул:

—Моя...

Снова было тихо и неловко. Но они уже не остранялись друг от друга, тела их, только что перегруженные тяжестью раскаленного металла, остывали, успокаивались.

Наступило короткое забытье, но они помнили один о другом в этом забытьи и скоро проснулись.

—Я всю жизнь с семи лет, может, даже и раньше, любила вот такого худенького мальчика и всю жизнь ждала его,—ласкаясь к нему, говорила Люся складно, будто по книжке.—И вот он пришел!

Люся уверяла, что она не знала мужчины до него, что ей бывало только противно. И сама уже верила в это. И он верил ей. Она клялась, что будет помнить его всю жизнь. И он отвечал ей тем же. Он уверял ее и себя, что из всех когда-либо слышанных женских имен ему было памятно лишь одно, какое-то цветочное, какое-то китайское или японское имя—Люся. Он тоже мальчишкой, да что там мальчишкой—совсем клопом, с семи лет, точно, с семи, слышал это имя и видел, точно, видел, много-много раз Люсю во сне, называл ее своей милой.

—Повтори, еще повтори!

Он целовал ее соленое от слез лицо:

—Милая! Милая! Моя! Моя!

—Господи! —отпрянув, воскликнула Люся.—Умереть бы сейчас!

И в нем сразу что-то оборвалось. В памяти отчетливо возникли старик и старуха, седой генерал на серых снопах кукурузы, обгорелый водитель “катюши”, убитые лошади, одичавшая собака, раздавленные танками люди—мертвецы, мертвецы.

—Что с тобой? Ты устал? Или?.. —Люся приподнялась на локте и пораженно уставилась на него:—Или ты... смерти боишься?!

—На смерть, как на солнце, во все глаза не поглядишь... —слышал я. Беда не в этом,—тихо отозвался Борис и, отвернувшись, как бы сам с собой заговорил:—Страшнее привыкнуть к смерти, примириться с нею... Страшно, когда само слово “смерть” делается обиходным, как слова: есть, пить, спать, любить... —он еще хотел что-то добавить, но сдержал себя.

—Ты устал. Отдохни. Отдохни. —Люся не могла поймать его взгляд. Он отводил глаза. Тогда она легла щекой на его грудь. —Ох, как сердчишко-то! —и придавила ладонью то место, где сердце. —Тихонько, тихонько, тихонько... Вот та-ак, вот та-ак...

—Не надо говорить больше о смерти.

Люся отдернула руку, потерла висок и повинилась:

—Прости... Я забыла про войну.

Опять самолетик затрещал над хатою, чиркнул огоньком по стеклу и замолк вдали. Сделалось слышно улицу.

Не спала улица.

...

Люся прикрыла ладонью его рот, и так они лежали, вслушиваясь в ночь. Борис признательно тронул губами ее ладонь, пахнущую щелоком и мылом, простым мылом. И такой доступный, домашний запах, вошедший в него с детства, что-то стронул в нем. Досадуя на самого себя за возникшее отчуждение, он опять по-ребячьи зарылся в ее волосы и с удивлением вспомнил, что брезговал когда-то волосами, оставленными на гребешке. И, смешно вспомнить, еще брезговал спoротыми пуговицами.

—Я думала, ты на меня сердишься,—чутко откликнулась Люся на ласку и обняла его за шею уже уверенно.—Не надо сердиться. Нет у нас на это времени... В какой-то миг они потеряли стыдливость. Жарко дышали раскрытые губы Люси, грешно темнели гнездышки грудей, опали, спутались вокруг шеи ее длинные волосы. Опустошенная, она устало ткнулась лицом в его плечо и, задремывая, говорила:

—Ты все-таки уснул бы, уснул бы...

"Не спи. Побудь еще со мной! Не спи!.."—слышалось ему, и, чтобы угодить ей, а угождать ей было приятно, он просунул руку под ее голову, заговорил:

—Ты знаешь, когда я был маленький, мы ездили с мамой в Москву. Помню я только старый дом на Арбате и старую тетушку. Она уверяла, что каменный пол в этом доме, из рыжих и белых плиток выложенный, сохранился еще от пожара, при Наполеоне, который был...—он прервался, думая, что Люся уснула, но она тряхнула головой, давая понять, что слушает.—Еще я помню театр с колоннами и музыку. Знаешь, музыка была сиреневая... Простенькая такая, понятная и сиреневая... Я почему-то услышал сейчас ту мызыку, и как танцевали двое—он и она, пастух и пастушка. Лужайка зеленая. Овечки белые. Пастух и пастушка в шкурах. Они любили друг друга, не стыдились любви и не боялись за нее. В доверчивости они были беззащитны. Беззащитные недоступны злу—казалось мне прежде...

Люся слушала, боясь дохнуть, знала она, что никому и никогда он этого не расскажет, не сможет рассказать, потому что ночь такая уже не повторится.

—И ты знаешь,—усмехнулся Борис, и Люся обрадовалась, что он все-таки помнит о ней,—знаешь, с тех пор я начал чего-то ждать. Раньше бы это порчей назвали, бесовским наваждением,—он прервался, вздохнул, как бы осуждая себя. —Видишь вот...

—Мы рождены друг для друга, как писалось в старинных романах,—не сразу отозвалась Люся. —Если тебе хочется, я расскажу о себе. Потом. А сейчас мне хорошо. Я слышу твою музыку. Между прочим, я училась в музыкальном училище. Да-да,—она тронула пальцем удивленно открывшийся рот Бориса. —Я уж и сама этому мало верю. Да и какое это имеет значение,—дремотно приваливаясь к нему, тихо вздохнула она. —Я слышу тебя...

Уходила куда-то старая дорога, заросшая травой, и на ней два путника—он и она. Бесконечной была дорога, далекими были путники, чуть слышна, почти невнятна, сиреневая музыка...

Борис вскинулся, сел, стиснул руками лоб.

—Я, кажется, опять заснул?

—Ты так забылся, так забылся... Тебе опять снилась война?

Обрадованный тем, что он смог пересилить себя, отогнать сон, что рядом живой, бесконечно уже дорогой ему человек, Борис притиснул ее настывшее тело к себе.

—У меня голова кружится...

—Я принесу тебе поесть и выпить. Ты ведь вечером не ел.

—Откуда ты знаешь? Тебя и дома не было.

—Я все знаю. Вот поешь и отдыхай.

—Наотдыхаюсь еще. Без тебя. А поесть не помешало бы. Никого не разбудим?

—Не-е. Я сторожкая[①]! —Люся лукаво улыбнулась, погрозила ему пальцем:—Не смотри на меня! —Но он смотрел на нее, и она взяла обеими руками его голову, отвернула лицом к

① Сторожкая—чуткая.

стене. —Не смотри, говорю!

Они дурачились, позабыв о том, что шуметь-то особенно и не надо бы.

—У-у, какой! Нельзя так! Я тоже проголодалась,— попрекнула она его и, схватив халат, выскользнула и зашуршала за дверью одеждой.

—Эй, человек!

—Борька, не балуй! —просунула она лицо меж занавесок, и было в ее быстрых, совсем уж приблизившихся черных глазах столько всего, что Борис не выдержал, ринулся к ней, но она сомкнула перед ним занавески и, когда он ткнулся лицом в ее лицо сквозь жесткую занавеску, выпалила:

—Я тебя люблю!

Мальчишество напало на него. Он ударил в подушку кулаком, подбросил ее, упал на подушку грудью, будто на теплую еще птицу, и увидел на простыне, точно в гипсе, слепок ее тела.

Он осторожно дотронулся до простыни.

Под ладонью была пустота.

Люся объявилась в дверях с посудою, с хлебом, с картошкой, хотела сказать, что, слава богу, кум-пожарник не всю самогонку выдул, и замерла, увидев растерянность на лице Бориса. Он будто не узнавал ее, нет, узнавал, но видел как бы уже со стороны.

—Ты что?

К глазам его подкатывали слезы, лицо страдальчески заострилось.

—Я здесь! —тронула она его.

Он передернулся, до хруста сжал ее руку.

Люся рывком притиснула его к себе и тут же оттолкнула, принялась налаживать еду. Они молча пили самогонку из одной кружки, выпив, всякий раз целовались. Молча же закусывали картошкой и салом. Он чистил картошку для нее, она для него.

Поели, стало нечего делать, не о чем уж вроде говорить. Молча смотрели они перед собой в пустоту идущей на убыль ночи. Борис виновато погладил ее руку. Люся признательно сжала его пальцы, тогда он диковато схватил ее, прижал к кровати:

—Смерти или живота[①]?!

—Ах, какой ты! —прикрыла она завлажневшие глаза.

—Дурной?

—Псих! И я псих... Кругом психи...

—Просто я пьяный, но не псих.

—Нельзя так много,—увернулась Люся от его рук.

—Можно! —заявил он, дрожа от вымученной настойчивости.

—Ты слушай меня. Мне уж двадцать первый год!

—Поду-умаешь! Мне самому двадцатый!

—Вот видишь, я старше тебя на сто лет! —Люся осторожно, как ребенка, уложила его на подушку. —А времени-то третий час!..

Кто-то из солдат опять зашевелился на кухне, пошел, запнулся за корыто, выругался хрипло. И они опять, притихнув, переждали тревогу. От окна падал рассеянный полумрак, высветляя плечи Люси, пробегая искристыми светляками по стеклу, взблескивая снежно в ее волосах. Накаленно светились ядрышки ее зрачков. Под ресницами, под маленьким, круто вздернутым подбородком притемнилось. Уже предчувствуя утро и разлуку, прижавшись друг к другу, сидели они. И ничего им больше не хотелось: ни говорить, ни думать, только сидеть так вот вдвоем и полудремном забытьи и чувствовать друг друга откровенными, живыми телами, испытывая неведомое блаженство,

① Живота—здесь: жизни.

от которого душа делалась податливой, мягкой, плюшевой[1] делалась душа.

(1971)

Краткий анализ произведения:

"Пастух и пастушка"—повесть о войне и любви. Астафьев рассказывает историю великой любви, с точки зрения очевидца и участника войны раскрывает "окопную правду", изображает фронтовые будни и картины Великой Отечественной войны. Писатель сам определяет жанр повести "Пастух и пастушка" как "современная пастораль", но эта пастораль не в традиционном значении, потому что воспевание верности и чистоты любви совершается не на фоне мирной, счастливой жизни, а на фоне кровавой жестокой войны.

Главные герои Борис Костяев и Люся—современные пастух и пастушка. Борис Костяев—двадцатилетний лейтенант, Люся—деревенская девушка, которая старше его на один военный год. Их любовь происходит не в сказочном, далеком от всякого зла местечке, а в прифронтовом украинском селе, где мирные люди находятся в жестоких, даже "звериных" условиях войны. Любовь лейтенанта Бориса и девушки Люси не длинная любовная история, а всего-навсего случайная встреча на одну ночь, в ту ночь расцветает необычная возвышенная любовь, оба они забывают о войне. Для Бориса эта встреча становится последней каплей в горькой чаше его жизни, для Люси та ночь никогда не повторится в ее жизни, после той ночи Борис навсегда покинет Люсю, оставшуюся на пустынной площади украинского местечка, и умрет: "А он ……остался в безмолвной земле, опутанный корнями трав и

---

① Плюшевой—мягкая ткань, похожая на бархат. Из плюша делали детские игрушки—игрушечных зверей.

цветов, утихших до весны. Остался один—посреди России." Многие годы спустя, "женщина с уже отцветающими древними глазами"(по всем признакам заметно, что это и есть та Люся, которая всю жизнь ждала и искала Бориса), наконец нашла могилу Бориса Костяева. Она опускается на колени перед могилой и шепчет:"Как долго я искала тебя!"Ее поиски могилы Бориса были очень трудными и долгими, поиски фактически превращались не в поиски самой могилы, а в "символ памяти, восстанавливающей утраченную связь времен и событий" . Писатель утверждает гуманистические ценности и вечную силу любви, воспевает стойкость и мужество русских солдат.

В повести интересен и другой герой—"худющий пожилой дядька". Он воплощает в себе характер русского крестьянина, который кровно связан с русской деревней. А русская деревня в изображении автора символизирует образ родины, как образ России. Этот крестьянин не умирает, потому что его жизнь неразрывно слита с родиной, с Россией, которая вечно живет. В этом есть символическое значение образа "худющего пожилого дядьки".

Война—трагедия простых, ни в чем не повинных людей. Как бы ни была сильна любовь, она не может победить смерть на жестокой войне. Вот вывод, к которому приходит любой читатель этой повести. Вся повесть《Пастух и пастушка》проникнута антивоенным пафосом, она воспринимается как обвинительный приговор войне, которая приносит людям одни страдания и смерть.

Кроме пролога и эпилога, в которых дается временная дистанция между событиями и датой создания повести, повесть состоит из четырех частей—"Бой", "Свидание" "Прощание" и "Успение", в которых раскрываются сюжетные события. Пролог начинает действие, эпилог продолжает повествование ко времени действия в прологе, тем самым завершается композиционное кольцо.

Особое значение имеет в повести символика образов пастуха и пастушки. В произведении немаловажное значение имеет и авторская речь, которая нередко превращается в лирическое отступление.

《Пастух и пастушка》—первое крупное военное произведение Астафьева, экспериментальная повесть, в которой писатель дает новое представление о войне и находит новые формы для ее отображения.

Вопросы и задания:

1. Каков философский смысл повести《Пастух и пастушка》?

2. Охарактеризуйте образ Бориса Костяева, в чем новизна этого образа?

3. Дайте характеристику образа Люси и расскажите его своеобразие.

4. Почему в прологе и эпилоге женщина предстает безымянной?

5. Найдите в тексте авторскую речь и проанализируйте их.

Литература:

1. Ланщиков А. П. Виктор Астафьев: Жизнь и творчество. М., 1992.

2. Яновский Н. Н. Виктор Астафьев: Очерк творчества. М., 1982.

3. Курбатов В. Я. Миг и вечность: Размышления о творчестве В. Астафьева. Красноярск., 1983.

4. Чекунова Т. А. Нравственный мир героев Астафьева. М., 1983.

Валентин Григорьевич Распутин
(1937)

В ТУ ЖЕ ЗЕМЛЮ ...
(рассказ, фрагменты)

...

Звали эту женщину Пашутой. Имя, как и одежда, меняется, чтобы облегать человека, соответствовать происходящим в нем переменам. Была Пашенька с тонкой талией и блестящими глазами; потом, войдя в возраст, в замужество, в стать[①]—Паша; потом один человек первым подсмотрел—Пашута. Как фамилия. Так и стали называть, порою не зная, имя это или фамилия. "Это сытно звучит. И сама ты баба сытная",—говорил в похвалу тот самый человек, который окрестил ее Пашутой.

Накануне вечером Пашута воротилась домой поздно, уже в темноте, доходил десятый час. Поехав в город, она не собиралась задерживаться. Но не утерпела и зашла в свою столовую, а там девчонки пригласили поработать вечером на спецобслуживании. Спецобслуживание—это когда снимают столовую для события. Какое было событие, Пашута не разобрала, как ни прислушивалась к тостам. Праздновала какая-то незначительная организация, гуляли и невесело, и скромно, но Пашуте пришлось возиться с посудой чуть не до конца, пока не понесли мороженое. Девчонки и ей сунули в баночке два комка мороженого. Девчонки—по привычке, по старой памяти, когда они действительно начинали

---

① В стать—статная женщина, высокая, стройная, с красивой нехудой фигурой. Войти в стать—войти в тот возраст (после замужества и рождения ребёнка), когда женщина расцветает, становится статной.

девчонками, половина из них уже в бабках①. В сумке у Пашуты лежал еще и пакет с пловом②, выскребенным из остатков в котле. Приходилось не брезговать и этим. Тыкавшая себя постоянно в свое униженное положение, Пашута корилась③, что она и в столовую продолжает ходить ради подачек. Но это неправда. Всю жизнь проработавшая в столовых и почти десять лет проработавшая в этой, последней, она скучала без нее, никак не могла отвыкнуть от "ада", как дружно все они проклинали чад④ и смрад⑤, жар и пар среди печей и котлов, густых и одуряющих запахов пищи, впитывающихся в тело, по нескольку часов на ногах. В столовых она сполна прошла весь трудовой путь от заведующей до посудомойки. Путь в обратном направлении. В двадцать лет, среди восемнадцатилетних, — заведующая, и два года, уже с пенсией, — посудомойка. Месяц назад ее рассчитали⑥. Столовая была кормным местом⑦, в нее напрашивалась и молодежь, а у Пашуты совсем стали отказывать ноги. Девчонки бы еще постояли за нее, но и их ожидала та же участь. Хозяином столовой становился Казбек, гибкий, поигрывающий телом молодой человек из кавказцев с пронзительными глазами на узком птичьем лице. Дело шло к приватизации⑧ и перестройке в ресторан — и уж тогда в городе, кроме заводских, не останется ни одной столовой.

Девчонка была дома, когда Пашута вернулась. С нею жила

---

① В бабках — стать бабушками.

② Плов — среднеазиатское популярное блюдо: рис с бараниной.

③ Корилась — (прост.) упрекала (укоряла) близких.

④ Чад — дым от пригоревших кушаний.

⑤ Смрад — вонь, плохой запах.

⑥ Рассчитали — уволили с работы.

⑦ Кормное место — работа, на которой можно прокормиться.

⑧ Приватизация — от лат. сл. "privates", перевача принадлежащих государству средств и имущества в частную собственность.

внучка, учившаяся с сентября в педагогическом училище. Но родных детей у Пашуты не было, она брала приемную дочь, когда жила семьей; внучка от приемной, родная и не родная, без кровной близости. Мать ее, Анфиса, ушла в замужество в леспромхозовскую[①] деревню, за двести километров от города, там и осталась, потеряв мужа. В Пашуте она видела воспитательницу, но не мать, матерью и не называла. Но вот удивительно: чем больше она отдалялась от приемной матери, тем больше на нее походила. Такая же внешне вялая, но с твердым характером, так же тянет в разговоре слова, такой же замедленный шаг. И такое же безмужество, только от Пашуты муж ушел, у Анфисы утонул, оставив ее с двумя маленькими ребятишками. Пашута догадывалась, что, обижаясь на свою неудавшуюся жизнь, Анфиса за это сходство в том, что она не любила в себе, не любила и ее, Пашуту.

Но за девчонку Пашута простила бы ей вдесятеро больше. За то, что она прислала на учебу пятнадцатилетнюю Таньку. С нею как-никак посветлела жизнь. Вот почему в семье нужны дети. Разве бы обрадовалась она так мороженому, доставшемуся с чужого стола, разве бы торопилась так домой, чтобы оно не успело растаять? Не мороженое она несла ей, а свою нежную душу, устроенную грубо, свою ласку, не умеющую себя показать.

Танька была с подружкой из какого-то дальнего подъезда в этом же доме. Подружка, по имени Соня, хорошо шила, и Пашуту эта дружба не тревожила. Она вручила девчонкам мороженое, и те от восторга завизжали, запрыгали.

—Бабуля, ты где взяла? —приплясывала Танька. —Ты где украла?

—Украла и есть, —усмехнулась Пашута и пошла к матери, лежавшей за закрытой дверью.

---

① Леспромхозовский—(сокр.) лесопромышленное хозяйство.

Вернулась она скоро, спросила у Таньки:

—Ты давно дома?

—Уж скоро час. Мы у Сони были.

—К старенькой бабушке заглядывала?

—Заглядывала. Она спит.

Пашута ушла в кухню и, высматривая оттуда, ждала, когда девчонки доедят мороженое. И—обратилась к подружке:

—Ты Таню не сможешь на ночевку взять?

—Бабушка, зачем? —удивилась Танька. —Я не хочу никуда идти.

—Надо! —грубо оборвала ее Пашута. —Из бабушкиной деревни приехал один человек, мне некуда его положить. Врала—и зачем врала? —с перепугу, что ли?

—Я могу на полу,—предлагала Танька.

—Нет, уходи! Уходи, Татьяна... Я тебе потом все расскажу. Не будут твои родители ругаться? —она не спрашивала у подружки, а поторапливала.

—Нет, нет, не будут.

И смотрела неотрывно, как девчонки испуганно и торопливо собираются. У двери Танька обиженно буркнула:

—Сначала мороженое, потом уходи...

—Погоди-ка! —Пашута задержала Таньку и отвела ее от подружки. —Дай ключи. Без меня не приходи. Я буду вечером. Ты все поняла?

Аксинья Егоровна скончалась тихо, во сне. Не пришлось и глаза закрывать[1]. Так ее намаяла, так изъездила жизнь, что она в последний месяц и не знала, живет она или не живет. Оскудевшая

---

① Не пришлось и глаза закрывать—у умершего глаза должны быть закрыты. Если человек умирает с закрытыми глазами, и закрывает сразу.

телом[①], высохшая, с бескровным желтым лицом, с руками в обвисшей коже, похожими на перепончатые лапки, она лежала в кровати как в усыпальнице и по большей части спала. Сначала ее поднимали к столу, вели в кухню, Танька заговаривала с нею, пытаясь расспрашивать, но она в ответ только растягивала под глазами морщинки, что выходило прежде улыбкой, говорила тихо и услужливо нитяным тонким голоском и просилась обратно в кровать. Эти выходы доставляли ей мучение, и ее оставили в покое, стали приносить еду в постель. Ела она так помалу, уже не испытывая потребности в пище, что тепло в ней со дня на день должно было дотлеть.

И вот оно дотлело. Пашута широкой большой рукой гладила мать по маленькой, быстро остывшей голове, по ввалившимся щекам, по подвязанному подбородку и думала, думала... Она и сама, казалось ей, постепенно закостеневает в мумию и уже не способна отдаться горю. Произошло то, что и должно было произойти. Но, как ни ожидала она его, как ни смирилась давно уже с ним, она не была к нему подготовлена. Ничего в ней не было готово к тому, чтобы встретить материнскую смерть. Не врасплох и все равно врасплох. Мать так долго оттягивала неприятность, которую она доставит дочери своей смертью, что Пашута и дальше собиралась оставаться в этом удобном ожидании. Впрочем, ничего она не собиралась. А безвольно тащилась по дням своей расползшейся фигурой[②], делая только самые необходимые движения. И к чему-то готовиться, что-то предупреждать она разучилась.

Не смерть матери ее ужасала, нет, а то тяжкое и властное, что надвигалось теперь со смертью, то, как обладить двухдневные

① Оскудевшая телом—очень худая.

② Расползшаяся фигура—толстая, бесформенная.

проводы до окончательного прощания. Но и после прощания—девятины①, сороковины②, полгода, год③... Существуют давние, крепче всякого закона, календарь и ритуал проводов. В городе живых заведено немало служб, принадлежащих, в сущности, тому свету④, в которых заняты люди, устраивающие туда дорогу. Мертвый не имеет права считаться мертвым, пока не выдано свидетельство о смерти. По этому свидетельству его отвезут в морг, там, окаменевшего и униженного в смерти последним, самым жестоким унижением, окатят из шланга водой, воткнут в принесенную одежду; по этому свидетельству на фабрике ритуальных услуг подберут гроб, украсят его по одному из пунктов ассортимента и подадут под тело; по этому же свидетельству на кладбище выроют могилу в такой тесноте мертвых, что на похоронах натопчешься всласть на соседях... И всюду заплати. В морг, наверное, можно не возить, а всего остального не миновать. Там миллион заплати и там миллион⑤ с полмиллионом, а там только полмиллиона и еще семь раз по полмиллиону. Меньше нигде не берут. Но откуда у Пашуты такие деньги? У нее нет их ни в десятой, ни в сотой доле. Где она их возьмет?

Но и это еще не все. Чтобы быть прописанным на городском кладбище, надо при жизни иметь прописку⑥ в городе. А у Аксиньи

---

① Девятины—в православии: поминки на девятый день после похорон в доме умершего, с заказыванием поминальных треб в церкви, поминальными трапезами и домашними молениями по умершему.

② Сороковины—поминки на сороковой день после похорон в доме умершего.

③ Полгода, год—через полгода, а потом через год снова справляют поминки.

④ Тот свет—мир умерших.

⑤ Миллион—в те годы, когда писался рассказ, в России была сильная инфляция (деньги обесценились).

⑥ Прописка—документ, удостоверяющий, что человек имеет право жить в этом городе и в этой квартире. Без прописки человек в городе не имел никаких прав. Получить прописку было сложно.

Егоровны ее не было. Она не имела права здесь умирать. Пашута, как и до того трижды привозила ее, привезла мать на зимовку; одной ей в восемьдесят четыре года отапливать и обихаживать себя в деревне было непосильно. Но как только отогревалось солнышко и вскрывалась ото льда Лена[1], Аксинья Егоровна рвалась обратно. Никакими уговорами или запугиваниями удержать ее было нельзя—скорей, скорей на волю из ненавистной каменной тюрьмы, скорей взойти на свой порожек, надышать избу своим духом, и хоть букашкой ползать, да по натоптанным родным тропкам. Нынче, приехав за матерью, Пашута не могла не видеть, что матери едва ли суждено вернуться, но разве позволила бы Аксинья Егоровна себя из деревни выписать! Да и как Пашута стала бы ее выписывать, если деревня, продолжая еще стоять под небом, под государством больше не стояла?! Не было здесь ни колхоза, ни совхоза, ни сельсовета, ни магазина, ни медпункта, ни школы—все унесло неведомо куда при новых порядках. Отпустили деревню на полную, райскую волю, на безвластье, сняли подчистую вековые держи[2], выпрягли из всех хомутов[3]—гуляй на все четыре стороны! Хочешь—объявляй свое собственное государство, хочешь—отдавайся под руку Китая. Не было сюда летом твердой проезжей дороги, а зимой заносило снегами так, что не пробиться и танкам. Мужики промышляли в тайге, брали в Лене рыбу—этим и жили. И пили, пили...

Тем паче из такой деревни надо было вывозить мать окончательно. Пашута это видела. Она и собрала ее на всякий случай так, что можно было не возвращаться... Но какая тут

---

① Лена—очень большая русская северная река.

② Держи—(прост.) законы и традиции, которые обеспечивали порядок в государстве.

③ Хомут—здесь тоже в смысле закон, обязанность гражданина.

выписка, какая прописка, в какое государство обращаться? Должно быть, ехать требовалось в район, а это в обратную сторону, им с матерью предстояло спускаться по течению к железной дороге. Да и когда это бывало, если даже поехать, что поехал и справил дело?

Пашута сидела и сидела возле матери, словно советуясь с нею, что теперь делать, как быть, а рука все тянулась прикоснуться, приласкать. Немного в жизни досталось Аксинье Егоровне ласки от дочери. В восемнадцать лет убежала на стройку—и зачем? —щи варить да камбалу жарить веселым, дерзким и прожорливым строителям коммунизма. К матери приезжала редко и, сунув гостинец, сразу рвалась обратно, в шум и гам несусветной толчеи, без которой уже не могла обходиться, в общежитие, не понять, мужское или женское, которое сделалось ближе родного дома. Почти десять лет то в общежитии, то в бараке, таком же веселом и холодном. Квартиры противоречили романтике, а когда через годы и годы стали даваться рабочим, давались, как и положено, в первую очередь детным семьям. А у Пашуты детей не было. Ее Бог наказал за аборт①. В такой колготне②, "навстречу утренней заре③ по Ангаре, по Ангаре"④, семьи могли держаться только ребятишками. Пашута разошлась, не осознав толком, что выходила замуж, с первым мужем, с безалаберным бетонщиком из моряцкого отряда (на стройку приезжали бригадами, классами, выпусками, отрядами), путавшим жену с девчонками, только через три года вышла снова—за бригадира взрывников, человека много старше себя, с которым из барака переселились наконец в

---

① Аборт—искусственное прерывание беременности.

② Колготня—суета.

③ Навстречу утренней заре по Ангаре... —слово из тогдашней песни.

④ Ангара—большая русская северная река.

квартиру. Этому помогла приемная четырехлетняя девочка, взятая из приюта. Но не ради квартиры удочерила ее Пашута. А поняла, что своих детей ей не иметь, надо строить на будущее подпорки. Взрывник оказался мужиком едким, насмешливым, они часто ссорились, и она мало удивилась, когда, уехав в командировку взрывать диабаз для котлована соседней стройки, он не вернулся.

Так что же делать?

Где-то пропищали сигналы, возвестившие наступление круглого часа. Одиннадцать или двенадцать? Все равно. Все равно надо подниматься. Пашута вышла в прихожую и с испугом увидела себя в зеркало. Тюха①, даже зеркало не завесила②! Вот тюха так тюха! Но перед тем как завесить, она вгляделась в себя: широкое, затекшее лицо, некрашеные пегие волосы, которые были когда-то черными до цыганской черноты с синим отливом, забитые тоской глаза, над верхней губой знак какого-то внутреннего неряшества—бабьи усы. Она никогда не была красавицей, но была добра, расположена к людям, и эта доброта вобрала в себя и обрисовала все черты лица, делая его привлекательным. И в возраст вошла—была миловидна с блеском больших карих глаз и со спадающими на высокий лоб завитками волос, с чувственно оттопыривающейся нижней губой. Трудно поверить, что еще десять лет назад тело ее оставалось без всяких упражнений и диет подобранным и чутким. Девчонки в столовой завидовали: "Ты, Пашута, ртом дыши, ртом, изнутри вздувай фигуру, чтобы она загуляла".

Сейчас ее можно принять за сильно пьющую, опустившуюся, потерявшую себя. Но в водочку Пашута не окуналась. Так разве

---

① Тюха—(прост.) глупая, бестолковая.

② Даже зеркло не завесила—в народном поверьи: зеркало—отражение души. С этим связан обычай завешивать в доме зеркала, когда кто-нибуть из домашних умирает.

рюмку-две когда по случаю, и то без удовольствия. А что потеряла себя—да, потеряла. В одиночестве это происходит быстро. Человек не может быть нужен только самому себе, он—часть общего дела, общего организма, и когда этот живой организм объявляется бесполезным, обмирают и все его органы, существовать внутри своей функции они не в состоянии.

Выходя на улицу, Пашута вела себя, направляя—куда, по какой дороге идти, как обойти прохожего, куда поставить ногу, чтобы войти в автобус, но как только необходимость наблюдать за собой отпадала, глаза обращались внутрь, в темноту и боль.

Приезжая за матерью в деревню, чтобы взять ее на зиму в тепло, она спрашивала по обычаю у окоченевшей в одиночестве Аксиньи Егоровны, сидевшей не в избе на кровати, а на крылечке под солнышком: "Ну, как ты, мать?" Аксинья Егоровна отвечала:

—Сидю① и плачу.

Глаза ее были сухи, она плакала в себя. Это там все болело и стонало в муке, которая уже становилась привычной. Пашуте нечем было ее утешить. Аксинья Егоровна и не поняла бы утешения. Не везде, не ко всем членам доставала теперь в ней кровь, но боль, продолжающая жизнь, обтекала каждую клеточку.

Господи, но как же просто было бы сейчас в деревне! Как близко там почившему② от дома до дома! Снесли бы Аксинью Егоровну на руках, положили просторно среди своих, деревенских, и весь обряд был бы дорогой к родителям, а не хождением по мукам, по хищникам-разбойникам, наживающимся на смерти. Там бы и небо приспустилось над Аксиньей Егоровной, труженицей и страдалицей, и лес бы на прощанье помахал

---

① Сидю—просторечная форма от слова сижу.

② Почившему—умершему.

ветками, и дых[1] ветра, пронесшись струнно[2], заставил бы склониться в прощальном поклоне всякую травку.

... Невольно начинало высматриваться то первое, что надо делать. Нет, никому она мать не отдаст, вымоет сама[3]. Хотя это вроде не полагается—самой. Бог простит. Богу, похоже, придется прощать ей многое.

Без малого сорок лет в этом городе, а посмотреть вокруг—никого поблизости. Ни к ней никто, чтобы хоть изредка душу отвести, ни она к кому. Пашута теперь уже и не знала, почему это бывает, что человек остается один. В молодости сказала бы, что для этого нужно быть чересчур нелюдимым или гордым, не иметь тепла в душе к тем, с кем сводит жизнь. Сейчас все по-другому, обо всем надо судить заново. Сама ли виновата, по характеру своему, или это судьба всех уходящих в старость—ей не хотелось в этом разбираться, да и, пожалуй, не под силу было. Как медведи, в зимний гнет залегли по берлогам и высовываются редко, только по необходимости. В какой-то общей вине, в общем попущении злу прячут глаза. Невольно прячут—и те, кто считает себя виноватым и кто не считает...

Пашута принесла в тазу воды, нашла махровое полотенце и раздела мать донага. Поворачивать, раздевая, было мукой, не окоченевшее до конца тело выгибалось в пояснице с сухим хрустом—будто косточки ломались. А ведь предстояло еще мыть, поворачивая с боку на бок, предстояло одевать, приподымая. Пашута накрыла голое тело простынью и торопливо вышла

---

① Дых—дыхание.

② Пронесшись струнно—как по струнам музыкального инструмнта.

③ Вымоет сама—по обычаю труп перед положением в гроб полагается обмыть.

отдышаться.

Господи, что же она делает?! Можно же было, наверное, найти днем старушек, чтобы помыли и свершили обряд как положено!.. Но она не знала, где искать этих старушек. Обмывают знакомые, подруги по старости, возрастом и положением подготовленные для этой роли, а таких у Аксиньи Егоровны не было, никого она здесь, не выходя из квартиры, не знала. Не было их поблизости и у Пашуты, а ехать в город, зазывать женщин, с которыми она давно потеряла знакомство, не хотелось.

Но самое главное: если чужие руки будут обмывать, то и все остальное придется делать чужими руками. Нет, надо хоть сердце свое заменить, чтобы оно не пугалось, но справиться самой. И сразу сказать себе, что другого выхода у нее нет...

Пашута обмыла мать, справилась и с этим. Вернее, не обмыла, а обтерла мокрым полотенцем. Кожа уже не краснела, оставаясь пергаментной, тело как бы налилось чем-то изнутри, разгладив лишнюю изношенность. И потом, когда одевала, ломая тело, почувствовала, как оно потяжелело.

Но перед тем как одевать в прощальные одежды, Пашута опять отдохнула. Каждое новое движение требовало все больше решимости и сил. А ведь это только начало. Но она управлялась пока почти бесчувственно, без страдания, с какой-то стылостью и глухотой, подгоняя себя: дальше, дальше... Не дочь это хлопотала над матерью, а какое-то неловкое и бездушное обряжающее существо, взявшееся не за свое дело. Ей и самой становилось страшно за свою опустошенность: уж человек ли еще она? И страшно становилось, и нужно было пользоваться этой бесчувственностью, чтобы успеть.

Мать лежала прибранная, торжественная, со скрещенными на

груди руками[1], с расчесанными волосами под темным платочком, завязанным под подбородком. Подвязаны были вместе и вытянутые, вдоволь набегавшиеся ноги. Такой покой был на ее лице, будто ни одного, даже маленького дела неоконченным она не оставила.

Перед утром Пашута, не раздеваясь, прилегла ненадолго, чтобы обмануть отдыхом тело, особенно ноги, которые придется в этот день таскать без жалости. И почему-то до рези устали глаза, будто она часами неотрывно смотрела на яркий свет.

Она полежала, должно быть, с час, не шелохнувшись и на этом экономя силы. И за четверть часа до шести поднялась, поставила чайник. Ей надо было успеть до того, как пойдут на работу. А ехать далеко. Ехать надо было в железнодорожный поселок за тридцать километров от города, но входящий в городскую черту; такие же взмахи своей чертой город делал не в одну сторону, будучи разбросанным и представляя собой создание уродливое, бесформенное. На автобусе она доедет до вокзала, а там электричка. Должна успеть. Раньше не получится, она выйдет к первому автобусу. Но если все-таки не успеет, не застанет дома—пойдет искать на работу. Возвращаться ни с чем ей нельзя.

Только бы согласился Стас.

Она поехала к тому самому человеку, который впервые назвал ее Пашутой, который говорил, что она сытная баба, такая, стало быть, что возле нее чувствуешь себя сытно, успокоенно. А он знал ее. Лет восемь подряд, оба одинокие, потрепанные жизнью, грелись они друг возле друга. То она приезжала к нему, то он к ней. Было это давно: всё, достойное памяти, было давно,

---

① По православным обычаям, уста покойного должны быть сомкнуты, руки сложены на груди крестообразно во свидетельство веры в Распятого, глаза закрыты.

последние годы только уродовали ее и унижали. Она и связь со Стасом порвала от того, что ей стыдно стало показывать себя, больную, расплывшуюся тоже "за черту". Встречались они теперь совсем редко; раз или два в году по обязанности доброго сердца он заглядывал, пытался растормошить ее, упрекая за безволие, и уходил, она видела, расстроенным.

Стасом она называла его про себя, а перед ним—Стас Николаевич. Навсегда он остался для нее человеком другого круга—образованным, многознающим, собранным аккуратно в приятный порядок, так что не топорщилось ничто ни в одежде, ни в речи, ни в поведении. ..Кроме Стаса, не осталось у Пашуты ни одного человека, кому бы она могла довериться....

В половине восьмого, на рассвете, когда чуть посинел туман, подошла она к дому Стаса с двумя окошками в переулок. За окнами стояла темнота. Досыпает Стас или нет дома? Она давно его не видела; у него был телефон, но ей и в голову не пришло позвонить. А когда бы она стала звонить? Еще полсуток не прошло, как отбыла① мать; это кажется, что давно. И пришлись эти полсуток на ночь. Решения, которые принимала она, были не результатом работы мысли, не сигналы, посылаемые в мозг и возвращающиеся с ответами обратно, направляли ее—ничему она, оцепеневшая и затухающая, не сигналила, а словно бы отслаивалось что-то в нужный момент от корковатого② сердца и подталкивало.

В восемь, не дождавшись из окон света от гидростанции, которую они со Стасом строили, Пашута позвонила. Нет, не зря строили: свет вспыхнул. Стас открыл без оклика. Вслед за ним, полуголым, ни о чем не спрашивающим, прошла она в дом,

---

① Отбыла—здесь: отбыла в другой мир, т. е. умерла.

② Корковатое—(прост.) как сухая корка.

сбросила куртку и скорей убрала из-под тяжести ноги.

Они сидели за чаем в кухонке, в голом, без ставня, окне которой, засиженном мухами, летели космы тумана, путаясь в черных и острых ветках яблони, и виднелся навес с верстаком по левую сторону и поленницей дров по правую. Все промозгло за сырую осеннюю ночь и стояло уныло. Рассвело мутным болезненным светом...

Пашута сказала о смерти матери, но о самом главном, ради чего приехала, молчала, ожидая подходящего момента. Встряхиваясь среди редкословного разговора, тревожно всматривалась она в окно: время шло. Время шло, а ничего не сделано, наступивший день начинал придавливать не снятым с него грузом. Так хорошо прежде бывало со Стасом! Она словно бы погружалась в другую, нереальную жизнь, даваемую за страдания, где все к ней благоволило, все приносило утешение,—и как из теплой обласкивающей воды выходила потом на берег, встречающий холодным безучастием. Здесь, в этих стенах, она, казалось, и оставалась постоянно той своей частью, которая не потеряла радости, сюда приходила на свидание с нею, здесь пополняла свои душевные запасы. А Стас только устраивал эти встречи, приводил ее, приходящую, потайными ходами к живущей в счастливом затворничестве.

А теперь и здесь ее не сыскать.

Пашута наблюдала за Стасом: тот и не тот человек. Держался по-прежнему прямо и потому казался высоким, все так же коротко стриг седую крупную голову. Рядом с нею он выглядел хоть куда, и она правильно сделала, отойдя от него, избавив Стаса от неизбежно явившегося бы чувства жалости и брезгливости. Но и в нем еще глубже врезались морщины в продолговатое, мужественно вылепленное лицо с волевым подбородком—врезались густо и не подчеркивали, а скорее перечеркивали мужественность, оттеняли жизнь, потерявшую цель. И загас в глазах знаменитый высверк, вспыхивавший неожиданно и ярко, как молния, который умел сразить наповал. Глаза смотрели печально и терпеливо.

Тянуть было некогда. Пашута, как и по земле ходила тяжелой поступью, и здесь двинулась к цели без тонкостей. Ничего, что можно было подостлать под просьбу, смягчить ее, не находилось, она спросила напрямую:

—Ты, Стас Николаевич, не сделаешь нам гроб?

—Гроб? —Нельзя было понять, удивился ли он. Но смотрел на нее длинным пристальным взглядом, забывчиво держа на весу кружку с чаем. —Разве там[①] не сделают гроб? У них правило: покойник ваш, а гроб наш. Разве не так?

Она покивала: так. И сказала наконец то, к чему уже приступила за ночь. Сказала с замедлением, вдавливая слова:

—Я, Стас Николаевич, задумала мать сама похоронить. Без них. Мне к ним идти не с чем.

Он невольно перешел на тот же выговор, давя на каждое слово:

—Без них, дорогая Пашута, туда не попасть. Это не деревня. Сердце продавай, печень, селезенку, душу... Теперь все покупают, но иди к ним.

—Мою печенку-селезенку никто не купит. Я бы продала...— И с отвращением отказалась:—Вру, не продам. И продавать не буду, и к ним не пойду.

—У многих не с чем идти, не у тебя одной,—продолжал он, не убеждая, а отыскивая выход, который можно было бы предложить. —Но собирают как-то. Теперь так и хоронят: с миру по копейке. Соберем и тебе. Есть же у тебя родственники, друзья, знакомые...

---

① Там—здесь имеется в виду город.

Она освободила голос и—показалось—с облегчением ответила:

—У меня никого нет...

Стас осторожно напомнил:

—У тебя ведь дочь есть.

—Дочь мне неродная,—глухо сказала Пашута. —И живет она с мальчонкой в последнюю проголодь[①]. Девчонку мне отдала в учебу. Живет одна, без мужика. Это вся моя роднbackspace. Дальняя есть, но такая дальняя, что я ее плохо знаю. Нас у матери было четверо, в живых я одна. Все ненормально—верно ведь, Стас Николаевич?

—Не паникуй[②]. Куда твоя твердость девалась?

—Остатки при мне. И то много. С нею-то хуже. Она не для воровства, не для плутовства у меня, скорей в угол загонит.

Туман разошелся, света за окном стало больше, но оставался он серым, утомленным. Поддувал ветер. Яблонька томилась такой тоской, высветившись еще черней и корявей и поскребывая ветками по стеклу, что на нее было больно смотреть. Никак не могла затянувшаяся осень проломиться в зиму, никак не набирался сухой мороз, чтобы упал снег. Слишком заморилось все.

“Но земля, слава Богу, талая”,—подумала Пашута. И опять стеснило ее надвигающимся днем: ничего она пока не добилась. А пора, пора...

—Ну, сделаю гроб,—спрашивал Стас,—и куда ты с ним? Дальше-то что? В какую контору, под какую печать? Это же все потребуется!

Пашута и здесь кивнула: потребовалось бы... Но не потребуется.

—Я тебе еще не все сказала. —И, говоря, смотрела на него

---

① В последнюю проголодь—голодает.

② Не паникуй—не впадай в панику, не волнуйся.

пристально, не отводя глаз. Он упомянул о твердости—вот она, твердость. —Мне ничего не потребуется, Стас Николаевич. У нас не будет свидетельства о смерти, потому что не было прописки. И здесь, наверное, можно добиться... За деньги теперь всего можно добиться. —Сделала паузу, говорящую, что не ей этого добиваться. И повторила:—Мне нужен гроб, Стас Николаевич. Я сама вырою могилу.

—Где?

—У нас за пустырем лес. Место сухое. И от меня недалеко.

На Стаса это произвело впечатление. Он поднялся, завис над столом на длинных руках.

—Но это же не похороны, Пашута. Это же—зарыть!..—он сдержался, не стал продолжать.

—Зарыть,—согласилась она.

—Взять и зарыть?! Ты с ума сошла, Пашута! Ведь она у тебя русского житья была человек. А ты—зарыть!

Он перешел на шепот. На шепот гремящий.

—Дай Бог, чтобы тебя не зарыли, Стас Николаевич. А мы—ладно. Я и на зарытье согласна. —И вернулась: не о ней сейчас речь. —Если будет гроб, все остальное я сделаю сама.

—Ка-ак? —добивался он. —Ты все продумала, но как? Как ты повезешь, как ты землю будешь бить? Там же, наверное, камень... В городе! Там же город, люди! Все это надо отставить, Пашута. Отставить! Это же человек, мать твоя, а не собака! —И еще одно со страхом вспомнил он:—Ты и попрощаться с нею людям не дашь.

—С ней тут некому прощаться. —Пашута смотрела в окно куда-то далеко-далеко, чувствуя, как в глаза наплескиваются слезы. Но нет, не заплакать, ни за что не заплакать. —Завезла я ее в такое чудесное место, что никто тут ее не знал. Она и на улицу почти не выходила. —Пашута встряхнулась. —Ладно, Стас

Николаевич, нет—так нет. Скажу я тебе самое последнее. Денег у меня нет, ничего нет... Но если бы и были... Знаешь, кажется мне: все равно надо было бы так сделать.

—Ты не была сумасшедшей, —хмуро ответил он.

—Ох, какой я была, Стас Николаевич! Разве теперь сравнить! —И выбило разом все запоры, хлынули слезы, и, не успев подложить руки, стукнувшись о стол головой, затряслась в рыданьях, вырывавшихся рваным некрасивым клекотом[①].

Стас растерянно ходил рядом, гладил ее по голове, по пегого цвета спутавшимся волосам, отходил и снова молча гладил, ощупывающе, с какой-то беспомощной слепотой в руках и глазах. И сам теперь, своим опытом и умом шел той дорогой, которую выбрала Пашута, всматриваясь, где могут быть непроходимые места. Они были всюду от начала до конца.

Пашута заставила себя успокоиться и подняла голову. Он спросил:

—Когда ты хотела это сделать?

Она не стала ломаться, понимая, что заставила его согласиться.

—Завтра воскресенье. Люди спать будут.

—Да ведь по обычаю на третий день[②]?..

Что было объяснять? Все тут поперек обычаев, за все отвечать придется. Пашута после слез закаменела еще больше. Стас перешел в комнату и кому-то звонил.

—Серега, —говорил он в телефон. —Подходи-ка ко мне. Очень ты мне нужен. Давай-давай, Серега, по пустякам я бы тебя

① Клекот—звуки, которые издает птица при сильном волнении.

② Поминование умершего в третий день после его смерти. Православная церковь совершает это в честь тридневного воскрешения Иисуса Христа и в образ Пресвятой Троицы.

не погнал. Подходи.

Пашута подковыливала к дому, когда заметила Таньку, стоявшую в отдалении, среди чахлых топольков, которыми дом пытался зарыться от дороги. В синенькой курточке с откинутым капюшоном, с непокрытыми льняными волосами, как-то особенно чисто и грустно светившимися в пасмури дня, она бродила тут, должно быть, давно. Шел двенадцатый час. Пашута приостановилась, поджидая несмело приближавшуюся девчонку.

—Я тебе сказала—до вечера не появляться! Что ты тут делаешь?

Танька молчала, быстро и с испугом вскидывая на Пашуту и опуская глаза.

—В школе была? —Пашута училище называла школой. Да ей, малолетке, в школу бы еще и ходить, а не в заведение, где чего только не наберешься.

—Н-нет.

—А кто будет платить за твои "нет"? —В училище за каждый пропущенный урок и за каждую двойку полагалось платить—все мужающими тысячами. Ушинские и Сухомлинские①, предлагавшие свои известные воспитательные системы, до этого не додумались. Чтобы додуматься—нужны были умы решительные, дерзкие, широкого государственного размаха, и время их немедленно представило.

Танька набралась духу, подняла на Пашуту свое белесое, в конопушках, круглое лицо, вздрагивающее от недоброго предчувствия:

① Ушинский—Константин Дмитриевич Ушинский (1824—1870/1871), русский педагог-демократ, основоположник научной педагогики в России. Сухомлинский—Василий Александрович Сухомлинский (1918—1970), знаменитый совеский педагог, учитель украинского и русского языков и литературы.

—Что у нас случилось, бабушка? Почему ты меня выгнала?

Пашута тяжело думала, что сказать, как поступить с девчонкой. Вечером она не додумала—и вот Танька здесь.

—У нас что—старенькая бабушка померла?

—Пойдем,—подтолкнула Пашута девчонку поперед себя. Теперь уже ничего другого не оставалось.

В квартире стоял запах—еще не тления, но горя. В жилых стенах пахло запустением и горечью, в них поселилось бестелесое существо, приходящее в тяжелые дни, чтобы справить какой-то свой ритуал. Пашута принюхивалась, пахло как от овчины, из которой не вынашивается дыхание жизни, ее породившей.

Танька скинула курточку, прошла и села, приготовившись к разговору, на свою кушетку, нервно поводя глазами и сложив руки на сдвинутые колени. Кровать Пашуты стояла в той же комнате за шкафом. Теперь они смогут разъехаться, у каждой будет своя комната.

—Пришла так пришла—ладно,—начала Пашута, выходя от матери. —Может, оно к лучшему. Старенькая бабушка у нас умерла, это ты верно догадалась,—голос ее при этих словах не изменился, не дрогнул, она думала о чем-то, чему появление девчонки все-таки мешало. —Бабушка наша правильно сделала, что не стала тянуть. Не смотри на меня так, я старуха грубая. А прикидываться[①] разучилась. Бабушка и пору выбрала самую подходящую—перед зимой. Она нам все устроила как лучше. А теперь, Татьяна, слушай. —Она опустилась с девчонкой рядом на кушетку. —Бабушку я буду хоронить наособицу[②]. Крадучись буду хоронить, Ночью, чтобы люди не видели. На кладбище везти—

---

① Прикидываться—притворяться.

② Наособицу—(прост.) по-особенному.

денег у нас с тобой нету. А побираться я не хочу. И еще слушай. Ни матери, ни кому другому я не дала знать. Потом скажем. И ты покуда молчи.

Танька сидела, замерев, уставив глаза в стену.

—С этого момента придется тебе стать совсем взрослой,— продолжала Пашута. —Некогда нам дожидаться, когда это само произойдет. Отгуляла детскую радость... хотя и такой радости, девочка ты моя, у тебя, однако, было не много... Принимайся-ка теперь за долю①. Будет у тебя все, будут и радости... А пока придется нам горемычество② принять. —И, помолчав, подтолкнула к первому шагу: —Иди, взгляни на бабушку.

Танька пошла. Пашута осталась сидеть: не вздымали ноги, ныли пронзающими тукающими ударами. Но можно было поддаться теперь ненадолго и слабости—после проявленной силы. Она вернулась от Стаса, добившись большего, чем ожидала. Теперь, если ничто не собьется с хода, а самое важное—если ничто не воспротивится беззаконному ходу, будет легче. У могилы матери, когда встанет она перед могилой (а так далеко еще до этого и так ненадежно!), когда вглядится Судия недремный③, что же такое там бесславное происходит и кто это затеял, она не станет прятаться. Видит Бог, Стасу это было совсем не по душе...

—А бабушка верила в Бога? —спросила неожиданно Танька.

Пашута обернула к ней лицо и внимательно всмотрелась. Вот так недолетка④! Она спросила то, что Пашута боялась додумать. "Там разберутся",—казалось ей. Там-то там, но и здесь, выходит, надо разбираться. Вот этого она и избегала—разбираться здесь.

---

① Доля—в народе так называется судьба, взрослая жизнь.

② Горемычество—горе, страдание.

③ Судия недремный—бог.

④ Недолетка—еще не доросшая до взрослого возроста.

Одно дело—грубо, вопреки правилам, спровадить неприкаянную душу, и совсем иное—если и там у души дом родной, где ее ждут.

—Не знаю,—угрюмо ответила она. Ответила не только Таньке. —Как, поди, не верила—она старого житья была человек.

—Она просила, чтобы я ей в церкви иконку купила...

—А ты купила? —напряженно спросила Пашута.

—Маленькую такую. Богородицу. В ладошку входит.

—А как я не видела?

—Она на этажерке стоит. Ты не заметила.

Пашута задумалась. Она легко уходила от разговора и теперь думала о том, что надо подниматься и выстраивать в новый, более определенный порядок намеченное дело. Засиделась. Почти наяву она видела, как дело выгибается к ней странной, ненаполненной, схематической фигурой, чтобы поторопить. Но так не хотелось отлепляться от девчонки, как никогда, ищущей сегодня ласки и слов!

—Крестить тебя надо,—вспомнив, о чем говорили, сказала она.

—А ты крещеная?

—Нет! —С такой легкостью, как сейчас, твердел у нее голос и с таким трудом мягчел. —Я выпала, обо мне нет разговора. А тебе жить.

—Но я видела: совсем старых крестят.

—Ты, значит, бываешь в церкви?

—Мы с Соней из интересу заходим. Совсем старые есть, которые от советской власти родились...

—От кого родились? —охнула Пашута.

—Ну, это так говорят.

—Говорят... Как это у вас все ловко говорится?.. Ладно,—решительно предложила она. —Поднимаемся, что ли?

И—промедлила. Танька вдруг прильнула к ней, обняла,

ткнулась головой в грудь. Пашута растерялась:

—Ну, что ты! что ты!

—Бабушка, ты разговаривай со мной, разговаривай!..— отчаянным шепотом рвалось из Таньки. —Ты молчишь, я не знаю, почему молчишь... Я не маленькая, пойму. Почему ты вчера не сказала мне?.. Ты думаешь, что я неродная, а я родная... хочу быть родной. Хочу помогать тебе, хочу, чтобы ты не была одна! Мы вместе, бабушка, вместе!..

Пашута застыла. Сегодня она уже дала слабину—у Стаса, когда разрыдалась. Если еще раз пустит слезу—дело плохо. Она приказала себе замереть, чтобы ни звука не вырвалось из ее недр, пока не откатит волна сладкой боли, перехватившей горло, так давно не испытываемой. Что-то еще осталось в ней, что-то вырабатывает эти чувствительные приступы. Она успокоилась и лишь после этого в ответ обняла Таньку, прижала неловко и пообещала:

—С кем же мне еще разговаривать, как не с тобой! Больше у меня никого нет.

—Мне шестнадцать будет—я могу в подъезде мыть[①]. Или телеграммы разносить—я узнавала. Я могу... я могу, бабушка! —сорвалась опять Танька на слезный шепот. Она выпрямилась и, моргая часто от слез и напряжения, искала, искала в Пашуте перемен, которые могли произойти от ее порыва. Она бы хотела, подняв голову, увидеть Пашуту совсем другой—ласковой и доступной. Пашута понимала ее и ненавидела себя еще больше.

Она сказала:

—Прокормимся, Татьяна.

Не выговорилось у нее: спасибо, милая девочка; вот мы и

---

① В подъезде мыть—роботать уборщицей, мыть подъезд.

породнились еще ближе.

—Давай дверь откроем,—предложила Танька, поднимаясь первой. —Она там совсем одна.

Сама же и растворила дверь. . .

В пятом часу постучал парень и, когда впустили его, коротко и угрюмо спросил:

—Сюда?

—Сюда,—ответила Пашута.

Ни он не знал их, ни они его, но никакой чужой человек прийти в эту квартиру не мог. Никто в Пашуте не нуждался, никто к ней давно уже не заходил, не пойдут и лихие люди снаружи умеющие видеть, за какими дверями живет бедность и за какими богатство.

Это и был Серега, от Стаса Николаевича,—невысокий, широко и могуче сбитый, со щеткой усов, которые называют пшеничными. Невеселое предстояло ему дело, и всем своим видом он не скрывал, что "мобилизован", выглядывая из глубоко сидящих глаз с сочувствием и одновременно с досадой. Присесть отказался.

—Поедем, тетка, смотреть, куда что,—нетерпеливо сказал он. И в том, что назвал "теткой", как в автобусе или на базаре, тоже чувствовалось недовольство: день сорван, сорвана и ночь, а это значит, что завтрашнего дня тоже не будет. —Может, света хоть немножко прихватим,—мрачно, в тон погоде[1] добавил он. . .

Пашута принялась торопливо одеваться. Танька из дверного проема в большую комнату смотрела на Серегу с испугом—как на вестника чего-то неземного, страшного. Ей жутко было остаться наедине с покойницей и жутко было напроситься поехать куда-то в

---

① В тон погоде—настроение мрачное, как и погода поздней осенью.

надвигающуюся темноту вместе с этим суровым посланником происходящей вокруг неотвратимости. В полинявшей штормовке① поверх свитера и разбитых кирзовых сапогах②, плотный, сильный, Серега держался до того уверенно, прочно, что Пашута опять успокоилась. Она влезла в ту же куртку и те же сапоги, что и утром, других сапог для опухших ног у нее не было. Танька выслушала наказ сварить принесенное Пашутой мясо, а кроме того, сварить еще и кисель③—беспрекословно, в этот момент и не понимая, что от нее требуется. Она бросилась к окну, когда вышли, и сквозь водянистый полумрак рассмотрела, что садятся в зеленую "Ниву"④, которая тронулась сначала вправо, к соседнему микрорайону⑤, но остановилась и принялась разворачиваться влево, к дороге, ведущей в аэропорт.

"Если ехать от микрорайона, с той стороны и в лесу еще могут шататься,—рассудила Пашута. —Лучше подняться от дороги, там от жилья далеко, там и в добрую погоду ходят меньше". Но кому в такую мокреть⑥ ходить? Что тут сейчас делать? Погода самая воровская⑦, но для какого-то особого, как у нее, у Пашуты, воровства, от которого страдает не собственность чья-то, а сами человеческие устои. Против чего-то слишком серьезного и святого выступила Пашута; как знать, не держится ли сейчас, в эти

---

① Штормовка—от слова "шторм" (буря на море), у русских так называются тонкие непромокаемые куртки.

② Разбитые кирзовые сапоги—сильно изношённые сапоги из грубой толстой кожи (кирзы).

③ Кисель—обязательное брюдо на поминках.

④ Нива—легковая автомашина, рассчитанная на сельскую местность с плохими дорогами.

⑤ Микрорайон—район на окраине города со всей инфраструктурой (магазины, кино и пр.).

⑥ Мокреть—сырая погода.

⑦ Погода самая воровская—удобное для воров.

минуты, всемогущий и справедливый совет: допустить ли, даже из милосердия, ее готовящееся покушение... На что покушение? — Пашута до сих пор не решалась додумать.

Они съехали с асфальта, как только сосняк справа из мелкого поднялся выше. Показывала, куда ехать, и сама не зная куда, Пашута... Выехали на полянку среди редколесья①; Серега затормозил и первым вышел. Выбралась, уже видя, что нашли, и Пашута. Вокруг стояли сосны, а с темной, с северной стороны высоко и могуче вздымались из одного корневища, расходясь, как сиамские близнецы②, на высоте человеческого роста две лиственницы. Других таких во всем лесу быть не могло. Будут стоять как сторожа над материнской могилой. Да, здесь разводить могилу, ничего другого можно не искать. Полянка небольшая, но, должно быть, веселая и приветливая при свете и солнце, в мягкой хвойной подстилке с негустой травой. Из города слабо промелькивали сквозь лес огни, но город оставался недалеко, и утробный гул его стоял в воздухе. Но он слышен и на кладбище; для тех, кто переезжает туда, есть, кроме расстояния, еще одна защита. Будет она и здесь. Надо только поглубже ее сделать.

Серега сбросил с машины лопату и ломик, велел Пашуте оконтурить③ "работу". Он так и сказал—"работу", не прибегая к слову, которое не хотелось произносить. По городским огням Пашута сориентировалась, где восток и где запад, чтобы правильно развернуть могилу, и сделала надрез. Пока совсем не стемнело, Серега поехал вмять в землю напрямую к дороге след. Пашута слышала, как на обратном пути он метит деревья затесями④,

---

① Редколесья—редкий лес, где деревья стоят далеко друг от друга.

② Сиамские близнецы—знаменитые мутанты, родившиеся абсолютно сросшимися друг с другом.

③ Оконтурить—здесь: обрисовать контур могилы.

④ Затеси—сделанные топором или ножом пометки на деревьях.

показывающими дорогу. Вернулся, отнял у нее лопату и заработал, как машина... Серега сгибался и разгибался, сгибался и разгибался, уже по пояс в яме. Ему приходилось капывать, и вел он углубление соступами, аккуратно складывая землю с левой от себя стороны. Почва оказалась слоеная, вслед за черной землей шла глина, в которую лопата входила вязко, но податливо, затем глина с песком, и зашуршало, зашуршало, стекая с холмика обратно, затем заскреблись камни. Серега выбрался за ломиком, осветил фонариком дно. Там лежал плитняк. Он снова спустился и пошел крушить плитняк ломиком, вымахивая удары мощными движениями. Плитняк поддавался лому, но не брался саперной лопатой[①]. Серега стал выбрасывать его руками.

Ветер трогал все чаще и чаще, нахлестывая дождем. В соснах от дождя и от ветра шумело не переставая, и этот шум тоже был кстати, без него удары железа о камень раздавались бы далеко. Все было до везения кстати. Прятаться в машину, куда отправлял ее Серега, чтобы не мокла, Пашута не хотела. Почему-то надо было мокнуть и мерзнуть, но быть рядом с этой все углубляющейся прямоугольной ямой, присутствовать при ее творении. Никаких чувств она не испытывала, а только присутствовала. Холодность, безразличие, равнодушие пугали ее все больше; она спрашивала себя, понимает ли, что это могила матери со стуком разверзается перед нею, бездна, которой мать будет поглощена навсегда, и казалось ей, что не понимает. Не хватало для этого ни ума, ни чувств, ни представлений, все укорачивалось, слабело, отмирало. Похоронит мать, и надо будет думать, как быть с собой.

Серега вылез и отряхнулся.

—Поехали,—сказал он.

---

① Сапёрная лопата—лопата, которой копают саперы, выкапывая мины, оставшиеся в земле во время или после войны.

—Мало,—решительно возразила Пашута и взяла у него фонарик, осветила. —Мало, парень.

—Знаю, что мало,—ответил он без раздражения. —Остальное потом. Сейчас надо ехать.

Спустились на асфальт, и он остановил машину, вышел, что-то примечая, затем для верности снял на бумажку цифру со спидометра. Работа примирила его с выпавшей ему ролью, и, мокрый, измазанный грязью, он повеселел, воодушевился, готов был разговаривать.

—Место мы с тобой хорошее выбрали...

—Хорошее,—согласилась Пашута.

—Вот думаю: не забронировать① ли у тебя рядышком? Не люблю толкотню, тоже на выселки② не отказался бы.

—Тебе до этого далеко... —В машине с включенной печкой Пашута стала согреваться, нагрелись в ней и чувства, она говорила искренне. —Было бы кому передать свою волю③, мне-то рядышком с матерью Бог велел...

Высаживая Пашуту возле дома, Серега предупредил:

—Я у Стаса сосну часок, потом приедем, если у него готово...

Стас с Серегой приехали только под утро. Первым прокрался Стас, постучал тихонько, и следом за ним, обхватив сбоку руками длинный прямой предмет, обернутый в мешковину, поднялся Серега. Он подал этот предмет в дверь Стасу, тот принял и поставил стоймя к стене направо. Запахло деревом, смольем.

---

① Забронировать—сохранить за собой.

② Выселки—вдали от города или села, куда выселяются люди, желающие жить отдельно.

③ Передать свою волю—здесь: передать свои предсмертные пожелания о захоронении.

Чтобы не топотить[1], скинули сапоги, говорили вполголоса. Вдвоем—не загремело бы—развязали мешковину, скинули ее, цепляющуюся за углы, и приняли гроб на руки, почтительно держали его с двух концов, пока Пашута не подставила табуретки. И как только здесь же, в маленькой прихожей установили его, новенький, из свежей золотисто-янтарной сосновой доски, остро и сладко пахнущий, не просто скаляканный[2] в четыре доски, а высокий и просторный, солнечный, к изголовью расходящийся, а в ногах поуже, с горбатой крышкой, да как только сняли эту крышку и открылась телоприимная обитель Аксиньи Егоровны—это было уже не изделие рук Стаса, над которым он провозился весь день, а нечто, явившееся по высочайшей воле, огромное, важное, заполнившее не одну лишь квартиру, но весь дом. С незапамятных времен называют эту обитель человеческой бренности домовиной[3]. Боковые ребристые стены ее, под углом расходящиеся, чтобы не тесно было в локтях и не давило грудь, и снова сдвинутые, шатровый потолок, общая ее форма, "архитектура"—все внушало почтение и трепет, от всего замирало сердце.

Домовина для Аксиньи Егоровны была выстроена по первому разряду, ничего не скажешь. Грех обижаться. Но эту домовину нужно было еще выстелить теплом и убранством. Красный материал[4] для обивки Пашута купила. Залезла в долг, истратилась, но материал был под стать гробу—праздничный и суровый. Им она и принялась выстилать ложе, закрепляя его кнопками. Стас помогал ей. Разговаривали шепотом. Серега попросил чаю, Пашута отправила его в кухню распоряжаться

---

① Топотить—(прост.) топать.

② Скаляканный—сделанный кое-как.

③ Домовина—гроб (от слова "дом").

④ Красный материал—по православным обычаям: гроб изнутри обивался материал.

самому. Опоздали из-за него: он, заехав домой, уснул.

Ничего не умела, ничего не знала Пашута из обряда, на похороны ходила в провожающих, не заглядывая в правила. И сейчас она выстилала домовину по своему разумению: обила тряпкой ложе и крышу, под спину подложила легонькое стеганое одеяло—не из новых, под голову подушечку—как для сна.

И надо было торопиться, и не торопилось, движения сдерживались сами, отмеряя положенный ритм.

А много ли прибора? Пашута выпрямилась и кивнула Стасу. Вдвоем, не отрывая от табуреток, они перенесли гроб, поставили его рядом с кроватью Аксиньи Егоровны. Подняли ее, подхватывая с двух сторон под спину, опустили в новую хоромину①. Удобно легла Аксинья Егоровна, не тесно. Пашута поправила ей руки, платок на голове; вспомнив об иконке②, сняла ее с этажерки и положила под руки...

Пашута укрыла мать сверху белым, аккуратно подоткнула со всех сторон, постояла с минуту и пошла собирать сумку. Стас с Серегой опустили на домовину крышку и вдавили наживленные③ гвозди. Все без стука, с редкими, приглушенными словами. Наблюдая, как они обуваются. Танька вдруг поняла, что сейчас уйдут, уйдут все, вместе со старенькой бабушкой, и только ее собираются оставить здесь. Она закричала, не сдерживаясь:

—И я! И я! С вами! Вместе!

На нее зашикали, Танька испугалась еще больше, со стоном повторяя:

—И я! И я!

---

① Хоромина—синоним к слову "домовина".

② Иконка—по православным обычаям в гробу в руки умершего вкладывают икону.

③ Наживленные гвозди—сначала гвозди забивают чуть-чуть, чтобы они легко вынимались—наживляют.

—Куда ее? —тяжелым шепотом спросила Пашута.

—Некуда,—пожал плечами Серега. —Заднее сиденье мы убрали.

Танька умоляюще смотрела на Стаса, чувствуя в нем главного. Вот что значит: нет лица—один страх, одни слезы, одна мольба. Стас сдался.

—Как-нибудь поместимся,—сказал он.

Собрались, приготовились. Насторожили Аксинью Егоровну ногами вперед①. Зашли слева, подняли ее на длинных полотенечных② жгутах, приобнимая гроб правыми руками, открыли дверь, тронулись. Пашута придержала Таньку—пусть снесут—и встала у окна, чтобы видеть, когда выйдут. Все тайком, все как у татей③.

На улице серело. В холодном предсветье было сыро, но без дождя. Похватывал порывами ветер. Пашуту усадили на переднее сиденье рядом с Серегой, Стас с Танькой устроились позади, рядом с Аксиньей Егоровной, домовина которой высовывалась наружу. Потянут в гору—начнет она скатываться... Но сейчас важно было скорей отъехать с глаз долой, укрепят потом. Скорей, скорей!..

"А ведь везет. Пока везет",—думала Пашута, уставившись в раскрывающуюся перед светом фар дорогу. И уже не ее—посторонней мыслью продолжилось: "Можно было все это среди бела дня делать. Никто бы внимания не обратил. Никто сейчас ничего не видит"④.

На выезде из города остановились, подвязали заднюю дверцу,

---

① Ногами вперёд—по православным обычаям: выносят гроб с телом усопшего из дому ногами вперёд, стараясь не задеть за порог и косяки двери.

② Полотенечные—сделанные из полотенца.

③ Тать—(древнерус.) разбойник.

④ В народе бытует мнение, что раньше 12-ти часов и позже захода солнца выносить покойного из дому нельзя.

накинули на гроб петлю из того же полотенечного материала, концы ее Стас намотал на руку. Танька с ужасом смотрела, как он садится на гроб верхом, точно взнуздав его, точно собираясь подстегивать. Но, должно быть, и Стас разобрался, что сидит он нехорошо и встал на колени рядом.

Серега все-таки потерял сворот[1]. Отметил, до метра отметил, сколько от него до подъезда Пашутиного дома, а обратно, включив скорость, память не включил. Остановился и раз, и другой, но в нечистой мешанине тьмы и света, угарных городских выбросов и морока[2] след разглядеть было невозможно, а лес справа возвышайся сплошной, глухо ворчащей под ветром стеной. Шепотом выругавшись, Серега решительно повернул назад.

Обратно поехала Асинья Егоровна, должно быть, первая из покойников.

—Шесть километров четыреста метров,—мрачно, как пригрозил, уже громче объявил Серега.

Пашута не приняла разворот за дурной знак. Если все от начала до конца не так, то по нетаку и это так. Но светало, светало, над городом обозначилось небо. Она прикрыла глаза, прислушиваясь, как ездит в просторной домовине мать.

Через шесть километров четыреста метров от подъезда Серега остановился, сделал вперед шагов десять и красноречиво вскинул руки в сторону леса. Нашел. Теперь в гору, в гору... На вымокшем скользком подъеме натужно ревел мотор.

И били, били камень, теперь уже вдвоем, сменяя друг друга. Били кайлом и ломом, от могучих, на весь вынос сил, ударов Сереги сотрясалась поляна. Рассвело мутно, день опять обещал

---

① Сворот—поворот.

② Морок—здесь: обманчивый свет, при котором можно легко заблудиться.

быть слепым. В соснах ходил гул ветра; накатывался с запада, где стояла тайга, и здесь, возле поляны, обрывался в пустоту, точно разбивался о берег, скатываясь слабым выдохом обратно. Снова вал и снова с отдачей назад и срываемыми с неба мелкими редкими брызгами.

Аксинью Егоровну оставили в машине одну. Танька ушла в лес, Пашута топталась возле мужиков, то подходя взглянуть, то отходя присесть на выброшенные из машины доски. Когда спускался вниз Серега, казалось, что осталось только подчистить, но вот он, вспотевший, взлохмаченный, с набившейся в усы землей, выбрасывал свое тело наверх, наступала очередь более высокого, едва не на голову, Стаса—и видно было: мало. Без огорожи, без догляда опустить следовало дальше. Сидя на коротких, сложенных одна на другую досках и глядя на торчащий из машины гроб, прислушиваясь к гулким размеренным ударам заостренного железа о камень, Пашута раз за разом забывалась до беспамятства от напряжения и двух подряд бессонных ночей, с трудом приходила в себя, еще пытливей и еще тупей всматривалась в гроб, ждала, когда ее проберет стыд за неспособность к боли и, не дождавшись, встряхиваясь от онемения, поднималась. Поднявшись в очередной раз, она заметила, что Стас удлиняет могилу новым надрезом в изножье, чтобы отступить от неподатливого огромного камня в изголовье. Просторной вышла для Аксиньи Егоровны домовина, но еще просторней выходила могила. А вокруг такой простор под солнцеходом, что лежи не тужи[①], такой перебор ветра в тяжелых тугих ветках, что днем и ночью будет звучать музыка.

Господи, как хорошо не видеть того, что делается на этой земле!

---

① Не тужи—не печалься.

Пашуту подтолкнули: рядом с могилой на деревянных брусках, нарезанных для полатей, уже стояла домовина с Аксиньей Егоровной, ее открытое, успокоенное, сухое лицо было подставлено небу. На лицо падали снежинки. Они взволновали Пашуту больше, чем все, происходившее здесь до сих пор. Она клохтнула[1] неразборчиво и обрадованно, звуком, в котором смешались горечь и утешение, боль и порыв, опустилась перед матерью на колени, только для нее одной выдохнула "прости" и прикоснулась к холодному твердому лбу поцелуем. Ткнулась и Танька в старенькую бабушку и отпрянула, не отводя оцепеневшего взгляда, попятилась...

Пашута пристально смотрела, как опускают гроб, как вытягивают из-под него веревки; беззвучный стон пронзил ее, когда Серега спрыгнул сверху на гроб и принялся наставлять стояки для полатей, которые ненадолго защитят тело Аксиньи Егоровны от каменного гнета. Днем, как она представляла, вместе с матерью и половина ее, Пашуты, отделится и уйдет в могилу. Что ушло, понять было нельзя. Но ушло, меньше ее стало, и стучащие о доски камни, осыпающийся, плотно закрывающий поры песок начинали давить и ее, она хватала ртом воздух, жадно подставляла лицо под снежинки.

Не похожи лицами были они с матерью, но Пашута сейчас видела только сходство. Дышала, дышала учащенно и жадно—и не хватало воздуха.

...—А что,—громко и облегченно говорил Серега, со стаканом водки в руке оглядывая оставляемый холмик.—Хоронят же при дорогах шоферов, когда погибают при исполнении обязанностей. Какая разница—где?! В ту же землю... Правда, Танька?

---

[1] Клохтнула—(прост.) издала звук, который издает курица, когда "квохтает".

Танька торопливо закивала. В освещенных недетским прозрением глазах ее стояли слезы. Решительно вступала в свои права зима—снег шел густо, небесный свет его должен был проникать глубоко.

Зимой по богатому снегу Пашута не добрела бы до могилы. Добралась она до нее лишь по весне, когда в лесу еще томились снежные обтаи. Подковыляла к полянке и ахнула: по обе стороны от материнской могилы вздымались еще два холмика. Аксинья Егоровна лежала не одна. Такое славное сыскали место, что появились соседи. Но как и кто среди тучных снегов① мог обнаружить ее последнюю обитель?②

Удивление Пашуты было настолько велико, что она не выдержала и отправилась к Стасу. Он вышел к ней мятый, с резко обострившимся лицом из тех, которые несут на себе весть, совсем больной. "Заболел, что ли?"—от порога спросила она. "Вроде того",—ответил он.

Прошли опять в кухню. Стас принялся расчищать неприбранный стол, с бряком сваливая посуду в мойку. Все так же черно и коряво заглядывала в окно яблоня, все так же терзал ее ветер. В доме было прохладно и неуютно. Пашута не стала тянуть.

—Стас Николаевич, не забыл, как за городом мать мою перед зимой хоронили? —спросила она, внимательно в него вглядываясь.

—Как же забыть?.. Не забыл...

—Я вчера пошла... и что нашла?.. Рядом с матерью еще две

---

① Тучные снега—очень много снега.

② Обитель—место обитания, проживания. Для покойника—могила.

могилы. Целое кладбище. Целую нахаловку[①], выходит, мы тогда расчали...[②]

Стас глухо сказал:

—Одна могила Серегина. Чья другая—не знаю.

—Как Серегина?! —ужаснулась Пашута. —Ты что говоришь, Стас Николаевич?

—Убили Серегу, после Нового года. Остался я без товарища. Я и подсказал туда свезти, к хорошему человеку. Вместе веселей. И себя заказал туда же.

—Кто убил, почему?

—Он в органах[③] работал,—с нарочитым покашливанием, чтобы не выдавал голос слабость, говорил Стас. —Внедрили его к бандитам в охрану[④]. И сами же выдали на растерзание[⑤]. Вот так, Пашута. Такая теперь жизнь и смерть.

Последние слова заставили Пашуту всмотреться в него еще внимательней. Не его это были слова, не его интонация, какая-то манерная, жалкая.

—Пьешь ты, что ли, Стас Николаевич? —спросила она.

—Пью,—признался он. —Пью, Пашута. —И, округлив рот, со шлепом бил изнутри по щекам языком.

Она не пожалела его:

—Сильных убивают, сильные спиваются... Кто же останется, Стас Николаевич?

---

① Нахаловка—(прост.) беззаконное дело, сделанное "нахально", т. е. с грубым напором.

② Расчали—(прост.) начали.

③ Органы—так называлась в народе милиция.

④ Внедрили его к бандитам в охрану—т. е. предложили прикинуться, притвориться бандитом, чтобы легче было с его помощью поймать эту банду.

⑤ И сами же выдали на растерзание—т. е. дали возможность бандитам расправиться с Серегой, как с предателем. Милиция его не защитила.

—Кто-нибудь останется...

—Но кто? Ты знаешь их?

—Нет. Все, кого я знаю, не те.

—А где те?

—Я тебе скажу, чем они нас взяли,—не отвечая, взялся он рассуждать.—Подлостью, бесстыдством, каинством①.

Против этого оружия нет. Нашли народ, который беззащитен против этого. Говорят, русский человек—хам. Да; он крикун, дурак, у него средневековое хамство. А уж эти, которые пришли... Эти—профессора! Академики! Гуманисты! Гарварды!—ничего страшней и законченней образованного уродства он не знал и обессиленно умолк. Молчала и она, испуганная этой вспышкой всегда спокойного, выдержанного человека. Он добавил, пытаясь объяснить:

—Я алюминиевый завод вот этими руками строил. От начала до конца. А двое пройдох, двое то ли братьев, то ли сватьев под одной фамилией... И фамилия какая—Черные②! Эти Черные взяли и хапом③ его закупили. Это действует, Пашута! Действует! Будто меня проглотили!

—Стас Николаевич, да ты оправдания себе ищешь... Не может того быть! Чтобы взяли... всех взяли! Ты же не веришь в это?

Стас улыбался и не отвечал. Странная и страшная это была улыбка—изломанно-скорбная, похожая на шрам, застывшая на лице человека с отпечатавшегося где-то глубоко в небе образа обманутого мира.

---

① Каинство—от библейского имени Каин. Каин убил своего брата Авеля. Имя его стало нарицательным: братоубийца.

② Братья Черные—реальные лица. Очень сильно и быстро разбогатели в период "перестройки" и после.

③ Хапом—т. е. хапнули, захватили одним махом, за один раз.

...На обратном пути Пашута заехала в храм. Впервые вошла одна под образа, с огромным трудом подняла руку для креста. Под сводами нового храма, выстроенного лет пять назад, в будний день и в час, свободный от службы, искали утешения всего несколько человек. В высокое окно косым снопом било солнце, чисто разносилось восторженное ангельское пение—должно быть, в записи, истаивая на круглой медной подставе, горели свечи. Неумело Пашута попросила и для себя свечей, неумело возжгла их и поставила—две на помин души рабов Божьих Аксиньи и Сергея и одну во спасение души Стаса.

(1995)

Краткий анализ произведения:

Будучи писателем социально озабоченным, Распутин в 1992 году пытается осмыслить и показать те изменения, которые происходят в новом российском обществе после распада СССР. Он написал целый ряд рассказов о новом времени: 《Женский разговор》, 《Вечером》, 《В больнице》, 《Нежданно-негаданно》, 《Новая профессия》, 《Изба》, 《На родине》. В этих последних своих произведениях Распутин продолжает утверждать те человеческие ценности, которые всегда были , есть и будут оставаться подлинными в противовес ценностям мнимым, временным, которые выдвигаются на первый план в разные периоды общественного развития. Об этих подлинных ценностях—и рассказ Распутина 《В ту же землю》, один из лучших , за который писатель был удостоен международный российско-итальянской литературной премии《Москва-Пенне》в 1996 году.

Очень непрост образ главной героини этого рассказа, пожилой женщины Пашуты, всю свою жизнь проработавшей в столовой. Мало симпатичной представляется она на первых порах читателю: опустившаяся, неухоженная полуседая расплывшаяся, какая-то вялая, малоразговорчивая. И живет она невесело—очень бедна, одинока, несмотря на то, что имеет приемную дочь, внучку от этой дочери и мать-старушку—и внучка и мать в последнее время даже живут с Пашутой в одной квартире. Но отношеня их не близкие, друзья Пашуты—кто умер, кто отошел от нее—тоже постепенно исчезли из ее жизни, перестала она встречаться и со Стасом. Оба они одинокие, потрепанные жизнью восемь лет они《грелись друг от друга》, но потом расстались и все из-за Пашуты.

Ее одиночество во многом вызвано ее собственным характером: она кажется холодной к матери, к внучке—обе они ждут от нее нежности и ласки. И со Стасом она перестала встречаться—застеснялась своего постаревшего вида, о чем вряд ли она догадывалась. Но на самом деле она просто человек замкнутый и сдержанный, не привыкла проявлять свои чувства, однако ее кажущаяся холодность действует на близких—они тоже чувствуют себя одинокими. И Пашута, и ее мать одиноки еще и потому, что обе они стары: Пашута еще только приближается к этому возрасту, а мать ее давно живет на пороге смерти. Распутин в этом рассказе с глубокой грустью обрисовал неизбежную трагедию старости, особенно бедной и одинокой, когда старые люди становятся никому не нужными.

И вот происходит неизбежное: мать-старушка умирает. Но это ожидавшееся событие стало для Пашуты экстремальным. Казалось бы, нужно всего-навсего просто похоронить мать. Но как сложно это оказывается! На пути осуществления такого естественного, жизненно необходимого дела возникает непреодолимые препятствия. Кажется, что все российское бюрократическое государство, все новое общественное устройство, при котором без денег не сделаешь ничего, где маленькому человеку нет места, встают на жизненной дороге Пашуты.

Нельзя хоронить без прописки—надо везти мать на родину, в

деревню. Но на перевозку покойницы, на гроб, на сами похороны нужны громадные для Пашуты деньги. И тут проявляется настоящий русский характер героини. Она быстро мобилизуется, придумывает выход из положения (совершенно нестандартный) и осуществляет задуманное. Оказывается, что Пашута совсем не вялая и безвольная, а умная, твердая и решительная, способна уговорить и организовать себе помощников и вдохновить их на трудное и даже, в какой-то мере, опасное дело. И тут обнаруживается, что и хорошие люди есть, которые помогут в трудную минуту, и внучка любит Пашуту—не одинока она, нужно только внимательно посмотреть вокруг.

Пашуте приходится обходить неправедный закон, чтобы осуществить естественнейшее, необходимейшее в жизни дело—похоронить человека. Получается, что нет на своей земле места тем, кто с рождения живет и работает на ней. Но Пашута находит это место для матери—в ту же русскую землю хоронит ее.

Конец рассказа гораздо более оптимистичен, чем начало: своим поступком Пашута прокладывает путь другим, таким же бедолагам, как она, —похоронив мать на лесной поляне, Пашута невольно как бы открывает новое кладбище для других, кто не может преодолеть бюрократические препятствия, чтобы достойно и законно похоронить родного человека. Не погибнет русский человек ни при каких обстоятельствах, выживет вопреки всему и выживет достойно—вот что хочет сказать Распутин своим рассказом. И душа его не умрет от испытаний, а только закалится в этих испытаниях и вырастет. В конце рассказа Пашута выходит из своего одиночества и оцепенения—она приходит в церковь, дом Бога, чтобы обратиться лицом к людям. Она поставила свечу не только 《за упокой》 душ матери и Сергея, но и 《во спасение души Стаса》.

Рассказ Распутина, как и всё, написанное им,

высокохудожественен. Читаешь, и как бы участвуешь во всем происходящем, всей душой сопереживаешь с героиней. Точность и зримость малейших деталей, глубокий психологический анализ, философские размышления о жизни и смерти, лирическое настроение, окрашивающее печалью весь рассказ—все это делает его выдающимся литературным произведением.

Вопросы и задания:

1. В чем смысл названия рассказа《В ту же землю》?

2. Чем вызвано "необычное" поведение Пашуты в отношении к похоронам ее матери ?

3. Как понять то, что в конце рассказа Пашута заехала в церковь и подняла руку для того, чтобы перекреститься?

Литература:

1. Полный текст рассказа,《Наш современник》, 1995, No 7.

2. Бондаренко В. 20 лучших писателей России.《Палея》. М. , 1996.

3. Копылов И. Вся русская литература. 《Современный литератор》. Минск. ,2003.

Владимир Семенович Маканин

(1937)

КЛЮЧАРЕВ И АЛИМУШКИН

(рассказ)

1

Человек заметил вдруг, что чем более везет в жизни ему, тем менее везет некоему другому человеку,—заметил он это случайно и даже неожиданно. Человеку это не понравилось. Он не был такой уж отчужденный, чтобы праздновать праздник, когда за стеной надсадно[1] плачут. А получалось именно так или почти так. И ничего переиначить[2] и переменить он не мог, потому что не все можно переменить и переиначить. И тогда он стал привыкать.

Однажды он не выдержал и пришел к тому, к другому, человеку и сказал:

—Мне везет, а тебе не везет... Это меня угнетает. И мешает мне жить.

Тот, которому не везло, не понял. И не поверил.

—Ерунда,—ответил он.—Это вещи, не связанные между собой. Мне и впрямь не везет, но ты тут ни при чем.

—И все-таки меня это мучит.

—Ерунда... Не думай об этом. Живи спокойно.

Он ушел. И продолжал жить. И отчасти продолжал мучиться, потому что тому, другому человеку делалось все хуже. А ему везло. Ему всегда светило солнце, улыбались женщины,

---

① Надсадно—(разг.) чрезвычайно напряжённо.

② Переиначить—сделать иначе.

попадались покладистые начальники, и в семье тоже была тишь и гладь. И тогда он затеял мысленный разговор с Богом.

—Это несправедливо,—сказал он.—Получается, что счастье одному человеку выпадает за счет несчастья другого.

А Бог спросил:

—Почему же несправедливо?

—Потому что жестоко.

Бог подумал-подумал, потом вздохнул:

—Счастья мало.

—Мало?

—Ну да... Попробуй-ка одним одеялом укрыть восемь человек. Много ли достанется каждому? —И Бог улетел. Бог исчез и не дал ответа или же дал такой ответ, который ничего не значит. Он как бы отшутился.

И тогда человек перестал думать об этом—в конце концов, сколько можно думать об одном и том же? В конце концов, это утомляет. Вот, собственно, и вся история. Но тут важны подробности... Ключарев был научный сотрудник, кажется, математик—да, именно математик. Семья у него была обычная. И квартира обычная. И жизнь тоже, в общем, была вполне обычная—чередование светлых и темных полос приводило к некой срединности и сумме, которую и называют словами "обычная жизнь".

Из этой обычности Ключарева выделяло, пожалуй, то, что он был несколько манерно[1] шутлив. Однажды по дороге с работы домой он нашел на тропе, в снегу, кошелек с десятью, что ли, рублями. Он тут же сказал самому себе:

—Поздравляю. Ради этого стоило жить.

Улыбаясь, Ключарев здесь же написал обычное объявление—

---

① Манерно—неестественно, жеманно.

так, мол, и так, кошелек найден, потерявший—приди. И дописал внизу свой адрес. Бумажку эту он нанизал на гвоздик доски объявлений ближайшего дома. Была зима—чтобы написать и нанизать бумажку на гвоздик, ему пришлось поставить портфель в снег. Нанизанный листочек трепался на ветру, но держался крепко. А в том, что ни сегодня, ни завтра по объявлению никто не пришел, удивительного не было—куда удивительнее было то, что на следующий день начальник отдела, брюзга, зажимщик[1] и явный недоброжелатель, предложил вдруг Ключареву поместить статью в крупный научный журнал. При этом в соавторы начальник не напрашивался. Именно поэтому Ключарев, вернувшись домой, уже с порога сказал жене:

—У меня началась полоса везения.

А жена Ключарева была женщина тихая и скромная, и потому везенья, какого бы то ни было, она стеснялась и даже пугалась. Она, например, очень переживала, когда никто не явился за кошельком.

Вечером, чуть позже, жена сказала Ключареву, что у нее есть новость. Она о ней забыла, но теперь вспомнила.

—А-а,—засмеялся Ключарев,—звонила твоя подруга?

—Да.

—Правда, я смышленый[2]? —Это был шутливый выпад. Выпад был нацелен в некую женщину, с которой жена когда-то работала и дружила и которая до сих пор по инерции считалась подругой жены. Уже давным-давно они работали в разных местах, и уже давным-давно жена ее не видела. Однако время от времени женщины перезванивались по телефону. Они говорили о детях.

---

① Зажимщик—человек, который препятствует свободному проявлению какого-л. мнения.

② Смышленный—сообразительный, способный мыслить, соображать, понимать.

Или о покупках. Они перезванивались все реже и реже. Под влиянием времени этот остаток женской дружбы скоро должен был совсем сойти на нет[①] и умереть, но до поры он жил, скрученный в телефонном шнуре.

Жена замолчала—ей было досадно, что дружба с подругой сходит на нет и что над их телефонным общением уже подсмеивается муж. Чтобы смягчить, Ключарев переспросил:

—Что же за новость?

И тогда жена сказала, что у Алимушкина на работе неприятности. И вообще Алимушкин погибает, так говорят...

—Алимушкин? —Ключарев никак не мог вспомнить, кто это такой. Он только пожал плечами. Он, в общем, уже привык, что его хлопотливая жена готова заботиться о ком угодно. Но потом вспомнил этого человека. Он видел его дважды. —Алимушкин—это тот, который был такой остроумный и блистательный?

—Тот самый,—сказала жена.

И тут же она добавила: может быть, Ключарев как-нибудь сходит к нему домой, навестит, вот она записала специально его адрес. Голос жены был вполне серьезен. И даже трогателен. Ключарев машинально взял бумажку с адресом и не сдержался, фыркнул[②]. Женщины —прелесть. Только они могли додуматься до такого. Прийти к малознакомому типу и сказать: "Привет, родной, говорят, ты погибаешь?"

—Но с какой стати я пойду его навещать? Я видел его два раза в жизни.

—А я видела только однажды.

Что и говорить, это был веский довод.

—Согласись,—продолжала атаку жена,—лучше и удобнее,

---

① Сойти на нет—(идиома) исчезнуть.

② Фыркнул—усмехнулся, издав фыркающий звук.

если его навестит мужчина.

—Лучше или хуже, а я не пойду. Некогда.

Ссоры не случилось. Ключаревы были дружной парой.

Жена даже признала, что хватила, пожалуй, лишнего[①], посылая Ключарева бог знает куда и зачем. И они заговорили о сыне-девятиклассника: сын делал большие успехи в спорте, а точнее, в спортивной гимнастике.

2

Ключарев забыл бы о странной просьбе жены, но этим же вечером случился еще один телефонный разговор. На этот раз сам Ключарев звонил своему приятелю по имени Павел. Как это часто бывает, фраза из одного разговора переходит и кочует в другой. Жизнь фразы коротка, и похоже, что фраза тоже хочет пожить подольше. И вышло так, что вместо приветствия Ключарев шутливо спросил своего приятеля:

—Ну как жизнь—не погибаешь?

Павел ответил—нет, не погибаю, с чего ты взял? Ключарев засмеялся, пришлось пояснить, что это шутка, это просто так, модное слово. У них есть, к примеру, некий Алимушкин, который погибает.

—Алимушкин? —переспросил Павел. —А я с ним вместе работаю.

—Да ну? (Тесен мир.)

—В смежных комнатах трудимся. —И Павел добавил, что Алимушкин мужик неплохой, но в каком-то загоне[②]. Что-то с ним стряслось. Совершенно не может работать.

—Почему?

---

① Хватить... лишнего—(идиома) слишком многого захотела

② В законе—в каком-то заброшенном состоянии, в пренебрежении.

—А шут его знает. Он молчун. Я, честно говоря, молчунов обхожу стороной.

Тут они вполне сошлись, Ключарев тоже не любил молчунов.

—Уж лучше пьяницы,—сказал Ключарев. И тут же вновь вспомнил про Алимушкина:—Но, послушай, какой же он молчун, он же был блистательный малый! Он же был так остроумен!..

Павел ответил на это вздохом. А потом ответил глубокой и вечной истиной:

—Был, да сплыл[①].

В этот же вечер, уже перед сном, Ключарев вышел побродить возле дома—он называл это "проветриться"... Он ходил по утоптанным снежным тропинкам, а в голове вертелось: "Был, да сплыл"... Возникла вдруг странная мысль: а что, если ему стало везти за счет этого Алимушкина? Он вспомнил о предложении начальника написать статью. Вспомнил о кошельке. И усмехнулся. Мысль, разумеется, была глуповатая. Мысль была секундная и, в общем, игрушечная. Стоял мороз. Над головой были звезды. Он шел, глядя вверх, и думал, что звезд полным-полно, и небо огромно, и звезды эти видели и перевидели столько человечьих удач и неудач, что давным-давно отупели и застыли в своем равнодушии. Им, звездам, наплевать. И не станут они вмешиваться и посылать кому-то удачу, а кому-то неудачу.

Однако и на следующий день выбросить из головы эту мысль Ключареву не удалось, и вот почему. Он был в гостях у Коли Крымова. Уже в прихожей, снимая пальто, он слышал, как там и сям вспархивали такие вот фразы: "Как? Вы не слышали о новой любви Коли Крымова? "—или так: "Сейчас придет новая любовь

① Был, да сплыл—(поговорка) был да нет его.

Коли Крымова", —или даже так, с оттенком балаганного и шутливого окрика: "Поставьте рюмки. Не трожьте[①] бутылку и потерпите. С минуты на минуту должна явиться новая любовь Коли Крымова",—такие вот носились в воздухе шуточки. Мужчины и женщины были лет тридцати пяти, все они считали, что самый лучший способ общаться и веселиться—это подтрунивать[②] над хозяином. Коля Крымов не возражал, ему даже льстило. И вот она пришла. Фамилия ее была Алимушкина. Она была очень красивая женщина.

Ключарев среди общего шума и гама застолья спросил у Коли—не собирается ли тот жениться? Они были друзьями. Коля Крымов (а Алимушкину в это время на перебой угощали, и какой-то поэт надписывал ей свою книгу стихов) ответил: да, собираюсь. Коля Крымов любил четкие формулировки. Он сказал, что лишний раз завести романчик—это похоже на разврат. А лишний раз жениться—это похоже на поиск... Как раз выяснилось, что один из гостей перебрал спиртного[③], и Коля Крымов отправился проводить его и пристроить в такси. Так случился короткий разговор Ключарева с Алимушкиной.

Они сидели близко, и меж ними был пустой стул Коли Крымова. Ключарев заговорил с ней от нечего делать. Никаких таких мыслей или мыслишек у него не было. Он спросил:

—Ну что ваш Алимушкин?

—Да ну его,—ответила красавица,—твердит одно и то же: погибаю, погибаю...

—Ноет?

—Ныть не ноет, но молчит часами.

---

① Не тротьте—(прост.) форма слова нетрогайте.

② Подтрунивать—шутить.

③ Перебрал спиртного—выпил слишком много.

Алимушкина была как-то дерзко красива. В ней было нечто вызывающее, таких красивых женщин Ключарев не знал никогда,—он видел их, правда, иногда на улице, и они всегда были с кем-то, кто их сопровождал. А иногда сопровождающих было двое.

Получилась пауза, и Алимушкина заговорила снова. Ей это ничего не стоило. Язычок у нее был хоть куда[①], и глядела она смело.

—Сказать вам правду—я разлюбила его. Живу у подруги. Живу сама по себе. Хожу по гостям и развлекаюсь.

Ключарев увидел близко ее глаза. Он спросил:

—А может быть, сначала вы стали жить у подруги и развлекаться, а уже потом он стал погибать?

—Ну что вы! —сказала она. —Как раз наоборот.

И было видно, что она говорит правду. Больше они не разговаривали, и теперь Алимушкина говорила с соседом слева. А Ключарев опять вспомнил ту свою мысль. Он думал так: если бы мне и впрямь везло за счет Алимушкина, его жена сегодня бы положила на меня глаз[②]. Случай удобный. Но она положила глаз на Колю Крымова. К сожалению.

Он ушел с вечеринки несколько подвыпившим и несколько потерянным. Настроение было ни то ни се. Он думал о том, что скажет теперь жене—он ведь не предупредил ее, что задержится. Он вытащил бумажку с адресом Алимушкина—это было близко—и... поехал к нему, чтобы иметь хоть какое-то оправдание. Алимушкин спал. Было начало ночи. Приезд, разумеется, был странен, и Ключарев не знал, о чем говорить.

---

① Хоть куда—здесь : слишком острый и разговорчивый.

② Положила на меня глаз—(идиома) обратила внимание, потому что он ей понравился.

—Спишь?.. А люди говорят—погибаешь,—сказал он как бы даже с укором.

Алимушкин молчал, он стоял совершенно заспанный. Он зевнул. Ключарев почувствовал некоторую неловкость и перешел на “вы”:

—Вы меня, надеюсь, помните. Мы ведь знакомы. В библиотеке виделись. И однажды в компании сидели. Алимушкин кивнул:

—Я вспомнил.

Он был совсем сонный. Спохватившись, он добавил:

—Может, чайку?

—Нет. Я на миг.—Ключарев ответил, улыбаясь. Он улыбался как можно дружелюбнее.—Какой там чай. Я и без чая полон по самые уши[1].

После этого Ключарев ушел.

Когда дома жена стала упрекать, что от него слишком уж несет спиртным, Ключарев рассердился:

—Ну, знаешь! Разве не ты сама меня посылала—разузнай да разузнай?.. Дался мне этот Алимушкин!.. Из-за него я два часа торчал у Коли Крымова (Ключарев более или менее гибко расположил факты), а потом еще пришлось ехать к Алимушкину—малый оказался жив и здоров. В пол-лица румянец. И спит как сурок.

Ключарев шел по коридору, он отключился от работы на минуту, или на две, или даже на десять минут; он считал, что от этого свежеют мозги, и потому шел легким и звонким шагом. Он проходил мимо дверей большого и хорошо обставленного

---

[1] Полон по самые уши—здесь: выпил очень много.

кабинета—и как раз у дверей стояли сам и зам[①]. Директор НИИ держал шляпу в руках. Зам был чем-то обозлен и что-то доказывал. А директор посмеивался.

Зам случайно скользнул взглядом по проходящему мимо. И сказал:

—Вот вам Ключарев—и способный, и трудолюбивый, и кандидат наук. А вы все еще держите его в научных сотрудниках.

—Может, это вы его держите,—парировал[②] директор. Он посмеивался.

—Я?

—Конечно, вы,—посмеивался директор.

Ключарев встал в шаге от них. Он не навязывался. Он, в общем, шел своим путем. Однако уйти или пройти мимо, когда о тебе говорят вслух и на тебя смотрят, было как-то неудобно.

—Не надо спорить,—сказал он им сдержанно и не громко.—Это я сам себя держу.

Те заулыбались. Им понравилось, что он не навязывается. Директор сказал:

—Я спешу. Ей-богу, я очень спешу,—и пошел к выходу.

Зам догонял его и говорил:

—Ключарева давно пора сделать начальником отдела.

—Ну и сделайте,—отвечал директор.

Часом позже—и это никак не было связано с разговором директора и его зама, это было совсем с другой стороны—Ключарев узнал, что его статья принята журналом и вскоре будет опубликована. А дома вечером жена вновь сказала: "Звонила подруга". Есть новость? —и новость эта состояла в том, что

---

① Сам и зам—(шутливое выражение) директор и его заместитель. Сам—так в русской деревне называют хозяина дома.

② Парировать—отвергать.

беднягу Алимушкина бросила жена. Она совсем ушла от него. Разменяла квартиру. Воспользовавшись тем, что Алимушкин погибает («Он совершенно безволен! Он все время как заспанный!»), красавица выменяла себе милую однокомнатную квартирку, а полуспящего Алимушкина загнала в какую-то сырую комнатушку. Там он и живет. Там он и погибает, сказала жена, и Ключарев не мог не отметить, что его удачи и неудачи Алимушкина по-прежнему идут бок о бок.

На следующий вечер по телефону пришла еще новость: беда не ходит одна—Алимушкина выгнали с работы. Он что-то там напутал или что-то сделал не так и в придачу[1] выбросил важные бумаги в корзинку для мусора. Они вполне могли отдать его под суд, но пожалели. Они его просто выгнали. Дело было, по-видимому, не в важных бумагах и не в корзинке для мусора,—вялость и бездеятельность Алимушкина осточертели[2] уже всем и каждому, а капля переполнила чашу.

—Чем же он живет? —спросил Ключарев. Он не имел в виду духовный мир Алимушкина. Он имел в виду—на какие деньги.

—Не знаю,—ответила жена. И именно потому, что не знала, она попросила Ключарева зайти к Алимушкину и еще раз проведать. Зайди, сказала, ну что тебе стоит. И напомнила: когда-то давно они вместе видели Алимушкина в какой-то компании, и Алимушкин был самый живой среди всех, он был такой остроумный и блестящий.

Ключарев спросил у жены:

—А если бы он не был остроумный и блестящий, ты бы его сейчас—когда он в беде—не жалела?

—Не знаю.

---

① В придачу—(разг.) кроме того, в дополнение.

② Осточертеть—надоесть сверх меры.

Ключарев тут же отметил это неуверенное “не знаю” и не без удовольствия сказал:

—А ведь это плохо, моя радость. Ты жалеешь избранных.

Однако женским чутьем она и тут нашла выход. Она ответила:

—Не знаю... Если бы он не был остроумным и блестящим, он был бы каким-то еще. Например, тихим и сентиментальным — такого человека тоже жалко.

И уже утром зам предложил ему стать начальником отдела. Зам предложил это просто и без всяких условий, а Ключарев отказался—он ответил, что не хочет спихивать начальника, с которым плохо ли, хорошо ли, однако много лет работал вместе. Это было правдой. Однако еще большей правдой было то, что Ключарев не хотел сейчас суетиться—он и без того чувствовал, что он в полосе везения и что блага от него не уйдут. У него было ясное, хотя и необъяснимое ощущение, что кто-то свыше крепко и уверенно натянул вожжи и правит вместо него, Ключарева, и, уж разумеется, этот, который свыше, промаху не даст[①], он свое дело знает.

—Странно,—переспросил зам,—значит, не хотите быть начальником отдела? Боитесь ответственности?

—Да, без хлопот легче. Я и так много работаю.

—Мы это знаем.

—Я много работаю, а большего пока не хочу.—Ключарев позволил себе отвечать резко. Он словно пробовал и проверял на прочность свою удачу. В конце концов, он завтра может сказать: а вот теперь хочу. Дозрел. Согласен.

---

① Промаху не даст—не ошибется.

Он пришел к Алимушкину. Первое, что он спросил,—как это, друг милый, ты попал в такую конуру? Зачем соглашался разменивать квартиру?.. Алимушкин не ответил. Выглядел Алимушкин плохо. Он был вял и бездеятелен и явно нездоров. Он промямлил, вглядываясь в лицо Ключарева:

—Я... вас не помню.

Потом отвернулся и стал смотреть куда-то в сторону. В точку.

—Помнишь не помнишь —какая разница. Как ты согласился жить в такой конуре?

Алимушкин не ответил. Мозг его работал с некоторым запозданием. Он только-только сообразил и припомнил лицо гостя:

—Вы... Ключарев?

—Да.

Ключарев тем временем огляделся. Он, в общем, знал, что вялый Алимушкин разменялся не лучшим образом, но он и думать не думал, что живого человека могут запихнуть в такую дыру. Комнатушка была мала, ободрана, вся в потеках[1] и без мебели. Поржавевшая кровать да стол. Да один стул. В соседней комнате, как выяснилось, жил одинокий старик, у старика была такая же жуткая комната. Старик был болен, необщителен и глух как пень.

—Он и на кухне со мной не здоровается,—вялым голосом сообщил Алимушкин. —Молчит.

—Ты тоже не слишком говорлив.

—Да...

Пауза получилась долгая и тягостная.

—Так и живешь?

Он кивнул—да...

—Куда-нибудь ходишь?

---

① В потеках—когда протекает потолок, на потолке и стенах остаются от сырости грязные некрасивые пятна-потеки.

—Никуда.

—Но, прости, на какие деньги ты ешь и пьешь?

—Остались какие-то рубли. Я их доедаю.

—А дальше?

Пауза получилась еще более долгая. Наконец Алимушкин вместо ответа тихо сказал:

—Я,—и он посмотрел на Ключарева (не станет ли тот смеяться),—я шахматами занимаюсь...

Ключарев не засмеялся, он сказал:

—Это хорошо.

—Вот.—Алимушкин показал глазами на маленькие шахматы. Доска была потертая. Фигурки были расставлены.—Я когда-то играл. В детстве...

—А с кем играешь?

—Ни с кем. Я так... Сам с собой. Анализирую.

Ключарев предложил сыграть, говорить было не о чем. Алимушкин играл очень слабо. Ключарев сыграл с ним несколько партий и ушел. Настроение было паршивое: Ключареву было бы легче, если б Алимушкин играл хотя бы средне.

3

Случилась там и такая минута—это была минута особенная. В одну из тягостных пауз Ключарев подумал: как же это так вышло, что жизнь человеческая пошла под откос[1] ни с того ни с сего?.. Ключарев был неглуп и понимал, что случившееся с одним может случиться и с другим. Люди именно так и рождаются. Люди именно так и умирают... Он спросил Алимушкина:

—Скажи, как с тобой все это стряслось?

Алимушкин молчал, он не совсем понимал, о чем речь. Но

---

① Пошла под откос—(идиома) стала все хуже и хуже.

потом постарался понять（на лице его было заметно усилие）и ответил Ключареву：нет，ничего особенного не случилось и не произошло，почувствовал，что погибаю，вот и все.

—Это началось，когда ушла жена?

—Нет... Раньше.

—А-а，—как бы оживился Ключарев，—это началось у тебя с неприятностей на работе.

—Нет...

—С чего же началось?

—Не помню.

Ключарев проявил нетерпение. Несколько раздраженно он заговорил：

—Но не может же все рушиться ни с того ни с сего. Вспомни. Напряги память. Это и мне важно. Это и всякому важно—с чего началось?

Алимушкин потер лоб. Поморщился：

—Нет... не помню.

Пора было уходить，потому что пауза теперь шла за паузой. Ключарев поискал там и сям взглядом—чайник был. Но в баночке рядом было так мало заварки，что о чае он не заикнулся. Вот тут он и предложил Алимушкину сыграть в шахматы. Ключарев легко выиграл раз，другой и третий. И поднялся，чтоб уйти.

—Пока...

Алимушкин тупо смотрел перед собой. Потом вяло потянулся за ручкой—он хотел записать последнюю партию и поискать свои ошибки.

—Говорят，это полезно，—промямлил он.

Он именно так и промямлил：“Говорят，это полезно”，—и эти слова，подчеркивая его общую куда большую бесполезность и пустоту，повисли в ушах у Ключарева. Слова были неотвязны. И потому，когда Ключарев пришел домой，он решил не говорить жене правды. Это удалось без труда, потому что жена была занята сыном и дочкой—она вправляла детям мозги[1] за какие-то прегрешения. Ключарев сказал как бы между прочим:

—Был у Алимушкина. Ты знаешь —он совсем не так плох. Разговорчив. И совершенно спокоен.

—Да?

—Он решил всерьез заняться шахматами. Чуть ли не посвятить себя им.

—Слава богу, я за него рада.

—Скоро мы услышим о гроссмейстере Алимушкине.

Когда тебя слушают непридирчиво, говорить легко. И Ключарев сказал еще, на всякий случай не без торжественности в голосе:

—Уважаю людей, которые начинают жить сначала.

Везенье продолжалось, и теперь оно напоминало вора наоборот. Антивора. Ты прикрываешь левый карман, а оно сует тебе в правый: "Бери, дорогой, не жалко; бери, этот час твой". На работе все охотно заговаривали и охотно улыбались Ключареву. О нем говорили—перспективный человек. И зам улыбался. Зам сказал, так, мол, и так: повысим мы вам, Ключарев, оклад на восемьдесят рублей.

—Спасибо.

—Я сам за вас ходатайствовал. Директор поддержал. Для начала повышаем оклад на восемьдесят рублей.

—Спасибо.

—Мы ценим хороших сотрудников. Тем более скромных.

И зам добавил (доверительно—не всякому так скажет):

—Некоторые люди расталкивают других локтями.

---

① Вправляла мозги—(идиома) ругала.

Интригуют. Лезут по головам[1], чтобы сесть в мягкое кресло. Я не люблю таких.

Получасом позже позвонила Алимушкина, она каким-то образом узнала служебный телефон и сразу попала на Ключарева. Позже она сказала, что списала телефон потихоньку у Коли Крымова. Ей почему-то казалось, что это нужно сделать потихоньку.

Она поздоровалась и пригласила Ключарева в гости. Она не очень церемонилась, потому что она была красивая женщина и знала это. Она не слишком подбирала фразы, не смущалась:

—В тот вечер,—и она сделала паузу, это была характерная пауза современной женщины,—вы мне приглянулись.

—Да ну?

—Честное слово. Приходите, пожалуйста, ко мне в гости. Сегодня.

Он пришел и вовсе не обалдел от ее голоса и от ее глаз: он не любил красивых женщин, он их никогда не знал. Так ему было легче и удобнее жить. Он сидел в кресле и рассматривал ее квартиру—квартирка была миленькая. Мебель тоже была чудо. Ключарев спросил:

—Разве вы не выходите замуж за Колю Крымова?

Этот вопрос значил: “Вы меня позвали—это ваша прихоть или же маленькая тайна за спиной Коли Крымова, и вообще, что это за такая игра, которую мы начали?” Но Алимушкина ответила просто:

—Нет. Замуж я не выхожу.

—Почему?

—Он мне не нравится. Он никакой. Он никчемный.

---

① Расталкивают локтями, лезть по головам—(идиома) пробиваться по карьерной лестнице за счет других.

—Сделайте его таким, каким надо.

—Не хочу тратить силы. Зачем?

Ключарев не начал милый и шутливый разговор, который привел бы куда надо и куда прийти ему, в общем, хотелось. Вместо всей этой ясности Ключарев повел себя неясно. Он повел себя незапрограммированно. Он вдруг рассердился на Алимушкину—сказал ей довольно грубо, что Коля Крымов очень даже "кчемный" человек. И что брошенный Алимушкин тоже "кчемный" человек. И что ей надо выходить замуж, а не дурить самой же себе голову. Он говорил и сам понимал, что говорит глупости и чепуху. Как-никак она была женщина, и у нее было право выбора.

В портфеле, который он не открыл, лежали две бутылки вина. Он принес их специально. И знал, зачем принес. Но на него нашло и накатило, и вот он говорил теперь глупости. Он талдычил[①] ей одно и то же —выходите замуж. И она была абсолютно права, когда сказала (он уже уходил и стоял в дверях):

—Какой вы скучный—помереть с вами можно.

От слишком большого везенья жена Ключарева тоже была несколько не в себе. Она испугалась. В ней это выражалось в затаенном ожидании каких-то бед или неприятностей, которые вот-вот могут нагрянуть. Она (не называя, словом, истинной причины) решила вызвать свою мать—стало быть, тещу Ключарева,—пусть, дескать, погостит. Пусть поживет у нас. Вдруг кто-то заболеет. Или еще что-то случится, проговорилась она.

—Но почему должно что-то случиться? —засмеялся Ключарев.

---

① Талдычить—упорно твердить.

Ключарев смеялся, он опять был прежним, веселым и шутливым. Ему было смешно и забавно, когда он вспоминал, как он вел себя и что говорил у красивой женщины, пригласившей его домой. "Эх, ты!" —подсмеивался он. Он вспоминал ее щеки и губы, и по позвоночнику полз сладкий холод.

Жена позвонила ему на работу (со своей работы):

—Ты слушаешь? Только что звонила моя подруга. Опять об Алимушкине.

—Погибает?

—Перестань дурачиться.

—Что-то очень долго он погибает—мне уже иногда кажется, что он бессмертный.

—Перестань... —И жена заговорила в трубку шепотом. Она смутно чего-то побаивалась и потому шептала мужу:—Милый, будь осторожнее. —И еще шептала:—Милый, не говори о людях небрежно, милый, если бы ты хоть чуточку больше думал о людях,—я знаю, ты добр и искренен, но если бы ты еще думал о людях...—Так она шептала. Кончилось это просьбой—еще раз навестить беднягу Алимушкина, такая вот вновь возникла у нее мысль.

А у Ключарева возникла совсем другая мысль—как бы это заткнуть рот подруге жены: чего она без конца треплется[1], чего она лезет?..

—Привет,—сказал Ключарев. После работы он (так уж и быть) пришел к Алимушкину, но на приветствие никто не ответил. Ключарев вошел в комнату—и лицо у него вытянулось. Лицо у него приняло выражение, соответствующее беде, потому что Алимушкин лежал в постели. И потому что рядом с ним белым пятном стоял человек. Врач.

---

① Трепаться—болтать обо всем, что нужно и не нужно.

—Не разговаривайте с ним,—сказал врач.—Он не может разговаривать. У него инсульт.

Врач пояснил—инсульт, или "удар", не из самых сильных, но все же это инсульт. Он сказал, что нужен покой. Нужна тишина. Нужен уход.

—Нет-нет,—прикрикнул врач,—вы, Алимушкин, молчите! Вы уж не разговаривайте. Все равно не получится.

Ключарев спросил:

—Отнялась речь?

—Временно.

—И передвигаться не может?

—По стеночке до уборной он доберется, но никак не дальше.

Ключарев подошел к Алимушкину ближе, он шел и осторожно ставил ноги, потому что по полу сновали тараканы. В комнате было мрачно. Алимушкин улыбнулся—улыбка у него была половинчатая, на одну сторону, мышцы лица на другой стороне бездействовали... Ключарев подморгнул: привет, эк тебя угораздило. Алимушкин протянул ему руку. Ключарев пожал.

Врач был, вероятно, из "скорой помощи". Он рылся в бумагах на столе. Потом сказал:

—Помогите-ка мне. Вы ведь его приятель?

—Да.

—Здесь, в этих бумагах, должен быть адрес его матери.

—Матери? —удивился Ключарев.

—Должен же за ним кто-то ухаживать.

—А больница—почему не в больницу?

—Больница ничем особым ему не поможет. Да и транспортировать его в таком состоянии неполезно.

Ключарев кивнул: понятно. Как и все люди, Ключарев полагал, что с врачами не спорят. Он переспросил:

—Значит, вы вызовете сюда его мать?

—Не я. Вы. —И врач, словно он тоже считал, что Ключарев виновен перед беднягой своими удачами, сурово посмотрел на него. Так Ключареву казалось. Хотя это был обычный взгляд загнанного[1] и задерганного за сутки врача. —Вы вызовете. А мне надо идти. Я дважды уже присылал сюда сиделку. Сейчас она дежурит у более тяжелого.

Ключарев кивнул. Он нашел адрес и отослал многословную телеграмму в Рязанскую область. Почта, на счастье, оказалась в двух шагах, и никакой такой очереди у окошка не было. Ключарев отметил с горькой усмешкой—везет, мол, этому Алимушкину.

Когда Ключарев вернулся с почты, врача не было. Алимушкин извинился за возникшие хлопоты, извинился жестом руки: прости, дескать, пришлось тебе похлопотать. Жестом же он предложил: давай, мол, в шахматы, если не торопишься. Алимушкин сам дотянулся до них рукой, шахматы стояли у изголовья. Ключарев почти не глядел на доску. Он передвигал фигуры и глядел на пол, где бегали лакированные тараканы.

Сразу же после Алимушкина Ключарев зашел к подруге жены—он ее отыскал. Адрес был записан на листочке: Малая Пироговская, 9, кв. 27. Этот адрес Ключарев нашел в записной книжке жены. А записную книжку он потихоньку выудил[2] у жены в сумочке... Теперь он пришел и назвал себя: здравствуйте, я Ключарев. Вы ведь дружны с моей женой много лет—верно? —а с вами мы, как ни странно, незнакомы.

Такой у Ключарева был тон, почти дружеский. На самом же деле он был сильно раздражен, и это вот-вот должно было всплыть на поверхность. Пока еще было начало разговора.

---

① Загнанный—замученный, усталый.

② Выудил—вытащил осторожно.

—Очень приятно,—сказала подруга жены. Она была полная, даже пышная медлительная женщина. Ключарев подумал, что ей только и сидеть у телефона сутками напролет. С такими формами и с таким задом. Это он уже начал раздражаться.

—Извините меня, но я буду с вами резок. Мне надоела ваша телефонная суета.

—Что? —Она не понимала. Она была медлительна.

Ключарев, стараясь сдерживать себя, пояснил:

—Прекратите звонить моей жене насчет этого несчастного Алимушкина. Перестаньте ее нервировать и дергать. Имейте совесть. Имейте снисхождение к обычной и в меру счастливой семье, которую незачем перегружать всеми бедами и всеми горестями, какие только есть вокруг.

—Но я не думала, что эти звонки...

—А думать нелишне. Это так просто понять—вы же не даете ей жить спокойно.

Подруга жены молчала, она растерялась. Ключарев еще раз извинился за резкость. Потом спросил:

—Вы к нему заходите, к Алимушкину?

—Очень редко.

—Вот и продолжайте его иногда навещать. А нас оставьте в покое—ясно?

Подруга жены была заметно обижена. Медлительная и толстая женщина, она обожала говорить по телефону, а теперь у нее отнимали такой повод для звонков. К Алимушкину она была вполне равнодушна, но ведь должны же люди, и тем более подруги, о чем-то говорить, и должны же они общаться.

Ключарев объяснил ей еще раз:

—Поймите, из-за ваших звонков жизнь моей жене не в жизнь и радость не в радость. Человек хочет жить и радоваться жизни, а вы мешаете. У нас и без Алимушкина полным-полно друзей и родственников, которые тоже болеют...

Он все сказал. И теперь ждал ответа. Наконец та, поджав губы, выговорила:

—Больше я не буду звонить.

—Э, нет. Так дело не делается.

—А как же?

—Вы позвоните ей еще раз и успокойте. Сочините ей что-нибудь приятное. Скажите, что Алимушкин выздоровел, что он бодр и весел. Что все хорошо. И что Алимушкин уезжает... ну хоть на Мадагаскар в длительную командировку.

—На Мадагаскар?

—Ну например. Чтобы закрыть, так сказать, тему. Чтобы моя жена больше о нем у вас не спрашивала,—вы меня поняли?

—Да.

—Я уйду, а вы ей позвоните,—вы меня действительно поняли?

—Да.

—Всего вам хорошего.

Он ушел. На улице сыпал снег. Снег сыпал теперь и утром и вечером.

Когда Ключарев пришел к нему на другой день после работы, Алимушкин уже лежал пластом—без движения и без языка. Увидев Ключарева, Алимушкин начал хватать ртом воздух—он хотел сказать что-то приветственное, а улыбнуться не мог. Теперь и полуулыбка у него не получалась. "Удар у него опять был. Врач сказал, сильный", —лепетала суетившаяся возле Алимушкина тихая рязанская старушка. Это была его мать, прибывшая по телеграмме. Ключарев утешал ее. И еще он дал ей некоторую сумму денег на всякие там расходы. Старушка закивала головой, как болванчик, и заплакала: "Спаси тебя бог, милый". Ключарев ушел, а она осталась сидеть возле сына. На голове у нее был белый платок в горошек. Старушка сидела как застывшая. Она не понимала, что же это за беда и что же это за горе такое, если ее сын, такой сильный и такой веселый и "уже выучившийся на инженера", лежит теперь пластом и не может сказать ни слова.

Ключарев вовсе не хотел избавить себя от того, чтобы думать и помнить об Алимушкине. Он хотел избавить от этого жену. Она была слишком уж нервной и слишком чуткой. Ключарев решил, что болезнь затяжная, и решил, что будет время от времени Алимушкина навещать, а жене не скажет.

Он не сказал, и его не спросили, потому что в доме были шум, и гам, и суета, и сторонние разговоры: приехала теща. Она прибыла довольно торжественно. Был подарок жене Ключарева. Был подарок сыну Ключарева. Был, разумеется, подарок и дочери Ключарева. Подарки были не очень дорогие, но выбранные с любовью.

А на другой день лукавить с женой нужды уже не было. Потому что она сама сказала:

—Прости, что я тебе надоедала и посылала к нему...

—К кому? —поинтересовался Ключарев.

—К Алимушкину...

И жена радостно сообщила, что звонила подруга и что наконец-то новости хорошие—у Алимушкина все наладилось. Алимушкин опять бодр. Алимушкин опять остроумен... Жена стала рассказывать подробности. Эти подробности были любопытны и даже в некотором роде изысканны, потому что подруга — любительница телефона—постаралась на совесть. Она вложила душу, и старание, и даже талант в последний всплеск темы, которую приходилось закрыть. И теперь жена Ключарева эти подробности пересказывала. Она была радостна. Она улыбалась.

Она говорила и говорила. А Ключарев слушал. Он слушал вполне заинтересованно. И даже переспросил:

—Куда, ты сказала, он отбывает в командировку?

—На Мадагаскар...

И теперь Ключаревы заговорили о другом, тем более что тема была и волнующая, и куда более близкая. Сын-девятиклассник на соревнованиях взял первое место почти на всех снарядах. На перекладине он получил девять и семь—удивительный результат для юноши. Им заинтересовались известные тренеры. Молодого Дениса Ключарева собирались послать на общесоюзные соревнования.

—Молодец, сын! —так сказал Ключарев.

Жена конечно же восторгов не проявила, более того, в глазах ее мелькнул знакомый Ключареву испуг—как бы чего не случилось? Перекладина—снаряд опасный. Но сын тут же вмешался в разговор и успокоил ее: не робей, мама, зачем мне, мамочка, срываться с перекладины, у меня же за это два балла снимут? И засмеялся. Он держался гордо. И в то же время весело. О нем так и хотелось сказать—Ключарев, сын Ключарева.

4

В пятницу Ключарев дал согласие заму. Он дал согласие в общих словах, но по существу это уже значило "да". И вот зам водил Ключарева из комнаты в комнату: ну, как вам будущие сотрудники? Нравятся?

—Нравятся, —отвечал Ключарев. В институте формировался новый отдел: он получался из слияния двух лабораторий и еще каких-то разрозненных научных сотрудников. Отдел формировался заново, и Ключареву, чтобы сесть в начальники, не надо будет кого-то спихивать или через кого-то перешагивать.

Сейчас он думал именно об этом. А зам говорил о том, какой

это будет замечательный отдел. Мощный. Современный. И, надо полагать, дружный, —вы слышите, Ключарев?

Ключарев сказал:

—Как же не слышать, вы это в третий раз говорите.

—Я и в сотый скажу, —зам засмеялся. —Я вас соблазняю.

—Я уже соблазнен.

—А я вас соблазняю и дальше, чтобы не передумали.

—Справлюсь ли?

—Ну-ну. Перестаньте!

Продолжая фразу, зам на ходу пожал руку одному из сотрудников и добродушно подмигнул: работайте, дескать, работайте, я вас отвлекать не буду. Он кивнул еще двум сотрудникам. И еще одному пожал руку. Они с Ключаревым шли вдоль рабочих столов и негромко разговаривали:

—Подберите себе хорошего секретаря. Видите вон тех трех девушек?

—Да.

—Обратите внимание на ту, рыженькую.

—Та, что с постным лицом[①]?

—Да. Умненькая. И старательная. Все дела и все бумаги у вас будут в полном порядке.

—Спасибо.

Они разговаривали негромко. Потом они вышли в коридор.

—А теперь в шестую лабораторию, —сказал зам.

По пути в шестую лабораторию Ключарев на минуту остановился и закурил. Он хотел "что-то" сказать и считал, что лучше это сказать сразу. Лучше раньше, чем позже.

—Маленькая справка, —так он начал. —Когда человека кто-

---

① Постное лицо—строгое, скучное лицо.

то двигает вверх, то потом этот кто-то садится своему выдвиженцу[1] на шею[2]. Со мной это не пройдет.

Зам засмеялся:

—Вот и прекрасно. Будь самостоятелен.

—Я не шучу.

—И я не шучу.

Зам потрепал Ключарева по плечу:

—Не робей заранее. К тебе на шею никто не метит. Во всяком случае, не я.

Зам был веселый и шутливый человек. Ключарев тоже был веселый и шутливый человек. Такие люди всегда договорятся. Просто Ключарев считал, что в эту минуту ему надо быть начеку.

Когда Ключарев вернулся домой, здесь уже все всё знали, —и в прихожей, и в комнатах почти физически ощущалось настроение небольшого семейного праздника. Звонил уже Коля Крымов и поздравлял. Звонил Павел, тоже поздравлял. Выяснилось, что и Коля, и Павел, и другие знакомые сегодня нагрянут в гости. Теща сияла. Ей нравилось, что Ключаревы пошли в гору.

—Накормлю вас сегодня пищей богов! —объявила теща. И действительно, она смоталась[3] в "Дары природы" и привезла оленью ногу: это выглядело очень внушительно. Зажаренная, истекающая соком, багряно-красная нога на белом огромном блюде должна была произвести неотразимое впечатление. В духовке ногу жарили минут сорок. Перед этим ее целиком обмазали сливочным маслом, чтобы выступающая от жара оленья кровь образовала румяную и бередящую душу корочку. Нога была готова. Ключарев

① Выдвиженец—человек, которого выделили, выдвинули из общей массы.

② Садиться на шею—(идиома) использовать.

③ Смотаться—быстро съездить или сходить.

сходил за вином. Он вернулся, и как раз позвонила Алимушкина.

Теща была недовольна. Ключарев пошел к телефону, а она считала, что он должен натереть пол и, уж во всяком случае, должен открывать бутылки—это же первейшее мужское дело.

Алимушкина сказала:

—Хочу вас поблагодарить. —И она объяснила, за что именно она благодарит Ключарева: за то, что он дал ей совет не разбрасываться и выходить замуж. Она действительно как бы прозрела и уже нашла симпатичного мужчину, он доктор наук и не очень стар. Он очень добр. И очень ее любит... Она говорила с еле уловимой иронией, и Ключарев понимал, куда дует ветер. Это было нетрудно понять.

Он сказал:

—Рад за вас.

В это время теща сказала:

—Что это он без конца треплется по телефону!

А жена объяснила:

—У него дела, мама.

—Знаю я эти дела.

—Мама!

Ключарев продолжал:

—Рад за вас. —И он засмеялся. —Стало быть, я больше не нужен?

—Ну почему же?.. —В голосе красавицы появились дергающиеся нотки. —Вы меня щелкнули по носу[1] и правильно сделали. Я это оценила. Я даже поумнела. Но ведь в будущем... мне могут понадобиться и другие советы.

—Мои?

Теща сказала:

---

① Щелкнуть по носу—(идиома) поставить на место.

—Он думает, я не догадываюсь, о чем у них идет речь.

—Мама, не будь мнительной.

—А ты не защищай его. Чего он треплется—лучше бы полы натер.

—Мама!

Алимушкина сказала:

—Я бы очень хотела иметь умного друга. И тут нет ничего особенного—просто умный и верный друг, да?

—Да, —Ключарев улыбнулся.—Да-да, умный и верный друг. Как в кино.

—Это он себя называет умным?

—Мама!

—Я не собираюсь в ближайшие дни зазывать вас в гости, но все-таки вы будете иногда ко мне приходить, необязательно вечером, хотя бы в будние дни, хотя бы раз в месяц, да?.. А иногда (нечасто) я буду вам звонить. И спрашивать умного совета—можно?

—Звоните, —сказал Ключарев.

—Пусть звонит. Пусть. Однажды ее милый голосок напорется на меня —и тогда она свое получит.

—Мама! Как тебе не совестно! Почему ты обязательно думаешь, что ему звонит женщина?

—А почему я должна думать, что звонит мужчина?

Гости съехались. Они пришли —кто поодиночке, кто парами—с вином в портфелях и со всякими добрыми словами в душе. Жена Ключарева вела их к столу и усаживала, она всем улыбалась. Она уже не боялась нахлынувшего счастья, и ей уже не казалось, что боги разгневаются и что-то случится. Она уже привыкла.

Именно эту перемену Ключарев уловил на ее лице. И потому

(а все вокруг шумно поздравляли его с удачей), когда дали сказать ему, он стал над женой подтрунивать.

—Удача—вещь хорошая, —сказал он, подняв высоко рюмку, —но быстрее всех привыкает к удаче тот, кто ее боится.

Он повел глазами в сторону жены. Все засмеялись.

—И молодец, что привыкает! —выкрикнул кто-то.

—Не спорю. Молодец... Но она уже привыкла, и теперь ей опять будет маловато. И теперь она опять будет хотеть новых удач —так устроен человек...

—Не буду, —сказала жена со смехом. —Не буду хотеть. Я их боюсь.

Все засмеялись. И закричали:

—Будешь! Будешь! Будешь хотеть новых удач!

И стали чокаться, когда Ключарев предложил тост, а тост звучал так: "За то, чтобы удачи были у всех!" Потом пили и ели, а в конце вечера жена Ключарева стала показывать фотографии, на которых был изображен Денис, делающий сложные упражнения. Фотографии пошли по рукам, это были действительно впечатляющие фотографии. Одна из них на века запечатлела Дениса на перекладине в момент наивысшего взлета. Сын застыл на вытянутых руках, нацелив вертикально в небо тонкие ноги гимнаста. Упражнение называлось "солнце". Жена Ключарева показывала фотографии впервые. Раньше ей казалось, что, показывая такие фотографии, искушаешь судьбу.

Гости разъехались—гости были довольны хозяевами, а хозяева гостями. Теща и жена убирали посуду. Теща малость перепила и что-то напевала.

Ключарев с женой лежали в постели и потихоньку на сон грядущий говорили о всяких неважных вещах. Сначала зевнул он, потом зевнула она. Дети спали. Была ночь.

—Значит, уезжает? —спросил Ключарев про тещу. И опять зевнул.

—Уже купила билет.

—Самолетом?

—Почему тебе всегда хочется, чтобы мама летела самолетом?

—М-м... Комфорт. Скорость.

Они помолчали. Потом Ключарев сказал—завтра он пойдет в библиотеку, возьмет заказанные книги и завтра же, пожалуй,. заглянет к Алимушкину. Интересно, как он там поживает.

—Зайду к нему завтра. Проведаю.

Жена сказала:

—К Алимушкину можешь больше не ходить. Звонила подруга—он улетел на Мадагаскар.

—Уже улетел?

—Да.

—Когда?

—Она сказала, в десять часов утра. Она сказала, передай мужу, что Алимушкин уже улетел. И что его провожала мать.

Ключарев промолчал. Потом он вдруг захотел покурить и пошел на кухню, а жена уже спала.

(1977)

Краткий анализ произведения:

Рассказ этот, несмотря на его реалистическую манеру повествования, является, в сущности, притчей. Его очень небольшая первая часть—это изложение в схематичной форме всего дальнейшего сюжета, где действуют реальные люди и присутствуют реальные жизненные детали: разговор некоего абстрактного человека с Богом о том, почему одному в жизни выпадают одни несчастья, а другому всегда везет. Вопросы человека и ответы Бога заставляют задуматься о том, откуда счастье и заслуживается оно людьми или случайно, без всяких усилий с их стороны как будто сваливается с неба. Дальнейший сюжет, развернутый рассказ о везении Ключарева и последовательной и неотвратимой《невезухе》, которая выпадает на долю Алимушкина, более наглядно иллюстрирует эту мысль.

Жизненные пути их пересекаются нечаянно, и Ключарев, человек совестливый и отзывчивый, по просьбе жены пытается как-то помочь Алимушкину, но безуспешно. Ключарев даже пробует выяснить причины несчастий Алимушкина, чтобы как-то помочь устранить эти причины, но узнает, что и причин-то нет. Хотя писатель сначала как бы намекает, что несчатья начались с жены Алимушкина, самоуверенной и бессердечной красавицы, легко променяющей мужа на другого мужчину. Но причины, лежащие на поверхности, оказаывается, причинами не являются. Причин нет—просто судьба такая у человека.

Маканин не пытается анализировать психологию Алимушкина (это неважно для его творческих целей), он просто дает его портрет со стороны, глазами Ключарева—несчастный, побежденный жизнью человек, равнодушный ко всему на свете. Внутренний мир Алимушкина остается недоступным для Ключарева, причем еще так загадочна его судьба. Смерть Алимушкина от инсульта в конце рассказа может навести на мысль о длительной болезни этого человека, предшествовавшей всем его неудачам и ставшей их причиной. Но это не интересует ни Ключарева, ни автора. Маканин подводит реальный случай из жизни под первоначально высказанную мысль о случайности удач и неудач в жизни человека, о том, что он лишь щепка в жизненном потоке и потому не может управлять своей судьбой.

Тут и кроется притчевое начало в рассказе: первая его часть и последующая реалистическая часть—это, в сущности, аллегория. Правда, притча—жанр аллегорическо-дидактический, а в рассказе

Маканина никакой дидактичности нет—из него не вытекает поучительного вывода. Напротив, жизнь человека, по мысли писателя, не управляется никакими законами, ни психологическими, ни социальными, она течет произвольно, чаще всего по воле случайности и делать какие-то выводы о причинах тех и иных изменений в человеческой судьбе невозможно. Такова позиция Маканина, и он сознательно устраняется от высказывания какой-либо авторской оценки героев и их поведения.

Но, кажется, и не совсем так. Неслучайно, изложив вначале разговор человека с Богом, писатель добавляет: 《но тут нужны подробности...》, и переходит к реалистической части рассказа, где иллюстрирует только что изложенную мысль на человеческих судьбах. Подробности заключаются в том, что люди, которых он нам показывает—не абстракции, они живые, с живыми человеческими чувствами, поэтому тот, кому везет, если он живой, с живыми человеческими чувствами, не может быть счастлив вполне при виде чужого несчастья, сколько он ни понимал, что ничего изменить не в силах. Уж такова человеческая природа.

Рассказ написан в типичной маканинской манере—без эмоций, нейтральным тоном. Это простое изложение событий. И все же он вызывает у читателей чувства боли, печали, горечи. Собственные свои чувства писатель глубоко спрятал, но они проявляются в тех сгущенных мрачных красках, какими он описывает бедствия Алимушкина, в том, как тревожится Ключарев и его жена за судьбу этого мало знакомого им человека. Выходит, что Ключарев при всем своем везении страдает, потому что 《сострадает》 несчастному. Об этом говорит нам последняя сцена рассказа, где, казалось бы, счастливая пара Ключаревых обсуждают события дня и речь заходит об Алимушкине. На сообщение жены о том, что Алимушкин улетел на Мадагаскар, Ключарев, понимая, что это известие о смерти, не находит слов, чтобы ответить. 《Ключарев промолчал. Потом захотел курить и ушел на кухню》—это скупая реакция на душевную боль героя. На такой щемящей ноте заканчивается рассказ.

Есть в нем и еще один нюанс. Семья Ключаревых все время боится несчастья—чем больше удач сваливается на них, тем им страшнее. Так как они подсознательно чувствуют, что счастья мало, а несчатий слишком много на земле, и это тоже мешает им быть счастливыми.

Рассказ этот философский, экзистенциальный—о непонятном и непознаваемом бытии человеческом на Земле, а не просто в обществе. В сущности, это печальная констатация бессмысленности всяких усилий людей изменить и улучшить жизнь частного человека и общества в целом.

Вопросы и задания:

1. Как писатель интерпретирует современную жизнь городской интеллигенции? В чем ее стихия, логика?

2. В чем метафорическое значение рассказа?

3. Как соединяются в рассказе бытовая реальность и аллегория, конкретная социальная проблема и притча?

4. Чем отличается маканинский рассказ от традиционно-реалистического произведения?

Литература:

1. Маканин В. Собрание сочинений, Т. 2, М., Издательсво "Материк", 2002.

2. Лейдерман Н. Л., Липовецкий М. Н. Современная русская литература Книга 3, В конце века (1986—1990-егоды), М., УРСС, 2001.

3. Русская литература XX века в двух томах. Под редакцией Л. П. Кременцова, Том 2, 1940—1990-е годы, М., ACADEMA, 2001.

Людмила Степановна Петрушевская

(1938—)

ВРЕМЯ НОЧЬ

(повесть, фрагменты)

Мне позвонили, и женский голос сказал:

—Извините за беспокойство, но тут после мамы, —она помолчала, —после мамы остались рукописи. Я думала, может, вы прочтете. Она была поэт. Конечно, я понимаю, вы заняты. Много работы? Понимаю. Ну тогда извините.

Через две недели пришла в конверте рукопись, пыльная папка со множеством исписанных листов, школьных тетрадей, даже бланков телеграмм. Подзаголовок "Записки на краю стола". Ни обратного адреса, ни фамилии.

... Ау, Алена, моя далекая дочь. Я считаю, что самое главное в жизни—это любовь. Но за что мне все это, я же безумно его любила! Безумно любила Андрюшу! Бесконечно.

А сейчас все, жизнь моя кончена, хотя мне мой возраст никто не дает, один даже ошибся со спины: девушка, ой, говорит, простите, женщина, как нам найти тут такой-то заулок[1]? Сам грязный, потный, денег, видимо, много, и смотрит ласково, а то, говорит, гостиницы все заняты. Мы вас знаем! Мы вас знаем! Да! Бесплатно хочет переночевать за полкило гранатов. И еще какие-то там мелкие услуги, а чайник ставь, простыни расходуй, крючок на дверь накидывай, чтобы не клянчил, —у меня все просчитано в

---

① Заулок—маленький переулок.

уме при первом же взгляде. Как у шахматистки. Я поэт. Некоторые любят слово “поэтесса”, но смотрите, что нам говорит Марина[①] или та же Анна, с которой мы почти что мистические тезки, несколько букв разницы: она Анна Андреевна[②], я тоже, но Андриановна. Когда я изредка выступаю, я прошу объявить так: поэт Анна—и фамилия мужа. Они меня слушают, эти дети, и как слушают! Я знаю детские сердца. И он всюду со мной, Тимофей, я на сцену, и он садится за тот же столик, ни в коем случае не в зрительном зале. Сидит и причем кривит рот, горе мое, нервный тик. Я шучу, глажу Тиму по головке: “Мы с Тамарой ходим парой”, —и некоторые идиоты организаторы начинают: “Пусть Тамарочка посидит в зале”, не знают, что это цитата из известного стихотворения Агнии Барто[③].

Конечно, Тима в ответ—я не Тамарочка, и замыкается в себе, даже не говорит спасибо за конфету, упрямо лезет на сцену и садится со мной за столик, скоро вообще меня никто не будет приглашать выступать из-за тебя, ты понимаешь? Замкнутый ребенок до слез, тяжелое выпало детство. Молчаливый, тихий ребенок временами, моя звезда, моя ясочка. Ясненький мальчик, от него пахнет цветами. Когда я его крошечного выносила горшочек, всегда говорила себе, что его моча пахнет ромашковым лугом. Голова его, когда долго не мытая, его кудри пахнут флоксами. Когда мытый, весь ребенок пахнет невыразимо, свежим ребенком. Шелковые ножки, шелковые волосы. Не знаю ничего прекрасней ребенка! Одна дура Галина у нас на бывшей работе сказала: вот бы сумку (дура) из детских щек, восторженная

---

① Марина—имеется в виду Марина Цветаева.

② Здесь имеется в виду поэтесса Анна Андреевна Ахматова.

③ Агния Барто (1906—1981)—советская детская писательница. Её главные произведения:《Стихи детям》,《За цветами в зимний лес》,《Найти человека》и др.

идиотка, мечтавшая, правда, о кожаной сумке, а ведь безумно тоже любит своего сына и говорила в свое время, давно тому назад, что у него попка так устроена, глаз не оторвать. Теперь эта попка исправно служит в армии, дело уже кончено.

Как быстро все отцветает, как беспомощно смотреть на себя в зеркало! Ты-то ведь та же, а уже все, Тима: баба, пошли, говорит мне сразу же по приходе на выступление, не выносит и ревнует к моему успеху. Чтобы все знали, кто я: его бабушка. Но что делать, маленький, твоя Анна должна денежку зарабатывать (я себя ему называю Анна). Для тебя же, сволочь неотвязная, и еще для бабы Симы, слава Богу, Алена пользуется алиментами[1], но Андрею-то надо подкинуть ради его пяты (потом расскажу), ради его искалеченной в тюрьме жизни. Да. Выступление одиннадцать рублей. Когда и семь. Хотя бы два раза в месяц, спасибо Надечке опять, низкий поклон этому дивному существу. Как-то Андрей по моему поручению съездил к ней, отвез путевки и, подлец, занялтаки у бедной десять рублей! При ее больной безногой матери! Как я потом била хвостом[2] и извивалась в муках! Я сама, шептала я ей при полной комнате сотрудников и таких же бессрочных поэтов, как я, я сама знаю... У самой матушка в больнице, уже какой год...

Какой год? Семь лет. Раз в неделю мука навещать, все, что приношу, съедает тут же жадно при мне, плачет и жалуется на соседок, что у нее все съедают. Ее соседки, однако же, не встают, как мне сообщила старшая сестра, откуда такие жалобы? Лучше вы не ходите, не баламутьте тут воду[3] нам больных. Так она точно

---

① Алименты—деньги на ребёнка, которые женщина получает от его отца, мужа, с которым разведена.

② Била хвостом—здесь: возмущалась.

③ Баламутить воду—вызывать беспокойство, волнение среди кого-нибудь.

выразилась. Недавно опять сказала, я пришла с перерывом в месяц по болезни Тимы: твердо не ходите. Твердо.

И Андрей ко мне приходит, требует свое. Он у жены, так и живи, спрашивается. Требует на что? На что, спрашиваю, ты тянешь у матери, отрываешь от бабушки Симы и малышки? На что, на что, отвечает, давай я сдам мою комнату и буду иметь без тебя столько-то рублей. Каку[1] твою комнату, изумляюсь я в который раз, каку твою, мы прописаны: баба Сима, я, Алена с двумя детьми и только лишь потом ты, плюс ты живешь у жены. Тебе тут полагается пять метров. Он точно считает вслух: раз комната пятнадцать метров стоит столько-то рублей, откуда-то он настаивает именно на этой сумасшедшей цифре, поделить на три, будет такая-то сумма тридцать три копейки. Ну хорошо, соглашается он, за квартиру ты платишь, подели на шесть и отними. Итого ты мне должна ровно миллион рублей в месяц. Теперь так, Андрю-ша, в таком случае, говорю я ему, я на тебя подам на алименты, годится? В таком случае, говорит он, я сообщу, что ты уже получаешь алименты с Тимкиного папаши. Бедный! Он не знает, что я ничего не получаю, а ежели бы узнал, ежели бы узнал... Мгновенно пошел бы на Аленушкину работу орать и подавать заявку на не знаю на что. Алена знает этот мой аргумент и держится подальше, подальше, подальше от греха, а я молчу. Живет где-то, снимает с ребенком. На что? Я могу подсчитать: алименты—это столько-то рублей. Как матери-одиночке это столько-то рублей. Как кормящей матери до года от предприятия еще сколько-то рублей. Как она живет, не приложу разума[2]. Может быть, отец ее малыша платит за квартиру? Она сама, кстати, скрывает факт, с кем живет и живет ли, только

---

① Каку—(прост.) какую.

② Не приложу разума—(разг.) не могу понять, сообразить.

плачет, приходя ровным счетом два раза со времен родов. Вот это было свидание Анны Карениной с сыном, а это я была в роли Каренина. Это было свидание, происшедшее по той причине, что я поговорила с девочками на почте (одна девочка моего возраста), чтобы они поговорили с такой-то, пусть оставит в покое эти Тимочкины деньги, и дочь в день алиментов возникла на пороге разъяренная, впереди толкает коляску красного цвета (значит, у нас девочка, мельком подумала я), сама опять пятнистая, как в былые времена, когда кормила Тимку, грудастая крикливая тетка, и вопит: "Собирай Тимку, я его забираю к ... ней матери"[①]. Тимочка завыл тонким голосом, как кутенок[②], я стала очень спокойно говорить, что ее следует лишить права на материнство, как же можно так бросить ребенка на старуху и так далее... Она: "Тимка, едем, совсем у этой стал больной", Тимка перешел на визг, я только усмехаюсь, потом говорю, что она ради полсотни ребенка сдаст в психбольницу, она: это ты мать сдала в психбольницу, а я: "Ради тебя и сдала, по твоей причине", кивок в сторону Тимки, а Тимка визжит как поросенок, глаза полны слез и не идет ни ко мне, ни к своей "... ней матери", а стоит, качается. Никогда не забуду, как он стоял, еле держась на ногах, малый ребенок, шатаясь от горя. И эта в коляске, ее приблудная[③], тоже проснулась и зашлась в крике, а моя грудастая, плечистая дочь тоже кричит: ты даже на внучку родную не хочешь посмотреть, а это ей, это ей! И, крича, выложила все суммы, на которые живет. Вы здесь типа того проживаете, а ей негде, ей негде! А я спокойно, улыбаясь, ответила и по существу, что пусть ей тот платит, тот уй, который это ей заделал и смылся, как видно, уже

---

① К... ней матери—грубое ругательство.

② Кутёнок—щенок.

③ Приблудная—девочка, родившаяся не в браке.

второй раз никто тебя не выдерживает. Она, моя дочь-мамаша, хвать со стола скатерть и бросила на два метра вперед в меня, но скатерть не такая вещь, чтобы ею можно было убить кого-либо, я отвела скатерть от лица—и все. А на скатерти у нас ничего не лежит, полиэтиленовая скатерть, ни тебе крошки, хорошо, ни стекла, ни тебе утюга.

Это было время пик, время перед моей пенсией, я получаю двумя днями позже ее алиментов. А дочь усмехнулась и сказала, что мне нельзя давать эти алименты, ибо они пойдут не на Тиму, а на других—на каких других, возопила я, поднявши руки к небу, посмотри, что у нас в доме, полбуханки черняшки[1] и суп из минтая[2]! Погляди, вопила я, соображая, не пронюхала[3] ли чего моя дочь о том, что я на свои деньги покупала таблетки для одного человека, кодовое название Друг, подходит ко мне вечером у порога Центральной аптеки скорбный, красивый, немолодой, только лицо какое-то одутловатое и темное во тьме: "Помоги, сестра, умирает конь". Конь. Какой такой конь? Выяснилось, что из жокеев, у него любимый конь умирает. При этих словах он заскрипел зубами и тяжело ухватился за мое плечо, и тяжесть его руки пригвоздила меня к месту. Тяжесть мужской длани[4]. Согнет или посадит или положит—как ему будет угодно. Но в аптеке по лошадиному рецепту лошадиную дозу[5] не дают, посылают в ветеринарную аптеку, а она вообще закрыта. А конь умирает. Надо хотя бы пирамидон, в аптеке он есть, но дают мизерную[6] дозу. Нужно помочь. И я как идиотка как под гипнозом вознеслась

---

① Черняшка—(разг.) чёрный хлеб.

② Минтай—самый дешевый вид рыбы.

③ Пронюхала—(разг.) узнала.

④ Длань—(старосл.) рука.

⑤ Лошадиная доза—(идиома) сверхбольшая доза.

⑥ Мизерный—очень маленький.

обратно на второй этаж и там убедила молоденькую продавщицу дать мне тридцать таблеток (трое деточек, внуки, лежат дома, вечер, врач только завтра, завтра амидопирина может и не быть и т. д.) и купила на свои. Пустяк, деньги небольшие, но и их мне Друг не отдал, а записал мой адрес, я жду его со дня на день. Что было в его глазах, какие слезы стояли, не проливаясь, когда он нагнулся поцеловать мне мою пахнущую постным маслом руку: я потом специально ее поцеловала, действительно, постное масло—но что делать, иначе цыпки, шершавая кожа!

Ужас, наступает момент, когда надо хорошо выглядеть, а тут постное масло, полуфабрикат исчезнувших и недоступных кремов! Тут и будь красавицей!

Итак, прочь коня, тем более что когда я отдала в жадную, цепкую, разбухшую больную руку три листочка с таблетками, откуда-то выдвинулся упырь[1] с большими ушами, тихий, скорбный, повесивший заранее голову, он неверным шагом подошел и замаячил сзади, мешая нашему разговору и записи адреса на спичечном коробке моей же ручкой. Друг только отмахнулся от упыря, тщательно записывая адрес, а упырь подплясывал сзади, и, после еще одного поцелуя в постное масло, Друг вынужден был удалиться в пользу далекого коня, но одну-то упаковку, десяток, они тут же поделили и, нагнувшись, начали выкусывать таблетки из бумажки. Странные люди, можно ли употреблять такие лошадиные дозы даже при наличии лихорадки! А что оба были больны, в этом у меня не осталось сомнений! И коню ли предназначались эти жалкие таблетки, выуженные у меня? Не обман ли сие? Но это выяснится, когда Друг позвонит у моей двери.

---

[1] Упырь—мертвец, встающий из могилы и пьющий человеческую кровь. То же, что вампир. Здесь: человек, похожий на упыря.

Итак, я возопила[1]: погляди, на кого мне расходовать, —а она внезапно отвечает залившись слезами, что на Андрея, как всегда. Ревниво плачет по-настоящему, как в детстве, ну что? Поешь с нами? Поем. Я ее посадила, Тимка сел, мы пообедали последним, после чего моя дочь раскошелилась[2] и выдала нам малую толику[3] денег. Ура. Причем Тимка не подошел к коляске ни разу, а дочь ушла с девочкой в мою комнату и там, среди рукописей и книг, видимо, развернула приблудную и покормила. Я смотрела в щелку, совершенно некрасивый ребенок, не наш, лысенькая, глазки заплывшие, жирненькая и плачет по-иному, непривычно. Тима стоял за мной и дергал меня за руку уйти.

Девочка, видимо, типичный их замдиректора, с которым и была прижита, как я узнала из отрывков ее дневника. Нашла причем, куда его прятать, на шкаф под коробку! Я же все равно протираю от пыли, но она так ловко спрятала, что только поиски моих старых тетрадей заставили меня кардинально[4] перелопатить[5] все. Сколько лет оно пролежало! Она сама-то в каждый свой приход все беспокоилась и лазила по книжным полкам, и я волновалась, не унесет ли она для продажи и мои книги, но нет. Десяток листочков самых плохих для меня новостей!

...

"Прошу вас, никто не читайте этот дневник даже после моей смерти.

О Господи, какая грязь, в какую грязь я окунулась, Господи, прости меня. Я низко пала. Вчера я пала так страшно, я плакала все утро. Как страшно, когда наступает утро, как тяжко вставать в

① Возопила—(устар.) громко закричала.

② Раскошелилась—раскрыла кошелек и дала деньги.

③ Малая толика—(идиома) очень мало.

④ Кардинально—основательно.

⑤ Перелопатить—перевернуть.

первый раз в жизни с чужой постели, одеваться во вчерашнее белье, трусы я свернула в комочек, просто натянула колготки и пошла в ванную. Он даже сказал "чего ты стесняешься". Чего я стесняюсь. То, что вчера казалось родным, его резкий запах, его шелковая кожа, его мышцы, его вздувшиеся жилы, его шерсть, покрытая капельками росы, его тело зверя, павиана, коня, —все это утром стало чужим и отталкивающим после того как он сказал, что извиняется, но в десять утра он будет занят, надо уезжать. Я тоже сказала, что мне надо быть в одиннадцать в одном месте, о позор, позор, я заплакала и убежала в ванную и там плакала. Плакала под струей душа, стирая трусики, обмывая свое тело, которое стало чужим, как будто я его наблюдала на порнографической картинке, мое чужое тело, внутри которого шли какие-то химические реакции, бурлила какая-то слизь, все разбухло, болело и горело, что-то происходило такое, что нужно было пресечь, закончить, задавить, иначе я бы умерла.

(Мое примечание: что происходило, мы увидим девять месяцев спустя.) Я стояла под душем с совершенно пустой головой и думала: все! Я ему больше не нужна. Куда деваться? Вся моя прошлая жизнь была перечеркнута. Я больше не смогу жить без него, но я ему не нужна. Оставалось только бросить себя куда-нибудь под поезд. (Нашла из-за чего—А. А.) Зачем я здесь? Он уже уходит. Хорошо, что еще вчера вечером, как только я к нему пришла, я позвонила от него м. (Это я. —А. А) и сказала, что буду у Ленки и останусь у нее ночевать, а мама прокричала мне что-то ободряющее типа "знаю, у какого Ленки, и можешь вообще домой не приходить" (что я сказала, так это вот что: "ты что, девочка моя, ребенок же болен, ты же мать, как можно" и т. д., но она уже повесила трубку в спешке, сказав: "ну хорошо, пока" и не услышав "что тут хорошего"—А. А.) Я положила трубку, сделав любезное лицо, чтобы он ни о чем не догадался, а он разливал вино и весь как-то застыл над столиком, стал о чем-то думать, а потом, видимо, решил нечто, но я все это заметила. Может быть, я слишком прямо сказала, что останусь у него на ночь, может быть, этого нельзя было говорить, но я именно это сказала с каким-то самоотверженным чувством, что отдаю ему всю себя, дура! (именно—А. А.) Он мрачно стоял с бутылкой в руке, а мне уже было совершенно все равно. Я не то что потеряла контроль над собой, я с самого начала знала, что пойду за этим человеком и сделаю для него все. Я знала, что он замдиректора по науке, видела его на собраниях, и все. Мне в голову не могло ничего такого прийти, тем более я была потрясена, когда в буфете он сел за столик рядом со мной не глядя, но поздоровавшись, большой человек и старше меня намного, с ним сел его друг, баюн и краснобай[①], говорун с очень хорошей шевелюрой[②] и редкой растительностью на лице, слабенькой и светлой, растил-выращивал усы и в них был похож на какого-то киноартиста типа милиционера, но сам был почти женщина, про которого лаборантки говорили, что он чудной и посреди событий вдруг может отбежать в угол и крикнуть “не смотри сюда”. А что это значит, они не объясняли, сами не знали. Этот говорун сразу же стал со мной заговаривать, а тот, кто сидел рядом со мной, он молчал и вдруг наступил мне на ногу... (Примечание: Господи, кого я вырастила! Голова седеет на глазах! В тот вечер, я помню, Тимочка стал как-то странно кашлять, я проснулась, а он просто лаял: хав! хав! и не мог вдохнуть воздух, это было страшно, он все выдыхал, выдыхал, съеживался в комок, становился сереньким, воздух выходил из него с этим лаем, он посинел и не мог вздохнуть, а все только лаял и лаял и от испуга начал плакать.

---

① Баюн (древнерус.) и краснобай—болтун.

② Шевелюра—густые волосы на голове.

Мы это знаем, мы это проходили, ничего, это отек гортани и ложный круп, острый фарингит, я это пережила с детьми, и первое: надо усадить и успокоить, ноги в горячую воду с горчицей и вызвать "скорую помощь", но все сразу не сделаешь, в "скорую" не дозвонишься, нужен второй человек, а второй человек в это время смотрите что пишет.) Тот, кто сидел рядом со мной, вдруг наступил мне на ногу. Он наступил еще раз не глядя, а уткнувшись в чашку кофе, но с улыбкой. Вся кровь бросилась мне в голову, стало душно. Со времени развода с Сашкой прошло два года, не так много, но ведь никто не знает, что Сашка со мной не жил! Мы спали в одной кровати, но он меня не трогал! (Мои комментарии: это все чушь, а вот я справилась с ситуацией, усадила малыша, стала гладить его ручки, уговаривать дышать носиком, ну, помаленечку, ну-ну носиком вот так, не плачь, эх, если бы был рядом второй человек нагреть воды! Я понесла его в ванную, пустила там буквально кипяток, стали дышать, мы с ним взмокли в этих парах, и он помаленьку начал успокаиваться. Солнышко! Всегда и всюду я была с тобой одна и останусь! Женщина слаба и нерешительна, когда дело касается ее лично, но она зверь, когда речь идет о детях! А что тут пишет твоя мать? — А. А.) Мы спали в одной кровати, но он меня не трогал! Я ничего тогда не знала. (Комментарий: негодяй, негодяй, подлец! —А. А.) Я ничего не знала, что и как, и была ему даже благодарна, что он меня не трогает, я страшно уставала с ребенком, болела вечно согнутая над Тимой спина, два месяца потоком шла кровь, никаких подруг я ни о чем не спрашивала, из них никто еще не рожал, я была первая и думала, что так полагается— (комментарий: глупая ты глупая, сказала бы маме, я бы сразу угадала, что подлец боится, что она еще раз забеременеет! —А. А.)—и думала, что это так и нужно, что мне нельзя и так далее. Он спал рядом со мной, ел (комментарии излишни—А. А.)—пил чай (рыгал, мочился, ковырял в носу—А. А.)—брился (любимое занятие—А. А.)—читал, писал свои курсовые и лабораторные, опять спал и тихо похрапывал, а я его любила нежно и преданно и была готова целовать ему ноги—что я знала? Что я знала? (пожалейте бедную—А. А.) Я знала только один-единственный случай, первый раз, когда он предложил мне вечером после ужина выйти погулять, стояли еще светлые ночи, мы ходили, ходили и зашли на сеновал, почему он выбрал меня? Днем мы работали в поле, подбирали картошку, и он сказала "ты вечером свободна?", а я сказала "не знаю", мы рылись у одной вывороченной гряды, он с вилами, а я ползла следом в брезентовых рукавицах. Было солнышко, и моя Ленка закричала: "Алена, осторожно!" Я оглянулась, около меня стоял кобель и жмурился, и у него под животом высунулось нечто жуткое. (Вот так, отдавай девочек на работу в колхоз—А. А.) Я отскочила, а Сашка замахнулся вилами на кобеля. Вечером мы забрались на сеновал, он залез первый и подал мне руку, ох, эта рука. Я вознеслась как пух. И потом сидели как дураки, я отводила его эту руку, не надо и все. И вдруг кто-то зашуршал прямо рядом, он схватил меня и пригнул, мы замерли. Он меня накрыл как на фронте своим телом от опасности, чтобы меня никто не увидел. Защитил меня, как своего ребенка. Мне стало так хорошо, тепло и уютно, я прижалась к нему, вот это и есть любовь, уже было не оторвать. Кто там дальше шуршал, мне уже было все равно, он сказал, что мыши. Он меня уговаривал, что боль пройдет в следующий раз, не кричи, молчи, надо набраться сил, набирался сил, а я только прижималась к нему каждой клеточкой своего существа. Он лез в кровавое месиво, в лоскутья, как насосом качал мою кровь, солома подо мной была мокрая, я пищала вроде резиновой игрушки с дырочкой в боку, я думала, что он все попробовал за одну ночь, о чем читал и слышал в общежитии от других, но это мне было все равно, я его любила и жалела как своего сыночка и боялась, что он уйдет, он устал.

(если бы сыночка так! Нет слов—А. А.)—Он мне в результате сказал, что ничего нет красивее женщины. А я не могла от него оторваться, гладила его плечи, руки, живот, он всхлипнул и тоже прижался ко мне, это было совершенно другое чувство, мы нашли друг друга после разлуки, мы не торопились, я научилась откликаться, я понимала, что веду его в нужном направлении, он чего-то добивался, искал и наконец нашел, и я замолчала...

И тут он сам забился, лег, прижался, застонав сквозь зубы, зашипел "ссс-ссс", заплакал, затряс головой... И он сказал "я тебя люблю". (Это и называется у человечества—разврат—А. А.) Потом он валялся при бледном свете утра, а я поднялась, как пустая собственная оболочка, дрожа, и на слабых ватных ножках все пособирала. Под меня попала моя майка, и она была вся в крови. Я закопала кровавое, мокрое сено, слезла и поплелась стирать майку на пруд, а он тронулся вслед за мной, голый и окровавленный, мы помыли друг дружку и плюхнулись в пруд и долго с ним плавали и плескались в бурой прозрачной воде, теплой, как молоко. И тут нас увидела наша дисциплинированная Вероника, которая по утрам раньше всех выходила чистить зубы и мыться, она увидела на берегу пруда кровавую, еще не стиранную мою майку, от испуга пискнула, Сашка даже нырнул, она оглядела нас безумными глазами и бросилась бежать, а я бросилась стирать, а Сашка быстренько натянул на себя все сухое и ушел. Я думаю, что он в тот момент испугался навеки. Все. Больше он ко мне не прикасался. (Да, и от всего этого ужаса и разврата родился чистый, красивый, невинный Тимочка, а что же говорят, что красивые дети рождаются от настоящей любви? Тимочка красив как Бог, несмотря на этот весь позор и стыд. Прятать эти листки от детей! Пусть прочтут, кто есть кто, но позже, что такое я и что есть она! Надо положить их обратно на шкаф, она все равно докопается, вспомнит, она все эти годы ищет и ищет свой дневник, как маньяк, она умрет, если узнает, но теперь она далеко. И я пишу это и для нее, чтобы она сама все поняла, чья жизнь какая! Да! Мне, например, ни один мужчина не сделал больно, да! Чего там, какие страдания, все иллюзия! Позволю себе также поразмышлять: вот тебе и на, от этих слез, стонов и от этой крови зарождается малая кровиночка, точка в икринке, головастик после этого взрыва и извержения, он первый доплыл по волнам и внедрился, и это каждый из нас! О обманщица природа! О великая! Зачем-то ей нужны эти страдания, этот ужас, кровь, вонь, пот, слизь, судороги, любовь, насилие, боль, бессонные ночи, тяжелый труд, вроде чтобы все было хорошо! Ан нет[①], и все плохо опять—А. А.) Я стояла под душем и плакала навзрыд в квартире у замдиректора по науке, серьезного человека в очках, а он вдруг пришел и полез ко мне в ванну, я только успела закинуть трусики наверх, на занавеску. Он вытер мне глаза, он смотрел на меня, присев, отодвинувшись, он тяжело задышал—тебе же надо уезжать—нет, нет, сейчас—иди встречай поезд—молчание, льется горячая вода—если бы навеки так было, как я буду без тебя жить, оставь меня, что ты делаешь, ты опоздаешь.

(Нет, надо действительно это оставить для потомков, да я по сравнению с ней просто не знаю что, младенец невинный, несмотря на то что у нее это всего второй человек: кобели чувствуют в ней ее женскую слабость и способность раз и хлопнуться на спину от счастья—А. А.) Он меня одел, высушил мне голову феном, а я опять начала плакать в горячке, как будто бы я прощалась с отцом, как тогда, когда папа уходил от нас навсегда и я цеплялась за его колени, а мать меня в бешенстве отрывала, улыбаясь и говоря:

---

① Ан нет—вот и нет.

“Что ты, девочка, перед кем ты, а ты уходи, чтобы духу твоего” и т. д. (Нашла кого с кем сравнивать, родного отца с этим... с отцом Кати приблудной...—А. А.) Он говорил: “Не плачь, я на тебя выйду, пиши мне до востребования, я всегда там получаю, ты меня не теряй”, —он бормотал, мотаясь по квартире, подбирая пылинки, соринки, сорвал белье с постели, постлал тщательно новую простыню и повалялся на ней, чтобы имитировать свой крепкий одинокий сон, а потом употребленное, в пятнах, белье сложил, аккуратно завернул в газету, сунул в пакет и отдал мне. “Что это?”—“Постирай”. —“А потом?” Он подумал и сказал: “В рабочем порядке”. (Нет бы сказать “дарю”, а вот что она так упорно кипятила в баке, а потом прогладила и—что бы вы думали—вернула ему! Но правильно сделала, такие мужчины не выносят и малейшего материального урона! Да и потом это как-то неприлично, я думаю, он был прав, ничего не сказав насчет “дарю”, делать такой подарок после первого свидания?! А мог бы выкинуть на улице в урну. Пожалел? —А. А.) Когда мы уходили, он с тоской посмотрел на часы и на свою супружескую постель, и было видно, что ему хотелось бы использовать каждую минуту и он только ищет повода, чтобы опять все на мне расстегнуть. Но расстегивать не понадобилось, он обошелся так, в почти одетом виде, и только говорил “потерпи, сейчас”. Все кончилось просто, я натянула колготки обратно, он мне сказал: “Иди выше этажом, вызывай лифт, я побегу пешком”. Когда я вышла из подъезда, он уже давно укатил на своей машине или поймал такси—во всяком случае, улетучился[①], на остановке стояло несколько человек в ожидании воскресного автобуса, но его не было. И только в метро я поняла, что свои выстиранные трусики я оставила в его ванной на занавеске! О ужас! (Знала, что делала,

① Улетучился—исчез.

небось жена приехала и погнала, хлопнула чужими мокрыми трусами да по морде, по очкам! А он тоже хорош, жалко было отпускать бесплатную, выжал до конца в одетом виде! Что же не ценишь себя, не говоришь-то “нет”? —А. А.) Волосы у меня на голове буквально зашевелились от ужаса, когда я представила себе, что его жена полезет в ванну, потянет непромокаемую занавеску, и ей на голову в виде подарка шлепнутся мои мокрые трусики! Я ехала домой, вся замирая от стыда, и теперь сижу ночью, просто проваливаясь сквозь землю① ! Сердце падает, уходит в пятки② каждый раз как подумаю! Все, все предано, поругано! Как он тогда смотрел на меня в буфете, косвенно, ускользая взглядом, а сам ногой надавливал аккуратно на мою ногу, придавливал, да еще руку положил на колено и пальцем слегка царапнул повыше, но не успел куда собирался достать, я вся сжалась и сбросила его руку. Они с другом галантно проводили меня до самой моей двери, и вдруг он сказал своему компаньону: “Созвонимся, мне тут надо договориться”, на что тот склонил в полупоклоне свою немужскую голову и, многозначительно усмехаясь, отчалил③. И замдиректора быстро написал в своем блокноте адрес и время: 20 часов, и дату. И я к нему поехала в тот же вечер. И была счастлива! Когда я ехала, я была счастлива! И такой глупый, постыдный конец!”

Конец дневника.

Но это было у них только начало. Вскоре после этого мы с Тимочкой почти перестали видеть нашу молодую маму (22 года), она сдавала в институте госэкзамены, закончилась ее преддипломная практика (в том НИИ с замдиректора она защищала диплом якобы, но все свободное время была только с

---

① Проваливаясь сквозь землю—(идиома) сильно стыдиться.

② Сердце уходит в пятки—идиома: сильно бояться.

③ Отчалил—(прост.) удалился.

этим пожилым человеком—37 лет, шутка ли!), все мысли о нем, потом вот и был конец. Она пришла: "мне надо с тобой поговорить"—и мне тоже, кстати—я выхожу замуж—а он что, будет двоеженец, многоженец? Нельзя сразу на всех быть женатым, —ты не понимаешь, мама. —Он что, разошелся с женой? —Ма-ма, не в том дело. —Ах вот как, будешь любовь женатого мужчины. —Ма-ма, как ты не понимаешь, у нас будет ребенок, и он снимает нам квартиру. —Вам—это тебе, а сам? —Ма-ма! Не приведу же я его сюда к тебе! И тебя туда я не возьму, —вдруг сказала она с застарелой ненавистью, —Тимочку приеду и заберу, но не тебя! Не тебя!

Она не взяла меня. Но алименты она взяла. Правда, не скоро. Видимо, когда поняла, что он скуп, скуп и не будет сорить деньгами. Любовь у таких людей всегда возвышенная и платоническая, то есть платить ни за что они не будут. Нематериальная любовь. Их деньги всегда им самим нужней. Вот что характерно: удушатся за копейку! Все у них какие-то планы—то машина, то компьютер, то видеокамера, всю жизнь собирают на что-нибудь деньги и очень любят бесплатно "пожениться", видимо, считая свой взнос в женщину чем-то вроде валюты.

Вот кому мы платили, кого содержали. Моя бедная, нищая дочь, ау.

Ночь. Малыш уснул. Я держу оборону, хотя дочь время от времени наносит удары: перед прошлым Новым годом, никогда не забуду, мы собирались справлять его с Тимой дома, никуда не званы, как всегда, мы с ним пошли на елочный базар и из подобранных вполне пушистых, как веера, веток мы сделали букет, как елочку! Также мы с ним нарезали из цветной бумаги (старые журналы) флажков и зверюшек, и тут пришла Алена, выбралась якобы поздравить, принесла Тиме пластмассового синего кота, выдающегося по безобразию, но Тима с ним носился, укладывал его спать, и я не сказала бедному ребенку, что его родная мать, совершенно обнаглев, увезла из семейного дома две коробки елочных украшений, оставив нам только три. Я плакала. Но электрогирлянду она позабыла! И на Новый год мы обвесили наш еловый букет сверху донизу, в том числе я удачно заранее спрятала отдельно, как чувствовала, стеклянный домик: сверкающая крыша и два окошка по сторонам. Тима любит заглядывать в окошки... И ненадолго я зажгла гирлянду, и домик у нас сверкал, и мы с Тимой водили хоровод (плюс синее пластмассовое чудовище), и я тихо вытирала слезы.

На Новый год мы сделали друг другу подарки: Тима мне завернул в газетку и заклеил свой рисунок, а я ему сшила вполне приличную куколку из тряпок, надевается на руку, театр. У него теперь четыре таких куклы. Мне их очень трудно выделывать, не получается красивое лицо, какие-то проблемы с носом, просто ставлю запятую. Но я не могу бесконечно ему что-то клеить, вырезать, шить, он и сам хочет это делать, чтобы у него сразу получилось хорошо, но он так быстро устает! Через десять минут уже хнычет, мало лет, руки еще кривые, все делает не так и спустя мгновение уже запутал и злобно дергает. А я же занята, мне надо работать! Уже кривит рот. Нервный тик.

Андрею я тоже пыталась сделать свой подарок, приобрела ему книжку "Правила хорошего тона", брошюру, но он отверг и запросил свою обычную цену, грубо и по телефону. А я уже поработала над этим текстом и жирно подчеркнула некоторые положения, так называемое поведение в быту. Андрей, кстати, опять грозился, что выбросится из окна.

Правда, не мне сказал, а жене, что уж она там ему опять нагрубила, в прошлый раз он ничего не угрожал, а просто не вынес, выбросился действительно со второго этажа в сильной стадии опьянения, как определили в больнице. Перелом обеих ног, неудачно упал на асфальт. Лежал в больнице, и теперь у него болит пята.

Пята болит, как жена его сообщает, невыносимо, а по видимости нет ничего. Задет какой-то пяточный нерв. Он не способен оказался на ходячую и стоячую работу, только на сидячую. Где ему ее подберешь, чтобы и лежать иногда, только в пожарке или сторожевать. Трагедия, трагедия! Тому уже прошло пять лет. Две ноги пять лет назад со второго этажа.

Я их обоих боюсь, мужа и жену. Она говорит по телефону, что у них все в порядке, вчера рукав халата оборвал у нее, но так все в порядке. Она медсестра. Тяжелая работенка, но она лечит и колет ему болеутоляющее, массаж ноги, ванночки, а ведь он еще молодой! Да и Аленка моложе-то его всего на два года, я ей сказала в нашу последнюю свиданку Анны Карениной с сыном над супом из спины минтая: ты следи за собой, в кого ты превратилась. Она глаза в сторону и медленно налилась слезами, набухла. Налилась опять ненавистью ко мне. Встала, ни тебе спасибо, ни наплевать, Тиму ни в грош и укатила с коляской. Пешком волокла с четвертого этажа эту коляску с толстенькой девочкой, отсутствие лифта—наше проклятие.

Эта ревность у нее была в детстве, потом прошла, потом они вроде бы даже говорили ночами на кухне в юности, отвергнув меня, которая с радостью бы послушала их молодые разговоры и приоткрывала дверь своей комнаты, но! Кухня была плотно запечатана, как их души. И когда Андрей сел в тюрьму, она даже ему писала, речь об этом впереди. Писала, пока не привела к нам в дом этого охламона[1], который не знал ни сесть ни встать как следует и ел, забыв себя, все что было в холодильнике. Город Тернополь. Бреется всегда в полном экстазе перед зеркалом каждое

① Охламон—(разг.) никчемный человек.

утро, сеанс полчаса—гладит себя электробритвой. Медитация по йоге[1]. Глаза полузакрыты, заглянешь в ванную по спешному делу, мысли, видимо, бродят, Тимочка мокрый кричит, моя сидит на унитазе рожает каждое утро, Андрей, пришедший из тюрьмы, не попадет ни туда ни сюда, ни в ванную, ни в уборную, утром вставши, бешеный сидит в кухне, где ему стоит кресло-кровать, и меня гонит, чтобы выпить в одиночестве свою чашку кофе. Горькую чашу кофе. Через год он и прыгнул, но уже от жены и не в нашей перенаселенной квартире. Честно говоря, покончил со своим прошлым здорового бугая[2], который уже отсидел[3] за драку в то время, в какое другие служат в армии. Любовь, любовь и еще раз любовь и жалость к нему руководили мною, когда он вышел из колонии. Я его встречала у одного входа Бутырской тюрьмы, а он вышел из другого и, как был, одежду я ему привезла вычищенную, но с другого входа, —как был, на троллейбусе и автобусах без билета через всю Москву, денег ведь нет, затем еще пешком. Я, обознавшись и запутавшись, прождала напрасно, прибегаю домой, а тут он сидит, двадцать лет, во всей их форме[4]. И кепка-пидараска, так он назвал, указав на нее, лежащую на столе. Все каменноугольного цвета. И тут же весна, народу на улицах много, видно, все на него смотрели. Вид героя, исхудалый, я присела на пятки и стала снимать с него ботинки. Он тихо говорит в кухне: "А это кто же? И что это вообще?" (тут выходит охламон тире обалдуй), спал днем, у них ни ночи ни дня, и Тима запищал. Вот куда ты вернулся, сын мой. Ночью Тима не спал со мной, я ночами не сплю, днем не спал с ними,

---

① Йога—система физических упражнений, выработанная последователями религиозно-философского учения в Индии.

② Здоровый бугай—здоровый, как бык.

③ Отсидел—здесь: отсидел в тюрьме.

④ Во всей их форме—в тюремной одежде.

если они сидели дома, а они оба спали. Я поэт, я всегда и во всем дома. Но тут меня не оказалось, и дверь Андрею открыл город Тернополь. Что за вопросы были, я не узнавала. Андрей тем не менее спрашивает: "А это кто же и что это?", видя, что я прикарманила еще одного сыночка (город Т.). Я стала все объяснять, сказала, что мы не писали, чтобы не волновать...

...

...Однако сколько же мне тогда было? Каких-нибудь пятьдесят лет!

Алене девятнадцать, Андрею двадцать.

Это было давно, когда я их родила, сразу за два года двоих, это было сумасшествие одной археологической экспедиции и моя очередная грандиозная ошибка в людях, когда я, юная особа двадцати девяти лет, стрижка под мальчика, худоба, глаза и ноги, девчонка совсем (мы с одним ребенком еще в начале, никто никого не знал, рассматривали за камнем его находку, ржавый обломок, а он подошел, так смешно, и говорит: "Мальчики, вы что тут делаете?" Я на него подняла глаза, он рассмотрел и поперхнулся, так я была похожа на мальчика. С того все и началось, дни и ночи счастья, когда я—поэтесса после пединститута и выгнанная из газеты со стажем журналистской работы за роман с одним женатым художником, отцом троих детей, которых я всерьез собиралась воспитать, дура! А жена его тут как тут: вам не стыдно? —и к главному редактору. И тут же им дают давно обещанную трехкомнатную квартиру—они жили в одной комнате все плюс мать его якобы жены, а у меня в комнате он мог работать, хотя моя в свою очередь мать очень бурно его попрекала, что он живет на моей шее, не женясь, —какие еще старые, старые песни, однако!), —так вот, когда я, уволившись из газеты, поехала куда глаза глядят в археологическую экспедицию, и вот вам результат, Андрей и Аленушка, два солнышка, все в одной комнате опять-таки, мать в своей упорно и упорно! Пожили, посмотрели на реальность, у моего мужа грандиозный развод в городе Куйбышеве, жена его приезжала смотреть на меня пузатую[1], то есть как смотреть—он открывает дверь, а там жена с пятнадцатилетним сыном, надо поговорить. Входят, она мне по щеке, окно разбила, осколком себе вены полоснула, вся в крови, он ее держит, сын его бледный и кричит—не смей трогать мою маму! Моя мать всунулась, увидела такое дело, принесла бинтик (она жадная, принесла б/у[2], стираный свой, видимо, с ноги, любит перебинтовываться). Затем она увела их к себе, напоила чаем, мы сидели с ним как два голубя, клюв к клюву, запершись, и хорошо, что эта старая жена ворвалась, у нас уже было все плохо, он задумывался и тосковал о сыне, о доме, да где тут работа, в археологии ставки низкие, да мой живот, да алименты. Осунулся. Тут она ворвалась и все перевернула, умница, женщина с жаждой разрушения, они многое создают! Разрушится, глянь, новое зеленеет что-то разрушительное тоже, как-то по костям себя собирает и живет, это мой случай, это просто я, я тоже такова для других.

Так что были дела, и так недавно. Перебираешь жизнь—они, мужчины, как верстовые столбы. Работы и мужчины, а по детям хронологию, как у Чехова[3]. Пошло выглядит все, однако же что не выглядит пошло со стороны? Для Алены все мои слова и выражения, я чувствую, отвратительны. К примеру, вопрос типа "а он интересный?"—если она мне случайно выбалтывала по

---

① Пузатая—здесь: беременная.

② б/у—(разг.) сокращение, употребляемое в разговорной речи: бывший в употреблении.

③ По детям хронологию, как у Чехова—в рассказе А. Чехова 《Живая хронология》: женщина считает время по тому, когда в их городе стояли военные полки, каждый раз она заводила очередной роман и рожала по ребенку.

молодости в восьмом классе что-то о своей подруге Ленке и ее романах. Слова в вопросительной форме "а он интересный?" вызывали у нее столбняк и взрыв ненависти, хотя я имела в виду только одно, а именно, что ее Ленка кобыла, с которой шкуру еще не ворочали, а надо бы, и кому придет в голову обнять такую кувалду①, от которой в четырнадцать лет разит солдатским потом, нога тридцать восьмого размера, волос надо лбом черный, как на сапожной щетке, видны уже молодые усы, а под толстым задом в виде подпорок две жерди. Моя Алена (а в том году все девочки рождались Елены, равно как теперь все девочки, а как же, Кати) обожала этого кузнеца с усами Ленку, Ленка была постоянно у ней на языке②, и даже при тех отношениях, которые у нас сложились к ее четырнадцати годам (отстань, отскеч, отвал③ и еще резкий ответ "ты с дуба, что ли, рухнула"), —даже при этих взаимоотношениях легенды о Ленке, в мало-мальски тихое мгновение, выкладывались мне с упоением вплоть до первого моего вопроса:

—А он интересный?

—При чем это?

—Я в том смысле спрашиваю, что уж он-то, наверное, интересный?

—Что это такое?

Я мнусь, мне надо сказать вообще-то только одно:

—Ну, в смысле, кто на такую слониху позарится. На Ленку.

—О-хо-хо! Это на меня никто...

Известно, что девочки, у которых ушел отец из семьи, на всю жизнь имеют комплекс брошенных жен со всеми вытекающими.

---

① Кувалда—большой и толстой металлический молот. Здесь в переносном смысле: женщина очнь хрупная.

② Ленка у ней на языке—(идиома) т. е. Алена постоянно говорила о Ленке.

③ Отскеч, отвал—(вульг. жаргон) синонимы слова《отстань》.

—Это на меня никто. А ей на каникулах еще в прошлом году в Гаграх проходу не давали грузины. Ей давали восемнадцать лет! А ей было тринадцать!

—Не тридцать давали, и то хорошо.

—Ма-ма! (почти визжит)—Слушай историю. У них в Гаграх, конечно, все бывает, бабина подруга тетя Оля с сестрой там отдыхали, вышли на пляж в шестьдесят пять лет в халатах на босу ногу, сердечки мои, а женщины в теле, халатики брали, мне показывали еще в Москве, шестидесятого размера, бюсты тянут на восьмой номер, причем неразличимы, поскольку животы у бедных как на девятом месяце.

—Тьфу!

—Слушай. Вот, говорит, не поверите, Серафимочка (это они потом нашей бабе), каким мы пользовались в Гаграх на пляже успехом, дедушка посидел с нами наш, сестрин муж, плюнул и больше с нами никуда не выходил. А эти обступили, так сладко вслед чмокали, целовали даже воздух, проходу не было.

—Мама, ты... (шипит). Я просто не знаю... пошлость.

—Ну и что, он у Ленки интересный? Тоже из Гагр?

—Что ты ко мне пристала? (чуть не плачет) А дело было в том, что я правильно видела, что та Ленка не стоит и мизинчика моей Аленушки. Моя младшая дочь, моя красавица Аленка, мое тихое гнездышко, которое согревало меня после бурь с Андреем в его подростковом периоде, моя Аленушка говорила в девять лет такие слова! Мудрые слова утешения, когда произошел у нас разрыв с их отцом, баба Сима нас доконала! Нашлась какая-то опять же летом в экспедиции, по тому же сценарию, причем с ним были и сын и дочь, а когда они вернулись, Аленка мне сказала:

—Мама, нас так любили, на прощальном костре, когда мы уезжали, одна тетя Лера так плакала! Так плакала!

Моя красавица, которой я любовалась в пеленках, каждый

пальчик которой я перемыла, перецеловала. Я умилялась ее кудряшками (куда что девалось), ее огромными, ясными, светленькими, как незабудки, глазками, которые излучали добро, невинность, ласку—все для меня... О их детство! Мое блаженство, моя любовь к этим двум птенчикам, когда они спали, их головушки на подушках, тихое тепло в моей комнате... "Белое пламя волос—Светит на белой подушке, —Дышит работает нос, —Спрятаны глазки и ушки". Все потом было тьфу, все отобрано и брошено к первым попавшимся ногам этой Ленки. Все дни с нею, все ее думы—о ней, какие-то Ленкины капризы сводят нашу семью с ума. Андрей дрался с Аленкой из-за телефона, ему надо было звонить, а она ждала звонка от этой мымры[1], куда они пойдут, на день чьего рождения, да пригласят ли. Вообще мои дети дрались бешено. Аленка то и дело визжала и прибегала ко мне на кухню, неся разинутую пасть, полную слез, на вдохе: и ... Аааа! Тоже милая подробность нашей жизни. Ночами, только ночами я испытывала счастье материнства. Укроешь, подоткнешь, встанешь на колени... Им не нужна была моя любовь. Вернее, без меня бы они сдохли, но при этом лично я им мешала...

...

"Никто не читайте этот дневник, а то я уйду совсем. Мама, баба или Андрей! Никто! Вчера был семинар у Татарской. С. пришел и сел передо мной и все время поворачивался ко мне и смотрел на меня так туманно, откинув голову, а сам смеялся. Ленка с ним шутила, анекдотики, а я сидела серьезно как ни в чем не бывало, только сердце падало в пятки. После лекций мы с Ленкой уходили, и вдруг она сказала в раздевалке: "С. хочет встречать с тобой Новый год! Он мне так сказал". А я только пожала плечами, и кто бы знал, какая буря ликования была в моей

---

[1] Мымра—(жарг.) уродливая женщина, девочка.

душе! Я почти не могла идти! С. и я будем вместе на Новый год!

22 декабря. Ленка опять мне сказала, что С. меня, наверно, любит, так часто он обо мне спрашивает. Его спрашивают, пойдешь в кино, а он спрашивает, а Алена пойдет? И не идет. И при этих словах Ленка испытующе смотрит на меня. Хочет удостовериться. Я-то знаю, что она его любит, а про меня она не догадывается. Я совсем не могла сегодня спать от счастья. Утром мне приснился С. и что мы с ним едем в открытой машине с откидным верхом и я вся окружена каким-то его теплом. Сегодня С. не было нигде. Надо воспитывать силу воли! Надо по утрам делать гимнастику. С. прошлый раз сказал, что он проснулся в двенадцать часов дня.

30 декабря. Завтра Новый год. Зачет еле сдала. Плакала в седьмой аудитории. Ленка молчит, ничего не говорит. С. первый сдал и ушел. А я, как всегда, опоздала. Я ее спрашиваю: "Ну, где вы будете с С. завтра?" Набралась смелости и с таким ехидством. Она отвечает как ни в чем не бывало: мы с С. идем в Дом культуры Института транспорта. Я тебе не говорила, С. сказал, что никуда и ни с кем не хочет идти на Новый год, а будет дома спать, терпеть не может праздники. И Ленка купила им двоим билеты на встречу Нового года в ДК① транспорта, там будет шампанское, подарки, дискотека②, американские кинофильмы и маскарад. Я ради интереса спросила, какие будут кинофильмы, она ответила, что американские и что билеты уже все проданы, она якобы ходила еще за деньгами купить мне, а было уже все. Билеты дороговатенькие. Хочешь, пойдем вместе с нами, сказала она, постреляем лишний билетик③ в десять вечера? Я ответила, что ну еще. Она ответила, что можно придумать мне тоже костюм, она

① ДК—дворец культуры.

② Дискотека—музыкальный клуб. Здесь: танцы.

③ Постреляем билетик—(жарг.) постараемся купить билет.

будет колдунья и всем гадать по картам, а С. она наденет отцовскую шелковую рубашку, косынку углом набок и повязку на один глаз, пират. После этого я пошла домой как побитая собака. Баба с мамой ругались, что меня надо правильно воспитывать, ночами она читает, говорила баба, утром результат: не встает даже на экзамен. Воспитывайте вашего Андрея, он курит! Да!

1 января. Сенсация. Ленки и С. не было в транспортниках! Я пришла туда в 10 вечера как дура в бабушкином черном платье, с розой в волосах (Кармен с веером, баба дала, баба меня наряжала), совершенно спокойно купила билет в кассе и смотрела в полупустом холодном зале дикий концерт, один крик и вытье и какие-то бальные танцы до почти двенадцати часов, потом купила себе бокал шампанского, постояв в небольшой очереди, там же можно было купить себе кулек с подарком. Выпила шампанского, когда стрелки на больших часах сдвинулись, на дискотеку я не стала оставаться, пошла домой спать. Мама и бабушка доругивались перед телевизором после ежегодного скандала с красными щеками. Тема, как всегда, был Андрей, которого нет уже три дня, он звонил, бабушка кинулась, но мама взяла трубку и как следует ему все сказала, что бабе вызывали из-за сердца "скорую" и тэдэ[①]. Он и вообще бросил трубку, и мама не дала бабушке поговорить с Любимым.

5 января. Ленка пришла на консультацию перед диаматом[②] и сказала мне, что с маскарадом ничего не вышло, и она сама вечером 30 села и поехала в Питер к тетке и там смотрела телевизор в большой компании родственников и, что еще лучше, маленьких детей, которые плакали, так как их стали укладывать спать.

① и тэдэ—(разг.) и так далее (сокращение).

② Диамат—диалектический материализм (предмет в вузе, по которому сдают экзамен).

Слезы и скандалы по всей земле на Новый год! На консультации С. не было.

8 января. Я сдала на удовлетворительно, буду пересдавать. Дома будет крик, т. к. могут не дать стипухи[1]. С., как всегда, пришел, сдал на 5 и ушел. Ленка сказала, что звонил С. и что С. встречал Новый год с одноклассниками у школьного друга. Ленка сказала, что С., наверно, голубой[2]. Мы с ней так смеялись.

12 января. С. пришел в библиотеку заниматься с Т. И. с третьего курса, всем известной проституткой. Они улыбались друг другу, потом С. встал, зашел к ней со спины и накинул на нее свой пиджак. Сам остался в черном свитере. Ленка сидела, напряженно улыбаясь, на щеках у нее были красные пятна. Потом в туалете мы курили и она плакала. А я не плакала, так пусто было внутри. Скучно жить на этом свете, господа. Я люблю тебя, С. Хоть ты меня не замечаешь. Хочу подарить ему свою фотографию с одним-единственным словом "Помни". Но как? Т. И. старая проститутка, ей уже 20 лет. А мне в декабре исполнилось 17. А С. будет 17 в феврале, он пошел в школу в шесть лет. Напрашивается сравнение. Ленке 19. Ленка . хороший товарищ, но она слишком большая, ей придется туго на жизненном поприще. Она худеет. Кожа у нее на лбу в прыщах. У меня тоже бывает около крыльев носа. Она очень много курит! Она мне не говорит, но она уже жила с мальчиками. Она сказала, что понимает не меньше Т. И. и разные позы, и все. С. не мужчина, она в этом убеждена.

15 января. Лежу. От нечего делать якобы готовлюсь и пишу, запишу разговор матери с бабой.

—Ты? Ты всю посуду уже переколотила! (это мать)

---

① Стипухи—(студенч. жарг.) стипендия.

② Голубой—гомосексуалист.

—Какую, ты что, охилела[1] совсем! —кричит баба. —Какую, где? Я от страху умру!

—Вон, вон у чашки ручка отбита! Где я куплю? Тарелку теперь где я куплю?

—Это не я! Это не я! Ой. спасите, помогите! Ой! Господи, да что же это! Господи! Люди! Что это! Спасите! Я на колени встану, что не я (долго становится на колени, судя по шуму). Вот! Клянусь!

—О-о-о, вставай, вставай, ну что ты, из-за чего ты, ну разбила, ну и разбила.

—(долгий стон) Люди, спасите! Да где же... где же (кряхтя, видимо, встает) я что разбила?! (со слезами) когда ты разбила мою чашку синюю...

—Ага, ага, вспомни еще твое тяжелое детство...

—А когда я единственно что разбила, так это отбила носик у чайника... (скрипит стул. Видимо, села допивать чай). Это я, да, но это же можно приклеить... Я спрятала носик...

—Какой?!!

—Синего чайника носик, и все. Приклеится, ничего.

—Какого... Что!!! Здрасте! Начинается! У сервиза носик отколотила! У лучшего чайника! Кто теперь из него что нальет?! Ой-ой-ой (прослезилась).

—Ты чашку, я носик.

—Але-на! Иди сюда.

—У меня экзамен, мам".

Конец дневника...

(1996)

---

① Охилела—(груб. разг.) с ума сошла.

Краткий анализ произведения:

Одной из ведущих тем рассказов и повестей Петрушевской является тема женской судьбы. Писательница показывает женщин в семейных, любовных и социальных обстоятельствах, изображает 《ужасы жизни, ее грязь, злобу, невозможность счастья, страдания и муки》. Ее главное внимание направлено на нелегкую, чаще всего трагическую судьбу женщин и изоуродованном, искривленном современном мире.

В течение тысячелетий женщины в патриархальном обществе находились в зависимости от мужчин, в подчиненном бесправном положении, и только к началу XX века, после почти столетней борьбы передовых слоев европейского общества за гражданские права женщин, они стали, наконец, эти права обретать. Не только право работать и учиться наравне с мужчиной, право избирать и быть избранными на государственные и общественные посты, но и права личные—любить, вступать с мужчинами в интимные отношения и родить ребенка вне брака, не подвергались общественному осуждению.

Но стала ли от этого женщина более счастливой ? И что надо сделать, чтобы она обрела счастье ? На эти вопросы наводят нас произведения Петрушевской, в том числе, характерная для ее творчества повесть《Время ночь》.

И героиня повести Анна, автор《Записок на краю стола》и ее дочь Алена живут по законам современного мира: Анна сама зарабатывает на хлеб своим поэтическим творчеством и при этом вырастила двух детей без всякой помощи их отцов. Дочь ее Алена, еще студентка, повторяет судьбу матери : в свои юные годы она уже мать двоих малышей, и тоже одна, и тоже помощи почти совсем нет. Есть еще бабушка Сима, мать Анны, сначала живущая с ней, а потом из-за старости и болезней отправленнная доживать в больницу для бедных, больных и одиноких.

Беспросветная бедность, непосильные для женщин обязанности по добыванию пищи, жизнеутройству и вопитанию детей—Анна воспитывает теперь внука, сына Алены, нервного, запуганного тяжелым детством мальчика, Алена—второго своего ребенка, девочку—все это давит на женщин, калеча их души, нервы, превращая их в истеричек. Но ведь и та и другая (и Анна и Алена) способны к самоотверженной любви и к мужчине, и к ребенку. 《Я считаю, что главное в жизни—это любовь, —пишет в начале 《Записка на краю стола》• 《Анна—но за что мне все это ?》 Все это то, что рассказывает дальше Анна о своей жизни и о своей семье... То же чувствует и Алена, хотя пока еще из-за отсутствия большого жизненного опыта прямо не задается этим вопросом. Писательница не отвечает, она просто описывает, передавая возбужденную, лихорадочную речь своей героини—речь в буквальном смысле, т. к. 《Записки...》 Анны написаны ее индивидуальным разговорным языком.

Но вопрос Анны 《За что ?》, обращенный в 《Записках...》 к себе, одновременно обращен и к читателю. Заставляя его задуматься, почему в современном мире женщина, добившаяся столь многого в области общественных прав, как правило не становится счастливой. Решены одни проблемы, но возникли новые, которых не было в период женского бесправия.

Чтобы быть убедительней, достоверней в описании современного положения женщины в семье и обществе, Петрушевская в своей повести дает слово не только Анне, но и ее дочери, помещая в 《Записках...》 матери дневник ее дочери Алены.

Алену мы узнаем сначала такой, какой видит ее мать : 《моя грудастая плечистая дочь》 с коляской, в которой лежит 《приблудная》, дочь истерически кричит на Анну и с ненавистью смотрит на нее. Так, может быть, несчастье Анны в том, что у нее выросла такая плохая дочь? Но, читая дневник дочери, мы видим Алену изнутри через ее внутренний монолог—чистую, готовую любить бескорыстно, но до смерти запуганную поведением своего мужа-эгоиста, а потом такого же эгоиста-любовника, вполне равнодушного и к самой Алене, и к ее проблемам.

И мать и дочь на самом деле любят и жалеют друг друга, но не способны сдержать своего раздражения, вызванного тяжелыми жизненными обстоятельствами и обращенного не по адресу. Так возникает взаимная ненависть, растет одиночество каждой из них. И выхода из этого нет.

Вопросы и задания:

1. В чем состоит жизненная трагедия Анны?

2. Расскажите о некоторых чертах женской прозы на примере повести. Какова композиция повести?

Литература:

1. Петрушевская Л. Время ночь, Вагриус, М. 2001.

2. Желобцова С. Проза Людмилы Петрушевской. Якутск, 1996.

3. Нефагина Г. Л. Русская проза второй половины 80-х-начала 90-х годов 20 века. Экономпресс, Минск, 1998.

Татьяна Никитична Толстая

(1951)

ПЕТЕРС

(рассказ)

У Петерса с детства были плоские ступни и по-женски просторный живот. Покойная бабушка, любя его и таким, обучала его хорошим манерам—все-все-все прожевывать, заправлять салфетку за воротник, помалкивать, когда говорят старшие. Так что он всегда нравился бабушкиным подружкам. Когда она брала его с собой в гости, можно было спокойно дать ему в руки ценную книжку с картинками—не порвет, и за столом он никогда не выщипывал бахрому[①] из скатерти и не крошил печеньем—чудный был мальчик. Нравилось и то, как он входил—степенно одергивал бархатную курточку, поправлял бант или кружевной индюшачий галстучек, пожелтевший не меньше бабушкиных щек, и, шаркнув толстой ножкой, представлялся старухам: "Петер-с!" Он замечал, что это смешило и умиляло.

—Ах, Петруша, детка! Вы что его, Петером зовете?

—Да... так... Мы сейчас просто учим его немецкому, —небрежничала бабушка. И, отражаясь в тусклых зеркалах, Петерс чинно шел по коридору, мимо старых сундуков, мимо старых запахов, в комнаты, где по углам сидели тряпичные куклы, где на столе под зеленым колпаком спал зеленый сыр и ванилью веяло

---

① Бахрома—тесьма с рядом свободно свисающих шнурков, кистей, нитей и т. д.

домашнее печенье. Пока хозяйка раскладывала маленькие, съеденные[1] с одного боку серебряные ложечки, Петерс бродил по комнате, рассматривал кукол на комоде, портрет строгого, оскорбленного старика с усами как длинная спица, виньетки[2] на обоях, или подходил к окну и глядел сквозь заросли алоэ[3] туда, на солнечный мороз, где летали сизые голуби и съезжали с накатанных горок румяные дети. Гулять его не пускали.

Глупое прозвище—Петерс—так к нему на всю жизнь и прилипло.

Мамаша Петерса—бабушкина дочь—сбежала в теплые края с негодяем, папаша проводил время с женщинами легкого поведения и сыном не интересовался; слушая разговоры взрослых, Петерс представлял себе негодяя—негром под банановой пальмой, папашиных женщин—голубыми и воздушными, легкими, как весенние облачка, но, хорошо воспитанный бабушкой, помалкивал. Кроме бабушки, у него еще был дедушка; сначала он тихо лежал в углу на кресле, молчал и следил за Петерсом блестящими стеклянными глазами, потом его положили в столовой на стол, подержали так дня два и куда-то унесли. В этот день ели рисовую кашу.

Бабушка обещала Петерсу, что если он будет вести себя хорошо, то, когда вырастет, жить он будет замечательно. Петерс помалкивал. Вечером, взяв в постель плюшевого зайца, он рассказывал ему про свою будущую жизнь—как он будет гулять когда захочет, дружить со всеми детьми, как приедут к нему в

---

① Съеденный—серебро очень медленно растворяется в воде, и когда долго пользуются серебрянными ложками, они истончаются. В разговорном языке называются “съеденными”(часть их как бы съели).

② Вьентка—украшение в виде рисунка.

③ Алоэ—многолетнее тропическое и субтропическое растение. В северных странах держится в комнатах.

гости мама с негодяем и привезут сладких фруктов, как папины легкие женщины будут летать с ним по воздуху наяву, словно во сне. Заяц верил.

Бабушка кое-как учила Петерса немецкому языку. Они играли в старинную игру "Черный Петер"—вытягивали друг у друга карты с картинками, складывали парами—гусь и гусыня, петух и курица, собаки с надменными мордами. Только коту, Черному Петеру, не доставалось пары, он всегда был один—мрачный, нахохлившийся, и тот, кто к концу игры вытягивал Черного Петера, проигрывал и сидел как дурак.

Еще были крашеные открытки с надписями: Висбаден, Карлсруэ①, были прозрачные вставочки без перьев, но с окошечком: если поглядеть в окошечко, увидишь кого-то далекого, маленького, конного. Еще пели с бабушкой: "О танненбаум②, о танненбаум!" Все это был немецкий язык.

Когда Петерсу исполнилось шесть лет, бабушка взяла его в гости на елку. Дети там были проверенные, без заразы③. Петерс шел по снегу так быстро, как мог, бабушка за ним еле поспевала. Горло у него было туго стянуто белым шарфом, глаза блестели в темноте, как у кота. Он спешил дружить. Начиналась прекрасная жизнь. В большой жаркой квартире пахло хвоей, сверкали игрушки и звезды, бегали чужие мамы с пирогами и кренделями, визжали и носились быстрые ловкие дети. Петерс встал посреди комнаты и ждал, когда начнут дружить. "Догоняй, пузан!"—крикнули ему. Петерс побежал куда-то наугад и остановился. На него налетели, он упал и поднялся, как ванька-встанька④.

---

① Висбаден, Карлсруэ—немецкие лечебные курорты.

② Танненбаум (нем.)—сосна.

③ Без заразы—без инфекционных болезней.

④ Ванька-встанька—детская игрушка-неваляшка.

Жесткие взрослые руки отодвинули его к стене. Там он простоял до чая.

За чаем все дети, кроме Петерса, плохо себя вели. Он съел свою порцию, вытер рот и ждал событий, но событий не было. Только одна девочка, черная, как жучок, спросила его, есть ли у него бородавки, и показала ему свои.

Петерс сразу полюбил девочку с бородавками и стал ходить за ней по пятам. Он предложил ей посидеть на диване, и чтобы другие к ней не подходили. Но ни двигать ушами, ни свертывать язык трубочкой, как она предлагала, он не умел и быстро наскучил ей, и она его бросила. Потом он не знал, что надо делать. Потом ему захотелось кружиться на одном месте и громко кричать, и он кружился и кричал, и вот уже бабушка тащила его домой по синим сугробам и возмущенно говорила, что она его не узнаёт, что он вспотел и что никогда больше в гости к детям они не пойдут. И действительно, больше они никогда там не были.

До пятнадцати лет Петерс гулял с бабушкой за ручку. Сначала она поддерживала его, потом наоборот. Дома играли в домино, раскладывали пасьянсы. Петерс выпиливал лобзиком[①]. Учился он неважно. Перед тем как умереть, бабушка устроила Петерса в библиотечный техникум и завещала беречь горло и тщательно мыть руки.

В день, когда ее похоронили, по Неве прошел лед.

В библиотеке, где служил Петерс, женщины были неинтересные. А ему нравились интересные. Но что он мог предложить таковым, буде[②] они встретятся? Розовый живот и маленькие глазки? Хоть бы в разговоре он блистал, хоть бы немецкий, что ли, знал прилично, так нет же, кроме "Карлсруэ",

① Лобзик—ручной инструмент для выпиливания узоров.

② Буде—(старосл.) когда.

почти ничего с детства не запомнилось. А так представить себе—вот он заводит роман с роскошной женщиной. Пока она там то да се, он читает ей вслух Шиллера. В оригинале. Или Гельдерлина[①]. Она ничего, конечно, не понимает и понимать не может, но неважно; важно, как он читает—вдохновенно, с переливами в голосе... Близко подносит книгу к близоруким глазам... Нет, он, конечно, закажет себе контактные линзы. Хотя, говорят, они жмут. Вот он читает. "Оставьте же книгу", —говорит она. И лобзания[②], и слезы, и заря, заря... А линзы жмут. Он будет моргать, и жмуриться, и лазать пальцами в глаза... Она подождет-подождет и скажет: "Да отковыряйте же вы эти стекляшки, гос-споди!" Встанет и дверью хлопнет.

Нет. Лучше так. Милая, тихая блондинка. Она склонила головку к нему на плечо. Он читает вслух Гельдерлина. Можно Шиллера. Темные дубравы, ундины[③]... Читает, читает, уже язык пересох. Она зевнет и скажет: "Гос-споди, сколько можно эту скучищу слушать!"

Нет, тоже не годится. А если без немецкого? А без немецкого, допустим, так: изумительная женщина—как леопард. И он сам как тигр. Какие-то страусовые перья, гибкий силуэт на диване... (Сменить обивку.) Силуэт, стало быть. Падают диванные подушки. И заря, заря... И, может быть, даже женюсь. А что? Петерс смотрел в зеркало на свое отражение, на толстый нос, перевернутые от страсти глаза, мягкие плоские ступни. Ну и что такого? Немного похож на белого медведя, женщинам это должно

---

① Гельдерлин Фридрих (1779—1843)—немецкий поэт-романтик.

② Лобзание—(устар.) поцелуй.

③ Ундина—в немецком фольклоре сказочные девушки, живущие в воде. Ундина—баллада немецкого поэта—романтика Ф. Шиллера, ее героиня—сказочная девушка Ундина.

нравиться и приятно пугать. Петерс дул на себя в зеркало, чтобы остыть[1]. Но ни знакомства, ни адюльтеры[2] не клеились.

Петерс пробовал ходить на танцы, топтался, тяжело дыша, и отдавливал девушкам ноги; подходил к смеющимся и болтающим, и, заложив руки за спину, склонив голову набок, слушал разговоры. Вечерело, август дул прохладой из жестких кустов, сеял красную пыль последних лучей на черную зелень, на дорожки парка; зажигались огни в ларьках и киосках с вином и мясом, Петерс строго проходил мимо, придерживая кошелек, и, не выдержав накатившего голода, покупал полдюжины[3] пирожных, отходил в сторонку и в уже наступившей темноте торопливо поедал их с поблескивавшей металлической тарелочки. Когда он выходил из тьмы, моргая, облизываясь, с белым кремом на подбородке, и, набравшись решимости, подходил и знакомился—напролом, наугад, ничего не разбирая от страха, шаркая плоской ногой, — женщины шарахались, мужчины думали бить, но, приглядевшись, раздумывали.

Никто с ним играть не хотел.

Дома Петерс крутил для себя гоголь-моголь[4], мыл и вытирал стакан, потом аккуратно ставил тапочки на ночной коврик, ложился в постель, вытягивал руки поверх одеяла и лежал, глядя в сумрачный пульсирующий потолок, неподвижно, пока не приходил за ним сон. Сон приходил, приглашал в свои лазы и коридоры, назначал встречи на потайных лестницах, запирал двери и перестраивал знакомые дома, пугая чуланами, бабами, чумными бубонами, черными бубнами, быстро вел по темным переходам и

---

① Остыть—успокоиться, прийти в себя.

② Адюльтер—супружеская неверность, измена.

③ Полдюжины—шесть штук.

④ Гоголь-моголь—кушанье из сырых яичных желтков, взбитых с сахаром.

вталкивал в душную комнату, где за столом, лохматый и усмехающийся, сидел, крутя пальцами, знаток многих нехороших вещей.

Петерс бился в простынях, просил прощения и, прощенный на этот раз, вновь погружался на дно до утра, путаясь в отражениях кривых зеркал волшебного театра.

Когда в библиотеке появилась новая сотрудница, темная и душистая, в платье цвета брусники, Петерс взволновался. Он дошлепал до парикмахерской, коротко подстриг бесцветные свои волосы, зачем-то лишний раз подмел у себя в квартире, поменял местами комод и кресло. Не то чтобы он рассчитывал, что Фаина так сразу придет к нему в гости, но, во всяком случае, Петерс должен был быть готов.

На работе праздновали Новый год, Петерс суетился, вырезал бумажные снежинки размером с блюдце и наклеивал их на библиотечные окна, развешивал розовую мишуру, путался в металлическом дожде, путался в мечтах и желаниях, маленькие елочные лампочки отражались в его перевернутых глазах, пахло хвоей и хреном, в открытую форточку наметало снежную крупку. Он размышлял: если у нее есть, допустим, жених, —подойти к нему, тихо взять за руку и по-человечески, по-хорошему попросить: оставьте Фаину, оставьте ее мне, что вам стоит, вы себе еще кого-нибудь найдете, вы это умеете. А я не умею, моя мама убежала с негодяем, папа плавает в небе с голубыми женщинами, бабушка съела дедушку с рисовой кашей, съела мое детство, мое единственное детство, и девочки с бородавками не хотят сидеть со мной на диване. Ну дайте мне хоть что-нибудь, а?

Горящие свечи стояли, напоенные по грудь прозрачным яблочным светом, обещанием добра и покоя, розовое, желтое пламя качало головой, сияли глаза, шипело шампанское, Фаина пела под гитару, портрет Достоевского на стене отводил глаза;

потом гадали, раскрывая Пушкина наугад. Петерсу досталось: “Люби, Адель, мою свирель”[①], —над ним посмеялись, просили познакомить с Аделью; потом про него забыли, шумя о своем, и он тихо сидел в уголке, хрустя тортом, прикидывая, как он будет провожать Фаину до дому. Стали расходиться, он бросился за ней в раздевалку, держа шубу на вытянутых руках, смотрел, как она переобувалась, как совала ногу в цветном чулке в уютный меховой сапожок, как обматывалась белым платком и рывком вздевала на плечо сумку—все его волновало. Хлопнула дверью, и только он ее и видел—махнула варежкой, вскочила в троллейбус и скрылась в белой метели. Но и это было как обещание.

В ушах его били торжественные колокола, и глаза прозревали доселе невидимое. Все дороги вели к Фаине, все ветры трубили ей славу, выкрикивали ее темное имя, неслись над крутыми грифельными крышами, над башнями и шпилями, змеились снежными жгутами и бросались к ее ногам, и весь город, все острова—воды и набережные, статуи и сады, мосты и решетки, чугунные розы и лошади—все сливалось в кольцо, сплетая для возлюбленной гремящий зимний венок.

Ему никак не удавалось остаться с ней наедине, и он ловил ее на улице, но она всегда проносилась мимо него ветром, мячиком, снежком, пущенным ловкой рукой. И ужасен, невозможен, как больной зуб, был ее приятель, заглядывающий вечерами в библиотеку—разбитной[②] журналист, весь в скрипящей коже, длинноногий, длинноволосый, рассказывавший международные анекдоты о том, как русский, немец и поляк измеряли толщину своих женщин и как русский вышел победителем. Журналист написал в газету заметку, где врал, что, мол, “всегда особенно

---

① Люби, Адель, мою свирель—из любовного стихотворения Пушкина “Адель”.

② Разбитной—общительный, разговорчивый, находчивый.

людно у стендов с книгами по свекловодству" и что, дескать, "лоцманом[1] книжного моря называют библиотекаря Фаину А. посетители". Фаина смеялась, довольная, что попала в газету, Петерс мучился и молчал. И все набирался духу, чтобы наконец взять ее за руку, отвести к себе домой и после сеанса страсти обговорить дальнейшую совместную жизнь.

На исходе зимы сырым чахоточным вечером[2] Петерс сушил руки в мужском клозете[3] под горячей струей механической сушилки и подслушивал, как Фаина в коридоре разговаривает по телефону. Сушилка содрогнулась и замолчала, и в наступившей тишине отчетливо засмеялся любимый голос: "Не-ет, у нас в коллективе одни женщины... Кто? Этот-то?.. Да это не мужчина, а дюдя[4]. Дундук[5] какой-то эндокринологический".

Люби, Адель, мою свирель. Петерсу стало внутри так, будто его задавило трамваем. Он обвел глазами жалкий пожелтевший кафель, старое зеркало, вспухшее изнутри серебряными нарывами, капающий ржавчиной кран—жизнь правильно выбрала место для последнего унижения. Он тщательно обмотал горло шарфом, чтобы не простудить гланды[6], добрел до дому и, нашарив тапочки, подошел к окну, в которое задумал выпасть, и подергал створки. Окно было хорошо заклеено на зиму, он сам заклеивал, и жалко было своего труда. Тогда он включил духовку[7], положил голову

---

① Лоцман—специалист по проведению судов в опасных районах при подходе к порту.

② Чахоточным вечером—здесь: плохая сырая погода располагает к заболеванию туберкулезом (чахоткой).

③ Клозет—уборная, туалет.

④ Дюдя—дядя, ироническое обращение, о любом человеке. Здесь: пренебрежительное слово.

⑤ Дундук—тупой дурак.

⑥ Гланды—небные мендалины.

⑦ Духовка—духовой шкаф в газовой плите, где готовят пищу.

на противень с холодными хлебными крошками и полежал. Кто-то будет есть рисовую кашу в память о нем? Потом Петерс вспомнил, что газа нет с утра, что на линии авария, рассвирепел, набрал дрожащим пальцем номер диспетчерской, страшно и бессвязно накричал о безобразиях в коммунальном обслуживании, сел в дедушкино кресло и просидел до утра.

Утром за окном шел крупный медленный снег. Петерс глядел на снег, на притихшее небо, на новые сугробы и тихо радовался, что молодости у него больше не будет.

Но пришла, проходными дворами, новая весна, умерли снега, сладкой гнилью повеяло от земли, синяя рябь побежала по лужам, и дикие ленинградские вишни снова осыпали белый цвет на спичечные парусники, на газетные кораблики, —и не все ли равно, в канаве ли, в океане ли начинать новое плавание, если весна зовет, если ветер повсюду один? И чудесными были новые галоши[1], купленные Петерсом, —мякотью цветущей фуксии[2] было выстлано их нутро, лаком сияла тугая резина, обещавшая цепью вафельных овалов отметить земные пути его, куда бы он ни проложил их в поисках счастья. И он неспешно, заложив руки за спину, гулял по каменным улицам, глубоко заглядывал в желтые подворотни, нюхал воздух каналов и рек, и вечерние, субботние женщины посматривали на него длинными, ничего хорошего не обещавшими взглядами, думая: вот больной какой-то, он нам не нужен.

Но они ему тоже не были нужны, а загляделся он на Валентину, маленькую, безбожно молодую, —она покупала весенние открытки на солнечной набережной, и счастливый ветер, налетая порывами, строил, менял, строил прически на ее черной

---

① Галоши—резиновая обувь, обуваемая на ботинкки, чтобы не промочить ноги.

② Фуксия—декоративное растение с яркорозовыми цветами.

стриженой голове. Петерс пошел за Валентиной по пятам, не рискуя слишком приблизиться, трепеща неудачи. Спортивные юноши подбежали к прекрасной, подхватили, смеясь, и она ушла за ними вприпрыжку, и Петерс видел, как были куплены и подарены прыгунье фиалки—темные, лиловые, —слышал, как называли ее имя, —оно оторвалось и улетело с ветром, смеющиеся скрылись за углом, и Петерс остался ни с чем—грузный, белый, никем не любимый. Ну а что бы он мог ей сказать—ей, такой молодой, такой с фиалками? Подойти на ватных ногах, протянуть ватную ладонь: "Пе-тер-с..." ("Какое странное имя..."—"Так меня бабушка..."—" Почему бабушка..."—" Немножко немецкий..."—" Вы знаете немецкий?.."—" Нет, но бабушка...")

Ах, если бы он выучил в свое время немецкий! О, тогда бы, наверное... Тогда бы, конечно... Такой трудный язык, он шипит, цокает и шевелится во рту, о танненбаум, его, должно быть, никто и не знает... А вот Петерс возьмет и выучит и поразит прекрасную...

Пугаясь милиционеров, он расклеил на столбах объявления: "Желаю знать немецкий". Они провисели все лето, выгорая, шевеля ложноножками. Петерс навещал родные столбы, подправлял размытые дождями буквы, подклеивал оторвавшиеся уголки, а глубокой осенью ему позвонили, и это было как чудо—из моря людей всплыли двое, отозвались на его тихий, слабый, косым лиловым по белому призыв. Эй, ты звал? Звал, звал! Напористого и басовитого он отверг, и тот снова растворился в небытии, а дребезжащую[1] даму, Елизавету Францевну с Васильевского острова, обстоятельно расспросил: как ехать, и куда, и почем, и нет ли собаки, а то он собаки боится.

---

① Дребезжать—издавать прерывистый дрожащий звук.

Все было обговорено, Елизавета Францевна ждала его вечером, и Петерс пошел на облюбованный угол сторожить Валентину—он выследил, он знал—она пройдет, как всегда, помахивая спортивной сумкой, без двадцати четыре, и впорхнет в большое красное здание, и будет прыгать там на батуте①, среди таких же, как она, быстрых и молодых. Она пройдет, не подозревая, что есть на свете Петерс, что он задумал великое дело, что жизнь прекрасна. Он решил, что лучше всего будет купить букет, большой желтый букет, и молча, именно молча, но с поклоном протянуть его Валентине на знакомом углу. "Что это? Ах!.."—в таком духе.

Дуло, крутило и лило, когда он вышел на набережную. За пеленой дождя мутно лежал красный барьер отсыревшей крепости, оловянный ее шпиль мутно поднимал восклицательный палец. Лило с вечера, и запасов воды у них там, наверху, заготовлено было щедро, по-хозяйски. Шведы, ушедшие с этих гнилых берегов, забыли забрать с собой небо, и теперь, небось, злорадствовали на своем чистеньком полуострове—у них-то голубой ясный морозец, черные ели да белые зайцы, а Петерсу кашлять здесь среди гранитов и плесени.

Осенью Петерс с удовольствием ненавидел родной город, и город платил ему тем же: плевал с гремящих крыш ледяными ручьями, заливал глаза беспросветным темным потоком, подсовывал под ноги особенно сырые и глубокие лужи, хлестал дождевыми оплеухами② по близорукому лицу, по фетровой шляпе, по пузечку. Осклизлые дома, натыкавшиеся на Петерса, нарочно покрывались тонкими, бисерно-белыми грибами, мшистым ядовитым бархатцем, и ветер, прилетевший с больших

① Батут—спортивный снаряд, натянутая сетка для прыжков акробатов, гимнастов.

② Оплеуха—пощечина.

разбойничьих дорог, путался в его промокших ногах смертельными туберкулезными восьмерками.

Он встал на посту с букетом, а октябрь все рушился с небес, и галоши были как ванны, и оползла клочьями газета, трижды обернутая вокруг дорогих желтых цветов, и время пришло и миновало, а Валентина не пришла и не придет, а он все стоял, продрогший насквозь, до белья, до белого безволосого тела, усеянного нежными красными родинками.

Пробило четыре. Петерс сунул свой букет в урну. Чего ждать? Он уже понял, что учить немецкий глупо и поздно, что прекрасная Валентина, вскормленная среди спортивных, пружинистых юношей, лишь посмеется и переступит через него, грузного, широкого в поясе, что не для него на этом свете пылкие страсти и легкие шаги, быстрые танцы и прыжки на батуте, и небрежно купленные сырые апрельские фиалки, и солнечный ветер с серых невских вод, и смех, и юность, что все попытки напрасны, что надо было ему в свое время жениться на собственной бабушке и тихо тлеть в теплой комнате под тиканье часов, кушая сахарную булочку и посадив перед своей тарелкой—для уюта и забавы—старого плюшевого зайку.

Захотелось есть, и он побрел наугад на приветный огонек забегаловки①, купил супу и пристроился рядом с двумя красавицами, евшими пирожки с луком и отдувавшими туманную пленку с остывающего розового какао.

Девушки щебетали, конечно, о любви, и Петерс прослушал историю некой Ирочки, которая долго кадрила② одного товарища из братского Йемена, а может, Кувейта, в расчете, что он женится. Ирочка слыхала, что у них там, в песчаных степях

---

① Забегаловка—маленькая закусочная с продажей вина.

② Кадрить—добиться знакомства с кем-либо.

аравийской земли, нефти—как клюквы[①], что каждый приличный мужик—миллионер и летает на собственном самолете с золотым стульчаком[②]. Вот этот золотой стульчак сводил с ума Ирочку, выросшую в Ярославской области, где удобства[③]—три стены без четвертой с видом на гороховое поле, в общем, "какой простор", картина И. Е. Репина. Но араб жениться не чесался, а когда Ирочка поставила вопрос ребром, выразился в том духе, что "Ага?! А по ха не хо[④]? Привет тете!", и так далее, и выставил Ирочку со всеми ее убогими шмотками вон. Петерса девушки не замечали, а он слушал, и жалел неизвестную Ирочку, и воображал себе то гороховые ярославские просторы, опушенные по горизонту темными волчьими лесами, тающими в блаженной тишине под голубым блеском северного солнца, то сухой угрюмый посвист миллионов песчинок, тугой напор пустынного урагана, коричневое светило сквозь стремительный мрак, забытые белые дворцы, занесенные смертной пылью или заколдованные давно умершими колдунами.

Девушки перешли к рассказу о сложных отношениях Оли и Валерия, о бессовестности Анюты, и Петерс, пивший бульон, развесил уши[⑤] и невидимкой вошел в чужой рассказ, он близко коснулся чьих-то тайн, он стоял у самых дверей затаив дыхание, он чуял, обонял и осязал, как в волшебном кино, и нестерпимо доступны—руку протяни—были мелькание каких-то лиц, слезы на обиженных глазах, вспышки улыбок, солнце в волосах, стреляющее розовыми и зелеными искрами, пыль в луче и жар

---

① Клюква—мелкий кустарник с красными кислыми ягодами, растущий везде на моховых болотах.

② Стульчак—унитаз.

③ Удобства—здесь: туалет.

④ А по ха не хо—грубое выражение: А по харе (лицу) не хочешь (ударю).

⑤ Развесил уши—(идиома) стал внимательно слушать.

нагретого паркета, поскрипывающего рядом, в этой чужой, счастливой и живой жизни.

—Доели—пошли! —скомандовала одна красавица другой, и, расправив прозрачные зонтики, как знаки иного, высшего существования, они выплыли в дождь и поднялись в небеса, в заоблачную, скрытую от глаз лазурь.

Петерс выбрал шершавую картонку из пластмассового стакана, вытер рот. Жизнь прошумела, обогнула его и унеслась, как огибает стремительный поток тяжелую, лежачую груду камней.

Уборщица прошлась самумом① по столикам, махнула тряпкой Петерсу в лицо, ловким движением подхватила двадцать грязных тарелок и растворилась в сдобном воздухе.

—А я не виноват, —сказал кому-то Петерс. —Ни в чем решительно не виноват. Я тоже хочу участвовать. А меня не берут. Никто со мной играть не хочет. А за что? Но я напрягусь, я победю!

Он вышел прочь—под ледяные брызги, под морозную хлещущую воду. Победю. Побежду. Побежу. Стисну зубы и пойду напролом. И выучу, выучу этот проклятый язык. Там, на Васильевском острове, в самой сырой ленинградской сыри, ждет, плавает тюленем или ундиной② Елизавета Францевна, легко бормочущая на сумрачном германском наречии. Он придет, и они залопочут вместе. О танненбаум! О, повторяю, танненбаум! Как там дальше-то?.. Приду—узнаю.

Что ж, прощай, Валентина и ее быстрые сестры, впереди лишь немецкая старуха—взялся за гуж... Петерс представил себе свой путь, петлистый след в мокром городе, и неудачу, бегущую по следу, принюхивающуюся к вафельным отпечаткам подошв, и

---

① Самум—сухой ветер, несуший песок и пыль.

② Ундина—русалка.

старуху в конце пути, и, чтобы сбить с толку судьбу, кликнул такси и поплыл сквозь дождь, —пар шел от его ног, шофер был мрачен, и хотелось сразу же выйти. Така-така-така-така— стрекотали денежки①.

—Здесь остановите.

Швейцар сторожил вход в злачное место②—дверь в полуподвал, и за дверью глухо грохочет музыка, и лампы сияют из окон, как длинные трубки с ядовитым сиропом. Перед дверью клацали③ зубами в вихрях дождя юноши—все претенденты на Валентинину руку, —прощай, Валентина, —мест не было, но швейцар, обманувшись солидностью Петерса, пустил, и Петерс прошел, и с его боков прошмыгнули еще двое. Хорошее место. Петерс с достоинством снял шляпу и плащ, взглядом пообещал чаевые④, шагнул в гремящий зал и протрубил в носовой платок о своем приходе. Хорошее место! Выбрал себе коктейль⑤ порозовее, пирожное-пагоду, выпил, куснул, еще выпил и расслабился. Хорошее, хорошее место. И под локтем его возникла, завязалась откуда-то из воздуха, из цветного сигаретного дыма девочка-мотылек; красное, зеленое платье—огни мигали—расцветало на ней орхидеей⑥, и ресницы мигали как крылья, и на тоненьких лапках звенели браслеты, и вся она была предана Петерсу до последнего вздоха. Он махнул, чтобы дали еще розового спирта, боясь заговорить, спугнуть девочку, чудную пери⑦, летучий

---

① Стрекотали денежки—т. е. стрекотал счетчик в такси, где увеличивалась цена проезда.

② Злачное место—место для грубых развлечений.

③ Клацать—отрывисто щелкать.

④ Чаевые—плата сверх необходимого.

⑤ Коктейль—безалкогольный напиток, представлящий собой смеси из фруктовых соков, молока и т. д.

⑥ Орхидея—травянистое растение с яркими, душистыми цветками.

⑦ Пери—ангел.

цветок, и они посидели молча, удивляясь друг другу, как удивились бы, встретившись, козел и ангел.

Он опять махнул рукой—и дали даже еще и мяса.

—Кхэм, —сказал Петерс, моля небеса, чтобы они не сразу отозвали своего посланца. —Вот у меня в детстве был плюшевый заяц—фактически друг, и столько я ему всего наобещал! А сейчас иду на немецкий урок, кхэм.

—Я люблю плюшевых зайцев, они смешные-смешные, —холодно заметила пери.

Петерс подивился ангельской глупости—заяц не может быть смешным, он или друг, или ничтожество, мешочек с опилками.

—А еще мы играли в карты, и мне всегда доставался кот, —вспомнил Петерс.

—Кот тоже смешной-смешной, —сквозь зубы, как хорошо знакомый урок, повторила девочка, водя глазами по залу.

—Да нет! Ну почему? —возразил Петерс, горячась. —И дело же не в этом! Я не о том, я о жизни, а она все дразнит, показывает и отбирает, показывает и отбирает. И знаете, это как витрина—блестит, и заперто, и взять ничего нельзя. А, спрашивается, почему?

—Вы тоже смешной-смешной, —упорствовала, не слушая, равнодушная девочка. —У вас чего-то на пол упало.

Когда он наконец выбрался из-под стола, ангел уже вознесся, а с ним и Петерсов кошелек с деньгами. Понятно. Ну что ж. Иначе и быть не могло. Петерс сидел над объедками, неподвижный, как чемодан, трезвел, представляя себе, как он будет объясняться, просить, —презрение и усмешка гардеробщика, —вылавливать сырые рубли из болотистых карманов плаща, вытрясать мелочь, рыбкой скользнувшую за подкладку... Музыкальные машины топали, били в барабаны, возвещая о чьей-то наступившей страсти. Коктейль испарялся из ушей. Ку-ку! Вот так.

Что же ты такое, жизнь? Безмолвный театр китайских теней, цепь снов, лавка жулика? Или дар безответной любви—это и все, что мне предназначено? А счастье-то? Какое такое счастье? Неблагодарный, ты жив, ты плачешь, любишь, рвешься и падаешь, и тебе этого мало? Как?.. Мало?! Ах, так, да? А больше ничего и нет.

—...Жду! Жду! —кричала Елизавета Францевна, быстрая завитая бабулька, откидывая крюки и запоры, впуская ограбленного Петерса, темного, опасного, полного бедой по горло, по верхнюю тугую пуговицу.

—Вот сюда! Сразу и начнем! Присаживайтесь на диванчик. Сначала лото, потом чайку. Так? Быстренько берите карту. У кого коза? У меня коза. У кого цесарка?

Сейчас убью ее, —решил Петерс. Елизавета Францевна, отведите глаза, сейчас буду вас убивать. Вас, и покойную бабушку, и девочку с бородавками, и Валентину, и фальшивого ангела, и сколько их там еще, —всех, кто обещал и обманул, заманил и бросил; убью от имени всех тучных и одышливых, косноязычных[1] и бестолковых, от имени всех, запертых в темном чулане, всех, не взятых на праздник, приготовьтесь, Елизавета Францевна, сейчас буду душить вас вон той вышитой подушкой. И никто не узнает.

—Францевна-а! —бухнули кулаком в дверь. —Давай три рубля, коридор за тебя вымою!

Порыв прошел. Петерс отложил подушку. Захотелось спать. Старушка шуршала деньгами, Петерс опустил глаза в карту "Домашние животные".

—Вы что задумались? У кого кот?

---

① Косноязычный—человек, который говорит неразборчиво и несвязно.

—У меня кот, —сказал Петерс. —У кого же еще? —И вышел боком, стиснув картонного кота в кулаке. К черту жизнь. Спать, спать, заснуть и не просыпаться.

Приходила весна, и уходила весна, и снова приходила, и расстилала голубые цветы по лугам, и махала рукой, и звала сквозь сон: "Петерс! Петерс!"—но он крепко спал и ничего не слышал.

Шуршало лето, вольно шаталось по садам—садилось на скамейки, болтало босыми ногами в пыли, вызывало Петерса на нагретые улицы, на теплые мостовые; шептало, сверкало в плеске лип, в трепете тополей; звало, не дозвалось и ушло, волоча подол, в светлую сторону горизонта.

Жизнь вставала на цыпочки, удивленно заглядывала в окно: почему Петерс спит, почему не выходит играть с ней в ее жестокие игры?

Но Петерс спал и спал, и жил сквозь сон; аккуратно вытирая рот, ел овощное и пил молочное; брил тусклое лицо—вокруг сомкнутого рта и под спящими глазами, —и как-то, нечаянно, мимоходом, женился на холодной твердой женщине с большими ногами, с глухим именем. Женщина строго глядела на людей, зная, что люди—мошенники, что верить никому нельзя; из кошелки ее пахло черствым хлебом.

Она всюду водила за собой Петерса, крепко стиснув его руку, как некогда бабушка, по воскресеньям они отправлялись в зоологический музей, в гулкие, вежливые залы—смотреть остывших шерстяных мышей, белые кости кита; в будни они входили в магазины, покупали мертвую желтую вермишель, старческое коричневое мыло и глядели, как льется через узкое жерло воронки постное тяжелое масло, густое, как тоска, бесконечное и вязкое, как пески аравийских пустынь.

—Скажите, —строго спрашивала женщина, —цыплята что—охлажденные? Вон того дайте. —И "вон тот" ложился в затхлую сумку, и спящий Петерс нес домой холодного куриного юношу, не познавшего ни любви, ни воли, —ни зеленой муравы, ни веселого круглого глаза подруги. И дома, под внимательным взглядом твердой женщины, Петерс должен был сам ножом и топором вспороть грудь охлажденного и вырвать ускользающее бурое сердце, алые розы легких и голубой дыхательный стебель, чтобы стерлась в веках память о том, кто родился и надеялся, шевелил молодыми крыльями и мечтал о зеленом королевском хвосте, о жемчужном зерне, о разливе золотой зари над просыпающимся миром.

А лета и зимы скользили и таяли, растворялись и гасли, урожаи радуг повисали над далекими домами, молодые жадные метели набегали из северных лесов, двигали время вперед, и настал день, когда женщина с большими ногами покинула Петерса, тихо прикрыла дверь и ушла, чтобы покупать мыло и помешивать в кастрюлях другому. Тогда Петерс осторожно приоткрыл глаза и проснулся.

Тикали часы, в стеклянном кувшине плавал компот, и тапочки остыли за ночь. Петерс ощупал себя, пересчитал пальцы и волосы. Мелькнуло и улетело сожаление. Тело его еще помнило глушь пролетевших лет, тягучий сон календаря, но в глубине душевной мякоти уже оживало, приподнималось с лежанки, встряхивалось и улыбалось что-то давно забытое, молодое что-то и доверчивое.

Старый Петерс толкнул оконную раму—зазвенело синее стекло, вспыхнули тысячи желтых птиц, и голая золотая весна закричала, смеясь: догоняй, догоняй! Новые дети с ведерками возились в лужах. И ничего не желая, ни о чем не жалея, Петерс благодарно улыбнулся жизни—бегущей мимо, равнодушной, неблагодарной, обманной, насмешливой, бессмысленной, чужой—прекрасной, прекрасной, прекрасной.

(1997)

Краткий анализ произведения:

Само имя героя, которым назван рассказ, странно и искусственно—такого имени нет в русском языке. Это бабушка так называла в детстве мальчика, так как имя звучало необычно, на немецкий манер, хоть и не совсем правильно: русское имя Петр по-немецки будет Петер. Сам же мальчик, чтобы понравиться бабушкиным подругам, представлялся им так: 《 Петер-с. 》—к имени добавлял звук 《с》 (сокращенное слово 《сударь》). Это добавление в старые времена означало уважительное и даже слегка подобострастное отношение к собеседнику. В те же времена, к которым относится действие рассказа, это добавление звучит манерно и претенциозно. В результате образы и бабушки, и внука кажутся пародией на старую даму-дворянку и воспитанного в дворянском духе мальчика. Называя мальчика 《Петерс》 (а ей казалось, что это имя подчеркивает, что внук из хорошей семьи), бабушка показала свое плохое знание немецкого, и Петерса она этому языку не научила, и сам он не сумел ему выучиться, хотя и считал, что знание немецкого возвысит его в глазах окружающих. Таким образом, уже с первых строк рассказа выявляется ироническое отношение писательницы к своему герою.

Бабушка старательно учила Петерса с детства хорошим манерам: аккуратно есть, степенно держаться, чинно ходить и ни в коем случае, не прыгаясь, не бегать, не шуметь, как другие дети. Поэтому Петерс кажется чем-то похожим на заводную куклу. Он производит впечатление странное и смешное: в детстве—маленького взрослого, а во взрослом возрасте—хорошо воспитанного ребенка.

При описании жизни и характера Петерса Толстая активно использует популярный в литературе постмодернизма прием—несобственно-прямую речь. Она не описывает со стороны чувства героя своими авторскими словами, в которые всегда непроизвольно включается и оценка, не вкладывает рассказ о себе в уста самого героя—писательница рассказывает о Петерсе как о постороннем человеке, но ка бы его собственными словами. И в заводной кукле Петерсе проступает глубоко спрятавшаяся внутри душа маленького испуганного ребенка, пасующего перед взрослой серьезной жизнью.

На протяжении всего повествования все яснее проявляется и подчеркивается авторская ирония: большой и взрослый Петерс не может сам научиться ничему, и ничего не знает о жизни, кроме того, чему его научила в детстве бабушка: он не понимает других людей, не умеет ориентироваться в жизни, найти свое место в ней. Конечно, можно сказать, что здесь сыграли роль и внешние обстоятельства—то, что он был рано брошен родителями, а бабушка, в сущности, 《съела его детство》 ради сомнительных 《хороших манер》, запретив ему естественные детские радости. Но он мог бы и сам не быть 《дюдей》, как называет его Фаина, т. е. нелепым, размазней, мог бы войти в жизнь, если бы употребил усилия, а не спать всю жизнь.

На примере характера и судьбы Петерса мы видим, как постмодернизм разрывает традиции классической русской литературы изображать 《маленького человека》 исключительно с сочувствием и состраданием. В произведениях классической традиции, как 《Шинель》 Гоголя, 《Бедные люди》 Достоевского, бедствия героев всегда объясняются неправильным устройством общества. Толстая тоже жалеет Петерса за его беспомощность, одиночество, за то, что жизнь со своими радостями и горестями проходит мимо него, и никто не хочет составить ему пару—стать ему другом или подругой, и никто не видит чистоту и романтичность его души. Но в заключительной сцене рассказа писательница дает понять, что , казалось бы, безвыходную ситуацию может изменить только сам человек—приятием жизни такой , какова она есть. В итоге это и делает Петерс, символически раскрывая окно своей комнаты в мир и свою душу—навстречу весне и впуская туда жизнь《равнодушную, обманную, бессмысленную, но прекрасную》.

Вопросы и задания:

1. Внимательно прочитайте рассказ и определите форму повествования (от первого лица или в третьем лице).

2. Чем отличается судьба Петерса и почему она так сложилась?

3. Отметьте черты реального и ирреального в тексте рассказа .

4. Сделайте общий вывод о семантике текста. Раскройте смысл рассказа .

Литература:

1. Н. Л. Лейдерман, М. Н. Липовецкий, Современная русская литература, Новый учебник по литературе в 3-х книгах, Книга 3, УРСС, М. , 2001.

2. Русские писатели XX века, Биографический словарь, Главный редактор и составитель П. А. Николаев, М. , Научное издательство《Большая российская энциклопедия》, Издательство РАНДЕВУ-АМ, 2000.

Сергей Донатович Довлатов

(1941—1990)

НОМЕНКЛАТУРНЫЕ[1] ПОЛУБОТИНКИ

(рассказ)

Я должен начать с откровенного признания. Ботинки эти я практически украл...

Двести лет назад историк Карамзин[2] побывал во Франции. Русские эмигранты спросили его:

—Что, в двух словах, происходит на родине?

Карамзину и двух слов не понадобилось.

—Воруют, —ответил Карамзин...

Действительно, воруют. И с каждым годом все размашистей.

С мясокомбината уносят говяжьи туши. С текстильной фабрики—пряжу. С завода киноаппаратуры—линзы.

Тащат все —кафель, гипс, полиэтилен, электромоторы, болты, шурупы, радиолампы, нитки, стекла.

Зачастую все это принимает метафизический характер. Я говорю о совершенно загадочном воровстве без какой-либо разумной цели. Такое, я уверен, бывает лишь в российском государстве.

Я знал тонкого, благородного, образованного человека, который унес с предприятия ведро цементного раствора. В дороге раствор, естественно, затвердел. Похититель выбросил каменную глыбу неподалеку от своего дома.

---

① Номенклатурный—назначаемый сверху кадровый работник при сталинистской системе, имеющий разнообразные привилегии.

② Карамзин Николай Михайлович (1766—1826)—русский писатель-сентименталист, историк.

Другой мой приятель взломал агитпункт. Вынес избирательную урну. Притащил ее домой и успокоился. Третий мой знакомый украл огнетушитель. Четвертый унес из кабинета своего начальника бюст Поля Робсона. Пятый—афишную тумбу с улицы Шпакина. Шестой—пюпитр① из клуба самодеятельности.

Я, как вы сможете убедиться, действовал гораздо практичнее. Я украл добротные② советские ботинки, предназначенные на экспорт. Причем украл я их не в магазине, разумеется. В советском магазине нет таких ботинок. Стащил я их у председателя ленинградского горисполкома③. Короче говоря, у мэра Ленинграда.

Однако мы забежали вперед.

Демобилизовавшись, я поступил в заводскую многотиражку④. Прослужил в ней три года. Понял, что идеологическая работа не для меня.

Мне захотелось чего-то более непосредственного. Далекого от нравственных сомнений.

Я припомнил, что когда-то занимался в художественной школе. Между прочим, в той же самой, которую окончил известный художник Шемякин. Какие-то навыки у меня сохранились.

Знакомые устроили меня по блату⑤ в ДПИ (Комбинат декоративно-прикладного искусства). Я стал учеником камнереза. Решил утвердиться на поприще монументальной скульптуры.

Увы, монументальная скульптура—жанр весьма

---

① Пюпитр—подставка для нот.

② Добротный—хорошего качества.

③ Горисполком—городской исполнительный комитет.

④ Многотиражка—печатная газета только одного предприятия, издававшаяся большим тиражом.

⑤ По блату—(разг. -прост.) незаконным способом, по знакомству.

консервативный. Причина этого—в самой ее монументальности.

Можно тайком писать романы и симфонии. Можно тайно экспериментировать на холсте. А вот попытайтесь-ка утаить четырехметровую скульптуру. Не выйдет! Для такой работы необходима просторная мастерская. Значительные подсобные средства. Целый штат ассистентов, формовщиков, грузчиков. Короче, требуется официальное признание. А значит—полная благонадежность. И никаких экспериментов...

Побывал я однажды в мастерской знаменитого скульптора. По углам громоздились его незавершенные работы. Я легко узнал Юрия Гагарина, Маяковского, Фиделя Кастро. Пригляделся и замер—все они были голые. То есть абсолютно голые. С добросовестно вылепленными задами, половыми органами и рельефной мускулатурой.

Я похолодел от страха.

—Ничего удивительного, —пояснил скульптор, —мы же реалисты. Сначала лепим анатомию. Потом одежду...

Зато наши скульпторы —люди богатые. Больше всего они получают за изображение Ленина. Даже трудоемкая борода Карла Маркса оплачивается не так щедро.

Памятник Ленину есть в каждом городе. В любом районном центре. Заказы такого рода—неистощимы. Опытный скульптор может вылепить Ленина вслепую. То есть с завязанными глазами. Хотя бывают и курьезы[1]. В Челябинске, например, произошел такой случай.

В центральном сквере, напротив здания горсовета, должны были установить памятник Ленину. Организовали торжественный митинг. Собралось тысячи полторы народу.

Звучала патетическая музыка. Ораторы произносили речи.

---

① Курьёз—смешной случай.

Памятник был накрыт серой тканью.

И вот наступила решающая минута. Под грохот барабанов чиновники местного исполкома сдернули ткань.

Ленин был изображен в знакомой позе —туриста, голосующего на шоссе. Правая его рука указывала дорогу в будущее. Левую он держал в кармане распахнутого пальто.

Музыка стихла. В наступившей тишине кто-то засмеялся. Через минуту хохотала вся площадь.

Лишь один человек не смеялся. Это был ленинградский скульптор Виктор Дрыжаков. Выражение ужаса на его лице постепенно сменилось гримасой равнодушия и безысходности.

Что же произошло? Несчастный скульптор изваял две кепки. Одна покрывала голову вождя. Другую Ленин сжимал в кулаке.

Чиновники поспешно укутали бракованный монумент серой тканью.

Наутро памятник был вновь обнародован. За ночь лишнюю кепку убрали...

Мы снова отвлеклись.

Монументы рождаются так. Скульптор лепит глиняную модель. Формовщик отливает ее в гипсе. Потом за дело берутся камнерезы.

Есть гипсовая фигура. И есть бесформенная мраморная глыба. Необходимо, как говорится, убрать все лишнее. Абсолютно точно скопировать гипсовый прообраз.

Для этого имеются специальные устройства, так называемые пунктир-Мишины. С помощью этих машин на камне делаются тысячи зарубок. То есть определяются контуры будущего монумента.

Затем камнерез вооружается небольшим перфоратором[1]. Стесывает[2] грубые напластования мрамора. Берется за киянку и скарпель (нечто вроде молотка и зубила). Предстоит завершающий этап, филигранная[3], ответственная работа.

Камнерез обрабатывает мраморную поверхность. Одно неверное движение—и конец. Ведь строение мрамора подобно древесной фактуре. В мраморе есть хрупкие слои, затвердения, трещины. Есть прочные фактурные сгустки. (Что-то вроде древесных сучков.) Есть многочисленные вкрапленная иной породы. И так далее. В общем, дело это кропотливое[4] и непростое.

Меня зачислили в бригаду камнерезов. Нас было трое. Бригадира звали Осип Лихачев. Его помощника и друга—Виктор Цыпин. Оба были мастерами своего дела и, разумеется, горькими пьяницами.

При этом Лихачев выпивал ежедневно, а Цыпин страдал хроническими запоями. Что не мешало Лихачеву изредка запивать, а Цыпину опохмеляться при каждом удобном случае.

Лихачев был хмурый, сдержанный, немногословный. Он часами молчал, а затем вдруг произносил короткие и совершенно неожиданные речи. Его монологи были продолжением тяжких внутренних раздумий. Он восклицал, резко поворачиваясь к любому случайному человеку:

—Вот ты говоришь —капитализм, Америка, Европа! Частная собственность!.. У самого последнего чучмека[5]—легковой автомобиль!.. А доллар, извиняюсь, все же падает!..

---

① Перфоратор—инструмент, помогающий скульптору работать с камнем.

② Стёсывать—убирать, снимать лишнее при обработке камня, дерева.

③ Филигранный—об очень тонкой, тщательной работе.

④ Кропотливая работа—работа медленная, очень аккуратная, требующая большого внимания.

⑤ Чучмёк—(нелит. жаргон) приехавший из глубокой провинции простак.

—Значит, есть куда падать, —весело откликался Цыпин, —уже неплохо. А твоему засраному[1] рублю и падать некуда...

Однако Лихачев не реагировал, снова погрузившись в безмолвие.

Цыпин, наоборот, был разговорчивым и добродушным человеком. Ему хотелось спорить.

—Дело не в машине, —говорил он, —я сам автолюбитель... Главное при капитализме—свобода. Хочешь—пьешь с утра до ночи. Хочешь—вкалываешь[2] круглые сутки. Никакого идейного воспитания. Никакой социалистической морали. Кругом журналы с голыми девками... Опять же—политика. Допустим, не понравился тебе какой-нибудь министр—отлично. Пишешь в редакцию: министр—говно[3]! Любому президенту можно в рожу наплевать. О вице-президентах я уж и не говорю... А машина и здесь не такая большая редкость. У меня с шестидесятого года "Запорожец"[4], а что толку?..

Действительно, Цыпин купил "Запорожец". Однако, будучи хроническим пьяницей, месяцами не садился за руль. В ноябре машину засыпало снегом. "Запорожец" превратился в небольшую снежную гору. Около нее всегда толпились дворовые ребята.

Весной снег растаял. "Запорожец" стал плоским, как гоночная машина. Крыша его была продавлена детскими санками.

Цыпин этому почти обрадовался:

—За рулем я обязан быть трезвым. А в такси я и пьяный доеду...

Такие вот попались мне учителя.

---

① Засраный—(нелит. бран.) жалкий, никому не нужный.

② Вкалывать—(жаргон) работать без перерывов.

③ Говно—здесь: (ругат.) очень плохой.

④ "Запорожец"—марка автомобиля. Самая маленькая дешевая машина.

Вскоре мы получили заказ. Причем довольно выгодный и срочный. Бригаде предстояло вырубить рельефное изображение Ломоносова для новой станции метро. Скульптор Чудновский быстро изготовил модель. Формовщики отлили ее в гипсе. Мы пришли взглянуть на это дело.

Ломоносов был изображен в каком-то подозрительном халате. В правой руке он держал бумажный свиток. В левой—глобус. Бумага, как я понимаю, символизировала творчество, а глобус—науку.

Сам Ломоносов выглядел упитанным, женственным и неопрятным. Он был похож на свинью. В сталинские годы так изображали капиталистов. Видимо, Чудновскому хотелось утвердить примат① материи над духом.

А вот глобус мне понравился. Хотя почему-то он был развернут к зрителям американской стороной. Скульптор добросовестно вылепил миниатюрные Кордильеры, Аппалачи, Гвианское нагорье. Не забыл про озера и реки—Гурон, Атабаска, Манитоба...

Выглядело это довольно странно. В эпоху Ломоносова такой подробной карты Америки, я думаю, не существовало. Я сказал об этом Чудновскому. Скульптор рассердился:

—Вы рассуждаете, как десятиклассник! А моя скульптура—не школьное пособие! Перед вами—шестая инвенция② Баха③, запечатленная в мраморе. Точнее, в гипсе... Последний крик метафизического синтетизма!..

—Коротко и ясно, —вставил Цыпин.

—Не спорь, —шепнул мне Лихачев, —какое твое дело?

---

① Примат—превосходство.

② Инвенция—(музык.) небольшая музыкальная полифоническая пьеса.

③ Бах Иоганн Себастьян (1685—1750)—немецкий композитор.

Неожиданно Чудновский смягчился:

—А может, вы правы. И все же—оставим как есть. В каждой работе необходима минимальная доля абсурда...

Мы принялись за дело. Сначала работали на комбинате. Потом оказалось, что нужно спешить. Станцию решено было запустить к ноябрьским праздникам.

Пришлось заканчивать работу на месте. То есть под землей.

На станции "Ломоносовская" шли отделочные работы. Здесь трудились каменщики, электрики, штукатуры. Бесчисленные компрессоры производили адский шум. Пахло жженой резиной и мокрой известкой. В металлических бочках горели костры.

Нашу модель бережно опустили под землю. Установили ее на громадных дубовых козлах. Рядом висела на цепях четырехтонная мраморная глыба. В ней угадывались приблизительные очертания фигуры Ломоносова. Нам предстояла самая ответственная часть работы.

Тут возникло непредвиденное осложнение. Дело в том, что эскалаторы бездействовали. Идя наверх за водкой, требовалось преодолеть шестьсот ступеней.

В первый день Лихачев заявил:

—Иди. Ты самый молодой.

Я и не знал, что метро расположено на такой глубине. Да еще в Ленинграде, где почва сырая и зыбкая. Мне пришлось раза два отдыхать. "Столичная", которую я принес, была выпита за минуту.

Пришлось идти снова. Я все еще был самым молодым. Короче, за день я шесть раз ходил наверх. У меня заболели колени.

На следующий день мы поступили иначе. А именно, сразу же купили шесть бутылок. Это не помогло. Наши запасы привлекли внимание окружающих. К нам потянулись электрики, сварщики, маляры, штукатуры. Через десять минут водка кончилась. И снова я отправился наверх.

На третий день мои учителя решили бросить пить. На время, разумеется. Но окружающие по-прежнему выпивали. И щедро угощали нас.

На четвертый день Лихачев объявил:

—Я не фрайер①! Я не могу больше пить за чужой счет! Кто у нас, ребята, самый молодой?..

И я отправился наверх. Подъем давался мне все легче. Видимо, ноги окрепли.

Так что, работали, в основном, Лихачев и Цыпин. Облик Ломоносова становился все более четким. И, надо заметить, все более отталкивающим.

Иногда появлялся скульптор Чудновский. Давал руководящие указания. Кое-что на ходу переделывал.

Работяги② тоже интересовались Ломоносовым. Спрашивали, например:

—Кто это в принципе—мужик или баба?

—Нечто среднее, —отвечал им Цыпин...

Надвигались праздники. Отделочные работы близились к завершению. Станция метро "Ломоносовская" принимала нарядный, торжественный вид.

Пол застелили мозаикой. Своды были украшены чугунными лампионами. Одна из стен предназначалась для нашего рельефа. Там установили гигантскую сварную раму. Чуть выше мерцали тяжелые блоки с цепями.

---

① Фрайер—(уголовный жаргон) о пустом, никчемном человеке.

② Работяги—так называют чернорабочих, которые делают работу, не требующую никакой квалификации.

Я убирал мусор. Мои учителя наводили последний глянец①. Цыпин прорабатывал кружевное жабо② и шнурки на ботинках. Лихачев шлифовал завитки парика.

В канун открытия станции мы ночевали под землей. Нам предстояло вывесить свой злополучный рельеф. А именно—поднять его на талях③. Ввести так называемые "пироны"④. И наконец, залить крепления для прочности эпоксидной смолой.

Поднять такую глыбу на четыре метра от земли довольно сложно. Мы провозились несколько часов. Блоки⑤ то и дело заклинивало. Штыри⑥ не попадали в отверстия. Цепи скрипели, камень раскачивался. Лихачев орал:

—Не подходи!..

Наконец, мраморная глыба повисла над землей. Мы сняли цепи и отошли на почтительное расстояние. Издалека Ломоносов выглядел более прилично.

Цыпин и Лихачев с облегчением выпили. Потом начали готовить эпоксидную смолу.

Разошлись мы под утро. В час должно было состояться торжественное открытие.

Лихачев пришел в темно-синем костюме. Цыпин—в замшевой куртке и джинсах. Я и не подозревал, что он щеголь.

Между прочим, оба были трезвые. От этого у них даже цвет лица изменился.

Мы спустились под землю. Среди мраморных колонн

---

① Наводить глянец—придать окончательный блеск, красоту чему-н.

② Кружевное жабо—кручевные оборки на мужской рубашке, модные в XVIII веке.

③④ Тали, "пироны", блоки, штыри—приспособления для подъема и закрепления тяжелого предмета на высоте.

⑤⑥ Тали, "пироны", блоки, штыри—приспособления для подъема и закрепления тяжелого предмета на высоте.

прогуливались нарядные трезвые работяги. Хотя карманы у многих заметно оттопыривались.

Четверо плотников наскоро сколачивали маленькую трибуну. Установить ее должны были под нашим рельефом.

Осип Лихачев понизил голос и сказал мне：

—Есть подозрение，что эпоксидная смола не затвердела. Цыпа бухнул слишком много растворителя. Короче，эта мраморная фига[①] держится на честном слове[②]. Поэтому，когда начнется митинг，отойди в сторонку. И жену предупреди на будущее.

—Но там же，—говорю，—будет стоять весь цвет Ленинграда[③]！А что，если все сооружение рухнет？

—Может，оно бы и к лучшему，—вяло сказал бригадир...

В час должны были появиться именитые гости. Ожидали мэра города，товарища Сизова. Его должны были сопровождать представители ленинградской общественности. Ученые，генералы，спортсмены，писатели.

Программа открытия была такая. Сначала—небольшой банкет для избранных. Затем—короткий митинг. Вручение почетных грамот и наград. А дальше，как выразился начальник станции—“по интересам”. Одни—в ресторан，другие на концерт художественной самодеятельности.

Гости прибыли в час двадцать. Я узнал композитора Андрея Петрова，штангиста Дудко и режиссера Владимирова. Ну и，конечно，самого мэра.

Это был высокий，еще не старый человек. Выглядел он почти интеллигентно. Его охраняли двое хмурых упитанных молодцов. Их выделяла легкая меланхолия，свидетельствующая о явной

---

① Фига—(прост. неодобр.) о ненужной нелепой вещи.

② Держаться на честном слове—(идиома) держаться плохо，слабо，еле держаться.

③ Весь цвет Ленинграда—т. е. все известные，значительные люди Ленинграда.

готовности к драке.

Мэр обошел станцию, помедлил возле нашего рельефа. Негромко спросил:

—Кого он мне напоминает?

—Хрущева[1], —подмигнул нам Цыпин.

Мэр не дождался ответа и последовал дальше. За ним, угодливо посмеиваясь, бежал начальник станции.

К этому времени трибуну обтянули розовым сатином[2]. Через несколько минут осмотр закончился. Нас пригласили к столу.

Отворилась какая-то загадочная боковая дверь. Мы видели просторную комнату. Я и не знал о ее существовании. Наверное, здесь собирались оборудовать бомбоубежище для администрации.

В банкете участвовали гости и несколько заслуженных работяг. Мы были приглашены все трое. Видимо, нас считали местной интеллигенцией. Тем более что скульптор отсутствовал.

Всего за столом разместилось человек тридцать. По одну сторону—гости, напротив—мы.

Первым выступил начальник станции. Он представил мэра города, назвав его "стойким ленинцем". Все долго аплодировали.

После этого взял слово мэр. Он говорил по бумажке[3]. Выразил чувство глубокого удовлетворения. Поздравил всех трудящихся с досрочным завершением работ. Запинаясь, назвал три или четыре фамилии. И наконец, предложил выпить за мудрое ленинское руководство.

Все зашумели и потянулись к бокалам.

Потом было еще несколько тостов. Начальник станции

---

① Хрущев Н. С. (1894—1971)—советский государственный и партийный деятель. С 1953 года—первый секретарь ЦК КПСС, одновременно с 1958 по 1964—председатель Совета Министров СССР.

② Сатин—вид материи (хлопчатобумажной).

③ Говорил по бумажке—т. е. читал речь, написанную на бумаге.

предложил выпить за мэра. Композитор Петров—за светлое будущее. Режиссер Владимиров —за мирное сосуществование. А штангист Дудко за сказку, которая на глазах превращается в быль.

Цыпин порозовел. Он выпил фужер коньяка и потянулся за шампанским.

—Не смешивай, —посоветовал бригадир. —А то уже хорош[①].

—Что значит—не смешивай, —удивился Цыпин, —почему? Я же грамотно смешиваю. Делаю все по науке. Водку с пивом мешать—это одно. Коньяк с шампанским—другое. Я в этом деле профессор.

—Оно и видно, —нахмурился Лихачев, —по той же эпоксидной смоле...

Через минуту все говорили хором. Цыпин обнимал режиссера Владимирова. Начальник станции ухаживал за мэром. Штукатуры и каменщики, перебивая один другого, жаловались на заниженные расценки[②].

Только Лихачев молчал. Видно, думал о чем-то. Затем вдруг резко и совершенно неожиданно произнес, обращаясь к штангисту Дудко:

—Знал одну еврейку. Сошлись. Готовила неплохо...

А я наблюдал за мэром. Что-то беспокоило его. Томило. Заставляло хмуриться и напрягаться. Временами по его лицу бродила страдальческая улыбка.

Затем произошло следующее.

Мэр резко придвинулся к столу. Не опуская головы, пригнулся. Левая рука его, оставив бутерброд, скользнула вниз.

---

① А то уже хорош—употребляется для выражения иронического отношения к кому-либо, в значении уже пьяный, нетрезвый.

② Заниженные расценки—слишком маленькая оплата каждого отдельного вида работ.

Около минуты лицо почетного гостя выражало крайнюю сосредоточенность. Потом, издав едва уловимый звук лопнувшей шины, мэр весело откинулся на спинку кресла. И с облегчением взял бутерброд.

Тогда я незаметно приподнял скатерть. Заглянул под стол и тотчас выпрямился. То, что я увидел, поразило меня и вынудило затаить дыхание. Я сжался от причастности к тайне.

А увидел я крупные ступни мэра города, туго обтянутые зелеными шелковыми носками. Пальцы ног мэра города шевелились. Как будто мэр импровизировал на рояле.

Ботинки стояли рядом.

И тут—не знаю, что со мной произошло. То ли сказалось мое подавленное диссидентство①. То ли заговорила во мне криминальная сущность②. То ли воздействовали на меня загадочные разрушительные силы.

Раз в жизни такое бывает с каждым.

Дальнейшие события припоминаю, как в тумане. Я передвинулся на край сиденья. Вытянул ногу. Нащупал ботинки мэра города и осторожно притянул к себе.

И лишь после этого замер от страха.

В ту же минуту поднялся начальник станции:

—Внимание, друзья! Приглашаю вас на короткий торжественный митинг. Почетные гости, займите места на трибуне!

Все зашевелились. Режиссер Владимиров поправил галстук. Штангист Дудко торопливо застегнул верхнюю пуговицу на брюках. Цыпин и Лихачев неохотно отставили бокалы.

---

① Подавленное диссидентство—сидящее в душе, но подавляемое отрицательное отношение к советской власти.

② Криминальная сущность—склонность к совершению преступлений.

Я посмотрел на мэра. Тревожно оглядываясь, мэр шарил ногой под столом. Я, разумеется, не видел этого. Но я догадывался об этом по выражению его растерянного лица. Было заметно, что радиус поисков увеличивается.

Что мне оставалось делать?

Возле моего кресла стоял портфель Лихачева. Портфель всегда был с нами. В нем умещалось до шестнадцати бутылок "Столичной". Таскать его было раз и навсегда поручено мне.

Я уронил носовой платок. Затем нагнулся и сунул ботинки мэра в портфель. Я ощутил их благородную, тяжеловатую прочность. Не думаю, чтобы кто-то все это заметил.

Застегнув портфель, я встал. Остальные тоже стояли. Все, кроме товарища Сизова. Охранники вопросительно поглядывали на босса①.

И тут мэр города показал себя умным и находчивым человеком. Прижав ладонь к груди, он тихо выговорил:

—Что-то мне нехорошо. Я на минуточку прилягу...

Мэр быстро снял пиджак, ослабил галстук и взгромоздился на диванчик у телефона. Его ступни в зеленых шелковых носках утомленно раздвинулись. Руки были сложены на животе. Глаза прикрыты.

Охранники начали действовать. Один звонил врачу. Другой командовал:

—Освободите помещение! Я говорю—освободите помещение! Да побыстрее! Начинайте митинг!.. Еще раз повторяю—начинайте митинг!..

—Могу я чем-то помочь? —вмешался начальник станции.

---

① Босс—начальник, руководитель, шеф.

—Убирайся, старый пидор[①]! —раздалось в ответ.

Первый охранник добавил:

—На столах все оставить, как есть! Не исключена провокация! Надеюсь, фамилии присутствовавших известны?

Начальник станции угодливо кивнул:

—Я списочек представлю...

Мы вышли из помещения. Я нес портфель в дрожащей руке. Среди колонн толпились работяги. Ломоносов, слава Богу, висел на прежнем месте.

Митинг не отменили. Именитые гости, лишившиеся своего предводителя, замедлили шаги возле трибуны. Им скомандовали —подняться. Гости расположились под мраморной глыбой.

—Пошли отсюда, —сказал Лихачев, —чего мы здесь не видели? Я знаю пивную на улице Чкалова.

—Хорошо бы, —говорю, —удостовериться, что монумент не рухнул.

—Если рухнет, —сказал Лихачев, —то мы и в пивной услышим.

Цыпин добавил:

—Хохоту будет...

Мы выбрались на поверхность. День был морозный, но солнечный. Город был украшен праздничными флагами.

А нашего Ломоносова через два месяца сняли. Ленинградские ученые написали письмо в газету. Жаловались, что наша скульптура—принижает великий образ. Претензии, естественно, относились к Чудновскому. Так что деньги нам полностью заплатили. Лихачев сказал:

---

① Пидор—(бран.)тот, кто предается половому извращению, половым отношениям между лицами мужского пола.

—Это главное...

(1986)

Краткий анализ произведения:

《Номенклатурные полу ботинки》—рассказ из сборника 《Чемодан》. Он начинается с анекдота: нелепое всеобщее воровство в России. Одним только словом 《воруют》 характеризует Карамзин ситуацию в России, и его достаточно, чтобы показать распространенность этого национального порока. Еще более невероятно то, что люди воруют без какой-либо разумной цели. Несообразность человеческого существования россиян достигает крйнего абсурда.

В мастерской известного скульптора рассказчик удивлен и испуган зрелищем обнаженных скульптур знаменитых людей. Смотреть на голых великих—страшно и стыдно: отсутствие одежды лишает их "величия", святости, и тем самым делает их похожими на обыкновенных людей. Несчастный скульптор изваял Ленина с двумя кепками; Ломоносов избражен упитанным, женственным и неопрятным, как свинья ; бригадир отряда камнерезов Лихачев на банкете ни с того ни с сего рассказывает о своем сожительстве с еврейкой... Иронический тон повествователя имеет ярко выраженную направленность: протест против абсурда ситуации, идеологизации, пышности советского искусства.

Повествователь《Я》, который присутствовал как скульптор на открытии новой станции метро в Ленинграде, стал свидетелем 《неприличной》ситуации мэра. Последний на важной церемонии тайком снял под столом тесные полуботинки. Человек власти может заболеть, но он не может позволить себе быть смешным в публичном месте. Анекдотично и то, что герой, воспользовавшись этим случаем, украл у мэра города ботинки. Он сделал это для того, чтобы поймать мэра в дурацком положении. Рассказчик так мотивирует свой поступок:《сказалось подавленное диссиденство, заговорила криминальная сущность человека или воздействовали его разрушительные силы》. Довлатовский юмор незаметно разрушает социальную иерархию, и читатель неожиданно осознает: номенклатурный начальник, 《твердый лининец》, ничем не отличается от простых людей.

Анекдот является органической стихией довлатовской прозы. Анекдот вырастает из быта, повседневняя жизнь является его неиссякаемым источником. Поэтому автор придает большое значение подробностям и деталям бытовой жизни. Проза Довлатова дает читателям ощущение достоверности, документальности. Писатель всегда от своего лица рассказывает историю своей жизни, своего поколения. Его в первую очередь интересует не политический, а нравственно-философский аспект проблемы.

Вопросы и задания:

1. Отражает ли название рассказа основную тему и идею текста? В чем они заключаются?

2. Какие анекдотические эпизоды и сцены отображаются в рассказе?

3. В чем проявляется довлатовский автобиографизм? Каковы особые взаимоотношения литературы и реальности в рассказе писателя?

Литература:

1. Н. Л. Лейдерман, Липовецкий М. Н. Современная русская литература, Новый учебник по литературе в 3-х книгах, Книга 3, УРСС, М., 2001.

2. Русские писатели XX века, Биографический словарь, Главный редактор и составитель П. А. Николаев, М., Научное издательство 《Большая российская энциклопедия》, Издательство РАНДЕВУ-АМ, 2000.

Виктор Олегович Пелевин

(1962—)

ХРУСТАЛЬНЫЙ МИР①

(рассказ)

Вот—третий на пути. О милый друг мой, ты ль
В измятом картузе над взором оловянным?

А. Блок

Каждый, кому 24 октября 1917 года② доводилось нюхать кокаин③ на безлюдных и бесчеловечных петроградских проспектах, знает, что человек вовсе не царь природы. Царь природы не складывал бы ладонь в подобие индийской мудры④, пытаясь защитить от промозглого ветра крохотную стартовую площадку на ногте большого пальца. Царь природы не придерживал бы другой рукой норовящий упасть на глаза край башлыка⑤. И уж до чего бы точно никогда не дошел царь природы, так это до унизительной необходимости держать зубами вонючие кожаные поводья, каждую секунду ожидая от тупой русской лошади давно уже

---

① Хрустальный мир—мир, обладающий особым блеском и красотой, но не настоящий, фальшивый, хрупкий.

② 24 октября 1917 года—в ночь с 24 на 25 октября (6-7 ноября по новому стилю) вооруженными рабочими, солдатами и матросами был захвачен Зимний дворец и арестовано Временное правительство, совершена Октябрьская революция.

③ Кокаин—наркотик (порошок, который нюхают, чтобы почувствовать наркотическое опьянение.).

④ Мудра—одаренный большим умом.

⑤ Башлык—капюшон с длинными завязывающимися концами, надеваемый поверх головного убора.

предсказанного Дмитрием Сергеевичем Мережковским[1] великого хамства.

—И как тебе не надоест только, Юрий? Уже пятый раз за сегодня нюхаешь, —сказал Николай, с тоской догадываясь, что товарищ и на этот раз не предложит угоститься.

Юрий спрятал перламутровую коробочку в карман шинели, секунду подумал и вдруг сильно ударил лошадь сапогами по бокам.

—Х-х-х-а! За ним повсюду всадник медный[2]! —закричал он и с тяжело-звонким грохотом унесся вдаль по пустой и темной Шпалерной. Затем, как-то убедив свою лошадь затормозить и повернуть обратно, он поскакал к Николаю—по пути рубанул аптечную вывеску невидимой шашкой и даже попытался поднять лошадь на дыбы—но та в ответ на его усилия присела на задние ноги и стала пятиться через всю улицу к кондитерской витрине, заклеенной одинаковыми желтыми рекламами лимонада: усатый герой с георгиевскими крестами[3] на груди, чуть пригибаясь, чтобы не попасть под осколки только что разорвавшегося в небе шрапнельного снаряда, пьет из высокого бокала под взглядами двух приблизительно нарисованных красавиц-медсестер. Николай с кем-то уже обсуждал идиотизм и пошлость этого плаката, висевшего по всему городу вперемешку с эсеровскими и большевистскими листовками; сейчас он почему-то вспомнил брошюру Петра Успенского[4] о четвертом измерении, напечатанную на паршивой газетной бумаге, и представил себе конский зад, выдвигающийся из пустоты и вышибающий лимонад из руки усталого воина.

---

① Д. С. Мережковский (1866—1941)—руский писатель, религиозный философ, написавший незадолго до революции 1917 знаменитую статью《Грядущий хам》.

② За ним повсюду всадник медный—цитата у поэмы Пушкина《Медный всадник》.

③ Георгиевские креста—почетные боевые ордена в царской России.

④ П. Успенский—ученый в начале XX века, увлекающийся магией.

Юрий, наконец, справился с лошадью и, после нескольких пируэтов[①] в центре улицы, направился к Николаю.

—Причем обрати внимание, —возобновил он прерванный разговор, —любая культура является именно парадоксальной целостностью вещей, на первый взгляд не имеющих друг к другу никакого отношения. Есть, конечно, параллели—стена, кольцом окружающая античный город и круглая монета, или—быстрое преодоление огромных расстояний с помощью поездов, гаубиц[②] и телеграфа. И так далее. Но главное, конечно, не в этом, а в том, что каждый раз проявляется некое нерасчленимое единство, некий принцип, который сам по себе не может быть сформулирован несмотря на крайнюю простоту...

—Мы про это уже говорили, —сухо сказал Николай, —неопределимый принцип, одинаково представленный во всех феноменах культуры.

—Ну да. И этот культурный принцип имеет некий фиксированный период существования, примерно тысячу лет. А внутри этого срока он проходит те же стадии, что и человек—культура может быть молодой, старой и умирающей. Как раз умирание сейчас и происходит. У нас это видно особенно ясно. Ведь это, —Юрий показал рукой на кумачовую[③] полосу с надписью "Ура Учредительному собранию[④]!", протянутую между двумя фонарными столбами, —уже агония[⑤]. Или даже начало разложения.

---

① Пируэт—поворот лошади на задних ногах.

② Гаубица—артиллерийское орудие для навесной стрельбы по укрытым целям.

③ Кумачовый—красный.

④ Учредительное собрание —представительное учреждение, созданное на основе всеобщео избирательного права для установления формы правления и выработки конституции. В 1917 году этот лозунг поддерживали почти все политические партии.

⑤ Агония—предсмертное состояние организма.

Некоторое время ехали молча. Николай поглядывал по сторонам—улица словно вымерла, и если бы не несколько горящих окон, можно было бы решить, что вместе со старой культурой сгинули и все ее носители. С начала дежурства пошел уже второй час, а прохожих навстречу не попадалось, из-за чего совершенно невозможно было выполнить приказ капитана Приходова.

—Не пропускать по Шпалерной в сторону Смольного[1] ни одну штатскую блядь[2], —сказал капитан на разводе, значительно глядя на Юрия, —ясно?

—Как прикажете понимать, господин капитан, —спросил Юрий, —в прямом смысле?

—Во всех смыслах, юнкер Попович, во всех.

Но чтобы не пропустить кого-то к Смольному по Шпалерной, надо, чтобы кроме двух готовых выполнить приказ юнкеров существовал и этот третий, пытающийся туда пройти—а его не было, и пока боевая вахта сводилась к довольно путанному рассказу Юрия о рукописи какого-то немца, которую сам Николай не мог прочесть из-за плохого знания языка.

—Как его зовут? Шпуллер?

—Шпенглер[3], —повторил Юрий.

—А как книга называется?

—Неизвестно. Я ж говорю, она еще не вышла. Это была машинопись первых глав. Через Швейцарию провезли.

—Надо запомнить, —пробормотал Николай и тут же опять начисто забыл немецкую фамилию—зато прочно запомнил

---

① Смольный—до революции Смольный институт благородных девиц в Санкт-Петербурге, в 1917 году здесь находились Петроградский Совет и Военно-революционный комитет.

② Блядь—(груб. вульг.) продажная женщина, здесь продажные люди, которые меняют свои убеждения в соответствии с обстоятельствами.

③ Шпенглер(1880—1936)—немецкий философ, историк.

совершенно бессмысленное слово "Шпуллер". Такие вещи происходили с ним все время—когда он пытался что-то запомнить, из головы вылетало именно это что-то, а оставались разные вспомогательные конструкции, которые должны были помочь сохранить запоминаемое в памяти, причем оставались очень основательно: пытаясь вспомнить фамилию бородатого немецкого анархиста, которым зачитывалась гимназистка—сестра, он немедленно представлял себе памятник Марку Аврелию[1], а вспоминая номер какого-нибудь дома, он вдруг сталкивался с датой "182" и пятью профилями—не то с коньячной бутылки, не то из теософского[2] журнала. Он сделал еще одну попытку вспомнить немецкую фамилию, но вслед за словом "Шпуллер" выскочили слова "Зингер"[3] и "Парабеллум"[4]; второе было вообще не при чем, а первое не могло быть нужным именем, потому что начиналось не на "Ш". Тогда Николай решил поступить хитро и запомнить слово "Шпуллер" как похожее на вылетевшую из головы фамилию; по идее, при этом оно должно было забыться, уступив этой фамилии место.

Николай уже решил переспросить товарища, как вдруг заметил темную фигуру, крадущуюся вдоль стены со стороны Литейного проспекта, и дернул едущего рядом Юрия за рукав. Юрий встрепенулся, огляделся по сторонам, увидел прохожего и попытался свистнуть—получившийся звук свистом не был, но

---

① Марк Аврелий (121—180 н. э.)—римский император с 161 н. э.

② Теософский—от слова "теософия", религиозно-философское учение о постижении божества через откровение и о возможности непостредсвенного общения с потусторонним миром.

③ Зингер—немецкая фирма, выпускавшая в конце X1X-начала XX вв. популярные в России швейные машины, так и называемые "Зингер".

④ Парабеллум— (лат. буквально готовься к войне) автоматически 8-зарядный пистолет.

прозвучал достаточно предостерегающе.

Неизвестный господин, поняв, что замечен, отделился от стены, вошел в светлое пятно под фонарем и стал полностью виден. На первый взгляд ему было лет пятьдесят или чуть больше, одет он был в темное пальто с бархатным воротником, а на голове имел котелок①. Лицо его с получеховской бородкой② и широкими скулами было бы совсем неприметным, если бы не хитро прищуренные глазки, которые, казалось, только что кому-то подмигнули в обе стороны и по совершенно разным поводам. В правой руке господин имел трость, которой помахивал взад-вперед в том смысле, что просто идет себе тут, никого не трогает и не собирается трогать, и вообще знать ничего не желает о творящихся вокруг безобразиях. Склонному к метафоричности Николаю он показался похожим на специализирующегося по многотысячным рысакам③ конокрада.

—П′гивет, ′гебята, —развязно и даже, пожалуй, нагло сказал господин, —как служба?

—Вы куда изволите следовать, милостивый государь? —холодно спросил Николай.

—Я-то? А я гуляю. Гуляю тут. Сегодня, ве′гите, весь день кофий пил, к вечеру так аж сердце заныло... Дай, думаю, воздухом подышу...

—Значит, гуляете? —спросил Николай.

—Гуляю... А что, нельзя-с?

—Да нет, отчего. Только у нас к вам просьба—не могли бы вы гулять в другую сторону? Вам ведь все равно, где воздухом

---

① Котелок—популярная в описываемое время мужская шляпа с круглой головкой и небольшими полями. Ее носили в основном представители интеллигенции.

② Получеховская бородка—внешность человека, который походил на интеллигентного Чехова.

③ Рысак—породистая лошадь, которую запрягали в карету.

дышать?

—Все 'гавно, —ответил господин и вдруг нахмурился, —но однако это безобразие какое-то. Я привык по Шпалерной туда-сюда, туда-сюда...

Он показал тростью как.

Юрий чуть покачнулся в седле, и господин перевел внимательные глазки на него, отчего Юрий почувствовал необходимость что-то произнести вслух.

—Но у нас приказ, —сказал он, —не пускать ни одну штатскую блядь к Смольному.

Господин как-то бойко оскорбился и задрал вверх бородку.

—Да как вы осмеливаетесь? Вы... Да я вас в газетах... В 《Новом Времени》[1]... —затараторил он, причем стало сразу ясно, что если он и имеет какое-то отношение к газетам, то уж во всяком случае не к "Новому Времени", —наглость какая... Да вы знаете, с кем говорите?

Было какое-то несоответствие между его возмущенным тоном и готовностью, с которой он начал пятиться из пятна света назад, в темноту—слова предполагали, что сейчас начнется долгий и тяжелый скандал, а движения показывали немедленную готовность даже не убежать, а именно задать стрекача[2].

—В городе чрезвычайное положение, —закричал ему вслед Николай, —подышите пару дней в окошко!

Молча и быстро господин уходил и вскоре полностью растворился в темноте.

—Мерзкий тип, —сказал Николай, —определенно жулик. Глазки-то как зыркают...

---

① 《Новое время》—одна из крупнейших русских газет 1868—1917. С 1905 года орган черносотенцев.

② Задать стрекача—(идиома) стремительно убежать.

Юрий рассеянно кивнул. Юнкера доехали до угла Литейного проспекта и повернули назад—Юрию эта процедура стоила некоторых усилий. В его обращении с лошадью постоянно проскальзывали ухватки опытного велосипедиста: он далеко разводил поводья, словно в его руках был руль, а когда надо было остановиться, подергивал ногами в стременах, как будто вращая назад педали полугоночного "Данлопа". ①

Начал моросить отвратительный мелкий дождь, и Николай тоже накинул на фуражку башлык, после чего они с Юрием стали совершенно неотличимы друг от друга.

—А что ты, Юра, думаешь—долго Керенский② протянет? —спросил через некоторое время Николай.

—Ничего не думаю, —ответил Юрий, —какая разница. Не один, так другой. Ты лучше скажи—как ты себя во всем этом ощущаешь?

—В каком смысле?

Николай в первый момент решил, что Юрий имеет в виду военную форму.

—Ну вот смотри, —сказал Юрий, указывая на что-то впереди жестом, похожим на движение сеятеля, —где-то война идет, люди гибнут. Свергли императора, все перевернули к чертовой матери. На каждом углу большевики гогочут, семечки жрут. Кухарки с красными бантами, матросня③ пьяная. Все пришло в движение, словно какую-то плотину прорвало. И вот ты—Николай Муромцев—стоишь в болотных сапогах своего духа в самой середине всей этой мути. Как ты себя понимаешь?

---

① Данлоп—марка велосипеда.

② Керенский А. Ф. (1881—1970)—политический деятель, во Временном правительстве с февраля 1917 сначала министр юстиции, потом военный и морской министр, а с 30 августа 1917 года верховный главнокомандующий.

③ Матросня—тогдашнее жаргонное слово, обозначающее матросов.

Николай задумался.

—Да я этого как-то не формулировал, —сказал он. —Вроде живу себе просто, и все.

—Но миссия-то у тебя есть?

—Какая там миссия, —ответил Николай и даже немного смутился, —Господь с тобой. Скажешь тоже.

Юрий потянул ремень перекосившегося карабина, и из-за его плеча выполз конец ствола, похожий на голову маленького стального индюка①, внимательно слушающего разговор.

—Миссия есть у каждого, —сказал Юрий, —просто не надо понимать это слово торжественно. Вот, например, Карл Двенадцатый②—знаешь, был такой шведский король —всю свою жизнь воевал—с нами, еще с кем-то, чеканил③ всякие медали в свою честь, строил корабли, соблазнял женщин. Охотился, пил. А в это время в какой—то деревне рос, скажем, некий пастушок, у которого самая смелая мечта была—о новых лаптях. Он, конечно, не думал, что у него есть какая-то миссия—не то что не думал, даже слова такого не знал. Потом попал в солдаты, получил ружье, кое-как научился стрелять. Может быть, даже не стрелять научился, а просто высовывать дуло из окопа и дергать за курок. И вот так однажды высунул он дуло, заткнул уши и дернул курок—а в это время где-то на линии полета пули скакал великолепный Карл Двенадцатый на специальной королевской лошади. И—прямо по тыкве④...

---

① Индюк—крупная домашняя птица с длинной шеей.

② Карл двенадцатый (1682—1718)—Король Швеции с 1679 года, полководец. В Северной войне начала XVIII века одержал ряд крупных побед, но вторжение в 1708 году в Россию завершилось поражением в Полтавском сражении.

③ Чеканить—изготовлять какое-либо металлическое изделие, выбивая на его поверхности рельефное изображение.

④ По тыкве—здесь: по голове.

Юрий повертел рукой, изображая падение убитого шведского короля с несущейся лошади.

—Самое интересное, —продолжал он, —что человек чаще всего не догадывается, в чем его миссия, и не узнает того момента, когда выполняет действие, ради которого был послан на землю. Скажем, он считает, что он композитор и его задача—писать музыку, а на самом деле единственная цель его существования—это попасть под телегу на пути в консерваторию.

—Это зачем?

—Ну например затем, чтобы у дамы, едущей на извозчике, от страха случился выкидыш[①] и человечество избавилось от нового Чингисхана[②]. Или затем, чтобы кому-то, стоящему у окна, пришла в голову новая мысль. Мало ли.

—Ну если так рассуждать, —сказал Николай, —то, конечно, миссия есть у каждого. Только узнать о ней положительно невозможно.

—Да нет, есть способы, —сказал Юрий и замолчал.

—Какие?

—Да есть такой доктор Штейнер[③] в Швейцарии... Ну да ладно, —Юрий махнул рукой, и Николай понял, что лучше сейчас не лезть с расспросами.

Темной и таинственной была Шпалерная, темной и таинственной, как слова Юрия о неведомом немецком докторе. Все закрывал туман, хотелось спать, и Николай начал клевать носом[④].

---

① Выкидыш—естественное прерывание беременности, часто связанное с неожиданным стрессом.

② Чингисхан—великий монгольский полководец, завоевавший огромное пространство в Азии и дошедший до Европы.

③ Рудольф Штейнер (1861—1925)—немецкий философ-мистик, основатель антропософии (науки о духе).

④ Клевать носом—(идиома) засыпать.

За промежуток времени между двумя ударами копыт он успевал заснуть и пробудиться, и каждый раз видел короткий сон. Сначала эти сны были хаотичными и бессмысленными—из темноты выплывали незнакомые лица, удивленно косились на него и исчезали; потом мелькнули какие-то темные пагоды[①] на заснеженной вершине горы—Николай вспомнил, что это монастырь, и вроде бы он даже что-то про него знал, —но видение исчезло. Потом пригрезилось, что они с Юрием едут по высокому берегу реки и вглядываются в ползущую с запада черную тучу, уже закрывшую полнеба—и даже вроде не они с Юрием, а какие-то два воина—тут Николай догадался было о чем-то, но сразу же проснулся, и вокруг опять была Шпалерная.

В домах горело только пять или шесть окон, и они походили на стены той самой темной расщелины, за которой, если верить древнему поэту, расположен вход в ад. "До чего же мрачный город, —думал Николай, прислушиваясь к свисту ветра в водосточных трубах, —и как только люди рожают здесь детей, дарят кому-то цветы, смеются... А ведь и я здесь живу..." Отчего-то его поразила эта мысль. Моросить перестало, но улица не стала уютней. Николай опять задремал в седле—на этот раз без всяких сновидений.

Разбудила долетевшая откуда-то из темноты музыка, сначала неясная, а потом—когда юнкера приблизились к ее источнику (освещенному окну первого этажа в коричневом трехэтажном доме с дующим в трубу амуром над дверью)—оказавшаяся вальсом "На сопках Манчжурии" в обычной духовой расфасовке[②].

—Но-о-чь, тишина-а-а, лишь гаолян шуми-и-т... [③]

---

① Пагода—культовое буддийское сооружение на Востоке.

② Духовая расфасовка—исполнение вальса духовым оркестром.

③ Но-очь, тишина-а-а, лишь гаолян шуми-и-т—слова из этого известного вальса.

На глухой и негромкий звук граммофона накладывался сильный мужской голос; четкая тень его обладателя падала на крашенное стекло окна—судя по фуражке, это был офицер. Он держал на весу тарелку и махал вилкой в такт музыке—на некоторых тактах вилка расплывалась и становилась огромной нечеткой тенью какого-то сказочного насекомого.

—Спите друзья-я, страна больша-ая память о вас хранит...

Николай подумал о его друзьях.

Через десяток шагов музыка стихла, и Николай опять стал размышлять о странных речах Юрия.

—И какие это способы? —спросил он покачивающегося в седле товарища.

—Ты о чем?

—Да только что говорили. Как узнать о своей миссии.

—А, ерунда, —махнул Юрий рукой. Он остановил лошадь, осторожно взял поводья в зубы и вынул из кармана перламутровую коробочку. Николай проехал чуть вперед, остановился и выразительно посмотрел на товарища.

Юрий закрылся руками, шмыгнул носом и изумленно глянул на Николая из-под ладони. Николай усмехнулся и закатил глаза. "Неужели опять, подлец, не предложит?"—подумал он.

—Не хочешь кокаину? —спросил, наконец, Юрий.

—Даже не знаю, —лениво ответил Николай, —да у тебя хороший ли?

—Хороший.

—У капитана Приходова брал?

—Не, —сказал Юрий, заправляя вторую ноздрю, —это из эсеровских кругов. Такие боевики перед терактом нюхают.

—О! Любопытно.

Николай достал из-под шинели крохотную серебряную

ложечку с монограммой[1] и протянул Юрию; тот взял ее за чашечку и опустил витой стерженек ручки в перламутровую кокаинницу.

"Жмот[2]", —подумал Николай, далеко, словно для сабельного удара, перегибаясь с лошади и поднося левую ноздрю к чуть подрагивающим пальцам товарища (Юрий держал ложечку двумя пальцами, сильно сжимая, словно у него в руке был крошечный и смертельно ядовитый гад, которому он сдавил шею.)

Кокаин привычно обжег носоглотку; Николай не почувствовал никакого отличия от обычных сортов, но из благодарности изобразил на лице целую гамму запредельных ощущений. Он не спешил разгибаться, надеясь, что Юрий подумает и о его правой ноздре, но тот вдруг захлопнул коробочку, быстро спрятал в карман и кивнул в сторону Литейного.

Николай выпрямился в седле. Со стороны проспекта кто-то шел —издали было неясно, кто. Николай тихо выругался по-английски и поскакал навстречу.

По тротуару медленно и осторожно, словно каждую секунду боясь обо что-то споткнуться, шла жирная женщина в шляпе с густой вуалью. Николай чуть не сбил ее лошадью —чудом успел повернуть в последнюю минуту. Женщина испуганно прижалась к стене дома и издала тихий покорный писк, отчего Николай вспомнил свою бабушку и испытал мгновенное и острое чувство вины.

—Мадам! —заорал он, выхватывая шашку и салютуя, —что вы здесь делаете? В городе идут бои, вам известно об этом?

—Мне-то? —просипела сорванным голосом женщина. —Еще бы!

—Так что же вы—с ума сошли? Вас ведь могут убить,

---

① Монограмма—сплетение начальных букв имени и фамилии в вензель.

② Жмот —жадина, жадный человек.

ограбить... Попадетесь какому-нибудь Плеханову[①], так он вас своим броневиком сразу переедет, не задумываясь.

—Еще кто кого пегеедет[②], —с неожиданной злобой пробормотала женщина и сжала довольно крупные кулаки.

—Мадам, —успокаиваясь и пряча шашку, заговорил Николай, —бодрое расположение вашего духа заслуживает всяческих похвал, но вам следует немедленно вернуться домой, к мужу и детям. Сядьте у камина, перечтите что-нибудь легкое, выпейте, наконец, вина. Но не выходите на улицу, умоляю вас.

—Мне надо туда, —женщина решительно махнула ридикюлем[③] в сторону ведущей в ад расщелины, которой к этому времени окончательно стала дальняя часть Шпалерной улицы.

—Да зачем вам?

—Под'гуга[④] ждет. Компаньонка.

—Ну так встретитесь потом, —подъезжая, сказал Юрий.—Ведь ясно вам сказали—вперед нельзя. Назад можно, вперед нельзя.

Женщина повела головой из стороны в сторону—под вуалью черты ее лица были совершенно неразличимы и нельзя было определить, куда она смотрит.

—Ступайте, —ласково сказал Николай, —скоро десять часов, потом на улицах будет совсем опасно.

—Donner wetter[⑤]! —пробормотала женщина.

Где-то неподалеку завыла собака —в ее вое было столько тоски

---

① Г. В. Плеханов—русский революционный деятель, по многим вопросам стратегии и тактики революции дискутировал с Лениным.

② Пегеедет—картавое произношение человека, который не произносит звук "Р". Означает: переедет.

③ Ридикюль—женская ручная сумка в виде мешочка.

④ Под'гуга—подруга.

⑤ Donner wetter—(немецк. язык, руг.)—черт возьми.

и ненависти, что Николай поежился в седле и вдруг почувствовал, до чего вокруг сыро и мерзко. Женщина как-то странно мялась под фонарем. Николай развернул лошадь и вопросительно поглядел на Юрия.

—Ну как тебе? —спросил тот.

—Что-то я ничего не пойму. Не успел распробовать, мало было. Но вроде самый обычный.

—Да нет, —сказал Юрий, —я об этой женщине. Какая-то она странная, не понравилась мне.

—Да и мне не понравилась, —ответил Николай, оборачиваясь посмотреть, не слышит ли старуха обидных для нее слов, —но той уже след простыл[1].

—И обрати внимание, —задумчиво добавил Юрий, —оба они картавят. Тот, первый, и эта.

—Да ну и что. Мало ли народу грассирует. Французы, так все. И еще, кажется, немцы. Правда, чуть по-другому.

—Штейнер говорит, что когда какое-то событие повторяется несколько раз, это указание высших сил.

—Какой Штейнер? Который эту книгу о культурах написал?

—Нет. Книгу написал Шпенглер. Он никакой не доктор. А доктора Штейнера я видел в Швейцарии. Ходил к нему на лекции. Удивительный человек. Он-то мне про миссию и рассказал...

Юрий замолчал и вздохнул.

Юнкера медленно поехали по Шпалерной в сторону Смольного. Улица уже давно казалась мертвой—но только в том смысле, что с каждой новой минутой все сложнее было представить себе живого человека в одном из черных окон или на склизком тротуаре. В другом, нечеловеческом смысле она, наоборот, оживала—

---

① След простыл—(идиома) исчез.

совершенно неприметные днем кариатиды[①] сейчас только притворялись оцепеневшими —на самом деле они провожали друзей внимательными закрашенными глазами. Орлы на фронтонах[②] в любой миг готовы были взлететь и обрушиться с высоты на двух всадников, а бородатые лица воинов в гипсовых картушах, наоборот, виновато ухмылялись и отводили взгляды. Опять завыло в водосточных трубах—это при том, что никакого ветра на самой улице не чувствовалось. Сверху, там, где днем была широкая полоса неба, сейчас не видно было ни туч, ни звезд—сырой и холодный мрак провисал между двух линий крыш, и клубы тумана сползали вниз по стенам. Из нескольких горевших до этого фонарей два или три почему-то погасли; погасло и то окно первого этажа, где совсем недавно офицер пел трагический и прекрасный вальс.

—Право, Юра, дай кокаину...—не выдержал Николай. Юрий, видимо, чувствовал то же смятение духа—он закивал головой, будто Николай только что сказал что-то замечательно верное, и полез в карман.

На этот раз он не поскупился: подняв голову, Николай изумленно заметил, что наваждение[③] исчезло, и вокруг—обычная вечерняя улица, пусть темноватая и мрачноватая, пусть затянутая тяжелым туманом, но все же одна из тех, где прошло его детство и юность, с обычными скупыми украшениями на стенах домов и помигивающими тусклыми фонарями.

Вдали у Литейного грохнул винтовочный выстрел, потом еще один, и сразу же донеслись нарастающий стук копыт и дикие

---

① Кариатида—колонна в виде женской фигуры.

② Фронтон—верхняя часть фасадной стены здания.

③ Наваждение—обман чувств, вознекающий нередко под влиянием наркотика, человеку видится то, чего нет на самом деле.

кавалерийские вскрики. Николай потянул из-за плеча карабин—прекрасной показалась ему смерть на посту, с оружием в руках и вкусом крови во рту. Но Юрий оставался спокоен.

—Это наши, —сказал он.

И точно—всадники, появившиеся из тумана, были одеты в ту же форму, что и Юрий с Николаем. Еще секунда, и их лица стали различимы.

Впереди, на молодой белой кобыле, ехал капитан Приходов—концы его черных усов загибались вверх, глаза отважно блестели, а в руке замороженной молнией сверкала кавказская шашка. За ним сомкнутым строем скакали двенадцать юнкеров.

—Ну как? Нормально?

—Отлично, господин капитан! —вытягиваясь в седлах, хором ответили Юрий с Николаем.

—На Литейном—бандиты, —озабоченно сказал капитан, —вот.

Николаю в ладони шлепнулся тусклый металлический диск на длинной цепочке. Это были часы. Он ногтем откинул крышку и увидел глубоко врезанную готическую[①]надпись—смысла ее он не понял и передал часы Юрию.

—"От генерального. . . от генерального штаба"—перевел тот, с трудом разобрав в темноте мелкие буквы. —Видно, трофейные. Но что странно, господин капитан, цепочка—из стали. На нее дверь можно запирать.

Он протянул часы Николаю—действительно, хоть цепочка была тонкой, она казалась удивительно прочной; самое удивительное, что на звеньях не было стыков, будто она была целиком выточена из куска стали.

---

① Готический—готический шрифт в немецком языке с углаватыми и заостренными буквами.

—А еще можно людей душить, —сказал капитан, —на Литейном, три трупа. Два прямо на углу—инвалид и медсестра, задушены и раздеты. И непонятно, то ли их там бросили, то ли убили и ограбили. Скорей всего выбросили—не могла же медсестра безногого мужчину на себе тащить... Но какое зверство! На фронте такого не видел. Ясно, отнял у инвалида часы, и их же цепочкой... Знаете, там такая большая лужа...

Один из юнкеров тем временем отделился от группы и подъехал к Юрию. Это был Васька Зиверс, большой энтузиаст конькобежного спорта и танкового дела—в училище его не любили за преувеличенный педантизм, плохое знание русского языка, а с отлично знавшим немецкий Юрием он был накоротке[①].

—... за сотню метров, —говорил капитан, плашмя похлопывая шашкой по сапогу, —третье тело—успели в подворотню... Женщина, тоже почти голая... и след от цепочки...

Васька тронул внимательно слушающего Юрия за плечо, и тот, не отводя от капитана глаз, вывернул лодочкой ладонь, куда Васька быстро положил крохотный сверточек. Все это происходило у Юрия за спиной, но, тем не менее, не укрылось от капитана.

—Что такое, юнкер Зиверс? —перебил он сам себя, —что там у вас?

—Господин капитан! Через четыре минуты—меняем караул у Николаевского вокзала! —отдав честь, ответил Васька.

—Рысью—вперед! —взревел капитан. —Да не туда, на Литейный! У Смольного быстро не пройдем!

Юнкера развернулись и унеслись в туман; капитан Приходов задержал пляшущую кобылу и крикнул Юрию с Николаем:

—Держитесь рядом! Никого без пропуска не пускать, на

---

① Быть накоротке—находиться в близких, дружественных отношениях.

Литейный не выезжать, к Смольному тоже не соваться! Ясно? Смена в десять тридцать!

И исчез вслед за юнкерами—еще несколько секунд доносился стук копыт, а потом все стихло, и уже не верилось, что только что на этой сырой и темной улице было столько народу.

—От генерального штаба, —повторил Николай, подбрасывая серебряную лепешку на ладони—второпях капитан забыл о своей страшной находке.

Часы имели форму маленькой раковины-жемчужницы; на циферблате было три стрелки, а сбоку, по числу стрелок, выступали три рифленых головки для завода. Николай слегка нажал на верхнюю, и чуть не уронил часы на мостовую—они заиграли. Это были первые несколько нот какой-то напыщенной немецкой мелодии, которую Николай сразу узнал, но названия которой не помнил.

—Апассионата[①], —сказал Юрий, —Людвиг фон Бетховен. Брат рассказывал, что немцы ее перед атакой на губных гармошках играют. Что-то вроде марша.

Он развернул оставленный Васькой сверток—тот, как оказалось, состоял почти из одной бумаги. Внутри оказалось пять ампул с неровно запаянными шейками. Юрий пожал плечами.

—То-то Приходов заерзал, —сказал он, —насквозь людей видит. Только что с ними делать без шприца... Педант называется—берет кокаин, а отдает эфедрином[②]. У тебя тоже шприца нет?

—Отчего, есть, —безрадостно ответил Николай. Эфедрина не хотелось—хотелось вернуться в казарму, сдать шинель в сушилку,

---

① Аппассионата—знаменитая фортепьянная соната Бетховена.

② Эфедрин—вещество из растений, отличающееся сильным физиологическим действием, как наркотик.

лечь на койку и уставиться на знакомое пятно от головы, которое спросонья становилось то картой города, то хищным монголоидным[①] лицом с бородкой, то перевернутым обезглавленным орлом—Николай совершенно не помнил своих снов и сталкивался только с их эхом.

С отъездом капитана Приходова улица опять превратилась в ущелье, ведущее в ад. Происходили странные вещи: кто-то успел запереть на замок подворотню в одном из домов[②]; на самой середине мостовой появилось несколько пустых бутылок с ярко-желтыми этикетками, а поверх рекламы лимонада в окне кондитерской косо висело оглушительных размеров объявление, первая строка которого, выделенная крупным шрифтом и восклицательными знаками, фамильярно предлагала искать товар. Почти все фонари уже погасли —остались гореть только два, друг напротив друга; Николай подумал, что какому-нибудь декаденту[③] из "Бродячей собаки"[④], уже не способному воспринимать вещи просто, эти фонари показались бы мистическими светящими воротами, возле которых должен быть остановлен чудовищный зверь, в любой миг готовый выползти из мрака и поглотить весь мир.

Где-то снова завыли псы, и Николай затосковал. Налетел холодный ветер, загремел жестяным листом на крыше и умчался—но оставил после себя странный и неприятный звук, пронзительный далекий скрип где-то в стороне Литейного. Звук то исчезал, то

---

① Монголоидный—лицо монгольского типа.

② Подворотня в одном из домов—подворотня, ворота-проход с улицы во двор, проделанный внутри дома. Со стороны улицы в подворотню вели ворота, запиравшиеся ночью на замок.

③ Декадент—творческий человек искусства (поэт, художник, музыкант), принадлежащий к новому художественному направлению, возникшему в конце XIX и начале XX вв. в русском и европейском искусстве.

④ Бродячая собака—кафе, в котором собирались декаденты, главным образом, поэты, читавшие свои стихи.

появлялся опять и постепенно становился ближе—словно Шпалерная была густо посыпана битым стеклом, и кто-то медленно, с перерывами, вел по ней огромным гвоздем, постепенно придвигая его все ближе к двум последним светящимся точкам.

—Что это? —глупо спросил Николай.

—Не знаю, —ответил Юрий, вглядываясь в клубы черного тумана, —посмотрим.

Скрип стих, а потом вдруг раздался совсем рядом, и один из клубов тумана, налившись какой-то особенной чернотой, отделился от слоившейся между домами темной мглы. Приближаясь, он постепенно приобретал контуры странного существа: сверху—до плеч—это был человек, а ниже—что-то странное, массивное и шевелящееся; именно эта нижняя часть и издавала отвратительный скрипящий звук. Это странное существо тихо приборматывало одновременно двумя голосами—мужской стонал, а женский утешал, причем женским говорила верхняя его часть, а мужским—нижняя. Существо на два голоса прокашлялось, вступило в освещенную зону и остановилось, лишь в этот момент, как показалось Николаю, приобретя окончательную форму.

Перед юнкерами в инвалидном кресле сидел мужчина, обильно покрытый бинтами и медалями. Перебинтовано было даже его лицо—в просветах между лентами белой марли виднелись только бугры лысого лба и отсвечивающий красным прищуренный глаз. В руках мужчина держал старинного вида гитару, украшенную разноцветными шелковыми лентами.

За креслом, держа водянистые① пальцы на его спинке, стояла пожилая седоватая женщина в дрянной вытертой кацавейке②—она

① Водянистый—бесцветный.

② Кацавейка—утепленная просторная короткая кафта (старинная русская национальная одежда).

была не то чтобы толстой, но какой-то оплывшей, словно мешок с крупой. Глаза женщины были круглы и безумны и видели явно не Шпалерную улицу, а что-то такое, о чем лучше даже не догадываться; на ее голове косо стоял маленький колпак с красным крестом—наверно, он был закреплен, потому что по физическим законам ему полагалось упасть.

Несколько секунд прошли в молчании, потом Юрий облизнул высохшие губы и сказал:

—Пропуск.

Инвалид заерзал в своем кресле, поднял взгляд на медсестру и беспокойно замычал. Медсестра вышла из-за кресла, наклонилась в сторону юнкеров и уперла руки в коленки—Николай отчего-то поразился, увидев на ее ногах стоптанные солдатские сапоги, торчащие из под голубой юбки.

—Да стыд у вас есть, али нет совсем? —тихо сказала она, ввинчиваясь взглядом в Юрия. —Он же раненный в голову, за тебя убитый. Откуда у него пропуск?

—Раненный, значит, в голову? —задумчиво переспросил Юрий. —Но теперь как бы исцелел? Пропуск.

Женщина растерянно оглянулась.

Инвалид в кресле дернул струну гитары, и по улице прошел низкий вибрирующий звук—он словно подстегнул медсестру, и она, снова пригнувшись, заговорила:

—Сынок, ты не серчай... Не серчай, если я не так что сказала, а только пройти нам обязательно надо. Если б ты знал, какой это человек сидит... Герой. Поручик Преображенского полка[1] Кривотыкин. Герой Брусиловского прорыва[2]. У него боевой товарищ завтра на фронт отбывает —может, не вернется. Пусти—надо им повидаться, понимаешь?

—Значит, Преображенского полка?

Инвалид закивал головой, прижал к груди гитару и заиграл. Играл он как-то странно, словно на раскаленной медной балалайке—с опаской ударяя по струнам и быстро отдергивая пальцы, —но мелодию Николай узнал: это был марш Преображенского полка. Другой странностью было то, что вырез резонатора, у всех гитар круглый, у этой имел форму пентаграммыР[3]; видимо, этим и объяснялся ее тревожащий душу низкий звук.

—А ведь Преображенский полк, —без выражения сказал Юрий, когда инвалид кончил играть, —не участвовал в Брусиловском прорыве.

Инвалид что-то замычал, указывая гитарой на медсестру; та обернулась к нему и, видимо, старалась понять, чего он хочет—это никак у нее не получалось, пока инвалид вновь не извлек из своего инструмента низкий вибрирующий звук—тогда она спохватилась:

—Да ты что, сынок, не веришь? Господин поручик сам на фронт попросился, служил в третьей Заамурской дивизии, в конно-горном дивизионе...

Инвалид в кресле с достоинством кивнул.

—С двадцатью всадниками австрийскую батарею взял. От главнокомандующего награды имеет, —укоряюще произнесла

---

① Преображенский полк—один из старейших полков российской гвардии, который сформирован Петром 1 под Москвой в селе Преображенское, отличился в войнах и расформирован в 1918 году.

② Брусиловский прорыв —знаменитое сражение во время первой мировови войны, под командой генерала Брусилова российские войска прорвали позиционную оборону австро-вегерских армий.

③ Пентаграмма—правильный пятиугольник.

медсестра и повернулась к инвалиду, —господин поручик, да покажите ему...

Инвалид полез в боковой карман кителя①, вынул что-то и протянул медсестре, та передала Юрию. Юрий, не глядя, протянул лист Николаю. Тот развернул и прочел:

“Пор. Кривотыкин—43 Заамурского полка 4 батальона. Приказываю атаковать противника на фронте от д. Онут до перекрестка дорог, что севернее отм. 265 вкл., нанося главный удар между деревнями Онут и Черный Поток с целью овладеть высотой 236, Мол. фермой и северным склоном высоты 265.

П. п. командир корпуса

генерал-от-артиллерии Баранцев”

—Что еще покажете? —спросил Юрий.

Инвалид полез в карман и вытащил часы, отчего Николаю на секунду стало не по себе. Медсестра передала их Юрию, тот осмотрел и отдал Николаю. “Так, глядишь, часовым мастером станешь, —подумал Николай, откидывая золотую крышку, —за час вторые.” На крышке была гравировка②:

“Поручику Кривотыкину за бесстрашный рейд③.

Генерал Баранцев”

Инвалид тихо наигрывал на гитаре марш Преображенского полка и щурился на что-то вдали, задумавшись, видно, о своих боевых друзьях.

—Хорошие часы. Только мы вам лучше покажем, —сказал Юрий, вынул из кармана серебряного моллюска, покачал его на

① Китель—верхняя часть военного мундира (тип пиджака).

② Гравировка—надпись.

③ Рейд—военный поход.

цепочке, потом перехватил ладонью и нажал рифленую шишечку на боку.

Часы заиграли.

Николай никогда раньше не видел, чтобы музыка—пусть даже гениальная—так сильно и, главное, быстро действовала на человека. Инвалид на секунду закрыл лицо ладонью, словно не в силах поверить, что эту музыку мог написать человек, а затем повел себя очень странно: вскочил с кресла и быстро побежал в сторону Литейного; следом, стуча солдатскими сапогами, побежала медсестра. Николай сдернул с плеча карабин, передернул затвором и выстрелил вверх.

—Стоять! —крикнул он.

Медсестра на бегу обернулась и дала несколько выстрелов из нагана—завизжали рикошеты[①], рассыпалась по асфальту выбитая витрина парикмахерской, откуда всего секунду назад на мир удивленно глядела девушка в стиле модерн, нанесенная на стекло золотой краской. Николай опустил ствол и два раза выстрелил в туман, наугад: беглецов уже не было видно.

—И чего они к Смольному так стремятся? —стараясь, чтобы голос звучал спокойно, спросил Юрий. Он не успел сделать ни одного выстрела и до сих пор держал в руках часы.

—Не знаю, —сказал Николай. —Наверно, к большевикам хотят—там можно спирт купить и кокаин. Совсем недорого.

—Что, покупал?

—Нет, —ответил Николай, закидывая карабин за плечо, —слышал. Бог с ним. Ты про свою миссию начал рассказывать, про доктора Шпуллера...

—Штейнера, —поправил Юрий; острые ощущения придали

---

① Рикошет—пуля летит, отскочив от какой-либо поверхности (пуля попала рикошетом).

ему разговорчивости. —Это такой визионер[1]. Я, когда в Дорнахе был, ходил к нему на лекции. Садился поближе, даже конспект вел. После лекции его сразу обступали со всех сторон и уводили, так что поговорить с ним не было никакой возможности. Да я особо и не стремился. И тут что-то стал он на меня коситься на лекциях. Поговорит, поговорит, а потом замолчит и уставится. Я уж и не знал, что думать—а потом он вдруг подходит ко мне и говорит: "Нам с вами надо поговорить, молодой человек." Пошли мы с ним в ресторан, сели за столик. И стал он мне что-то странное втолковывать—про Апокалипсис[2], про невидимый мир и так далее. А потом сказал, что я отмечен каким-то особым знаком и должен сыграть огромную роль в истории. Что чем бы я не занимался, в духовном смысле я стою на неком посту и защищаю мир от древнего демона, с которым уже когда-то сражался.

—Это когда ты успел? —спросил Николай.

—В прошлых воплощениях. Он—то есть не демон, а доктор Штейнер —сказал, что только я могу его остановить, но смогу ли—никому не известно. Даже ему. Штейнер мне даже гравюру показывал в какой-то древней книге, где будто бы про меня говорится. Там были два таких, знаешь, длинноволосых, в одной руке—копье, в другой—песочные часы, все в латах, и вроде один из них—я.

—И ты во все это веришь?

—Черт его знает, —усмехнулся Юрий, —пока, видишь, с медсестрами перестреливаюсь. И то не я, а ты. Ну что, вколем?

—Пожалуй, —согласился Николай и полез под шинель, в нагрудный карман гимнастерки, где в плоской жестяной коробочке лежал маленький шприц.

---

① Визионер—Человек, у которого бывают мистические видения (галлюцинации). Он может увидеть признак умершего, ангела и пр.

② Апокалипсис—та часть Библии, где помещены пророчество о конце света.

На улице стало совсем тихо—ветер больше не выл в трубах; голодные псы, похоже, покинули свои подворотни и подались в какие-то другие места; на Шпалерную сошел покой—даже треск тончайших стеклянных шеек[①] был хорошо различим.

—Два сантиграмма, —раздавался шепот.

—Конечно, —шептал другой голос в ответ.

—Откинь шинель, —говорил первый шепот, —иглу погнешь.

—Пустяки, —откликался второй.

—Ты с ума сошел, —шептал первый голос, —пожалей лошадь...

—Ничего, она привычная, —шептал второй...

... Николай поднял голову и огляделся. Трудно было поверить, что осенняя петроградская улица может быть так красива. За окном цветочного магазина в дубовых кадках росли три крошечных сосенки; улица поднималась вверх метра на полтора и становилась шире; окна верхних этажей отражали только что появившуюся в просвете туч луну, все это было Россией и было до того прекрасно, что у Николая на глаза навернулись слезы.

—Мы защитим тебя, хрустальный мир, —прошептал он и положил ладонь на рукоять шашки. Юрий крепко держал ремень карабина у левого плеча и, не отрываясь, глядел на луну, несущуюся вдоль рваного края тучи. Когда она скрылась, он повернул вдохновенное лицо к спутнику.

—Удивительная вещь эфедрин, —сказал он.

Николай не ответил—да и что можно было ответить? Уже по-иному дышала грудь, другим казалось все вокруг, и даже отвратительная изморось теперь ласкала щеки. Тысячи мелких и

---

① Треск тончайших стеклянных шеек—чтобы набрать в шприц из ампулы (крошечный стеклянный пузырек) наркотик, нужно сначала отломить у ампулы тоненькую верхнюю ее часть, чтобы в ампуле открылось отверстие.

крупных вопросов, совсем недавно бывших мучительными и неразрешимыми, вдруг оказались не то что решенными, но совершенно несущественными; центр тяжести жизни был совершенно в другом, и когда это другое вдруг открылось, выяснилось, что оно всегда было рядом, присутствовало в любой минуте любого дня, но было незаметным, как становится невидимой долго висящая на стене картина.

—Я жалобной рукой сжимаю свой костыль, —стал нараспев читать Юрий. —Мой друг—влюблен в луну—живет ее обманом. Вот—третий на пути...

Николай уже не слышал товарища—он думал о том, как он завтра же изменит свою жизнь. Мысли были бессвязные, иногда откровенно глупые—но очень приятные. Начать обязательно надо было с того, чтобы встать в пять тридцать утра и облиться холодной водой, а дальше была такая уйма вариантов, что остановиться на чем-нибудь конкретном было крайне тяжело, и Николай стал напряженно выбирать, незаметно для себя приборматывая вслух и сжимая от возбуждения кулаки.

...—Заборы—как гроба! Повсюду преет гниль! Все, все погребено в безлюдье окаянном! —читал Юрий и свободной рукой вытирал выступающий на лбу пот.

Некоторое время ехали молча, потом Юрий стал напевать какую-то песенку, а Николай впал в странное подобие дремы. Странным было то, что это было очень далекое от сна состояние—как после нескольких чашек крепкого кофе, —но сопровождавшееся чем-то вроде сновидений. Перед Николаем, накладываясь на Шпалерную, замелькали дороги его детства: гимназия и цветущие яблони за ее окном; радуга над городом; черный лед катка и быстро скользящие по нему конькобежцы, освещенные ярким электрическим светом; облетающие столетние липы, двумя рядами сходящиеся к старинному дому с колоннами у входа—все это он когда-то то видел на самом деле. Но потом стали появляться картины чего-то очень знакомого, и одновременно никогда не виданного—померещился огромный белый город, увенчанный тысячами золотых церковных головок, —город, как бы висящий в воздухе внутри огромного хрустального шара, и этот город—Николай знал это совершенно точно—был Россией, а они с Юрием, который во сне был не совсем Юрием, находились за его границей и сквозь клубы тумана мчались на конях навстречу какому-то чудовищу, в котором самым страшным была полная неясность его очертаний и размеров: это был бесформенный клуб пустоты, источающий ледяной холод.

Николай вздрогнул и широко открыл глаза. В окружающей его броне блаженства появилась крохотная трещинка, в которую просочилось несколько капель неуверенности и тоски. Трещинка постепенно росла, и скоро мысль о предстоящем завтра утром (ровно в пять тридцать) повороте всей жизни и судьбы перестала доставлять удовольствие. А еще через пару минут, когда впереди замигали и поплыли навстречу два горящих друг напротив друга фонаря, эта самая мысль стала несомненным и главным источником переполнившего душу страдания.

"Отходняк [①]", —наконец, вынужден был признаться себе Николай.

Странное дело—откровенная прямота этого вывода словно заделала брешь в душе, и количество страдания в ней перестало увеличиваться. Но теперь надо было очень тщательно следить за своими мыслями, потому что любая из них могла стать началом неизбежной, но пока еще, как хотелось верить, далекой полосы мучений, которых каждый раз требовал за свои услуги эфедрин. С

① Отходняк—о состоянии бессилия, расслабленности, наступающемся после тяжелой, напряженной работы, сильного волнения, здесь после употребления кокаина.

Юрием явно творилось то же самое, потому что он повернулся к Николаю и сказал тихо и быстро, словно экономя выходящий из легких воздух:

—Надо на кишку было кинуть[1].

—Не хватило бы, —так же отрывисто ответил Николай и почувствовал к товарищу ненависть за то, что тот вынудил его открыть рот.

Под копытами лошади раздался густой и противный хруст—это были осколки выбитой наганным рикошетом витрины.

"Хр-р-рус-с-стальный мир", —с отвращением к себе и всему на свете подумал Николай. Недавние видения показались вдруг настолько нелепыми и стыдными, что захотелось в ответ на хруст стекла так же заскрипеть зубами.

Теперь ясно стало, что ждет впереди—отходняк. Сначала он был где-то возле фонарей, а потом, когда фонари оказались рядом, он отступил в клубящийся у пересечения с Литейным туман и пока выжидал. Несомненным было то, что холодная, мокрая и грязная Шпалерная—единственное, что существует в мире, а единственным, чего можно было от нее ждать, была беспросветная тоска и мука.

По улице пробежала черная собака неопределенной породы с задранным вверх хвостом, рявкнула[2] на двух сгорбленных серых обезьянок в седлах и нырнула в подворотню, а вслед за ней со стороны Литейного появился и стал приближаться отходняк.

Он оказался усатым мужиком средних лет, в кожаном картузе и блестящих сапогах—типичным сознательным пролетарием. Перед собой пролетарий толкал вместительную желтую тележку с надписями "Лимонадъ" на боках, а на переднем борту тележки

---

① Надо на кишку было кинуть—надо оставить для запаса.

② Рявкнуть—издавать отрывистое короткое рычание, пролаять.

был тот самый рекламный плакат, который выводил Николая из себя даже и в приподнятом состоянии духа —сейчас же он показался всей мировой мерзостью, собранной на листе бумаги.

—Пропуск, —мучительно выдавил из себя Юрий.

—Пожалуйста, —веско сказал мужчина и протянул Юрию сложенную вдвое бумагу.

—Так. Эйно Райхья... Дозволяется... Комендант... Что везете?

—Лимонад для караула. Не желаете?

В руках у пролетария блеснули две бутылки с ядовито-желтыми этикетками[①]. Юрий слабенько махнул рукой и выронил пропуск—пролетарий ловко поймал его над самой лужей.

—Лимонад? —отупело спросил Николай. —Куда? Зачем?

—Понимаете ли, —отозвался пролетарий, —я служащий фирмы "Карл Либкнехт[②] и сыновья", и у нас соглашение о снабжении лимонадом всех петроградских постов и караулов. На средства генерального штаба.

—Коля, —почти прошептал Юрий, —сделай одолжение, глянь, что там у него в тележке.

—Сам глянь.

—Да лимонад же! —весело отозвался пролетарий и пнул свою повозку сапогом. Внутри картаво загрохотали бутылки; повозка тронулась с места и проехала за фонари.

—Какого еще генерального штаба... А впрочем, пустое. Проходи, пои посты и караулы... Только быстрее, садист[③], быстрее!

---

① Этикетка—ярлык на бутылке.

② Карл Либкнехт (1871—1919)—один из основателей КП Германии(1918).

③ Садист—человек, одержимый стремлением изощренными способами причинить другому физическую боль.

—Не извольте беспокоиться, господа юнкера! Всю Россию напоим!

—Иди-и-и...—вытягиваясь в седле, провыл Николай.

—Иди-и...—сворачиваясь в серый войлочный комок, прохрипел Юрий.

Пролетарий спрятал пропуск в карман, взялся за ручки своей тележки и покатил ее вдаль—скоро он растворился в тумане, потом долетел хруст стекла под колесами, и все стихло. Прошла еще секунда, и какие-то далекие часы стали бить десять. Где-то между седьмым и восьмым ударом в воспаленный и страдающий мозг Николая белой чайкой впорхнула надежда:

—Юра... Юра... Ведь у тебя кокаин остался?

—Боже, —облегченно забормотал Юрий, хлопая себя по карманам, —какой ты, Коля, молодец... Я ведь и забыл совсем... Вот.

—Полную... отдам, слово чести!

—Как знаешь. Подержи повод... Осторожно, дубина[①], высыпешь все. Вот так. Приношу извинения за дубину.

—Принимаю. Фуражкой закрой—сдует...

Шпалерная медленно ползла назад, остолбенело прислушиваясь своими черными окнами и подворотнями к громкому разговору в самом центре мостовой.

—Главное в Стриндберге[②]—не его так называемый демократизм, и даже не его искусство, хоть оно и гениально, —оживленно жестикулируя свободной рукой, говорил Юрий. —

① Дубина—(разг.-сниж.) О бестолковом, тупом человеке.

② Стриндберг Юхан Август (1849—1912)—шведский писатель. Его реалистическое в своей основе творчество, впитавшее художественные достижения модернизма, выразило протест против политического консерватизма и либерального фразерства, пронизано поисками общественных идеалов.

Главное—это то, что он представляет новый человеческий тип. Ведь нынешняя культура находится на грани гибели, и как любое гибнущее существо, делает отчаянные попытки выжить, порождая в алхимических лабораториях[①] духа странных гомункулусов[②]. Сверхчеловек—вовсе не то, что думал Ницше[③]. Природа сама еще этого не знает, и делает тысячи попыток, в разных пропорциях смешивая мужественность и женственность —заметь, не просто мужское и женское. Если хочешь, Стриндберг—просто ступень, этап. И здесь мы опять приходим к Шпенглеру...

"Вот черт, —подумал Николай, —как фамилию-то запомнить?" Но вместо фамилии он спросил другое:

—Слушай, а помнишь, ты стихотворение читал? Какие там последние строчки?

Юрий на секунду наморщил лоб.

—И дальше мы идем. И видим
в щели зданий
Старинную игру вечерних
содроганий.

(1993)

Краткий анализ произведения:

Пелевинский рассказ, как всякое постмодернистское произведение, рассчитан на многоуровневую интерпретацию. Вообще рассказ может прочитываться и как метафорическое произведение о судьбе России.

---

① Алхимические лаборатории—лаборатории, где алхимики проводит мистическое отыскание того, что должно было помочь превратить простые металлы в золото.

② Гомункулус—существо, подобное человеку, которое можно получить искусственно.

③ Фриорих Ницше (1877—1900)—знаменитый немецкий философ, отрицавший всякую мораль, проповедовавший культ сверхчеловека.

В рассказе история Октябрьской революции подается с самого необычного угла зрения, самым фантастичным образом. В неторопливой манере повествуется о происшествии в ночь Октябрьской революции. На первый взгляд, все здесь , кажется , достоверно и предметно: и боевая вахта, и разговоры двух юнкеров, и улица Шпалерная, водящая к Смольному, и господин, и женщина. Но на самом деле это Ленин, переодетый в женское платье и бегущий в Смольный, чтобы возглавить большевистскую революцию. Для знатока русской истории и искушенного читателя русской литературы авторский намек на Линина совершенно ясен: полумужской голос, характерная картавость произношения, большие кулаки, стремление скорее попасть в Смольный—штаб революции. Но поскольку субъекты действия, юнкера Юрий и Николай—наркоманы, поэтому все, что бы они ни видели, о чем бы они ни думали, какие сновидения бы их ни сопровождали, — лишь только наркотическое опьянение и отходняк. Юнкера, находящиеся в самой середине «всей этой мути», полностью принадлежат прошлому. Они теряют ориентацию в мире, ненавидят все происходящее в стране, «где война идет, люди гибнут... свергли императора, все перевернули к чертовой матери». И, наконец, раздавшийся под копытами лошади густой и противный хруст (метафора раздавленной привычной жизни) мысленно превращается в некий нелепый «хрустальный мир», в ответ на который Николаю так захотелось заскрипеть зубами. Оказывается, невозможность осуществить, воплотить в действительности все нелепые утопии приводит к необходимости создания иллюзий, фикций. Название рассказа переводится из фантастических ощущений героя в метафизический , вечный план. «Хрустальный мир»—это и реальный мир, полный хруста, треска от чего-то ломающегося, раздробляемого, это и будущий мир, может быть, радужный, но не настоящий, фальшивый, хрупкий.

Писатель полемизирует с марксистско-лининской концепцией исторического развития, отрицает священную миссию человека создать идеальное общество , превосходство революционного пути над эволюционным. Идея безальтернативного прогресса вызывает у него скепсис. Однако Пелевин в рассказе отказывается от прямого обличения, а предпочитает нейтральный бесстрастный стиль. Доминирующую интонацию рассказа определяет вопрос, а не ответ.

Вопросы и задания:

1. Как вы понимаете разговоры двух юнкеров о принципе развития человеческой цивилизации и миссии человека?
2. Расскажите о чертах постмодернизма в рассказе 《Хрустальный мир》.
3. Какие вы видите метафорические образы в рассказе?
4. В чем метафорическое значение заглавия рассказа?

Литература:

1. Русские писатели XX века, Биографический словарь, Главный редактор и составитель П. А. Николаев, М. , Научное издательство《Большая российская энциклопедия》, Издательство РАНДЕВУ-АМ, 2000.

2. Н. Л. Лейдерман, Липовецкий М. Н. Современная русская литература, Новый учебник по литературе в 3-х книгах, Книга 3, УРСС, М. , 2001.